DANTE
ALIGHIERI

DIVINA
COMMEDIA

A Transcript of Lectures

DANTE「SHINKYOKU」KOUGI
Author: Tomonobu Imamichi
Copyright ⓒ Christine Imamichi, 2002
Original Japanese edition published by Misuzu Shobo Ltd.
Korean translation rights arranged with Christine Imamichi c/o Misuzu Shobo Ltd.
through The English Agency (Japan) Ltd. and Danny Hong Agency.
Korean translation copyright ⓒ 2022 by GYOYUDANG Publishers.

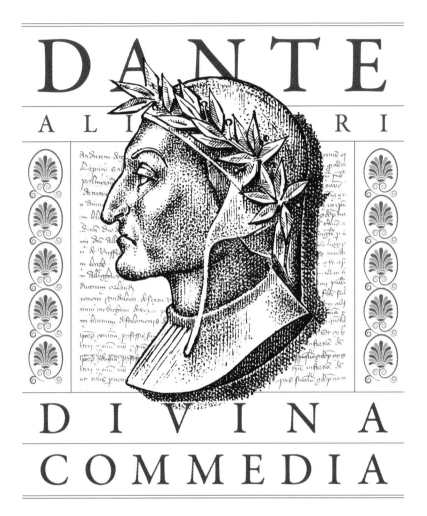

DANTE
ALIGHIERI

DIVINA
COMMEDIA

단테 『신곡』 강의

이마미치 도모노부 지음 이영미 옮김

교유서가

일러두기

• 이 책은 今道 友信, ダンテ『神曲』講義를 번역한, 『단테 「신곡」 강의』(안티쿠스, 2008)를 재출간한 것이다. 일부 오류를 바로잡고, 누락된 번역을 채워 넣었다.

머리말

　이 책은 1997년 3월 29일부터 1998년 7월 25일까지 약 1년 6개월에
걸쳐, 원칙적으로 매달 마지막 토요일에 행한 나의 단테『신곡』강의 (총
15회)와 강의 후의 질의응답을 기록한 것이다.

　잘 알려져 있듯이『신곡』은 난해한 장편 시이므로 청강자 각자가 텍스
트를 지참해야 했다. 모든 분들이 손쉽게 구할 수 있다는 점을 고려해 이
와나미문고岩波文庫에서 출간한 야마카와 헤이자부로山川丙三郎의 번역본을
기본 텍스트로 하기로 결정했다. 이 번역은 아어(雅語, 옛날 와카和歌나 문
장에 쓰였던 아름답고 우아한 말―옮긴이)를 쓰기 때문에 일반인에게는 맞
지 않는다는 의견도 있었지만, 원문에 가장 충실하고 또한 주석이 다른
번역서보다 충실하므로 전문가 두세 분과 상의한 결과 그렇게 결정한 것
이다. 그 밖에 최근 출간된 훌륭한 번역서로는 노가미 소이치野上素一 번역,
히라카와 스케히로平川祐弘 번역을 참고서로 추천했다. 이들 번역본은 이
책에서도 많이 참조했다.

　이 책을 출판하면서 설명에 따른 사정을 고려해 천국편의 일본어 번역
은 지옥편과 연옥편에서도 더러 그랬듯이, 내 번역을 주로 사용했으며 이

점이 강의와 다르다.

이 책은 『신곡』의 이탈리아어 원문의 세계를 최대한 느낄 수 있도록 시도한 안내서인 동시에 내가 오래전부터 읽어온 『신곡』의 철학적 해석을 서술한 연구서이기도 하다. 따라서 내가 사용한 원전을 분명히 밝힐 필요가 있다. 내가 공부를 시작한 시기는 20세기 전반에 속하며 그 당시에는 옥스퍼드 판 무어의 텍스트가 표준이었다. 그러나 1980년경부터는 이탈리아 단테 학회의 주세페 반델리가 교정한 이탈리아어 주해가 붙은 판본이 널리 이용되었고, 나는 이 책을 저본底本으로 삼았다. 그 밖에 세세한 사항은 필요할 때마다 번잡스럽지 않은 방식으로 넌지시 언급했다. 이 내용들은 전문적인 측면도 있어서 독해하는 데 필요한 주석도 다소 포함되는데, 출처는 명확하게 밝히되 본문과 어우러진 형태로 모두 본문 안에 넣었다. 그렇게 함으로써 될 수 있는 한 독자에게 읽기 쉽게 전달하고자 했다.

아무리 위대한 시인이라 해도 자신의 시대와 자기 역량의 한계를 벗어날 수는 없다. 그러한 한계에만 주목하여, 모든 종교가 상호 이해하는 시대에 새삼스럽게 단테가 뭔가, 지옥을 믿고 게다가 그곳에 정적政敵을 처넣고 싶어하는 냉혹한 인간의 시를 왜 읽는가, 혹은 한 여성을 향한 짝사랑을 축으로 삼아 종교를 논하고자 한 망상이 무슨 의미가 있느냐고 말하고 싶은 사람도 분명 있을 것이다. 그러한 반론에서 완전히 벗어날 수는 없다 해도 우리는 단테에게 부정적인 면을 배우려는 게 아니다.

나는 자유로운 정신으로 인류 고전의 하나인 단테의 텍스트에 즉해서 자기 자신의 눈으로 배우라고 권고하지 않을 수 없다. 거기에서 우리는 위대한 선구자가 시대의 억압에 어떻게 대항했는지, 어떻게 자신의 한계에 도전했는지를 배울 수 있을 것이며, 무엇보다도 우리 한 사람 한 사람이 인간으로서 보다 잘살고 진정한 행복을 얻기 위해 어떻게 생각해야 할 것인지, 어떻게 행동해야 할 것인지를 배울 수도 있을 것이다. 추방당한 삶 속에서도 자기 자신과 신에게 충실했던 한 인간이 인류에게 보낸 선물이 바로 『신곡』이다.

1년 6개월에 걸친 강의를 이끌어 주신 엔젤 재단, 질의응답 때마다 사회를 맡아 친절하게 진행해 주신 마쓰다 요시유키松田義幸 교수, 강의를 영상 및 녹음으로 기록해 주신 후지제록스 종합교육연구소, 또한 위의 기록을 바탕으로 강의를 문서화해 주신 엔젤 재단의 스가 유키코須賀由紀子 주임연구원 및 출석해 주신 청강자 여러분께 연구자로서 깊은 감사를 올리는 바이다. 아름다운 장정을 만들어 주신 티니 미우라 여사, 그리고 요즘처럼 곤란한 시기에 이런 책의 출판을 맡아 주신 미스즈서방みすず書房에도 저자로서 깊은 감사의 마음을 전한다. 고마움을 전해야 할 일들에 관한 상세하고 흥미로운 사항도 포함되어 있으니, 괜찮으시면 후기도 읽어 주면 고맙겠다.

2002년 9월

이마미치 도모노부今道 友信

개정판에 부쳐

2002년 11월 1일에 미스즈서방에서 발행한 저자의 『단테 「신곡」강의』(한정판)는 발매 후 얼마 지나지 않아 모두 팔렸다고 들었다. 그런 일 자체가 이러한 종류의 서적에는 드문 일이라 매우 기쁘게 생각했는데, 게다가 한시라도 빨리 재판이 나오기를 기다리는 소리가 끊이지 않는다는 말을 전해 주는 사람도 있었다. 그것은 이 책이 이탈리아 정부로부터 그해의 '마르코폴로상' 수상작으로 꼽히는 명예를 얻은 데 힘입었을 것이다. 나는 일본에서 상을 받은 적이 한 번도 없으므로 수상 소식이 매우 기뻤고, 어려움을 무릅쓰고 출판해 주신 엔젤 재단과 미스즈서방에게도 잘된 일이라고 기뻐했다. 그런데 나는 내심 이 상 때문이라도 재판이 하루 빨리 나오기를 그 누구보다 마음 졸이며 고대했다.

그 이유는 저자로서는 참으로 한심스럽다고 할까 부끄러운 일이지만, 저자에게 모든 책임이 있는 오류와 오자가 중대한 부분에 있었기 때문이다. 그것은 모두 저자의 단테 『신곡』에 관한 철학적·신학적 사상의 본줄거리와는 전혀 관련 없는 것이지만, 단테의 역사적 사실에 관한 사항, 예를 들면 귀속정당 내지 당파가 한 곳이긴 하지만 반대로 씌어 있다거나 이탈리아 원문에 실수가 있다거나 내가 압운을 맞추고자 시도해 본다고 선언한 부분에서 그렇게 하지 않았다거나 플라톤의 선분의 비유의 기호가 설명 도표와 맞지 않아서 설명 문장이 의미를 가질 수 없는 등의 오류가 있었으므로 '마르코폴로상'의 명예를 위해서도, 또 출판사 미스즈서방에도 책망이 가지 않게 하기 위해서도, 저자로서는 한시라도 빨리 새로운 개정판이 나오기를 바라는, 지푸라기라도 붙잡고 싶은 심정이었다.

그러던 어느 날, 미스즈서방의 모리타 쇼고 부장이 초판의 티니 미우라 씨의 호화 장정은 쓸 수 없지만, 가격을 조금 낮춰 얼마간 사기 쉬운 형태로 다시 한번 『단테 「신곡」 강의』를 출판하고 싶다는 이야기를 가지고 찾아오셨다. 편집에 관해서는 지난번에도 더없는 참을성으로 애써 주신 나리아이 마사코 씨와 다시 일하게 해 주신다고 해서 두 사람이 다양한 개량을 거쳐 사실상은 개정 증보라고 불러도 좋을 만한 책이 완성되었다.

학자는 자기 자신의 일에 완성을 볼 수 없는 운명에 처한 존재이다. 지知의 길은 험난하며 원고는 하루 곁에 두면 반드시 하나는 고치고 싶어진다. 그것은 어쩔 수 없는 일이겠지만 현재로서는 이 책이 나의 최선이라 생각한다. 지난번 책의 변명으로 삼고 싶지 않지만, 올해에는 충분히 읽고 조사할 수 있는 힘을 다시금 은혜 입었기 때문이다.

정정 작업에 임해서는 에이치 대학의 마사모토 히로시政本博 교수가 직접 단테의 역사적 사실, 베아트리체와의 연령 관계, 베긴 신심회 등에 관한 가르침을 주셨다. 이탈리아어 텍스트에 관해서는 철학 국제 센터 임시 직원 하마 사토루濱賢 군이 이탈리아 단테 학회 판과 다시 대조해 주었다. 또 내 바로 곁에서 교정을 도와준 일본대학 예술학부 니시가키 히토미西垣仁美 조교수, 오사카 음악대학 미무라 리에 강사의 조력을 얻은 연후에 평상시와 다름없이 아오야마가쿠인 여자단기대학 하시모토 노리코 교수에게 통독을 부탁했다. 이분들에게도 깊이 감사드린다. 그러나 다른 누구보다도 미스즈서방의 나리아이 마사코 씨가 의혹이 드는 표현상의 세심한 내용까지 신경을 써서 다듬어 주신 덕분에 이렇게 완성되었음을 밝히고 깊이 감사드린다.

단테의 『신곡』은 천국을 위해 쓴 책이라는 것을, 즉 우리는 단테와 함께 고전문학적 교양으로 지옥을, 오성과 상상력으로 연옥을 편력한 후, 그제야 마침내 빛으로 충만한 천국에서 이성적 정신이 신의 지복으로 초대받는 기쁨을 위한 책이라는 것을 실감해야 한다. 그리고 『신곡』은 그런 기쁨을 알고 있는 상태에서, 지상에 있는 고통스러워하는 사람과 연옥에서 고통받는 영혼을 위해 마음을 다해 기도해야 한다는 것을 말하는, 그리고 천국의 지복을 마음에 품고 다른 사람을 사랑할 때 성취되는, 천상과 지상의 사랑의 교류 노래인 것이다.

이를테면 지옥편은 문학, 연옥편은 철학, 그리고 천국편은 신학의 연습의 장이라 말할 수 있다.

2004년 3월 15일
이마미치 도모노부

1강
서문 및 호메로스

피렌체 시에 서 있는 단테
Tuttle le Opere di Dante Alighieri, The Ashendene Press, 1909.

서문—단테 연구의 의미

나는 10대 중반 무렵부터 이쿠타 초코生田長江가 번역한 『신곡』을 읽으며 언젠가는 반드시 단테를 공부해 보고 싶다는 생각을 가졌다. 그런데 대학에서 철학을 공부하던 20대에 이탈리아어 원전을 발견해 『신곡Divina Commedia』을 열심히 읽던 중, 고전철학과 관련해 더없이 훌륭한 가르침을 주신 지도교수 이데 다카시 선생님에게서 "자네는 우선 아리스토텔레스에 전념하게"라는 말을 듣고 서글퍼했던 기억이 있다. 나는 순종적인 학생으로 아리스토텔레스에 몰두했고 덕분에 철학의 기초를 공부할 수 있었다. 그러나 그 무렵부터 토요일 밤마다 남몰래 지하운동을 하듯 50년 넘도록 혼자서 『신곡』을 공부해 왔다. 이를 눈치 챈 분들의 배려 덕택에 단테 관련 연속강의 형태로 이야기할 기회를 얻게 된 것을 매우 기쁘게 생각한다.

자, 그럼 오늘은 제1강 '서문 및 호메로스 Ὅμηρος Homeros'라는 제목으로 이야기를 시작하겠다. 우리가 지금으로부터 육백 수십 년도 이전의 단테 알리기에리(Dante Alighieri, 1265~1321)라는 시인을 연구하는 의미는 대체 어디에 있는가. 우선 이에 관해 생각해 보자.

고전에서 배운다

단테의 『신곡』을 읽는 일은 우선 첫째로 '클래식을 공부한다'는 의미가 있다. 아니 오히려 클래식'에서' 배운다고 생각하는 편이 좋겠다. '을'이라고 하면 아무래도 '대상'이 되기 때문에 그것과 자신과는 거리가 있게 된다. 물론 단테 '를' 공부하는 것이긴 하지만, 동시에 단테 '에게' 배운다, 즉 자기 자신이 그 속으로 들어가 공부하고 참여한다는 마음가짐이 필요하다. 단테를 공부하는 것은 이처럼 고전 '에서' 배우는 일의 하나라고 생각한다. 그것은 바로 단테에게 배우는 것이다.

그런데 '고전'이라는 어휘는 본래 어떤 의미를 가진 말이었을까. '고전'은 영어로는 '클래식classic'인데, 그 밖의 유럽 언어도 대부분 맨 첫 글자나 맨 마지막 글자만 다를 뿐 발음은 모두 '클래식'이다. '클래식'은 라틴어 '클라시쿠스classicus'에서 유래했는데 이 말은 형용사이며 처음부터 '고전적'이라는 의미가 있었던 건 아니다. '클라시쿠스'는 사실 '함대艦隊'라는 의미를 가진 '클라시스classis'라는 명사에서 파생된 형용사이다. '함대'라는 말은 군함이 적어도 두세 척 이상은 있다는 뜻이다. '클라시스'는 '군함의 집합체'라는 의미였다. '클라시쿠스'라는 형용사는 로마가 국가적 위기 상황에 맞닥뜨렸을 때, 국가를 위해 군함을, 그것도 한 척이 아니라 함대(클라시스)를 기부할 수 있는 부호를 뜻하는 말로, 국가에 도움을 주는 사람을 가리켰다.(로마에는 징세 제도가 있었지만, 군함은 세금이 아니라 기부를 모아 만들었다.)

덧붙여 국가가 위기에 직면했을 때, 자기 자식—자식은 '프롤레스pro-les'라고 한다—밖에는 내놓을 게 없는 사람, 국가에 헌상할 것이라곤 프롤레스뿐인 사람을 '프롤레타리우스proletarius'라고 불렀다. 따라서 '클라시쿠스'가 재산이 있어서 국가를 위해 함대를 기부할 수 있는 부유층을 가리킨 데 반해, '프롤레타리우스'는 오직 자기 자식을 내놓는 것밖에 할 수 없는 가난한 사람을 의미했다. 바로 이 라틴어 '프롤레타리우스'에서 빈곤한 노동계급을 의미하는 '프롤레타리아트'라는 독일어가 생겼고, 그 후 유럽 전역에 널리 퍼지게 되었다. 오늘날 '클라시쿠스'는 '고전적', '프롤레타리아'는 '노동계급'을 의미하는 말이 되어 이 두 단어가 아무 관련이 없는 것처럼 보이지만, 옛 로마 문화에서는 매우 밀접한 관계를 가진 단어였으며, 생각해 보면 '프롤레타리우스'라는 형용사는 서글픔이 깃든 말이기도 하다.

　그렇다면 국가적 위기에 함대를 기부할 수 있는 상황을 인간의 심리적 차원에서 생각해 볼 수도 있다. 인간은 언제든 위기를 맞을 가능성이 있는데 이러한 인생의 위기에 당면했을 때, 정신적인 힘을 주는 책이나 작품을 가리켜 '클래식'이라 부르게 된 것이다. 이는 중세의 비교적 이른 시대, 즉 교부시대부터 그러한 의미로 쓰이기 시작했다.

　따라서 무엇보다 먼저 밝혀 두어야 할 것은 '클라시스'는 원래 '함대'라는 의미였으며 '클라시쿠스'는 국가에 함대를 기부할 수 있다는 의미에서 애국자이기도 하고 재산을 가진 사람을 가리키는 말인데, 이것이 변화하며 인간의 심리적 위기에 진정한 정신적 힘을 부여해 주는 책을 일컬어 '클래식'이라 부르게 되었다는 점이다. 더 나아가 비단 책 뿐만 아니라, 회화든 음악이든 연극이든 정신에 위대한 힘을 주는 예술을 일반적으로 '클래식'이라 부르게 되었다.

　일본에서는 '클라시스'에서 유래한 '클래식'을 '고전'이라 번역한다. 이는 오래전부터 소중하게 여겨온 서적典, 요컨대 고전이 그러한 교화력을 가졌다는 점에서 '클래식'의 번역어로 선택된 것이다. '典'은 상형문자로 冊인데, 다리가 달린 책상 위에 옛 책의 형태인 두루마리를 소중히 올려놓은 것을 의미한다. 책상 위에 올려 둔다는 것은 '읽지 않고 쌓아 두기만 한다'는 뜻이 아니라, 소중히 여기고 늘 열심히 읽는다는 뜻이다. 따라서 '고전'은 '클래식'의 번역어로서는 참으로 적절한 말이라 여겨진다. 그러한 고전 '에서' 배우는 것이 단테 연구의 첫번째 의미일 것이다.

인문주의·고전연구의 체득

단테 『신곡』연구의 두번째 의미는 휴머니즘humanism을 체득하는 데 있다. '휴머니즘'이라고 하면 흔히 '인간주의' 혹은 '인간애'라고 옮기는데, 원래는 그런 뜻이 아니고 '휴머니즘'은 '휴먼인 것'을 강조하는 말이다. '휴먼'은 라틴어로 '후마누스humanus'이며 '후마누스'는 물질인 물이나 동물인 개와는 달리 인간에게 고유한 것, 즉 '인간적'이라는 뜻이다.

'인간적'이라는 형용사는 일본에서는 다르게 쓰이는 경우가 있다. 예를 들면 내가 학생과 술을 마시고 취해서 "아, 내일은 학교 가기 싫다"라고 말하면 "선생님도 꽤 인간적이시네요. 너무 좋아요"라고 말한다. 평소 잔소리 심한 선생인데 알고 보니 말이 꽤 통한다고 칭찬을 했을 테지만, 술에 취하는 것은 전혀 인간적인 일이 아니며 오히려 동물이 된 경우이다. 노(能, 일본의 가장 오래된 무대예술이며 일종의 가면극─옮긴이) 〈성성이〉에서 볼 수 있듯이 원숭이도 술에 취하기 마련이고, 소세키漱石 작품(『나는 고양이로소이다』를 말함─옮긴이) 속의 고양이도 맥주를 마시고 취한다. '인간적'이라는 말은 동물과 구별되는 인간만의 특징을 나타낼 때 사용하는 것이다. 그렇다면 그것은 구체적으로 무엇일까. 바로 '언어를 이해하고, 언어를 사용하고, 언어로써 살아간다'는 것이다.

인간 이외의 다른 동물에게도 언어가 있다고 주장하는 사람도 있지만, 동물에게는 음성기호가 있을 뿐이며 엄밀한 의미의 언어는 없다. 분명 동물들도 명확한 의미를 가진 음성기호를 사용해 커뮤니케이션을 한다. 인간도 그 동물의 음성기호를 알면 이를 이용해 동물과 어느 정도 커뮤니케이션을 할 수 있다. 또한 동물에게는 듣기 능력이 있어서 인간의 단순한 명령을 음성적으로 듣고 음성기호로 파악해 그대로 행동한다. 개나 고양이를 길러 본 경험이 있는 사람이라면 누구나 아는 사실일 것이다.

그러나 음성기호와 언어는 엄연히 다르다. 일본원숭이 연구가에 의하면, 일본원숭이는 식별 가능한 26가지 음성기호를 가지고 있다고 한다. 새끼를 밴 암컷 원숭이 한 마리를 무리에서 떼어 내 격리시키고, 그 암컷 원숭이가 갓 낳은 새끼원숭이와 어미원숭이의 관계를 관찰해 본 결과, 위에서 말한 26가지 음성기호의 교환이 있었다고 한다. 그러한 동물의 음성기호는 본능적인 것이며 그 음성기호를 어떤 상황에 낼 것인가는 경험을 통해 배워 가겠지만, 필요한 음성기호 자체는 본능적으로 지니고 있다.(이타니 준이치로伊谷純一郎, '일본원숭이의 음성과 생활', 『언어생활』. 1995)

인간도 그러한 음성기호를 가지고 있다. 젖먹이를 떠올려 보면, 태어날 때 모태 안에서 갑자기 공기 중으로 나오면 충격에 놀라 울음을 터뜨린다. 기저귀가 젖었을 때 내는 울음소리, 배가 고플 때 내는 울음소리, 기분이 좋을 때 내는 소리, 통증으로 인해 불에 덴 듯 우는 소리, 몸이 약해졌을 때 힘없이 우는 소리 등 다양한 소리를 내는데, 이는 모두 음성기호이며 각각 다른 소리를 각각의 상황에 맞게 본능적으로 낸다. 이처럼 본능적 음성기호는 인간을 포함해 모든 동물이 가지고 있다.

그에 반해 인간의 언어는 일생 동안 배우고 터득해 가는 것이다. 사전이 없는 인간의 일생은 상상하기 어려울 정도다. 또한 사색이 깊어지면 사전에는 없는 새로운 술어를 만들기도 한다. 우리는 평생에 걸쳐 언어를 습득해 나가지 않으면 안 된다. 이렇게 생각해 보면 '언어적'이라는 것이 가장 인간적인 것이다. 따라서 '휴머니즘'의 첫번째 의미는 다름 아닌 '인문주의', '고전주의'라고 할 수 있다.

'휴머니즘'은 비교적 새로운 말이며 그 기원은 '후마니스무스Humanismus'라는 독일어이고, 1809년에 프리드리히 니트함머Friedrich Niethammer라는 사람이 처음 만든 말이다. 이 단어는 '인간애'를 의미하는 '필란트로피스무스Philanthropismus'와 대립되는 단어였다. 어찌된 영문일까. 예를 들면 추운 날 돌계단 위에 잠든 사람에게 뭔가 따뜻한 먹을거리라도 건네는 행위는 필란트로피스무스(인간애)이다. 그에 대하여 '후마니스무스', '휴머니즘'이란 '고전 연구를 통해 언어를 익히고 숙달해 가는 것'이 본래 의미이다. '언어를 익히고 숙달해 가는 것'이란 언어 '를' 사용하는 것이 아니라, 언어 '에' 걸맞도록 살아가는 것, 그리고 자기 자신이 한 말에 대해 책임감을 가지고 그에 맞게 행동하는 것까지도 포함한 말이다. 따라서 '휴머니즘'은 고전 연구와 매우 밀접한 관계가 있다. 우리는 이번에 단테를 공부함으로써 서양의 대표적인 고전을 배우고, 또한 휴머니즘의 인간, 바로 휴머니스트가 되는 것이다. 단테 직후에 이탈리아에서는 '우마니스타Umanista'라 불리는 고전 연구 인문주의자 그룹이 나타났는데, 그들의 운동이 바로 19세기 이래의 휴머니즘을 선도했다.(*T. Imamichi, Betrachtungen über das Eine*, p.25)

서양문화—서양문학—서양적 지성

나아가 단테는 중세 말기에 이탈리아에 태어난 사람이므로 우리는 단테를 통해 서양문화 형성기 중에서 제2차 완성기에 해당하는 중세 후기 시대—제1차 완성기는 고전古典·고대古代 완성기이다—의 문화를 배우는 것이다. 게다가 단테는 르네상스 시기와도 겹치므로 서양문화의 한 시점의 완성 상태와 새롭게 변해 가는 역동성 양 측면을 모두 배울 수 있다. 이것은 우리에게 매우 중요한 의미를 가진다. 우리는 서양문화라고 하면 자칫 서양문명에 가까운 것들만을 대상으로 삼는 경향이 있다. 그러나 실은 문학 속에 서양문화의 정수, 즉 본질이 내포되어 있음을 알아야 한다. 그리고 서양문화를 지탱하는 서양적 지성의 본질을 배우는 것이 중요하다.

일본은 메이지明治 이래, 오랫동안 구미 수준을 쫓기 위해 노력했다. 지식인들은 각각의 영역에서 전문적인 일에 관한 한 매우 열심히 연구하고 익혀 불과 백 년 남짓한 시간에 따라잡았고, 더러는 앞질렀다고 볼 수 있는 영역도 있을 것이다. 이는 분명 대단한 노력의 성과이다. 그러나 이와 반대로 일정 시기까지 일본인이 가지고 있던 문학적인 일반교양은 쓸모없게 되었고, 현재 뛰어난 전문직 종사자들에게 그러한 교양이 결여되어 있다는 사실을 부인할 수 없다. 예를 들면 철학자나 물리학자는 문학을 잘 모르고, 문학가들 역시 철학을 경원시하거나 물리학을 모르는 경향이 있다. 일반적으로 일본의 관료나 기업가, 정치가의 문학적 교양은 낮은 편이다. 이는 서양의 철학자, 경영자, 물리학자와 비교하면 큰 차이가 있다. 그러한 의미에서, 물론 일본문학도 읽어야겠지만, 서양문학을 읽음으로써 서양적 지성의 드넓은 폭이나 높은 수준을, 무작정 빠져드는 것이 아닌, 순수한 인간으로서 다른 나라의 훌륭한 가치를 인정하는 용기를 가지고 대등한 인간으로서 공부해 가야 한다.

인류의 지적 유산에서 배운다

그뿐만 아니라 동·서양 구별 없이 인류의 지적 유산의 하나를 공부한다는 사실을 다시금 의식해 둘 필요가 있다. 이것이야말로 '온고지신', 옛것을 익혀 새 것을 아는 일이다. 『신곡』은 오래된 작품임에 분명하나, 이책을 읽음으로써 우리는 틀림없이 개개인의 인생에서 어떤 의미 있는 것들을 길어 낼 수 있을 것이다. 그런 일을 가능하게 해 주는 것이 바로 고전이다. 고전을 믿고 그로부터 우리 개개인이 살아가는 데 중대한 의미를 이끌어 내고 쌓아 가는 일은 매우 중요하다.

호메로스로 여는 서론

우리는 이와 같이 단테를 배워 나갈 예정인데, 오늘은 먼저 서론으로 호메로스를 공부하겠다. 단테를 읽는데 왜 호메로스가 먼저 나올까. 그 까닭은 호메로스가 '서양문화의 원류源流'와 관련이 있다는 데 있다.

서양문화 원류의 하나는 그리스·로마 혹은 그리스·라틴 고전문화에 있다. 그리고 다른 하나는 그리스도교이다. 그런데 단테는 그리스·로마 고전문화의 전통과 그리스도교 전통 양쪽을 통합한다. 그러므로 우리는 단테 연구를 통해 그리스·로마 고전문화와 그리스도교 문화 두 가지를 겸해서 공부하는 셈이다. 이 말은 또한 각각에 관한 일정 수준의 기본 지식이 없으면 단테를 공부하기 어렵다는 말이기도 하다. 그러한 이유로 단테 텍스트로 들어가는 것은 당분간 미루고, 우선 그리스 고전문화의 대표시인인 호메로스에 관해 중점적으로 생각해 보는 일부터 시작하려 한다. 다음번 2회 강의에는 로마의 고전시인이며 단테가 특히 존경했던 베르길리우스에 관해 공부하도록 하겠다. 그리고 3회 강의에서는 이러한 그리스·로마와 함께 단테를 형성시킨 그리스도교를 문학적인 측면을 중심으로 살펴보겠다. 이번 연속강의의 1회부터 3회까지는 단테를 향해 가는 길 안내이며, 4회부터 본격적으로 단테에 들어갈 예정이다.

서양문화의 원류

그리스·로마의 고전문화가 왜 서양문화의 원류인지 그 이유를 생각해 봐야 한다. 실제로는 그리스·로마보다도 더 오래전 문화가 서양에 많은 영향을 끼치고 있기 때문이다. 예를 들면 이집트 문화, 히타이트 문화, 메소포타미아 문화가 있고, 그리고 같은 그리스의 미케네 문화도 있다. 그러한 다양한 오랜 문화가 있는데 어째서 그리스·로마의 고전문화를 서양문화의 근원으로 보는가.

그것은 동물을 조상으로 모시는 것에서 탈피하는 것이 그리스에서 시작되었기 때문이다. 이는 일종의 토테미즘으로, 우리 선조가 동물이었으며 인간은 그 동물에 미치지 못하므로 동물을 신으로 숭배한다는 생각이다. 이것은 일본에도 있었던 신앙인데 서양에서도 새, 뱀, 곰, 소, 늑대 등을 신으로 숭상하고 공양물을 올렸다. 일본에서 이러한 흔적을 찾을 수 있는 예로는 이나리 신앙(稻荷信仰, 일본의 민간신앙으로 특히 농업신을 모시는 신앙—옮긴이)을 들 수 있는데, 지금도 여우에게 이런저런 물건을 올리는 풍습이 남아 있다. 도리이(鳥居, 일본신사 입구에 세운 기둥 문—옮긴이)만 해도 새신앙의 흔적이며, 또한 오래된 호수에 뱀공주가 산다고도 하고 호수의 신은 용신이라 일컬어지기도 한다. 용은 상상의 동물이지만 큰 뱀이나 거대한 파충류와 관련 있는 먼 옛날의 기억으로 그 기원은 실제 동물임에 분명하다.

이처럼 동물을 숭배하고 신격화했던 이유는 무엇일까. 인간은 이제와 서야 만물의 영장이라 자만하지만, 문화와 문명이 발전하지 않았던 시대에는 한없이 연약한 동물이었다. 강한 동물을 쓰러뜨릴 때는 여러 사람이 떼를 지어 뒤에서 찌르는 형태를 취했기 때문에 인간은 아무래도 자기 자신을 과시할 수 있는 존재는 못 되었다.

그 증거는 동굴벽화에 나타난다. 동굴벽화는 라스코나 알타미라가 유명하며 석기시대 인간의 예술이다. 벽화는 햇빛이 들지 않는 캄캄한 동굴 깊숙한 천장에 그렸다. 뮌헨에 있는 과학박물관에 동굴벽화를 복원한 것이 있는데, 그것을 보면 캄캄한 곳에 동물 그림이 그려져 있다. 볼 수 없는 장소에 그림을 그린 것이다. 벽화에는 바이슨Bison, 표범, 양 등이 매우 뛰어난 솜씨로 그려져 있으며, 생동감 넘치는 걸작이라 할 수 있다. 햇빛이 들지 않는 깊숙한 곳, 볼 수도 없는 곳에 걸작을 그려 놓았다. 게다가 그 그림들을 겹쳐서 그렸다. 예를 들어 양을 그렸다면 양 옆에 바이슨을 그리는 게 아니라 양 위에 바이슨을 그린다. 더욱 흥미로운 사실은 1센티미터 굵기의 마카로니 모양의 상처가 수없이 나 있다는 점이다.

동굴벽화의 비밀

이러한 사실들은 무엇을 의미할까. 명백한 사실은 평상시 감상을 위해 그린 게 아니라는 것이다. 평소 감상하기 위해 그렸다면 햇빛이 드는 벽에 그렸을 것이다. 그러지 않았다는 것은 감상을 위한 그림이 아니었음을 의미한다. 그렇다면 대체 무엇을 위한 그림이었을까. 그 의문을 푸는 열쇠는 바로 마카로니 모양의 상처에 있다. 마카로니 모양의 상처가 나 있는 의미를 오랫동안 풀지 못했는데, 기드온Gideon이라는 학자에 의해 마침내 해명되었다. 그 이유는 다음과 같다.

프랑스 인류학자 일행이 남태평양 섬으로 조사를 나갔다. 그들은 조사를 다 마치고 추억 삼아 사냥이나 하려고 그동안 조사에 협력해 준 추장에게 "내일 사냥을 하고 싶은데, 길 안내를 해 줄 수 없겠소?"라고 물었다. 그런데 그때까지 무슨 부탁이든 흔쾌히 들어주던 추장이 "내일은 좀 어려울 것 같소만"이라고 대답했다. "당신이 준비할 건 아무것도 없소. 사냥할 때 길 안내만 해 주면 됩니다"라고 부탁했지만, 추장은 여전히 "글쎄 아무래도 내일은 힘듭니다. 사흘만 기다려 주시오"라고 말했다. 하는 수 없이 프랑스 인들은 이삼 일을 허비하는 셈치고 그 곳에서 기다렸다. 그러자 추장은 그동안 이웃 섬으로 배를 띄워 주변 섬에 사는 추장들을 불러 모았다. 그러고는 이틀 밤 내내 장작불을 지펴 놓고, 땅에 동물 그림을 그리더니 창으로 그림을 찌르면서 장작불 주위를 도는 의식을 치렀다. 이것은 다음날 사냥할 동물에게 반드시 상처를 입혀 사로잡을 수 있게 해 달라는 주술이었다. 기드온은 이 보고서를 읽고 마카로니 모양의 상처가 무엇인지 알아냈다.

동굴벽화에서 발견한 마카로니 모양의 상처는 벽화에 그린 동물을 다음날이나 그날 사냥에서 반드시 죽이기 위한 자기 암시였던 것이다. 오늘날 우리는 그림을 예술작품으로 감상하지만, 석기시대 사람에게는 거기 그려진 대상을 상처 입히는 의식 없이는 사냥을 나갈 수 없는 주술 도구였다. 기드온은 '회화는 무기였다'라는 유명한 말을 남겼다.

그런데 꼭 그렇게까지 해야만 했던 이유는 무엇일까. 앞에서도 말했지만, 당시 인간은 효과적인 무기를 지니지 못한 약자였고 동물은 강한 존재였기 때문에 경우에 따라서는 신에 해당하기도 했다. 따라서 인간이 그러한 동물을 사살하기 위해서는 어떤 의식이 필요했던 것이다. 사냥 대상이 된 동물은 부족이 조령祖靈으로 모시던 신이 아닌 종류가 많았겠지만, 아무튼 수렵 전에 기도를 올리지 않고서는 동물을 쫓을 수 없는 긴장감이 있었을 것이다.

더욱 주목해야 할 사실은 인간은 동굴벽화 시대에는 결코 자기 자신을 그리지 않았다는 점이다. 동굴벽화에 인간을 그린 예는 한참 후에나 나타나며 석기시대에는 없었다. 그리고 인간을 그린 경우도 가면을 쓴 모습이다. 원시회화에는 샤먼이 조수鳥獸 가면을 쓴 그림은 있지만, 인간을 맨얼굴로 그린 그림은 없다.(기드온 지음, 에가미 나미오江上波夫, 기무라 시게노부木村重信 옮김. 『영원한 현재』, 도쿄대학출판회, 511쪽)

인간의 자각

이처럼 신이 동물 모습이었다는 사실은 인간에게는 동물 이하의 존재라는 자각밖에 없었음을 의미할 것이다. 그런데 그런 사고가 완전히 뒤바뀌어 그리스의 고전시대에는 신들을 인간의 모습으로 조각했다. 그런데 이들 신의 형상을 인간과 비교해 보면 세 가지 차이점이 나타난다. 첫째로 인간보다 크다. 둘째로 인간보다 아름답다. 그리고 셋째로 인간보다 지적인 얼굴, 혹은 인간보다 강한 형상이다. 이는 그리스인들이 신을 인간화했다기보다 신을 인간 이상의 존재로 여기기 시작했다는 의미이다. 인간은 차츰 지혜를 이용해 동물을 정복할 수 있게 되었다. 그러나 인간은 여전히 자신들보다 한결 뛰어난 인간 이상의 존재가 있다고 여겼고, 그런 까닭에 신을 인간보다 뛰어난 모습으로 표현한 것이다. 이렇게 해서 그리스·로마 고전문화를 경계로 인간은 동물신을 신앙하던 조야한 시대에서 인간 이상의 지성과 힘을 가진 신들을 존경하는 사고로 변해 간 것이다. 그리스·로마 고전문화는 인간의 생물학적 우위를 자각한 시대, 그 시초라는 점에서 서양문화의 기원이 된다. 동양에서도 거의 비슷한 시기에 중국이나 인도에서 인간 우위에 대한 자각이 처음 이루어지긴 했지만, 이 강의에서는 서양문화에 한해서만 살펴보기로 하겠다.

그리스도교에서도 인간은 이마고 데이imago Dei라는 사고를 가진다. '이마고 데이'는 '신의 형상'이라는 뜻이다. 인간은 신이 아니지만 신의 형상을 본떠 만들어졌으며, 신의 지성이나 언어를 작은 규모로 가지고 있다는 생각이다.(구약성서 「창세기」 1장)

창조하는 문화와 소산으로서의 문화재

이제부터 호메로스를 고찰해 보겠는데, 문화에는 '창조하는 문화'와 '소산으로서의 문화재'라는 두 가지 측면이 있다. 우리가 단테를 읽는 경우에는 이미 완성되어 있는 문화재인 『신곡』을 공부하면서 그것을 창조한 단테의 정신에 도달해야 한다. 이는 결국 문화를 배우는 것뿐만 아니라 문화에서 배운다는 것이고, 고전 '을' 배우는 것뿐만 아니라 고전 '에서' 배운다는 의미일 것이다. 단테의 책을 공부하면서 단테의 책에서 배워 아무리 작은 불꽃이라도 자기 안에 창조적인 문화의 불을 밝혀 나가야 한다. 다시 말해서 고전으로서의 단테를 읽어 그 내용을 익히는 것만이 아니라, 단테의 창조 정신까지도 배워야 한다는 것이다. 그리고 단테를 제대로 연구하기 위해서는 단테의 선구자이며 서양 서사시 최초의 거장인 그리스의 호메로스를 재검토해 보지 않을 수 없다. 이는 창조로서의 문화 계열의 출발에 서 있는 사람을 알아내는 과정이며, 단테를 단순히 소산으로서의 문화재로 여기는 데 그치는 것이 아니라 창조성과 연관되어 있음을 예고하는 일이기도 하다.

호메로스에 관하여

자, 그럼 먼저 호메로스에 관해 누구나 알아 두어야 할 사항부터 시작해 보자. 호메로스는 2대 서사시, 『일리아스Ιλιάς』와 『오디세이아Οδύσσεια』의 저자라 일컬어진다. 그 밖에 『호메로스 찬가』라는 종교적 찬가와 『마르기테스』라는 작품이 호메로스의 이름으로 전해지는데, 상식적으로 알아 두었으면 하는 것은 『일리아스』와 『오디세이아』 두 가지이다. 다만, 오늘날 언어학적 연구에 따르면 『일리아스』와 『오디세이아』 사이에는 적어도 백 년 정도의 언어적 차이가 있으므로 호메로스가 두 사람 있었다고 봐야 한다는 주장도 있다. 그러나 지금까지의 문학사에서는 이 양자를 일괄해 한 사람의 호메로스로 부르며, 호메로스에게 두 작품이 있다고 말하므로 그들이 각각 다른 사람이었다는 생각을 마음속 어딘가에 품고는 있지만, 굳이 호메로스1, 호메로스2라고 구별하지 않고 이야기를 진행해 가겠다.

이 작품은 기원전 14세기 트로이 전쟁으로부터 수백 년이 흐른 후, 대략 기원전 10세기에서 9세기 사이에 성립되었을 것이라 여겨진다. 그러나 그 무렵에는 아직 구송언어예술, 즉 입으로 읊는 언어예술로 전승되었으므로 문자로 기록된 것은 기원전 8세기에서 기원전 6세기 사이, 그리스인이 페니키아로부터 문자를 배워 그리스 문자를 만든 무렵이었을 것이라 추측한다.

본래 이러한 시는 문자 성립 이전에는 낭송되었다. 『일리아스』는 1만 5693행, 『오디세이아』는 1만 2110행이나 되고, 게다가 한 행에는 대개 다섯 내지 일곱 정도의 단어가 들어가므로 상당히 긴 시이다. 낭송하면 대략 4행에 1분 정도 걸리므로 1만 5693행을 낭송하자면 쉬지 않고 계속 읽어도 사흘가량이 걸린다. 따라서 실제로는 일부분만 낭송하는 형태를 취한다. 이처럼 호메로스를 구송언어예술로 감상할 때는 시를 읊는 사람—음유시인, 특히 호메로스를 낭송하는 사람들을 가리켜 호메리다이라고 불렀다—, 호메리다이가 오늘은 호메로스 1권의 어느 부분을 읊는다, 3권의 어느 부분을 읊는다는 식으로 진행했을 것임은 의심할 여지도 없다.

『일리아스』와 『오디세이아』는 각각 24권이나 되는데, 음유시인이 과연 1만 5693행이나 되는 일리아스를 다 기억할 수 있었을까, 문자로 기록할 때 낭송되거나 구송된 대로 정확하게 기록되었을까하는 의문을 가지는 사람들이 많을 것이다. 나는 그런 의문에 관해 스무 살 안팎 무렵, 아이누 문학을 연구하신 긴다이치 교스케金田一京助 선생에게 직접 들은 감동적인 이야기를 들려주고자 한다.

아이누의 '유카라'와 긴다이치 교스케

이 이야기는 구제舊制 다이이치第一 고등학교(일본의 옛 학제, 현재의 도쿄대학 교양학부 전신前身으로 최고의 엘리트만 들어갈 수 있었던 명문 학교였다함—옮긴이) 특별강의 시간에 아이누의 서사시인 유카라Yukar(a) 연구에 관한 강의에서 들은 내용이다. 아이누는 오늘날에도 문자가 없는 민족인데, 유카라(영웅전설과 같은 것의 총칭)를 비롯해 상당히 많은 구전언어예술이 있다.

긴다이치 교스케 선생은 오래전부터 이이누 어가 사라져 버릴 것을 우려해 반드시 기록으로 남겨야겠다고 생각했다. 아이누 부락으로 찾아가 유카라에 관해 묻자, 아직 전승자가 남아 있으며 민족 제례에는 유카라를 읊어 전한다는 말을 들었다. 그래서 선생은 낭송을 한다는 '시라오이白老'라 불리는 부락의 노옹을 소개받아 유카라를 로마자로 기록하기로 했다. 그 당시에는 테이프레코더가 없어서 선생은 낭송자가 읊는 내용을 로마자로 받아 적었다고 한다. 그런데 아무리 정신을 집중해도 도중에 지쳐서 받아 적을 수 없는 경우가 생긴다. 그래서 "잠깐만요, 지금 했던 부분부터 다시 해 주십시오"라고 부탁하면 "그럼 처음부터 다시 해야 하네"라면서 맨 처음부터 다시 낭송을 시작했다고 한다. 결국 이렇게 세 번을 되풀이하며 한 작품을 기록하는 데 이틀이 걸렸다고 한다. 선생은 집에 돌아와 받아 적은 원고를 다시 읽으며 눈물을 흘렸다고 하셨는데, 당시 선생의 그 심정을 헤아리면 나는 지금도 눈시울이 붉어진다. 문자문화를 가진 인간에게는 사라져 가는 시 암송이 구송전승문학 속에서는 생생하게 살아 있는 것이다.

그런데 선생은 다시 다른 부락의 다른 낭송자 노파를 소개받아 똑같이 받아 적기를 했다. 이가 다 빠진 노파라 알아듣기 힘들었다고 한다. 앞의 경우와 마찬가지로 도중에 미처 듣지 못한 곳이 생겼다. 그러나 그 때도 끊긴 부분부터 다시 할 수는 없어서 몇 번을 처음부터 다시 되풀이하며 받아 적었다. 그러고나서 두 개를 비교해 읽어 보니 놀랍게도 거의 차이가 없었다고 한다. "기적이라고 생각한다"고 선생은 말했다.

생각해 보면 일본의 『고지키古事記』(고대 일본의 신화·전설 및 사적을 기술한 가장 오래된 역사서—옮긴이)도 원래는 구송으로 전해진 것이다. 그러다가 한반도를 통해 중국의 문자를 알게 된 일본이 이를 적어 기록으로 남겨야겠다고 생각하고, 가장 뛰어난 낭송자였던 히에다노아레稗田阿礼가 암기해 읊은 내용을 오노야스마로太安万侶가 일본 발음 한자로 받아 적어 완성한 것이다. 일본인도 역시 그러한 과정을 밟았던 것이다. 히에다노아레 시대로부터 천 몇백 년도 더 지난 활자문화 시대에도 아이누의 구전서사시는 여전히 살아 있다. 1955년 무렵부터 테이프레코더로 간편하게 기록할 수 있게 되면서 유카라를 비롯한 다양한 아이누 전승 채취 자료를 몇 년 몇 월 단위 기록으로 남길 수 있게 되었다.

문학적 실험

그런데 인간이 과연 그렇게 많은 분량을 다 기억할 수 있을까. 그런 일이 어떻게 가능할까. 이 자리에서 작은 실험을 통해 그 문제에 관해 생각해 보자. 내가 창밖 풍경을 내다보며 느낀 감상을 말해 보겠다.

"밖을 내다보니 아직 벚꽃이 흐드러지게 피진 않았지만, 따사로운 바람이 불어오는 품이 이윽고 봄도 다 가려는 듯싶다. 이러한 때를 '봄밤의 한때는 천금과 같다'고 하던가, 봄날 저녁 해가 쉬이 지는 것은 참으로 안타까운 일이다. 그와 마찬가지로 친구가 세상을 뜨거나 멀리 여행을 떠나는 것은 더없이 서글픈 일이며 애타는 심정은 한처럼 오래 남는다. 흡사 봄날의 짧음과 덧없음을 애통해하는 것처럼 친구와의 이별의 아픔도 오래도록 가슴 깊이 남는다."

나는 지금 이렇게 말했다. 그런데 지금 말한 내용을 다시 반복해 보라고 하면 어떨까. 의미는 틀리지 않겠지만, 방금 말한 당사자인 내가 똑같이 되풀이하는 것은 불가능하다. '따사로운 바람이 불어오는 걸 보니 봄도 다 가는 모양이다', '봄밤의 한때는 천금과 같다'는 표현은 할 수는 있겠지만, 어휘 하나 틀리지 않고 정확하게 되풀이할 수는 없다. 의미는 전혀 틀리지 않게 몇 번이라도 되풀이할 수 있지만, 말한 당사자이고 불과 30초밖에 안 지났다 하더라도 선택한 산문의 어휘를 다시 한번 똑같은 형태로 반복할 수는 없다.

그런데 시마자키 도손島崎藤村의 『만춘晚春의 이별』이라는 시가 있다.

"때는 저물어 가는 봄이로구나/봄의 끝자락보다 덧없는 것 없네/벗과 이별하는 내 서러움이여/그보다 길고 긴 한 어디 있을꼬/너를 떠나보내고 꽃을 찾아서/높다란 전각 위에 올라서 보니/우거진 숲 헤매는 휘파람새는/안개 속을 덧없이 울며 나는데/새하얀 태양 빛은 봄의 여신의/고귀한 봄마차를 비추는구나."

다시 한번 낭송해 보자.

"때는 저물어 가는 봄이로구나/봄의 끝자락보다 덧없는 것 없네/벗과 이별하는 내 서러움이여/그보다 길고 긴 한 어디 있을꼬/너를 떠나보내고 꽃을 찾아서/높다란 전각 위에 올라서 보니/우거진 숲 헤매는 휘파람새는/안개 속을 덧없이 울며 나는데/새하얀 태양 빛은 봄의 여신의/고귀한 봄마차를 비추는구나."

그다음은 "너 이제 흘러가는 구름과 함께……"로 이어진다. 그다음도 얼마든지 더 읊을 수 있다.

나는 내가 말했던 산문은 똑같이 되풀이할 수 없었다. 아무리 공을 들여 쓴 산문이라도 조금도 틀리지 않고 똑같이 되풀이 할 수는 없을 것이다. 그러나 다른 사람이 지은—물론 매우 훌륭한 작가가 쓴 시지만—이 시는 7·5조 리듬과 대구對句 구성으로 외우기 쉬워서 중학교 때 배웠을 무렵부터 되풀이해 암송했기 때문에, 112행이었다고 기억하는데, 지금도 이렇게 암송할 수 있다. 그러므로 1만 행이든 그 이상이든, 민족이 자신들을 위해 꼭 전해야하는 노래라고 여겼다면, 리듬과 대구로 구성되어 있기만 하다면, 그러한 책임과 과제를 부여받은 가문 혹은 사람은 이를 기억해 제대로 전해 줄 수 있었을 것이라 말할 수 있다.

예술의 여신 무사는 기억의 여신 므네메의 딸

그리스 신화 전설에 예술의 여신 무사(Μοῦσα, 영어로는 뮤즈Muse)는 기억의 여신 므네메Μνήμη가 어머니라는 계보가 있다. 뮤즈의 여신, 즉 시와 춤과 예술의 여신은 므네메, 다름 아닌 기억의 여신의 딸이라는 말이다. 어지간한 사람은 문학 작품을 기억할 수 없다고 생각했을지도 모른다. 그러나 초등학교나 중학교 시절, 학예회에서 연극 대사를 암기해 본 기억은 누구나 있을 것이다. 작정하고 몰두하면 인간은 상당한 양을 암기할 수 있다. 또한 현대인은 의미 없는 숫자의 나열, 예를 들어 집이나 연인, 친구의 전화번호, 또한 중요한 거래처 번호 같은 것은 여덟 자리는 물론이고 열자리가 넘어도 대체로 기억한다. 뿐만 아니라, 어디를 찾아갈 때도 3번 홈에서 기차를 타고 일곱번째 역에서 내려, 세번째 모퉁이에 있는 아파트 702호로 간다는 식으로 정확하게 숫자를 기억한다. 여행하는 사람은 여권번호를 기억하기도 하고, 학생은 열 자리쯤 되는 자기 학번을 기억한다. 따라서 의미 없는 숫자의 나열을 기억하지 않고서는 기술사회에 사는 우리 생활은 성립되지 않는다. 그러한 기억력을 시에도 행사해야 마땅할 것이다.

시는 암기되어 전해졌다. 우리는 반드시 그 사실을 의식해야 한다. 이는 문학이 있기 전에 '리듬'이 전승자 역할을 했음을 의미한다. 거꾸로 말하면 리듬이 있으면 기억할 수 있다는 뜻이다.(T. G. 게오르기아데스 지음, 기무라 빈木村敏 옮김, 『음악과 언어』, 고단샤講談社 학술문고)

조금 전에 내가 암송한 도손의 시도 다행히 7·5조 리듬이라 쉽게 외울 수 있었다. 그것이 산문이나 산문시였다면 정확하게 기억해 낭송하기는 어려웠을 것이다.

눈먼 시인

호메로스는 맹인 시인이었다는 전설이 있다. 일반적으로 맹인은 여러 가지 것에 정신이 분산되지 않기 때문에 대체로 기억력이 탁월하다. 호메로스가 자기가 만든 이야기를 호메리다이(호메로스 시의 구송전달자)에게 기억시키기 위해 헤아릴 수 없이 노래를 되풀이했다고 전해지는 이유도 호메로스가 맹인 시인이라는 전설을 증명하려는 의도에서 생겼을 것이다.

작품의 시학적 특징

자, 그러면 호메로스 작품의 리듬은 어떠했을까.

작품의 시학적 특색은 '영웅 육각운'이라 일컬어지는 것이다. 그리스어로 '헤로이콘 헥사메트론(ἡρωϊκὸν ἑξάμετρον, 영어로는 dactylic hexameter)'이라고 한다. 영웅 육각운이란 영웅을 노래한 것으로 한 행이 여섯 개 리듬으로 나뉜다. 이 노래의 리듬은 '타-안타타'라는 리듬이 수없이 반복된다. '타-안타타, 타-안타타, 타-안타타, 타-안타타, 티-안타타, 타-안 타-안' 이것이 한 행의 기본 리듬이다. 세번째의 첫 음절 '타-안' 뒤에, 짧은 휴지를 넣을 수도 있으므로 이런 경우에는 리듬이 '타-안타타, 타-안타타, 타-안, 타타타-안타타, 타-안타타, 타-안 타-안'이 된다. 이것을 기호로 표시하면 다음과 같다. 각 행 마지막의 여섯번째 음절은 예외 없이 '타-안 타-안'이라는 장음이다.

$$| - \smile \smile | - \smile \smile | - \smile \smile | - \smile \smile | - \smile \smile | - - |$$

오늘은 그 유명한 첫 행을 직접 읽어보자.

Μῆνιν ἄειδε, ϑεά, Πηληιάδεω Ἀχιλῆος
οὐλομένην, ἣ μυρί᾽ Ἀχαιοῖς ἄλγε ἔϑηκεν,

발음을 로마자로 첨부하면,

Mēnin aēide theā Pēlēiadēō Achilēos
ōulomenēn, hē mȳri Achāiōis ālge ethēkēn

의미는 Menin aeide thea가 '분노를 노래하소서, 시의 여신이여', Peleiadeo Achileos oulomenen, he myri Achaiois alge etheken은 '펠레우스의 아들 아킬레우스의 저주스러운 그 분노가 아카이아 병력에 이루 헤아

릴 수 없는 고통을 주었으며'라는 의미이다(구레 시게이치吳茂一 옮김, 『일리아스』, 이와나미문고)

Menin이 하나의 어휘, aeide가 하나의 어휘지만, 타-안타타 리듬으로 읽어야 하기 때문에 menina eideth로 읽으면, thea가 하나의 단어이므로 의미가 통하지 않게 되어 버린다. 이러한 부분이 읽기 어려운 점이다.

자 그럼, 호메로스의 구절을 다 같이 소리 내어 읽으며 그 리듬을 음미해 주기 바란다.

『일리아스』의 개요

그럼 이제 『일리아스』는 어떤 시인가에 관해 공부해 보자. '일리온'은 그리스의 적인 트로이아Troia 인의 왕성王城을 뜻하므로 『일리아스』는 '일리온에 관한 이야기'라는 의미이며, 트로이아 성 함락을 노래한 담시, 서사시이다. 그리고 이 시는 그리스 쪽 영웅인 아킬레우스Achileus의 영웅성을 노래한 시이다.

그리스(아카이아) 군대의 총사령관인 아가멤논Agamemnon이라는 사람이 있었다. 아가멤논은 훌륭한 왕이긴 했지만 제멋대로 행동하는 권력형 인간이라 전리품 분배에서 문제를 일으켰다. 당시의 전사는 전장에서 만난 상대 이외에는 죽이면 안 된다는 규칙을 가지고 있었다. 그러나 대신 전리품으로, 정복한 나라에서 살아남은 젊은 남성은 노예로, 아름다운 여성은 첩으로 삼았다. 그런데 한 여성을 첩으로 삼는 문제로 인해 그리스군 총사령관 아가멤논과 최고의 용장 아킬레우스 사이에 다툼이 생겼다. 그로 인해 아킬레우스는 자기 손에 넣었던 소녀를 아가멤논에게 빼앗겨 매우 화가 나 있었다. 그것이 바로 아킬레우스의 분노이다. 그래서 아킬레우스는 제멋대로 행동하는 왕을 위해서는 두 번 다시 전투에 참가하지 않겠다며 병영에 틀어박혀 버린다. 아킬레우스가 빠지면서 그리스 쪽은 차차 세력을 잃었고 계속해서 열세를 드러낼 뿐이었다. 그런 와중에 아킬레우스의 죽마고우라 일컬어지는 파트로클로스가 적군의 왕자이며 영웅인 헥토르와의 일대일 승부에서 전사하고 만다. 아킬레우스는 친형제처럼 여기던 친구 파트로클로스가 죽임을 당한 이상 자기가 직접 원수를 갚아야 한다며 전장으로 나갔고, 우정을 위해 헥토르와 싸워 끝내 그를 죽였다. 그런데 죽이고 나서도 분노가 다 가시지 않아 헥토르의 시체를 전차 뒤에 묶어 끌고 다녔다. 그날 밤, 트로이아의 일리온 성에서 기품 있는 노인 하나가 아킬레우스의 막사로 찾아왔다. 그 노인이 바로 트로이아의 성주, 헥토르의 아버지인 프리아모스라는 덕망 높은 왕이었다. 프리아모스는 은밀히 아킬레우스의 진영을 방문해 말한다. "그대에게 부탁이 있소. 나는 그대의 적군인 트로이아의 왕 프리아모스라 하오." 전쟁이 한창인 시기에 적군의 왕이 자기 발로 찾아온 상황이니 아킬레우스가 그의 목을 거두면 더할 나위 없는 공훈이며 그리스는 대승을 거두는 셈이다.

"그대가 쓰러뜨린 헥토르는 내게는 사랑스러운 자식이오. 그의 시체를 돌려줄 수 없겠소? 그대의 분노는 잘 알지만, 시체는 부디 돌려주기 바라오." 아킬레우스는 마음만 먹으면 쉽게 죽일 수도 있는 프리아모스에게 "알겠습니다. 돌려드리죠"라고 말하고 시체를 건넸다. 뿐만 아니라 트로이아가 헥토르의 장례를 치르는 동안 휴전하자는 의견을 그리스의 총사령관 아가멤논에게 청해 승낙까지 얻어냈다.

격전의 소용돌이 속에서, 그리고 눈앞에 나타난 적의 성주의 목만 자르면 승리를 움켜쥘 수 있는 상황에서, 자식의 시체를 찾고 싶다는 적군의 왕의 청을 듣고 시체를 돌려주고 장례까지 허락한 것이다. 아킬레우스는 바로 그러한 의미에서 그리스의 영웅이라 일컬어진다. 그리스인은 단지 강하기만 한 사람이 영웅이 아니라 인간의 아픔을 알아야 진정한 영웅이 될 수 있다는 생각을 가지고 있었다는 점을 호메로스는 표현한 것이다.

『오디세이아』 역시 그리스의 영웅 오디세우스Odysseus의 귀향 이야기이며, 갖가지 기이한 이야기를 섞어 가며 우리에게 향수와 노스탤지어를 가르쳐 주는 시이다. 이 시의 내용은 다음 강의에서 이야기하겠다. 다음 주제인 로마의 서사시인 베르길리우스가 호메로스의 이 두 작품을 통합한 듯한 『아이네이스Aeneis』라는 시를 지었기 때문이다.

플라톤의 마그네시아 이론

끝으로 호메로스에 관해 플라톤Platon이 서술한 탁설卓說이 있어서 잠깐 살펴보기로 한다. 그것은 플라톤의 '마그네시아magnesia 론'이라 일컬어지는 언어 예술론이다.

'마그네트'는 영어로 '자석'인데 그리스어 '마그네시아'가 어원에 해당한다. 플라톤의 『이온Ion』이라는 대화편이 있다. 그 책에는 다음과 같은 내용이 씌어 있다.

그리스의 일반시민은 호메로스를 음미하고 싶어도, 문자가 없었던 시대도 있었고, 문헌이 있는 소크라테스 시대에도 호메로스 사본 수량이 적어서 값이 비쌌으므로 개인적으로는 좀처럼 시를 감상할 수 없었다. 그래서 호메로스 낭송자로 유명한 이온이 그날 호메로스를 들려준다고 말하면, 모두들 그 말에 이끌려 몰려들었다. 이온은 흡사 자력을 띤 쇳조각 같은 존재였고, 일반시민은 거기에 들러붙는 모래알과도 같았다. 그러나 이온이 있는 곳으로 찾아간 사람들에게는 그의 시를 들을 생각은 전혀 없다. 이온이 읊는 것은 호메로스의 시이기 때문에 사람들은 호메로스를 듣고자 모여드는 것이다. 그렇다면 이온이 호메로스를 열심히 외운 까닭은 무엇일까. 그것은 바로 호메로스의 매력에 푹 빠졌기 때문이다. 이를테면 모래알을 끌어당기는 단순한 쇳조각보다, 그것을 더욱 강한 자력으로 끌어당기는 좀더 귀한 반지에 해당하는 것이 호메로스다. 따라서 본래는 호메로스에 자력이 있다는 말이 된다.

그런데 조금 더 생각해 보면, 낭송한 호메로스의 첫 시구, Menin aeide thea, '분노를 노래하소서, 시의 여신이여'의 의미는 '분노를 노래해 주오, 시의 여신이여, 펠레우스의 아들 아킬레우스의(분노를)'이다. 호메로스는 실은 여신이 부른 노래에 이끌린 것이다. 호메로스의 의식에서 보면, 무사(뮤즈)의 여신이 노래하는 데 이끌려 여신의 노래 속으로 들어갔고 그것을 인간의 언어로 옮겨 낸 것이다. 신이 가장 근원적인 자석μαγνησία이다. 이것이 바로 플라톤이 생각한 '마그네시아 설'이다. 진짜 자석은 무사의 신이다. 호메로스는 무사의 여신에게 마음을 빼앗겨 무의식 상태에서 들은 신의 노래를 인간의 언어의 하나인 그리스어로 번역해 낭송했다.

요컨대 진정한 시인은 자기가 아니고 신 안에 있다는 것이다. 그리스어로 '신 안으로 들어간다'는 말을 '엔토우시아스모스ἐνθουσιασμός'라고 한다. '엔en'은 영어 '인in', '토우thou'는 '테오스theos'에서 유래했으므로 '신God'이다. 하이데거는 인간 존재를 '세계 내 존재In-der-Welt-Sein'라고 했다. 내가 1984년, 실스마리아에서 열린 니체 학회에서 "시인이 시를 창조할 때는 das In-dem-Gott-Sein(신 안의 존재)이다"라고 하자, 베를링거R. Berlinger가 무척이나 기뻐했다.

영어로 '열중하다', '기뻐서 어쩔 줄 모르다'라고 표현할 때 쓰는 enthusiasm이란 말이 있는데, 그것은 바로 플라톤이 사용한 호메로스 해석의 '엔토우시아스모스'에서 유래된 것이다. 신 안에 들어가 있음을 뜻한다.

호메로스는 신 안으로 들어가 창조했다. 호메로스가 '분노를 노래하소서, 시의 여신이여'라고 말하고 있으므로 플라톤의 호메로스 해석은 그러한 의미에서는 핵심을 찌른다.

끝으로 덧붙이자면 『일리아스』는 지금 설명했듯이 트로이아 성 함락에 얽힌 아킬레우스의 영웅적인 행위를 노래했는데, 시의 길이는 1만 몇천 행이나 되지만 노래 내용은 10년이나 계속된 트로이 전쟁 중 불과 49일 동안 벌어진 사건이다. 그리고 『오디세이아』는 오디세우스가 전쟁 후 이리저리 헤매며 자기 나라로 돌아가는 표류 여행을 노래했는데 날짜 수로는 41일간의 표류이다.

이상의 내용이 호메로스에 관한 지극히 상식적인 사항이며, 단테를 공부하기 위해 공부해 둬야 할 점이라 여겨진다. 단테와 직접적인 관련은 없지만, 단테로 들어서는 서론으로서 호메로스에 관련된 필요한 사항을 서술해 보았다.

질의응답

질의응답은 저자의 감수 하에 엔젤 재단에서 정리하고 책임 편집했다. 총 15회 강의 수강자 중, 강사와 공개 질의응답을 한 사람들의 이름과 소속은 책 뒷부분에 첨부했다.

질문자　　스즈키 하루오鈴木治雄, 스미요시 히로토住吉弘人, 하시모토 노리코橋本典子

스즈키　　호메로스가 훌륭하다는 생각이 들어서 어떤 문자로 쓰였는지 궁금해 책을 사러 갔습니다. '호메릭 그릭Homeric Greek'이라고 하는데, 그리스어를 보는 순간 매우 아름다운 문자라고 느꼈습니다. 거기에 그리스어로 된 신약성서도 있었는데, 호메릭 그릭과 신약성서의 그리스어는 서로 달랐습니다. 또 코이네 그릭(Koine Greek, 아티카 방언을 위주로 이루어진 그리스 공통어, BC 4세기부터 AD 6세기까지 통용—옮긴이)이라는 것도 있습니다. 현대인의 그리스어도 다른가요?

이마미치　　조금 다릅니다. 성서의 그리스어인 코이네보다 어렵습니다. 호메릭 그릭은 고전 그리스어보다도 오래된 것입니다.

스즈키　　그리스어는 시각적으로도 아름답고 호메로스에서도 언어의 아름다움이 느껴집니다. 저는 아주 조금 음미해 본 데 지나지 않지만, 이 강의를 기회로 좀더 혼자 공부해 보고 싶습니다.

그리고 또 한 가지, 오늘 강의를 들으며 헥토르가 출전할 때 아내가 가지 말라고 애원하는 부분을 후대에 프리드리히 실러가 노래한 아름다운 시가 있다는 생각이 떠올랐습니다. 집에 돌아가면 읽어 볼 생각입니다. 괴테나 실러를 비롯한 유럽 문학가들은 호메로스나 단테의 고전을 교양으로 열심히 공부하고, 이를 배경으로 생생한 상상력을 발휘해 작품을 쓰는 것 같습니다.

이마미치 　그리스 문자의 아름다움에 관한 것입니다만, 문자 이전 시대의 시인이었던 호메로스는 알지 못했던 부분입니다. 그리스 문자는 분명 매우 아름답지만, 고전시대에는 돌에 대문자를 새겼을 뿐이므로 오늘날 볼 수 있는 아름다움은 상당히 후대의 일입니다. 대체로 12세기 중세 그리스어 사본들이 아름답습니다. 그 이전에는 단순히 대문자를 나열하는 것 같은 필기법이며 발음기호도 없었기 때문에 그다지 아름답지는 않지만, 지금 지적하신 대로 중세 이후의 그리스어 사본은 매우 아름다운 것도 있습니다. 오늘날 인쇄체의 아름다움은 새로운 현상입니다.

그리고 현대 그리스어와 고전 그리스어에는 차이가 많긴 합니다만, 그리스 비극을 지금 보면, 발음은 현대 그리스어라 옛 그리스어와는 조금 다르기 때문에 옛날식 그대로 대사를 해도 오늘날 그리스인들은 알아듣습니다. 마치 현대 일본인에게 만요슈(萬葉集, 일본에서 가장 오래된 가집 歌集―옮긴이)의 언어로 말을 해도 어느 정도 통하는 것과 같은 느낌입니다.

스즈키 　그리스어는 예를 들면 알파나 오메가처럼 일본어에도 어느 정도 전해졌지요.

이마미치 네. 문법적으로 말하자면 주어를 어디 놓아도 된다는 점에서 일본어와 그리스어는 비슷합니다. 그리스어도 자유자재로 놓을 수 있습니다. 물론 그리스어 변화가 좀 까다롭긴 하지만, 위치에 구애받지 않는다는 의미에서는 일본인이 일본어를 하는 순서대로 이야기해도 말이 통할 때가 있습니다. 그러나 동사는 어렵습니다.

스미요시 일본어 번역본에 관한 안내를 부탁드립니다.

이마미치 호메로스는 구레 시게이치 선생, 고즈 하루시게高津春繁 선생, 마쓰다히라 지아키松平千秋 선생 등의 번역이 있는데 다 좋습니다. 처음부터 읽어 나가는 것도 좋겠지만, 조금 전에 말씀드린 연로한 프리아모스 왕이 아킬레우스를 찾아가는 대목이나 앞으로 강의에서 잠깐씩 소개하는 감동적인 부분들을 조금씩 읽어 나가는 것도 좋은 방법입니다. 특히 이와나미문고는 구하기도 쉽고 번역도 훌륭하니 늘 곁에 두고 읽으면 좋지 않을까요.

스즈키 와쓰지 데쓰로和辻哲郎 선생도 호메로스에 관해 쓰셨죠.

이마미치 와쓰지 데쓰로 선생은 게벨 선생의 제자 분으로 게벨 선생의 제자들은 그 무렵 모두 그리스어를 공부했습니다. 우리 학창 시절에는 그런 전통이 있었기 때문에 철학을 하려면 동양철학은 산스크리트어, 서양철학은 그리스어와 라틴어를 반드시 공부해야 했습니다. 이것은 유럽이나 미국 대학과 같은 공부법입니다. 그런 까닭으로 저도 그리스어가 전문은 아니지만, 일단 공부를 하긴 했습니다. 시를 좋아해서 구레 선생님과 고즈 선생님 밑에서 호메로스도 조금씩 읽으며 여러 해 동안 공부했습니다. 특히 구레 선생님 댁에서 혼자 가르침을 받은 시기에 꽤 실력이 붙은 것 같습니다.

하시모토　끝으로 조금 전 설명하신 플라톤의 마그네시아 설을 그림으로 보충 설명해 주시면 고맙겠습니다.

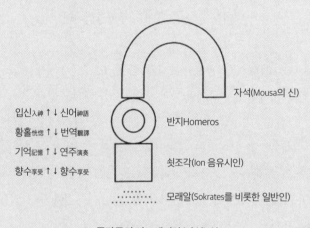

입신入神 ↑↓ 신어神語
황홀恍惚 ↑↓ 번역翻譯
기억記憶 ↑↓ 연주演奏
향수享受 ↑↓ 향수享受

자석(Mousa의 신)

반지Homeros

쇳조각(Ion 음유시인)

모래알(Sokrates를 비롯한 일반인)

플라톤의 마그네시아(자석) 설

이마미치　자석 그림 옆에 두 방향의 화살표가 있습니다. 왼쪽에 올라가는 화살표와 오른쪽에 내려가는 화살표입니다. 위로 올라가는 화살표는 '향수'하는 우리가 호메로스를 '기억'하고 있는 이온 쪽으로 향하는 것을 뜻합니다. 그리고 호메로스를 기억하고 있는 이온은 실은 호메로스를 향해 가는데, 호메로스는 '황홀' 상태에서 신 안으로 들어갑니다入神. 결국 잘만 된다면 우리 역시 이온이나 호메로스를 통해 신 안으로 들어가는 듯한 감동을 맛볼 수 있겠지요.

그리고 오른쪽에 아래로 향하는 화살표를 보면 '신어神語'라고 썼는데, 본래는 신이 한 말을 호메로스가 인간의 언어로 헤르메네이아hemēneia, 즉 '번역'합니다. 그것을 이온이 소리 내어 '연주'합니다. 그리고 우리는 그것을 '향수'합니다. 그러한 관계를 그림으로 나타낸 것입니다. 덧붙여 보충하자면, 이 도표에서 '번역'으로 칭한 부분이 그리스어로는 '헤르메네이아'이며 라턴어로는 interpretatio이고 이는 '통역'이나 '해석', '연주'로도 번역되는 말입니다. '해석학'을 가리켜 Hermeneutik이라 하는 것도 그리스어에서 기인합니다.

오늘은 형식적이고 개론적인 설명이 많았습니다만, 다음 강의에는 호메로스 시에서 훌륭한 부분을 소개한 뒤, 단테와 직접적으로 연관이 있는 베르길리우스 이야기를 할 생각입니다. 오늘보다는 좀더 문학적인 이야기가 될 것입니다.

2강

호메로스와 베르길리우스

—'신들의 노래神謠'로 창조된 신화

서사시

먼저 recapitulatio — 이 말은 라틴어로 요점 복습을 의미하는데, 첫번째 강의 내용 중에서 다시 한번 명확히 새겨 둬야 할 요점들을 복습하겠다. 단순한 반복이 아니라, 다른 차원에서 새롭게 조망하려는 것이다. 이는 호메로스로부터 베르길리우스로 옮겨가기 위한 과정이며, 호메로스에서도 베르길리우스에서도 필요한 사항이다.

단테의 『신곡』 강의에서 호메로스와 베르길리우스를 공부하는 까닭은 무엇일까. 단테는 서양 서사시 중흥의 선조이므로 근본적인 서사시의 전통을 어느 정도 알아 둬야 한다는 것이 한 가지 이유다. 그리고 또다른 이유는 단테의 『신곡』에서는 오늘 공부할 베르길리우스라는 고대 로마 시인이 단테의 시적 상상 속에서 최초의 길잡이가 되기 때문이다. 그러한 특별한 인물이 자신의 선구자로서 그리스의 호메로스를 매우 존경했으며 그를 모방해 서사시를 창조했다. 그러므로 단테를 논하기에 앞서 그와 내적인 연관을 가진 이들 두 인물에 관한 기본적인 지식을 좀더 깊이 알아 둘 필요가 있다.

호메로스와 베르길리우스의 차이는 전자의 시가 그리스 문자가 만들어지기 이전에 지어졌으므로 순수한 구송언어예술이었던 데 반해 베르길리우스는 처음부터 라틴어로 시를 썼고 그의 작품은 전부 기록 문학이라는 데 있을 것이다.

언어예술과 문학

일본의 아이누 족은 유카라를 비롯한 수많은 구송언어예술을 전승하고 있으므로 그 양상을 실제로 관찰할 수 있다. 그런데 구송언어예술 시대에는 문자가 없었기 때문에 '문학'에 대응하는 적당한 단어가 없었다. 고전 그리스어에서 '문학'을 나타내는 말을 무리하게 찾아보면 '듣는 것'이라는 의미에서 음악과 같은 '무시케(μουσική)', 즉 무사의 신과 연관 있는 것이라는 말이거나, 낭송하는 사람은 문자가 없었으므로 메모하듯 뭔가를 기호로 썼을 거라 추측되므로 '그린 것'을 의미하는 '그라페(γραφή)'라는 말에 해당된다. 또한 작품으로 만들어진다는 의미에서는 '포이에시스(ποίησις, 창작)', 그리고 작품으로 완성된 것은 '포이에마(ποίημα, 제작품)'라고 일컬어지며, 나중에는 '시'라는 의미로 기울어 '포이에마'가 널리 사용되었다. 즉, '문학'이라는 말이 그리스에는 없었으므로 아리스토텔레스도 『시학περὶ ποιητικῆς』을 쓸 때, 이 점에서는 당혹스러워했다. 서양에 '문학'이라는 말이 성립한 시기는 로마가 그리스 문화를 받아들였을 당시 귀로 듣는 것만으로는 충분치 않아 이를 문자를 통해 이해해야 했기 때문에 '문자littera에 의한 것'이라는 뜻의 litteratura라는 말을 키케로Cicero가 만들어 냈을 때이므로 기원전 1세기 무렵이다.

소리 내어 읽기

지난 강의에서 호메로스의 『일리아스』 첫 두 행을 리듬에 맞춰 낭송하는 방법을 설명했는데, 영웅 육각운 리듬은 오늘 읽을 베르길리우스에서도 마찬가지이므로 소리 내어 리듬감을 느끼며 읽어 주기 바란다. 낭송을 위해 그리스어로 된 두 행을 로마자로 표기했다.

오늘은 "분노를 노래하소서, 시의 여신이여, 펠레우스의 아들 아킬레우스의"라는 첫 행만 다시 한번 읽어 보도록 하자.

앞 장에서도 설명했듯이 Menin 하나의 단어, thea가 하나의 단어라고 해서 Menin/aeide/thea/Peleiadeo/Achileos로 뚝뚝 끊어 읽으면, 애써 배운 리듬을 음미할 수 없다. 반대로 타-안타타, 타-안타타, 타-안타타 리듬에 맞춰 Menina/eidethe/aPe/leia/deoachi/leos로 읽으면 이번에는 의미가 통하지 않는다. 의미가 통하면서도, 요컨대 들었을 때 명료하게 단어 구별이 가면서도 또한 리듬을 타며 읽기 위해서는 어떻게 해야 할까.

이것은 베르길리우스에서도 필요한 사항이니 시간 낭비라고 여기지 말고 초등학교 1학년 학생으로 돌아간 마음으로 나를 따라 큰 소리로 읽어 주기 바란다. 먼저 내가 전수받은 방식으로 읽을 테니 그것을 듣고 난 후, 다시 한번 나와 함께 읽어 주기 바란다.

Mēnĭn ă ↓eidĕ thĕ ↓ā Pē ↓leĭă ↓dēō Ăchĭ ↓leōs↓

일리아스 이야기

그럼 이 장에서는 호메로스의 『일리아스』 이야기부터 시작하겠다.

이 작품은 앞에서도 서술했듯이 일리온이라는 트로이아인의 도성(폴리스)에 관한 이야기이다. 트로이아는 그리스 섬에서 바다를 건너 동쪽에 있는 나라이며 그곳의 수도가 일리온이다.

시의 첫머리는 트로이 전쟁이 발발한 지 10년째 되는 어느 날의 일이다. 그날 그리스 군의 총사령관 아가멤논과 그의 병력 중 최고의 용장인 아킬레우스가 말다툼을 벌인다. 시가 그렇게 시작되므로 호메로스에는 나와 있지 않은 시의 배경을 언급하지 않을 수 없다.

그리스 신화는 많이 알려진 이야기이므로 많은 설명이 필요치 않겠지만, 전쟁의 원인에 관해 간략하게 언급하고자 한다. 스파르테Sparte라는 강국에 헬레네Helene라는 이름을 가진 매우 아름다운 왕녀가 있었다. 그녀의 남편이 된 사람이 미케나이Mycenae 왕 아가멤논의 동생 메넬라오스Menelaos이다. 두 사람은 스파르테 궁정에서 행복하게 살았는데 어느 날 사건이 생겼다. 미소년으로 평판이 자자했던, 트로이아 왕 프리아모스Priamos의 차남 파리스Paris가 스파르테에서 손님으로 체재하던 중 메넬라오스가 일 때문에 외출을 한다. 파리스는 그 틈을 타 헬레네를 유혹하고 두 사람은 뜨거운 사랑에 빠진다. 그리고 그들은 결국 함께 바다를 건너가 트로이아 일리온에서 살게 된다.

메넬라오스는 울분을 참을 수가 없었다. 헬레네를 사랑했기 때문이기도 하지만, 그보다는 남자의 명예가 걸린 일이었기 때문이다. 그래서 고향에 있는 미케나이의 왕인 형 아가멤논에게 달려가 대책을 상의한다. 동생의 말을 들은 아가멤논은 그리스의 막강한 폴리스 스파르테 왕이 트로이아 따위에게 바보 취급을 당할 수는 없다며 격분했고, 그것을 발단으로 모든 그리스 장군에게 트로이아 원정을 포고하게 된다. 아가멤논이 직접 총대장으로 나섰고, 오디세우스, 아킬레우스, 네스토르와 같은 장군들이 수하의 병사를 이끌고 모여들어 연합군을 형성해 트로이아를 공격하게 되었다.

간단히 말하면 왕실 연애사건으로 인해 큰 전쟁이 시작된 것이지만, 또다른 측면에서 보면 국가가 모욕을 당한 일이라고 볼 수도 있다. 그리스 연방의 대표 폴리스 스파르테의 왕녀가 납치되었으니 그녀를 구해야 한다는 식으로 해석하면 그리스의 일반 시민도 트로이아에 대한 적개심으로 불타올랐을 것임은 충분히 짐작할 수 있다. 한편, 전쟁의 원인이 된 헬레네만 돌려보내면 모든 문제가 해결되지만 도리를 중히 여기던 프리아모스 왕은 자기 품으로 찾아든 여성을 끝까지 보호해 주지 않을 수 없었다. 어찌되었든 이제는 둘째아들의 아내이며 자신의 며느리가 된 사람이므로 그녀를 되돌려 보낼 수 없다며 트로이아 역시 나름대로 하나로 뭉쳤다.

이렇게 해서 시작된 전쟁은 10년이 지나도록 결말이 나질 않았다. 10년간이나 원정지에서 끊임없이 공격하는 쪽도 물론이요, 왕가 체면 때문에 그 긴 세월을 방어하는 쪽 역시 힘들었을 거란 생각이 든다. 여기에는 갖가지 복잡 미묘한 심리가 깔려 있다. 희한하게도 인간의 삶에서 사랑만큼 아름다운 일도 없을 테지만, 바로 그러한 사랑이 불륜이라는, 인간의 길에 반하는 행위의 원인이 되기도 한다. 그리고 형제애, 수치를 혐오하는 결백과 정직을 향한 사랑, 자기 고국에 대한 사랑이라는 덕목이 한 나라를 움직여 수많은 사람을 죽이기도 한다. 의지와 의지가 대립하는 전투 속에서 사람들의 청춘은 내동댕이쳐진다. 이 서사시는 처음부터 이러한 인류의 영원한 문제들을 생각하게 만든다.

이런 배경 신화는 시 어디에도 나오지 않는다. 그것은 그리스인이 교양으로 익히 알고 있던 신화이다. 그리스인이 『일리아스』 시를 듣고 기뻐하고 애호했기 때문에 이 시가 수없이 읊어지고 마침내는 글로 남겨졌겠지만, 이 서사시를 이해하기 위해서는 위에 서술한 신화를 반드시 알아 두어야 한다. 이 말은 곧 그리스인은 이러한 서사시를 주석 없이 이해하는 문화민족이었다는 사실을 우리 마음 속에 담아 둬야 한다는 의미일 것이다.

그런데 이런 배경으로 시작된 트로이 전쟁은 10년이 지나도 승부가 날 기미가 보이지 않았다. 그러던 어느 날, 아무리 공격해도 효과가 없으니 지치기도 했으리라 추측되지만, 그리스 군의 총사령관 아가멤논과 그의 수하 병사 중 최고의 용장이며 가장 강하다고 일컬어진 아킬레우스 사이에 다툼이 생긴다.

그 다툼의 사정은 다음과 같다. 원정이 꼭 10년째에 다다랐을 때, 그리스 군 진영에 역병이 돌아 병사들이 차례차례 쓰러졌다. 그리스인들은 어찌 된 영문인지 몰라 매우 걱정스러워 했다. 그때, 그리스 장병은 혹시 아폴론Apollon 신의 저주가 아닐까 하는 생각을 하기 시작했다. 그리스 신화에서 아폴론은 죽음의 신이었다. 후대에는 아폴론이 태양과 하나로 묘사되고, 하프를 연주하는 음악의 신, 델포이 예언으로 유명한 지혜의 신이라 일컬어져 밝은 지성, 찬란한 예술의 힘, 그리고 태양 지배와 연관된다. 때문에 우리 지식으로는 좀처럼 죽음과 연관 지을 수 없을 뿐 아니라, 니체는 헬레니즘 시대의 지적인 아폴론 전통에 근거해 빛의 아폴론 대 어둠의 디오니소스라는 대립 구조를 가진 『비극의 탄생Die Geburt der Tragödie』을 썼을 정도다. 그러나 오래전 신화나 그리스 비극에서 보면 은궁銀弓을 든 아폴론은 남자를 쏘아 죽이는 신이었다. 그리스 병사가 순식간에 병으로 죽어 가는 것은 아폴론의 저주임에 분명했다. 그렇다면 아폴론은 왜 그리스 병사를 죽였을까. 충고를 흘려듣고 일을 그 지경에 이르게 만든 아가멤논에게 아킬레우스가 말한다. "아가멤논이여, 당신은 아폴론을 모시던 신관의 딸을 강탈해 전장에서 첩처럼 다루고 있소. 아폴론의 사제가 딸을 돌려 달라고 했는데도 당신은 총사령관이라는 권위에 젖어 아폴론 신관의 딸을 강탈했소. 그 때문에 지금 아폴론의 저주를 받아 병사들이 저리 죽어 가는 것이오."

물론 아킬레우스에게 다른 사리사욕이 있었던 건 전혀 아니다. 신화 해석의 하나로 그런 말이 성립하므로 그렇게 말했을 뿐인데, 용기 있는 아킬레우스의 입바른 말에 많은 그리스 영웅들이 찬성했다. 그로 인해 아가멤논은 고립된다. 아가멤논이 고립되어 간 이유는 음모가 있었기 때문이 아니라 순수한 로고스(logos, 말)의 결과인 것이다. 그리고 결국 그 말에 굴복한 아가멤논은 아폴론의 저주를 풀기 위해 첩으로 삼았던 신관의 딸을 신관에게 되돌려 준다. 한편, 아킬레우스도 미녀 브리세이스 Briseis를 진영에 데리고 있었다. 당시에는 전투에서 이긴 쪽이 진 쪽의 젊은 남자는 모두 노예로 삼고, 여성은 전공에 따라 전리품처럼 나누던 풍습이 있었다. 그래서 적의 여성은 죽이지는 않지만 대신 첩으로 삼았기 때문에 아킬레우스도 브리세이스라는 여인을 곁에 두고 아꼈다.

자기 여자를 빼앗긴 아가멤논은 아킬레우스에게 "나 혼자만 바보처럼 여자를 뺏길 수야 없지. 나는 총사령관이다. 그러니 네가 아끼는 브리세이스를 내게 바쳐라"라고 말했다. 아가멤논은 총사령관이므로 아킬레우스는 칼을 뽑아 그와 대결하지는 않는다. 내분을 무력 싸움으로 확대시키면 안 된다고 생각하고 언쟁을 벌인다. 그러나 결국 명령권이 총사령관에게 있다는 군율에 따라 여인을 내줄 수밖에 없었고 결국 브리세이스를 아가멤논에게 빼앗기고 만다. 이 일로 인해 분노한 아킬레우스는 앞으로는 전투에 나가지 않겠다며 병영에 틀어박힌다. 이같은 이야기는 단순히 줄거리만 들으면 치정처럼 추하게 보이지만, 꼭 그렇지만은 않다. 인간 세상 어느 나라 역사에나 있을 법한 이야기이며 우리는 그것을 통해 많은 것을 배울 수 있다. 만약 아킬레우스가 아가멤논과 일대일 승부를 겨룬다면 젊은 아킬레우스가 이길 테지만, 그렇게 되면 중심을 상실한 그리스 군은 전쟁에 패배하게 될지도 모른다. 때문에 무력 다툼을 벌이지 않고 말로써 로고스적으로 싸운다. 그리고 결국은 명령에 굴복해 브리세이스를 빼앗기고 만다.

아킬레우스는 이 일로 병영에 틀어박히고 전장에 나가지 않는다. 일종의 파업이다. 용장인 그가 전장에 나가지 않는 사이, 아군은 수많은 병사가 전사한다. 이에 힘을 얻은 트로이아의 영웅 헥토르는 수하를 거느리고 성 밖으로 나와 그리스를 공격했다. 이에 대항해 그리스의 영웅들도 지지 않고 전장을 가로막았다. 그중에서도 가장 영웅적으로 싸운 사람이 아킬레우스의 죽마고우인 파트로클로스였다. 그런데 용감하게 적의 병사를 몰아내던 파트로클로스가 트로이아의 왕자이며 용장인 헥토르와의 일대일 대결에서 죽임을 당한다. 아킬레우스는 파트로클레스가 전사했다는 소식을 듣고 다시 일어선다. "나는 더이상 그리스를 위해 싸울 마음이 없었다. 그리스의 총사령관 아가멤논이 저리도 방약무인하게 굴며 내 사랑하는 여인 브리세이스를 빼앗았기 때문이다. 나는 그런 자를 위해서는 절대 싸우지 않기로 다짐했다. 그러나 나는 친구를 잃었다. 친구의 원수를 갚지 않고 병영에 머무를 수는 없다." 그리하여 아킬레우스는 다시 전장으로 나간다.

로고스의 향연과 친구를 위한 복수

복수를 위한 전투에 나가기 전, 아킬레우스가 아가멤논을 로고스로 비난하며 몰아세우는 대목이 있다. 그 로고스가 험담이긴 하지만, 그리스어로 씌어 있는 욕설을 나의 고전문학 은사였던 구레 시게이치 선생이 남긴 얄미울 정도로 완벽하고 훌륭한 번역으로 살펴보자.

"술주정뱅이의 썩은 눈알은 개의 그것과 같고, 담력으로 치자면 사슴 새끼와 다를 바 없구나. 단 한 번이라도 갑옷을 입고 병사들을 이끌며 전장에 나갈 올바른 마음을 먹었던가, 또한 아카이아의 무용 뛰어난 장수들과 적 기습을 위해 매복할 용기를 품어 본 적이라도 있었던가. 하기야 그것이 그대에겐 목숨을 거는 일처럼 보였을 테지. 그 얼마나 쉬웠을꼬. 줄곧 무사태평이었을 테니. 드넓은 아카이아 진영에서 그 누구든 그대에게 거스르는 말을 하는 자에게서 포상을 빼앗는 일만 해 왔으니."

이 대목을 원문으로 극적으로 낭송한 후, 위의 일본어 번역을 가부키 성색聲色이 뛰어난 사람이 읽으면 분명 재미있는 비교가 될 것이다. 현재는 이 번역이 조금 어렵다는 의견이 있어서 이와나미문고에서 교토 대학 명예교수였던 마쓰다히라 지아키 선생의 번역본을 출간했는데 그것 역시 훌륭한 번역이다. 어느 쪽이든 이런 재미있는 말들이 자주 나오니 그것을 즐기기 위해서라도 호메로스 번역을 읽는 것은 하나의 문화적 행위임에 틀림없다.

지난번 강의에서도 이야기했지만 아킬레우스는 맹우盟友 파트로클로스의 원수를 갚기 위해 헥토르를 죽인다. 죽이는 것만으로는 만족할 수 없어 헥토르의 사체를 전차 뒤에 매달고 땅에 끌고 다닌다. 그 모습을 성에서 지켜보던 헥토르의 아버지 트로이아 왕 프리아모스는 도저히 슬픔을 이겨 낼 길이 없었다. 황태자 헥토르의 장례를 치르리라 결심한 프리아모스는 목숨을 걸고 아킬레우스의 진영을 방문한다. 그 장면에서 아킬레우스가 한 말에는 참으로 사람을 감동시키는 대목이 있다. 그 부분을 조금 읽어 두도록 하자.

아킬레우스의 정의情誼

아킬레우스는 노왕 프리아모스를 향해 "이제 더이상 나를 화나게 하지 마시오, 노인이여. 그렇잖아도 나는 헥토르를 돌려줄 생각이오. 게다가 신이 부리는 사자로서 나를 낳아 준 어머니, 저 바다 노인의 따님이 찾아 오셨나이다"라고 말한다. 아킬레우스의 어머니는 여신 테티스인데 여신과 상의한 결과 돌려주는 게 좋다는 결론이 났다는 말이다. "프리아모스여, 내 마음은 충분히 헤아리고도 남습니다. 죽을 수밖에 없는 인간의 몸으로 설마 이 진중까지 대담하게 오지는 못했으리라는 것을. 아무리 혈기 넘치는 사내라 하더라도 파수병 눈을 피할 수 없으니 쉽사리 여기까지 오지는 못 했을 것이오." 이렇게 말하며 목숨을 걸고 찾아온 노인을 칭송한다. 적을 칭찬할 줄 아는 훌륭한 마음이 아킬레우스 안에 강하게 있었다는 점을 먼저 이해해 주기 바란다. 신세를 진 스승에게조차 왜곡된 말을 하는 비겁한 자들이 많은 세상이 아닌가.

그러고 나서 아킬레우스는 사람들에게 명령해 12일간 전쟁을 멈춘다. 그 대목을 읽어 보자. "그대가 만약 진실로 용감한 헥토르의 장례를 허락한다면"이라고 프리아모스가 입을 연다. "이렇게만 해 준다면, 아킬레우스여, 그 얼마나 감사할 일이겠소. 우리는 성 안에 갇혀 있어 유해를 태울 장작마저도 먼 산에 가서 구해 와야 하오. 그리고 아흐레 동안은 그 유해를 큰방에서 극진히 장사 지내고, 열흘째에 땅에 매장하고, 성 백성들을 불러 대접하고, 열하루째에 그 몸 위에 무덤을 쌓는다오. 그러고 나서 열이틀째가 되는 날 하는 수 없다면 다시 싸움을 시작하기로 합시다"라고 말하며 휴전을 해 줄 수 없겠느냐고 부탁한다. 아킬레우스는 이 말을 계략이라 의심하지 않고 순수하게 받아들이며 말한다.

"그러면 그렇게 하지요. 프리아모스 노인이여, 말씀하신 대로 부탁하신

날 동안은 전투를 하지 않겠습니다"라고 약속한다. 그러고 나서 아킬레우스는 노왕이 고맙다고 말하고 유해를 받아 돌아가려고 할 때, "노인이여, 위험은 조금도 괘념치 않으시는가"라고 말하며 적진으로 향하는 귀로의 안부를 걱정했다.

유아교육과 성인 교양의 경우

아킬레우스의 이 같은 말은 그리스 청년 교육의 기본이 되었다. 플라톤은 『국가Politeia』에서 '신들이 간음하거나 술을 마시거나 흉계를 꾸미는 이야기는 알리지 않는 편이 좋을 것이다', 그러므로 '우리는 호메로스를 비롯한 많은 시인들을 폴리스에서 몰아내야만 한다'고 썼다. 흔히 플라톤을 예술에 부정적인 시각을 가진 철학자로 보는 경향이 있다. 그래서 사회주의나 전체주의 국가에서나 볼 수 있는 문학검열관과 동렬에 두거나 민족주의 이외 문학은 탄압한 나치 정책, 혹은 일본 군벌정부의 탄압에 의한 작가 고바야시 다키지小林多喜二와 하야마 요시키葉山嘉樹 살해나 발매금지 추진자처럼 생각하는 사람도 있다. 그러나 그러한 생각은 원전 전체를 정확하게 읽고 고쳐야 할 것이다.

플라톤은 분명 '신들이 간음하거나 술을 마시거나 서로 죽이는 호메로스 이야기를 들려주면 안 된다'는 말을 『국가』에서 썼지만, 들려주면 안 된다고 한 대상은 '파이스παῖς'라고 되어 있다. '파이스'란 '어린 아이', '아동'을 가리키는 말이다. 플라톤의 텍스트를 잘 읽어 보면 '어머니나 유모가 아이를 재울 때 파이스에게 들려주는 이야기로 호메로스를 그대로 들려주면 안 된다'고 씌어 있다. 요컨대 어린아이들에게 그러한 이야기를 들려주면 안 된다는 뜻이며, '청년'을 의미하는 네아니아스νεανίας라는 단어는 어디에서도 찾아볼 수 없다.

일본어 번역에는 '젊은이'라고 번역한 책도 있으므로 진지한 연구를 위해서는 이러한 부분은 아무래도 원전으로 돌아가지 않을 수 없다. 플라톤은 결코 '젊은이'에게 좋지 않다는 말은 하지 않았다. '유모나 어머니가 아이를 재울 때 들려주는 이야기'로, 즉 어린아이에게 들려주기에 좋지 않다고 말한 것이다. 책 전체를 읽지 않고 어느 부분만을, 그것도 번역만 인용해 강조하면, 이렇게 완전히 달라질 우려도 있다. 요즘은 컴퓨터를 이용한 검색이 많아서, 예를 들어 플라톤이 문학을 나쁘게 말한 부분을 기계적으로 처리하면 곧바로 검색할 수 있다. 그러나 그 부분만을 인용하면 큰 잘못이다. 플라톤은 그 뒤에 다음과 같은 중요한 문장을 쓰고 있기 때문이다. "사리를 아는 사람들이 읽을 때는 신에게 희생물을 올리고 원전을 하나도 놓치지 않고 읽어야만 한다"고 말했다. 플라톤이 호메로스를 얼마나 존경했는가는 지난 강의에서 다뤘던 『이온』이라는 대화편에서 '신에게 불려간 시인'으로 호메로스를 대우하는 점에서도 분명히 드러날 것이다.

플라톤이 『국가』에서 우리가 사는 곳에서 시인들을 추방해야 한다고 말한 것은 유소년 교육에 관련된 내용임을 착오 없이 읽어야 한다. 교회유치원에서 원아들에게 구약성서 이야기를 들려줄 때, 오난의 자위행위나 다윗이 우리야의 아내 밧세바가 목욕하는 장면을 훔쳐보고 나체의 아름다움에 유혹되어 우리야를 죽이고 밧세바를 빼앗는 이야기는 하지 않는 것과 마찬가지다. 이처럼 초등학교에 다니는 어린아이들을 교육할 때와 성숙한 성인이 책을 읽는 경우는 성서에서도 다르다는 점을 고려해야 한다.

이상 서술한 내용은 호메로스의 전체적 설명으로는 충분치 않다. 그러나 지금 우리에게 호메로스는 단테로 가는 도정에 해당하므로 불충분하긴 하나 우선은 호메로스에 관한 기본적이고 최소한의 지식은 서술했다고 본다. 이제 베르길리우스 설명으로 들어가 보자.

키케로의 번역

베르길리우스로 들어가기에 앞서 로마 문화와 관련해 지금 호메로스에 대해 서술한 내용과 관련 있는 사항을 서술해 두고자 한다.

로마 문화를 이야기할 때 가장 먼저 손꼽아야 할 이름은 키케로(Marcus Tullius Cicero, B.C. 106~43)이다. 키케로가 정치가로도 유명하고 변호사로도 매우 유력한 인물이었다는 것은 잘 알고 있겠지만, 그는 문학가, 철학자로도 중요한 인물이다. 나아가 비교문화적 관점에서 봐도 키케로는 큰일을 해냈다.

그는 그리스 문화의 중심지인 아테나이(아테네)로 유학을 가서 그 땅의 문화를 충분히 호흡했다. 그리하여 그리스어에는 추상명사가 풍부하며 그로 인해 논리적인 사고가 발전되었다는 사실을 깨닫게 되었다. 이는 라틴어에서도 배워야 할 점이라 생각했다.

예를 들면 그리스인은 '어떠한'이라는 의문형용사 '포이온ποῖον'으로부터 '포이오테스ποιότης'라는 추상명사를 만들었다. 이 말을 직역하면 '어떠함'인데 우리는 '성질'이라 부른다. 라틴어로 '어떠한'은 '쿠아리스qualis'라고 한다. 라틴 사람은 키케로 무렵까지 '어떠한'이라는 물음 '쿠아리스qualis'에 대해, 이런 것이다, 희다 혹은 검다, 하고 개별적이고 구체적으로 대답할 수는 있었지만, 무겁다, 가볍다, 희다, 검다, 좋다 등을 일괄해서 추상적으로 표현하는 단어가 없었다. 그것을 그리스어 '포이오테스poiotes'에서 배워서 비로소 '쿠아리스qualis'에 대한 '쿠아리타스qualitas'라는 추상명사를 라틴어로 만들었다. 이것이 영어 quality의 기원이다. 그로부터 '어느 정도'라는 양을 묻는 '쿠안툼quantum'이라는, 그 무렵부터 사용되었던 의문형용사를 추상명사화한 결과, quantitas가 만들어졌고 이것이 영어 quantity의 기원이 되었다.

키케로가 없었다면 라틴어는 어쩌면 이러한 추상명사를 몰랐을 것이며, 그로부터 파생한 영어나 프랑스어에도 수많은 추상명사가 성립될 수 없었을지도 모른다. 프랑스어로는 qualité, 독일어로는 Qualität인데, 모두 라틴어 qualitas가 기원이다. 영어, 프랑스어, 독일어는 모두 라틴어의 방언과 같은 것이므로 이 언어들의 기본이 된 라틴어도, 중요한 논리적 추상명사에 관한 한, 실은 키케로가 그리스 문화와 조우해 처음으로 만든 말들인 것이다.

문학literatura의 출현

키케로의 위대함의 하나로 서양에 '문학'이라는 개념을 확립시킨 점을 들 수 있다. 그는 그리스로 가서 텍스트를 읽는 동시에 들어서 음미하는 구송언어예술의 전통을 경험했다. 그는 이렇게 훌륭한 그리스 서사시나 비극은 본고장 태생인 그리스인이 아닌 로마인으로서는 듣고 곧바로 이해할 수 없으므로 텍스트를 꼼꼼히 읽는 동시에 반드시 자기 나라 언어로 번역해야겠다고 마음먹고 라틴어로 번역하기로 한다. 이렇게 해서 키케로를 중심으로 그리스어 문헌을 라틴어로 번역하는 운동이 펼쳐졌다.

그렇게 번역을 시작하자, 그 결과 새로운 문화 현상이 일어난다. 그것은 바로 구송언어예술을 문자로 써서 문자예술로 만드는 움직임이다. litera는 '문자'를 뜻하는 말이었는데, 그로부터 literatura라는 추상명사를 만들었다. 이 말은 natura(자연)와 같은 배합 방식으로 tura라는 어미를 붙인 신조어neology이다. 그리하여 비로소 옛날부터 전해져 온 구송언어예술이 읽고 이해할 수 있는 문학으로 변신하게 된 것이다. literatura는 원래 '문 자로 쓰인 것'이라는 의미로, 반드시 '문학'을 의미하는 것만은 아니었다. 따라서 영어에서는 지금도 '문헌'이라고 말할 때 literature라는 단어를 쓴 다. 키케로에 의해 번역 운동이 일어났고, 그리고 그것이 literatura의 출 현을 초래했다는 사실은 각별히 밝혀 둘 사항이다.

친구에 관하여

또 하나 중요한 점을 들면 키케로가 『우정론De Amicitia』(구레 시게이치· 미즈타니 구로水谷九郎 공역, 『우정에 관하여』, 이와나미문고)을 썼는데, 그 안 에 다음과 같은 놀랄 만한 말이 나와 있다. "여러분은 양을 몇 마리 가지 고 있느냐고 물으면, 곧바로 대답할 수 있을 것이다." 그 당시 로마에서 양 은 재산을 가리킨다. "그런데 친구amicus가 몇이나 있느냐고 물으면 곧바 로 대답하는 사람이 없다." 요컨대 사람들은 재산인 양에는 늘 관심이 많 지만, 마음의 보석인 친구에 대해서는 그다지 관심이 없지 않느냐는 말이 다. 이 말은 우리에게도 준열한 훈계일 것이다.

일반적으로 우리는 '친구'라는 말을 상당히 넓은 의미로 사용한다. 예 를 들면 이름도 잊어버린 옛 동급생도 친구가 될 수 있다. 오늘날 일본어 에는 '클래스메이트'와 '프렌드'의 차이가 없다. 그러나 이런 경향은 옛날 부터 있었다. '도모(일본어 '友'의 발음―옮긴이)'라고 읽는 일본어를 찾아보 면 놀랄 정도로 많다는 것을 알게 된다. '도모가라(輩, 동료)'는 동기나 선 배, 즉 일할 때 함께하는 사람으로 colleague라는 뜻. '도모供'는 '가신' 혹은 '부하'의 의미로, 지금도 고급 음식점 같은 곳에서는 '스즈키 씨, 도모가 대기하고 있습니다'라는 표현을 쓰는데, 이는 자가용 운전기사를 가리키는 말이다. 그리고 '도모供'는 신칸센에서 우연히 옆자리에 앉은 사람이 자기와 똑같은 책을 열심히 읽는 모습을 발견하고 서로 눈인사를 나누며 '유행하는 책이로군요'라는 말을 한차례 주고받고 이름도 묻지 않은 채 헤어지는 잠깐 동안의 관계인 '길동무供'도 의미한다. '朋(도모)'는 '肉' 변이 나란히 두 개 있는 것으로도 알 수 있듯이, 육체적으로 연관이 있는 친구 즉 친척이나 일가와 관계된 말이다. 육체적으로 관련이 깊은 것은 동향 사람이 그러하다. '고향 친구友'라고 말하는데, 본래는 '고향 친구朋'이다. 일본은 메이지 유신 이후, 각 지방 사람들이 뒤섞이기 시작하면서 도호쿠東北 사람이나 미나미큐슈南九州 사람이나 용모가 그다지 다르지 않다고 여기긴 하지만, 여전히 지방색으로서의 출신지 사람의 용모, 언동, 방언 등은 동료의식朋意識을 환기시킨다. 그러나 이는 우정과는 다른 것이다.

이러한 것들에 반해 '友'라는 글자는 정신적인 것과 연관이 깊다. '友'의 원형은 彐로 손 두 개, 즉 두 사람의 손이 서로 떠받치고 있는 모양의 상형문자이다. 친구란 아무리 힘든 때라도 돕는, 즉 남의 손에 자기 손을 보태어 줌을 나타내는 모습이다. 키케로는 『우정론』에서 그러한 친구가 소중하다고 말했다. 그 '우정'을 가르쳐 주는 사람이 호메로스이다. 파트로클로스가 죽자, 아킬레우스는 살해당한 친구를 위해 죽음을 각오하고 전장으로 나간다. 그간의 왕에 대한 원망은 모두 내팽개치고 친구를 위해 왕의 지휘 하에 목숨을 건 전투에 나선다. 아킬레우스가 '우정'의 소중함을 가르쳐 주고, 키케로가 이를 이어받아, 베르길리우스에게 전해 준다.

베르길리우스와 『농경시農耕詩』

그런데 베르길리우스(Publius Vergilius Maro, B.C. 70~19)는 이름으로 보아 에트루리아 인이 아니었을까 하는 의견도 있다. 영어, 프랑스어, 독일어로는 Virgil이라고 쓰지만, 라틴어로는 Vergilius이므로 우리는 '베르길리우스'라고 부르고자 한다. 이 사람이 바로 『신곡』의 중요한 인물인 베르질리오이다.

그는 로마의 대표 시인인데 시인으로 알려지기 시작한 것은 『농경시 Georgica』라는, 농경에 도움이 되는 지식과 풍광을 동시에 정리해 낸 시에 의해서였다.

그런데 그리스 서사시의 대표자로는 인간의 사건을 노래한 호메로스 외에 또 한 사람, 신들의 계보를 사건과 함께 명료하게 서술한 서사시를 노래한 시인이 있다. 그 사람은 바로 헤시오도스Hesiodos이다. 헤시오도스는 위에서 언급한 서사시도 썼지만, 또한 『일들과 날들Erga kai Hemerai』이라는 노동시를 썼다. 호메로스는 전쟁 서사시인, 표류 서사시인인데, 헤시오도스는 신들의 서사시인인 동시에 일상적인 인간의 노동에 썼다.

베르길리우스는 후에 서사시인이 되기도 했지만, 처음에는 농경 노동에 관해 썼다. 그런 의미에서 그는 애초에 헤시오도스 계통에서 나온 시인이라고 말할 수 있을 것이다. 『농경시』는 풍경을 노래하면서 농업을 어떻게 운영해야 하는가를 가르쳐 주는 시이다. 예를 들어 대표적인 부분은 어떤 내용인지 읽어 보자.

"이른 봄날, 아직 흰 눈이 뒤덮인 산 표면으로 눈석임물이 흘러내리고, 검은 흙덩이가 제피로스(서풍)에 무너져 내려 부드러워질 무렵이면, 소는 깊이 처박힌 가래 무게에 신음하니, 가랫날 끝이 이랑에 갈려 번쩍이는 빛이 정녕 보고 싶구나. 한여름 날의 열기와 겨울의 혹한을 두 번이나 이겨 낸 휴경지야말로 만족을 모르는 농부의 기대에 부응하리라. 그리하여 밭의 풍성한 결실은 곡창穀倉에 흘러넘치리라."(다나카 히데나카田中秀央 옮김, Georgica 1. 24~27)

'가랫날 끝이 이랑에 갈려 번쩍이는 빛이 정녕 보고 싶구나'는 농기구 손질을 잘해서 절대 녹이 슬지 않게 해야 한다는 말이다. 그리고 소를 몰고 나가 밭을 갈아야 하는 시기는 '아직 흰 눈이 뒤덮인 산 표면으로 눈 석임물이 흘러내리고', 즉 높은 산에 아직 눈이 보이는 이른 봄 무렵이지만, '검은 흙덩이가 제피로스(서풍)에 무너져 내려 부드러워질 무렵이면', 더이상 서리가 내리지 않고 봄이 한창 무르익을 무렵이 되면, 잘 갈아 둔 가랫날을 소에 걸고 이랑을 갈면 좋다는 말이다. 그리고 '한여름 날의 열기와 겨울의 혹한을 두 번이나 이겨 낸 휴경지야말로'는 땅을 2년 동안 놀린다는 뜻이다. 그렇게 하면 '만족을 모르는 농부의 기대에 부응하는' 것이다. 밭을 2년 놀려 시간 분배를 잘해서 토지를 효과적으로 쓰라고 가르친다. 그렇게 하면 곡창에 '밭의 풍성한 결실이 흘러넘친다'고 말한다.

베르길리우스와 같은 시대에 호라티우스, 루크레티우스라는 시인도 있었는데, 그런 시인들과 함께 베르길리우스도 유명해졌다. 그 당시에는 시인들이 생활에 곤란을 겪지 않도록 경제적으로 지원하며 시 창작에 전념하게 해 주는 마에케나스Maecēnās라는 사람이 있었다. 이 Maecēnās라는 개인 이름이 기원이 되어 경제적으로 문화운동을 지원하는 사람을 부르는 '메세나'라는 보통명사가 생겨났다. 지난 강의에서 '프롤레타리아'가 라틴어 '프롤레타리우스'에서 유래했다고 말한 것과 마찬가지로, 로마 문화 영향이 현대까지 이어지고 있다는 것을 여기에서도 찾아볼 수 있다.

로마 민족의 새로운 신화

그런데 그 무렵, 아우구스투스Augustus라는 황제는 로마를 문화면에서도 그리스에 뒤지지 않는 나라로 만들겠다는 생각을 했다. 정치적으로 승리해 그리스인을 노예로 삼긴 했지만, 부림을 당하는 그리스인들이 왠지 모르게 때때로 로마인을 비웃는 듯했다. 잘 알려진 바와 같이, 로마는 늑대가 키운 로물루스Romulus와 레무스Remus라는 두 고아가 성인이 된 후 지배자가 되어 나라를 세웠다는 신화가 있다. 이에 견주어 볼 때, 그리스인은 신의 계보를 이어받고 있다. 영웅 아킬레우스의 어머니는 테티스라는 여신이며 아버지는 펠레우스라는 왕족이다. 그리스인은 모두 신의 후예라고 뽐내고 있는데, 로마의 조상은 늑대가 키운 고아 출신이라고 하니, 그리스인 입장에서는 로마인을 은근히 비웃을 수밖에 없었다. 자긍심이 높았던 황제 아우구스투스는 이런 열등감을 견딜 수가 없었다. 그래서 베르길리우스에게 그리스에 뒤지지 않는 서사시 창작을 위임했다.

베르길리우스의 기본적 구상은 트로이아의 문화적 우위는 윤리성에 있다는 테마를 바탕으로 새로운 신화를 만드는 것이었다. 트로이아가 그리스에 패하긴 했지만, 그 패배는 그리스의 모략 때문이라는 것이다. 그리스 병사를 목마 속에 숨기고, 교묘한 말솜씨로 목마를 성 안으로 집어넣었다는 이야기다. 베르길리우스는 다음과 같이 신화를 창조했다. 트로이아 성 함락 당시, 영웅 한 사람이 살아남아 트로이아의 재기를 도모한다. 그 영웅이 바로 아이네아스이다. 그는 이탈리아에서 조국의 재건을 도모하고자 바다를 건너는 도중 카르타고에 표류하고, 그곳에서 휴식을 취한 후 이탈리아로 가서 로마를 세운다. 아이네아스는 여신 베누스Venus의 아들로 호메로스 신화에도 등장하는 영웅이며, 게다가 그리스인이 아니며 그리스와 대등하게 싸웠지만 계략에 패배한 트로이아 쪽 귀족이다. 따라서 로마가 정신적으로는 그리스인보다 우월하다는 것을 시적으로 주장한 사람이 베르길리우스인 것이다.

『아이네이스』에 드러난 시인 의식

이것이 베르길리우스의 '영웅 아이네아스에 얽힌 시'라는 의미의 서사시 『아이네이스_Aeneis_』이다.

자 그럼, 이 서사시의 시작은 어떨까. 호메로스 때와 마찬가지로 첫 두 행을 읽어 보자. 리듬은 앞에서 읽은 호메로스의 Menin aeide thea Peleiadeo Achileos……와 똑같다.

Ārmă vĭ ↓ rūmquĕ că ↓ nō, Trō ↓ iāē qūī ↓ prīmŭs ăb ↓ ōrīs
Ītălĭ ᅵ ām fă ↓ tō prŏfŭ ↓ gūs Lā ↓ vīniăquĕ ᅵ vēnīt

이런 리듬으로 이어진다.

처음 Arma virumque cano에서 arma는 영어의 arms와 같이 '팔'의 복수로 '무기'를 의미하므로 '전쟁'을 상징한다. virumque는 vir(남자)의 목적격인 virum, 또 여기에 붙은 que는 그 앞에 오는 et와 마찬가지로 '와'라는 뜻이다. 결국 arma virumque '전쟁과 영웅'이란 뜻이다. cano는 '내가 노래한다'는 동사(일인칭단수)이므로, 이 구절은 '전쟁과 영웅을 내가 노래한다'는 뜻이다.

여기에서 주의해야 할 것은 호메로스가 부른 노래의 시작은 Menin aeide thea였다는 점이다. 이것은 '분노를 노래하소서, 시의 여신이여'라는 뜻이다. 앞에서도 서술했듯이 노래하는 것은 여신 무사이며 시인 호메로스는 그 노래를 사람의 언어로 번역하는 일을 한다. 이에 반해 베르길리우스는 스스로 '내가 노래한다'고 말하고 있다. 여기에는 시인의 시대적 의식 차이도 보이지만, 신화를 스스로 창조한다는 진정한 문학가, 진정한 시인 의식이 드러난다.

그렇다고 해서 그가 신화(미토스)를 자기 좋을 대로 만들었느냐 하면 그렇지는 않다. 트로이 전쟁 이야기를 Musa mihi causas memora '뮤즈의 여신Musa이여, 내게 일의 연유(causa, 영어로는 cause)를 떠올리게 하소서'라고 간청한다. 나는 지금부터 로마 건국을 노래할 것인데, 제멋대로 노래하는 게 아니라, '뮤즈여, 부디 내게 역사에 일어난 갖가지 사건의 형상을 가르쳐 주소서, 떠올릴 수 있게 하소서'라고 말한다. 요컨대 여신이 보여주는 신화를 기반으로 해서 '내'가 새로운 신화를 창조한다, 노래한다는 것이 시인 베르길리우스의 입장이다. 이렇게 해서 베르길리우스는 로마 신화를 새롭게 만들었다. 로마는 더 이상 늑대가 키운 불쌍한 고아 로물루스와 레무스의 후예인 야만인이 아니다. 신의 사생아 중 하나라는 의미에서 하늘과 이어진 영웅 아이네아스, 그리스의 비열한 계략 때문에 패하긴 했으나 곧바로 나라를 세우기 위해 이탈리아로 떠난 아이네아스, 그러한 영웅이 세운 나라이므로 그리스인보다 자기네가 에토스(윤리)에 있어서 상위라는, 로마의 민족의식과 같은 것을 『아이네이스』라는 시로 창작해 낸 것이다.

단테는 신의 노래를 그대로 번역한 호메로스가 아니라 베르길리우스의 입장, 즉 스스로 미토스를 창조하면서도 뮤즈의 여신에 의지해 노래한 위대한 시인을 모범으로 삼는다. 우리는 이와 같이 서양서사시의 전통을 따라 한 발 한 발 단테로 향하는 길을 찾아가는 것이다.

질의응답

질문자   스즈키 하루오, 마쓰다 요시유키

스즈키   위대한 시인들에게 공통적인 위대함은 무엇일까요. 이마미치 선생님의 생각을 듣고 싶습니다.

이마미치   저는 전부터 세 가지 점이 있다고 생각했습니다. 첫째는 인간의 고귀함과 나약함, 다시 말하면 휴머니티의 빛과 그림자, 인생의 행복과 적막 양면을 두루 살피고 인간에 관한 사상을 형성하는 시각이 위대한 시인에게는 반드시 있다고 봅니다. 둘째로, 전통과의 대결이 엿보인다는 점입니다. 그때까지의 전통을 내부에 지니고 있긴 하지만, 전통을 받아들여 이어 갈 것인가 아니면 뒤엎을 것인가는 사람에 따라 다르기도 하겠으나, 거대한 전통과 대결하는 점이 있는 것 같습니다. 예를 들면 호메로스의 경우 전통과의 대결은 오랜 세월 이어져 온 그리스 신화의 전통을 딛고, 그때까지 그리스 신화에 없었던 것들을 만들어 갑니다. 본래 신화에서는 오로지 강하기만 했던 아킬레우스가 기품까지 갖춘 인간으로 변한 것입니다. 셋째로, 시는 언어예술이기는 하나 어떤 시인은 음악과 상당히 관련 깊은 음악성이 있고 어떤 시인은 이미지가 풍부해서 회화·조각적이며 어떤 시인은 연극성이 있듯이, 물론 한 사람이 모든 예술 요소를 다 가진 것은 아니지만, 시가 언어예술이라고 해서 언어에만 한정시키는 게 아니라 다른 예술적 요소를 다분히 포함 시킵니다. 저는 오래전부터 이상 세 가지 요소가 고전적이라 일컬어지는 거장 시인들의 공통되는 성격이라고 생각했습니다. 그런 요소들의 종합적인 결과가 만인이 즐길 수 있는 대단한 사상을 형성하는 게 아닐까요.

그중 하나만 꼽아야 한다면 맨 처음 말씀드린, 인간의 고귀함과 나약함을 두루 겸비한 인간론이 무엇보다 중요합니다. 우리는 나약함을 보면서 공감하고, 고귀함을 통해서 동경을 불러일으킵니다.

스즈키　　아킬레우스가 전투에 용맹한 장수일 뿐만 아니라, 인간적인 따뜻함도 지니고 있다고 지적하셨습니다. 우에스키 겐신上杉兼信과 다케다 신겐武田信玄의 전투에서도 식량 보급로를 끊는 공격은 서로 하지 않았다는 것, 훌륭한 무장이란 그렇게 양면을 가진다는 말이겠지요. 그런데 일본 전투를 보면 상대에게 계속해서 와카(和歌, 일본 고유의 정형시―옮긴이)를 보내거나 시모노쿠(下の句, 하구. 와카의 네번째 다섯번째 구―옮긴이)를 받아 가미노쿠(上の句, 상구. 와카의 첫 세 구―옮긴이)로 화답하는 등 전쟁이 한창인 와중에 시를 노래하는 일이 있습니다.

이마미치　　제가 기억하는 것으로는 하치만타로 요시이에八幡太良義家와 아베노 사다토安倍貞任의 문답가 전설이 있습니다. 실제 있었던 일인지 어떤지는 모르지만, 참으로 감동적인 이야기입니다.

고로모카와衣川 성이 함락되었을 때, 말을 타고 도망치는 사다토를 막다른 곳까지 추격한 요시이에가 말 위에서 여유롭게 화살 시위를 메기며 "옷의 날실이 다 터져 버렸구나"라고 읊습니다. 사다토는 이에 응해 도망을 치는 와중에도 뒤를 돌아보며 "묵은 세월에 씨실이 흐트러지는 궁색

함이여"라고 답합니다. 고로모카와 성(고로모카와 다테)과 옷감의 날실(고로모 다테이토)을 이중적 의미로 쓰는 하구에 대응해, 도망치는 말 위에서 오랜 세월에 걸친 전투의 고통을 씨실에 담아 아무렇지도 않은 듯 상구로 되받아치는 이런 이야기는 생각만 해도 가슴이 저려 눈물이 나올 것 같습니다. 사다토 일가는 대단히 훌륭했는데, 사다토의 동생 무네토宗任가 교토에 포로로 감금되었을 때, 궁정 사람들이 매화를 보여주며 촌놈이 이 꽃을 알 리 없다고 놀려댔습니다. 그러자 무네토가 "내 나라 매화꽃으로는 안 보이는데, 궁중의 높은 분들은 무슨 말씀들을 나누시는지"라고 말합니다. 저는 그러한 시적 교양을 일본인의 자랑으로 여깁니다. 그런데 최근 일본에 시 낭송이 사라져 가는 것은 한탄스럽기 그지없는 일입니다. 시를 좀더 가까이 합시다.

그리스 시인, 로마 시인들도 마찬가지이지만, 시는 그들의 일상 속에 살아 있었습니다. 호메로스를 보면, 조금 전 "술주정뱅이의 썩은 눈알은 개의 그것과 같고, 담력으로 치자면 사슴새끼와 다를 바 없구나"라는 욕설도 "배때기에 바람구멍을 뚫어 가다랑어포를 넣어 주마"라는 에도의 천박한 말과는 달리 문학적으로 표현해 내고 있습니다. 그러한 부분은 오늘날에는 그리스인에게도 사라져 버렸고, 일본에서도 일반에게는 점차 사라져 가고 있습니다. 언어의 아름다움을 회복하고자 하는 뜻을 우리도 어딘가에 품고 있어야 하지 않을까요.

스즈키　　언어 정화운동은 어떻게 하면 좋을까요?

이마미치　　여러분들처럼 이렇게 시를 공부하는 게 제일 좋지 않을까요.

스즈키　　예를 들어 단카(短歌, 하이쿠와 더불어 일본의 전통적 시가를 대표하는 단시―옮긴이)나 하이쿠(일본 고유의 단시형―옮긴이)를 활성화시키는 일은 언어를 소중히 하고 표현을 아름답게 하는 일과 연관이 있을까요?

이마미치　그럴지도 모릅니다. 언젠가 교육철학 관계자가 많이 모이는 국제회의에 참석할 기회가 있었습니다. 그때 일본에서는 초등학생에게 하이쿠나 단카를 짓게 하지 않느냐고 묻기에, 내가 아는 한 단카는 잘 몰라도 하이쿠는 짓게 하는 학교가 많은 것 같다고 대답했습니다. 그중에 일본에 정통한 사람이 있었는데, 일본은 일요일에는 반드시 모든 신문에 단카나 하이쿠 코너가 있다며 칭찬을 아끼지 않았습니다. 일반인들은 어떨지 몰라도 어쨌든 신문이 그런 지면을 할애하고 있다는 것은 일본인이 시를 사랑한다는 증거다, 그런 나라는 희망이 없는 건 아니라고 말하더군요. 그때 저는 무척 기뻤습니다. 그러나 귀국한 후 텔레비전을 보고 낙담했습니다.

마쓰다　베르길리우스 부분에서 『목가』에 관해서는 언급하지 않으셨는데, 선생님은 『목가』를 어떻게 평가하십니까?

이마미치　그 시는 무엇보다도 매우 낭만적이고 좋은 작품입니다. 좋은 말씀을 해 주셨습니다.
베르길리우스가 로마에서 본격적으로 이름을 알리게 된 계기는 물론 오늘 이야기한 『아이네이스』를 첫째로 손꼽을 수 있겠지만, 그보다 앞서 조금 전 살펴본 『농경시』는 로마인의 실용주의에 맞는다는 점도 있어서 상당히 사랑받았고, 그 외에도 『목가Bucolica』라는 작품이 있습니다. 이 시는 전원생활을 소재로 한 작품인데, 무엇보다 시가 대화로 되어 있다는 점이 상당히 재미있습니다. 또한 무사의 여신과 연관이 있는 듯한 말이 나오기도 해서 저는 대단히 중요한 작품이라고 생각합니다.

다만 단테가 특별히 존경했던 시는 『목가』나 『농경시』가 아니라, 서사시 『아이네이스』입니다. 그리고 베르길리우스의 시인으로서의 자각은 『아이네이스』에서 뚜렷하게 드러납니다. 요컨대 호메로스를 매우 존경하고, 호메로스의 전통에 따라 서사시를 짓기는 하지만, 호메로스처럼 여신에게 노래해 달라고 말하지 않습니다. 호메로스는 『오디세이아』 첫머리에서도 역시 무사에게 '노래해 주소서'라고 다른 말로 표현하고 있습니다. 그렇지만 베르길리우스는 철저하게 '내가 노래한다cano'를 강조합니다. 이 점은 놓쳐서는 안 될 대목입니다. 그러한 점에서 전통과 대결하고 있다고 말할 수 있겠지요.

말이 나온 김에 『아이네이스』의 맨 처음 구절인 Arma virumque cano에 관해 덧붙이자면, arma가 '무기', virumque의 virum이 '사람', que는 뒤에 붙어 있지만 두 개를 연결하는 조사 '와'인데, 이 구절에 '전쟁과 영웅을 노래한다'는 주석을 붙인 책도 많이 있으며, 번역에서도 '무기'가 복수이므로 이를 '전쟁'의 의미로, 그리고 '사람'은 '영웅'을 가리키는 것으로만 한정시켜 '트로이 전쟁과 영웅 아이네아스를 나는 노래하노라'라는 식으로만 보는 학자들도 있습니다. 물론 그 번역도 틀린 건 아니지만. '무기와 아이네아스라는 사람'이라는 말의 본래 뜻을 그대로 택해 해석해 볼 필요도 있습니다. 즉 '무기'는 당시의 청동 갑옷, 날아오는 화살, 화살에 맞는 소리, 창과 방패가 서로 부딪치는 둔중한 금속성 소리를 가리키고, 그런 와중에 살아 있는 말 위에 꼿꼿이 앉은 '사람'이 살아 있는 몸에 갑옷을 두르고 있는 모습입니다. 무겁고 견고한 청동과 살아 있는 말과 사람의 대립, 이 두 가지 이미지가 단지 두 단어에 대조적으로 표현되어 있습니다. 이런 식으로 음미해 보면, 시는 반드시 하나의 단어에 둘 이상의 의미를 풍부하게 함유하고 있습니다. cano라는 어휘에도 실제로 소리 내어 아름답고 멜로디컬하게 노래한다는 의미와 시를 창작한다는 두 가지 의미가 담겨 있습니다. '트로이아로부터 먼 길을 찾아왔다'고 하는 말에도 그리스에 패한 나라이기는 하나 그 패배는 목마에 숨어 있던 무리의 책략에 의한 패배였다는 역사가 깃들어 있어서 속임수를 문화로 생각하는 아가멤논의 나라와 도덕을 문화로 여기는 프리아모스의 나라의 대립을 말하는 것처럼, 어휘 하나하나에 다채로운 의미가 들어 있습니다. 그래서 다시 읽을 때마다 복합적 전망을 가진 짜임새가 드러납니다.

조금 전 스즈키 씨의 질문에 답변을 드릴 때, 전통과의 대결에 관해 말씀드렸습니다만, 전통이란 바로 이러한 어휘 하나하나에 배어 있습니다.

저는 일본에서는 니시와키 준사부로西脇順三郎가 대단히 훌륭한 시인이라고 생각합니다. 노벨 상을 정할 때는 실은 여러 가지 사전 단계가 있습니다. 비공식 요청을 받고 스웨덴 학사원에 갔던 적이 있습니다만, 그때 일본에서는 노벨 문학상 후보자로 니시와키 준사부로를 첫번째로 추천했던 모양입니다. 저는 매우 만족스러운 결과라고 생각했습니다. 그 후 회의에 관한 일은 우리는 알 수 없고, 설령 안다고 해도 공식적으로 말할 수는 없겠지요. 경쟁 후보가 있었는데, 그 해에는 다른 나라 사람이었습니다. 그 정도로 니시와키 준사부로는 세계적으로 훌륭한 시인이라고 생각합니다. 니시와키의 시에도 한 행 한 행에서 전통의 무게가 느껴지는데, 그의 경우에는 일본의 정서적 전통과 유럽의 지성적인 전통 두 가지를 엿볼 수 있습니다. 유럽에도 정서는 있지만 니시와키의 정서는 어디까지나 일본적이고, 일본에도 지성은 있지만 지성은 유럽의 지성을 취하는 독특한 시입니다. 또한 니시와키는 세계 최초의 독창적 초현실주의 시인이기도 했습니다.

독창성 측면에서 본다면 『목가』는 다소 젊었을 때의 작품이어서일까, 베르길리우스 자신의 성숙도에서 보면 조금 떨어지는 듯 느껴집니다. 저는 잘 모르지만, 그리스 서정시를 모방했다고 말하는 사람도 있습니다.

다른 질문이 없으면, 베르길리우스에 관해 또 한 가지 꼭 말씀드리고 싶은 점이 있어서 보충하고자 합니다. 일에 철저한 남자의 에고이즘과 일을 내동댕이치고 외곬으로 사랑에 목숨을 거는 여성의 아름다움이 『아이네이스』에 묘사되어 있는데 그 이야기를 소개할까 합니다.

영웅 아이네아스가 바다를 건너 이탈리아로 향하던 중, 폭풍우를 만나 겨우 목숨만 부지한 채 아프리카 카르타고에 표류합니다. 그곳에서 배를 수리해 무사히 이탈리아에 상륙했고 로마에 도시를 세우게 됩니다. 카르타고에 표류했을 때, 배는 심하게 부서진 상태였습니다. 그 당시 카르타고의 왕은 디도Dido라는 여왕이었습니다.

이 여왕은 아이네아스 일행을 가엾이 여겨 궁전으로 초대해 극진한 대접을 합니다. 남편을 잃은 지 얼마 안 된 디도는 남편의 왕위를 이어 여왕이 되었습니다. 나라의 장래에 대한 걱정과 남편을 잃은 쓸쓸함까지 보태져 번민하던 중이었습니다. 바로 그러한 때에 아이네아스를 만난 것입니다. 디도는 오랫동안 배에서만 생활한 아이네아스 일행을 위로하고자 말을 타고 들판을 달려 산으로 사냥을 가자고 제안합니다. 여왕도 함께 말을 타고 사냥을 갔습니다. 그런데 때마침 소나기를 만나 비를 피해 동굴로 들어갑니다. 비를 긋는 사이, 이성을 잃고 격정에 휩싸인 두 사람은 강렬하게 서로를 원하게 됩니다. 두 사람은 결국 사랑에 빠져 버리죠. 디도는 여왕으로서 나랏일을 등한시하게 되고, 아이네아스는 조국 재건의 꿈이라는 사명을 잊고 맙니다. 그때, 아이네아스의 어머니인 여신 베누스(비너스)가 나타나 아이네아스를 나무랍니다. "너는 정녕 나라의 앞날을 잊었더냐. 지금 무슨 짓을 하는 것이냐, 여자에 빠져 정신을 못 차리다니." 여기에는 시어머니와 며느리 사이의 미묘한 감정 같은 것도 들어 있을 테지요.

아이네아스는 다시 사명감을 가진 인간으로 돌아옵니다. 살아남은 부하를 모아, 무슨 일이 있어도 이곳을 떠나야 한다며 은밀히 배를 고치라고 명령합니다. 그리고 결혼 축하를 위해 화톳불을 준비하고 있던 디도를 배신하고 야반도주를 해 버립니다.

아이네아스 일행이 뱃길 아득히 사라져 버린 것을 알아차린 배신당한 디도는 결혼 축하를 위해 준비한 화톳불을 자신의 과거를 불살라 버리는 장작으로 삼습니다. 디도는 남편이 될 거라 믿었던 아이네아스와 함께 지내던 침대를 태울 거라고 속이고 사람들에게 불 준비를 시킵니다. 그러고는 사람들 틈으로 불이 붙은 것을 확인한 후, 화톳불 위로 뛰어 올라가 아이네아스에게 선물 받은 칼로 자기 가슴을 찔러 죽고 맙니다.

이 정경을 묘사한 노래가 실로 애절하고도 아름답습니다. "달콤하고 사랑스러운 깔개. 신과 나의 운명이 이것을 허락한 날도 있었네. 깔개여 나의 혼을 감싸 안아 주려무나. 이제는 그만 이 번민에서 벗어나고 싶으니." (이즈이 히사노스케泉井久之助 옮김, 『아이네이스』 상권, 이와나미문고) 그리고 유명한 말 중에 vixi라는 말이 있습니다. vixi는 '살았다'는 완료형으로 한마디로 말해 '내 삶은 끝났다, 다 살았다'라는 의미입니다. "나 이제 내 생을 다하였네, 이로써 신이나 운명이 부여한 길은 모두 다하였네"라는 유명한 시구가 있습니다.

한결같은 여성 디도의 비련의 시는 빛으로만 찬란한 아이네아스의 역사 속에 유일한 오점인 것입니다. 남자는 자신의 사명을 위해 그녀를 배신하고 말없이 도망칩니다. 그러나 그렇게 하지 않았더라면 아이네아스는 나라를 세우지 못했을지도 모릅니다. 베르길리우스는 겉보기에 흠집 없는 그럴듯한 이야기로 만들지 않고, 영웅에게도 그러한 오점은 있다는 인간적인 비애를 표현하고 있는 것입니다. 그가 쓴 아이네아스의 윤리적인 오점은 그것뿐인 것 같습니다만, 매우 감동적인 장면입니다. 이 책 역시 이 와나미문고의 이즈이 히사노스케 번역, 또 더 오래된 책으로는 다나카 히 데나카田中秀央의 산문시가 나와 있습니다. 읽어 보면 곳곳에서 여러 가지 생각을 하게 되겠지요.

스즈키　vixi를 영어로 번역하면 어떻게 될까요?

이마미치　영어로 번역하면 그냥 I have lived가 됩니다. vixi라는 것은 한마디로 vivere(살다)의 완료형입니다. 그리고 주어는 필요 없습니다. 완 전한 라틴어로 쓰면 '나'를 의미하는 ego를 붙여서 ego vixi가 됩니다만, 어미변화로 주어를 알 수 있으므로 그렇게 말하지 않고 vixi 하나만 써도 됩니다. 이 vixi라는 음이 매우 강합니다. '달콤하고 사랑스러운 나의 깔 개'라는 대목을 외우고 있으니 낭송해 보겠습니다.

> Dulces exuviae, dum fata Deusque finebant,
>
> Accipite hanc animam, meque his exolvite curis.
>
> Vixi, et quem dederat cursum Fortuna, peregi. (*Aeneis*, IV 651~653)

Vixi라는 부분이 상당히 강렬합니다. 불길이 몸을 휩싸는 상황에서 자기 가슴에 칼을 대며 vixi라고 외칩니다. 음성적으로는 i(이-)라는 음이 날카 롭게 울립니다. 비통한 절규와도 같은 느낌이 전해집니다. Arma virum- que camo라는 구절은 안정적인 모음이 많아서 노래를 시작하면서 멜로 디를 붙이기 쉽지만, 지금 소개한 vixi라는 강한 음으로 시작하는 이 행 도 멋진 시구입니다.

타오르는 불길 속으로 뛰어드는 디도의 모습과 그녀의 울부짖음, 그리고 칼에 찔린 가슴에서 붉은 피가 흘러내리는 것을 아래에서 지켜보는 사람들은 어찌할 바를 몰라 술렁입니다. 베르길리우스의 외침이라고 할 수 있겠는데, 여기에는 음악적인 것과 회화적인 이미지, 그리고 연극적인 것이 모두 종합되어 있습니다. 그것이 바로 단테가 배우고자 했던 것들 중 하나가 아니었을까요. 한참 뒤의 얘기가 되겠지만, 이러한 풍부한 이미지를 가진 서사시인 베르길리우스와 헤어진 후 들어서는 천국, 경험적 이미지가 전혀 없는 세계에서 단테가 어떤 노고를 겪고 어떻게 궁리했는가 하는 것도 재미있는 테마입니다. 그때의 즐거움을 과제로 삼아 주시기 바랍니다.

단테로 향하는 길로서의
그리스도교

호메로스

　지난번과 마찬가지로 먼저 간단히 복습을 해 두자. 배운 내용을 다른 차원에서 재점검해 보겠다.

　지난 장에서 서술한 호메로스에서 다시 한번 염두에 두어야 할 사항은 다음과 같다. 『일리아스』에서 아킬레우스는 처음에는 아가멤논의 부정에 분노를 품는다. 그가 전투를 거부하는 이유가 그것인데, 그 결심이 바뀐 것은 절친한 친구 파트로클로스가 전사한 사실을 알고 그의 원수를 갚으려는 우정 때문이었다. 다시 말해 이 서사시는 아킬레우스의 덕의 전개를 노래한 시이다. 따라서 시의 줄거리는 정의에 대한 동경, 우정, 죽음을 두려워하지 않는 용기, 그리고 무엇보다 중요한 것은 타자의 고통에 대한 동정이다. 그리고 중요한 장면들에서 어머니인 테티스 여신의 가르침이 나온다. 그것은 천상의 계시에 따른다는 경건함의 덕인데, 단테에서는 여신 대신 성모 마리아와 영원한 연인 베아트리체가 가르침을 주는 줄거리의 안내자가 된다. 그러한 의미에서 아킬레우스가 여신의 가르침을 받고 인내하는 것이 『신곡』을 이해하는 하나의 열쇠가 된다.

호메로스의 또다른 작품 『오디세이아』는 오디세우스가 주인공이며 10년간 원정하며 떠도는 이야기인데, 단테도 피렌체에서 추방된 채로 유랑생활을 했으므로 그 점에서 호메로스의 오디세우스와 상통한다. 오디세우스의 10년 원정은 가시적인 적과의 싸움이었지만, 단테의 생애는 정적과의 분쟁은 물론 갖가지 기만과의 싸움이었다. 그리고 『오디세이아』에는 외눈박이 거인의 섬으로 들어가는 모험 이야기처럼 풍부한 상상력을 맘껏 발휘한 모험담이 있다. 단테 작품에서는 지옥과 연옥의 모험적인 여행에서 기상천외한 이미지를 전개해 간다는 의미에서 『오디세이아』의 상상과 모험을 계승했다고 볼 수 있다.

그리고 무엇보다 중요한 사항은 다음과 같은 점이다. 『오디세이아』는 노스탤지어nostalgia —nostos가 '귀향', '나라로 돌아간다'는 뜻이므로 nostalgia는 '망향의 염원'이나 '향수'가 된다—, 즉 오디세우스에게 고향을 향한 지울 수 없는 그리움이 있었기 때문에 고향으로 돌아간다는 이야기였다. 단테의 『신곡』에도 돌아가야 할 고향에 대한 강렬한 그리움이 묘사되어 있다. 그것은 자신의 육체적인 고향과는 다른 '하늘', '천국'이다. 이에 관해서는 이어서 키케로를 복습한 후 베르길리우스를 복습할 때, 새로운 의미에서 노스탤지어를 살펴볼 때 다시 언급하겠다.

키케로의 문화적 의의

지난 강의에서 호메로스에서 베르길리우스로 넘어가기 전에 로마 문화에 관해 짤막하게 언급했다. 그때 예로 든 것이 키케로의 문화적 의의였다. 키케로가 없었다면 오늘날 유럽 언어의 추상명사는 대부분 존재하지 않았을 거라는 생각이 들 만큼 문화적으로 위대한 업적을 남긴 사람이라고 예를 들며 분명히 밝혔다. 그중에서 기억해야 할 것은 literatura라는 라틴어이다. 키케로를 중심으로 한 사람들에 의해 입에서 귀로 전해지던 구송언어예술이 문자로 쓰이고 읽히게 되었다. 그리하여 문자litera를 이용해 만든 문예 내지 문학을 나타내는 literatura라는 말이 언어예술을 총괄하는 명칭으로 등장했다. 이 말은 키케로가 만들었다. 또한 아킬레우스의 중심 덕목이었던 우정이 키케로에서는 『우정론』이라는 책으로 이론화되었고, 키케로에게 우정은 최고선의 상징이기도 했다. 『신곡』에서 단테와 베아트리체의 관계 또한 그와 같은 우정이기도 하다.

베르길리우스

그러고 나서 지난 강의의 주제인 베르길리우스로 들어갔다. 베르길리우스에 관해 이야기한 내용은 『농경시』와 서사시 『아이네이스』 두 가지였다. 『농경시』는 농업 기술을 시로 가르치는 내용으로 시가 동시에 생활의 지표가 된다. 이는 결국 단테의 시가 서사시이면서 동시에 실생활의 지표, 정신이 살아가는 길, 신앙의 지표가 된다는 것과 연결된다. 단테가 베르길리우스를 그토록 존경했던 이유 중 하나에 그런 점도 포함되어 있었다고 생각해 보면, 이 로마 시인으로부터 단테로 이어지는 길의 연결이 더욱더 분명해질 것이다.

서사시 『아이네이스』는 영웅 아이네아스에 얽힌 시였다. 영웅 아이네아스는 아킬레우스가 속해 있던 그리스 군의 적에 해당하는 트로이아의 용장인데, 이야기는 영웅 아이네아스가 그리스에 패한 트로이아 패장의 한 사람으로 도망치는 부분부터 시작한다.

패배한 전투에서 출발한다는 것, 이 점도 기억해 두길 바란다. 나중에 단테를 읽을 때 공부하겠지만, 단테의 『신곡』은 유혹에 무릎을 꿇을 것 같은 패배자의 신분에서 다시 일어서고자 하는 시점에서 시작한다. 그러므로 『신곡』의 출발점은 호메로스보다는 베르길리우스에 가깝다. 지금 단테를 공부하는 우리들도 갖가지 인간적인 고통에 직면해 있다. 패배자도 있을 것이고, 개중에는 세간에서 보면 그다지 패배한 듯 보이지 않더라도 신의 눈으로 보면 패배에 가까운 상황에 있는 사람도 있을 것이다. 『신곡』은 그러한 상황에 처한 우리가 다시금 일어설 수 있도록 힘차게 이끌어 준다.

단테의 출발은 유혹과의 싸움에서 질 것 같은 패배자의 몸이라는 데 있다고 했는데, 그와 동시에 고향 피렌체에서 쫓겨나 유형에 처해진 신분이라는 점이 중첩되어 있다. 그리고 유랑생활 속에서 마땅히 돌아가야 할 고향을 그리워한다. 즉 노스탤지어인데, 여기에서 인식해 둬야 할 점은 호메로스가 그린 노스탤지어와 베르길리우스의 그것은 다르다는 것이다. 호메로스가 그린 노스탤지어는 예전에 자기가 살았던 '육체의 고향'으로 돌아가고자 하는 노스탤지어였다. 한편 『아이네이스』에 보이는 노스탤지어는 고귀한 건국신화가 없었던 로마가 찾아내야 할 정신적 근거지를 향한 동경이다. 요컨대 노스탤지어라고 하더라도 과거로의 노스탤지어가 아니라, 미래를 향한 노스탤지어인 것이다. 희망이 없어서는 안 되는, 또 그 희망은 단순한 환상과는 달리 온갖 곤란과 싸우며 실현해 가야만 하는, 그러한 미래로의 향수이다. 바로 이 점이 단테가 호메로스가 아닌 베르길리우스를 스승으로 공경한 특별한 이유였음을 밝혀 두고 싶다. 물론 단테는 호메로스도 존경했고 호메로스의 길도 좇았지만, 베르길리우스를 자신의 길잡이로 내세운 가장 큰 이유는 파악해 둬야 할 것이다.

오늘날 일본 인구의 10퍼센트 가량은 도쿄가 고향이다. 그리고 대부분의 업무는 도쿄에 집결해 있다. 나는 도쿄 출신이니 그야말로 고향 토박이로 살아가는 셈이지만, 번잡한 이 땅에 살며 일하다 보면 고향에 대한 애틋한 염원을 가져 보려 애써도 도무지 그런 마음이 생기질 않는다. 그러나 그러면서도 마음 한구석에는 내가 돌아가야 할 곳이 어딘가에 있을 것 같은 느낌이 든다. 내가 가야 할 그곳은 경우에 따라서는 지구상의 한 점일지도 모르지만, 정신이 돌아가야 할 고향이 어딘가에 있을 것 같다. 그곳은 어디에 있을까 하는 생각을 하다 보면, 베르길리우스가 그리스에 뒤지지 않는 높은 문화적 기개를 로마에 부여하고자 트로이아의 잔당이 로마를 세웠다는 구상을 가진 서사시로 정신적 의지처를 창조해 낸, 그러한 부재자에 대한 동경이 단테의 심금을 울렸을 거라 추측할 수 있다. 단테는 태어난 고향 피렌체에서 추방당한 후, 그 곳으로 다시 돌아가는 게 아니라 그의 마음이 진정으로 동경했던 장소로 정신을 향하게 하려고 애썼다. 그것은 천국이었다.

아이네아스는 여행 중 신념을 잃을 뻔했던 적도 있다. 도중에 기운을 잃는 부분이 있다. 그때 어머니인 여신 베누스가 나타나 격려한다. 이는 아킬레우스의 어머니 테티스 여신도 마찬가지다. 단테의 경우에는 신앙의 길에서 자신이 동경하던, 그리고 신앙에 있어서 자신보다 훨씬 순수하다고 믿었던 베아트리체가 그 역할을 맡는다. 그리고 베아트리체를 사이에 두고 마리아가 나타난다. 따라서 성모 마리아와(다신교의) 여신은 적어도 문학적으로는 어떤 연관이 있다고 봐야 할 것이다. 신앙의 세계에서도 여성적인 것, 어머니적인 것, 누이적인 것은 필요하다.

그리고 디도의 비련을 이야기했다. 이는 그 자체로도 지극히 아름다운 비극적 장면인데, 아이네아스가 디도를 배신한 비련의 이야기다. '사랑'이라는 말을 써도 좋을지 모르겠으나, 단테의 경우는 베아트리체와의 비련이라고 할 만한 요소가 있다. 그것은 배신이 아니라, 생애를 바쳐 베아트리체를 존경하고 줄곧 순수한 사랑을 품는 감정이다. 그러한 의미에서 디도의 비련과는 대조적으로 여성을 향해 고조되어 가는 동경을 발견할 수 있다.

그런데 베르길리우스는 로마를 건국한 아이네아스를 통해 "로마를 건국하는 일은 그렇게도 힘겨운 일이었다Tantae molis erat Romanam conderet urbem"라는 말을 남겼다. 그러한 의미에서 로마는 한 사람의 영웅의 노력으로 만들어진 것이다. 그리고 아이네아스가 그렇게 성공했듯이, 단테 자신도 가능한 한 동경을 충족시키고자 천국으로 향하는 길을 찾아 나선다. 베르길리우스의 안내를 받으며 그 길을 더듬더듬 찾아간다. 그리고 베르길리우스는 연옥이 끝나는 곳까지 단테를 안내한 후 바람처럼 사라져 버린다. 로마를 건국하는 일도 어렵겠지만, 천국으로 들어가는 일은 또 얼마나 힘겹겠는가. 이렇듯 목적 달성을 위해 나아가는 길이 얼마나 어려운지를 병행해서 읽을 수도 있을 것이다.

시인의 창작 의식이라는 면에서 볼 때, 베르길리우스는 호메로스와 달랐다는 사실을 지적했다. 호메로스는 "시의 여신이여, 아킬레우스의 분노를 노래하소서"라고 말하며 자신은 여신이 부른 노래의 번역자(헤르메네스)에 불과하다는 입장을 취한다. 그에 반해 베르길리우스는 "전쟁과 영웅을 내가 노래한다Arma virumque cano"라고 말한다. 그러나 제멋대로 노래하는 것은 아니고 "무사의 여신이여, 내게 일의 연유를 떠올리게 하소서 Musa mihi causas memora"라고 말한다. 노래할 내용의 연관을 가르쳐 주는 주체는 여신인 것이다. '내가 노래한다'라고 말한다는 점에서, 물론 시대가 다르긴 하지만, 베르길리우스 쪽이 시인으로서의 자의식이 강하다고 말할 수 있을 것이다. 그것을 좋게 보느냐 마느냐는 사고방식에 따라 다를 테지만, 14세기 사람인 단테로서는 신의 노래를 듣고 그대로 이탈리아어로 옮기는 게 아니라 자신이 노래한다는 의식을 가지는 게 당연하므로 베르길리우스 쪽을 선택한다. 이러한 점에서도 베르길리우스를 스승으로 선택한 것은 당연한 결과가 아닐까 싶다.

이렇게 생각해 보면 단테는 분명 호메로스와 베르길리우스의 서사시 전통을 어떠한 형태로든 계승하고 있음을 잘 알 수 있다. 그리고 베르길리우스를 자신의 직접적인 스승으로 내세운 이유도 이해할 수 있을 것이다.

그리스도교를 공부하는 의미

자 그럼, 오늘의 주제인 그리스도교의 요점에 관해 생각해 보자.

단테를 연구하는 시점에서 그리스도교를 사전에 조금이라도 공부해 둬야 하는 이유는 뭘까. 간단히 말하면 세 가지 이유가 있다.

첫째, 우리는 단테의 『신곡』을 공부하면서 단순히 단테 연구에만 머무르는 게 아니라, 어떤 의미에서는 유럽 정신, 서양 정신을 다시금 새롭게 배워 보자는 생각으로 공부해 가고 있다. 그런 시각으로 보면, 서양문화를 형성하는 요소로서 반드시 염두에 두어야 할 것이 그리스·로마 혹은 그리스·라틴의 휴머니즘 전통, 그리고 또 한 가지가 그리스도교 전통이다. 이 두 가지가 서양의 정신적인 두 기둥이라는 사실은 말할 필요도 없다. 그러한 의미에서 단테를 공부하는 데 있어서 최소한의 고전문화, 그리고 그리스도교 문화가 어떤 것인가를 알아 두지 않으면 안 된다. 이것이 하나의 이유이다.

둘째로는 단테를 읽어 나갈 때, 물론 단테 자신이 그리스도교도였다는 점과, 그리고 이 작품이 '신곡Divina Commedia'이라고 해서 '신'이라는 말이 붙어 있으며, 그 '신'이란 두말할 필요 없이 그리스도교에서 가르치는 신이라는 점에서 그리스도교를 살펴볼 필요가 있다.

그리고 셋째로 그리스도교 경전은 성경인데, 이에 관한 본질적인 지식을 요약하면 그리스도교 사상을 정리할 수 있다. 이렇게 함으로써 단테를 읽는 데에 반드시 알아 둬야 할 그리스도교에 관한 최소한의 준비가 가능하리라 믿기 때문이다.

그럼 오늘은 그리스도교가 어떠한 종교인가, 어떠한 역사를 가지고 있는가 하는 내용을 일반 지식인이 잘 아는 사실이 아니라, 주로 단테의 『신곡』이라는 문헌을 읽는 데 관련이 있는 점에 역점을 두고 생각해 보도록 한다. 우리는 『신곡』이라는 문헌을 읽기에 앞서 호메로스의 문헌, 베르길리우스의 문헌을 공부했으므로 그리스도교에 관해서도 문헌을 공부하는 것이 이치에 맞는 방법일 것이다.

로마의 사회 정세

그런데 먼저 로마의 사회 정세와 그리스도교의 관계부터 살펴본 후 성서로 들어가야 할 것 같다. 그래서 이 문제에 관해 헤르베르트 헬빅Herbert Helbig이라는 학자가 일본에서 가진 연속강의를 정리한 『유럽의 형성』(나루세 오사무成瀨治·이시카와 다케시石川武 옮김, 이와나미문고)이 정리가 잘 된 명저이므로 이를 요약해 소개하겠다.

로마의 사회 정세라고는 했지만, 주로 그리스도가 나타났을 무렵의 사회 정세를 말한다. 세계 제국이 된 로마는 다양한 문화를 통합해 가지 않을 수 없었다. 헬빅의 말에 따르면, 그 당시 로마는 여러 나라의 신들을 받아들여 다신교가 두 배, 세 배로 팽창해 갔고, 오히려 로마 고유의 신 숭배는 무가치하게 되었으며 신앙이 미신화하는 결과를 낳았다. 키케로 시대에도 새점을 비롯한 갖가지 점이 상당히 유행했다. 그러한 배경에는 잇따라 일어나는 내란, 이민족의 습격, 경제 위기, 역병 유행 등 로마 몰락을 예감케 하는 상황들이 있었다. 유명한 시인 루크 레티우스의 시에 "로마에서는 역병으로 사람들이 죽어 간다. 동물들조차도 죽은 사체를 피해 간다"는 구절이 있는데, 자살한 이 시인의 시에는 전염을 두려워해 장례를 치르는 일조차 꺼리게 되어 방치해 둔 사람 시체를 동물마저 피해 간다는 로마 말기의 절망적인 상황이 생생하게 묘사되어 있다.

그렇듯 모든 사람들이 몰락의 예감을 품고 있는 와중이라 누구나 새로운 목표를 제시하는 종교를 간절히 희망했다. 바로 그러한 시기에 '내 나라는 이 세상에 있지 않다, 그리고 그 나라로 가면 인간은 진정으로 죄에서 구원될 것이다'라고 가르치는 사람이 있었다. 그가 그리스도와 그리스도의 동료들이었다. 그리스도가 가르치는 유일신의 은총과 자비가 사람들에게는 상당히 강한 인상을 심어 주었고, 신의 아들 예수의 희생에 의한 죄사함과 구원이 새로운 희망으로 일컬어지게 되었다. 또한 그런 운동을 하는 사람에게는 흔들리지 않는 도덕적 기품이 있었고, 또 흔히 사람들이 돌보지 않고 버려두는 약자에 대한 사랑이 있었다.

종교운동에는 권력자에 가까이 다가서려는 듯한 느낌도 있었지만, 예수의 태도에서는 그러한 점은 추호도 찾아볼 수 없었다. 그의 정신을 이어받은 사람들에게서도 그러한 기색이 보이지 않았으므로, 뜻 있는 사람들에게는 그 종교의 장점이 보였다. 그리고 기댈 만한 대상에게 매달리고 싶어했던 사람들, 약자들이 그 밑으로 몰려드는 것은 당연한 일이었다.

헬빅은 그리스도교의 성립에 관해 다음과 같은 상당히 응축된 결말로 서술한다. "신의 자비와 은총을 설교함으로써 사람들에게 그 시대의 구원을 일러 주고, 예수의 희생에 의한 죄사함과 구원으로써 사람들에게 영원으로 이어지는 희망을 일러 주었으며 현실적인 행동으로는 약자에 대한 사랑을 솔선해 보였다. 그리스도교는 권력자에게 다가가지 않는 흔들림 없는 도덕성 같은 것으로, 혼란한 로마 사회 속에 하나의 희망으로서 사람들의 관심을 불러일으킨 것이다."

그리스도교 성립

자, 그렇게 해서 그리스도교가 성립했는데, 그 창시자 예수스 크리스토스Jesus Christos의 호칭에 관해 짧게 언급해 두겠다. 두말할 필요 없이 '예수Jesus'는 개인의 이름이다. 이는 유대인에게 많은 이름이며 '요슈아'라 발음되는 것도 '예수'와 같은 철자이다. '예수'라 불렸던 다른 사람의 예로는 「지혜서」를 쓴 사람이 있는데 그의 이름은 '시라크의 예수'이다

'예수'는 개인 이름이므로 세례명으로 '예수'를 쓰는 나라도 있다. 예를 들면 스페인에서는 이를 '헤수스'라고 발음하는데 '예수'를 세례명으로 쓰는 사람이 많다. 내 친구 중에 '헤수스 모스테린'이라는 바르셀로나 대학의 훌륭한 반 그리스도교적 철학자도 있고, 내가 좋아하는 피아니스트로 현대곡의 명인인 '헤수스 마리아 산로마'라는 사람이 있다.

'크리스토스Christos'는 그리스어로 '기름 부어진 자'라는 의미로 메시아(왕)라는 직책을 나타낸다. 이 말은 '왕은 기름 부어진다'는 데에서 유래한다. 따라서 '예수스 크리스토스'는 달리 말하면 '예수 즉 기름 부어진 자' 혹은 '메시아, 곧 왕인 예수'라는 의미이지만 그 '왕'은 그리스도가 자주 말했듯이 이 세상 나라를 지배하는 자가 아니라, '구세주'라는 의미로 사용되는 '왕'이다.

그리고 또 예수는 훗날 신자가 환상적으로 만들어 낸 존재로 실제로는 없었던 게 아닌가 하는 설도 있다. 성서에 예수 그리스도의 전설이 있긴 하지만, 그것은 신자가 나중에 만들어 낸 것이며 예수는 없었다고 주

장하는 사람도 없지는 않다.

헬빅은 이에 관해 이미 널리 인정되고 있는 두 가지 근거를 전해 준다. 유대인 요세푸스(Joseph, 37~95)가 쓴 글과 역사가 타키투스(Tacitus, 55~120경)의 기술이다. 요세푸스는 기원후 37년에서 95년까지 살았을 것으로 여겨진다. 그리스도가 태어난 시기는 대략 기원전 4년—기원 원년에 태어났다고 여겨졌으나, 오늘날 연구에서는 기원전 4년경이 아닐까 하는 의견이 있다—이며 그리스도는 33세 무렵에 십자가에 매달려 죽었으므로 요세푸스는 그리스도 사후 곧바로 태어난, 그리스도와 거의 동시대 사람이라고 할 수 있다. 타키투스도 기원후 55년에서 120년까지 살다 간 사람이므로 마찬가지로 거의 동시대 사람이라고 할 수 있겠다. 이런 사람들의 기록에 그리스도가 실려 있다.

요세푸스의 『유대사』라는 책을 보면 그리스도가 두 번 나온다. 그러나 그리스도를 직접 언급하고 있는 부분은 나중에 그리스도교 신자가 개찬改竄한 게 아닐까 하는 의심도 있다. 헬빅과 같은 역사가들이 인정하는 것은 예수를 직접 언급한 부분보다 예수의 '형제 야고보'라는 기술이다. 이는 의심할 나위 없이 사도 야고보를 가리키는 말이 아닐까. 사도 야고보는 그리스도의 형제로 그리스도의 제자들을 통솔했다. 성서 주해에 따르면, 예수를 따른 자들은 모두 형제라고 불렀으며, 그 중에서 제일 연장자가 야고보와 베드로이다. 그리고 타키투스에도 예수가 나오는데, 거기에는 전혀 호의적으로 쓰지 않았으므로 이를 객관적인 사실史實로 인정할 수 있을 것인가 하는 의견이 있다. 또 이런 것을 모두 인정하지 않는다고 해도 '사도행전'—사도들의 행적의 기록—이라 불리는 문서가 성서 속에 있으며, 거기에 그렇게나 생생하게 예수 그리스도의 영향이 쓰여 있는 걸로 보아 신자들이 환영과 같은 인물을 만들어 냈으리라 말하기는 어렵지 않겠느냐고 헬빅은 말한다.

성서란

그렇다면 그 성서는 어떠한 문헌일까. 예수 그리스도에 관계된 문헌은 신약성서이므로 먼저 신약성서의 편집 및 원본에 관해 살펴보도록 하자. 기원후 1세기의 마지막 15년 정도 사이에 「마태오 복음서」, 「마르코 복음서」, 「루카 복음서」라는 세 개의 공관共觀 복음서가 쓰였다. 이 세 개의 복음서는 같은 관점에서 쓰였다는 이유로 공관복음서라 불린다. 2세기 초에는 「요한 복음서」도 쓰였다. 「요한 복음서」는 독특한 서술 방식으로 당시 신비주의적인 철학의 서술 방식을 취한다. '천지가 창조되기 전부터 말씀이 계셨다'라는 식의 서식이다.

모두 그리스어로 써서 편찬한 것인데, 마태오, 마르코, 루카는 공통된 자료를 가지고 있었던 게 아닐까, 그리고 그 공통된 자료는 헤브라이어로 쓰인 게 아닐까, 예수가 쓰던 헤브라이어 방언인 아람어로 쓰인 게 아닐까 하는 의견들이 있다. 그러나 그것은 남아 있지 않다. 신약성서는 1세기 말부터 2세기 초에 편찬되었다고 하는데, 신약성서를 구성하는 문서의 원본도 전혀 남아 있지 않다.

이와 마찬가지로 고전 고대의 작품은 모두 원본이 없다. 플라톤도 아리스토텔레스도 원본은 남아 있지 않다. 그런 책들이 지금까지 남아 있을 수 있는 것은 원본을 파피루스에 기록했고, 파피루스는 예외적인 조건의 혜택이 없는 한 원칙적으로 수백 년씩이나 길게 보존할 수 없으므로, 사람들은 책이 만들어지면 곧바로 사본을 만들었기 때문이다. 사본을 만들고, 그 책이 사라지기 전에 또다시 베껴 써서 오래된 사본들이 많이 전해져 온 것이다. 신약성서의 전체 사본은 4세기 것이 두 개 있는데, 그것은 그때 편찬된 것이 아니라, 그 이전의 책을 베껴서 만든 것이다. 그것이 바로 바티칸 사본이다. 바티칸 본은 양피지로 만들어졌다. 그리고

'시나이 사본'이라 불리는 것이 19세기 중엽에 시나이 산기슭의 카타리나 수도원에서 발견되었다. 일본에서도 간혹 오래된 절이나 신사에서 중세기의 불경 사본이 발견되는 일이 있는데 그런 경우와 마찬가지다.

성서 전체가 아니라 몇 뭉치 몇 쪽 정도의 옛 파피루스로 말하자면, 기원 150년경의 것이 런던에 있고, 기원 125년경의 '제4복음서'의 일부가 맨체스터에 남아 있다.

'Holy Bible(성서)'의 어원

이처럼 성서는 손으로 베껴 적어 전해 온 책이다. '성서'라는 말은 영어 Holy Bible을 번역한 것이라고 하는데, 영어 Holy Bible은 라틴어 biblia sacra의 번역이다. biblia라는 라틴어는 βιβλίονBiblion이라는 그리스어에서 유래한다. 그리고 이 βιβλίον이라는 그리스어는 βίβλοςBiblos라는 항구도시 이름에서 왔다. 그 까닭은 이 비블로스라는 곳에서 파피루스와 양피지가 거래되었기 때문이다. 책 재료의 거래가 이뤄진 항구가 '비블로스', 비블로스에서 팔리는 것이 '비블리온'이라 불리게 된 것이다.

따라서 '바이블'이라 불리는 성서는 '책'이라는 의미이다. 다양한 책들이 만들어졌던 헬레니즘 시대에도 '책'이라고 하면 '성서'를 의미할 정도로 사람들은 성서 사본을 많이 만들었다. 오늘날로 치면 베스트셀러가 된 셈이다. 비블로스는 아무리 만들어도 수요를 충당할 수 없을 정도였고, 비블로스가 그렇게 잘 팔렸기 때문에 또한 여기저기서 사본을 만들었다. 이렇게 해서 성서는 매우 소중히 다뤄졌다. 덧붙이자면 오늘날까지도 성서는 세계적인 베스트셀러의 하나이며 매년 만들어진다. 일본 호텔에도 대부분 성경이 구비되어 있다. 성서는 아무 곳이나 펼쳐 읽어도 반드시 뜻 깊은 말들이 적혀 있다. 아우구스티누스도 그리스도교에 마음이 기울었을 즈음, 밀라노 정원에서 "들고 읽어라, 들고 읽어라tolle lege, tolle lege"라는 아이들 노랫소리가 들려왔고, 그 소리가 왠지 모르게 신의 계시처럼 느껴져 곁에 있던 친구 알리피우스의 성서를 펼쳤다. 그러자 바울로의 로마서 13장 끝부분의 몇 행이 눈에 들어왔고, 거기에는 "진탕 먹고 마시고 취하거나 음행과 방종에 빠지거나 분쟁과 시기를 일삼거나 하지 말고 언제나 대낮으로 생각하고 단정하게 살아갑시다"(『고백록』 8권 17)라고 씌어 있었다는데, 그런 식으로 읽어도 좋은 책이다.

성서의 구성

그럼 지금부터 성서의 구성에 관해 잠깐 설명하고 차츰 단테와의 간격을 좁혀 나가겠다.

주지하는 바와 같이 성서에는 구약성서와 신약성서가 있다. 옛날에 있었던 일인데 학생 중에 내 강의를 한 번도 듣지 않고 시험만 치른 학생이 있었다. '구약성서와 신약성서의 관련성을 간단히 기술하라'는 문제를 냈더니, 문제도 제대로 읽어 보지 않고 "구약舊譯성서는 문어체로 된 번역으로 선생님이 좋아하는 번역이다. 신약新譯성서는 구어체 번역으로 선생님이 매우 싫어하는 번역", 이렇게 낙제 모범답안을 쓴 일도 있었는데 '譯'이 아니라 '約'이다(일본어로 '譯'과 '約'이 '야쿠'로 발음이 같음―옮긴이). 그렇다면 '約'은 무엇일까.

이 말은 testamentum이라는 라틴어에서 유래한다. testamentum은 '유언'이나 '계약'의 의미로, '구약舊約'은 신이 모세를 매개로 이스라엘 백성과 맺은 계약이다. 쉽게 말하자면, 모든 민족이 다신교를 믿을 때, 혹은 동물신을 믿을 때, 이스라엘 민족만이 사람에게 말을 건네는 유일신을 두었고 (일신교), 그 신이 제시하는 십계와 같은 계율을 지키면 그 신에 의해 이 세상의 승리를 부여받을 수 있다는 약속을 신과 인간 사이에 맺은 것이 다. 그것이 구약이다. 요컨대 하나의 신이 하나의 민족, 유대 민족을 선택 했고 그들이 신의 약속을 지키면 그 귀결로서 이 세상의 승리가 그들에 게 주어지는 것이다. 그때 신은 정의의 신이었다. 때문에 벌이 매우 가혹 하다. 법으로 맺어진 신과 한 민족의 관계이다.

다른 하나인 '신약新約' 역시 계약이지만, 신과 한 민족이 아니라 민족에 서 인류로 확대시켜 신과 모든 인류와의 사랑을 유지시키고자 맺은 계약 이다.

죄에 빠져 허덕이는 인간이 어떻게 스스로 속죄할 수 있겠는가. 불완전 한 인간으로서는 속죄할 길이 없다. 그래서 신이 생각해 낸 것이 모든 인 류를 대표할 수 있는 사람에게 죄 갚음을 시키는 것이다. 그러나 보통 인 간은 모든 인류를 대표할 수 없다. 그는 사람이어야 하지만, 동시에 신과 같은 존재여야 한다. 그래서 신은 신의 아들을 인간에게 보냈다. 신의 아 들 예수를 전 인류의 대표로 삼아, 그가 죄인으로서 십자가에 매달림으 로써 모든 인류의 속죄가 실현된다. 이처럼 신약은 신과 인류의 계약이었 으며, 그것은 사랑으로 죽은 예수의 십자가 위의 희생이다. 우리는 그 사 랑을 가슴에 담고, 모두 사랑을 가진 사람이 되어야 한다는 것이 신약의 가르침이다. 신의 사랑이 그리스도의 희생을 통해 모든 인류를 죄로부터 구원함으로써 우리가 죄사함을 얻을 수 있게 되었다는 말이다.

그러면 성서의 구성은 어떠할까. 구약성서는 전체 39서가 있다(가톨릭 에서는 「지혜서」를 정전正典에 넣으므로 40서가 된다). 그리고 이것은 헤브라 이어로 쓰였다. 신약성서는 전체 27서이며 그리스어로 쓰였다. 신약성서 의 바탕이 된 복음서에는 헤브라이어로 쓰인 복음서가 있지만, 이를 그리스어로 번역한 것을 정전으로 삼았다. 이는 당시 교회로서는 상당히 대담한 생각이었을 것이다. 만약 헤브라이어로 쓴다면 헤브라이계 사람만 읽을 수 있다. 구약은 모세를 매개자로 내세워 신이 이스라엘 민족과 맺은 계약이니 헤브라이어라도 상관없다. 그러나 신약은 신이 예수 그리스도를 통해서 인류 전체와 맺은 계약이므로 모든 인류가 읽기 쉬운 언어가 아니면 안 된다. 당시 인근의 문화적인 세계어는 그리스어였고, 그런 연유로 그리스어 성서가 보급되기 시작했다.

그렇다면 구약성서의 39서 혹은 40서―나는 40서 쪽을 택하는데―는 어떻게 나뉘어 있을까. 보통은 단순히 역사, 문학, 예언으로 나뉘는데, 잘 살펴보면 교리서가 2권, 역사서가 15권, 문학서가 5 내지 6권(이는 「지혜서」를 넣느냐 마느냐에 달렸다), 그리고 예언서가 17권이 있다.

그중 교리서는 「창세기」와 「탈출기」이다. 「창세기」는 잘 아는 바와 같이 이 세상이 어떻게 생겨났는가에 관한 기술, 그리고 인간이 어떤 존재인가에 관한 기술과 같은 교리 기초가 많이 나온다. 「탈출기」는 신은 무엇인가, 또한 어떠한 것을 행위 원리로 가르치는가에 관한 기술이 나와 있다. 그리고 역사서인 「레위기」, 「민수기」, 「신명기」로 이어지는데, 「창세기」, 「탈출기」, 「레위기」, 「민수기」, 「신명기」는 '모세 5경'이라고도 불리는 모세와 매우 관련이 깊은 책이다. 아주 예전에는 모세가 쓰거나 편찬했다고 여겼던 것으로 율법의 기초가 쓰여 있다. 그러한 의미에서 역사서 중에서도 「레위기」, 「민수기」, 「신명기」는 특히 중요하고, 그 외의 역사서로는 역대 왕의 정치를 기술한 「열왕기」, 「여호수아기」 이하가 있다.

그 밖에 문학서가 있다. 먼저 「욥기」인데 이는 욥이라는 인물이 어떠한 괴로움이 닥쳐도 신앙을 버리지 않는다는 파토스 문학으로서 가장 뛰어난 것이라 일컬어진다. 그리고 「시편」, 「잠언」, 「코헬렛」, 「아가」, 「지혜서」―「지혜서」는 문학서라 해야 할지 교훈서라 해야 할지 모르겠으나 문학적으로 너무 아름다워 예로부터 문학서라 불렸다―가 있다.

그리고 예언서는 17개가 있는데, 대예언서 5개와 소예언서 12개로 나 뉜다. 대예언서는 「이사야」서 「예레미야서」, 「애가」, 「에제키엘서」, 「다니엘 서」, 그리고 소예언서는 12개로 「호세아서」 이하이다. 이름을 하나하나 기 억할 필요는 없겠으나, 일단 이렇게 정리한 형태로 구약성서를 머릿속에 넣어 두면, 구약성서의 각 권의 가치를 알 수 있다.

그리고 신약성서에는 27서가 있으며 그리스어로 쓰였다. 신약의 구성 도 구약성서와 비슷하다. 사람들은 대체로 복음서를 역사서라고 부르는 데, 단순한 전기가 아니라 예수의 가르침을 쓴 책이다. 복음서로는 「마태 오 복음서」, 「마르코 복음서」, 「루카 복음서」, 「요한 복음서」 4개가 있다. 그리고 역사서로서는 사도가 어떠한 행위를 했는가를 쓴 「사도행전」이 있다. 그리고 교회 교의를 쓴 책이 21개 있다. 이는 또한 '서간문'이라고 불러도 된다. 예수 그리스도가 직접 한 말이 아니라 교회의 교의이다. 바 울로의 4대 서신―「로마서」, 「고린도전서」, 「고린도후서」, 「갈라디아」―그 리고 바울로의 서신 9편과 베드로 이하 다른 사도들의 서신 8편이 있다. 베드로와 다른 사도들의 서신도 매우 중요하다. 베드로는 바울로의 이론 이 배움이 없는 신도에게는 적절치 않다고 생각해 "우리의 사랑하는 형 제 바울로가 하느님께로부터 지혜를 받아……써 보낸 바와 같이"라고 칭 찬은 하면서도 "그중에는 이해하기 어려운 대목이 더러 있어서……"라고 말하며 "여러분은 이것을 미리 알고 무법한 자들의 속임수에 빠져 들어 가 자신의 확신을 잃는 일이 없도록 조심해야 합니다"(「베드로의 둘째 서 간」 3, 15~17)라고 기록했다.

예수가 그에게 교회를 짓는 기반이 되라는 뜻으로 '반석(페트로스)'이라 는 이름을 지어 주었듯이, 그가 교회의 수장에 걸맞은 견식을 갖춘 인물 이었음을 잘 알 수 있는 대목이다. 야고보 역시 베드로에 필적하는 사도들의 장로長老이며, 매우 훌륭한 말을 썼다—신앙은 소중하다. 그러나 악마에게도 신앙은 있다. "마귀들도 그렇게 믿고 무서워 떱니다"(「야고보 서간」 2, 19)라는 말이 있다. 악마는 신과 싸우기 위해 신을 믿는다. 그러나 악마는 두려움에 떤다. 그 이유는 신에게 벌을 받게 될 것을 알기 때문이다. 그러므로 그대들은 악마와 다르니, 신앙에는 선행과 기쁨이 함께해야 한다. 신앙에 행위가 동반되지 않으면 악마의 신앙이 된다—이토록 훌륭한 말이 베드로를 비롯한 다른 사도들의 편지 속에 들어 있다. 안타깝게도 '바울로 서신'만 읽고 뒤는 안 읽는 사람이 많다. 게다가 분류까지 '소 서신'이라고 되어 있어서 대단한 게 아닐 거라 생각하는 분들이 있다. 그러나 성서는 모두 중요해서 모아 놓은 것이니 양으로 판단하지 말고 그러한 서신들도 주의를 기울여 읽어 주기 바란다. 이 밖에 예언서인 『요한의 묵시록』이 있다.

이와 같이 구성상으로는 구약성서와 신약성서가 일정 정도 유사성이 있다. 구약과 신약 각각에 교리서(신약의 경우에는 예수가 내린 교의—복음서—와 초대 교회가 가르친 교의—사도들의 편지—가 들어 있다), 역사서(「사도행전」), 예언서(「요한 묵시록」)가 있다. 다만, 구약성서에 있는 문학서가 신약성서에는 없다. 복음서 중 예수의 설교, 특히 '산상수훈'의 언어들이 비유가 넘쳐나는 시적 표현이므로 이것이 문학서를 대신한다고 볼 수도 있을 것이다. 또한 사람들이 예수를 모방해 늘 「시편」을 읊었으므로 신약성서에 굳이 새로운 문학서를 만들 필요는 없었을 거란 생각도 든다.

성서와 예술

그런데 또다른 이유도 있다. 그것은 유대교에서는 문학과 음악이 특히 중요한 예술이었기 때문일 것이다. 유대교에는 신의 상(像)을 만들어서는 안 된다는 가르침이 있다. 만약 신을 상으로 만들면 대중은 그것을 우상으로 숭배하게 되는 경향이 있으므로 신의 상을 만들면 안 된다. 신의 상뿐이겠는가. 동물, 새, 그리고 물고기의 상도 만들면 안 된다고 말한다. 그것을 우상시하기 때문이다.

그리스도교에서는 우상을 숭배하면 안 된다. 그러나 어떤 사람의 상(像)을 보며 그 사람을 떠올리고 그리워하기 위해 그 상을 소중히 하는 일은 상을 숭배하는 것과는 다르다. 그렇게 생각하면 형상을 소중히 여기더라도 우상숭배는 아닐 것이다. 그리스도는 신의 아들로서 사람의 형상으로 나타났다. 인류를 구원하기 위해서는, 인류의 대표자가 되어 신에게 죄사함을 청하기 위해서는 사람이 아니면 안 되기 때문이다. 형상이 있으므로 봐서는 안 된다고 한다면, 그리스도는 왜 사람의 모습으로 나타났는지 알 수 없게 된다. 때문에 형상이 있는 것에도 의미가 있다. 그래서 그리스도교 교회는 문학이나 음악도 소중히 여기지만, 동시에 상을 만들고 그 상을 매개로 신앙을 떠올리는 게 가능하다는 입장으로 바뀌어 간다.

예를 들면 우리도 부모님 기일에 종교가 있든 없든 관계없이 부모님의 사진을 놓고 그것을 보면서 옛 추억을 떠올린다. 그것은 사진을 숭배하는 게 아니라, 사진을 매개로 부모님을 떠올리고 부모에게 경의를 표하는 일이다. 그와 마찬가지로 물론 어느 곳에서나 신을 생각하고 기도할 수는 있겠지만, 역시 적합한 장소, 교회 십자가의 그리스도 상 앞에서 기도하는 게 집중이 잘 된다. 그러한 의미에서 그리스도교에서는 그리스도의 우상을 숭배하는 것이 아니라 그리스도에 종교적 의식을 집중시키기 위해 필요한 대상으로서 상이나 그림을 소중히 여기므로 신약성서 속에는 특별히 문학에 해당하는 부분이 없다.

그러나 그리스도는 문학적인 말로 가르침을 전한다. 그 유명한 산상수훈 중에 '들의 백합을 보라'라는 말이 있다. "들의 백합화가 어떻게 자라는가 살펴보아라. 그것들은 수고도 하지 않고 길쌈도 하지 않는다. 그러나 온갖 영화를 누린 솔로몬도 이 꽃 한 송이만큼 화려하게 차려 입지 못했다." 이 말을 들으면 정말로 눈앞에 들판의 백합이 떠오른다. 솔로몬의 영화가 절정에 달했을 때 입고 있던 왕의 옷은 다 낡아 이제는 볼 수도 없지만, 들판의 백합은 지금도 피어난다. 그리스도가 이렇게 아름다운 문학적인 말을 하고 있으니 굳이 문학서가 필요치 않았을 것이다. 이 말은 다음과 같이 이어진다. "오늘 피었다가 내일 아궁이에 던져질 들꽃도 하느님께서 이처럼 입히시거든 하물며 너희야 얼마나 더 잘 입히시겠느냐?" 오늘 피어 있을지라도 내일은 연료가 되어 아궁이 속으로 내던져지는 들판의 꽃조차도 신께서는 그토록 아름답게 치장해 주는데 하물며 우리를 돌보지 않을 리가 없다. 그러니 무엇을 입을 것인가 무엇을 먹을 것인가에 그다지 연연하지 마라. 신은 반드시 우리를 지켜 주신다는 가르침이다. 이토록 아름다운 시 같은 말씀을 하신 그리스도는 아마 구약성서 「시편」을 많이 읽었을 것이다.

자, 그럼 「시편」이 어떤 내용인지 잠시 소개해 보겠다. 대표적인 시 중 하나가 시편 137편이다. 이스라엘 백성, 즉 유대인이 바빌론과의 싸움에 패해 포로가 되어 바빌론 유수 시대에 처했을 때이다. 유대인 백성들은 음악을 종교적 의식의 중요한 요소로 여겼으므로 이루 말할 수 없는 고통 속에서도 신을 찬미하는 노래를 불렀다. 그런데 그 노래가 매우 아름다워서 바빌론 병사가 자기들 술잔치 노래로 부르라고 명령한다. 그 말을 들은 유대인들, 즉 야훼(여호와)를 믿었던 사람들은 자기들을 포로로 잡은 장군과 병사의 술자리를 즐겁게 하기 위해 우리의 신을 찬양하는 노래를 부를 수는 없다, 우리 노래는 술잔치 여흥이나 돋우는 노래가 아니라며 수금을 버드나무 가지에 걸고 꿈쩍도 하지 않았다. 그때 읊은 시가 시편 137편이다. 천천히 읽어 보자.

"바빌론 기슭, 거기에 앉아 시온을 생각하며 눈물 흘렸다. 그 언덕 버드나무 가지 위에 우리의 수금 걸어 놓고서. 우리를 잡아 온 그 사람들이 그곳에서 노래하라 청하였지만, 우리를 끌어 온 그 사람들이 기뻐하라고 졸라대면서 '한 가락 시온 노래 불러라' 하였지만 우리 어찌 남의 나라 낯선 땅에서 야훼의 노래를 부르랴! 예루살렘아, 내가 너를 잊는다면, 내 오른손이 말라 버릴 것이다. 네 생각 내 기억에서 잊힌다면 내 만일 너보다 더 좋아하는 다른 것이 있다면 내 혀가 입천장에 붙을 것이다." 신을 찬미하지 않고 권력에 빌붙으면 우리 혀를 입천장에 붙여 말을 하지 못하게 해 달라는 말이다. "야훼여, 잊지 마소서. 예루살렘이 떨어지던 날, 에돔 사람들이 뇌까리던 말, '쳐부숴라, 바닥이 드러나게 헐어 버려라.' 파괴자 바빌론아, 네가 우리에게 입힌 해악을 그대로 갚아 주는 사람에게 행운이 있을지라. 네 어린 것들을 잡아다가 바위에 메어치는 사람에게 행운이 있을지라." 이토록 격렬한 적의를 드러냈다.

술잔치 자리에서 노래를 부르라는 말을 듣자, 신앙의 노래이므로 부를 수 없다는 의사 표시를 한다. 예술은 만인을 위해 존재한다고 하지만, 예술은 또한 어떤 사람을 위해 어떤 신을 위해 존재할 수 있다는 생각도 하게 한다. 그런 의미에서 예술이란 무엇인가라는 생각을 하게 함과 동시에, 종교예술은 음탕한 주연예술과는 다르다는 사실을 사람들에게 깊이 가르쳐 준다.

이 대목은 라틴어로 번역되어 있고, 교회에서는 오랫동안 라틴어로 읽혀 왔으므로 라틴어의 울림을 나중에 들어 보기 바란다. 나중에 단테를 읽을 때 참고가 될 것이다. 이 멜로디는 중세 수도원에서 10세기 무렵에 만들어졌는데 20세기인 오늘날까지 계속 불리고 있다. 시편은 그러한 의미에서 구약성서의 혼과 같다고 말할 수 있을 것이다. 마지막 부분에 나타난 원한과 복수 사상은 신약 세계와는 다른 것이다. 이 노래가 가지고 있는 강렬한 힘, 그러면서도 동시에 쓸쓸함을 감춘 울림은 추방 중에 있긴 하지만 돌아갈 고향을 추구하는 인간의 마음을 잘 표현하고 있다. 그리고 단테 역시 그러한 추방 속에서 바람직한 모습으로서의 자신을 마땅히 가야 할 나라인 하늘과 연결시키고자 노력한 사람이었다.

단테로 가는 길

우리는 단테로 향해 가는 도정으로 먼저 고전문학을 공부했다. 그것은 다신교 신들의 세계였다. 호메로스는 전쟁과 유랑, 인간의 미혹과 실수, 그것을 바로잡아 주는 여신의 인도引導, 여신이 가르쳐 준 도덕, 그리고 육체의 고향을 찾아가는 귀향을 노래했다. 베르길리우스도 마찬가지로 다양한 다신교 신들의 세계이긴 하지만 전쟁의 패배로부터 시작한다. 가만히 생각해 보면, 우리 자신도 진지하게 반성하면 할수록 우리의 현재 상황이 신으로부터 얼마나 멀어졌는가를 깨달을 수 있다. 그러한 의미에서 우리 자신도 내적으로는 패배에 가까운 상태에 있음을 잊어서는 안 될 것이다. 그리고 그 패배로부터 유랑의 세계를 향해 출발한다. 그 과정에서 만나는 수많은 미혹과 실수, 길을 이끌어 주는 여신, 이것들 역시 호메로스와 같지만 베르길리우스의 경우에는 도덕 외에도 사명이라는 감정이 등장한다. 반드시 나라를 세워야 한다는 사명감이다. 우리에게 사명이란 직업과 연관된 일일 수도 있고, 자신의 인생을 통해 반드시 실현해야 할 일일 수도 있고, 국민의 의무나 회사의 의무와 관계된 것일 수도 있을 텐데, 베르길리우스는 그러한 것들을 총괄하는 사명을 아이네아스에게 부여해 글을 썼다. 그런 의미에서 신화 세계를 쓰고 있지만 한층 우리와 가까워졌다. 그리고 마땅히 있어야 할 나라, 마땅히 돌아가야 할 고향을 향해 나아가고자 한다. 이는 육체적 고향으로 돌아가고자 하는 호메로스의 과거의 노스탤지어와는 다른 미래지향적 노스탤지어이다. 그런 나라가 현재 존재하지 않는다면 건설해야 한다는 일종의 유토피아 사상이다. 그러한 유토피아 사상이 없다면 세상을 발전시킬 수 없다. 우리는 베르길리우스를 통해 어떤 나라를 만들면 좋을까. 어떤 사회를 만들어 가야 할까. 또한 그와 동시에 우리의 정신은 어디로 돌아가고자 하는가 하는 문제들을 생각해 볼 수 있다.

오늘은 한정된 시간 속에서 그리스도교에 관해 공부했다. 그리스도 교에서 잊어서는 안 될 사항은 신앙의 대상이 '신들'이 아니라, 단 하나의 '신'이라는 점, 그리고 그 신은 인간에게 말을 거는 존재이며, 신의 목소리는 우리가 자기 내면에 깊이 귀를 기울여야만 비로소 들을 수 있다는 것이다. 그러나 그 소리는 좀처럼 들리지 않는다. 그렇다면 좀처럼 듣기 어려운 신의 목소리를 듣기 위해서는 어디에 의지해야 할까. 우리에게는 성서가 있다. 성서가 신의 말이다. 우리는 성서를 통해 천지창조, 낙원추방, 유배, 원죄, 신, 그리스도, 성령, 삼위일체, 죄사함, 이웃사랑, 성모, 교회 등 수많은 교리 사항을 배울 수 있다.

단테는 삶의 길을 걸어가는 와중에 정치 문제에 관여하게 되었고, 그로 인해 끝내는 고향 피렌체에서 추방당해 유랑생활을 해야만 했다. 그런 패배의 시기에 패배로부터 다시 일어서는 아이네아스를 쓴 베르길리우스와 상념의 세계에서 만나게 된다. 그리고 베르길리우스를 스승으로 삼고 정신의 길을 걸어가고자 한다. 그 발걸음 속에서, 그의 마음에 늘 격려가 되어 준 사람이 소년 시절에 만나 일종의 영원한 사랑 같은 걸 느끼게 했던 베아트리체였다. 베아트리체는 다른 사람에게 시집을 갔고 자기보다 일찍 세상을 떠났지만, 베아트리체의 배후에 있는 마리아를 통하며 단테

는 천국으로 향하는 길을 조금씩 더듬어 간다. 드디어 다음 강의부터는
그의 시를 조금씩 읽어 나갈 수 있겠다.

질의응답

질문자　마쓰다 요시유키, 구보타 노부히로久保田展弘, 스즈키 하루오

마쓰다　구약성서가 유대인을 위한 성서이고 신약성서가 인류를 위한 성서라고 하는데, 우리는 왜 그 둘을 같은 것처럼 이해하고 받아들이는 걸까요. 그리고 구약성서는 언제쯤 만들어진 것인지도 아울러 말씀해 주시면 고맙겠습니다.

이마미치　먼저 첫번째 질문에 관해 말씀드리겠습니다. 오늘 구약성서와 신약성서의 성립 의미의 차이점에 관해 이야기했습니다. 구약성서는 신이 모세를 통해 이스라엘 백성에게 승리를 약속하며, 이를 위해서는 십계를 비롯한 율법들을 지키라고 말하는 경위가 나타나 있는 동시에, 인류의 죄를 사하게 할 사람의 출현을 예언하고 있습니다. 그렇다면 그리스도 교도는 왜 신약성서만으로 만족하지 않고, 교양으로서도 신앙으로서도 구약성서를 아울러 성서라고 하는가. 그 점에 관해서는 제가 설명을 하지 않았으므로 당연히 보충해야 할 것 같습니다.

여기에는 크게 세 가지 이유가 있습니다. 첫째는 인류 신앙의 시초는 예외 없이 일신교가 아니라 다신교뿐이었습니다. 그러한 때에 구약성서를 만들어 낸 유일신 신앙, 게다가 인간의 언어로 말을 건네는 신이라는 신

앙은 유대교밖에 없었습니다. 일신교이고 인간에게 말을 하는 신이라는 점에서 기본적으로는 그리스도교와 완전히 같습니다. 그것은 각각의 일신교가 아니라 하나의 신이며, 그 하나의 신과 세계의 관계에 대해 쓴 구약성서라는 책은 당연히 하나의 신을 믿는 사람이라면 소중히 여기지 않을 수 없다는 논리적인 연결고리가 있습니다. 따라서 일신교라는 점에서 구약성서와 신약성서는 이어져 있다는 게 하나의 이유입니다.

그리고 두번째로는, 그리스도가 설교할 때 '그렇게 씌어 있다'라는 식으로 이야기합니다. 이는 그리스도 시대에 구약성서가 있었으며, 그리스도는 자신의 가르침의 바탕이 구약성서에 있다고 말하는 것입니다. 예를 들면, "눈에는 눈, 이에는 이", "이웃을 사랑하고 원수를 미워하라"고 "말하고 있다"라거나 "가르침을 받았을 것이다"라는 기술이 있습니다. 그런데 오늘날로 치면 이때 그 말은 바로 구약성서에 씌어 있다는 것이고, 또한 구약성서를 가르치는 신전에서 듣고 배웠다는 이야기가 됩니다. 그러므로 그리스도교의 가르침을 제대로 이해하려면 그의 가르침과 구약성서와의 연관을 살펴보지 않으면 안 된다는 게 두번째 이유입니다. 그리스도는 항상, 그대들은 그렇게 배웠을 테지만, 만약 적을 미워하면 인류의 세계평화는 불가능하니 나의 설교는 이를 보완해 "네 원수를 사랑하라"고 말한다고 하기 때문입니다. 요컨대 구약을 바탕으로 신약이 보완을 하는 것입니다.

그리고 세번째로는 예수 그리스도가 왜 고귀한 존재인가 하는 점입니다. 물론 예수의 가르침이 훌륭하니 고귀한 존재이겠지만, 훌륭한 가르침을 준 사람은 그 밖에도 많이 있습니다. 그리스도교도들이 특히 주목한 점은 구약성서에 구세주가 태어날 거라는 예언이 있었고, 그 예언의 실현이 그리스도라는 것입니다. 그렇다면 그리스도의 출현을 예언한 구약성서가 왜 그리 중요할까요. 조금 전에 첫번째 이유에서 말씀드렸듯이 유일신을 소중히 여기는 책이기 때문입니다. 이상 세 가지 점에서 그리스도교 측에 서서 생각해 볼 경우, 신약성서만이 아니라 신약성서에 권위를 부여해 주는 책으로서 구약성서가 필요했던 것입니다. 그 권위는 바로 구약성서가 신약성서에서 가르치는 그리스도를 반드시 탄생해야 할 구세주로 예언한 데서 비롯된 것입니다.

그리고 언제쯤 만들어졌느냐는 질문에 관한 답변입니다만, 구약성서가 오늘날의 형태로 성립된 것은 그리 오래지 않은 기원전 2세기에서 3세기 무렵이라 일컬어지고 있습니다. 그러나 구약성서에는 그 무렵 새로 만들어진 부분이 있는가 하면, 아주 오래된 부분도 있습니다. 그 문제에 관해서는 헤브라이어 문헌학을 열심히 연구하는 사람들의 여러 가지 논의가 있으니, 이와 관련된 명확한 사항은 다음 시간까지 조사해서 정확한 답변을 드릴까 합니다.

구보타　　베르길리우스가 단테에게 미친 영향에 관해 여쭙고 싶습니다. 예를 들면, 단테보다 훨씬 전 시대의 아우구스티누스도 중등교육과정에서 베르길리우스에 관해 꽤 열심히 공부했다는 기록이 있는데, 아우구스티누스는 로마의 건국신화라는 『아이네이스』의 의도와는 달리 디도의 비련 이야기에 매우 감동하며 『아이네이스』가 본래 의도한 것과는 조금 다른 면에서 가치를 발견합니다. 또한 아우구스티누스의 경우는 베르길리우스를 부정否定하는 듯한 측면이 있습니다. 그처럼 좋은 것과 나쁜 것을 포함해 베르길리우스의 애초 의도와는 다른 측면에서 이 작품을 받아들이게 됩니다. 그러한 의미에서 아우구스티누스보다 한층 새로운 시대를 산 단테는 『아이네이스』를 비롯해, 베르길리우스를 애초에 의도되었던 것과는 다르게 자기 독자적으로 평가했던 것은 아닐까요?

이마미치　네, 그렇습니다. 베르길리우스는 호메로스와 어깨를 나란히 하는 대시인으로 여겨졌고, 중세 이후 교양에 필수사항이었습니다. 로마 제국 안에 들어 있는 나라들은 모두 라틴어를 공용어로 썼으며 베르길리우스를 암송했습니다. 그중에서도 『아이네이스』는 순수한 로마인, 로마에 새로운 정신적 원천을 만든 로마인을 신의 후예라고 믿고 싶어하는 사람들에게는 로마의 건국신화로 소중히 여겨졌습니다. 그런데 카르타고 혹은 토르코, 아우구스티누스가 출생한 타가스테 같은 곳에서는 로마 시민이 되었더라도 순수한 로마인이 아니므로 건국신화의 창조자로서의 베르길리우스보다는 그가 훌륭한 시를 창작한 문인이었다는 것을 더 높이 평가합니다. 로마에는 그리스 출신도 많이 와 있었고, 그런 사람들 눈에는 패배한 나라의 신화라는 생각도 있었으므로, 모든 사람이 건국신화로 받아들였던 것은 아닙니다. 『고지키』도 일본 사람들이 가장 오래된 문예로서 애호하지만 반드시 건국신화로서만 소중히 여긴다고 한정할 수는 없겠지요.

단테 시대에 로마와 피렌체는 오히려 대립하는 경향이 있습니다. 일본인 입장에서 보자면 로마나 피렌체나 다 이탈리아 아니냐고 생각하겠지만, 그곳에는 분명한 도시국가 전통이 있습니다. 그래서 『아이네이스』를 로마의 건국신화로서 소중히 여기는 로마인과 이에 대립하는 피렌체인을 구분하지 않는다면 로마인의 고전이 아니라, 인류 전체의 고전으로서 소중히 여기게 됩니다. 그렇게 되면, 문예작품으로서 드라마틱한 면을 사랑하는 사람이나 환상적인 분위기를 사랑하는 사람 등이 각각의 취향에 맞게 평가하게 되고, 그리스도교 신자들 중에는 「시편」에 비교하면 오히려 도덕적인 고귀함은 없는 게 아니냐며 『아이네이스』에 대해 부정적인 평가를 내리는 일도 있습니다.

스즈키　재작년, 구약성서를 번역한 세키네 세이조關根正雄 씨와 대담을 가졌습니다. 그와 저는 고등학교 동창입니다. 저는 고등학교 무렵에는 우치무라 간조內村鑑三의 사상에 기울어져 있었기 때문에 가톨릭에 반발하는 쪽이었습니다만, 그 후 여러 가지 경위가 있어 지금은 가톨릭 신앙을 가지고 있습니다. 그 대담에서 제가 세키네 씨의 해석이 잘못된 게 아닐까라고 언급했던 부분은 마지막에 예수가 십자가에 올라갔을 때 "나의 하느님, 나의 하느님, 어찌하여 나를 버리십니까?"라고 외치며 한 말이었습니다. 그의 생각은 그때 정말로 신을 버리고 무신앙이 되었다는 해석입니다. 무신앙의 신앙이 진정한 신앙이라는 것이 그의 해석입니다. 그러나 저는 그 해석에 동의할 수 없습니다. 오늘 한 구약성서 이야기와 관련되는데, 「시편」에 '어찌하여 나를 버리십니까'라는 시가 있습니다. 그것은 결국 신의 찬미입니다. 따라서 저는 예수도, 조금 전에 선생님이 말씀하신 대로, 구약성서에 기록되었던 내용을 아주 잘 알고 있었으며 「시편」의 그 시를 떠올린 건 아닐까 생각합니다. 그래서 첫머리의 "어찌하여 나를 버리십니까"만을 택해 '버렸다'로 해석할 게 아니라, 저는 그것은 이가 몹시 괴로울 때 어머니에게 품는 심정으로 신에게 모든 걸 맡기는 신의 찬미가 아닐까 하는 해석을 했습니다. 선생님은 어떻게 생각하십니까.

이마미치　그 부분은 매우 유명한 곳으로 여러 가지 해석이 있습니다만, 지금 스즈키 씨가 말했듯이 그리스도가 「시편」의 말을 배경으로 한 말이라고 생각합니다. 정말로 버림받은 것 같다는 생각이 들 정도로 그리스도가 그곳에서 고통을 받음으로써, 십자가 희생의 중대성을 안다는 의미이며, 그리스도가 신을 버린 게 아니라 버림받았다는 생각이 들 정도로 심한 고통을 당하며 진정으로 죄를 속죄하는 사람의 경험을 했다는 말이 아닐까요.

또한 이것 역시 중요한 사실이므로 언급해 두겠는데 「시편」에 "나의 하느님, 나의 하느님, 어찌하여 나를 버리십니까?"라는 구절이 있으며 우리도 괴로움에 처했을 때 이렇게 말할 때가 있습니다. 예수는 고통스러울 때 이스라엘 사람들이 늘 읊조리는 이 시편을 상기했음에 틀림없습니다. 저희도 자주 읊조립니다.

마지막에 그리스도는 의미를 알 수 없는 큰 소리를 내며 '외쳤다'라고 그리스어로 씌어 있습니다. 짐승의 울부짖음과도 같은 절규를 외치며 숨을 거뒀다고 씌어 있습니다. 그리스도는 처음에 함께 십자가에 매달린 사람에게 너도 마침내 신의 곁으로 구원받을 것이라고 구세주로서 말을 건넵니다. 그러고 나서 내가 버림받은 게 아닐까 의심하는 듯한 말을 하고, 마지막에는 짐승의 절규와도 같이 소리칩니다. 이를 통해 보면, 그리스도의 십자가 위의 경험은 그야말로 고통의 고통 속으로 빠져들어 가는 듯한 측면이 있습니다. 그것이 세키네 선생을 비롯해 대부분 일본인 입장에서 보면, 이미 신앙을 버린 것이라고 해석하는 까닭이라고 생각합니다. 세키네 선생의 박사논문은 젊은 시절 저의 동경의 대상의 하나였습니다. 그러나 이 점에서는 반대합니다.

그렇게 생각해 버리면, 그리스도교는 창시자 스스로가 신앙을 버리는 이상한 결과가 되고 맙니다. 그렇게 생각할 수 없다면, 구세주로서 건넨 말, 버림받았다는 말, 그리고 짐승과도 같은 절규로 변해 가는 일련의 과정은 십자가 위의 그리스도의 자각, 인간으로서 절망에 가까운 상태, 동물로서 죽음의 고통을 느끼는 이행 과정이라고 봐야겠지요. 다만, 예수의 경우, 십자가의 죽음으로 끝나는 게 아니라 다시 부활하므로 그것과 연관지어 생각해야 합니다. 그 증거로 「요한 복음서」에서 예수는 십자가 위에서 마지막 말로 '다 이루었다'라는 말을 남기고 있습니다. 4복음서에 근거하여 그것을 생각해 보면, 그리스도가 우리를 위해 인간으로서 가장 큰 고통을 경험했다는 것이 이 말에 빗대어 표현된 동시에 이 마지막 말에 동물로서의 죽음의 고통을 넘어선 구세주로서의 확신이 표명되어 있습니다. 그리스도 마음속에서 이걸로 다 이루어졌다라고 말하는 부분을 보면, 절망의 극치를 경험하면서, 진정으로 아버지에게 몸을 내맡기는 자식으로서의 신이라는 이미지가 만들어지는 것은 아닐까 하는 생각이 듭니다.

스즈키   십자가에 매달려 참아 내기 힘든 고통을 겪는다는 것은 겟세마네에서 밤을 보낼 때부터 이미 알고 있었습니다. 그러나 동시에 부활도 믿으셨습니다. 그런데도 육체적인, 사람의 아들로서는 견디기 힘든 고통이 온다는 것을 신의 아들로서는 예견하고 있으면서도 원컨대 그것을 없애 주기 바란다는 말이로군요. 그러나 그것이 신의 뜻이라면 하는 수 없다고 고백했습니다. 십자가의 극한의 고통이 올 거라는 예감은 당사자로서는 분명 견디기 어려울 테니, "아버지의 뜻에 어긋나는 일이 아니라면 이 잔을 저에게서 거두어 주십시오"라는 기도를 겟세마네에서 올리고, 그러나 지금 말씀하셨듯이 이로써 일은 끝났다며 부활에 관해 생각합니다. 요컨대 그리스도는 인간이며 신의 아들이라는 이중의 구조가 십자가 장면 최후의 극한 상황에서 나온 것이며 신을 버린 것은 아닙니다. 저는 겟세마네의 기도 이후의 과정을 그렇게 해석하고 있으며, 세키네 선생의 해석은 잘못되었다고 봅니다.

이마미치   단테에서도 인간으로서 갈 수 있는 한계는 베르길리우스처럼 위대한 사람도 연옥까지였으며 천국에는 들어갈 수 없습니다. 그곳의 선 하나를 넘기 위해서는 아무래도 그리스도의 힘이 필요합니다. 그리스도의 힘이란 예수가 십자가 위에서 죽음으로써 인류의 죄사함이 성립했다는 데에서 기인하는데, 이는 모두에게 버림받은 것 같은 십자가 위의 절망적인 죽음의 고통을 거쳐서 비로소 가능해진 것입니다. 그런 의미에서 베르길리우스는 인간으로서의 절망을 제대로 경험하지 못했습니다. 그러나 그리스도는 인간으로서의 절망까지도 경험했습니다. 앞으로 함께 단테를 공부해 가면서 단테가 그 문제를 어떻게 생각했는지 의문을 가져 봅시다.

스즈키　　저는 꽤 오래전에 구약성서의 「욥기」는 최고 문학의 본보기이며, 단테의 『신곡』, 괴테의 『파우스트』, 셰익스피어의 『햄릿』은 모두 「욥기」에서 자극을 받아 창작되었다는 글을 읽은 적이 있습니다. 이는 맞는 말처럼 느껴지기도 하지만, 견강부회처럼 느껴지기도 합니다. 선생님 생각은 어떠십니까?

이마미치　　단테는 유럽 근대문학의 시조라 일컬어집니다. 사람들은 대부분 '철학자 단테' 또는 시인철학자라고 부르고 있습니다. 그러한 의미에서 본다면, 「욥기」를 쓴 욥은 철학자가 아닙니다. 엄청난 고통을 경험한 신앙인입니다. 그리고 괴테의 『파우스트』도 1부는 상당히 철학적입니다만, 2부는 순수한 문학입니다. 이들에 비해 단테는 시인이자 동시에 철학자입니다. 고금의 시인 중에서 시인철학자라고 할 만 한 사람은 파르메니데스, 장자, 단테와 니체 정도이며 이들에 관한 철학적 논문을 쓸 수도 있습니다. 그에 비해, 괴테의 『파우스트』는 훌륭한 작품이며 그도 위대한 사상가이긴 하지만, 2부에는 특히 비약이 많으며 사고 논리가 철학적이지 않습니다. 셰익스피어나 라신도 훌륭한 시인이지만 철학자는 아닐 테지요. 그리고 욥은 완전한 신앙인이므로 철학적인 논리로 거슬러 올라가면 역설적인 부분이 발견됩니다. 역설에도 논리가 있는 것이 장자 같은 사람이며, 그것이 바로 그가 철학자라 불리는 까닭입니다. 그러한 의미에서 단테는 특별한 시인철학자입니다. 이 점에 관해서는 앞으로 단테의 텍스트를 함께 읽어 가면서 실제로 경험하실 수 있습니다.

가장 새로운 중세철학사의 하나로 1993년에 초판이 나왔고 1998년에는 이미 3판이 나온 알랭 드 리베라Alain de Libera의 *La philosophie médievale*이 있는데 그 책에서는 단테를 정치철학자로서도 평가하며, 니콜라우스 쿠자누스에 필적할 만큼 자주 언급합니다. 단테를 다원주의의 선구자로 보고 있습니다.

단테 『신곡』 지옥편 Ⅰ

파울로와 프란체스카(도레)

The vision of Hell by Dante Alighieri, Cassell, Petter, and Galpin, 1868.

복습Recapitulatio

오늘부터 『신곡』 지옥편으로 들어간다.

먼저 지난 강의까지의 내용을 복습하겠는데, 호메로스에서는 시의 첫머리인 "여신이여, 펠레우스의 아들 아킬레우스의 분노를 노래하소서 (Μῆνιν ἄειδε, θεά, Πηληιάδεω Ἀχιλῆος)"라는 구절을 꼭 기억해 주기 바란다. 호메로스의 시인 의식은 여신 무사가 부르는 노래를 듣고 그것을 인간의 언어로 번역하는 것이다.

그리고 천 년 가까운 세월이 흐른 후, 로마의 베르길리우스는 "전쟁과 영웅을 나는 노래하리Arma vimmque cano"라고 말한다. "나는 노래하리cano" 라고 했으니 여신에게 노래해 달라는 게 아니다. 여기에는 후대의 베르길리우스의 시인으로서의 긍지, 인간적인 자각이 드러난다. 그러나 이어서 "무사의 여신이여, 내게 일의 연유를 떠올리게 하소서"라고 썼듯이 사건의 줄거리는 어디까지나 무사의 여신이 가르쳐 준다. 호메로스처럼 신의 노래를 그대로 인간의 언어로 옮기는 게 아니라 자신의 언어로 시를 짓기는 하나, 소재가 되는 사건 줄거리를 보여 주는 주체는 무사이다. 호메로스와 베르길리우스라는 단테의 두 선구자에게 나타나는 이 차이점이 특히 중요한 사항임을 되풀이해 지적해두고 싶다.

베르길리우스의 노래는 자신의 조국이 패배한 데 따른 좌절에서 시작한다. 그로부터 도망처 유랑 여행을 계속한다. 여정 중에는 사명을 위해 사랑을 배신하는 서글픈 사랑 이야기도 있다. 그런 어려움 속에서도 신념을 굳게 지켜 마침내 로마를 건국한다. 이것이 베르길리우스가 노래한 영웅서사시 『아이네이스』이다. 호메로스의 서사시 『일리아스』와 『오디세이아』는 영웅 아킬레우스의 전투 승리와 또 한 사람의 영웅 오디세우스가 조국으로 귀환하는 노래인데, 베르길리우스의 시는 패전과 도망에서 시작하는 노래였다. 처음으로 이탈리아어로 대서사시를 쓰고자 했던 단테에게는 자기 나라, 그것도 고향과 가까운 만토바 출신인 베르길리우스가 자신의 길잡이 스승으로 적합하다는 생각이 있었다는 점도 잊어서는 안 되겠지만, 그보다는 삶 속에서 여러 차례 좌절을 경험한 단테로서는 『신곡』을 창작할 때 운명적으로 호메로스보다는 좌절로부터 시작하는 아이네아스를 노래한 베르길리우스에게 친근감을 느꼈을 것이다.

그리고 그리스도교에 관해서 주요 문헌인 성서를 중심으로 일반적인 필수사항들을 지적했다. 성서에는 구약과 신약 두 종류가 있다는 것, 또 헬빅의 저서를 요약해 그리스도교가 출현할 무렵의 로마 상황을 설명했다. 당시 매우 고통스러운 상황을 노래한 "사람의 사체는 동물조차 거들떠보지 않았다"는, 역병으로 죽어 가는 사람들의 모습을 묘사한 루크레티우스의 시를 소개했다. 이 사건 자체는 로마가 아니고 아테나이의 전염병을 노래한 것이지만, 루크레티우스는 이 시를 통해 자신이 속한 로마의 신음을 노래한 것이다.

성서가 바로 그러한 시대에 성립했다고 서술했는데, 구약성서의 성립

시기에 관해 보충하고자 한다. 구약성서 중에서도 특히 오래된 「창세기」, 「탈출기」는 기원전 1000년 전후에 쓰였다. 그러나 「창세기」부터 「신명기」까지 이른바 모세 5경과 「여호수아서」까지 넣어 한 권의 책으로 정리한 것은 기원전 900년 무렵이라 알려져 있다. 따라서 구약성서의 가장 중요한 교리와 오랜 역사 부분이 문헌으로 완성된 시기는 기원전 900년 전후라고 봐도 좋을 것이다. 다만, 책으로 정리되기 전에 독립적인 자료로 쓰인 것은 기원전 1000년 전후에 이미 있었던 것 같다. 「시편」 등 그 외의 부분이 덧붙여져 하나로 정리된 유대교 경전으로서 확정된 때는 헬레니즘 시대로, 기원전 3세기 무렵으로 봤던 시기도 있었지만, 현재는 기원전 2세기 무렵이라는 게 통설이다. 그 시대에는 오래된 텍스트에도 다소 변동은 있었을 것이다.

단테에 관한 사전적辭典的 사실

자, 그럼 드디어 긴 시간 준비해 온 단테로 들어가 보자. 먼저 지옥편에서 필요한 부분을 골라 읽어 나가겠다. 그 전에 단테를 읽어 나가는 데 필요한 최소한의 사전적 지식을 몇 가지 말해 두겠다.

단테 알리기에리(Dante Alighieri, 1265~1321), 세례명이 '두란테Durante'이므로 '두란테 알리기에리Durante Alighieri'라고도 부른다. Durante는 '참고 견디는 자'라는 의미이며 설명할 필요도 없이 그 축소형이 Dante이고, 단테 자신도 Durante라고 쓴 적도 있다. 그는 1265년에 피렌체에서 태어나 1321년 라벤나에서 56년의 생애를 마쳤다. 『신곡』에는 단테의 실생활과 연관된 사건이 중요하게 다뤄지는 부분이 많으므로, 그가 13세기 중엽에서 14세기 전반을 살았다는 사실을 기억해 둬야 할 것이다.

단테는 이탈리아가 낳은 최고의 시인이다. 대표작은 『신곡』이지만, 그 외에 『새로운 인생La Vita Nuova』, 『향연Il Convivio』, 『속어론De Vulgari Eloquentia』, 『제왕론Monarchia』 등을 남겼다. 『신곡』을 읽는 데는 특히 『새로운 인생』이나 『향연』에 관련된 지식이 필요하다. 우리가 교과서로 정한 이와 나미문고의 주석에 대강의 취지가 나와 있긴 하지만, 그 밖에 더 필요한 사항을 나 역시 다소 보충할 예정이다. 나는 주로 신학 및 철학에 관련된 보충에 중점을 둘 것이다. 또한 내 전공 이외의 사항과 관련해 특히 많은 도움을 받은 주석서가 몇 권 있는데, 대부분은 1979년 밀라노에서 제29판이 출판된 이탈리아 단테 학회의 교정 텍스트에 반델리Giuseppe Vandelli가 주를 단, 1062쪽에 달하는 책─원래는 1928년에 만들어진 반델리의 원고에 폴라코Luigi Polacco가 1919년에 편집한 『압운사전rimario』을 권말에 붙인 것─을 참고로 했다. 나는 단테 전문 연구가는 아니었으므로 예전에 피렌체의 데보트 교수에게 추천받은 그 책을 더듬어 읽어가는 게 고작이었기 때문이다. 이 책을 쓰면서 참조한 다른 주석서들 중 주로 사용한 책은 치멘즈(Siro A. Chimenz)의 964쪽짜리 『신곡』 교정 주해(1962, 1996) 및 프린스턴 대학의 싱글톤(Charles S. Singleton)이 1970년부터 1975년에 걸쳐 발표한 텍스트와 번역, 특히 그의 주석 대부분이다. 또한 1996년 인디애나 대학 출판회에서 간행한 무사Mark Musa의 「지옥편inferno」 주석은 472쪽이나 되는 충실한 연구이다. 참고문헌에 상세하게 밝히겠지만, 페트로키Giorgio Petrocchi의 텍스트에 의거한 싱글톤의 「연옥편Purgatorio」 및 「천국편Paradiso」 주해(1973년 출간)는 각각 851쪽, 610쪽에 이르는 대저작으로 상당히 배울 점이 많았다. 분량이 많은 주석 출판은 20세기 전반까지 독일과 프랑스 학술 출판의 상례였으나, 지금은 미국에도 단테에 관한 책이 많아졌다. 또한 단테 개설서로는 폴 크로델의 젊은 친구였던 질레트Louis Gillet의 Dante(1967), 슬레이드Carole Slade가 엮은

Approaches to Teaching Dante's Divine Commedy(1982) 등이 참고가 되었다. 일본어 주석으로는 야마카와 헤이자부로의 역주, 노가미 소이치의 역주와 히라카와 스케히로의 역주에서 많은 것을 배웠다.

단테와 반드시 한 쌍으로 묶이는 사람은 그의 영원한 연인 베아트리체Beatrice이다. 단테는 1265년 5월, 베아트리체는 이듬해 6월에 태어났으니 대략 한 살 차이다. 단테는 아홉 살 때 베아트리체를 처음 만났고, 그 후 왕래가 있긴 했겠지만 이렇다 할 사건 없이 지내다, 열여덟 살에 재회했을 때 그녀의 인사를 받는다. 베아트리체는 매우 아름다운 여성이었고, 단테는 아홉 살 때 만남에서도 '영혼이 전율하는 것 같은 경험을 했다'고 쓰고 있는데, 열여덟 살에 길에서 만난 베아트리체의 인사로 인해 평생 잊을 수 없는 내적 경험을 한다. 그때 단테는 그녀에게서 여성의 이상, 천사 같은 여성이라는 인상을 받는다. 이후 두 사람은 맺어지지 않고 각자 반려자를 얻어 따로따로 가정을 이루지만, 단테에게 베아트리체는 영원한 동경의 대상이었다.

단테의 알리기에리 가문도 상당한 명문이었지만, 베아트리체는 그보다 유명한 발디Baldi 가문으로 시집을 갔고 얼마 지나지 않아 스물네 살 나이에 죽음을 맞는다(1290). 이후, 베아트리체는 단테의 가슴속에 살아남는다. 이 세상에서는 떠났지만, 베아트리체는 천국에 있고 단테는 그곳에서 재회할 날을 기다리는 마음으로 평생 동안 사모의 정을 품는다.

그런데 『신곡』과 같은 대작을 남긴 단테의 교양은 어떠한 지적 환경을 배경으로 형성되었을까. 중세에는 이미 12세기 이후 여러 곳에 '대학'이 있었지만 피렌체에는 아직 없었다. 이웃 도시 파도바와 볼로냐에 대학이 있었고, 부유한 가문에 속한 단테는 그곳에서 공부했다고 전해지기도 하는데, 오랫동안 공부한 건 아니고 대체로 피렌체에서 교양을 쌓았다. 당시 피렌체 문화의 중심인물 중 한 사람은 브루네토 라티니Brunetto Latini

였다. 이 인물은 키케로에 의거한 『발상론De inventione』이라는 수사학 저서도 썼고, 아직 대학이 없었던 피렌체에서 청년층의 지적 계몽에 절대적인 영향력을 끼친 고명한 문인이다. 단테 역시 시인으로서의 언어 훈련을 그에게 받았을 것으로 여겨진다. 단테는 지옥편 제15곡 85행에 "영원한 사람 되게 나를 가르치고m'insegnavate come l'uom s'eterna"라고 노래하며 자신을 영원화하기 위해서는 글로써 일어설 것을 권했다고 하며 그에게 고마워한다.

물론 라티니에게 힘입은 바가 크다 해도 단테는 그를 훨씬 능가해 서양문학 전체의 거장이 되었다. 피렌체는 단테 이후 문예의 고향으로 번영했으며 오늘날에 이르고 있다. 후세에 꽃을 피운 문화의 원천인 인물을 당시 피렌체가 추방했다는 것은 아테나이가 소크라테스를 사형에 처한 일과 마찬가지로 문화 역사상 기구한 일이다. 내게 수수께끼였던 점은 단테가 신학과 철학을 어디서 배웠는가 하는 것이다.

단테는 1300년에 '프리오레priore'라는 중요한 직위에 선출된다. 이는 '장관'을 의미하는 단어이며 오늘날로 말하자면 도시국가의 총리에 상당하는 지위이다. 단테는 피렌체를 발전시키기 위해 적극적으로 정치에 관여했고 결과적으로 정치 문제에 휘말리게 된다. 피렌체의 정치 상황은 복잡하며 그에 관해서는 지옥편을 읽어 가면서 상세하게 서술할 필요가 있다. 그러므로 여기에서는 복잡한 정치 정세 속에서 프리오레에 선출되었다는 추상적 언급에 그치겠다. 프리오레로 뽑힌다는 것은 명예이기도 하나 동시에 행정적 책임을 져야 하는 곤란한 상황에 처했다는 것을 의미하기도 한다.

피렌체의 정세는 복잡했다. 단테가 정계에 들어섰을 당시, 피렌체는 교황을 지지하는 겔프 당이 지배했지만, 이 당이 다시 흑당과 백당으로 나뉘었고, 흑당은 교황과 백당을 분리시키는 데 성공해 백당에 속했던 단테는 결석재판에서 세금 사용에 관련된 독직죄瀆職罪와 도시와 황제에 대한 음모죄를 선고받고 벌금과 2년간의 추방형을 선고받는다. 그런데 단테는 이 판결이 부당하다며 당국의 출두명령에 응하지 않아 결국은 극형에 처해지게 된다. 결과적으로 단테는 1302년에 사형을 선고받았고, 피렌체에서 체포되면 처형(화형)되기 때문에 그곳을 탈출하지 않을 수 없었으며 사실상 피렌체에서 영구 추방되었다. 그 후 이탈리아 전역을 도망 다니며 망명생활生活을 했고, 마지막에는 현재의 라벤나에서 1318년부터 죽음을 맞는 1321년까지 영주 구이도 다 폴렌타의 보호 아래 자식을 불러들여 가까스로 비교적 평온하게 살 수 있었다.

단테는 망명생활 중 파리로 가서 센 강을 사이에 둔 유명한 노트르담 사원 맞은편에 있는 생 줄리앙 르 포브르 교회에 한동안 몸을 숨겼다고도 전해진다. 현재 생 줄리앙 르 포브르는 러시아 정교회의 교회로 부활절에는 빨갛게 물들인 계란을 참배자들에게 나눠 준다. 이곳은 서구에는 그다지 많지 않은 러시아 정교회의 예배나 정교회 이콘(Ikon, 그리스 정교 성화상聖畵像─옮긴이) 장식을 볼 수 있는 관광명소의 하나인데, 단테에 관련된 사항은 교회 안내 어디에도 기록되어 있지 않다. 보카치오 Giovanni Boccaccio는 "왔다"고 썼지Vita III만, 단순한 전설에 불과한 게 아닐까. 그러나 단테를 공부하는 사람은 기회가 생긴다면 단테가 그곳에 은신했을지도 모른다는 마음으로 방문해 볼 만한 장소 중 하나이다. 그러나 단테의 주석을 달았던 단테의 아들 자코포Jacopo는 1315년까지 파리에 있었지만, 아버지의 파리 여행에 관해서는 아무 말도 남기지 않는다.

단테는 1321년 9월에 라벤나에서 죽을 때까지 단 한 번도 고향 피렌체로 돌아갈 수 없었다. 피렌체에서 그리 멀지 않은 라벤나에서 피렌체로 돌아갈 수 없었던 것은 괴로운 일이었을 게 틀림없다. 프리오레로 선출되어 피렌체 도시를 잘살게 하고자 노력한 사람인 그는 그곳에서 태어나고, 자라고, 영원한 여인 베아트리체를 만나고, 또한 그녀가 아닌 다른 사람과 결혼해서 가정을 이루고 아이를 낳았다. 그렇게 삶의 뿌리를 단단히 내렸던 피렌체에서 서른일곱에 추방령을 당한 단테가 자신의 고향으로 되돌아갈 수 없었다는 것은, 혹자는 그래 봐야 이탈리아 안에서 방황한 데 지나지 않는다고도 말하지만, 분명 너무도 고통스럽고 힘겨운 일이었을 것이다. 단테는 그러한 일생을 보낸 사람이다.

이상은 극히 사전적인 사실로, 단테를 읽어 나가는 데 꼭 알아 둬야 할 사항이므로 기록해 둔다.

Commedia에 관하여

이제 본격적으로 『신곡』으로 들어가기로 하자. 실은 *La Divina Commedia*에서 La Divina라는 말이 언제 붙여졌는지는 정확히 알려져 있지 않다. 단테 자신은 이 작품을 Commedia라고만 불렀다. 여기에 형용사 '신성한 divina'을 붙인 사람은 단테와는 대조적으로 속세의 애증에 관한 문예작품을 발표하면서도 단테의 이 작품의 최초 주석서 중 하나를 저술한 보카치오라고 일컬어진다. 1555년 베네치아 판 이후, *La Divina Commedia*라는 제목이 확정되었다.

일본에서는 이것이 '신곡'이라 번역되었다. 히라카와 스케히로의 지적에 따르면, 일본에서 이 시에 관해 처음 언급한 것은 코르리일의 『서양이 지록西洋易知錄』(가와즈 스케유키河津祐之 옮김, 1869년)으로, 여기에 '지히나 코메자ヂヒナコメジャ'라는 음역이 있다고 한다(히라카와 옮김 『신곡』 해설, 403쪽). 원제인 Commedia에 대해 '곡曲'은 적절한 말일까. '원곡元曲'이나 '희곡戱曲'이라는 말이 있듯이 '곡'에는 '극劇'의 의미가 있다. 그리스에서 오랜 옛날

에 사용된 '트라고디아(τραγῳδία)'라는 말이 '비극tragedy'이 되었고, '코모디아(κωμῳδία)'라는 말이 '희극comedy'이 되었으므로, 지극히 일반적으로 생각해 보면 commedia는 '희극'이다. 실은 단테 자신이, 나중에 다시 언급하게 될 칸 그란데 델라 스칼라Can Grande della Scala에게 보낸 편지에서, "나의 희극(喜劇, 코메디아)도 지옥의 비참함에서 시작하지만, 천국의 행복으로 열매를 맺게 됩니다"라고 쓰고 있으므로, 단테의 심중에는 『신곡』으로 사람들과 천국의 기쁨을 나누려 했던 뜻이 있었다고 볼 수 있다. 또 예를 들면 파리에는 '코메디 프랑세즈'라는 이름을 가진 극장이 두 개 있는데, 거기에서는 극 일반, 즉 비극도 상연된다. 요컨대 서양에서 '코메디'라는 말은 '극' 일반을 가리키는 경우가 있다.

서양연극 하면 현대 일상어로 대사하고 동작도 큰 무대 연극을 떠올리는 사람이 많다. 물론 일본에서는 괴테의 『파우스트』도 산문 번역으로 읽히고 회화체로 상연된다. 그리스 비극도 산문 번역으로 읽힌다. 이러한 까닭에 고대극, 고전극, 현대극을 모두 다 산문 회화조라 생각하기 쉽지만, 고대 이래 19세기 중반까지 서양의 고전극은 본래 모두 '시극詩劇'이었다. 그리스 비극은 물론 라신의 프랑스 비극도, 근대에 들어와서도 괴테나 실러의 극도 시이다. 이렇게 생각해 보면 Commedia는 '극시', '시극', 또는 단순한 '시'라고 말할 수 있겠다. 그러나 그리스어 '코모디아'는 경사스러운 모임에 공연되는 극이며, 극 자체가 희극적이지 않더라도 축하하는 자리에서 행해졌다는 점에서 commedia는 '축전 시극'의 의미를 가지는 경우도 있다.

일본어 번역에 관하여

누가 *La Divina Commedia*를 '신곡'이라 번역했을까. 모리 오가이森鷗外의 『즉흥시인』 안에 『신곡』이 나오며 그것이 최초라 여겨진다.

그런데 단테의 『신곡』은 '누구나 알고 있지만 누구도 읽지 않는 책'의 대표격으로 불린다. 문화에 조금이라도 흥미를 가진 중학생이라면 분명 저자 이름이나 작품 이름을 수업시간에 배운 기억이 있을 것이며, 구성이 지옥편, 연옥편, 천국편으로 되어 있다는 사전적 지식도 알고 있겠지만 실제로 끝까지 읽은 사람은 별로 없을 것이다. 유럽에서도 이탈리아는 별개로 하고, 작품을 다 읽은 사람은 그다지 많지 않을 거라 여겨진다.

그런데 놀랍게도 일본어 번역은 이렇게나 많다. 필두는 지금은 이와나미문고에 포함되어 있는 야마카와 헤이자부로(게이세이샤서점警醒社書店, 1914~1922) 번역본인데 지금으로부터 80년도 더 지난 번역이다. 그리고 이쿠타 초코의 번역으로 쇼와 4년(1929년)에 신초샤新潮社에서 나온 책이 있다. 이 책은 영어판 중역인데, 품격 있는 멋스러운 일본어가 돋보여 나를 포함해 쇼와 초기에 단테에게 다가선 사람들 대부분은 이 번역을 읽고 또 암송했다. 현재는 이탈리아어 원본에서 정확하게 번역해 출간한 책으로 야마카와 헤이자부로, 히라카와 스케히로, 노가미 소이치 등의 훌륭한 번역이 있는데, 그중에서도 초코의 오래전 번역은 문예라는 관점에서 보자면 여전히 손에서 내려놓을 수 없는 명번역이다. 이 중에서 일본어 번역의 대표격으로 누구나 추천하는 책은 이와나미문고의 야마카와 헤이자부로 번역인데 초판 이후 30년이 지난 1952년부터 1958년에 걸쳐 보급판으로 간행되었다. 그와 나란히 평판이 높은 책이 다음 두 번역본이다. 히라카와 스케히로의 번역은 가와데서방신사河出書房新社 '세계문학전집'의 한 권으로 1966년에 간행되었고, 고단샤講談社에서도 1982년에 출간되었으며, 가와데서방신사에서 1992년에 옛날 1966년 원고를 손보아 단행본으로 새롭게 출판했다. 노가미 소이치의 번역도 세 번 출판되었다(사회사상사社會思想社, 1968/지쿠마서방筑摩書房, 1973/프랭클린 라이브러리, 1984). 히라카와와 노가미 번역 외에 주가쿠 분쇼寿岳文章(슈에이샤集英社, 1974~1976, 1987)의 번역도 거듭 간행되었다. 주가쿠는 영문학자이지만 오래전부터 단테를 연구해 온 문인 중 한 사람이다. 그 밖에 이쿠타 초코에 뒤이어 오랜 번역본으로 친숙했던 나카야마 마사키中山昌樹의 번역(가자마서방風間書房, 1949~1951/일본도서센터日本圖書センター, 1995)도 있으며, 아와즈 노리오粟津則雄(지쿠마서방, 1988), 니시자와 구니스케西澤邦輔(일본도서간행회日本圖書刊行會, 1987~1988/근대문예사近代文芸社, 1997), 다케토모 소후竹友藻風(소겐샤創元社, 1948~1949/가와데서방河出書房, 1952), 미우라 이쓰오三浦逸雄(가도카와서점角川書店, 1970~1972) 번역도 있다. 나가이 고永井豪(고단샤, 2000)는 만화로 만들기도 했다. 이렇게 많은 『신곡』 번역이 있다는 사실은 일본이 자랑스러워할 만한 일일 것이다. 적어도 내가 아는 한에서는 서양문학 고전 중에 단테의 『신곡』만큼 일본어 번역이 많이 출판된 책은 없는 듯하다.

그래서인지 훌륭한 이 책이 헌책방에 매우 싼 값에 쌓여 있는 모습을 발견할 때가 있다. 1981년 가을, 시인 다케토모 소후가 유려한 문장으로 번역한 『지옥편』에 100엔이 붙어 있는 걸 발견하고 사 들고 온 일이 있다. 서점을 돌다 지쳐 들르는 찻집에서 파는 커피 한 잔 값의 절반 가격에 팔리고 있었다. 200엔짜리 커피 향과 맛도 뿌리치기 힘들긴 하지만, 1시간만 지나면 사라져 버릴 것이었다. 소후의 100엔짜리 단테는 그날 밤 몇 시간의 기쁨에 그치는 게 아니라, 오랫동안 내 연구 과정에서 시의 아름다움을 가르쳐 주었다.

시인철학자 단테

단테는 위대한 시인이지만 사상가로서도 매우 중요한 인물이므로 '시인철학자 단테'라는 호칭이 가장 적합하다고 여겨진다. 나는 이 책에서 주로 그러한 측면을 분명히 밝히고자 한다.

그런데 동서의 고전을 모은 '세계의 명저'(중앙공론신사中央公論新社) 안에 단테는 없다. 이 전집은 많은 학자들이 힘을 모아 만들었으며 초판이 나온 지 이미 30년 가량이 지났지만, 아직도 신설대학 도서관에서는 학생용으로 반드시 구매할 만큼 좋은 책으로 꼽히는 전집이다. 이 전집은 미국 아스펜 연구소를 만드는 데 중심이 되었던 아들러(M. J. Adler)를 주축으로 편찬된 *Great Books of the Western World*라는 전집을 모델 삼아 만들었다. 처음에는 66권이 편찬되었고, 토마스 아퀴나스와 셸링을 넣은 후속 15권을 덧붙여 총 81권이 출간되었다. 모범이 된 *Great Books*에는 단테가 들어 있는데 위의 전집 정편 66권 안에도 후속편 15권 안에도 『신곡』은 없다.

이것을 보면, 수많은 번역본과 훌륭한 연구서〔예를 들면, 아베 지로阿部次郎의 단테 연구, 교토 대학의 이와쿠라 도모타다岩倉具忠 『단테 연구』倉元社, 히라카와 스케히로와 노가미 소이치의 『신곡』역주)가 있는데도 일본의 일반 독서계에서는 단테가 시인으로만 다뤄질 뿐 대사상가 안에는 들어가지 않는다. 일본에서는 일반적으로 시인 중에는 위대한 사상가는 없다거나 철학자는 시를 쓸 수 없다고 생각하기 때문일 것이다. 시인이란 본래 그리스 이래로 사상으로서 마음속에 남는 말을 사람들의 가슴에 새겨 온 사람이다. 시는 결코 언어의 유희가 아닐 것이다. 그러한 사고가 일본의 일반인에게는 고루 미치지 못해, 시인은 한량이라 여기는 풍습이 있었기 때문일 것이다. 꽉 짜인 틀에 갇힌 사회인 일본에서는 자유에 대한 동경이 저항과 무뢰無賴가 되는 경우도 있으므로 하는 수 없겠지만, 일반적으로 말하면 문인 대부분은 의지가 너무 약하다. 괴테가 쓴 자연과 색채에 관한 철학적 논문은 위의 전집에 들어가 있는데, 솔직히 말해 그가 쓴 철학논문은 깊이에 있어서 『파우스트』에는 미치지 못한다. 그러나 그 유명한 『파우스트』도 시라는 이유 때문에 이 전집 안에 뽑히지 못했다. 시인철학자 중에서는 니체의 『차라투스트라는 이렇게 말했다』가 들어가 있을 뿐이다.

일본에서는 도호쿠 대학의 아베 지로와 도쿄 대학의 야나이하라 다다오矢内原忠雄가 단테를 사상가로 인정하고, 그의 철학적 측면에 주목한 선구자이다. 일본어 번역의 백미로 꼽히는 야마카와 헤이자부로는 아베 밑에서 공부했다. 야나이하라 다다오는 전쟁 중 도쿄 대학에서 내쫓기자, 토요 자유대학을 열고 시범적 기획의 하나로 『신곡』 강의를 이어 갔다. 그 내용을 미스즈서방에서 세 권짜리 책(『토요학교 강의』 5~7, 1998)으로 출판했다. 나도 어렸을 때 그 강의 말석에 낀 적이 있었는데, 수험 준비 같은 다른 일 때문에 아쉽게도 도중에 그만두었다.

이와 같은 사전 지식을 바탕으로 이제부터 텍스트로 들어가겠다. 기본적으로는 일본어 번역으로 읽는데, 호메로스나 베르길리우스도 첫 몇 행은 그리스어 또는 라틴어 원문으로 읽으며 공부했듯이, 매회 강의마다 적어도 몇 행은 원어인 이탈리아어로 읽어 보겠다. 이탈리아어로 읽어야 의미를 알 수 있는 부분도 원문으로 읽는다. 그 외에는 내 생각에 이탈리아어에 가장 충실하다고 보이는 야마카와 번역을 주로 사용할 예정이다. 그리고 더러는 히라카와 번역, 노가미 번역을 살펴보기도 할 텐데 그것은 번역 내용을 이해하기 쉽게 하기 위해서다. 또한 내 번역을 소개하는 경우도 있을 것이다.

오늘은 지옥편 제1곡을 읽도록 하겠다.

지옥편 제1곡

나 올바른 길 잃고, 인생 나그넷길 반 고비에 어두운 수풀에 있었노라 (지·
1·1-3 야마카와)

단테의 첫 3행을 야마카와 헤이자부로는 이렇게 1행으로 표현했다.
'인생행로 중반에 나는 올바른 길에서 벗어나 어느 어두운 수풀 속에
있었다'는 의미이다. 이 대목을 히라카와 번역으로 읽어 보면,

인생길 한가운데에, 올바른 길을 벗어난 내가, 눈을 떴을 때는 어두운 숲속
에 있었다 (지·1·1-3 히라카와)

이쿠타 번역으로는,

칠십 길 사람 목숨 반 고비에, 올바른 길 잃은 나는, 어느 어스름한 숲속에
서 나 자신을 발견하였노라 (지·1·1-3 이쿠타)

라고 되어 있다. 나는 아직 아무것도 모르고 한창 시건방질 때인 중학
교 2학년 무렵, 이쿠타 초코의 이 번역을 읽고 눈물이 나올 만큼 감동을
받아 언젠가 반드시 원전으로 읽겠다는 강한 포부를 품었던 기억이 있다.
세 번역 모두 각각의 특색을 가진 좋은 번역이다.
이 부분을 이탈리아어로 읽으면 참으로 멋스럽다.

Nel mezzo del cammin di nostra vita
mi ritrovai per una selva oscura

che la diritta via era smarrita. (Inf. I. 1~3)

이 대목을 나는 다음과 같이 번역했다. 원본으로 택한 책에는 ché라고 되어 있지만, 나는 치멘즈를 따라 여기서는 che라고 읽는다. 내 번역이다.

우리네 생명 길 한가운데에서
어두운 삼림에 있음을 알았으나
올바른 길에서 벗어나 있었다

1행을 8음절과 7음절, 즉 전체 15음절로 만든 이유는(일본어로는 15음절이나 한국어로는 그렇지 않다―옮긴이) 그렇게 함으로써 일본 시의 가락을 느낄 수 있으며, 동시에 단테가 『신곡』에 사용한 1행 11음절, 모음의 장단 법칙에 비추어 보면 대체로 평균 단음 15음절이 되므로, 이탈리아어 1행 번역과 리듬이 맞는다고 생각했기 때문이다. 또한 번역문은 내가 좋아하는 이쿠타 초코나 야마카와 헤이자부로, 다케토모 소후와 같은 아어雅語를 피하고, 오히려 노가미 소이치나 히라카와 스케히로가 시도했던 것처럼 현대 구어를 사용했다. 그 이유는 단테 당시에는 라틴어가 아어이고 이탈리아어는 속어라는 의식이 강했는데도 속어의 미사(美辭, vulgari eloquentia)를 믿고 굳이 구이도 카발칸티를 좇아 이탈리아어로 시를 쓴 심정을 헤아려 보고 싶었기 때문이다.

다음 단락은 문법이나 텍스트 구두점에 관한 문제이므로, 이탈리아어에 흥미가 없는 분은 읽지 않아도 상관없다.

세세한 사항까지 말하는 감이 없지 않지만, 이탈리아 단테 학회 판, 즉 내가 원본으로 삼은 텍스트에도, 그리고 1965년에 단테 탄생 700주년을 기념하여 교황 바오로 6세가 바티칸 교황청에서 출판한 주세페 칸타메싸가 교정 주석한 바오로 6세 판 텍스트에도 둘째 행 끝에 콤마는 없다. 그 외 다른 판에는, 특히 새로운 판에는 그곳에 콤마가 있어서 3행과 구분된다. 이처럼 구두점이 붙으면 che 이하의 3행째는 '숲에 있음을 알아차린' 이유가 되므로 '올바른 길에서 벗어났기 때문에 삼림에 있었다'는 의미가 되거나, 혹은 관계대명사에 이끌리는 구가 되어 '올바른 길에서 벗어나 있을 때의' 나는, 이라는 식으로 읽지 않을 수 없다. 여기에서는 구두점 없이 읽기로 하며, 또한 싱글톤이 주목했듯이 단지 숲에 있다고만 말하는 trovarsi가 아니라, ritrovarsi가 사용되고 있다는 점에 주의하여, 그의 말대로 I came to myself이므로 의미를 분명하게 번역한다면, 전에 내가 시도해 본 번역처럼 '……어두운 삼림에서 알아챈 것은 올바른 길에서 벗어났다는 것'이라고 해야 되지 않을까 생각한다. 그러나 그렇게 하면 문법적으로 재귀동사가 이중 목적을 취하기 때문에 부적절한 번역으로 여겨질 것이다. 그래서 반델리가 주석을 붙인 것처럼 talmente che(영어로 하면 such that이나 so that)로 읽어서 위에 표시한 번역 정도로 해 두는 게 온당할 것이다. 부디 '어두운 삼림에 있었던 것이다, 올바른 길에서 벗어났기 때문이다'라는 식의 그멜린(Hermann Gmelin, 1954)이나 ritrovarsi에 주목하면서도 구두점을 붙여서 똑같이 번역해 for 설명구로 만들어 버리는 싱글톤이나 무사, 마스롱(Alexandre Masseron, 1947, 1955)처럼 번역하지는 말았으면 한다. 1963년 초판으로 2000년에 재간된 바르트부르크 부부Ida und Walter Wartburg의 번역은 내 번역에 가깝다. 이 장 마지막 질의응답에 첨부하겠다.

nostra vita '우리의 생명, 인생'

그런데 이 첫 3행은 주를 붙여 가며 곱씹어 음미해야 한다.

먼저, 첫 행 '우리의 생애, 생명di nostra vita'에 관해 생각해 보자. vita는 영어의 vitality나 vivid에서 상상할 수 있듯이 '생명'이다. Nel mezzo del cammin di nostra vita는 직역하면 '우리의 생명 길 한가운데에서'이지만, 이쿠타 초코는 이것을 "칠십 길 사람 목숨 반 고비에"라고 번역했다.

nostra vita는 '우리의 생명, 인생'인데 사람의 생명을 어느 정도라고 생각했던 걸까. 일본에서는 오랫동안 '인생 50년'이라고 했는데, 고대 그리스에서는 전기傳記를 쓸 때 '누구누구는 무슨무슨 전쟁이 있었을 때, 아크메(ἀκμή)akme였다'고 말한다. 아크메란 남자의 절정기를 의미하며, 그리스에서는 전통적으로 35세부터 40세 정도가 남자의 절정기이고 인생은 약 70년이라고 보았다. 아크메란 『고지키』에 나오는 '미노사카리비토(身の盛り人, 몸이 한창때인 사람)'를 가리킨다. 특히 이 말은 히쿠타베노 아카이코引田部赤猪子라는 여성이 썼으므로 젊은 여성이나 한창때인 여성에 해당하는 말인데, 남성에게도 쓰는 말이다.

또한 성서 「시편」 90편 10행째에 "인생은 기껏해야 칠십 년(단테가 사용한 불가타 판 라틴어에는 Dies annorum nostrorum septuaginta anni)"이라고 나와 있으므로 성서 전통으로도 인생은 70년이었다.

또한 단테는 『향연』에서

E io credo che nelli perfettamente naturali esso ne sia nel trenta-
cinquesimo anno. Salvatore Cristo trentaquattresimo anno.

(Il Convivio. IV. XXIII. 92~94)

내가 믿는 바로는, 인간이 자연의 힘으로 최고 정상에 올라서는 때는 35세 무렵이다. 구세주 그리스도도 34세(에 돌아가셨다).

라고 쓰고 있다.

즉 서양 전통에서는 35세 무렵이 인간이 바야흐로 절정mezzo에 이르는 시기라고 말한다. 따라서 첫 행의 '인생길 한가운데'는 구체적으로는 35세를 가리킨다고 봐도 좋다.

단테는 1265년에 태어났으므로 단테가 35세인 시기는 1300년, 공교롭게도 피렌체의 프리오레가 된 해였다. 35세, 인생 한가운데 시절에 단테는 프리오레가 되었고, 피렌체 정치를 움직이는 정계 대표자의 한 사람이 되었다. 세간의 신망을 얻은 젊은 지도자로서 어떤 의미에서 보면 우쭐해진 마음에 권력을 남용할 위험에 직면한 상황이기도 할 것이다. 요컨대 이 '한가운데'라는 말은 햇수만으로 절반인 35세라는 게 아니라, 반델리가 말한 것처럼(반델리, 앞의 책, 3쪽) arco(활)를 떠올려 보면, 그 중간점인 질적 중심이며, 화살을 날렸을 때 사정거리가 최대가 되는 지점이다.

어두운 숲

바로 그때 '정신을 차려 보니mi ritrovai', '어느 어두운 숲을 하염없이 걷고per una selva oscura' 있었던 것이다.

oscura는 영어 obscure와 마찬가지로 '어두운'을 의미한다. selva는 히라카와 번역이나 이쿠타 번역은 '숲'이고, 야마카와 번역은 '수풀林'인데, 나는 '숲'이나 '삼림(森)'이 좋다고 생각한다. '수풀'은 원시림이라고 말할 때 이외에는 아무리 커도 길을 잃고 헤매는 일이 없지만, '삼림'에는 길을 잃어버려 밖으로 나올 수 없는 깊이가 있다. 라틴어 selva도 미개지의 상징으로 사용한다. selva oscure는 '어두운 숲'이며, 일단 들어가면 나올 수 없는 깊고 깊은 산림이다.

독일이나 오스트리아, 스위스, 프랑스, 이탈리아에 가 보면 안으로 들어가면 다시는 나올 수 없는 울창한 숲들이 뜻밖에도 도시 가까이에 있다. 지금은 자동차도로가 생겨서 길을 잃고 헤맬 걱정은 적어졌지만, 자연 그대로인 숲은 일단 발을 들여놓으면 어디로 가야 할지 갈피를 잡을 수 없다. 후지산 기슭의 아오키가하라青木ヶ原가 그러한 곳 중 하나다. 이쿠타 초코는 '어스름한'이라고 번역했는데 selva oscura는 '어두컴컴한 숲'이다.

단테는 자신도 모르게 인생의 암흑 같은 장소로 발을 들여놓았다. 그리고 '그것을 통해per' 간신히 알아차렸다고 말한다. '나는 올바른 길에서 벗어나고 말았다는 것을 깨달았다.'

단테는 서른다섯 젊은 나이로 대단한 권력인 프리오레 자리에 앉았다. 시민들로부터 많은 기대를 받았고, 책임을 느낌과 동시에 스스로도 득의양양해 그 일에 발을 들여놓았다. 그러나 문득 정신을 차리고 보니, 소년 시절부터 천사와 같이 동경하던 베아트리체도, 그녀가 일깨워준 순수한 세계도 잊고 말았다. 외적인 일에 정신을 빼앗겨 자기 자신을 완전히 잊어버린 것이다. 정욕의 쾌락에도 얽혀 들었다. 마치 캄캄한 숲속을 지나는 것 같았다. 그곳에서 정신을 차린다. '올바른 길에서 벗어나고 말았다'고. 이는 윤리적·종교적 견지에서 보면 미혹에 빠진 자기 소외의 자각이다.

'숲'이라는 표현은 『향연』에서도 볼 수 있다.

Cosi l'Adolescente, ch'entra nella selva erronea di questa vita, non sapreble tenere il buon cammino, se dalli suoi maggiori non gli fosse mostrato.

(*Il Convivio*. IV. XXIV. 123~127)

청년이 이 세상 과오의 숲속으로 들어간다. 그때에 자기 자신을, 자기보다 훨씬 훌륭한 사람이 이끌어 주지 않는다면, 올바른 길을 되찾을 수 없을 것이다.

여기에 훌륭한 안내자가 반드시 필요하다는 확신에 가까운 생각이 서술되고 있는 점이 흥미롭다. 본래 비교급 형용사인 maggiori라는 이 말은 흔히 '위대한'이라고 번역되기도 하는데, 우리 주위에서 위대하다는 말에 꼭 맞을 만한 인물을 찾기란 쉽지 않다. 여기에서는 보통 교사보다는 뛰어난 좋은 교사라는 의미로 보면 좋을 것이다. 어쨌든 개인이든 사회든 지도자가 필요하다는 사고는 목적의식을 명확히 하는 단테의 특색이었으며, 『제왕론』에서도 현세(시간)의 지도자(황제)와 천국(영원)의 지도자(교황)가 필요하다고 썼다.

'숲'은 일종의 메타포로 전망이 펼쳐지는 본래의 올바른 길에 대비되며, 『향연』에서도 말했듯이 '과오의 숲selva erronea'을 의미한다. 이는 반델리에 따르면, 예로부터 전해 오는 상징figuratione antica이므로, 서두는 누구나 쉽게 이해할 수 있는 시구로 시작한다는 것을 알 수 있다.

'메타포metaphora'는 그리스어가 기원으로 phoro가 '옮기다', meta가 '그것을 넘어'인데, 본래 뜻은 '어딘가 다른 곳으로 옮겨진 것', 즉 '말의 보통 의미가 여기에 있을 때, 말을 그 의미와는 다른 의미 영역으로 옮긴다'는 것을 가리킨다. 일본어로는 '은유' 또는 '우유寓喩'라 한다. '숲'은 실제의 숲을 가리키는 동시에 숲이 지니고 있는 성격 중에서도, 작은 새들이 지저귀고 누워서 낮잠을 청할 수 있는 무사태평함이 아니라, 울창한 나무들에 막혀 햇빛도 제대로 들지 않는 어둡고 시야가 가로막힌 공포를 함축

한다.

원시림에는 길도 없다. 숲 깊숙한 곳으로 들어가면 밖이 보이지 않는다. 방향을 알려주는 산이 가까이 있다 해도, 숲속에서 길을 잃어버리면 산은 보이지도 않는다. 자기 자신은 몸을 숨기기 위해 숲으로 들어왔다고 생각할 수도 있을 것이다. 그곳에서 명예스런 일을 한다. 그것이 안전한 길이라고 생각한다. 그러나 그 속에서 걸어가는 사이 자기도 모르게 올바른 길에서 벗어나 버렸다는 것을 알아차린다. 올바른 길이란 인간이 나아가야 할 바른 길, 즉 행인homo viator으로서의 인간이 신을 향해 나아가는 길이다. 그 길은 숲속의 어둠 속에서는 자취를 감춰 버린다.

지옥편 제1곡 1~3

첫 3행에서 그리스의 전통, 성서의 전통, '숲'의 의미, 『향연』의 표현 등, 여러 가지 사항을 공부할 수 있었다.

다시 한번, 첫 3행에서 말하고 있는 내용을 확인해 보자. 첫 행의 '인생의 한가운데'는 어떤 의미에서는 일을 가장 왕성하게 할 수 있는 시기로 조금 전 예로 들었던 고어古語로 말하면 '몸이 한창일 때'를 가리킨다. 그런데 그런 시기에는 자기도 모르게 '반성'을 잊어버리게 된다. 반성은 '어두운 숲'에서 고통을 당하는 대목에서 비로소 생긴다. 둘째 행의 '숲'은 남에게서 자신을 숨겨 주는 역할을 하거나 신기한 동식물을 발견하는 기쁨도 줄 수 있는 장소이지만, 단테는 여기에서 '자기 자신이 틀렸다는 것을 발견하므로 숲의 어둠은 자각으로 향하는 길이기도 하고, 아우구스티누스가 말한 복된 죄felix culpa'라는 역설도 떠올릴 수 있다. 제정신을 차리고 부끄러움에 겸허해지면, 죄 역시 은혜임을 깨달을 수 있다는 이러한 사고방식은 단테가 존경하고 사랑한 아시시의 프란체스코의 생각이기도 했다. 그런데 후회에 이르기 전 미혹의 자각 단계에서는 최후의 시험과도 같은 유혹이 들이닥치게 마련이다. 세번째 행에 '올바른 길'을 걸어서 그 어둠 속으로 들어온 게 아니라, 그 속에서 '올바른 길'을 벗어나 헤매게 된 것이다. 반성의 결과, 자신이 잘못되었음을 발견한다.

우리도 자기 스스로는 아무것도 잘못된 게 없다고 생각하고, 경우에 따라서는 사람들의 기대를 받아 '당신이 거기 있으면 아무 문제 없다'는 말을 들어가며 어떤 일에 전념할 때가 있다. 그런 와중에 단테가 말한 '올바른 길을 잃어버린' 정도까지는 아니더라도, 인생에서 가장 소중한 것을 잃게 되는 일이 있을 것이다. 원문은 이 3행의 시로 『신곡』이 어떤 책인가를 묘사해 낸다. 이는 올바른 길, 진정한 길인 신을 향하는 순례의 길, 신을 향해 오르는 길을 알려주는 종교 서적인 것이다. 그러나 교의학적 줄거리를 내세우는 게 아니라, 인간학적 구성과 시적 상징으로 빛나므로 읽는 사람은 그 속에서 자기 자신을 발견한다. 읽는 사람은 자기도 모르는 사이에 단테가 되어 방황하고, 괴로워하고, 기대고, 매달리고, 배우고, 빛에 접하게 된다.

베르길리우스와의 만남

이어서 그다음을 읽어 보자.

아, 황폐하고 거칠어 헤쳐 가기도 사나운 그 숲의 모습을 말하기란 그 얼마나 어려우랴. 두려움을 추사追思하니 다시금 생생하고
고통은 죽음에 뒤지지 않노라. 허나 내 거기서 누린 행복을 논하고자, 내 거

기서 본 모든 것을 이야기하리라 (지·1·4~9 야마카와)

히라카와 번역으로는,

가열하고 황량했던 준엄한 숲이
어떠한 것이었노라, 입에 담기조차 고통스럽다.
다시 떠올리는 것만으로도 몸서리가 쳐진다.
고통스러움에 금방이라도 죽을 것만 같다.
그러나 그곳에서 만난 행복을 이야기하기 위해,
그곳에서 목격한 두세 가지 일을 먼저 이야기하고자 한다.
(지·1·4~9 히라카와)

라고 되어 있다. 원문은 다음과 같다.

Ah quanto a dir qual era è cosa dura
esta selva selvaggia e aspra e forte
che nel pensier rinova la paura!
Tant'è amara che poco è più morte;
ma per trattar del ben ch'io vi trovai,
dirò dell'altre cose ch'i' v'ho scorte.

'황량하고 거칠'다고 했다. '숲이 황량하다'고 하면 나무가 말라 버린 느낌을 받게 되는데, 원어는 aspro로 마치 사람을 거부하는 것처럼 '험하다'는 게 본래 뜻이다. 깊고 무성한 숲, 헤치고 나가기도 힘든 야성의 숲을 이야기하기란 얼마나 힘든 일이겠는가. 숲이 너무도 울창해 두렵고, 추사

追思란 회상 즉 다시 떠올려 생각하는 것이므로, 두려움을 떠올리는 것만으로도 소름이 돋아서 그 모습을 이야기 할 수 없다. 다시 떠올리는 것만으로도 두려움이 다시금 생생하게 느껴진다. 그것이 자신에게 주는 공포는 죽음과도 같을 정도다. 그렇지만 나는 그 숲속에서 어떤 행복을 발견했으므로 그것을 논하기 위해서 숲에서 본 모든 것을 이야기하련다. 어떤 행복이란 방금 『향연』에서 언급했던 좋은 스승을 만난 일을 의미하는데, 베르길리우스와의 만남을 가리킨다. 어떻게 해서 그렇게 되었는지 무서운 숲 이야기이긴 하지만 모든 것을 말하리라.

> 나 어쩌하여 그리로 들어섰는지, 좋이 말할 길 없나니, 참다운 길을 버렸을 때, 깊은 잠이 내 몸을 이끌었음이라 (지·1·10~12 야마카와)

왜 숲에 들어가게 되었는지 자기 자신은 설명하기 어렵다. 진실한 길을 버렸을 때, 잠에 빠져 있었다pieno di sonno. 잠은 이성이 활동하지 못하는, 자각을 잃어버린, 몸이 광기와 같은 형국을 내달리게 된 상황에 대한 상징이다.

> 허나 공포가 내 마음을 찌르던 골짜기가 끝나는 곳, 어느 산기슭에 다다라,
> 고개 들어 올려다보니 이미 그 너머에는 온갖 길에 있는 자를 올바로 인도하는 유성의 빛이 휘감겨 있었노라 (지·1·13~18 야마카와)

숲속, 소름끼치는 공포로 가슴을 옥죄던 골짜기가 끝나갈 즈음 어느 산기슭에 이르렀다. 산에서 길을 잃고 헤매게 되어도 계곡만 따라 오르면 정상에 도달할 수 있듯이, 숲속에서도 물줄기가 있으면 그 물줄기를 따라 올라가면 높은 곳으로 나갈 수 있다. 높은 곳에 서면 길이 보인다. 적

어도 가야 할 방향은 알 수 있다. 따라서 "골짜기가 끝나는 곳"은 숲속을 흐르던 시냇물이 사라진 곳이다. 그곳은 조금 높은 어느 산기슭이었다. 거기 서서 올려다보니 어떤 길에 있는 것이라도 인도해 주는 유성(태양)에서 내뿜는 빛을 멀리 바라볼 수 있었다. 그 당시 자연학 상식으로는 태양은 아침에 떠서 저녁에 지는 거대한 유성이었다.

그제야 내 두려움 조금은 누그러졌나니, 무서웠던 밤 내내 마음속 깊은 곳에 깃들어 무던히도 나를 괴롭히던 것이었노라 (지·1·19∼21 야마카와)

밤새 자기를 못살게 굴던 두려움이 그 별빛을 보고야 간신히 조금 누그러졌다. 별빛은 희망의 상징이다. 모든 주석에서 이 대목의 '유성pianeta'을 단테가 프톨레마이오스의 천문학을 따른 것이라 보고 태양이라 해석한다. 프톨레마이오스는 태양을 대지를 감싸고 도는 유성의 하나라고 생각했다.

허나 마치 숨을 헐떡이며 바다에서 해안으로 헤쳐 나온 사람이, 몸을 위태롭게 했던 물을 향해, 시선을 돌리고 떼지 못하는 것같이 (지·1·22∼24 야마카와)

난파를 당할 뻔한 상황에서 간신히 도망쳐 나온 사람이 해변에 다다라 자신의 목숨을 위험에 처하게 했던 바다를 돌아보고 이를 뚫어지게 응시하듯이,

여전히 달음박질치는 내 혼魂은 이제껏 살아서 지나간 자 없는 길을 보고자 뒤로 돌아섰노라 (지·1·25∼27 야마카와)

"뒤로 돌아섰노라"는 a retro a rimirar로 '뒤쪽을 돌아보다'라는 뜻이다. 무조건 앞만 보고 달리며 어떻게든 빠져나가는 데 여념이 없던 나의 혼이 살아서 나간 사람이 없는 그 숲의 길이 어떻게 생긴 것인가 하고 뒤를 돌아다보았다.

잠시 지친 몸을 쉬고, 다시금 길을 나서니, 쉼 없이 낮은 다리를 내딛으며, 적막하기 그지없는 산허리를 걸었노라 (지·1·28~30 야마카와)

그제야 겨우 지친 몸을 잠시 쉬고 다시금 길을 나선다. 풀에 발이 걸리므로 넘어지지 않도록 아래쪽에 주의를 기울이며 조심스레 쓸쓸한 산허리를 걸어갔다.

4~30행의 내 번역은 다음과 같다. 이탈리아어를 행에 맞게 대조시켜 덧붙였다.

아, 이야기하기에 지난한 일이다.	Ah quanto a dir qual'era, è cosa dura
사람을 다가서지 못하게 하는 숲의 위협은	esta selva selvaggia e aspra e forte
떠올리는 것만으로도 소름이 돋는다.	che nel pensier rinova la paura!
그 무시무시함은 죽을 것만 같지만	Tan'è amara che poco è più morte:
그곳에서 마주친 행복을 말하기 위해	ma per trattar del ben ch'io vi trovai,
불가사의한 사건을 이야기하려다.	dirò dell'altre cose ch'i' v'ho scorte.
어찌하여 헤매게 되었는지 알 수 없으며,	Io non so ben ridir com'io v'entrai,
내가 너무 깊은 잠에 빠진 나머지	tant'era pieno di sonno a quel punto
진실의 길을 버리고 말았다.	che la verace via abbandonai.
마음은 두려움에 떨었고	Ma poi ch'i' fui al piè d'un colle giunto,
숲의 계곡이 끝나는 언저리에서	là dove terminava quella valle

간신히 작은 산기슭에 다다랐다.
위를 올려다보니 작은 산 너머에는
어디에서든 누구라도 이끌어 주는
태양이 이미 빛나기 시작했다.
그때에 두려움이 조금은 사그라졌다
그것은 밤새껏 마음 깊은 곳에
깃들어 나를 고통스럽게 했던 것.
가까스로 난파를 면한 사람이
해변에 다다라 바다를 돌아보며
몰려오는 거친 파도를 다시금 바라보듯,
오로지 도망치고만 싶어하는 내 혼은
살아서 벗어난 사람이 없다는
지나쳐 온 황량한 그곳을 돌아보았다.
지친 몸을 잠시 쉬게 하고,
다시금 산길을 걸어,
풀을 지르밟으며 고갯길로 향한다.

che m'avea di paura il cor compunto,
guardai in alto, e vidi le sue spalle
vestite già de'raggi del pianeta
che mena dritto altrui per ogni calle.
Allor fu la paura un poco queta
che nel lago del cor m'era durata
la notte ch'i' passai con tanata pièta.
E come quei che con lena affannata
uscito fuor del pelago alla riva
si volge all'acqua perigliosa, e guata,
così l'animo mio, ch'ancor fuggiva,
si volse a retro a rimirar lo passo,
che non lasciò già mai persona viva.
Poi ch'èi posato un poco il corpo lasso,
ripresi via per la piaggia diserta,
sì che 'l piè fermo sempre era 'l più basso

이어서 읽어 나가자.

오르막을 막 내딛는 찰나, 보라 한 마리의 암표범이 나타났으니, 날래고도 민첩하며, 얼룩 가죽을 뒤집어썼노라 (지·1·31~33 야마카와)

그런데 얼룩무늬 가죽을 두른 아름다운 암표범una lonza이 유연한 몸짓으로 모습을 드러낸다. 이는 성적인 유혹을 상징한다. 남성에 대한 성적 유혹으로 암표범은 그야말로 절묘한 비유일 것이다. 그런데 이탈리아어

una lonza는 수컷 표범이라고 봐도 상관없다. 표범 자체가 에로틱한 동물이다. lonza는 원래 링크스(Lynx, 스라소니)를 가리키는 것이며, 대부분의 주에 나와 있듯이 표범은 leopardo가 좋겠지만, 운율 관계도 있었을 테고, 데보트 교수는 토스카나 방언으로는 lonza가 일상어라고 말했다. 또한 이 동물은 『토스카나 동물지Bestiario toscana』에도 기록되어 있는데, 사자와 표범의 교배로 생겨난 맹수로 본다(S. 10~11).

그 표범은 일출과 동시에 물리칠 수 있었는데, 이번에는 사자uno leone 한 마리가 눈앞에 나타난다. 사자는 권력의 유혹을 상징한다. 사자 역시 어찌어찌하여 쫓아냈다.

이어서 '암늑대una lupa 있으니' 늑대가 나타났다. 늑대는 탐욕, 모든 것 중에 가장 무서운 유혹의 상징이다. 여기에서 늑대uno lupo가 아니라 암늑대라고 쓴 까닭은 새끼를 키우는 암늑대의 만족을 모르는 탐욕이 무한한 야망의 상징으로 여겨지기 때문이다.

단테는 가까스로 숲에서 벗어났으나 색욕, 권력욕, 탐욕의 유혹이 자신 안으로 들어오는 바람에 어찌할 바를 모른다. 그중에서도 특히 늑대는 좀처럼 피할 길이 없어 자신이 온 길을 되돌아간다. 단테도 나이가 서른다섯이나 되었으므로 색욕(표범)은 분별력으로 어느 정도 억누를 수 있다. 권력욕(사자)도 권력의 자리에 앉아 본 경험이 있어 좋은 점과 나쁜 점을 이미 알고 있으니 물리칠 수 있다. 그러나 모든 욕구의 근원인 탐욕(늑대)은 도무지 자기 안에서 떨쳐 낼 방도가 없었다. 자신은 이대로 그 동물의 포로가 되어 버리는 게 아닐까 하고 생각한다. 바로 그때,

내가 낮은 땅을 살피며 아래로 내려갈 제, 오랜 침묵으로 목이 잠긴 성싶은 자 내 눈앞에 나타났으니 (지·1·61~63 야마카와)

오랫동안 침묵 속에 있었던 탓에 남과 말할 기회가 없어 목이 잠긴 것 같은 사람이 자기 눈앞에 나타났다. 이 대목에는 길고 긴 추방의 나날 속에서 다른 사람과 이야기할 기회조차 없어 목이 잠겼던 단테 자신의 체험도 배어 나온다.

무수히 갈라터진 황야에서 그를 보았을 제, 그에게 소리쳐 말했노라, 그대 유령인가 참 사람이신가 무엇이든 간에 날 불쌍히 여겨 주오

(지·1·64~66 야마카와)

인기척 하나 없는 곳이라 유령인지 진짜 사람인지조차 분간할 수 없다. 그러나 무엇이든 간에 혼자 몸으로 이 숲을 빠져나온 나를 가엾이 여겨 달라고 호소한다.

Rispuosemi: Non uomo,[1] uomo già fui,

e li parenti miei furon lombardi,

e mantovani per patria ambedui.

그가 내게 대꾸하길, 사람은 아니나, 사람인 적 있으며, 내 부모는 롬바르디아 사람, 고향을 말하자면 두 분 다 만토바 사람이었노라

(지·1·67~69 야마카와)

목이 잠긴 그 사람이 내게 말한다. "나는 사람이 아니다. 다만 사람이었던 적은 있다Non uomo, uomo già fui." 자기는 살아 있는 사람이 아니라

---

1 이탈리아 단테 학회 판은 uomo를 omo라고 쓴다.

예전에 살아 있었던 인간이다. 양친 모두 만토바 사람이다.

나는 뒤늦게 율리우스 시대에 태어나, 삿되고 거짓된 신들의 옛 시절, 어지신
아우구스투스 치하에서 로마에 살았노라 (지·1·70~72 야마카와)

카이사르 시대에 태어나 아우구스투스 황제 시대에 로마에서 살았다.
아우구스투스 황제는 베르길리우스에게 건국 서사시를 지으라고 명한
사람이다.

나는 시인이니 오만한 일리온이 타 버린 뒤 트로이아에서 온 안키세스의 의
로운 아들을 노래했노라 (지·1·73~75 야마카와)

나는 시인이었으며 그 옛날 교만에 빠져 있던 일리온이 다 타 버린 뒤
트로이아에서 도망쳐 온 안키세스의 정의로운 아들, 즉 아이네아스를 노
래했다고 그가 말한다. 이는 로마 건국 서사시 『아이네이스』('아이네아스에
관한 시'라는 뜻으로 '아이네이스'라고 한다)를 가리키는 것이다.

헌데 너는 어찌하여 이 호된 고통으로 돌아오느냐, 어찌하여 모든 기쁨의 시
작이며 또한 원천이 될 행복의 산으로 오르지 않느냐 (지·1·76~78 야마카와)

자기를 소개한 후, 그가 단테에게 말한다. 그런데 너는 어찌된 연유로
고통 속으로 돌아가려 하느냐, 어찌하여 모든 기쁨의 시작이며 근원이
될 행복의 산에 오르려 하지 않느냐. 늑대에게 쫓겨 또다시 고통 속으로
돌아가려 한단 말이냐.
단테는 유령 같은 그 사람에게 막 유혹에 무릎을 꿇을 뻔했던 상황을

지적당하고, 말한다.

> 나는 부끄러운 낯빛으로 그에게 답하기를, 그렇다면 그대는 베르질리오, 흘
> 러넘치는 말의 강물을 쏟아 내신 그 샘이신지요 (지·1·79~81 야마카와)

당신이 아이네아스를 노래했다면 그 문학이라는 대하의 원천, 그 유명한 베르질리오란 말입니까.

단테는 이렇게 진정한 학문의 소유자인 베르길리우스(이탈리아 이름은 베르질리오)와 만난 것이다.

그곳에서 도망치려던 단테에게 베르질리오가 말한다. "네가 이 거친 땅에서 벗어나길 원한다면" 발길을 되돌려 지금 지나온 길에서 찾아보려한들 아무 소용이 없다는 말을 들려준다. 늑대(야심과 탐욕의 상징)에게 잡아먹힐 뿐이다. 그러니 "다른 길을 이용할 수밖에 없노라," "그리하여 내 너를 위해 생각하고 도모하니 너는 나를 따름이 가장 온당함을 알라." 나를 따라오는 게 좋다, 길 안내를 해 주겠다(Che tu mi segui, ed io sarò tua guida,)고 베르질리오가 믿음직하게 말은 하는데, 이는 일종의 대담한 기술로, 죄의 무서움을 보여주어 행복을 추구하는 희망을 단련시키기 위해 지옥과 연옥을 보여준다는 말이다. 베르길리우스 자신은 천국에 들어갈 수 없다는 사실을 이미 알고 있으므로 단테에게 다음과 같이 고하면서 마침내 제1곡이 끝난다.

> 너 그들 곁으로 오르고자 원한다면, 이를 위해 나를 능가하는 영혼이 있어,
> 나와 달리 임하시리니 너를 그와 함께하게 하리라(천국에 들어가는 데는 자신
> 이 안내할 수 없으니 베아트리체에게 그를 맡기겠다는 뜻)
> 높은 곳에서 다스리시는 황제(천주이신 신), 내가 그 법률에 거스른 탓으로

내 인도로 그 나라로 들어오는 자가 생기는 것을 허락지 않으신 까닭이니라

(지·1·121~126 야마카와)

그 말을 들은 단테는 도망치려던 마음을 떨쳐내고 베르질리오를 향해 "시인이시여, 그대가 알지 못했던 신의 이름으로 나 그대에게 간청하노니, 이 재앙과 이보다 더한 화를 면할 수 있도록, 원컨대 지금 그대가 말씀하신 곳으로 나를 인도하시어, 성 피에트로의 문과 그대 청하신 행복 없는 자들을 보게 하소서"라고 부탁한다. 벌 받는 사람들을 보고, 자신이 그러한 벌을 두려워해 몸을 낮추고자 하는 것이다.

그런데 이 성 피에트로의 문이란 무엇일까. 하나는 분명 「마태오 복음서」 16장 19절에 거론된 천국의 열쇠, 즉 베드로가 그리스도로부터 받은 권한의 하나인 천국의 문이고, 또다른 하나는 『신곡』 연옥편 제9곡 73~136행에 나오는 연옥에 있는 구원의 가능성의 문이다. 베드로가 그리스도에게 받은 열쇠를 천사에게 건네어 연옥에서 문을 열고 닫는 일을 맡긴 것으로 서술되어 있다. 대부분의 주석서는 la porta di San Pietro에 관련해 연옥에 있는 성 베드로의 문만 거론하는데, 반델리는 연옥에 있는 성 베드로의 문la porta di San Pietro del Purgatorio과 천국에 있는 성 베드로의 문la porta di San Pietro del Paradiso 두 개를 다 서술한다.

나는 101행에서 112행까지의 12행의 의미에 관해서는 분명한 사실을 알지 못하므로 독자에게 설명할 수가 없다. 대부분의 주에도 '불명확한 표현espressione oscura'이라 나와 있다.

그런데 베르길리우스가 어떻게 그 황야에 그림자처럼 홀연히 나타나 단테의 지옥순례를 안내해 주게 되었을까. 그 만남은 어떻게 이루어졌을까. 이는 매우 중요한 테마이며 단테는 제2곡에서 그 연유를 밝힌다.

질의응답

질문자　스즈키 하루오, 하시모토 노리코, 메구리 요코廻洋子, 다나카 히데미치田中英道, 사토 준이치佐藤純一

스즈키　저도 첫 3행을 외우는데, 전에 이탈리아에 여행 갔을 때 많은 분들에게 여쭤 본 경험이 있습니다. 그러자 운전기사, 레스토랑 종업원, 회사 사장 비서 등 모두가 이 시구를 알고 있었습니다. 이탈리아 사람은 모두 아는 셈입니다. 2, 3년 전 이탈리아 대사에게 "이탈리아에 가 보니 모두『신곡』의 첫 3행을 알고 있어서 놀랐다"고 말하자, "이탈리아에서는 초등학교, 중학교, 고등학교에서 계속『신곡』을 배우니까 당연히 안다"고 말씀하셨습니다. 마치 「헤이케모노가타리平家物語」(일본 가마쿠라鎌倉 막부 초기의 전쟁 이야기 책. 헤이케平家 일문의 성쇠를 주제로 한 산문 형태의 일대 서사시로 전편에 걸쳐 불교적인 무상관無常觀이 일관되게 드러나 있으며 모두 12권으로 되어 있다―옮긴이)의 「기원정사의 종소리」나 「오래된 연못 개구리 뛰어드는 젖은 물소리」(바쇼의 유명한 하이쿠―옮긴이)처럼 이탈리아사람들은 모두 단테의『신곡』을, 짐작건대 이 3행뿐 아니라, 곳곳의 유명한 구절은 알고 있는 듯합니다.

이마미치　이탈리아 사람들은『신곡』의 시구를 많이 외웁니다. 다만 단테의 시는 호메로스나 베르길리우스와는 달리 '문자로 쓰인 것'이 먼저인 시대의 시이므로 암송에 효과적인 대구對句가 많지는 않습니다. 리듬은 매우 아름답지만, 그러한 점에서 보면 외우기는 쉽지 않습니다. 그래서 오히려 외우고자 하는 사람들의 의욕을 불러 일으켰는지도 모르겠습니다. 『신곡』은 그야말로 진정한 국민문학입니다. 그러나 이 책은 세계를 향해 열린 철학적 내용을 가지고 있기 때문에 내전 때 만들어지는 국민문학과는 다릅니다.

스즈키　이탈리아어의 전형적인 아름다움도 단테의 시 속에 들어 있다고 볼 수 있을까요?

이마미치　그렇습니다. 이탈리아 문화사를 되돌아보면 고전이 단테만 있는 건 아니지만, 가장 탁월한 고전입니다.

하시모토　시에는 각운 문제가 반드시 거론됩니다만, 단테 『신곡』의 운에 관해 미리 알아 두어야 할 사항이 있습니까?

이마미치　앞으로 읽어 가면서 여러분 스스로 리듬감을 체득하게 되겠지만, 나중에 11회째 강의쯤에서 원리를 설명할 계획입니다. 오늘 읽은 부분도 vita, oscura, 끝에도 smarrita로 각운을 맞췄습니다. 지금 먼저 말씀드리고 싶은 사항은 1행은 11음절로 되어 있으며 각운에 중점이 놓여 있다는 정도입니다. Nel mezzo del cammin di nostra vita에는 운율적인 약동躍動이 있습니다. 시적 형식에 관해서는 나중에 다시 설명하겠습니다. 그러니 지금은 우선 저의 낭독을 들으시면서 리듬에 익숙해지시기 바랍니다.

메구리 원어의 울림이 너무나 아름답습니다. 부디 다음 강의에서도 이탈리아어 구절을 들려주시면 고맙겠습니다.

한 가지 질문을 드리고 싶은 것은 여러 번역 중에서 단테의 문장 감각이나 분위기 측면에서 볼 때, 어떤 번역본이 단테의 느낌에 가장 가까울까요?

이마미치 현대인들이 의미를 쉽게 이해할 수 있다는 점에서는 노가미와 히라카와 번역이 훌륭합니다. 우리가 텍스트로 정한 이와나미문고의 야마카와 번역은 단테의 원문에 가장 충실합니다. 다만 저는 단테의 분위기가 가장 잘 표현된 책은 역시 이쿠타 초코의 번역인 것 같습니다. 영어판 중역이라 영역본 오역이 그대로 남아 있긴 합니다만, 그다지 많은 오류 없이 바르게 번역되었습니다.

오늘 공부한 부분을 이쿠타 번역으로 다시 한번 읽어 봅시다. 이 번역이 Nel mezzo……의 어감에 가장 가깝습니다.

칠십 길 사람 목숨 반 고비에 올바른 길 잃은 나는
어느 어스름한 숲속에서 나 자신을 발견하였노라
아, 종잡을 수 없이 우거진
거칠고 황폐한 그 숲이 어떠했노라 말하는 것조차
그 얼마나 지난한 일이런가
그저 떠올리는 것만으로도 내 두려움 다시금 새로워지니,
죽음의 고통에 못지않을 괴로움이로다
허나 나 그곳에서 찾아낸 행복을 논하고자
그곳에서 본 다른 것들을 이야기하려다

덧붙여 미완성이긴 하나 내가 시도해 본 번역을 소개하면, 각 행을 8·7·8·7의 리듬으로 한 예전 문어체로는, 다음과 같이 할 수 있을 것입니다.

우리네 생명 길 한가운데에서
어두운 숲을 헤매는 몸으로 깨달은 것은
올바른 길에서 벗어나 있었다는 것

구어체의 설명 투 번역도 이미 앞에서 소개했지만, 마찬가지로 8·7·8·7 리듬을 붙였습니다.

우리네 생명 길 한가운데서 어두운 산림에 있음을 알았으나 올바른 길에서
벗어나 있었다

실은 맨 처음 이 부분이 좀처럼 아름답게 번역이 되질 않아 고심했는데, 중반에는 더러 잘 된 곳도 있으니 다시 소개해 볼 생각입니다.

번역은 번역자 각자의 취향이 중요하므로, 여러 가지 번역을 보고 비교해 보는 게 좋습니다. 주가쿠 분쇼 선생의 번역은 선생이 영문학에 상당히 조예가 깊은 분이므로 우리가 모르는 영어권 학자의 사고나 번역도 들어 있어서 저에게도 참고가 되었습니다. 노가미 소이치 선생의 번역도 이탈리아어에 충실한 훌륭한 번역입니다. 야마카와 번역을 텍스트로 삼은 이유는 이와나미문고라 구하기 쉽다는 게 하나의 이유입니다. 노가미 번역은 구하기는 힘들지만 번역도 이해하기 쉽고 주도 적절하므로 나중에 많이 소개하겠습니다.

지금 지적하신 사항에 대해 두 가지 코멘트를 드리자면, 이탈리아어의 울림을 듣고 싶다는 의견에는 기쁘게 응할 생각입니다. 제 계획으로도

매 강의마다 3행씩 된 한 연을 몇 개씩 읽을 예정이지만, 경우에 따라서는 좀더 많이 시도해 봅시다. 또한 히라카와 번역도 이해하기 쉽고, 정리도 잘되어 있습니다.

그리고 또 하나, 문학 번역에는 연구의 역사가 있으니 새로운 번역일수록 문법적으로는 바르고 의미도 분명해집니다. 그러나 예를 들면 옛날에는 스트린드베리Strindberg의 문학이 정말로 좋았는데, 덴마크어를 못해서 독문학자가 독일어 번역에서 중역한 좋은 번역이 있지만, 어학은 가능해도 문학적 센스가 없는 북구어 전문 학자가 번역하면 문법적으로는 옳을지 몰라도 문학적으로는 아쉽게도 재미없는 경우도 있습니다. 러시아 문학에서도 다소 그러한 점이 보이는 것 같습니다. 문법적으로도 바르고 문학적으로도 완성도 있는 번역은 더없이 행복한 만남인데, 앞으로 한 세대를 더 기다려야 하는 책도 있을 테지요.

다나카   저도 『신곡』 번역을 비교 연구해 보았습니다만, 그 과정을 통해 얻은 결론은 야마카와 번역이 풍부한 어휘와 정확성 면에서 가장 뛰어나다는 것입니다.

나 올바른 길 잃고, 인생의 나그넷길 반 고비에 어두운 수풀에 있었노라
(지·1·1~3 야마카와)

다만 제1곡의 '나 올바른 길을 잃고' 부분은 '우리네 생명 길 한가운데에서'가 먼저 나오고 '올바른 길을 잃어버렸다'가 뒤에 오는 이마미치 선생님의 번역이 맞다고 봅니다. 이마미치 선생님의 번역에서는 Mi ritrovai를 '깨달았다'는 의미로 번역해서 '어두운 숲속에 있었다'는 감각적인 상황으로 번역하지 않은 점도 옳다고 생각합니다.

그리고 selva oscura '어두운 숲'에 관해서인데, selva는 이탈리아어로 '수풀'이므로 야마카와 번역의 '수풀'도 실은 괜찮긴 하지만, '숲'이 아니면 안된다는 점도 알겠습니다. '숲'을 가리키는 말로는 '포레스테'라는 말이 있지만, selva oscura라는 운 때문에 selva를 택한 게 아닐까요.

그리고 이 '숲'에서 암늑대나 암표범이 나오는데, 이 '숲'이 디오니소스적인 이교의 숲인지 혹은 북방의 켈트적, 게르만적 숲인지, 어떤 이미지로 받아들여야 할지 의견을 듣고 싶습니다.

이마미치　지금 지적하신 사항은 모두 적절합니다. 다만 '숲'에 관해서는 현대 이탈리아어와 단테 시대의 이탈리아어 사이에 미묘한 차이가 있습니다. 당시는 라틴어가 아직 살아 있는 경향이 강합니다. 그 점에서 생각해 보면 라틴어 silva는 역시 '숲'을 뜻하므로 단테의 언어에서 생각해도 번역어는 '숲'이 좋습니다. 그리고 foresta는 인위적으로 조성한 조림造林 의미도 포함되는 데 반해, 라틴어 silva는 자연적인 원시림을 가리킵니다. 또한 늑대, 사자, 표범 같은 사나운 야수가 나오는 이미지에서도 '수풀'보다는 '숲'이 좋습니다. 단테가 무성한 초목에 대한 두려움을 silvestre라는 말로 표현한 구절이 제2곡에도 나옵니다만, 그것도 나무가 많은 것이므로 한자로는 '숲과 같은'이라는 말입니다. 그것을 보더라도 '수풀'보다는 '숲'이 좋겠지요. 숲은 이교적, 이역적異域的 요소라기보다는 그리스도교 안에서도 길을 잃고 헤매는 죄의 숲이며, 일상의 유혹이 있는 악마의 거처입니다. 따라서 전적으로 그리스도교 세계에서 악의 장소를 상징하겠지요. 현대의 악마는 도시에 있지만, 중세의 요마妖魔는 숲에 있었습니다.

야마카와 번역은 품격 있는 문장이며 저 역시 매우 존경합니다만, 이탈리아어 주석에 문법적인 주석이 붙어 있는 부분을 무시한 곳도 있습니다.

스즈키　'숲森'과 '수풀林'에 대한 저의 이미지는 '林'은 나무가 나란히 서 있고 '森'은 세 개가 있습니다. 감각적으로 '林'은 잡목림이 우거진 평평한 곳으로 해가 바닥까지 비쳐드는 느낌, '森'은 어둡고 들어가면 나올 수 없는 이미지로 통합니다. 일본어의 '林'과 '森'의 이미지에서 봐도 숲이 맞지 않을까요.

이마미치　지금 하신 말씀을 듣고 생각이 났습니다만, 학생 시절 참가했던 어느 독서 모임에서 "'원시림原始林'이라는 표현법은 있지만, '원시삼原始森'이라고 말하지는 않는다. '원시림'은 대체로 숲이 필적할 수 있는 게 아니므로 '림林'이 좋다"고 지적당한 일도 있었습니다.

덧붙여 말씀드리자면 일본에는 없지만, 중국에는 淼(묘)라는 글자가 있습니다. 나와 친한 중국 철학자가 이름에 이 한자를 쓰는데, 그가 이 글자는 '물이 많은 풍요로운 바다를 가리킨다'고 가르쳐 주었습니다.

스즈키　『신곡』에는 유명한 구절이 많이 있는데, 좋은 구절들을 모아 소개해 주시면 고맙겠습니다. 여유 있을 때 외워 보고 싶습니다.

이마미치　좋은 문장을 찾아서 될 수 있는 한 강의 중에 소개할 생각입니다. 하지만 전체가 다 명구라서 뺄 부분이 적으니 결국은 다 읽는 수밖에 없을 겁니다.

사토　고전은 오늘을 살아가는 우리 마음에 힘을 주는 것이란 의미에서 생각할 때, 단테가 말한 숲이나 늑대의 비유가 현대인들에게 어떻게 느껴질까요? 오늘날과 같이 기술화된 세상에서는 숲의 비유는 점점 통하기 힘들어지는 게 아닐까요. 그렇다면 현대 기술사회의 숲은 과연 무엇일까요? 인생에서 길을 잃고 헤매는 것은 어떠한 것에 비유할 수 있을까요?

이마미치   지금도 숲은 남아 있으니 숲의 개념이 통하지 않는 건 아니겠죠. 아오키가하라(青木ヶ原, 후지산 북서쪽에 위치한 광활하고 울창한 산림 지역―옮긴이) 하나만 떠올려 보더라도 현대 일본인도 숲의 무서움은 알수 있겠지요. 오히려 저는 늘 별이나 반딧불 같은 빛에 관해 생각합니다. 세계문학 속에서 별은 이상의 상징입니다. 시인철학자 니체도 "결국은 별이 보이지 않는 세계가 오리라, 그러면 이상도 잃을 것이다"라고 쓰고 있으며, "이상이란 무엇이냐며 사람들은 빙그레 웃는다"라는 말도 있습니다. 오늘날은 정말로 도쿄 하늘뿐 아니라, 많은 도시의 밤하늘에서 별이 사라져 버렸습니다. 그리고 그로 말미암아 그곳에 사는 사람들의 맑은 이상도 사라져 갑니다. 단테의 『신곡』에서도 별은 중대한 의미를 가집니다. 하늘의 별, 대지의 강과 숲은 인간이 살아오며 오랜 세월 소중히 여겨 왔으니 인간은 자연적인 본능의 힘으로 어느 정도 그 의미를 이해할 수 있으리란 희망은 있지만, 지나치게 개발을 우선시하면 무서운 결과가 초래되지는 않을까 늘 걱정스럽습니다. 달마저 보이지 않는 세상이 온다면 인간은 대체 어떻게 될까요. 자연 문제와 고전 이해에 관한 것은 다시금 깊이 생각해 봐야 할 문제입니다.

또한 현대 기술이 어떠한가 하는 문제와는 별개로 숲과 건축 기술은 깊은 연관이 있습니다. 고딕 교회의 열주는 숲의 나무 이미지이며, 위에 곡선이 양측으로 교차하는 저 너머로 별이 보이는 천공이 천장인 구조입니다. 따라서 교회 건축 기술에서는 숲이 성스러운 교회 이미지에 활용됩니다. 그것은 앞에서 말한 '악의 장소'인 숲과는 완전히 반대되는데, 구약성서에서 칭송하는 삼나무가 늘어선 레바논의 숲이나 신약성서에서 예수가 자주 찾는 감람산 숲에는 신성한 영기靈氣도 있으니 교회를 그러한 누미노제Numinose의 장으로 만들고 싶었을 테지요.

*

앞서 말씀드린 바르트부르크 부부의 독일어 번역을 아래와 같이 소개한다.

> Wohl in der Mitte unseres Lehensweges
>
> geriet ich tief in einen dunklen Wald,
>
> so daß vom graden Pfade ich verirrte.

5강
단테 『신곡』 지옥편 Ⅱ

단테의 사전적 지식 보완

지난 강의에서 『신곡』을 읽는 데 필요한 최소 조건으로 약간의 사전적 사실과 전승을 서술했다. 단테가 휘말려 든 정쟁은 교황파 겔프Guelf 당과 신성로마제국의 황제를 지지하는 황제파 기벨린Ghibellin 당이 얽힌 관계에서 기인한 것으로 단테는 겔프 당의 지도자였다. 그런데 겔프 당은 흑당과 백당으로 분열했다. 교황파와 연대한 쪽은 흑당이며 단테는 세력을 잃은 백당의 지도자였다. 그는 책모에 말려들어 패배한 것이다. 그로 인해 앞에서도 말했듯이 1302년 3월 15일 사형(화형) 선고를 받고 망명을 결의해 4월 4일 피렌체를 떠난다. 그리고 평생 동안 돌아가지 못한 채 1321년 라벤나에서 죽었다.

또한 『신곡』은 라틴어가 공용어이며 문화적 세계어였던 14세기에 단테가 그의 모국어인 이탈리아어로 쓴 시라는 점에서도 문화 역사상 매우 중요하다. 13세기까지 문화적으로 중요한 문서는 모두 라틴어로 쓰였기 때문에 신학이나 철학, 또한 법학, 의학 등 추상적 명제로 체계화되는 학문에 관해서는, 당시 교회 세계의 모든 영역의 정보 교류에도 지장이 없었으며, 대학도 국제적 교류가 이어지는 등의 편리함도 있었으며, 신앙이나 법에 관련된 가톨릭 교회의 공문서(이것은 오늘날에도 라틴어다)의 철저한 보급도 엿보인다. 이는 라틴어 문서의 문화적 의의의 긍정적 측면이다. 그러나 이러한 긍정성은 이미 9세기 무렵부터 각 지방에서 쓰이던 라틴어가 붕괴되고 지방어의 문화 수준이 높아짐에 따라 의문시된다. 요컨대 추상적 명제에는 지극히 적합해 보이는 라틴어도 다른 지방의 실생활 속에서 구체적으로 경험하는 개인적 감개나 파토스(πάθος, 즉 passio)를 표상하는 데에는 일상적으로 사용하는 언어의 직접성에 비교할 때 부정적으로 여겨진다는 것이다. 그리하여 가장 먼저 문예 영역에서 언어 혁명이 일어났다. 단테가 구이도 카발칸티Guido Cavalcanti의 영향 등으로 쓰기 시작한 시적 전개로서의 『새로운 인생』, 『신곡』에서 시도한 모국어, 즉 토스카나 풍 이탈리아어로 쓴 언어예술의 정수로서의 시 창작 시도는, 그에 앞서는 프로방스 음유시인이나 시칠리아 풍 이탈리아어를 쓴 시인들의 시도와 함께, 괴스만E. Gösmann과 춤브룬E. Zum Brun이 말했듯이, 13, 14세기의 베긴회 여성들의 시도와 마찬가지로 유럽의 모국어 문예의 최초 시도 중 하나일 것이다.

자, 그럼 이번에는 명구 암송에 관한 이야기인데, 갑자기 눈앞에 나타난 인기척에 놀라 단테는 머뭇머뭇 "그대는 사람인가, 아니면 유령인가"라고 묻는다. 그에 답해 베르질리오는 이렇게 말한다.

Non uomo, uomo già fui,
사람은 아니나, 사람인 적 있으며 (지·1·67)

'쉰 목소리로', '사람은 아니지만Non uomo', '일찍이 사람이었던 자다

(uomo già fui)'. 단테가 자신의 길잡이 스승으로 섬긴 베르길리우스가 처음으로 입을 열어 한 이 말을 단테 명구집의 한 구절로 덧붙여 두자. 이 말은 유럽 대학이나 회사 모임 같은 곳에서 예전에 은퇴한 노인이 오랜만에 모습을 나타냈을 때, 현역에 있는 사람이 '어서 오십시오'라고 환영을 하면 조금 쑥스러운 듯 쓰는 상용구 같은 문구였다. 내가 도쿄 대학을 정년퇴직하고 3년이 지난 후 오랜만에 뮌헨 대학에서 5회 집중강의를 하게 되었는데, 그때 강의 주제는 '시와 철학'이었고 부제가 '단테·바쇼·니체'였다. 첫 시간에 나를 소개한 사람은 사회를 맡은 에르네스토 그라시Ernesto Grassi 교수였는데, 그는 사람들이 다 모인 자리에서 내게 정교수인지 명예교수인지를 물었다. 때마침 단테를 논하는 자리였기에 나는 "non uomo, uomo già fui"를 모방해 "non ordinario, ordinario già fui"라고 대답했다. 그러자 그라시 교수가 얼굴 가득 미소를 머금고 주먹으로 책상을 가볍게 두드리며, "Anche io, non ordinario, ordinario già fui(저 또한 정교수가 아닙니다. 예전에 정교수였습니다)"라고 말해 모두가 손바닥으로 책상을 두드리는 온화한 갈채 속에 강의를 시작할 수 있었다. 1980년대 중반에 있었던 일인데 그날 출석한 사람들의 기억에는 아직도 남아 있는지, 몇 해 전에도 고전학자인 바이어발데스Werner Weierwaldes가 그때를 그리워하며 이야기했다. 그라시는 뮌헨 대학의 명예교수였는데 원래는 이탈리아인이며 그의 집도 황금빛 이탈리아 풍 벽으로 지어져 있었다. 나로서는 주제인 단테와 연관을 짓는 동시에 사회자의 체면을 세워 주기 위해 이탈리아어를 인용했던 것인데, 공교롭게도 청중의 수준을 알게 된 데다 단테가 독일인에게도 상당히 잘 알려진 세계적인 고전이라는 것, 또 사람들이 암송하는 명구는 세계 공용이라는 사실도 경험하게 되었다. 이 공통된 기억이 대화의 토포스가 된 것이다.

이쯤에서 접어 두고, 단테에 관한 사전적 지식으로 덧붙여 서술하고

자 하는 내용은 시인으로서의 그에 관한 발전사이다. 시인 단테의 자기 발전을 4단계로 나눠 간략하게 설명하는 것이 『신곡』 이해에 도움이 될 것이다. 제1기는 습작 시기라고 볼 수도 있는 단계인데, 구이도 카발칸티의 영향 아래 1280년대 초기부터 당시의 시치고는 색다른 작품을 쓴 기간이다. 이에 대해서는 단테가 『신곡』 연옥편(제24곡 57행)에서 dolce stil nuovo('청신체'라고 번역되며 이탈리아 문학사에서도 정착된 번역어지만, 본래는 '신감미조新甘味調'나 '신감상조新感傷調'라고 말해야 함)라고 썼고, 세 가지 특색이 있다. 첫째는 dolce(감미로운)가 의미하는 궁정연애시의 전통인데 12세기 남프랑스의 프로방스에 일어난 음유시인trovatóre을 계승한 시, 즉 높은 절벽에 핀 꽃이나 다름없는 귀족 여인에 대한 사랑의 고뇌와 감상을 노래한다는 것, 두번째는 nuovo(새롭다)가 암시하는 지식으로 13세기 후반에 파리를 중심으로 유럽 전역으로 퍼져 나간 아리스토텔레스적, 이슬람 문명적 자연학 지식에 의한 사랑의 심리학, 사랑의 생리학이 거론된다는 것, 그리고 마지막으로 수도원과 교회 관계자가 라틴어로 쓴 문예가 대부분이었던 시기에 감히 모국어로 노래한 궁정음유시인을 모방했다는 점이다. 카발칸티도 「Donna mi prega(한 여인이 나에게 묻기를)」나 「Perch'i'no spero(내게 소망이 없기 때문에)」와 같은 수작을 당시 속어인 이탈리아어로 창작했다. 단테는 이상의 세 가지 요소를 배웠고, 1290년대 전반까지는 '청신체' 시인이었다. 단테를 존경하는 우리는 자칫 토스카나 방언으로 쓴 시만이 이탈리아 속어시 문예활동이라 생각하기 쉬운데, 구이도 델레 콜론네Guido delle Colonne를 비롯해 시칠리아어로 창작한 시인도 시칠리아의 페데리코 왕궁에서 명성을 떨쳤다는 사실을 잊어서는 안 된다. 『속어론』에서 단테는 시칠리아 시인들을 언급하고 있다.

제2기는 1290년 베아트리체의 죽음으로 인해 사랑을 노래하더라도 시풍이 단순한 감상적 연애 감정에서 베아트리체를 찬미하고 사모하는 새로운 울림le nuove rime, 즉 신시新詩로, 단테 자신의 시로 표현하자면 '진정한 사랑이 눈물 흘리며 그에게 쏟아 부어 준 새로운 예지Intelligenza nuova, che l'Amore piangendo mette in lui'로, 도덕적으로 고양된 사모의 노래로, 즉 『새로운 인생』에 구체화된 시기이다. 이 시구는 그 시기의 전형인데 『새로운 인생』을 요약하는 시에 나타나는 사랑의 지적 정화인 것이다.

제3기는 말하자면 궁정연애시나 그 윤리적 변용이었던 상징시의 미적 세계로부터 결별하고, 브루네토 라티니Burunetto Latini에게 배운 키케로의 『우정론』과 특히 보에티우스Boethius의 『철학의 위안De Consolatione Philosophiae』 탐독을 통한 철학시에 대한 관심이 나타나고 그런 유형의 시 창작이 이루어지던 시기이다. 『향연』에서는 canzone라 불리는 시가 '너무 번잡하고 난해하므로 그 의미를 이해하는 자는 적을 것이다'라고 말하며, 산문으로 해석하는 듯한 작품을 짓고 있는데, 이에 관해서 지금 설명할 여유는 없다. 위의 시구가 들어 있는 제2편 1장에는 스콜라 철학 해석 방법도 서술되고, 아리스토텔레스의 『형이상학』이나 토마스 아퀴나스의 사고법도 서술되고 있으나, 과연 시로서 훌륭하다 말할 수 있을지 어떨지 알 수 없는 작품도 있다. 그러나 이러한 수련이 있었기에 이어지는 제4기, 즉 신학시라고도 할 수 있는 『신곡』의 훌륭한 결정을 낳을 수 있었던 것이다. 이 시기에 관해서는 이 책에서 전반적으로 다루게 되므로 여기에서는 이 정도로 그치겠지만, 순수한 사랑의 소유자인 시인은 순수한 사랑을 가진 사자死者의 영혼이 천국에서 올리는 기도에 의해 구원받아 신에게까지 이르게 된다는 더없이 대담한 종교시가 되었다는 사실을 잊어서는 안 된다.

또한 사람들은 누구나 『신곡』을 읽기 시작하면 단테가 자신의 생활권에 들어온 사람들을 친구든, 친척이든, 동료든, 적이든, 그들이 알든 모르든 관계없이 자유자재로 등장시키며 이야기를 진행하기 때문에 진지하게 읽으려고 하면 할수록 주석 속으로 깊이 들어갈 수밖에 없다. 그로 인해 흥미가 깨지거나 본래 줄거리와는 다른 쪽으로 흥미가 생길 수 있다. 나처럼 넓은 의미에서 철학이나 신학에 흥미는 있지만, 이탈리아 역사는 물론 단테 주변의 사적史的 사정에는 지식이 부족하고, 더더욱 그의 사적私的 사정은 베아트리체 말고는 관심도 없는 사람에게는 지치고 싫증이 나 버리는 일도 있다. 그러한 까닭으로 『신곡』을 포기하고 싶어진 일도 있었다. 때문에 여기에서 말해 두고 싶은 것은 이 책을 통해 『신곡』을 접하는 많은 분들은 어쨌든 이 책 속에서 『신곡』을 띄엄띄엄 읽어 가면서 우선은 『신곡』에서 조금이라도 '사실史實'이 아니라, '시실詩實'을 배워 보고자 하는 태도를 가져 달라는 것이다. 그런 마음가짐으로 작가와 함께 베르질리오를 따라 지옥순례부터 시작한다는 생각을 가졌으면 한다.

단테 문예의 이러한 특색은 『신곡』에만 한정된 것은 아니다. 『새로운 인생』이나 『향연』에서도 자기의 경험을 쓰고 있다. 그 말은 무엇을 의미하는가. 이는 단테 문예의 기본이 철저한 1인칭 문학, 요컨대 이와노 호메이岩野泡鳴, 간바야시 아카쓰키上林曉, 다자이 오사무太宰治와 같은 일본 사소설 작가와 마찬가지라는 것이다. 생각해 보면 인간은 과연 자기 이외의 뭔가를 이야기할 수 있을까. 나쓰메 소세키夏目漱石, 앙드레 지드, 하인리히 뵐도 대부분 '나'를 이야기한다. 한 사람 한 사람의 인간은 모두 각각의 '소우주'이며 거기에 우주 전체가 응축되어 있을 것이다. 그런데 창조된 그들의 우주에 절대로 내재할 수 없는 것이 있다. 그것은 초월자이며 창조주인 신이다. 대부분의 사소설 작가는 자기의 욕망과 그 현상적 세계를 응시할 뿐이지만, 단테는 그와 동시에 그것들을 초월해 창조주와 그의 사랑과 섭리를 생각했던 것이다. 문예적으로 좋은가 나쁜가는 별개로 하고, 그 점이 수많은 1인칭 작가들과는 크게 다른 점이다. 그러나 이 초월성이야말로 『신곡』을, 일개 장대한 연애시임에도 피렌체 중세말의 토스카나 문학에 그치는 게 아니라, 이탈리아 전체를 대표하는 작품으로, 또한 이탈리아 전체의 대표작에 머무르지 않고 서양문학 전체의 대표작이 되게 한 것이며, 더 나아가서는 서양 전체의 대표작 중 하나에 그치지 않고 세계 인류를 위한 고전문학이 되게 한 것이다. 그런 의미에서는 단테를 칭송한 최초의 한 사람이라 일컬어지는 보카치오가 되풀이해 쓴 단테에 대한 찬사, '이 영광으로 가득한 시인questo gloriosa poeta'이라는 말의 '영광으로 가득한gloriosa'은 보통 생각하듯이 세간의 평판으로 빛난다거나 문예나 사상을 업으로 하는 사람들의 찬사로 빛난다는 것을 말한다기보다는 '신의 영광으로 충만한' 시인을 뜻한다고 봐야 할 것이다.

지옥편 제2곡

그럼 이어서 지옥편 제2곡을 읽어 보자.

> 날은 저물고, 어슴푸레한 하늘은 지상의 생물을 그 노고로부터 놓아주는데, 오로지 나 홀로 마음을 다잡고 갈 길과 괴로운 공세를 맞으려 하였나니, 그릇됨 없는 기억은 여기에 이를 적어 두리라
> 오, 무제여, 드높은 재능이여, 이제 나를 도우소서, 내가 본 바를 새길 기억mente이여, 그대의 덕이 여기 나타나리라 (지·2·1~9 야마카와)

'무제Muse'란 라틴어로 무사Musa, 즉 그리스어로는Μοῦσα 이른바 뮤즈의 여신으로 시의 여신을 불러내어 도움을 요청하는 점에서는 단테 역시 서사시의 전통을 따르고 있음을 알 수 있다. 베르길리우스는 그의 대표작 『아이네이스』 1권 10행에서 "무사의 여신Musa이여, 내게 일의 연유를 떠

올리게 하소서Musa mihi causas memora"라고 노래했다. 베르길리우스를 사모했던 단테는 그의 뒤를 이어 "오, 무제여, 드높은 재능이여, 이제 나를 도우소서"라고 말하며 베르길리우스와 같은 심정으로 무사를 불러낸다. 단테로 들어서는 준비로 호메로스나 베르길리우스를 되풀이해 공부했던 이유를 이 대목에서 깊이 이해할 수 있을 것이다. 무사를 향한 호소가 가지는 의미를 모른 채 읽어 버리면 단테가 서사시 전통을 따랐다는 사실도 모르고 지나가 버린다. 베르길리우스가 길을 안내하는 스승으로 선택된 이유를 떠올려 주기 바란다.

같은 대목을 히라카와는 다음과 같이 번역했다.

오, 시의 여신이여, 오 탁월한 시의 재능이여, 지금이야말로 나를 도와다오,
내가 본 것을 깊이 새겨 준 기억이여,
너의 진가는 이제야 비로소 발휘될 것이다 (지·2·6~9 히라카와)

무사의 여신들에게는 기억의 덕이 있으므로, 위의 '도와다오', '너의 진가'라는 알기 쉬운 번역 투가 나름의 의미는 있겠으나, 그보다는 '도와주소서', '그대의 진가는 지금이야말로 발휘될 것이다'라고 경어로 여신을 불러 서사시 전통에 따르는 점을 분명히 하는 편이 좋을 것이다. 이 부분은 최초로 시의 여신 무사에게 호소하는 곳이므로 당연히 경어가 좋을 것이며, 그다음은 여신에게 호소하는 게 아니라 기억mente에 호소한다고 하더라도 그 기억은 그리스 신화에서는 여신이며 또한 아홉 기둥의 여신들이므로 동년배 이하에게 쓰는 호칭은 적절하지 않다.

내가 말하길, 나를 이끄시는 시인이여, 나를 험난한 길에 맡기심에 앞서 내 힘이 족할는지 가늠하소서 (지·2·10~12 야마카와)

단테는 드디어 베르길리우스, 즉 이탈리아어로 베르질리오의 뒤를 따라 걸어가는데 자신이 그 행로를 견뎌 낼 수 있을지 어떨지 자신 없어 하는 듯한 말을 꺼낸다. 나에게 그대와 함께 걸어가기에 적합한 힘이 있을 것인가. 그대와 걷는 도정을 과연 견뎌낼 수 있을 것인가. 『아이네이스』에서는 아이네아스가 지옥순례를 한다. 바울로도 지옥순례를 했다고 일컬어진다. 그러나 단테는 "나는 아이네아스나 바울로 같은 위대한 인물과는 거리가 멀다. 나는 도저히 그러한 용기를 가진 사내가 못 된다"고 말한다.

Io non Enëa, io non Paulo sono: (Inf. 2.32)

'나io'는 '……가 아니다non'. Enëa는 이탈리아어로 트로이아의 영웅 아이네아스Aeneas를 가리키는 말. e 위에 붙은 '··'은 전체를 '에~네아'라고 발음하라는 표시로 최근 『신곡』 텍스트에서는 생략하는 경우가 많지만, 오래된 이탈리아의 전통적 판본에는 붙어 있는 것이 많다.

이것은 내가 직접 경험한 이야기는 아니고 1950년대에 있었던 일인데, 뮌헨 대학 총장을 역임했던 라틴어 고전 문헌학자 프리드리히 클링그너Friedrich Klingner 교수 댁에 초대받았을 때, 역시 손님으로 보이는 루돌프 파이퍼Rudolpf Pfeifer라는 그리스 고전 문헌학의 대가(칼리마코스에 관한 대저작을 쓴 그리스 서정시 연구자)에게 들은 이야기이다. 두 분 모두 빌라모비츠 묄렌도르프의 뛰어난 마지막 제자였는데, 클링그너가 어느 날, 빌라모비츠 대신 라이프치히 대학에서 강연을 해야 할 일이 생겨서 위의 행에 빗대어 "Io non Wilamowitz Mörendorf sono"라고 단테처럼 거절하려 하자, 빌라모비츠 묄렌도르프가 오히려 "Io non Enëa, io non Paulo sono(나는 단테가 말한 아이네아스나 바울로 같은 거물이 아니다)"라고 말하는 바람에 클링그너는 강의를 수락하지 않을 수 없었다는 이야기를 들었다. 파이퍼가 클링그너의 풍부한 고전적 교양과 언행을 칭송하며 들려준 이야기다. 옛날 대가 교수들의 멋진 이야기였다.

"나는 아이네아스 같은 영웅이 아니다(Io non Enëa)", "나는 바울로 같은 성인도 아니다Io non Paulo sono". "그러므로 그대와 함께 그렇게 험난한 곳으로 갈 재능도 은총도 갖추지 못했다"라고 단테는 말한다. 그에 대해 베르질리오는 다음과 같이 말한다.

> 내가 너를 그 두려움으로부터 풀어 주고자, 내 어찌하여 왔는지perch'io venni,
> 무슨 말을 듣고 비로소 너를 측은히 여겼는지 네게 일러 주겠노라
> (지·2·49~51 야마카와)

내가 무엇을 위해 이곳으로 왔는지 알게 되면 너는 분명 그 두려움을 떨쳐 낼 것이다. 우연히 너를 구하러 온 것이 아니고, 그 사람에게 불려가 그 부름의 목소리에 응해 네가 있는 곳으로 찾아온 것이다.

> 나 현수懸垂의 무리와 함께 있었더니Io era tra color che son sospesi,
> 복되고 어여쁘신 한 여인이 나를 부르시매, 나는 곧 명을 내리시라 청하였노라
> (지·2·52~54 야마카와)

'현수의 무리'란 '매달려 있는 미결의 중간 세계, 림보(limbo —나중에 설명하겠으나 연옥을 말함)에 있는 자'를 가리킨다. 결국 '나는 천국행도 아니고 지옥에도 떨어지지도 않은 무리들 속에 있었는데'라고 베르질리오는 말한다. '축복받은 아름다운 한 여인이 나를 부르시매.'

이 부분은 매우 아름다운 말이니 원문으로 읽어 보자.

E donna mi chiamò beata e bella

beata '신에게 축복받은', bella '아름다운', donna '부인' '여성'이 나를 불렀다. donna mi chiamò beata e bella — 이 부분은 짧지만 아름다운 말이라 살롱에서 대화할 때 아주 많이 인용된다. 그런 대화에서는 처음 E는 넣지 않고, Donna mi chiamò beata e bella라고 말하는 경우가 많지만, 제대로 된 인용은 E를 넣어야 한다.

베르질리오는 '그대를 구하러 온 이유는 신에게 축복받은 아름다운 여인이 나를 불렀기 때문이다'라고 말한다. 여기까지 들은 단테는 '혹시 그 사람이……'라는 생각을 했을 것이다. 이렇게 해서 베르질리오는 자신이 그곳에 온 까닭을 단테에게 들려준다. 그 연유는 다음과 같다.

단테 시대의 기도서에 라틴어로 '은총이 가득한 성모 마리아Sancta Maria gratia plena'라 불리는 성모는 신의 은총으로 가득했고 따라서 모든 사람에 대해서도 은총이 깊었다. 그래서 천국에서 방황하는 단테를 내려다보고 가엾이 여겨 성녀 루치아를 불러 저 남자에게 조금 마음을 써 주라고 말한다. 싱글톤[1]에 따르면 단테는 성녀 루치아의 fedéle(공덕을 구하고 조력을 청하는 사람)인 것이다. 단테는 한때 안질로 고생해서 눈 보호의 성인이라 일컬어지는 시라쿠사의 성 루치아에게 도움을 구했을 것이다. 피

---

1   Singleton, p.37. 또한 그는 여기에서 안질(『새로운 인생』 39·4, 『향연』 3·9·14~16)과 성 루치아와의 관련은 무시되기 쉬운데, '본다'는 말이 내적인 진리 관조의 메타포라고 한다면 결코 간과할 수 없다고 말한다. 반델리는 루치아에 관해서도 Probabilmente la martire di Siracusa(아마도 시라쿠사의 여 순교자일 것이다)라는 식으로 단정은 피하면서도 안질 치료는 Allegoricamente è la grazia illuminante(알레고리적으로는 인식이 밝아지는 은총)이라고 말하며 인식의 알레고리인 것은 분명하다고 본다.

렌체에는 성녀 루치아에게 바친 성당이 두 개 있었기 때문에 시라쿠사의 성 루치아가 불려가 명을 받은 것이다. 성녀 루치아는 곧 단테의 일이 걱정되어 단테가 줄곧 사랑해 온 베아트리체에게 가서 "그대가 좀 도와주시오"라고 권한다. 베아트리체는 그 말을 듣고 시를 사랑하고 시로 살아가는 단테를 이 세상 방황으로부터 구제해 줄 수 있는 사람은 시의 스승 베르길리우스밖에 없다고 생각한다. 그래서 하계로 내려가 그에게 의뢰하게 된 것이다.

베아트리체는 성모 마리아와 성 루치아 두 분의 배려로 갈 길을 몰라 헤매는 단테를 도와줘야겠다는 결심을 한다. 그러나 자기가 직접 갈 수가 없어 베르길리우스를 불러 부탁한다. 베아트리체는 처음에는 쉽사리 이름을 밝히지 않고 베르길리우스에게 "내 벗이기는 하나, 운명의 벗은 아니며, 행운에게 버림받은 남자가 있어, 갈 길을 몰라 헤매고 있으니 도와주세요"라고 말한다.

인자한 만토바의 영혼이여 (지·2·58 야마카와)

만토바는 베르길리우스가 태어난 곳이므로 이 구절은 베르길리우스를 가리킨다.

내 벗이되 운명의 벗은 아닌 자 황량한 산기슭에 길이 막혀, 두려워 발길을 돌렸나니 나 그에 관해 하늘에서 들은즉, 그가 이미 심히 방황하고 있다 하여 그를 돕고자 내 몸을 일으켰으나 행여 늦지는 않을까 염려되오
(지·2·61~66 야마카와)

내가 하늘에서 그에 관해 듣기를 내 벗인 단테가 이미 한없이 헤매었

다 하니 내가 돕기에는 너무 늦어 버린 게 아닐까 하는 생각이 들 정도다. 부디 그대여, 그에게로 가서 도와달라.

자, 서둘러 가시어, 그대의 빛나는 말씀과 또한 그의 구원에 필요한 모든 수단을 모자람 없이 써 그를 구하시어, 내 마음에 위안을 주오

(지·2·67~69 야마카와)

시인인 단테에게는 언어로 호소해야 한다. 그러기 위해서는 당신과 같은 위대한 시인이 잘 다듬어진 아름다운 언어로 그에게 용기를 주었으면한다. 그렇게 해 준다면 내 마음도 위안을 얻게 될 것이다. 이렇게 말하고나서 그쯤에서 이름을 밝힌다.

이렇게 그대가 가주기를 청하는 이는 베아트리체이니 (지·2·70 야마카와)

당신에게 단테가 있는 곳으로 가 주십사 부탁하는 나의 이름은 베아트리체이다. 이 부분의 원문은 이렇다.

Io[2]son Beatrice che ti faccio andare; (Inf. II. 70)

첫 시작 부분은 원래 Io sono인데 운을 맞추기 위해 sono의 마지막 o를 빼고, 'Io son Beatrice, che ti faccio andare(그대를 가게 하는 자, 나는 베아트리체이니)'라고 되어 있는 치멘즈 판에 따른다.

'나는 베아트리체의 부탁으로 너를 도우러 왔다. 그런데 어인 일이

---

2 1965년 교황청 판에는 이탈리아 단테 학회 판과 마찬가지로 I'son이라고 되어 있다.

냐…… 어찌하여 그다지도 두려워하느냐…… 너는 어찌하여 용기도 없고 믿음도 없느냐.' 베르길리우스의 이 말을 듣고 단테는 감동한다. 자기가 사랑하고 사모했던 여인이 지상을 떠난 후에도 천국에서 자기를 걱정해 준 것이다. 그 말을 듣자 용기가 용솟음친다. 이 대목은 다음 설명이 끝난 후 원문으로 읽어 보자.

물론 이것은 단테의 시적 픽션이므로 베아트리체가 베르길리우스에게 부탁할 리야 없지만, 이 픽션을 보통 차원으로 되돌려 생각해 보면 어떻게 해석할 수 있을까.

단테는 인간적인 갖가지 욕망, 야심에 무릎을 꿇고, 타락한 생활에 빠질 뻔했던 적도 있다. 서른다섯이 지나면서 권력도 쥐었고, 주위에서는 단테의 말을 들었다. 갖가지 유혹들이 신변에 생겨났다. 그러한 때, 타락으로 떨어지는 자신을 다시 일으켜 세워 주는 것은 무엇일까. 하나는 자기 자신에 대한 자긍심일 것이다. 사람들에게 선택되어 피렌체를 더 낫게 만들고자 노력하는 사람이라는 자부. 시인으로서의 자부. 이런 것들을 떠올리면, 시성 베르길리우스처럼 자긍심 높게 그리고 훌륭하게 살아가지 않으면 안 된다는 생각이 든다. 그러나 이는 앞에서 말했듯 야심이라는 늑대에게 습격당하지 않는가. 이 세상의 온갖 유혹 저 너머에 있는 것을 떠올리면 동경의 대상인 베아트리체에 대한 기억에 의지할 수밖에 없다. 상상의 세계 속에서 베아트리체는 생생하게 살아 있다. 그의 모습을 잊지 못하고 떠올린다. 그런 베아트리체는 지금 천국에 있을 게 분명하다. 자신도 그에 걸맞은 인간이 되기 위해서는 조금이라도 변해야 한다. 단테 마음속에는 이러한 심정이 있었던 게 아닐까. 그러한 마음이 시적인 결정을 맺었을 때, 단테를 이끌어 주는 시인 베르길리우스, 그리고 베르길리우스에게 부탁하는 천국의 베아트리체 이미지가 떠올랐을 것이다. 현실 세계를 시적 세계로 고양시켜 미화해 가는 시인의 내면 표현 기술, 그것은 동시에 생활의 기술이기도 하다. 그런데 이를 윤리와 종교로까지 고양시켜 냈다는 데에 비범한 단테의 영성靈性의 자율성이 분명히 드러난다. 이것은 기억이 시를 형성하고, 그것이 자기개혁이라는 목표를 낳고, 나아가 역사의 목적으로서의 구원에 이르는 사고의 원형이며, 후에 이탈리아에서 근대철학을 역사 철학으로 수립한 잠바티스타 비코로 이어지는 사상이다.

단테는 베르길리우스에게 베아트리체가 자기를 지키고 있다는 말을 듣고, 용기를 내어 베르길리우스와 함께 지옥을 보러 가기로 결심한다. 그때의 심경을 아주 아름다운 가사로 노래하고 있다.

Quali i fioretti dal notturno gelo
chinati e chiusi,[3] poi che il sol gl'imbianca,
si drizzan tutti aperti in loro stelo ;
tal mi fec'io di mia virtute stanca,
e tanto buono ardire al cor mi corse,
ch'i' cominciai come persona franca ;
Oh pietosa colei che mi soccorse!
e te cortese ch'ubidisti tosto
alle vere parole che ti porse!(Inf. II. 127~135)

밤의 찬 기운 서리에 움츠러든 꽃이
하얀 햇살에 깨어나
고개를 쳐들고 꽃을 피우듯이

---

3 Moore et Toynbee의 옥스퍼드 판.

스스로 자신을 바꿔 용기 내 일어서

이토록 훌륭한 마음으로

대담한 사람처럼 말했다.

나를 구해 주신 다정한 분이여!

그리고 그분의 부탁을 듣고

곧바로 와 주신 그대의 마음!(필자 번역)

마치 자그마한 꽃이 밤의 한기에 힘없이 고개를 숙였다가, 해가 이를 쇠하게
할 즈음 모두 일어나 줄기 위로 피어나듯이

나 쇠잔함에서 되살아나니, 내 마음에 용기가 용솟음쳐, 두려울 것 없는 사
람처럼 나는 말하였노라

오, 자비 가득하여라 나를 구하신 여인 온정 깊어라 그가 이르신 참된 말씀
에 서둘러 따르신 그대 (지·2·127~135 야마카와)

자신의 마음을 얼어붙는 밤의 한기에 시들어 고개를 숙였다가 아침
햇살에 향기를 머금고 피어나는 꽃으로 묘사한 첫 3행은 예로부터 사람
들이 많이 주목한 구절이다. notturno gelo는 '밤의 추위'라고 번역하는
데, 한밤의 얼어붙을 것 같은 한기나 얼어붙는 냉기를 말하므로 단테의
마음은 유혹의 숲의 고독한 상태가 얼마나 괴로운 것인가를 잘 알고 있
다. 반델리는 notturno gelo를 "시적 비유로서는 가장 아름답다a similitu-
dine, poeticamente bellissima"고 쓰고 있다(이탈리아 단테 학회 판, 19쪽).

"자비 가득하여라 나를 구하신 여인"은 베아트리체, "온정 깊어라 그가
이르신 참된 말씀에 서둘러 따르신 그대"는 베르길리우스이다. 단테는 이
렇게 두 사람의 선도로 지옥으로 들어갈 용기를 낸다.

지옥편 제3곡―지옥문

그럼 지금부터 지옥편에서 가장 중요한 곳임에 틀림없는 지옥문 부분을 읽어 가도록 하겠다.

단테는 길잡이 베르질리오를 따라 걸어간다. 그 길은 매우 험하다. '험난하고 쓸모없는 길'(지·2·142)이라고 번역된 부분은 lo cammino alto e silvestro(직역하면 '급경사 내리막길로 숲처럼 무성하게 우거진 길')인데, 반델리는 여기에 '초목이 우거져 걷기 힘든 길il cammino dificile e selvaggio'이라고 주석을 붙였다. 이 길은 사람이 밟아 다져 놓지 않은 험한 길로, 어둡고 초목이 무성해 사람도 지나지 않는 버려진 길을 가리킨다. 그 의미는 두말할 필요도 없이 살아 있는 자로서는 황야의 끝과도 같은 그런 곳까지 걸어올 수 없다는 뜻이다. 그 길은 죽은 자의 영혼이 가는 곳이다.

여기에서 주의해야 할 사항은 지옥문은 현실 세계에서 몇 단계 더 내려간 지하에 있는 것이 아니라, 단테가 길을 잃고 헤맨 숲의 저지대, 즉 지상에 있다는 묘사이다. 단테는 어두운 숲에서 가까스로 빠져나와 베르질리오의 뒤를 좇는다. 그 앞에 지옥문이 있다. 지옥문은 현실 세계와 동일한 평면에 있다. 이 의미는 뒤에서 다시 언급하겠지만, 지옥문이 지하가 아니라 이 세상, 숲을 벗어난 황량한 벌판에 있다는 사실을 마음속에 단단히 새겨 두어야 한다.

지옥문에는 다음과 같은 글귀가 적혀 있다.

나를 지나면 슬픔의 도시가 있고, 나를 지나면 영원한 고뇌가 있고, 나를 지나면 멸망한 무리가 있을지니

의義는 존귀한 내 창조주를 움직이시어, 성스러운 힘, 비할 데 없는 지혜, 최초의 사랑으로 나를 만드셨도다

영원한 것 외에는 나보다 먼저 만들어진 것 없으며, 그리하여 나 영원토록
서 있으리라, 너희 여기 들어오는 자 모든 희망을 버릴지어다

(지·3·1~9 야마카와)

이어서 '나(단테)는 검게 적힌 이 글귀를 어느 문의 꼭대기에서 보고'
라고 연결되어 있으므로 이 말이 지옥문에 씌어 있는 비명碑銘임을 알 수
있다. 단테는 "스승이시여. 저들의 뜻이 제게는 너무 고통스럽나이다"라고
말한다. '저들'이란 글자들을 가리키므로 결국 지옥문 위에 새겨진 시를
의미한다. 단테는 검게 써 놓은 지옥문의 비명을 읽은 후, 그 의미가 무서
워 마음이 괴롭다고 말하는 것이다. 왜일까.

히라카와는 지옥문에 관한 중요한 사항을 설명하고 있다. 그대로 인용
해 보자.

> 베르길리우스와 단테는 지옥문에 당도한다. 그 문에는 1인칭, 즉 문 자신이
> 말하는 형식의 문구가 새겨져 있다. (히라카와 옮김 『신곡』 12쪽. 제3곡 요약문)

이는 간결하지만 실은 대단히 중대한 두 가지 사실을 말해 준다. 하나
는 지옥문의 비명은 지옥문의 자기소개인 동시에, 그 문 자체가 지옥 전
체의 얼굴이 되어 지옥의 자기소개를 한다는 점이다. 1인칭으로 말하는
것은 이처럼 문인 동시에, 문으로 상징되는 영역인 지옥 전체를 의미하는
것이다.

지옥문의 비명은 히라카와 번역에서는 다음과 같다.

'슬픔의 나라로 가려는 자는 나를 지나라.

영겁의 가책을 겪을 자는 나를 지나라.

파멸하는 자와 함께할 자는 나를 지나라.

정의는 존귀하신 주를 움직이시어,

신위神威가, 최고지가,

최초의 사랑이 나를 만들었다.

내 앞에 만들어진 것 없으며,

다만 무궁함뿐이니, 나는 무궁히 남아 있으리,

나를 지나고자 하는 자 모든 희망을 버려라'

이러한 말이 어두운 빛깔로

문 위에 새겨져 있는 것을 나는 보았다.

그래서 나는 말했다. '선생님 저 말은 가혹하군요' (지·3·1~12 히라카와)

이 번역은 히라카와가 역주(히라카와 옮김 『신곡』, 15쪽)에 밝혔듯이 나쓰메 소세키가 『런던 탑』에 수록한 번역문을 다소 수정해서 채택한 것이다. 4행째의 giustizia를 '정의'라고 번역한 것은 정확하지만, '……가고자 하는 자는 나를 지나라'라는 식의, 지옥행을 의지意志하는 것 같은 어투, '나를 지나라'라는 어투 역시 나는 택하지 않는다. 그 이유는 이 번역은 원작시가 가지는 다의성—단테도 자작시에서 기대했던 다의성—잃어버리기 때문이다. 그 점에 관해서는 나중에 상세하게 서술하겠다.

이어서 이쿠타 초코의 번역도 읽어 보자.

'나는 슬픔의 마을로 향하는 입구요. 나는 영원한 고뇌로 향하는 입구요. 나는 멸망해 가는 자들로 향하는 입구니라.

의義는 고귀하신 내 창조주를 움직이시니. 성스러운 힘과 최상의 지혜와 근원의 사랑으로 나를 만드셨도다.

영원한 것 외에, 나보다 앞서 만들어진 것 없으니. 하여 나 영원토록 있으리.

너희 여기로 들어오려는 자, 일체의 희망을 버릴지어다.'

검게 적힌 이 말들을, 나는 한 문의 꼭대기에서 보았으니. 내가 곧 말하길,

'스승이시여, 저들 말보다 섬뜩한 것이 있으리오.' (지·3·1~12 이쿠타)

이쿠타 초코의 번역은 독어 번역이나 영어 번역의 중역이라고 들었는데, 영어에도 '나는 슬픔의 도시의 입구요'라고 되어 있으며 이쿠타 역시 그대로 번역했다. 어느 번역이나 그 나름의 의미를 가진 훌륭한 번역이지만, 많은 연구자들로부터 원문에 가장 충실한 번역으로 꼽히는, 위에 인용한 야마카와 번역도 나는 이 부분만은 그대로 채택하기 어렵다.

선행 연구자들에게 배울 점이 많다고 해 놓고 이 구절에 한에서는 가장 존경하는 세 분의 번역을 모두 엄격하게 거부하는 이유는 무엇일까. 이 말은 또한 이들 번역자들이 공부한 많은 외국어 번역에도 만족하지 못한다는 뜻이므로 독자 입장에서는 오히려 나에게 의혹의 눈길을 보낼지도 모른다. 나는 위의 번역들이 오역이라고 말하는 것은 아니다. 일단 각각의 번역 모두 의미는 똑같이 통한다.

우리가 많은 것을 배우고 참고하는 외국어 번역의 경우, 아무리 이탈리아어와 언어학적으로 같은 계열이라 하더라도 운을 맞추거나 자기 언어로 아름답고 뜻이 충분히 전달되는 시로 옮기려고 하면 할수록, 경우에 따라서는 원어의 다의성 면에서는 시의 무게가 옅어져 버리기 쉽다. 제3곡 첫 3행과 9행의 번역에 대해 내가 반대하는 이유는 바로 거기에 있으므로, 결코 여러 번역이 의미를 잘못 이해했다고 말하는 것은 아니다. 그리고 4행의 giustizia justice라는 어휘에 있어서는 히라카와·나쓰메 번역만을 택하는 이유는 위의 이유와는 달리 이것이 철학적 개념의 문제기 때문이다. 이런 문제들에 관해서는 먼저 내 번역을 표기하고, 그것을 매개로 원문을 설명하는 과정에서 뜻을 분명히 전달하고자 한다.

그런데 내 번역 역시 앞에서 말했듯이 8음절 7음절의 현대어 번역이라는 엄격한 틀이 있기 때문에, 완성도 면에서는 사람에 따라 웃음거리가 될 만큼 변변치 못한 것일 수도 있다. 아래에 지옥문 비명 전체를 번역해 본다.

PER ME SI VA NELLA CITTÀ DOLENTE,
PER ME SI VA NELL'ETTERNO DOLORE,
PER ME SI VA TRA LA PERDUTA GENTE.
GIUSTIZIA MOSSE IL MIO ALTO FATTORE:
FECEMI LA DIVINA POTESTATE,
LA SOMMA SAPIENZA E 'L PRIMO AMORE.
DINANZI A ME NON FUOR COSE CREATE
SE NON ETTERNE, E IO ETTERNA DURO.
LASCIATE OGNI SPERANZA, VOI CH'ENTRATE.

나를 지나는 사람은 슬픔의 도시로,
나를 지나는 사람은 영원한 비탄으로,
나를 지나는 사람은 망자에 이른다.
정의는 지고하신 주를 움직이시어,
신의 권능과 최고의 지와
원초의 사랑으로 나를 만들었다.

나보다 앞서는 피조물이란
영원한 것뿐이며 나 영원히 서 있으리.
여기에 들어오는 자 희망을 버려라.

〔텍스트에 관해서는, 내가 본 한에서는 3행의 tra를 1962년 호에프리 판의 개정판(초판 1904년)이 1, 2행과 똑같이 nella라고 썼고, 7행의 fuor를 1924년 옥스퍼드 판(초판 1894년)에서 fur로 썼다는 것 외에는 모든 판이 동일하다.〕

마지막 행을 '너희 여기로 들어오려는 자, 일체의 희망을 버릴지어다'라고 이쿠타 초고는 번역했는데, 그 강렬한 임팩트는 이탈리아어 11음절(장음을 계산해 보면 평균적으로 1행이 15음절이다)을 내 번역 15음절에 응축시켜 내는 방법으로는 도무지 낼 수 없다는 게 유감일 뿐이다.

『신곡』 전편은 매끄럽게 다듬은 완성도 높고 멋들어진 언어로 넘쳐나는데, 특히 제3곡의 첫 9행은 의미도 매우 깊고 가장 충실한 언어 묶음 중 하나이다. 『신곡』에서 가장 좋은 구절의 하나가 지옥문 문구라는 말은 좀 뭣하다는 느낌도 들긴 하지만, 그러나 실로 의미 깊은 시구이다. 원어를 읽으면서 그 뜻을 음미해 보자.

Per me si va nella città dolente는 문에 새카맣게 새겨진 이 비명을 문 스스로가 말하는 형식이다. 그러므로 '나를 지나Per me'는 '이 문을 통과해 지나가면', 그리고 si는 재귀대명사인데 이처럼 일반적으로 '사람'의 의미로 사용된다. '(지옥에 있는 사람들의) 슬픔의 도시città dolente'는 지옥에는 여러 장소가 있는데 그 질서가 도시국가città를 이루며, 실제로 지옥을 지나는 사이 성문이나 성벽을 갖춘 지옥 속의 지옥 같은 장소(지·16·1~21·106 등은 각각 별개의 도시처럼 보인다)도 나오지만, 지옥 전체를 하나의 '도시città'로 봐야 할 것이다. 글자 수에 구애받지 않고 번역해도 된다면 '나를 통해 사람들은 간다. 슬픔의 도시로'라는 문장을 만들고 싶다. 실제로 한때는 1행을 8·5·7 20음절로 번역해 본 적도 있다. 너무 긴 것 같아서 마음에 걸리기도 했지만 뜻이 충분히 전달된다는 점에서는 긍정적이었다. '슬픔의 마을'이나 '고장'이라고 하지 않고 '슬픔의 도시'라고 한 대목은 지옥에는 수많은 사람이 떨어져 있으며, 운집해 있는 그들의 최고의 법은 '지옥을 벗어나지 못한다'는 '영원한 슬픔'이며 그들이 '멸망해가는 무리perduta gente'요, 구원의 희망이 단절된 '망자의 무리'라는 뜻이다. 이를 간략하게 말하면, 분명 '나를 지나면 슬픔의 도시가 있고'(아마카와 번역) '나는 슬픔의 도시로 향하는 입구요'(이쿠타 번역) 모두 나름의 궁리였으며 의미는 알 수 있다. 그러나 전자는 길 설명일 수도 있고, 후자는 명소 설명으로도 어울리며, '나를 지나는 사람은 슬픔의 도시에……이른다'와 같이 그곳을 지나는 사람의 실존을 중시하는 문구가 아니므로, 이 부분은 원문 그대로 번역하는 게 좋을 것 같다.

또한 이 비명은 읽는 사람을 공포와 망설임으로 몰아가고, 회개와 용서를 갈망하는 기도로 이끌고 가서, 다시 올바른 길로 돌아가고자 하는 의지를 환기시킬지도 모른다. 그런 의미에서는 '슬픔의 나라로 가려는 자는 이 문을 지나라'라는 명령형 번역도 절대 틀린 것은 아니다. 그렇지만 지옥의 고난을 바라면서 그곳을 지나고자 하는 사람은 없을 것이다. 그것은 정의에 의해 재판받은 결과로서의 죄이며, 신의 판결에 따라 사람은 그 문을 지나 지옥으로 가는 것이다. 그러한 의미에서 나쓰메·히라카와 번역은 이 부분에서는 택하기 어렵다고 말하지 않을 수 없다.

다음은 4행의 giustizia mosse il mio alto fattore인데, 첫번째 giustizia는 영어로는 justice이며, 일본어로는 '정의'가 되어야 하므로 나쓰메·히라카와 번역만이 바르게 번역했다. 대부분의 일본어 번역은 짐작건대 영·불·독어 번역에서 번역해 놓은 justice나 Gerechtigkeit 등을 참고해 '의義'라고 번역하고 '정의'와 같다고 여기고 있거나, 오히려 '의'라는 어휘가 성서의 '신의 뜻〔義〕'에 맞는다고 여겨 '의'로 정착시켰을 것이다. 그런데 의와 정의는 다른 것이다. 이 점에 관해서는 상세하게 설명할 여유가 없으니 내 저서나 논문을 참고해 주기 바란다. 예를 들어 아주 간단하게 설명하자면, 중국고전이 서양에 소개된 초기 무렵에는 서양에 아직 responsibility라는 말이 없었고, 이 말은 19세기가 되어서도 여전히 철학사전에 설명이 나오지 않는 말이었기 때문에, 유교의 '義'를 justice로 번역했던 것이다. '의'란 '책임성'을 가리키는 말로 본래 주관적 책임성이며, 여기에 객관적 공평이 덧붙여질 때에만 '정의'가 되는 것이다. '의치義齒'는 정의의 이齒가 아니라 이에 기능적으로 응답하는 것을 가리키는 말이며, '신의信義'란 믿음의 정의가 아니라 신뢰에 응답하는 책임이며, '불의不義'란 부정이 아니라 책임을 지지 않는 배신이다. 그러므로 이 부분의 정의가 무엇인가를 생각해 볼 필요가 있다. 1295년, 단테가 철학시를 쓰기 시작한 시기에 고귀함nobilità을 노래하는 데에 아리스토텔레스의 『니코마코스 윤리학』에서 논한 정의定義를 문제 삼았다고 조지 홀무스George Holmus가 서술하고 있으므로, 정의正義 역시 그것이 긴요하고 중요한 덕의 하나라는 점에서도 단테가 『니코마코스 윤리학』의 정의定義에 주목하고 있을 게 당연하다. '정의δικαιοσύνη', 즉 justitia의 기본적 의미는 바로 사물의 공정한 분배에 있다. 따라서 죄에 대한 정의正義는 마땅히 벌해야 할 사람들에게 죄를 공정하게 분배하지 않으면 안 된다. 아리스토텔레스 이후, 정의는 기본적으로는 분배의 정의이며, 상벌의 분배는 일률적으로 평등한 것이 아니라, 개개인에 공평하지 않으면 안 되었다. 따라서 단테의 사고에서도 선한 행위를 하고 죽은 선인에 대한 보답인 사후 행복에 대응해, 죄악을 범한 자에게는 그에 맞는 응보로서 벌이 할당되어야만 했다. 그것이 바로 사람을 선으로 이끌고자 하는 신법神法의 기본 구조였다. 그러므로 지옥은 인간의 원한이나 증오가 만든 것이 아니라, 어떻게 하면 인간을 구원에 적절한 상태로 이끌어 갈 수 있을까를 고심한 삼위일체(신의 권능으로서 창조주인 아버지 신, 로고스로서 최고의 지知인 아들 신 예수 그리스도, 그리고 양자 사이에 오가는 사랑의 숨결로서의 원초적 사랑인 성령)의 사랑이 정의를 중히 여기게 하기 위해 마련한 것이다. 지옥은 정의를 소중히 여기는 신의 사랑의 소산이라는 것이 단테의 사상이었음을 잊어서는 안 된다.

DINANZI A ME NON FUOR COSE CREATE

DINANZI A ME '나에 앞서서', NON FUOR COSE CREATE '만들어진 것은 없다'.

non fuor에서는 fur를 택하는 판과 fuor를 택하는 판 두 종류가 있는데, 이에 관해 한마디 언급하고 지나가자. 가장 신판인 옥스퍼드 판에도 fur라고 되어 있고 fur를 택한 판이 많지만, 이탈리아에서 가장 소중히 여기는 이탈리아 단테 학회의 반델리가 보충과 교정을 한 우리코 호에프리 판(Ulrico Hoepli Editore S.P.A. 1979)의 두툼한 주석서에는 fuor라고 되어 있다. 이 책에서는 그것을 기준 삼아 fuor를 택했다. 1965년에 교황 바오로 6세가 제2차 바티칸 공회의를 기념해 출판한 교황청 판(주세페 칸타메싸 교정주)도 fuor이다. 의미 변화도 없고 읽을 때는 fuor, fur 모두 1음절 발음이지만, 들어보면 fuor가 깊은 맛이 나서 좋다. 원래는 essere의 직접법 원과거遠過去 3인칭 복수 furono의 변형이며 음운상 fuor로 된 것이다. 11음절로 아름답게 읽어 내기 위해서는 아무리 생각해도 fuor 쪽이 좋다.

덧붙여 고전 주석서의 문화 차이에 관해 언급해 둔다. 지금 소개한 이탈리아 단테 학회의 우리코 호에프리 판 『신곡』을 보면 지면의 절반 이상을 주석이 차지하고 있다. 일본 책에도 간혹 그러한 것이 있지만, 극명한 연구를 기본으로 해서 만든 외국 연구서는 이처럼 주석이 더 긴 페이지가 많다. 일본도 긴 학문 역사를 가진 나라의 하나이긴 하지만, 그렇게 두꺼운 주석서를 내려는 출판사는 좀처럼 없으며, 학자도 그러한 노력을 하지 않는 경향이 있다. 이 점은 서양의 학문 전통에서 조금은 배워야 할 부분이라 생각한다. 그와 동시에 학자의 자기반성에 그칠 게 아니라, 출판사나 일반 사회인, 나아가 정부가 마음가짐을 바꿔야 한다. 소위 사회 표면에 떠다니는 거품 같은 문화인만 도울 게 아니라 진지한 연구자의 본격적인 연구서와 세계적 수준의 사색이 담긴 책을 출판하는 데 협력해 주기를 바란다. 그런 책은 안 팔린다거나 학자의 자기만족이라며 거부하는 태도를 취하기 전에 진정한 것을 분간할 수 있는 눈과 모조품을 잘라 낼 수 있는 용기, 그리고 진정한 것을 살리는 기상을 길러 가길 바란다. 그것이 바로 문화일 것이다. 양만 많고 도움도 안 되는 질 나쁜 주석이 있어도 좋다는 말은 아니지만, 그렇더라도 주석이 많이 붙은 책은 긴 연구 역사를 하나하나 밟아 나간 증거다. 일찍이 모토오리 노리나가本居宣長는 '진정으로 공부하고자 한다면, 한 권의 책에 주석을 붙이는 일부터 시작하라'(『우히야마부미』)고 말했는데 그것은 옳은 말이라고 생각한다. 모토오리 노리나가의 『고지키덴古事記傳』에는 놀라울 만큼 상세한 주가 붙어 있다. 그러한 예가 일본에도 있었다. 오늘날 일본의 학자는 물론 출판사와 사회인, 또 특히 학생층이 지적 노력을 거듭해 어려운 연구서로 정신을 단련하고 기풍을 길러 두꺼운 주석서를 출판하는 풍토를 조성하지 못한다면 진정한 문화국가가 될 수 없다.

자, 그럼 이어서.

SE NON ETTERNE, E IO ETTERNA DURO:

'영원하지 않은 것이라면SE NON ETTERNE', 영원한 존재, 즉 천사 같은 존재는 앞서 창조되었을지도 모르나, 그것을 제외하면 나보다 앞서 창조된 것은 없다. '그리고 나는 영원히E IO ETTERNA' '서 있다, 지속한다, 계속 존재한다DURO', 즉 지옥은 멸하지 않는다.

LASCIATE OGNI SPERANZA, VOI CH'ENTRATE.

'모든OGNI' '희망SPERANZA'을 '버려라LASCIATE', '너희 여기에 들어오는 자VOI CH'ENTRATE'—'너희 여기에 들어오는 자, 모든 희망을 버려라'. LASCIATE는 '버려라'도 좋지만, 오히려 '남겨 두어라'라는 의미로 '(그곳에) 남겨 두고, 가지고 들어오면 안 된다'라고 말하는 게 더 정확하다. '버려라'라고 하면 자신의 의지로 잡아떼어 버리고 가는 경우도 있지만, '너희 이 장소로 들어오는 자는, 모든 희망을 그곳에 남겨 두어라', 즉 버리기 힘든 것이지만 놓아 두고 떠나오라는 느낌이다.

이상의 문학적 표현 또는 의미론적 표현을 고려하지 않고, 단지 문자 그대로 번역해 보았다. 다시 한번 번역을 읽으며 지옥문 9행의 의미를 생각해 보자.

나를 지나 사람은 간다, 슬픔의 도시로.
나를 지나 사람은 간다, 영원한 비탄으로.
나를 지나 사람은 간다, 멸망해 가는 무리 곁으로.
정의가 나의 최고의 창조주를 움직였다.
성 삼위일체, 곧 신의 권능으로서의 창조주,
말씀이며 로고스인 신의 아드님, 최고의 지혜이신 그리스도,
또 아버지 신과 아들 신 사이에 오가는 스피라치오, 즉 최초의 사랑인 성령,
이 삼위일체가 나를 만들었다.
영원한 것 외에는, 나보다 앞서 창조된 것은 없다.

그리하여 나는 영원히 지속될 것이다.

너희 여기에 들어오는 자는, 모든 희망을 그곳에 남겨 두어라.

버리기 어렵더라도 모든 희망을 그곳에 남겨 두어라. 희망을 가진 사람은 절대로 들어갈 수 없는 것이다. 지옥문에 발을 들여놓는다는 것은 희망을 그곳에 남겨 두는 일이다. 지옥문 입구에서 버리고, 그곳에 남겨 두고 가야 할 것은 '희망'이다.

단테의 지옥의 정의定義와 교훈

단테는 이 9행으로 그때까지 아무도 시도하지 않았던 지옥의 정의定義를 시적으로 표현했다. '지옥이란 일체의 바람, 희망이 없는 곳이다.' 그러한 지옥이 우리의 지면과 같은 높이의 땅에 문을 세웠다. 그리고 우리는 지옥문 밖에 모든 희망을 남겨 두어야만 한다. 지옥이란 절망의 장소인 것이다.

그러므로 만약 이 세상에 사는 우리가 정말로 절망한다면 그것이 바로 생지옥이라고 말할 수 있다. 지하로 떨어지지 않아도 관계없다. 단테 생각으로는 모든 희망을 남겨 두고 들어가는 곳이 지옥이다. 그런 사고방식에 따르면, 우리가 희망을 모조리 잃어버린 기분에 휩싸인다면 그것은 살아 있다 해도 지옥에 있는 것과 같다. 우리는 이처럼 『신곡』을 통해 지옥의 소재를 알게 된다. 그렇다면 지옥은 도처에 있는 게 아닐까.

좀더 생각해 보면 '나를 지나(통과해), 사람은 고뇌나 슬픔의 세상으로 간다PER ME SI VA NELLA CITTÀ DOLENTE'이다. '슬픔과 고뇌의 세상CIT-TÀ DOLENTE', '영원한 고통, 고뇌ETERNO DOLORE', '버림받은 무리, 멸망해 가는 무리가 많이 있다LA PERDUTA GENTE', 이 세 가지가 지옥의 모습이다. 그리고 지옥의 성립은 신의 뜻에 따른 것이며, 게다가 '사랑'이 지옥을 만들었다고 말한다. 신의 창조 계획 속에 지옥이 있다는 말이다. 단테의 초상화를 보면 매우 엄격한 표정을 짓고 있는데, 단테에게는 죄를 꺼리는 엄격함, 악에 대한 격렬한 분노가 있었다. 단테는 그러한 마음으로 신이 악과 죄 속으로 들어가려는 자를 지옥에 넣는다고 말한다.

지옥은 창조 때부터 만들어졌다. 게다가 '영원히 나(지옥)는 지속한다 IO ETTERNA DURO'고 말한다. 그리고 '이 안으로 들어가기 전에 모든 희망을 문 밖에 남겨 두어라, 이 안에는 희망이 전혀 없다LASCIATE OGNI SPERANZA'고 지옥문은 말한다.

단테는 지옥을 그렇게 설명했다. 지옥이란 희망이 전혀 없는 절망의 장소이다. 우리가 이 세상에서 완전한 절망은 아니라도 희망을 잃어버리는 일이 있다면, 그것만으로도 지옥에 가까이 다가가는 셈이다. 만약 완전히 절망한다면 살아 있어도 지옥에 이르는 것이다. 그런 점을 생각하면 키에르케고르가 『죽음에 이르는 병』에서 '절망은 죄인가'라고 묻는 의미도 잘 알 수 있다.

아주 평범한 생각으로는 이 세상에서 지은 죄에 대한 벌로 지옥에 간다고 믿는다. 그러나 단테를 읽으면 현세에서도 '희망을 버리면' 스스로 지옥에 가게 되는 것임을 깨닫게 된다. 따라서 '희망을 가지'는 것은 단순히 심리학적 문제로 그치는 게 아니라, 존재론적인 문제라는 것을 알 수 있다. 요컨대 '인간으로서 존재한다'라는 술어는 '희망을 가지고 있다'는 술어와 같으며 '희망'은 인간 존재의 존재론적 증거이며 존재론적 상징이다. 그것을 상실했을 때, 인간은 아귀도餓鬼道에 빠진다고 할까, 아무튼 신과의 연대가 끊어져 버리는 것이다. 신이 창조한 피조물인 우리는 땅에서 지하로가 아니라 분명 천상을 향하도록 만들어졌을 것이므로 지옥에 가지 않도록 노력해야 한다. 그 방법은 희망을 갖는 것이다. 따라서 희망은 덕목이다. 단테는 토마스 아퀴나스 사상의 시적 결정이라 일컬어지는데, 그에 못지않게 신학자 보나벤투라Bonaventura의 사고에서도 상당히 많은 영향을 받았다. 토마스, 더 거슬러 올라가면 아우구스티누스 무렵부터 성 바울로가 성서에 서술한 내용, 즉 '믿음', '소망', '사랑' 세 가지 덕이 신에 대한 덕, 즉 '대신덕對神德'이라 불렸는데, 여기에서 그것을 다시 떠올려 봐야 할 것이다.

이 부분 번역에 '너희 이곳에 들어오려는 자' 혹은 '들어오기 바라는 자'라는 번역이 있는데, 그 누구도 지옥에 들어갈 생각은 없다. 따라서 '너희 여기에 들어오는 자는 모든 희망을 그곳에 남겨 두고 들어오라'는 번역이 가장 적절할 것이다. PER ME SI VA NELLA CITTÀ DO-LENTE도 '나를 지나 고뇌의 도시로 가려는 자는'이 아니라, '나를 지나 사람은 고뇌의 도시로 간다'가 적합하다. 이러한 부분의 번역은 세심하게 주의를 기울이지 않으면 지옥의 이미지를 완전히 망가뜨리는 결과를 낳을 수도 있다. 아무도 지옥에 가려는 생각을 갖지 않는다. 그렇지만 '나를 지나면 사람은 반드시 그곳에 간다, 나를 지난 자는 멸망해 가는 무리가 있는 곳으로 가는 것이다'라고 지옥문은 말한다. 지옥문을 지나면 지옥으로 갈 수밖에 없다. 그리고 그 문을 통과하기 전에 그곳에 모든 희망을 남겨 두어야 한다.

PER ME SI VA NELLA CITTÀ DOLENTE,
PER ME SI VA NELL 'ETTERNO DOLORE,
PKR ME SI VA TRA LA PERDUTA GENTE.

나를 지나 사람은 슬픔의 도시로,

나를 지나 사람은 영원한 비탄으로,

나를 지나 사람은 망자에 다다른다.

　이 구절을 여러 번 반복해 낭송하다 보면, 지옥문이 말하는 '나'가 암송하는 자기 자신을 가리키는 것 같은 생각이 든다. 지금까지 내 인생에서 만났던 사람을 내 말이나 행위로 고뇌의 도시로 보낸 일은 없었을까. 남에게 좌절을 안겨 준 일은 없었을까. 선생이라는 신분으로 잘못된 가르침을 준 일은 없었을까. 의도한 것은 아니었지만, 그것으로 인해 좌절하여 다른 사람이 불행에 빠진 일은 없었을까. 그런 생각들이 연이어 떠오른다. 이것을 시의 ambiguité(다의성)라 한다. 단테는 이것이 시의 특색이라고 말했다. 그렇다면 지옥문의 1인칭 단수를 『신곡』을 읽고 있는 개개인의 1인칭 단수로 옮겨 읽는 방법은 올바른 것이다. 이 점을 염두에 두고 여러 번 반복해 이 글귀를 읽기 바란다. 눈앞에 검고 커다란 지옥문을 상상한다. 거기에 적힌 문자를 떠올린다. 그곳으로 발을 내딛을 수 있을 것인가. 그것은 모든 희망을 버리는 일이다. 그렇게 되지 않도록 애써야 한다. 그런데 이 세상에는 절망할 수밖에 없는 사람도 있다. 그런 사람을 방치하면 그대로 희망을 버리고 지옥으로 가 버릴 수도 있다. 내가 그런 사람에게 뭔가 희망을 가질 수 있게 해 줄 수 있는 일을 찾아야 한다. 또한 나로 인해 남이 좌절한 일은 없는가, 남에게 조금이라도 슬픔을 준 일은 없는가. 그것 자체가 남을 지옥에 가까이 다가가게 만드는 일이다. 이 시는 우리에게 '지옥문이 되지 말라'고 가르치는 것 같다. 게다가 단테는 이 지상 어딘가에, 우리와 같은 지면 위에 지옥문이 있다고 말한다. 그것은 어쩌면 나 자신을 가리키는 말은 아닐까. 그 점을 깊이 생각해 봐야 한다. Per me는 '나를 통과하여'도 되지만, 또한 '나로 인하여'라고도 읽을 수 있다. 영어의 through와 마찬가지다.

Queste parole di colore oscuro

vid'io scritte al sommo d'una porta; (Inf. III. 10~11)

'검은 색깔의 그 말Queste parole di colore oscuro', '나는 보았다. 씌어 있는 것을vid'io scritte', '한 문 맨 꼭대기에al sommo d'una porta'라고 되어 있다. '문porta'에 정관사가 아니라 부정관사를 붙였다. 요컨대, 문법적으로 생각하면 유일하게 그것 하나뿐인 문이기도 하지만, 어디에나 있는 불특정 다수의 문 중 하나로도 볼 수 있다는 말이다. 그렇다면 나 자신이 지옥문이 될 가능성도 있다. 자기는 눈치 채지 못한 채, 지옥문이 되어 버렸을지도 모른다. 의미론적으로도 문법적으로도 그런 해석이 가능하다. 많은 생각을 하게 만드는 의미 깊은 시이다. 이 구절을 잘 기억해 두기 바란다.

이어서 같은 제3곡의 19행에서 21행에는 다음과 같은 글이 씌어 있다. 이는 지옥문 안으로 들어서기 두려워 창백해진 단테를 본 베르질리오의 태도이다.

그러고는 온화한 낯빛으로 내 손을 잡고 힘을 북돋우며, 나를 이끌고 비밀의 세상으로 들어섰노라 (지·3·19~21 야마카와)

원문은,

E poi che la sua mano alla mia pose

con lieto volto, ond'io mi confortai,

mi mise dentro alle segrete cose. (Inf. III. 19~21)

스승은 내 손을 잡아 그 위에 자신의 손을 얹고,

환한 표정으로 힘을 북돋워 주며,

나와 함께 들어섰다 비밀의 장소로. (필자번역)

'그리고E poi che', '그의 손을la sua mano', '내 손 위에 얹고alla mia pose'

con lieto volto, ond'io mi confortai,

'빛나는lieto', '낯으로volto', '그로 인해 나는ond'io', '위안받았다confortai'. 길을 안내하는 스승 베르길리우스가 자신의 손을 내 손 위에 얹고, '밝은 표정으로con lieto volto', '기운을 내라, 두려워 할 것 없다'고 말한다. 그로 인해 나는 스스로를 위로할 수 있었다.

mi mise dentro alle segrete cose.

'비밀의 세상사segrete cose' 속으로 나를 데리고 갔다.

이 구절은 가르치는 자라면 마땅히 갖춰야 할 자세를 보여주는 듯하다. 특히 어린 사람을 가르칠 때는 엄격한 표정도 물론 중요하지만, 그보다는 환한 표정, 희망을 품은 표정으로 가르치는 자세가 중요하다. 가르치는 자신이 먼저 희망으로 빛나는 표정으로 손을 잡고 인도해야 한다. 어떤 일이든 혹독하고 힘든 점은 많지만, 사람을 이끌 때에는 그런 상냥함이 없으면 안 된다. 가르치는 사람은 희망으로 빛나는 표정을 가져야 할 것이다.

그리고 46행에는 지옥에 있는 사람이 어떤 사람인가가 서술되어 있다.

Questi non hanno speranza di morte (Inf. III. 46)

'그러한 사람들은 가지고 있지 않다Questi non hanno', '죽음의 희망조차 speranza di morte', '그들에게는 죽음의 희망조차 없으니'. 사람들은 자주 '이렇게 고통스러울 바엔 차라리 죽는 게 낫다'고 말하곤 하는데, 지옥에서는 죽음의 희망조차 가질 수 없다. 지옥의 영원한 고통은 그곳에서 도망치는 것조차 불가능한 것이라고 말한다. 참으로 애석한 일이지만, 간혹 자살하는 사람이 있다. 그러나 자살에는 아직 '죽음으로써 모든 것을 잊을 수 있다'는 희망, 즉 '죽음의 희망speranza di morte'이 있다. 그것마저도 없는 상태가 지옥이라고 단테는 말하고 있는 것이다. 가끔 드는 생각인데, 물론 의사는 선의를 가졌겠지만, 상황으로 보면 실험인지도 모르는 상태에서 식물적 상태로 연명하는 힘겨운 병자의 모습을 본다. 그런 모습을 보면 죽음의 희망조차 잃어버린 지옥에 있는 사람처럼 보일 때가 있다. 나는 그런 대우를 받고 싶지는 않다. 그러한 현대적인 물음을 단테는 우리에게 던지고 있다. 의식을 잃어서 인간으로서의 존재 증거인 희망도 없는 것이다. 그런 상태인데도 인간으로서 살려 두지 않으면 안 되는 것일까. 물론 죽이라는 말은 아니다. '죽게 해 준다'는 말의 소중함을 생각할 때가 있다. 정성껏 간호하는 분들, 선의를 가진 의사나 간호사분들에게는 크게 비난받을 말인지도 모르지만, 적어도 나는 그러한 상태로 그저 연명만 견딜 수가 없다. 이는 단테가 우리에게 던진 물음으로서 우리 모두 생각해 봐야 할 것이다.

질의응답

질문자   다나카 히데미치, 마에노소노 고이치로前之園幸一郎, 구보타 노부히로, 하시모토 노리코

이마미치   지옥편과 관련해서는 로댕의 〈생각하는 사람〉을 비롯해 조형, 예술, 회화 등 조각과 미술에 수많은 작품들이 있으니 먼저 다나카 히데미치 선생님에게 그 점에 관해 좀 배우고 싶습니다.

다나카   『신곡』은 인생의 불안정을 경험해야만 비로소 깊이 이해 할 수 있는 작품입니다. 오늘 들려주신 말씀으로 시의 다의성을 포함한 이해의 소중함에 대해 다시금 실감할 수 있었습니다.
〈지옥문〉은 로댕이 지옥의 모습을 창조력을 구사해 묘사한 작품인데, 음산하고 참혹한 지옥으로 흘러들듯 떨어지는 사람들의 모습을 배치하고, 그 위에 〈생각하는 사람〉을 올려놓았습니다. 〈생각하는 사람〉은 단테 자신이기도 하고, 우리 자신이기도 합니다. 동시에 〈생각하는 사람〉에는 '멜랑콜리'라는 당시 르네상스의 개념이 표현되어 있습니다. 멜랑콜리憂鬱質는 어둡고 건조하고 차가운 노인의 기질인데, 로댕은 이 노인의 기질 속에 최고의 천재, 창조성이 있다는 사상을 받아 들였습니다. 물론 이것은 아리스토텔레스의 '천재는 멜랑콜리에 의한다'라는 말에서 시작되었습니

다. 로댕은 무슨 이유인지 그것을 〈지옥문〉 위에 놓았습니다. 이것은 그의
독창성이었습니다.

지옥문은 보티첼리를 비롯한 수많은 예술가들이 각자의 해석과 창조성
으로 표현했습니다. 시뇨렐리는 자기 자신만의 새로운 구상을 가지고 있
었고, 미켈란젤로도 전혀 다른 연옥적 발상으로 표현했습니다. 그중에서
도 로댕의 〈지옥문〉은 독창적인 해석의 표현이니 모쪼록 그런 시각으로
우에노 국립서양미술관에 있는 작품을 봐 주시기 바랍니다. 그 밖에도
윌리엄 블레이크와 레이놀즈 등 단테를 무척 사랑했던 사람들, 그리고 들
라크루아가 〈단테의 조각배〉라는, 단테와 관련된 다양한 삽화를 그렸습
니다.

오늘 이야기와 관련해서 말씀드리면, 저는 〈지옥문〉 안에 우리의 죽음을
어떻게 볼 것인가에 관한 그 이후의 사상이 요약되어 있는 것처럼 보이는
데, 그 점에 관해 이마미치 선생님께 여쭙고 싶습니다.

이마미치   저는 멜랑콜리라는 이야기에 제 뜻이 상당히 반영된 듯한
기분이 듭니다. PER ME는 번역에서는 '나를 통하여'이지만, '나로 인하
여'라는 의미도 있습니다. 바로 그러한 점에 '생각하는 사람'이 있습니다.
저는 이 시가 가진 의미가 〈생각하는 사람〉의 모습에 결정화되었다고 봅
니다. 살인이나 엄청난 사기를 범하지 않았더라도, 어쩌면 자기도 모르는
사이 남을 점점 지옥으로 몰아붙이지는 않았을까 하는 생각을 해 보면
로댕의 〈지옥문〉에서 〈생각하는 사람〉만 유독 두드러지게 멈춰 있고, 나
머지 사람들은 흘러가듯 지옥으로 떨어져 내립니다. 나는 지옥에 떨어지
지 않고 용서받을 수 있을까, 아니면 지옥에 떨어질까, 〈생각하는 사람〉
은 그런 생각에 빠진 것처럼 보입니다. PER ME SI VA NELLA CITTÀ
DOLENTE를 읊을 때마다 우리에게도 로댕의 조각처럼 생각하는 모습

이 필요하지 않을까요.

다나카 　어휘에 대해 여쭙겠습니다. PERDUTA GENTE '멸망한 무리'는 어떻게 해석하면 좋을까요? 야마카와 번역에서도 히라카와 번역에서도 '파멸', '멸망한 무리'라고 했는데, 저는 '멸망'은 '파멸하는 민족'처럼 지나치게 강하게 느껴집니다. 그게 아니라, perduta는 '신을 잃어버린 사람들'이라는 뉘앙스를 가진 게 아닐까요? 로댕의 〈생각하는 사람〉도 '신을 잃어버린 사람들', 그리고 자기 자신의 이성으로 '생각'한다는 근대의 경향을 표현하고 있는 게 아닐까요?

이마미치 　저는 '신을 잃어버린'이 아니라 '잃게 된', '패배한', '멸망한'이라고 생각하고 번역했습니다. 요컨대 '무리'는 '민족'이 아니라, '인류'를 가리키는 말로 구원을 잃은 망자들을 가리키겠죠. '신을 잃었다'는 생각이 적합할지 어떨지는 좀더 고민해 보고 싶습니다.

마에노소노 　5행의 fecemi '나를 만들었다'에 관해 여쭙겠습니다. 이 말은 3인칭 단수형인데 동사의 주어는 '성스러운 힘la divina potestate', '지극히 높으신 지혜la somma sapïenza', '첫번째 사랑primo amore', 세 가지라고 생각합니다. 주어가 복수인데 동사는 왜 단수형인가요?

이마미치 　세 가지가 하나입니다. 삼위일체 신이지만 창조주로서는 하나입니다.

마에노소노 　fecemi의 주어가 단수라고 볼 수는 없을까요?

이마미치 아무래도 그것은 세 가지이지만 하나입니다. 예를 들면 신을 각각 썼다고 해도, '그들은'이라고 말할 때는 삼위를 각각 독립시켜 생각합니다만, 대부분의 경우 삼위는 단수로 취급하므로 문제는 없다고 봅니다.

구보타 조금 전의 '멸망한 무리'에 관련된 문제입니다만, 지옥편을 읽어 보면 구원될 수 없는 비참한 사람들이 많이 나오는 광경이 있습니다. 지옥문을 지난 저 너머에는 그리스도교의 은혜를 받지 못한 사람, 신에게 구원받을 수 없는 사람들이 있다는 점을 PER ME SI VA NELLA CITTÀ DOLENTE라는 첫 행에 중첩해 서술한 게 아닐까, 단순히 그런 생각이 드는데 그 점은 어떻게 해석하면 좋을까요?

이마미치 저도 '문을 통과해 지나가면 그런 곳에 간다'라는 뜻을 표현했다고 봅니다. CITTÀ DOLENTE, ETTERNO DOLORE, PERDUTA GENTE는 물론 지옥의 세 계층이라고 생각할 수도 있지만, 실제로는 모두 같은 것을 가리킵니다. 다만, 공간, 시간, 파멸로 내면화하고 있습니다.

구보타 "이 가엾은 처지에 있는 것은 부끄러움도 없이 명예도 없이 한평생을 보낸 자들의 서글픈 영혼이니라"(지·3·34~36), 그다음에 "그들과 뒤섞여, 신에게 거스르지도 않고, 또한 따르지도 않으며, 단지 자기 자신에게만 의지하던 나쁜 천사의 무리 있으니"(지·3·37~39)라는 대목이 있습니다. "부끄러움도 없이 명예도 없이 한평생을 보낸 자들의 서글픈 영혼", "신에게 거스르지도 않고, 또한 따르지도 않고"라고 표현하며 그러한 인간의 삶을 상당히 부정적으로 보고 있습니다. 일본에서는 예부터 "이름도 없이 아무런 쓸모도 없이 살아가는" 지극히 평범한 삶이 좋다면서 궁정적으로 보는 면이 있습니다만, 이처럼 일상적으로 신을 의식하지 않는 일본인의 인생관과 비교하면, "부끄러움도 없이 명예도 없이 한평생을 보낸 자들의 서글픈 영혼" 혹은 "신에게 거스르지도 않고, 또한 따르지도 않"은 삶을 부정적으로 보는 것은 그리스도교적 개념이라고 말해도 좋을까요? 이 말이 의미하는 바를 어떻게 받아들이면 좋을지 여쭙고 싶습니다.

이마미치 주석에 따르면 그리스도 탄생 이전에 살았던 사람들은 반反 그리스도라고 말할 수도 없고 그리스도교도라고 말할 수도 없으므로 제2곡 52행에서는 '현수懸垂의 무리'라는 말로 표현했다고 나와 있습니다. 또한 구조적으로 보면 그런 사람들은 지옥 깊은 곳에 있지는 않습니다. 구약성서 시대 사람이나 일본인은 그리스도를 몰랐으니 만약 추측해 본다면 그런 곳에 들어가지 않을까요. 또한 이름도 없고 눈에 띄지도 않는 평범한 삶의 방식을 긍정적으로 보는 일본 고래古來의 사고방식은 노장의 무위사상, 또는 궁극적으로는 비인격적인 하늘 사상을 수용했을 때 나옵니다. 이에 비해 그리스도교의 전능한 신은 그렇게 숨어 살아가는 조용한 사람의 마음속까지 꿰뚫어 봅니다. 따라서 남몰래 선을 행해서 타인에게 명예를 얻지 못한 사람이라도 신의 눈으로 봤을 때는 쓸모 있고 명예 있는 사람이 되는 것입니다. 질문하신 부분은 신에 대한 마음의 방향을 결정하지 못한 비겁한 영혼입니다.

하시모토 지옥문의 이 글귀는 매우 유명한데, 잠깐 훑어봐도 e, e, e 음이 끝에 연속으로 되풀이되고 있고, a와 e의 연속, 그리고 o 음이 들어가 있음을 알 수 있습니다. 이러한 음운의 고안에 관해 뭔가 지적하실 만한 사항이 있습니까?

이마미치　　o 음과 i 음을 비교하면 i 음은 늘 혹독한 고통이나 밝은 광선 등을 강조할 때 자주 사용됩니다. 그리고 o나 u는 아무래도 어두운 것을 표현하거나 가슴속 깊이 드리워진 우울함 같은 것을 표현할 때 쓰입니다. 그러한 느낌을 표출해 낼 수 있도록 어휘를 능수능란하게 구사해야 합니다. 예를 들면 여기에서는 어두운 문으로 표현된 지옥이 얼마나 견고하게 지속하는가 하는 분위기를 IO ETTERNA DURO라는 음성 표현으로 드러냈습니다. 이처럼 의미와 발음의 중첩을 더없이 훌륭하게 고안해 냈습니다. 음율, 음운 설명은 11회 강의 무렵에 할 예정입니다.

그러한 궁리와 고민이 베르길리우스의 시와 공통되는 점입니다. 호메로스의 경우에는 이미지는 장대하지만, 의미와 발음의 중첩이 훌륭하게 맞아 떨어지는지 어떤지 알 수 없는 부분이 많습니다만, 베르길리우스는 음의 울림을 매우 훌륭하게 구사했습니다. 그 점 역시 단테가 베르길리우스의 제자가 된 이유인 것 같습니다.

지옥문의 글을 다시 한번 읽어 보면.

> PER ME SI VA NELLA CITTÀ DOLENTE,
> PER ME SI VA NELL 'ETTERNO DOLORE,
> PER ME SI VA TRA LA PERDUTA GENTE.

'나를 지나서'라고 마치 찌를 듯이 울립니다. per도 상당히 강하게 울리는 어휘이며, 나아가 조금 전에 말한 자신이 남을 좌절하게 만든 것은 아닌가 하고 반성하게 만들며 예리하게 가슴을 찌르는 엄격한 소리per me si가 오고, 그리고 그 강한 울림과 대조시켜 그 자체로 어두운 장소가 배열되어 CITTÀ DOLENTE, ETTERNO DOLORE, PERDUTA GENTE 라는 식으로 얼마간 어두운 음이 이어지며 음산한 이미지를 자아냅니다. 울림으로서의, 혹은 음악으로서의 시를 염두에 두고 있습니다. 오래된 판에는 fuor cose create라고 어두운 음 두 개를 연결시키고 있습니다. 새로운 판에는 모두 fur cose로 되어 있으며, fur도 물론 괜찮은데 본래는 fuor로 되어 있었다는 점도 그러한 음의 궁리 때문이 아니었을까요. 에이치 대학에 있는 교황 바오로 6세 판은 1965년, 현대판인데도 fuor입니다. 지옥문 9행은 모쪼록 외워 주시면 고맙겠습니다.

다나카　첫 행의 PER ME SI VA NELLA CITTÀ DOLENTE,와 3행의 PERDUTA GENTE가 같은 형태로 a와 a. 2행의 ETTERNO DOLORE가 b. ETTERNO DOLORE와 같은 형태가 4행의 GIUSTIZIA MOSSE IL MIO ALTO FATTORE. 그리고 5행의 FECEMI LA DIVINA POTESTATE가 c, 6행의 LA SOMMA SAPIENZA E'L PRIMO AMORE가 b, 그리고 이어서 다시 c가 나옵니다. 이 지옥문 문장을 이탈리아어로 읽으면 행 끝의 자음과 모음이 aba, bcb, cbc로 3행씩 물 흐르듯 훌륭하게 배치되어 있는 걸 알 수 있습니다. 따라서 9행을 외우는 것은 그러한 운을 외우는 일이기도 합니다. 이탈리아어의 아름다움, 모음으로 끝나는 아름다움을 매우 훌륭하게 표현한 구절이므로 그러한 의미에서도 외워 주시면 좋겠지요.

이마미치　말씀하신 대로 참으로 아름답게 만들어졌습니다. 다나카 선생이 지금 지적하신 사항을 염두에 두고 이탈리아어의 아름다운 울림, 운율시의 질서에 주목하며 음미해 보기로 합시다. 앞에서 하시모토 교수님에게 약속드린 대로 운율에 관해서는 11회 강의에서 설명할 예정입니다. 그때까지는 이탈리아어 발음이나 읽는 방식에 익숙해지시기 바랍니다. 그러면 마지막으로 다시 한번 다 함께 큰 목소리로 낭독하고 끝맺기로 하겠습니다.

PER ME SI VA NELLA CITTÀ DOLENTE,

PER ME SI VA NELLA'ETTERNO DOLORE,

PER ME SI VA TRA LA PERDUTA GENTE.

GIUSTIZIA MOSSE IL MIO ALTO FATTORE:

FECEMI LA DIVINA POTESTATE,

LA SOMMA SAPIENZA E'L PRIMO AMORE.

DINANZI A ME NON FUOR COSE CREATE

SE NON ETTERNE, E IO ETTERNA DURO.

LASCIATE OGNI SPERANZA, VOI CH'ENTRATE.

단테 『신곡』 지옥편 Ⅲ

지옥문 비명과 보완적 주석

앞 장에서 읽은 지옥문 비명에 관해서는 나 자신도 더 많은 주석을 달아 보충하고 싶고, 현대철학이나 현대미학의 문제 제기도 있으며, 특히 환경윤리학(에코에티카)에서도 화제가 그치지 않지만, 그 문제를 꺼내면 끝이 없다. 그러한 흥미 깊고 중대한 사항은 『신곡』을 읽는 이 시점에서 거론하면 샛길로 빠질 수밖에 없다. 따라서 그것은 그런 문제를 주제로 논한 책들에 양보하기로 하고, 이 책의 구성에 따라 이 장에서는 지옥편을 계속 읽어 나가도록 하겠다. 단, 그에 앞서 나의 것을 포함해 새로운 주석에서 지옥문 비명에 관해 공부해 두어야 할 몇 가지 사항을 보완적으로 소개하고, 텍스트 해석으로 들어가고자 한다.

1996년에 출판된 무사의 주석(*Dante Alighieri's Divine Commedy* volume 2 Inferno, Commentary)에서는 첫 3행에서 '나를 지나Per me'가 세 번 반복되는 것은 지옥이 삼위일체Trinity 신인 창조주에 의해 만들어진 것이라는 그다음 3행에 상응하는 구조이며, 또한 이 반복성은 첫 행의 dolente와

둘째 행의 dolore, 넷째 행의 fattore와 다섯째 행의 Fecemi, 그리고 일곱
번째와 여덟번째 행의 non, 여덟번째 행의 etterne와 etterna라는 동근어
同根語의 반복에서 나타나며, 이는 불과 9행뿐인데 1인칭 대명사와 그 변
화형이 7개나 사용된 것과 더불어, 대단한 박력으로 인간에게 지옥문이
가지는 의미의 중요성을 표현하고 있다고 지적한다(같은 책 33쪽). 번역본
에서 그 부분을 확인해 두자. 방점(1인칭 대명사)과 밑줄同根語로 표시했다.

나를 지나 사람은 슬픔의 도시로.
나를 지나 사람은 영원한 비탄으로.
나를 지나 사람은 망자에 다다른다.
정의는 지고의 주를 움직여,(정의는 지고의 창조주를 움직여,)
신의 권능과 최고의 지와
최초의 사랑이 나를 만들었다.
나에게 앞서는 피조물이란
영원한 것뿐이니, 나 영원히 서 있으리.
여기에 들어오는 자 희망을 버려라.(non의 반복은 의역이므로 일본어에는 드러
나지 않는다.)

또한 무사는 1~3행의 어휘―dolenta(슬픔의―형용사), dolore(슬픔 그
자체―추상명사), perduta(멸망한―한탄조차 할 수 없는 상태에 있는 망자)―
가 각 행에 배열됨으로써 냉혹inexorable함을 점증적crescendo으로 고조시키
는 효과에 주목해야 한다고 지적하며, 그것은 그라베르Carlo Grabher가 주
를 단 내용이라고 썼다. 그라베르의 *La Divina Commedia Vol. 1. lnferno*
가 밀라노에서 출판된 것은 1955년이다. 1945년, 즉 제2차세계대전 종료
후에 나온 『신곡』 관련 저작은 내가 아는 것만 해도 영·불·독·이·일어

에 한정해도 65권에 이르므로 모든 책을 살펴볼 수는 없었다.

무사는 또 7~8행의 '나보다 앞선 피조물이란 영원한 것뿐으로, 나 영원히 서 있으리'라는 부분에 다음과 같은 주를 달았다. "루시페르Lucifer의 추락이 있었기 때문에 루시페르를 벌하기 위해 지옥Hell을 창조했다. 그가 추락하기 전에는 그를 포함한 천사들, 하늘, 불멸하는 제 요소 및 순수 질료the incorruptible elements, and pure matter가 존재했을 뿐이다. 그 후에 죽어야 할 것, 멸망해야 할 것이 창조되었다. 그러나 지옥 그 자체는 영원히 존속duro-lasts하는 것이다". 루시페르는 빛의 천사라 일컬어지는데 신을 배반하고 악마의 왕이 되었다는 전설이 있다. 밀턴Milton의 『실락원 *Lost Paradise*』은 그 전설을 테마로 한다.

이들 주에 의거해 앞 장의 고찰에서 보완해야 할 세 가지 사항을 들고자 한다. 지옥문이 이렇게까지 여러 번 '나를 지나(나를 통과해)'를 3행 연이어 반복하는 까닭은 지옥 자체가 자아중심적인 인간들을 모은다는 것을 상징한다고 볼 수도 있을 것이다. 그러나 그보다는 이 반복이 다다르게 될 장소의 심각한 상황과 깊이에 조응하는 것이라 생각하면, 지옥이 구조화되어 있음을 예감할 수 있다. 또한 이것이 3행이며, 구별되는 3행을 배열시켰다는 것을 알았으므로 전편의 구조가 지옥편, 연옥편, 천국편이라는 3부 구성임을 눈치 챌 수 있다. 따라서 이쯤에서 『신곡』의 구성에 관해 대략적으로 살펴보는 것도 중요한 일일 것이다. 그리고 '나를 지나'가 세 번 반복되는 것에 관해 이미 앞 장에서 서술했지만, 본래 이 '나'는 지옥문 위에 씌어 있는 비명의 문자이며, 그것은 분명하게 지옥문이 스스로를 가리키는 말이다. 이야기 속에서 단테가 읽는 문자이므로 『신곡』의 독자인 '나=자신'으로부터는 3중으로 떨어진 '나'일 테지만, 정신을 집중해 읽다 보면 이 '나'는 우리 자신이 아닐까 하는 생각이 들기도 한다. 나를 경험했기 때문에, 일시적으로나마 나를 지났기 때문에, 나로 인해 슬픔에 빠진 사람은 없었을까. 이 구절은 타자의 존재를 생각하게 하는 시이며, 나를 지옥문인 '나'로 옮겨가게 하는 것은 타자에 대한 나의 태도 그 자체가 아닐까. 이처럼 이 3행은 타자와의 공존을 중시하는 새로운 윤리의 기본을 가르치는 시이다. 끝으로 내가 보는 바로는, 제2차세계대전 이후에 단테의 『신곡』 연구가 늘어난 것은 이 지옥편과 연관이 깊다. 사람들이 전쟁 속에서 지옥을 보았기 때문이다. 이를 전쟁 세대의 사고일 뿐이라고 무시해서는 안 된다. 20세기를 살고, 이어 21세기를 살아가는 지금, 두 번의 세계대전을 거친 후에도 여전히 전화戰火가 끊이지 않으며, 조직적 살상이 끊이지 않는 전쟁의 재앙을 적어도 정보로는 상세히 알고 있으며, 그에 이어지는 지옥을 보고 있는 것이다. 그런 의미에서 지옥이 지상에도 있는 것 같은 착각을 일으킨다. 이런 세상이 지옥이 아니라면 지옥은 과연 어떤 곳이란 말인가. 그러한 진지한 물음이 세계 도처에서 단테로의 회귀를 불러 일으키는 것이다. 지옥편은 초월을 향한 동경을 환기시키며, 연옥편, 천국편까지 읽어 내고자 하는 지적 도전도 그곳으로부터 생겨날 것이다. 다시 말해 『신곡』은 고전 중의 고전인 동시에, 현대의 지성이 현대를 극복하고 초월하기 위해 필요로 하는 책인 것이다.

세상에 알려지지 않았던 주 중에서 1973년 무렵 완성한 지옥편 연구 노트에 적혀 있던 제9행에 관련된 내 미완의 주 일부를 두번째 보완 사항으로 아래에 신도록 하겠다.

그런데 20세기가 되자, 19세기 말에 니체가 말한 '신은 죽었다'는 언명이 사상계에 대두한다. 인간 존재의 부정적 측면을 강하게 의식하게 되었고, 그 궁극은 인간의 유한성에 머무르지 않고 한정적 부정성의 대상화로서의 허무화가 신에게까지 이르러, 신이나 부처와 같은 절대적 존재를 생각지 않고 실존주의를 주창하는 철학자도 생겨났다. 그 결과 사르트르Jean Paul Sartre에 의해 '출구 없는 세계'라는 개념이 거론되었다. 아주 간단하게 그 개념을 서술하면 다음과 같은 것이다. 죽음을 모든 것이 끝나는 때라고 받아들인다면 인간은 태어날 때부터 이미 '출구 없는 세계'에 들어와 있다. '모든 희망을 버려라Lasciate ogni speranza'라는 말은 죽음을 이길 수 없다는 점에서는 지옥에 있는 것이라는 말이 아닐까. '요람에서 무덤까지'는 아주 잘 계획된 복지사회를 형용하는 말이지만, 만일 그것이 공적으로 마련한 '탈 것'을 타고 가는 것일 뿐이며, 주체성, 창조성, 자신을 태울 듯한 사랑이 없는 사회라면, 인간은 흡사 세금으로 사전에 자기 미래를 구매한 상태에서 만들어진 인형처럼 일생을 보내게 된다. 이러한 생각을 배경으로 두 차례의 비극적인 세계대전을 돌이켜볼 때, 1940~1960년대에 걸쳐서 "우리는 출구 없는 세계에 있는 게 아닐까"라는 말이 생의 참모습으로서 빈번히 거론되었다. 이미 로댕의 〈지옥문〉을 비롯한 20세기 예술은 이를 예감하고, 과학이 종교의 지옥관을 추방해가는 것과는 반대로 예술은 현실 생활 속의 지옥을 묘사했던 것이다. 사이토 모키치齊藤茂吉의 〈붉은 빛赤光〉에도 지옥 연작이 있다. 그리고 1970년대 이후 '지옥'이라는 표현이 훌륭한 예술 속에 부활한 점도 주목하고 싶다. 영화 〈타워링 인페르노(지옥)〉를 비롯해 연극이나 문학에도 그와 유사한 제목이 많다. 이는 인간이 제아무리 과학기술로 무장한다 해도 사람들은 현세가 '생지옥' 상황에 빠져 있음을 자주 경험한다는 증거일 것이다. 원자폭탄 하나만 생각해 봐도 그렇다. 핵전쟁을 하게 된다면 그야말로 생지옥이 된다. 또 단테가 묘사한 지하로 향하는 지옥 이미지와는 조금 다르지만, 지옥은 살아 있는 테마로 예술 속에 그려지고 있다. 19세기 말인 1893년 작품으로 절망에 빠진 인간의 얼굴을 묘사한 뭉크Edvard Munk의 그 유명한 〈절규〉를 보고 '이것은 지옥의 그림'이라고 평가하는 사람이 있듯이 학술 논문에도 지옥이라는 어휘가 살아 있다. 그러한 의미에서는 현대에도 지옥은 살아 있다. 지옥편 제3곡은 21세기 초에도 다시금 생생하게 살아나 노래하는 것이다. 그보다는 어쩌면 이 세상이 단테가 말하는 지옥으로 변해 버린 건 아닐까 하는 견해도 가능할 것이다. 1943년 일본 공군에 의한 충칭重慶 무차별 폭격, 1944년 다하우와 아우슈비츠의 홀로코스트, 1945년 히로시마와 나가사키의 원자폭탄, 그리고 1973년 퓰리처상을 수상한 현 콩 닉 웃이 베트남 전쟁 중에 촬영한 알몸으로 울부짖는 소녀 킴 픽의 비참한 사진, 1986년 체르노빌 원자로 대폭발, 생명보험금을 노리고 친자식을 바다에 빠뜨려 죽인 어머니, 1995년 옴 진리교가 살포한 사린 가스로 인한 지하철 승객의 참상 등 모두가 지옥화地獄畵이다.

우리는 그 무엇보다 희망을 품는 일에 마음을 쏟고, 자기 안에 '희망의 덕'을 기르지 않으면 안 된다. 그렇지 않으면 스스로를 지옥에 떨어뜨리게 된다. 또한 남에게 나쁜 마음을 가지거나 한탄스러워 할 행위를 함으로써 절망을 안겨주면, 나를 통해per me 남을 지옥에 떨어뜨리는 일임을 명심해야 한다. 그렇게 본다면 타자에 대한 덕인 애덕愛德의 기본에는 타자에게 희망을 주는 일, 아니 오히려 타자 스스로 희망을 가질 수 있게 하는 일, 즉 '소망하게 하는 것'이야말로 없어서는 안 될 덕목일 것이다. 이것은 교육철학의 기본인 것이다.

그러한 시각으로 이 시를 다시 한번 읽어 보자. 수없이 반복하는 말이지만, 지옥의 문이 per me '나를 지나'라고 노래한다. 이 말은 지옥문에 새겨진 문자로 본래는 나와는 관계없는 문 자체를 가리킨다. 그러나 '나를 지나'라고 씀으로써 '나'가 타자에 좌절을 주는 자신일지도 모른다는 생각을 하게 만든다. 이것이 바로 단테 시의 위대한 구조이다. 만약 내가 분별없는 행위를 해서 남에게 절망을 안겨 준 일이 있다면, 그것은 '나를 지나per me' 타인이 절망의 장소로 향하는si va nell'inferno 것이므로 내가 지옥문 자체라고 말하지 않을 수 없다. 우리 개개인은 자칫 잘못하면 지옥문이 될 수 있다. 스스로 지옥문이 되어 타인을 지옥에 떨어뜨릴 가능성이 있다. 이렇게 되풀이해 읽을수록 시의 깊은 의미를 되새기게 된다. 읽을 때마다 깊은 자기 반성이 요구되는 시인 것이다.

상상想像의 본질

보완적 주의 두번째 사항으로 들고 싶은 것은, 이것을 주라고 불러도 좋을지 어떨지는 이론異論이 있겠으나, 가장 오래된 주에 있는 내용이다. 이것은 『신곡』 성립 이전에 쓰인데다가 『신곡』의 저자 자신이 쓴 문장이므로 『신곡』의 특색과 관련된 사실이다. 『새로운 인생』 43장(마지막 절)에 "이 소네트(25번)를 쓴 후, 하나의 불가사의한 비전una mirabil visione이 내게 나타났다apparava a me. ……내가 그녀를 보다 품위 있게(più dignamente) 논할trattare 수 있을 때까지 말하지 않으리라 결심했다……"(Moore e Toynbee: *Le Opere di Dante Alighieri*, 4ed. Oxford, 1963, p.233)라고 단테는 쓰고 있다. 어떤 하나의 불가사의한 비전은 환상일지도 모르지만, 그는 그것을 바탕으로 상상imaginatione의 세계를 구성하고, 그리하여 시와 윤리를 연결시키고자 했다. Le Trattato가 '학술 논문'을 의미하는 데에서도 알 수 있듯이 단테는 영원한 연인 베아트리체에 관한 하나의 finzione(허구, 픽션)를 엮어 내려 했던 게 아니라, 베아트리체의 visione(직접적 인상)로부터 베아트리체 경험을 매개로 천국까지 포섭하는 시적 우주론을 trattare(논하다)하려 했던 것이다. 그렇다면 시와 윤리를 연결하는 상상imaginatione에 관해 생각해 보지 않을 수 없다.

단테 시대에는 과학도 점차 발달하고 있었으므로 단테가 정말로 지옥 세계가 땅 속에 있다고 생각했는지 어땠는지는 알 수 없다. 단테가 묘사한 지옥에 있는 사람들의 모습은 전적으로 그의 상상의 산물이다. 그중에는 로마교황도 여럿 있다. 이는 당시 평범한 그리스도교 신자로서는 상상도 할 수 없는 일일 테지만, 그러한 점도 포함해 단테는 자기 자신만의 독특한 지옥 이미지를 창조해 냈다. 이런 점이 단테 지옥편의 사상적 특색이다.

그런데 imagination은 '상상想像'이라 번역되지만, 여기서의 '상상'은 적당히 떠올리는 것과는 다르다. 다시 말해 '像'은 '象'과는 달리 사람인변이 붙는다. '인상印象'은 사람인변이 없는 '象'을 쓴다. '인상'은 우리가 특별히 노력하지 않아도 자연스럽게 감각 기관으로 느낄 수 있는 것이므로 오히려 타자가 부여하는 것이다. 예를 들어 먼 곳에서 엄청나게 큰 소리가 울렸다. 그 소리를 느끼는 것, 또한 예를 들어 불가사의한 빛이 작열하는 비전은 '인상'이다. 그 '인상'을 바탕으로 "지금 들린 소리는 원자폭탄에 히말라야 산맥이 무너져 내리는 것 같은 소리였다"고 표현한다면 이는 인위적인 행위로 창작한 '像'이다. 상상이란 인간이 지성으로써 인상 이상의 비전을 만들어 내는 것이다.

현재 용어에서는 단순한 '연상聯想'을 가리킬 때 '상상'이라는 단어를 쓴다. 예를 들면 "여름바다를 상상해 봅시다. 하얀 구름이 떠다니고 해수욕을 즐기는 사람들이 있습니다. 파도가 밀려옵니다"라고 말한다. 이는 유치원 아이들도 곧바로 떠올릴 수 있는 풍경으로 '연상'이다. 한편 우리는 '여름바다'를 테마로 새로운 이미지, 예를 들면 작열하는 태양 아래로 흰 물결을 일으키며 밀어닥치는 거친 파도를 공격하는 적의 군사로 본 호메로스처럼 독특한 이미지를 만들어 표현할 수 있다. 이런 경우가 '상상'인 것이다.

요즘 들어 '이미지 만들기'라는 말을 흔히 듣는다. "새로운 도시에 적합한 이미지 만들기를 해 봅시다"라는 말은 도시계획의 기초가 되는 창조적 이미지, 예를 들면 삼림도시를 구상해 보는 이미지를 만드는 것이다. 결국 이미지는 '인간이 지식으로 만들어 가는 마음속의 상像'인 동시에 '그로 인해 새로운 것이 만들어지는 생산적 원리'인 것이다.

단테가 상상한 '지옥 이미지' 안에서는 그리스도교 세계에서는 이 세상에서 가장 지위가 높은 교황도 독직을 하면 지옥에 떨어진다. 이것은 교회 수도자만 된다면 천국에 갈 수 있다고 믿었던 사람들의 생각에 깊은 반성을 일으켰다. 완전히 새로운 죄의식을 드러낸 이미지였으며, 이로 인해 신앙윤리에는 새로운 국면이 생겨났던 것이다.

이 시는 명확하게 읽고 동시에 시어가 가지고 있는 다층적인 의미와 다채로운 이미지를 거듭 이해하여 그것들의 종합적 관점을 구성하는 것이 중요하다. 산의 경치를 음미할 때 주제가 되는 산을 보는 동시에 주위 호수와 나무들, 또한 배경이 되는 구름의 움직임과 하늘의 빛깔, 지저귀는 작은 새소리, 나무 사이를 스쳐 가는 바람 등을 다층 구조적으로 즐기듯이, 시 역시 말의 울림, 어휘의 뜻, 이미지, 내포된 의미, 이념 등을 포괄적으로 음미해야 작품 전체의 통일적인 미적 경험이 성립한다.

지옥 이미지와 도덕교육

또 한 가지, 지옥의 이미지는 도덕과 관련한 초등교육 역할을 했다는 점을 지적해 두고 싶다. 현대에는 지옥을 진지하게 입에 올리지 않게 되었다. 교회에서도 지옥의 무서움에 관해서는 별로 언급하지 않는다. 그레고리오 성가 중에서도 명시 명곡이라 일컬어진 세쿠엔티아, 즉 장례미사의 속창續唱, sequentia 〈진노의 날에는, 그 날에는Dies irae dies illa〉은 내용이 너무 엄하고 잔혹해서 사랑의 신에 맞지 않는다는 등의 이유로 제2차 바티칸 공의회 이후 교회에서 불리지 않게 되었다. 그 결과 장례미사의 장엄함이 사라졌다고 말하는 사람도 많고, 그러한 죄가 있음에도 기도를 들어주실지 모르는 천주의 사랑의 위대함조차 느낄 수 없다고 말하는 사람도 있다. 그러므로 세쿠엔티아를 경원하는 것은 공회의의 지나친 생각이 부른 실패의 한 예라 할 수 있다. 그러나 불교의 지옥이든 그리스도교의 지옥이든, 어릴 때 '사후세계에는 지옥이 있는데 나쁜 일을 하면 거기 가서 벌을 받게 된다'는 말을 들으면, 그것이 이미지 세계임을 안다 하더라도 아이는 '나쁜 짓을 하면 안 된다'는 마음을 가지게 된다. 정의가 최고의 신을 움직이시어, 신이 지옥을 만들었다는 단테의 말은 지옥의 이미지가 일정 시기까지의 도덕교육의 기본이 됨을 상기시킨다. 단테의 생각으로는 지옥은 '사랑이신 신'이 인간을 악에서 벗어나게 하려고 만든 곳이다.

우리가 이제는 옛날처럼 비유적인 시로 표현한 지옥을 떠올려 봐야 현실적인 힘이 안 된다고 말한다면, 또는 자연과학적 개념으로 '땅 밑에 지옥 같은 건 없다'고 말한다면, 어린아이들에게 악을 피하는 법을 가르칠, 지옥을 대신할 만한 새로운 이미지를 만들어 내야 할 의무가 생긴다. 지금까지의 도덕의 초보적인 교육 재료를 파괴하지 않으면 안 되며, 굳이 파괴하려면 기본적인 도덕교육을 위한 새로운 이미지를 만들어 내야만 한다. 이러한 점은 단테를 거부하는 시대와 인간에게 단테가 부여하는 과제이다.

종교의 퇴조와 함께 '지옥'을 상실하고 지옥의 한복판에 있는 듯 보이는 현대인에게 위와 같은 곤란한 과제를 부여한 단테에게 답하기 위해 우리 모두 고민해 봐야 할 것이다.

지도자의 자세

보완적 주의 세번째 사항으로 옮겨 가자. 주세페 반델리가 1928년, 제1차세계대전 종결 후 10년이 지나 출판한 이탈리아 단테 학회 판, 그 책의 21판은 1970년에 나왔는데, 나에게 그 판이 있어서 이를 원본 텍스트로 삼고 있다는 말은 자주 했다. 그는 제3곡 19행 '스승은 내 손을 잡아 자신의 손을 얹으시고E poi che la sua mano alla mia pose'에 주목하고, 간결하게 mi presse per mano, come in(Inf. XIII. 130)이라고 주를 달았다(같은 책, 21쪽). 이것은 바로 지옥편 제13곡 130행에도 마찬가지로 '손으로 나를 밀듯이 이끌고 간다'고 나와 있다. 이 구절의 원문은 Presemi allor la mia scorta per mano '스승은 내 손을 붙잡고 밀며 데리고 가다'이다. 이 부분은 덤불로 변해 피를 흘리며 우는 자들에게 가까이 다가가 말하기를 주저하는 단테를 보고 베르질리오가 몸소 단테의 손을 잡고 그가 꺼리고 두려워하는 자에게 가까이 다가가는 대목이다. 이와 마찬가지로 앞 장에 나온 지옥문 앞에서 머뭇거리는 단테에게 베르질리오는 '너는 여기서 봐야 할 것이 있느니라' 하고 격려한다. 앞 장에서 이미 이 부분에 교육을 맡은 지도자의 자세가 나와 있다고 말했다. 그러나 제1차세계대전 직후부터 서구에서도 전쟁의 여파로 인한 교육의 황폐가 거론되었으므로, 1928년 출판된 『신곡』에서 이렇게 교육자에 대해 '손으로per mano'라는 직접적인 연관에 주목한 의미는 크다. 1901년부터, 즉 20세기에 들어섬과 동시에 각국 정부는 근대국가의 당연한 귀결로서 교육에 더욱더 힘을 기울였다. 그러나 제1차세계대전 후, 그 방향은 인간 형성보다는 국민 양성으로 나아갔고, 진리 탐구보다는 실제로 응용하는 지적 정보의 습득이 교육 목적이 되었다. 교육도 대중의 지적 수준의 향상이라는 밝은 면이 있기는 했으나 동시에 그 그늘에서는 대량 교육으로 기업화해 갔다.

이런 현상을 지양하고, 넓은 의미에서의 교육을 어떻게 새롭게 세워 나갈 것인가가 20세기 후반 모든 선진국의 공통의 난제가 되었다. 단테는 사회의 모든 단체에서 지도자가 후진에게 취해야 할 태도, 특히 학교에서 교사가 취할 태도를 자신의 상상의 스승 베르질리오를 매개로 우리에게 알리고 제시한다. 그런 의미에서 다시 한번 이 3행을 음미해 보자.

E poi che la sua mano alla mia pose
con lieto volto, ond'io mi confortai,
mi mise dentro alle segrete cose. (Inf. Ⅲ. 19~21)

스승은 내 손을 잡아 그 위에 자신의 손을 얹고,
환한 표정으로 힘을 북돋워 주며,
나와 함께 들어섰다 비밀의 장소로.

실의에 빠져 의기소침해 있던 단테에게 베르질리오는 '자신의 손을 내 손 위에 얹고, 밝게 빛나는 표정으로 나에게 용기를 주었다E poi che la sua mano alla mia pose'는 것이다. '상대의 손을 잡고, 밝은 표정으로' 대하는 것이 길을 이끌어 주는 베르질리오의 자세였다. 직장 선배든, 선생이든, 가정의 부모로서 아이에게 말하든, 무릇 남을 이끄는 책임을 가진 사람의 태도는 길을 헤매는 사람의 손 위에 따뜻하게 손을 얹고, '환한 표정으로 con lieto volto' 자기 자신부터 희망에 가득 찬 표정으로 상대에게 힘을 주는 것이어야 한다. 그렇게 하여 '비밀의 세상사 속으로dentro alle segrete cose' 즉 미지의 세계로 '들여보내mi mise'야 한다. 우리는 인생 도처에서 어떠한 형태로든 선배로서 기술이나 지식을 가르치는 책임을 맡아야 할 때가 생긴다. 이 3행은 그러한 때에 교훈이 된다. 돌이켜보면 이제까지 살아오면서 우리는 모두 어디에선가 이러한 상냥한 안내를 한두 번은 받지 않았을까. 인간은 누구나 크고 작은 베르질리오를 기다린다. 인간은 누구나 타인에게 하다 못해 작은 베르질리오라도 되어 주어야 한다.

그런데 여기에서 텍스트 원문에 관해 한마디 짚고 갈 사항이 있는데, 토스카나 중세어를 중시하는 단테 학회 판에도, 바오로 6세 판에도 19행에 pose라고 표기되어 있다. 무사 혼자만 puose라고 했다. 그러나 어떤 필사본에 의거해 혹은 어떤 이유로 그렇게 했는지는 알 수 없다. 단테의 텍스트가 고전 문헌학적 측면에서는 많이 연구되었지만, 그 절차는 좀더 명료하게 밝혀져야 할 것이다.

단테가 노래한 바에 따르면 지옥의 입구인 문은 이 세상에 있다. 그리고 지옥이란 절망의 장소이다. 절망이야말로 지옥이다. 교육에서 가장 중요한 것은 희망을 주는 일이다. 일본 교육은 평준화를 중요시하고 있는데, 그것은 오히려 판에 박힌 규제와 닫힌 세계로 사람을 몰아가는 경향이 있어서 희망의 하늘을 바라보기 어렵게 만든다. 일본 교육에는 지옥으로의 행진을 강요하는 면이 있는 것 같다. 지옥 교육으로는 새로운 세계를 여는 희망이 나올 수 없다. 학력 수준으로는 일본 아동이나 청소년이 국제적인 시험에서 높은 점수를 얻는다는 말도 듣는데, 그것은 초등교육을 성공한 학교에서나 있는 일이다. 앵무새처럼 따라하는 주입식 교육이나 ○×식 시험을 치르는 교육을 전개해선 안 된다. 정작 중요한 교육의 기본은 인간이 용기를 갖고 자유롭게 살아가며 인생을 창조하는 희망을 줄 수 있느냐 없느냐에 달려 있는 게 아닐까. 이를 그릇되게 이해하고 가르치는 사람들이 방자함을 자유라고 말하고, '살아가는 힘'이 소중하다고 하면서도 '잘 살아가는 힘'에 대해서는 생각지 않는다. 요즘은 또한 기본적인 지식조차 익히게 하지 않고, 곤란한 일이 생기면 손을 잡고 도전을 권하지 않고, 함께 고통을 나누며 개척하거나 창조하는 힘을 길러 주

려는 마음가짐을 잃어 가는 것이 심각한 문제다. 단테 공부가 요구되는
이유 중 하나도 여기에 있다.

지옥의 공간—'별 없는 하늘'

자, 그럼 보완적 주는 이 정도로 그치고 이어서 지옥편 제3곡을 읽어
나가자. 마침내 지옥 안으로 들어온 22행 이하의 몇 행도 중요하다.

Quivi sospiri, pianti e[1] alti guai

risonavan per l'aere sanza[2] stelle,

per ch'io al cominciar ne lagrimai.

diverse lingue, orribili favelle,

parole di dolore, accenti d'ira,

voci alte e fioche, e suon di man con elle,

facevano un tumulto, il qual s'aggira

sempre in quell'aura sanza tempo tinta

come la rena quando turbo spira.

여기 한탄, 슬픔의 소리, 격렬한 규환叫喚, 별 없는 하늘에 메아리치니, 나는
이내 눈물을 흘렸노라
이상한 소리, 욕설을 퍼붓는 외침, 근심의 말들, 분노의 선율, 강렬한 소리,

---

1 Siro A. Chimenz 텍스트에는 ed로, 발음하기 쉽게 되어 있다.
2 Moore와 Toynbee가 편집한 옥스퍼드 4판(1924)에는 senza로 되어 있다.

연약한 소리, 손으로 치는 소리가 뒤섞여

술렁이며, 영원한 암흑의 하늘을 떠도나니 회오리바람 일으킬 때의 모래와

같도다 (지·3·22~30 아마카와)

별 없는 하늘이란 어두운 밤의 세계로 지옥이 빛을 상실한 공간임을 나타낸다. 어둠 속에서 가장 먼저 지각할 수 있는 것은 청각에 호소하는 소리일 것이다.

무사도 앞에서 게재한 주석에서 지옥에서의 '최초의al cominciar' 공포가 청각적으로 습격해 온 점에 주목하고 있다(앞의 책, 35쪽). 청각적 공포는 사방팔방 또한 위아래에서 습격하기 때문에 보이지 않는 암흑 속에 있다는 불안과 겹쳐 눈물을 흘릴 수밖에 없을 것이다.

'별 없는 하늘l'aere sanza stelle'을 '통해per', '메아리치는risonavan' 것은 '한탄, 슬픔의 소리, 격렬한 규환sospiri, pianti e alti guai'이다. '그 때문에 나는 이내 눈물을 흘렸다al cominciar ne lagrimai'.

이 처음 3행은 현재 이탈리아어와 비교하면 예스럽고 우아한 표현이므로 간단한 주를 붙여 두겠다. alti guai(격렬한 규환)는 오늘날에는 사용하지 않으며 guai는 감탄사로서 슬픔을 표현하는 '아아……' 정도로 사용할 뿐이다. 그래서 '규환'이라는 고풍스러운 어휘를 택한 아마카와 번역은 주도면밀하고 찬찬한 배려를 보여준다. 또한 sanza stelle(별 없는 하늘)는 오늘날에도 물론 senza stelle이므로 무어와 토인비가 엮은 옥스퍼드 대학 출판 1924년의 표준 텍스트의 이 부분은 현대 이탈리아어와 동일하다. 그러므로 이 부분은 옥스퍼드 판으로 번역하면 '별이 없는 하늘', 그리고 이탈리아 단테 학회 1979년 판으로 번역하면 '별 없는 하늘'이라는 구분이라도 해야 할 것이다. 새로운 판에서는 바오로 6세 교황청 판(칸타메싸 교정주)과 싱글톤과 무사가 이에 따르고 있다. 또 lagrimai(눈물을 흘

리니)도 오늘날에는 보통 lacrimai인데, 이것은 어느 판에서도 택하지 않았다. 이와 같은 차이는 14세기 철자와 토스카나 방언 문제 등도 있지만, senza라는 현대와 같은 발음을 쓴 옥스퍼드 판도 학자들이 멋대로 현대화한 것은 아니다. 무어는 그 시대의 이탈리아 단테 학회 판을 기본으로 했지만, 토인비가 교정할 때 두 개의 오래된 수고(手稿, 1336년 Landiano, 1337년 Trivulziano)의 팩시밀리를 활용했다고 말하고prefazione iv 있듯이 교정표를 빠뜨렸다 하더라도, 필사본 원고를 비교한 후에 결정한 것이다. 또한 al cominciar도 지금은 사용하지 않지만 의미는 누구나 금방 알 수 있다. 직역하면 '개시에 즈음하여'이지만 이는 '어떤 것이 시작하자마자'로 여기에서는 '지옥에 들어가자 곧바로'라는 의미이다.

어쨌든 단테는 지옥으로 들어서자마자, 무시무시한 한탄의 소리를 듣고 두려움에 휩싸인 채 꼼짝 못하고 서서 눈물을 흘린다. 아직 지옥에 떨어진 사람들이 나오진 않았지만, 이 9행은 그 공간의 양상을 예감할 수 있는 묘사로 매우 유명하다.

사람들은 여기에 적어도 지옥의 부정적 특색 네 가지가 논해지고 있다고 본다. 첫째는 모든 종류의 부정적 언사의 음향이 끊이지 않는다는 것, 다음으로 밤하늘이라고 잘못 볼 만큼 어두운 암흑의 공간은 소리의 울림으로 보아 닫혀 있음을 알 수 있다는 것, 요컨대 탈출의 불가능성을 암시한다. 세번째로 별의 그림자조차 없다는 것, 이는 빛의 부정이다. 마지막으로 인간의 손은 생산과 따스함을 잊었으며, 분노로 서로를 치고받는 부정적 기능에 집착하고 있다는 것이다.

그런데 잘 생각해 보면 어쩌면 이것은 우리가 사는 도시의 모습 그 자체가 아닐까. 많은 사람들의 언사는 부정否定으로 가득 차고, 지옥화되어 가는 세계에 살면서도 지옥의 의미조차 부정하려 한다. 옛날에는 밤에도 어딘가의 수도원에서는 신을 찬미하는 노래를 부르고, 기도의 촛불을 밝혔으며 밤하늘에는 별이 반짝였지만, 지금은 어떠한가. 불야성을 뽐내며 조명 빛을 반사하는 하늘에는 별이 사라졌고, 지상의 등불은 밝지만 그것은 범죄 모의나 주연의 희롱에 소비되기 일쑤이며, 사람들은 그런 곳에 거처를 안정시키고 초월을 잊어버리고 말았다. 손은 따뜻한 손일 수도 있지만 유혹으로도 사용하며, 손으로 생산은 할지라도 살육의 도구를 만들고 살육에 활용한다.

『차라투스트라는 이렇게 말했다*Also sprach Zarathustra*』에서 니체는 현대를 다음과 같이 묘사하고 있다. "현대는 어떠한 시대일까. 현대는 지구가 작아졌고, 그 위로 최후의 인간이 벼룩처럼 날아다닌다. 그리고 별은 사라져 버렸다. 사람들은 별을 모른다. 별이 무엇인가. 이상이란 무엇이냐고 말하며 최후의 인간은 서로 눈짓을 건네며 엷은 웃음을 웃는다". 최후의 인간이란 말세의 인간, 또한 더없이 나쁜 인간을 의미하기도 하였고, 초인과 정반대되는 인간이다. 니체가 이 책을 쓴 시기는 1800년대 말인데, 그로부터 100년가량 지난 지금은 어떠한가. 하늘을 봐도 별이 없다. 흐릿한 별밖에 보이지 않는다. 반짝이는 별은 거의 찾아볼 수 없다. 대도시를 벗어나면 별이 많다고 할 사람이 있을지 모르지만, 내가 어릴 적 도쿄의 밤하늘은 오늘날의 가루이자와의 밤하늘보다, 카파도키아의 밤하늘보다도 훨씬 더 찬란한 별빛으로 반짝였다. 쏟아져 내릴 것 같은 별, 하늘 가득했던 별은 어디로 가 버린 걸까.

인간은 이상의 이미지를 표현할 때, 별을 상징으로 삼는다. 칸트도 "생각하면 할수록 놀라움과 경건함을 주는 두 가지가 있으니, 하나는 내 위에서 항상 반짝이는 별을 보여주는 하늘이며, 다른 하나는 나를 항상 지켜주는 마음속의 도덕률이다"라고 말하며 이 두 가지를 자신의 소중한 빛이라 여겼다. 그러한 별을 현실 생활 속에서 잃어 가고 있는 것이다. 단테는 "절망의 장소에 들어가면(이상의 상징인) 별이 안 보인다"고 말하고 있는데, 우리가 사는 이 세계야말로 '별 없는 하늘sanza stelle'로 향해 가는 게 아닐까.

'별 없는 하늘' 아래에 사는 우리는 별 이미지 대신 그 무엇으로 이상의 상징을 삼을 것인가. 이상을 표현할 수 없다면 설령 '이상'이라는 말이 있다손 치더라도 그 말은 감성을 포함한 실존이 아니며, 우리는 이상을 진정으로 자기 것으로 생각할 수 없게 될지도 모른다. 제아미(世阿弥, 헤이안시대에 유행했던 민중예능 사루가쿠의 작가, 사루가쿠는 익살스러운 동작과 곡예를 주로 하는 것이었으나 후에 노能와 교겐狂言으로 갈라짐―옮긴이)는 눈(雪)을, 노리나가(宣長, 일본의 사상가―옮긴이)는 꽃을, 각각 이상의 상징으로 삼았다. 눈은 결백하나 이내 녹아 버리는 덧없는 것이며, 꽃은 아름답게 빛나지만 결국 꽃잎이 시들고 마는 무상한 존재이다. 둘 다 별이 가지는 신비로운 영원성과 존엄성에는 미치지 못 하며, 그런 의미에서 이상의 상징으로 적합하지 않다.

『신곡』이 우리에게 던지는 과제의 하나로 아이들의 도덕교육에서 우리 시대가 지옥을 대신할 어떤 이미지를 만들어 가야 할 것인가 하는 과제가 있다고 앞에서 지적했다. 나아가 여기에서는 청소년, 아니 우리 성인에게도 '이상의 이미지'의 상징으로 무엇을 떠올리게 할 것인가 하는 과제가 주어진다.

지옥에 이르는 강

그가 내게, 우리가 아케론의 서글픈 강가에 걸음을 멈출 때 그것들이 너에게 밝혀지리라(라고 말했다). (지·3·76~78 야마카와)

강가에 울적해 보이는 사람들이 많이 있다. 저들은 누구일까. 아스라한 빛lo fioco lume에 의지해 살펴보니 사람들이 그 강을 건너는 모습이 보였다. 저것은 뭘까. 단테가 베르길리우스에게 묻는다. 그 물음은 베르길리우스의 서사시 『아이네이스』에서 아이네아스가 저승으로 내려갔을 때 그리스의 늙은 여사제 헤카테에게 물었던 질문 그대로이다(Vergilius, *Aeneis* VI. 318~319). 그 질문에 응해 베르길리우스는 "이제부터 아케론이라는 지옥의 강을 건너 진짜 지옥으로 갈 터인데, 그때에 모든 것을 알게 될 것이다"라고 말한다. 이 강의 수원水源은 지옥편 제14곡 112~120에서 서술된다.

불교에도 명계로 넘어가는 삼도천三途川이 있다. 길가메시 신화에서도 길가메시의 친구 엔키두의 비탄에 찬 보고에 따르면 사후세계는 긴 강의 저 너머에 있다. 서로 관계없는 지역에서 그러한 공통적인 이미지가 어떻게 생겨났는지는 알 수 없지만, 지옥으로 가기 전에 어둡고 무서운 강을 건너야만 한다. 그리스나 로마 신화에도 강이 있으며 그 강 너머에 저승이 있다. 강을 건너면 완전히 '저편'으로 가 버리게 된다. 강을 건너느냐 건너지 않느냐하는 지점에 생과 사의 경계가 있다. 사람이 죽을 때 임종의 물로 입을 축인다거나 임종의 순간에 물을 마시고 싶어 한다는 말이 있는데, 그것과 관계가 있을지도 모른다. 단테의 지옥에도 로마 신화의 '아케론 강'이 나온다. 사후세계의 이미지는 모든 인류에 공통적이다. 그것은 빛이 가득하고 열린 천국·극락·구원의 세계와 빛이 없이 어둡게 닫힌 영원한 절망의 지옥세계이다. 그리고 지옥으로 건너가는 '강'이 나온다. 불교에도 '삼도천의 자갈밭(불교용어. 부모에 앞서 죽은 아이가 저승에서 부모 공양을 위해 돌을 모아 탑을 쌓는다는 삼도천三途川 강변의 자갈밭. 쌓는 족족 악귀가 와서 이를 무너뜨리는데 마침내 지장보살이 구해 주었다고 함―옮긴이)'이 있듯이 '강'에 이를 때까지는 아직 진짜 지옥은 아닌 중간지대가 있다. 이 '3세계'가 많은 신화나 종교에 공통적으로 나타난다. 강 너머 세계는 지옥이지만 아직은 저쪽 강변에 가지 않았다. 아직 '이 세상'의 연장이므로 그곳에서 공덕을 쌓으면 뭔가 좋은 일이 있을지도 모른다는, 일시적으로 영혼이 머무는 것 같은 세계이다. 초기 그리스도교에서는 아직 지옥에 떨어지지 않은 사람이 머무는 장소로, 기원전 1, 2세기 무렵 유대교의 한 종파에서 생각했던 '고성소古聖所'를 믿었다. 그것이 후에 그리스도교에서는 중세에 구성된 연옥 개념으로 이어졌는지도 모른다. 단테의 아케론 강도 로마 신화에서 유래하는 것이며 이처럼 사후세계에 관한 각 종교의 공통된 이미지의 하나이다.

이교신화와 그리스도교 문학

그리스도교의 대표적 문학이라 일컬어지는 『신곡』은 신학과 철학 면에서도 중요한 문헌으로 손꼽힌다. 그러한 『신곡』에서, 그것도 종교상 중요한 사후세계 장면을 표현할 때, 이처럼 고대 이교신화가 도입된 사실을 기이하게 생각하는 독자도 있을 텐데 여기에는 세 가지 중요한 의미가 있다.

우선 첫째로 순례자 단테의 선도자(동행인)가 베르질리오, 즉 베르길리우스라는 로마의 대시인이라는 설정에 기초해 고대 로마의 분위기가 필요하다는, 『신곡』 줄거리에서 비롯된 요청이다.

다음으로 서양문화의 고전이라는 측면인데, 그리스·라틴 문학적 교양은 서양 지식인의 환상과 심리 속에 깊숙이 침투해 있었고 시적 상상에 있어서는 오늘날에도 자주 사용된다. 이상향을 가리켜 '녹음이 우거진 아르카디아'라고 부르거나, 굴레에서 해방된 느낌이 들 때 '페가수스天馬에 올라타고 날아간다'고 말한다. 일본에서도 딱히 신도(神道, 일본 민족 사이에서 발생한 고유한 민족신앙—옮긴이)를 믿지 않더라도, 적막한 호수나 늪의 업業으로 뱀으로 변한 미녀를 기리는 사당 같은 것이 있으면, 자연스레 그 미토스 안으로 들어갈 수 있고, 후지산을 신으로 여긴다는 이야기에도 그다지 저항감을 느끼지 않으며 넋을 잃고 숭고한 산의 자태를 바라보기도 한다. 자연을 시적으로 볼 때, 동서양, 종교의 차이에 관계없이 사람들은 다신교적 자연종교의 관점을 포섭한다.

셋째로, 그리스도교 문화는 교의에 개입하지 않는 선에서 세계의 모든 문화를 받아들인다는 사고방식을, 교부시대 알렉산드리아의 클레멘스와 니사의 그레고리우스, 또한 12세기의 아벨라르 이래의 문화적 자세로 가지고 있다. 단테 속의 고대문화도 그 한 예이다.

지옥의 뱃사공 카론

강가께서 서성거리자 지옥의 뱃사공이 다가온다. 나룻배에 올라타 강 저편으로 가면 진짜 지옥으로 들어간다. 나룻배는 되돌아오지 않는다. 편도뿐인 나룻배이다. 신화에서 뱃사공은 대체로 백발노인이다. 『신곡』에서는 카론Caron이라는 늙은 뱃사공이 그 역할을 맡는다.

> 보라Ed ecco 백발이 성성한 노인 하나가, 배를 저어 우리를 향해 다가오며, 외치기를, 화 있을지로다 너희 악한 영혼들이여
> 하늘을 보리라 바라지 말지니, 나는 너희를 저 너머 강둑, 영원한 암흑의 불구덩이와 얼음 속으로 끌어가려 왔도다 (지·3·82~87 야마카와)

Ed ecco는 난데없이 모습을 드러낸 데 대해 놀라움과 불신을 드러낸 말이며, 무사에 따르면(앞의 책, 42쪽), 용법은 「이사야서」 불가타 번역(Isa:

24. 1, 32. 1, 42. 1)과 비슷하다.

너희를 영원한 암흑의 불구덩이와 얼음 속으로 끌어가려 왔다, 그러니 하늘을 보리라 희망하지 말라고 카론이 말한다. 나룻배에 오름으로써 지옥을 향한 진짜 여정이 시작된다.

거꾸로 말하면, 맨 처음 지옥문에서 아케론 강변까지는 아직 진짜 지옥이 아니다. 따라서 이곳에는 그리 무거운 죄를 범한 사람은 없다. 이름이 알려진 죄인은 한 사람도 없다. 그러한 자들은 모두 '강' 저편으로 옮겨 버렸기 때문이다.

『아이네이스』 제6권과의 관계

지옥을 안내하는 지도자로 베르질리오를 택한 이유는 물론 단테가 매우 존경한 시인이었기 때문이지만, 다른 존경하는 시인도 있었는데 하필 베르길리우스를 선택했던 이유는 무엇일까. 거기에는 좀더 상세한 이유가 있다.

베르길리우스의 『아이네이스』에 영웅 아이네아스가 살아 있는 몸으로 저승으로 내려가는 장면이 묘사되어 있다(제6권). 아이네아스가 저승에 들어간 것은 전장에서 죽음으로 인해 이별한 아버지와 영웅들, 자기편 사람들을 만나는 것이 하나의 목적이었다. 아이네아스는 저승 여행 중 이윽고 자신이 조국 트로이아의 수도 일리온 도성을 대신할 로마라는 도시국가의 왕이 될 운명임을 알게 된다. 단테는 베르길리우스가 아이네아스에게 지옥을 보여준 시를 쓴 시인이므로 지옥 안내자로 적합하다고 생각했을 것이다. 여기에 베르길리우스가 단테의 지옥 안내자로 선택된 결정적인 요인이 있다고 보아도 좋을 것이다.

단테가 본보기로 삼았을 것이라 여겨지는 『아이네이스』 제6권의 저승과 단테가 묘사한 지옥에는 세 가지 공통점이 있다. 첫째, 저승은 죽은 자가 가는 곳이며 원래는 그곳에 가면 돌아올 수 없는 세계라는 것. 둘째, 그런데도 두 사람 모두 저승에서 되돌아온다는 것. 아이네이아스는 특별한 공적 사명을 띤 사람으로서 헤카테의 안내를 받아 저승을 통과해 다시 이 세상으로 돌아온다. 단테는 사적인 순례이긴 하나 베르길리우스의 안내로 지옥에 들어가고 그 역시 돌아온다. 그리고 셋째는 지옥에는 구조가 있으며 죄가 무거운 자일수록 아래쪽에 처박힌다는 점이다. 굳이 지적할 필요도 없는 공통점이지만 정리해 두고자 한다.

단테의 지옥 구조

그런 까닭에 단테가 묘사한 지옥 구조를 파악해 볼 필요가 있다. 단테는 지옥에서 어떤 사람들을 만나는가.

> 지옥문 위에 적힌 글을 읽은 후 두 시인은 먼저 지옥 권역 밖으로 들어가 그곳에서 비겁한 자들의 영혼을 보고, 나아가 아케론 강에 이르러 뱃사람 카론의 망령을 굴복시켜 배에 올라 대안對岸으로 향하는데, 이때 광야가 요동치며 번갯불이 번뜩이니 단테는 이로 인해 실신하여 땅에 쓰러진다
>
> (제3곡·주 야마카와)

지옥문으로 들어가 아케론 강에 이르러 뱃사공 카론에 의해 진짜 지옥으로 들어간다. 단테는 이때 실신해 쓰러진다.

지옥의 제1원은,

이로부터 베르길리우스의 안내를 받아 림보로 내려가니, 이는 곧 그리스도를 몰라 세례를 받지 않은 자가 머무는 곳이니 (제4곡·주 야마카와)

세례를 몰랐을 뿐이지 딱히 악인이랄 수 없는 사람들이 있다.
제2원은,

이윽고 두번째 지옥에 이르니 그곳에는 사음邪淫의 죄를 범한 수많은 자들이 광풍에 휘말려 어두운 하늘을 이리저리 떠돌고 있더라 (제5곡·주 야마카와)

여기에는 그 유명한 프란체스카와 파올로가 나오며 사음의 죄를 범한 사람들이 있다. 사음도 죄이긴 하나 그렇다고 해서 사람을 죽인 정도는 아니다. 부정한 사랑이긴 하지만 나름의 사랑이 있었으므로 사음의 죄는 비교적 가벼워 지옥 구조 속에서도 위쪽에 놓인다.
제3원은,

세번째 지옥은 음식에 대한 욕심에 빠진 자들을 벌하는 곳이니, 괴물 케르베로스 눈과 비로써 그들을 가책呵責하더라 (제6곡·주 야마카와)

사음보다 음식에 대한 집착이 죄가 더 무겁다. 굶는 사람이 있는데 자기 혼자만 포식하는 것은 정의에 반하는 일이다. 지옥의 제3원에는 대식 괴물이 나와 갖가지 심술궂은 짓을 한다.
제7곡부터는 이윽고 지옥의 감옥 안으로 들어간다. 제4원은 두 개로 나뉘어 있고 한 곳에는 '걸신들린 듯 돈을 모은 자', 다른 한 곳에는 '무분별하게 낭비한 자'가 벌을 받는다. 그리고 점차 깊어져, 제5원(분노의 죄), 제6원(이교도들을 매장하는 열화의 층)으로 구조가 만들어져 있다. 7원,

8원, 9원으로 갈수록 죄는 더욱 무거워진다. 위의 6원에 비해 7원, 8원, 9원에는 악의에 의한 죄인들이 있다. 악의에 의한 죄인이란 '나쁜 일'임을 분명히 의식하고 있으면서도 상대에게 해를 끼치고자 하는 의도로 죄를 행한 죄인을 가리킨다. 이는 극악무도하기 때문에 제 7원 아래로 집어넣는 것이다. 6원까지의 죄인보다 훨씬 혹독하고 모진 고통을 당한다. 거기에 포함되는 죄는 크게 나누면 '폭력의 죄'와 '기만의 죄' 두 가지다. 폭력의 죄는 타인에 대한 폭력(살해나 약탈), 자신에 대한 폭력(자살이나 낭비), 신 또는 자연에 대한 폭력(모독) 세 가지로 나뉜다. "들끓는 물에 잠겨 귀청을 찢듯 아우성치는dove i bolliti facieno alte strida"(지·12·102) 상태에 처한 자가 "여기 알렉산드로, 여기 디오니시우스quivi è Alessandro, e Dïonisio fero" (지·12·107)로 수없이 있는데, 전자는 여러 가지 설이 있지만 마케도니아의 알렉산드로스 대왕이다. 단테에게 원정과 전쟁으로 벌인 대량 살육은 타인에 대한 폭력의 죄에 해당한다.

폭력의 죄·기만의 죄

타인에 대한 폭력인 살해나 약탈뿐 아니라, 신에게서 받은 생명을 스스로 없애는 자살도 자신에 대한 폭력으로 무거운 죄가 된다. 따라서 자살한 사람들은 충직한 신하였던 피에르 델라 비냐Pier della Vigna를 비롯해 모두 움직일 수 없는 나무로 변했는데, 그 사실을 몰랐던 단테가 나뭇가지를 꺾자 '검은 피sangue bruno'(지·13·34)가 흘러나온다. 그리고 신에 대한 폭력, 또는 자연에 대한 폭력이란 신을 업신여기는 모독이다. 신에 대한 폭력의 전형은 베르질리오가 오래전 테바이를 공격한 카파네우스를 "지나간 날도 지금도 신을 업신여기는(ed ebbe e par ch'elli abbia Dio in disdegno,)"(지·14·69~70)이라는 설명으로 등장시킬 때 묘사되는데, 그는 불덩이 고문을 받는다. 또한 자연에 대한 모독 혹은 반역은 제11곡 50행에 있는 Soddoma(「창세기」 19장)의 남색男色, 즉 homosexuality를 가리키는 것으로 이는 자연에 반하는 죄라 여겨졌다. 그것은 동성애 상대의 자연을 범하는 일이므로 싱글톤이 제11곡의 소돔에 주를 달았듯이, 토마스 아퀴나스의 『신학대전Summa Theologiae』(II. II. q.154. a.II)에서는 반자연적 악vitium contra naturam이다(싱글톤 주, 171쪽). 단테는 그 죄를 진 사람으로, 명백하게 쓰진 않았지만, 제14곡에 등장해 이야기를 하면서도 허둥지둥 사라져 가는 옛 스승 브루네토 라티니를 들고 있다. 동성애는 간혹 그리스도교에서는 반자연적 죄이다. 그러나 이 말을 새롭게 해석하면 오늘날의 개발, 예를 들어 구릉지를 며칠 만에 무너뜨리고, 나무를 베어 내고 숲을 없애 버리는 개발 행위는 단테에게는 중죄인, '자연에 반하는 모독'에 넣을 수 있을 것이다. 이는 현대 과학기술이 가져야 할 올바른 모습과 비춰 보면 매우 흥미 깊은 사고가 될 것이다. 윤리학에서는 이제껏 자연에 대한 반역에 대해 개발이라는 이름 하에 숲을 아무리 망가뜨려도 윤리적으로는 문제가 없다고 여겨 왔는데, 이제는 오히려 산업으로서는 좋은 목적이 있다고 해도 자연을 폭력적으로 해하는 것은 죄가 아닐까 하는 말을 하게 되었다. 단테의 사고는 그러한 면에서도 참고할 만 한 사상이다.

단테는 폭력이 죄라고 했는데 폭력에 관해서는 실로 여러 가지 사고가 있다. 예를 들면 혁명을 위한 폭력violence은 어쩔 수 없이 필요한 게 아닐까. 그것은 타인에 관한 것이냐, 자신에 관한 것이냐, 아니면 신에 대한 것이냐, 자연에 대한 것이냐 하는 분류 방법으로는 나눌 수 없다. 타인을 살해하거나 자살을 하는 것은 결과일 뿐이다. 사회적 측면에서 생각할 때 악한 정치가가 악한 권위를 장악하고 있다면 그를 타도하기 위한 방법은 폭력밖에 없는 게 아닐까. 이는 도덕철학이 빠진 아포리아다. 그러나 폭력적 살육(테러리즘)을 물리치고 언론(言論, 로고스)으로 해결해야 한다는 각오와 서약에 투철한 것이 그리스도교의 정신일 것이다. 단테는 적어도 그렇게 생각했으며, violènza는 모두 '폭력'이라 번역되어 육체적인 폭력만을 생각하기 쉬운데, 이탈리아어의 동사 violare는 라틴어에서 유래한 것으로 본래는 '성역聖域을 모독하다'라는 뜻이며, 다름 아닌 타자의 정당한 권리를 침해하는 것을 의미한다. 따라서 정당한 권리 없이 부당한 언동으로 정당한 권리가 있는 것을 범하려 할 때는, 또 그것이 바르게 인정될 때는, 오히려 처벌하지 않을 수 없다. 그 처벌이 상징적으로 보이는 곳이 바로 지옥이다. 사형이 있는 것도 그 때문이다. 단테는 이 문제에 어떻게 대답할까. 단테가 아무리 위대하다 해도, 모든 문제를 함축하고 있는 사람이라 말할 수는 없다. 그러나 단테의 원리로써 문제를 생각해 나가는 것은 우리에게도 가능한 일일 것이다.

미국 독립선언(1776년), 프랑스 인간 및 시민의 권리선언(1789년)으로 시작된 18세기 이후의 인권문제를 생각해 보면, 폭력을 동반한 인권투쟁을 거쳐 기본적 인권평등을 획득할 수 있었음을 볼 수 있다. 18세기에는 부르주아 혁명을 통해 일반시민의 인권이 인정되었다. 19세기 초 '공산당 선언'이 나와 계급투쟁 속에서 노동자의 인권을 소리 높여 외치게 되었고, 20세기가 되어서야 가까스로 노동자 해방이 진행되었다. 이것들은 모두 주장하는 측이 인권을 위해 폭력이 필요하다는 생각으로 행한 투쟁이라 일컬어진다. 그러한 의미에서 폭력을 어떻게 생각할 것인가는 앞으로도 커다란 과제로 남을 것이다. 다만 단테에 의하면 '악의에 의한 폭력'으로 신성한 권리를 강탈하는 일은 절대로 용서 받을 수 없다. 그 점은 분명히 해 두지 않으면 안 된다. 그러므로 강탈로 권리를 빼앗은 자의 악덕에 맞서 목숨을 걸고 싸우는 것은 폭력이 아니지 않을까.

그리고 단테는 기만은 인간 특유의 악이라고 말한다. 기만의 전형은 위선이나 아첨, 마술이다. 마술은 종교와 연관 지어 사교邪敎를 가르친다. 그리고 계획을 세워서 행하는 절도, 금전으로 주교 자리를 내주는 성직 매매, 그 밖에 매춘 알선, 독직瀆職, 배신 등이 기만이다. 그리고 단테는 인간 최대의 죄는 배신이라고 말한다.

지옥 구조의 사상적 배경

단테가 구상한 지옥을 보면 9층으로 나뉘어 있는데, 이 구조는 도덕철학과 윤리, 신학을 충분히 숙고한 후 만들었다는 것을 다시 한번 의식해야 한다. 아리스토텔레스의 『니코마코스 윤리학』, 키케로의 『의무론』, 13세기 토마스 아퀴나스의 『신학대전』(단테 시대에는 가장 혁신적인 학설이었다)의 도덕철학, 이 세 가지 사고방식을 충분히 공부하고 이들에 입각하여 지옥 구조를 만들어 낸 것이다. 사람들은 단테가 지옥을 단지 이미지로 묘사했을 거라고 말할지도 모르지만, 단순한 이미지, 눈에 떠오르는 환영만으로 만든 건 아니다. 물론 단테는 독창적인 지옥 상imago을 만들었다. imago나 imagine를 만드는 것을 immaginazióne라고 하므로 분명 새로운 지옥 상을 창조한 것이긴 하나, 그 배경으로 선인들의 철학을 깊이 공부했다. 그의 '지옥'은 '인간의 노력을 다해 만들어 낸 이미지를 마음속에 떠올린다'는 '상상' 작업의 한 전형적인 예일 것이다.

아리스토텔레스의 사고에서 덕은 실천적 지혜—프로네시스(φρόνησις 라틴어로는 prudentia)—에 의해 만들어지지만, 악덕은 파노(우)르기아(πανουργία)로 만들어진다. '파노(우)르기아'란 '간사한 꾀', '교활함'(영어의 cunning)을 가리키는 말로 실천적이긴 하지만 나쁜 계획을 세우는 것을 뜻한다. 아리스토텔레스는 "프로네시스에 있어서 뛰어난 사람은 자칫하면 파노(우)르기아에도 뛰어나다"라고 쓰고 있다. 실천지實踐知에 뛰어난 사람은 정신을 여간 바짝 차리지 않으면 나쁜 계획을 세울 가능성도 커진다. 단테가 지옥에 가서 만나는 사람은 교황과 대신大臣 등 비교적 중요한 지위에 있었던 사람들도 상당히 많다. 이는 인간이 지위를 이용해 나쁜 일을 계획한다는 일반적 경향을 배경에 두고 있다. 또한 키케로는 의무를 중요시하고, '무엇에 충실할 것인가' 즉 '무엇이 의무인가'를 잘못 알면 큰 문제가 발생한다고 서술했다. 아리스토텔레스와 키케로는 잘못으로 인해 생겨나는 무서움에 대해 묻는다.

나아가 아벨라르와 토마스 아퀴나스는 그러한 것도 중요하지만, 가장 중요한 것은 지향성 혹은 의도intentio라고 말한다. 요컨대 명확한 악의를 동반하는 죄가 가장 나쁘다. 악의 중에서도 가장 나쁜 것은 신에게서 완전히 돌아서는 것, 신으로부터 떨어져 나가는 것이다. 토마스는 '인간은 신을 향하도록 창조되었다'고 말한다. 이것은 아우구스티누스의 사고를 계승한 것인데, 인간은 신과 대면해 대화하도록 만들어졌기 때문에 신을 등지고 신과 반대되는 일을 하고자 하는 배신은 가장 나쁘다고 말한다. 이에 입각해 단테에게도 배신이 가장 나쁜 죄가 된 것이다.

실신하는 단테

끝으로 단테가 다음 장소로 이동할 때 혹은 더 깊은 지옥으로 들어갈 때 자주 실신해 쓰러진다는 점을 지적하고자 한다. 다음 장에서 상세하게 다룰, 프란체스카의 슬픈 이야기를 들었을 때의 일인데,

Mentre che l'uno spirto questo disse,

l'altro piangea sì, che di pietade

io venni men così com'io morisse;

e caddi come corpo morto cade.

한 영혼이 이렇게 말하는 사이, 다른 하나는 서럽게 눈물만 흘리니, 나는 너무도 측은하여, 죽는 듯 실신하여 죽은 몸뚱이가 쓰러지듯 넘어졌노라 (지·5·139~142)

야마카와는 이렇게 멋지고 훌륭하게 번역을 했는데, 앞에서 말한 내 방식으로 번역하면 다음과 같다.

한 영혼이 이렇게 말할 때

다른 이는 줄곧 눈물 흘리니 측은함 깊어져

나는 죽은 듯 의식을 잃고

시체가 쓰러지듯 넘어졌다.

인간은 더이상 견딜 수 없을 때 그 자리에서 의식을 잃어버리는 일이 있다. 어떤 것을 꼼짝 않고 쳐다보고 있다가 발광할 것만 같을 때, 인간은 정신을 잃고 쓰러져 버린다. 그러나 그것은 신의 커다란 은총의 하나이다. 단테는 『신곡』 안에서 자주 그런 경험을 한다. 앞으로 읽어 가는 중에도 때때로 나오므로 주의해 주기 바란다.

장례미사sequentia

이 장에서는 마지막으로 장례미사 세쿠엔티아(sequentia, 이탈리아어로는 sequènza-연도連禱)를 소개한다. 첼라노의 토마스가 만든 곡이다. '진노의 날, 바로 그 날에는Dies irae, dies illa'이라고 시작하며 최후의 심판의 때는 무섭다는 내용의 노래이다. 문학에서는 괴테의 『파우스트』에서 마르가레테의 장례식 장면에서 불린다. 이 노래는 장례미사 때에 반드시 불린 명곡이다. 그러나 앞에서도 말했듯이, 교회에서는 최근 지옥의 무서움에 대해 언급하지 않으려는 풍조가 있다. 죽은 사람 앞에서 '지옥에 갈지도 모른다'는 노래를 부르는 것은 실례도 이만저만이 아니라는 사고, 신은 따스한 사랑이므로 죄를 사해 준다는 사고가 주류를 이뤄 설령 라틴어로 장례미사를 올려도 세쿠엔티아는 불리지 않게 되었다. 나의 고전학 은사이신 구레 시게이치 선생님도 돌아가시기 일주일 전쯤 세례를 받으시고, 당신이 죽거든 "나를 위해 세쿠엔티아를 부르는 장례미사를 라틴어로 불러 줬으면 한다"는 유언을 남기셨다. 그래서 그분이 남긴 뜻을 교회에 전달했지만, 제2차 바티칸 공의회 직후 카테드랄(주교좌 대성당)에서 "오늘날 교회에서는 그런 잔혹한 노래는 부르지 않기로 했다"며 세쿠엔티아만은 굳이 생략시켰다. 나는 매우 놀랐고 '교회라는 곳에서 음악예술을 탄압하는 건 아닌가, 게다가 교의적으로도 본래는 지옥에 보내 벌해야 마땅할 우리 개개인의 죄를 사하고 구원해 줄 정도로 크신 신의 사랑과 그리스도의 십자가 위의 죽음의 의미도 이런 시곡을 통해 느끼는데, 외려 그런 의미를 소홀히 하는 건 아닌가' 하고 의아하게 생각했던 적이 있다. 무슨 일을 하든 용서받고 구원받는다면 일종의 염불종(念佛宗, 염불 삼매에 의해 극락왕생을 구하는 타력 본원他力本願의 종파─옮긴이) 신도와 아무 차이도 없을 텐데, 그런데도 과연 그리스도교라고 할 수 있을까.

멜로디가 지옥의 무서움과 슬픔을 참으로 잘 표현해 낸 노래이다. 라
틴어 원문과 함께 읽어보자.

Dies irae, dies illa,	진노의 날, 바로 그 날에는
Solvet seaclum in favilla:	세상은 재 되리라
Teste David cum Sibylla.	다윗과 시빌이 증언했노라
Quantus tremor est futurus,	그보다 더한 공포는 없으리
Quando judex est venturus,	마침내 심판관이 내려오시어
Cuncta stricte discussurus.	모든 것을 엄숙히 심판하리
Tuba mirum spargens sonum,	영묘한 나팔 소리 울려 퍼지고
Per sepulcra regionum,	온 땅의 무덤 위로
Coget omnes ante thronum.	모여든 이는 모두 옥좌 아래로
Mors stupebit et natura,	죽음은 놀라 깨어나리, 또한 자연도
Cum resurget creatura,	피조물은 일제히 깨어나
Judicanti responsura.	심판주께 답할지어라
Liber scriptus proferetur,	기록된 책은 앞으로 나오고
In quo totum continetur,	모든 행위는 장부에 적혀 있나니
Unde mundus judicetur.	그에 따라 세상은 심판받으리라
Judex ergo cum sedebit,	그리하여 심판주 앞으로 나와 좌정하나니
Quidquid latet, apparebit:	감춰진 것들은 모조리 드러나고
Nil inultum remanebit.	벌 받지 않는 죄 하나도 없으리라
Quid sum miser tunc dicturus?	그때에 어린 우리는 과연 무어라 말하고

Quem patronum rogaturus,	그 누구를 변호자로 우러를 것인가
Cum vix justus sit securus.	올바른 자마저 마음 편할 수 없으리니
Rex tremendae majestatis,	우러르고 경외할 존엄한 대왕
Qui salvandos salvas gratis,	구원해야 할 자 은총으로 구원하소서
Salva, me, fons pietatis,	우리를 구원하소서, 자비의 샘이여

Recordare, Jesu pie,	기억하소서 자비로운 예수여
Quod sum causa tuae viae:	하늘에서 내려오신 영혼은 무릇 우리를 구하고자 함이니
Ne me perdas ilia die.	나를 멸하지 마소서, 바로 그 날에
Quaerens me, sedisti lassus:	나를 찾으시려 지치고 고난 당하셨으며
Redemisti, crucem passus:	나를 속죄시키고자 십자가의 극형을 참아내시니
Tantus labor non sit cassus.	그 노고를 어찌 헛되이 할 수 있으리

Juste judex ultionis,	엄격하게 벌하시는 정의의 심판주여
Donum fac remissionis,	은총을 베푸소서 죄사함의(은총)
Ante diem rationis.	심판의 그 날이 이르기 전에
Ingemisco tamquam reus:	이 몸 죄인과 같이 한탄하나니
Culpa rubet vultus meus:	죄로 인한 부끄러움으로 붉어지는 내 얼굴
Supplicanti parce, Deus.	엎드려 간청하나이다
	나를 불쌍히 여기소서 천주여
Qui Mariam absolvosti	주께서 마리아(막달레나)를 사하시고
Et latronem exaudisti,	또한 도둑의 간청을 들어준 것 같이
Mihi quoque spem dedisti.	내게도 희망을 안겨 주셨도다

Preces meae non sunt dignae:	내 소망은 분에 넘치나
Sed tu bonus fac benigne,	그러나 주여, 자비로운 은총으로
Ne perenni cremer igne.	나를 영원한 불에서 구하소서
Inter oves locum preasta	나를 양떼 속에 두시고
Et ab haedis me sequestra	염소떼에게서 떼어 놓으시어
Statuens in parte dextra.	주의 오른편에 서게 하소서
Confutatis maldictis,	판결 받은 사악한 자는
Flammis acribus abbictis,	맹렬한 불꽃으로 넘기시고
Voca me cum benedictis.	나를 부르사,
	축복받은 자들과 함께하게 하소서
Oro supplex et acclinis,	엎드려 진심으로 받들어 모시나니
Cor contritum quasi cinis:	마음은 재와 같이 부서지도다
Gere curam mei finis	돌보소서 저의 종말을
Lacrimosa dies illa,	눈물의 날이 되려나, 바로 그 날
Qua resurget ex favilla.	재로부터 되살아난(바로 그 날은)
Judicandus homo reus:	사람은 죄에 따라 심판받으리
Huic ergo parce, Deus.	그러나 그들을 불쌍히 여기소서 천주여
Pie Jesu Domine,	자비 깊으신 주 예수여
Dona eis requiem. Amen.	그들에게 안식을 안겨 주소서, 아멘

〔가톨릭성가집〕

이것이 장례미사의 부속가인데 지옥과 최후의 심판의 섬뜩함을 노래한 곡이다. 장례미사 때에 이 노래를 부르는 것이 교회의 오랜 관습이었다. 그 배후에 단테의 지옥론이 있으며, 지옥은 신의 의지로 구조화되었다는 사고방식이 있으므로 이 시도 함께 소개했다.

질의응답

질문자   구보타 노부히로, 마에노소노 고이치로, 하시모토 노리코

구보타   저는 단테가 지옥을 그토록 상세하게 구조적으로 표현한 데에 대단한 흥미를 느낍니다. 단테가 지옥세계를 그렇게까지 상세하게, 게다가 구체적인 인물까지 배치시켜 도해한 의도를 어떻게 해석하면 좋을까요?

이마미치   첫째는 죄의 무거움에 따라 아래쪽으로 침잠해 간다는 사고가 있으니 죄의 단계를 구체적으로 나타낸 것 같습니다. 제3곡에서 '정의'가 최고의 창조자를 움직여 신의 최고의 지혜에 힘입어 지옥이 창조되었다고 노래했는데, 신의 창조물인 이상은 죄가 무거운 자의 질서가 명확히 나뉘어야 한다는 생각일 테지요.

둘째는 그리스도교 교의에서 볼 때, 신은 최후의 심판과 관련해서 지옥을 일정 기간의 감옥으로 삼은 것 같습니다. 그런 만큼 현세에서 어떠한 일을 했느냐에 따라 사후와 최후의 심판 사이에 어떤 상벌이 있어야 하는가가 추궁되며, 특히 교육적으로 어떤 죄악에 어떤 벌이 내려지는가를 표현한 게 아닐까요.

그리고 셋째로는 죄의 깊이에 따라 아래로 내려가고 고통도 커지게 함으

로써 그리스도교에서는 어떤 죄를 가장 무거운 죄로 여기는가 하는 점을 표현했다고 봅니다.

단테가 일시적으로 몸을 숨겼다는 설이 있는 파리의 생 줄리앙 르포브르St. Julien le Pauvre라는 교회가 있습니다. 그 교회 건너편에 옛날 감옥을 샹송바로 만든 곳이 있습니다. 입구에서 지하로 내려가면 바가 나오는데, 그 건물은 고딕 이전의 로마네스크 풍 석조건축이라 쇠창살을 친 창 하나뿐이고, 그곳에서 보면 돌 벽의 두께가 1미터나 되어 도저히 도망칠 수 없을 것처럼 보입니다. 나는 그곳이 감옥이었을 거라 생각하며 샹송을 듣고 있었는데, 그곳은 한때 감방 접수처였고 실제 감방은 그보다 더 아래에 있다고 했습니다. 구경해 보라는 말에 좁디좁은 계단을 내려가니 창도 없는 좁은 지하 감옥에 감방이 몇 개 있었고, 서 있을 수도 없는 낮은 천장에 쇠창살이 둘러쳐 있었습니다. 그 아래에도 감방이 있었습니다. 내가 그런 곳에 갇혔다는 상상을 하자, 가슴이 답답해지면서 숨을 쉬기도 힘들었습니다. 그런 곳에 갇히는 건 사형과 마찬가지이고, 아니 사형보다 더하여 나라면 미쳐서 혀를 깨물고 죽을지도 모른다는 생각이 들었습니다. 그곳을 본 지 어느덧 30여 년이 지난 것 같습니다만, 어쩌다가 그 생각이 떠오르는 밤이면 미칠 듯한 고통을 느낍니다.

죄인에게도 분명 인권은 있는데 그런 곳에 갇혀야 했던 시대가 끔찍할 뿐입니다. 그때의 경험은 전쟁 중에 지하에 만든 방공호 굴속에서 폭탄이 터지는 소리를 들으며 숨죽이고 숨었던 때와는 비교도 할 수 없는 고통이었습니다. 지하 감방의 말로 표현하기 힘들 정도의 고통스러운 압박감은 지옥의 구조와 어딘가 상통하는 게 아닐까요. 생 줄리앙 르 포브르는 12~13세기 무렵 세워진 교회이며 그 맞은편에 있는 옛 감옥도 그 무렵에 만들어졌습니다. 지극히 개괄적으로 말하자면 단테의 시도 그 시대에 쓰였습니다.

구보타   일본의 지옥순례를 떠올려 보면 기껏해야 헤이안 시대에 도켄道賢 선사의 『명도기冥途記』(941년)라는 단순한 저승 순례 같은 것뿐입니다. 일본의 경우는 원령怨靈이 주역이며, 예를 들면 스가하라 미치자네菅原道眞가 그곳으로 찾아온 도켄道賢인 니치조日藏라는 행자를 다이조텐太政天의 궁성으로 안내하고 나아가 지옥으로 가자, 미치자네道眞를 쫓아낸 당사자 다이고醍醐 천황이 지금 말씀하신 것과 같은 철책 움막 같은 곳에 갇혀 있었다는 묘사가 나옵니다. 그러나 일본은 굳이 말하자면 지옥의 엄격함이나 혹독함은 별로 느껴지지 않습니다. 일본에서는 지옥에서도 구원의 길은 끊임없이 있었고, 불교에서는 산 자를 공양하거나 하면 지옥에 떨어진 사자가 구원되기도 합니다. 그리스도교 세계에서 이야기해 온 지옥의 중층적인 중량감은 불교에서는 상당히 가볍게 느껴집니다. 일본과 비교해 봤을 때 단테가 그린 지옥의 구조적이고 상세한 묘사가 매우 인상적이었습니다.

이마미치   일본의 황천 묘사에서도 '땅 밑의 어두운' 곳이라는 점은 마찬가지이지만, 어두울 뿐이지 중층적인 구조는 없습니다. 제가 아는 한에서는 그리스도교의 지옥 구조에서도 단테만큼 중층적인 경우는 예외적입니다. 물론 단테의 지옥은 그리스도교 사고에 따르고 있긴 하지만, 유난히 엄격하게 구조화되어 있는 것 같습니다.

마에노소노   l'aere senza stelle '별 없는 하늘'에 관한 질문인데, 이 별이 복수로 되어 있는 것은 단순히 밤하늘의 많은 별을 가리킨다고 생각해도 좋은지, 아니면 '스텔라'라고 불리는 성모 마리아의 이미지와 관련이 있는 것인지 여쭙고 싶습니다.

이마미치 분명 성모찬가에 '아베 마리스 스텔라Ave maris stella'라는 시구가 있긴 한데, 그것은 '안녕! 바다의 별이여'라는 의미로 단수입니다. 『신곡』의 이 부분은 딱히 마리아가 배경에 있다고 보지 않아도 될 것 같습니다. 마리아가 '별'이라고 일컬어지는 이유는 바다의 뱃사공이 성모에게 보호를 받듯이 바다의 별이 갈 방향을 이끌어 주므로 마리아와 마레(바다)를 연관 지어 '바다의 별'을 '마리아'라고 부르는 것입니다. 바다의 별은 뱃사람들이 해상에서 방향을 결정하기 위해 보는 별이며, 그것이 구원으로 이어지는 것입니다. 그러나 여기에서는 좀더 일반적인 별이 좋지 않을까요. 그리고 복수형이므로 하늘 가득한 별이고 그 하나하나가 개개인의 목표나 이상의 상징이겠지요.

하시모토 현대는 지옥 이미지를 회피하게 되었고 그로 인해 보다 소중한 도덕교육의 소재를 잃어버렸습니다. 그를 대신해 도덕교육 역할을 담당할 일종의 새로운 이미지 창조 필요성에 대해 말씀하셨습니다만, 혹시 구체적인 이미지가 있으시면 들려주십시오.

한 가지 더, 마지막에 '죽은 몸뚱이가 쓰러지듯 넘어졌노라'(지·5·142)와 관련해서 정신적인 것과 육체적인 것의 대립 관계에 대해 『신곡』은 어떻게 보고 있는지 여쭙고 싶습니다. corpo morto(死體, 죽은 몸뚱이)의 '코르푸스'에는 물체라는 이미지가 상당히 강한 데 비해 그 앞 행에는 '영혼'이라는 말이 나옵니다. 또한 제3곡 25행에서는 '이상한 소리, 욕설을 퍼붓는 외침, 근심의 말들, 분노의 선율, 강렬한 소리, 연약한 소리'에 이어서 '손으로 치는 소리가 뒤섞여 술렁이고'라고 굳이 신체에 연관되는 말을 써 넣음으로써 왠지 모르게 앞의 느낌과는 다른 분위기를 풍깁니다. 번역의 문제일지도 모르지만, 이 부분에서 정신적인 이미지와 육체적인 이미지를 구분해 사용한 듯한 인상을 받았습니다만, 그 점에 관해서도 여줍고 싶습니다.

이마미치　지옥 이미지를 대신해 도덕교육의 기본이 될 이미지를 만들어야 한다는 생각은 전부터 계속해 왔습니다. 그러나 저에게도 아직 구체적으로 이렇다 할 만한 것은 없습니다. 그러나 누군가는 반드시 해야 할 과제입니다. 특히 시인에게는 그 임무가 더 무거운 게 아닐까요. 호메로스, 헤시오도스, 아이스킬로스는 그 시대의 새로운 이미지를 만들어 사람들을 인도했습니다. 베르길리우스는 로마의 새로운 신화를 만들었으며, 단테는 이렇게 『신곡』을 만들었습니다. 당시 그리스도교 사회에서 아나스타시오 2세, 니콜로 3세, 보니파치오 8세까지 많은 베드로의 후계자, 요컨대 예수의 대리자라 여겨졌던 교황까지도 지옥에 있다는 시를 창작한 것은 상당히 대담한 작업이었습니다. 이러한 점을 감안해 보건대, 문학가든 철학자든 예술가든, 그 누군가는 반드시 오늘날 교육의 기본이 될 만한 이미지를 만들어 내야 하지 않을까요. 그러나 솔직히 말씀드리면 저 자신도 단지 생각만 할 뿐 구체적 이미지에는 이르지 못했습니다. 다만 저는 시인은 아니지만, 새로운 윤리학이 필요하다는 생각에 '에코에티카' 개념을 제창하고 있습니다. 환경이 자연뿐이었던 시대와는 달리 '기술'이 새로운 환경이 되었고, 게다가 기술은 인간까지 대행하게 되었습니다. 계산기나 컴퓨터는 인간의 두뇌를 대신합니다. 그러한 시대인데 이제까지의 윤리학으로 괜찮을 것인가. 새로운 윤리학을 찾아야 하는 게 아닐까. 윤리적인 의미에서의 교육 목표를 저 자신도 조금씩 생각해 보는 중입니다. 그러나 역시 총괄적인 이미지가 필요합니다.

그리고 정신과 육체의 연관에 대해 한 가지 말씀드리고 싶은 사항은 일본어에서는 '육체'와 '정신'이라고 말합니다만, 라틴적 전통에서는 '물체'와 '정신'입니다. '물체'에 식물적 영혼이 들어가면 영양을 흡수하는 능력이 생겨서 식물이라는 육체가 됩니다. 그 능력이 사라지면 물체에 지나지 않는다는 사고입니다. 이것은 죽은 몸뚱이는 인간의 생명이 사라진 단순한 물체이며, 물체인 이상은 내장을 사용해도 좋다는 장기이식 사고방식이 생겨난 이유입니다. 일본의 경우에는 처음부터 육체와 영혼의 대립이 있으며, 영혼이 사라져도 거기에 있는 것은 육체, 즉 인간의 신체이며 단순한 물체가 아니라는 사고입니다. 이는 극단적인 표현을 쓰자면, 장기이식 문제에 인간이 어떠한 반응을 보이는가와 연관되기도 합니다. 단테가 corpo(물체)라고 말한 것은 간단하게 말하면 그러한 아리스토텔레스 풍의 개념을 배경에 두고 있는 것입니다.

끝으로 『카르미나 부라나*Carmina burana*』라는 시집 중 한 편을 소개하겠습니다. 이것은 중세 말 수도원 규칙에 회의적이었던 수도사들의 생각을 대변한 시집으로 19세기 초 베네딕트보이에른 수도원에서 발견된 것입니다. 제가 강의를 위해 낭독을 할 테니 여러분들이 라틴어 시의 아름다움을 느껴 주셨으면 합니다. 이탈리아어와는 다르지만, 한편으로는 비슷한 점도 있습니다. 단테의 이탈리아어로 이어지는 서양의 기나긴 문예 전통도 중요하지만 베르길리우스 이후 라틴어가 이렇게 중세에까지 이어졌다는 점을 의식해 둘 필요도 있습니다. 1937년에 칼 오르프가 훌륭한 리듬으로 작곡했습니다.

Tempus est iocundum	즐거운 계절

Tempus est iocundum	때는 즐거운 봄이로다 봄
O virgines	오, 처녀들이여!
Modo congaudete	자, 상대와 함께 즐기자꾸나
vos iuvenes,	청년들이여!

O, O, O!	오, 오, 오!
totus floreo	내 몸도 무르익어 꽃을 피우네
iam amore virginali	봄, 첫사랑 설렘에
totus ardeo.	불길처럼 타오르는 살아 있는 몸이여.
novus, novus amor	새로운 이 연정에
est, quo pereo.	금방이라도 죽을 것만 같구나.
Mea me confortat	동경하고 그리워하는 소망이
promissio	나의 자극이요
mea me deportat	이를 주저하는 거절이
negatio	나의 고뇌 되리니
O, O, O!	오, 오, 오!
	내 몸도 무르익어 꽃을 피우네(이하 2연 반복)
Tempore brumali	추운 겨울은 남자인 탓에
vir patiens.	참고 견디었으나
animo vernali	봄이 무르익으니 수컷 기운은
lasciviens.	거품처럼 솟아오르며 아우성치네.
O, O, O!	오, 오, 오!
	내 몸도 무르익어 꽃을 피우네(이하 2연 반복)
Mea mecum ludit	처녀의 마음 흔들려,
virginitas	유혹당하고 말았구나.
mea me detrudit	세상 물정 어두운 수줍음은 천성에
simplicitas	예서 이만 멈추나니

| O, O, O! | 오, 오, 오! |
| | 내 몸도 무르익어 꽃을 피우네(이하 2연 반복) |

Sile philomena	밤에 우는 휘파람새야 잠시만
cum tempore	네 노래를 멈추어 다오
surge cantilina	애잔한 내 가슴속에서
de pectore	노래여, 흘러넘쳐라
O, O, O!	오, 오, 오!
	내 몸도 무르익어 꽃을 피우네(이하 2연 반복)

Veni domicella,	이리 와 주오, 사랑스러운 처녀여
cum gaudio.	활짝 핀 기쁨으로
Veni, veni, pulchra,	와 주오, 아름다운 그대 기다리다
jam pereo.	숨결마저 끊어질 듯하네.
O, O, O!	오, 오, 오!
	내 몸도 무르익어 꽃을 피우네(이하 2연 반복)

봄날 산야의 풍경과 한데 엮어 남녀의 사랑의 기쁨과 괴로움을 실로 아름다운 리듬으로 노래합니다. 이것은 중세 말, 바로 단테가 이탈리아어로 시를 썼던 시기와 같은 시기에 라틴어로 창작한 노래입니다. 수도원 창안에서 창조력을 구사해 이러한 연애 노래를 놀이 삼아 만든 사람도 있었던 것입니다. 그러한 대비를 느껴 주셨으면 하고 소개해 보았습니다. 수도원 울타리 안에서 우타가키(歌垣, 봄·가을에 남녀가 신성한 장소에서 가무를 하며 풍요로움을 비는 종교행사이나 점차 서로 배우자를 구하는 행사로 변질, 이때 불린 고대가요—옮긴이)의 봄 들판을 상상한 수도사도 있었고, 추

방당해 유랑의 객사에서 현세를 배제한 제3세계를 상상했던 단테 같은 사람도 있었습니다. 중세 말기도 퍽이나 재미있는 시대입니다. 시대적 한계를 넘어서는 것에 정신을 쏟은 사람이 있었다는 말입니다.

7강
단테 『신곡』 지옥편 Ⅳ

지옥의 구조

앞 장에서는 지옥을 구조를 중심으로 살펴보았다. 단테가 그린 지옥 상은 사람들이 범한 죄에 따라 여러 층으로 나뉜다. 그것은 모두 아홉 개의 감옥으로 구조화되어 있고, 각각의 감옥은 골짜기이며 복수의 권역으로 나뉜다.

지옥문을 지나서 나오는 제1옥에는 대단히 훌륭한 사람이지만 그리스도를 믿을 수 없었던, 요컨대 그리스도보다 이전에 태어난 사람들이 있다. 단테의 생각으로는 세례를 받지 못하면 그리스도에 의해 죄에서 구원받을 수도 없다. 그러므로 고대 로마의 세네카는 도덕적인 세네카Seneca morale(지·4·141)라고 불릴 정도로 윤리학에 정통했고 또한 도덕적으로 살았지만 세례를 받지 못했다는 이유로 지옥으로 보내져 제1옥에 있다. 이 점을 보다 잘 표현하고 있는 곳이 연옥편 제7곡의 2행인데, 소르델로 Sordello의 물음에 답해 베르질리오가 자기소개를 하는 다음과 같은 말이다. '나는 베르질리오. 달리 죄 없으나 신앙이 없었던 탓에 하늘을 잃어버렸나니Io son Virgilio; e per null'altro rio/Io ciel perdei, che per non aver fé.'(연·7·
7~8). 제2옥은 '색욕의 죄인'으로 그 유명한 파올로와 프란체스카 이야기
가 나온다. 제3옥은 '폭식의 죄인', 제4옥은 '낭비하는 사람', 제5옥은 '쉽
게 격노하는 사람(성급한 사람)'이 있다. 제6옥, 제7옥, 제8옥, 아래로 내려
갈수록 죄가 무거워진다. 현대에는 사회적으로 인정되어 가고 있지만, 교
회에서는 긍정하지 않는 호모섹슈얼리티 남성, 요컨대 남색에 빠진 자는
지옥에서 상당히 아래쪽인 제7옥에 갇혀 있다. 단테 생각으로는 그것은
신의 창조 질서에 반하는 '자연에 배반하는 자'이다. '매춘업자ruffian' 즉
여자를 속여서 팔아 자기는 편안한 생활을 하는 행위는 절도나 사기와
같이 취급해 제8옥에 갇힌다. 그리고 최근 갑자기 세간의 문제로 떠오르
고 있는 독직 공직자도 제8옥으로 보내진다. 그리고 지옥의 맨 아래인 제
9옥에는 지금까지 죄악의 대표자처럼 불린 자들이 있는데, 특히 최악의
죄는 은인을 배신한 자로 유다를 비롯한 그러한 유형의 사람들로 가득
차 있다.

　단테의 지옥 구조를 살펴보면, 단테 및 당시 가톨릭 철학이나 신학에
서 종교적으로나 도덕적으로나 무엇을 죄로 여겼는가, 그리고 그 죄의 경
중은 어떠했는가를 알 수 있다. 그런 의미에서도 지옥의 구조를 전체적으
로 살펴볼 필요가 있다. 개중에는 성직 매매simonia처럼 중세풍의 종교 관
련 범죄도 있다. 이러한 지옥이 있다면 현대사회의 정보 기구에 관련된
범죄와 같은 것은 어디에 해당할까. 이런저런 생각을 해 보는 것도 흥미
와 관심을 불러일으킬 만한 일일 것이다.

전체 구조에서 지옥편의 위치

지금까지 지옥편의 중요한 내용, 인상적인 장면, 아름다운 울림을 가진 언어, 죄의 무게에 따라 나뉘는 지옥의 구조, 다른 나라의 신화, 종교와 단테의 지옥과의 공통점 및 차이점에 관해 살펴보았다. 그렇다면 『신곡』 전체에서 본다면 지옥편은 어떠한 구조적 특색을 가지며 어떠한 기능을 맡고 있을까. 고전은 높은 산과 닮은 점이 있으니 고전 읽기를 등산에 비유해 보자면, 맨 처음 삼림지대가 나오고 이어 초원지대가 이어지며, 그곳부터는 앞으로 오를 산의 모습이 명료하게 보이고 공기가 맑아지는 곳이 나오기 마련이다. 따라서 이쯤에서 전체 구조를 봐 두지 않으면 등산도 할 수 없고 의의義義도 명료해지지 않는다. 그러면 지옥편이 『신곡』 전체 구조 속에서 어떤 위치를 차지하며 또한 사상적인 줄거리 전개에 있어서 어떠한 전망을 부여하는가를 다시 점검해 보자.

이미 지적했듯이 『신곡』은 전체가 100곡으로 구성되어 있다. 그중에 지옥편은 34곡, 연옥편이 33곡, 천국편이 33곡이다. 지옥편이 34곡인 이유는 제1곡이 지옥편에 포함되어 있기 때문인데, 실제로는 제1곡이 『신곡』 전체의 서곡이라고 볼 수 있다. 이탈리아 단테 학회 판에서도 반델리는 최근까지도 전통을 지켜 proemio generale라고 했으며, 이와나미문고의 야마카와 번역은 그것을 번역했는지 제1곡이 '신곡 총론'이라고 되어 있다. 실제 지옥편은 지옥문으로 향해 가는 제2곡부터 시작된다. 따라서 각 편은 33곡으로 구성되어 있다고 할 수 있다.

신곡의 총론인 제1곡은 '인생길 반 고비에 어두운 숲으로 가서 깨달은 것은 올바른 길에서 벗어났다는 것'이라고 시작한다. 단테는 인생의 한가운데에서 어두운 방황의 길로 접어든 자신을 발견한다. 가장 무서운 유혹은 늑대의 모습으로 표현된 야심이다. 그때 자신을 이끌어 주겠다는 베르질리오를 만난다. 제2곡에서는 저녁 해가 기울어 갈 무렵 지옥문으로 다가간다. 이윽고 지옥으로 들어가야 할 순간이 다가온다. 베르질리오와 함께하는 이 순례는 방황하는 단테를 숲의 어둠으로부터 구하고, 세상의 죄에 대한 공포를 일깨워 진정으로 하늘을 공경하게 하려는 베아트리체의 깊은 배려에 의해 계획된 것이었다. 제2곡은 총서總序의 연결이라고도 파악하지만, 지옥이 테마이므로 여기부터가 지옥의 문제로 여겨진다. 반델리는 제2곡에 '지옥편 서proemio dell'inferno'라고 이름 붙였다. 그러므로 지옥편이 33곡, 연옥편 33곡, 천국편 33곡이라는 구성이 된다. 3이라는 숫자로 의도적으로 구성한 데에는 여러 의견이 있는데, 압도적으로 많은 의견, 그리고 누구나 인정하는 의견은 그리스도교가 삼위일체 신 중심이므로 단테가 3을 중시했다는 생각이다. 그리고 여기에 총서 하나를 덧붙여 완전수인 100으로 전체를 완결했다.

　단테가 구원에 이르기 위해서는 그의 생활을 정화시켜야 했고 그러기 위해서는 죄를 피해야 했으며, 죄를 피하려면 무엇보다 먼저 죄의 무서움을 깨달아야 한다. 그러기 위해서는 지옥을 보여줄 필요가 있다. 베아트리체의 이러한 계획에서 지옥은 단테를 배려한 교육의 장이었다. 지옥문에는 '정의는 천주를 움직이시어……지옥을 만들었다, 즉 지옥은 신의 정의를 위한 것이다'라고 쓰여 있는데, 지옥 안에서 신의 정의가 구체적으로 어떤 형태로 응보가 이루어지는가를 관찰하게 만든다. 단테 생각으로는 지옥의 구조를 이해함으로써 종교적인 죄의 종류와 그중에서도 무엇이 가장 무서운 죄인지 이해할 수 있는 것이다.

　단테처럼 정치세계에 발을 들여놓은 경험이 있는 사람에게 가장 두려운 것은 배신의 유혹일 것이다. 단테에게는 고향 피렌체로 돌아가고 싶어하는 애절한 마음이 있다. 단테의 저서『속어론』에서도 "설령 우리의 쾌락이나 우리의 감성을 쉬게 하는 데 피렌체보다 매혹적인 장소는 이 지상에 실재하지 않는다 할지라도Et quamvis ad voluptatem nostram sive nostrae sensualitatis quietem in terris amoenior locus quam Florentia non existat(I. VI. 15~17)"라고 서술하며 금할 길 없는 향수의 마음 한 자락을 표현할 정도이다. 만일 자신을 추방했던 세력의 편을 들면 그토록 그리운 피렌체로 돌아갈 수 있을지도 모른다. 그러나 그것은 단테와 행동을 같이한 사람, 그리고 단테가 이끌었던 사람들에 대한 엄청난 배반이기 때문에 단테는 평생 그렇게 하지 않았다. 그러한 점을 생각하면 지옥편은 절대로 배반만은 하지 않겠다는, 서글픔이 묻어나는 단테의 결의가 담긴 작품으로도 보인다.

오늘날 우리가 보기에는 추방을 당했다고 해도 같은 이탈리아에 있으니 별로 대수로울 것도 없다고 생각할 수도 있지만, 당시는 각각의 도시가 도시국가 형태로 독립해 있었으며 더욱이 피렌체는 단테에게 나고 자라고 그곳의 행복을 위해 온 정성을 쏟았던 특별한 마음이 깃든 장소이다. 단테는 『속어론』에서도 그 시대에 민중이 사용한 언어는 "이탈리아에서만 적어도 14개의 속어로 변이적으로 나뉘어 있다adminus xiv vulgarilus sola ridetur Italia variari"(I. VI. 49~50)고 썼다. 다시 말해 단테는 자신이 익숙하게 사용할 수 있는 토스카나 방언을 쓸 수 없는 장소도 방황하며 떠돌아야만 했다는 뜻이다. 그것은 이국에서 걸식할 각오를 요하는 일일 것이다. 그러한 의미에서는 오늘날로 치면 조국에서 추방당해 두 번 다시 돌아오지 못하고 죽어 가는 사람과 똑같은 상황이라 해야 할 것이다.

지옥순례 날짜와 시간의 의미

그리고 『신곡』 전체 속에서 지옥편의 위치를 살펴볼 때 잊어서는 안 될 사항은 단테의 지옥 여행이 언제였는가 하는 점이다. 지옥순례 기간은

1300년 고난주간[1]의 성 금요일 밤부터 다음날인 성 토요일 밤까지이다. 그리고 예수부활 대축일에 지옥에서 나와 연옥으로 들어간다. 매우 큰 행사인 예수부활 대축일에 지옥에서 나온 것이다. 보통은 일단 지옥에 들어가면 나올 수 없다. 지옥문에는 '이곳을 지나가려면 모든 희망을 버려야만 한다'고 적혀 있으므로 그곳에는 지옥에서 벗어날 희망조차 없다는 뜻이다. 따라서 지옥으로부터의 탈출은 신의 특별한 은총이다.

본래는 있을 수 없는 지옥 탈출이지만 예전에도 한 번 일어난 일이 있다. 사도신경에 '그리스도는······죽으시고 묻히셨으며 고성소에 내리시어'라는 구절이 있는데, 단테는 이를 그리스도가 죽은 후 림보에 갔던 것으로 보고, 그곳에서 모세를 비롯한 구약의 성인들을 데리고 지옥을 나왔다고 생각했다. 그 외에는 지옥으로부터 탈출한 예는 없다. 그러나 베아트리체의 특별한 애원에 따른 마리아의 중재로 신께서 특별히 단테를 살아 있는 몸으로 지옥에 들여보내 견학시킨 후, 지옥에서 다시 꺼내 준다는 것이다. 이를 의식하고 지옥을 탈출하는 날을 부활절이라는 대축일과 겹치게 한다. 출구 없는 지옥으로부터 연옥으로의 탈출이 가능했던 것은 신의 크나큰 은총이며 이것이야말로 부활의 날에 적합하다. 이러한 의미에서도 단테의 지옥순례가 성 금요일 저녁부터 성 토요일 밤까지 행해지는 의미를 다시금 생각해 볼 필요가 있다.

---

1 고난주간이란 부활 대축일 전의 1주일 동안으로, 그리스도가 잡힌 몸이 된 목요일부터 요일에 '성聖'을 붙이는데, 성 금요일에는 신자들이 각별히 심신을 다잡고 '단식재'라고 해서 식사도 줄이며 부활축제를 준비한다.

변옥(邊獄, limbo)에 관하여

그런데 지옥 안에는 '림보limbo'라 불리는 곳이 있다. 앞에서도 서술했듯이 림보는 여러 가지 번역이 시도되고 있으나, 일본에서는 '변옥邊獄'이 정설이 되어 있다. 그곳은 지옥 속이긴 하지만 지옥에 이르는 강을 건너맨 먼저 나오는 곳이다. 물론 절망의 장소 안에 있지만 『신곡』에서 노래한 것을 보면 그 밑의 진짜 지옥과 비교할 때 그렇게까지 절망적인 곳은 아니다. 나중에 겪게 될 공포를 모르고, 림보라면 가게 되더라도 어쩔 수 없겠다, 그런대로 참아 낼 만하다고 여겨지는 장소가 있다. 제4곡에서 그곳에 관해 노래한다. 먼저 야마카와 번역을 보는데, 이탈리아인들에게 자주인용되는 구절에는 원문을 붙여 두었다.

천지를 뒤흔드는 뇌성이 내 머릿속을 뒤흔들며 깊은 잠을 깨뜨리니, 나는 강제로 깨어난 사람처럼 제정신을 차리고

다시 일어나 쉬고 있던 눈을 움직이며, 내가 있는 곳을 알아내고자 찬찬히 주위를 둘러보았노라

나는 실로 한없는 규환의 우레를 간직해 둔 끔찍한 심연의 골짜기 끄트머리에 있었노라

어둡고, 깊고, 안개 자욱하여Oscura, e profonda era e nebulosa, 시선을 그 깊은 곳으로 쏟아 본들tanto che, per ficcar lo viso fondo, 아무것도 분간할 수 없었노라io non vi discernea alcuna cosa.

시인께서 파리한 얼굴로 이르시길, 이제 우리는 저 눈먼 세계로 내려가나니, 내가 첫째이고 네가 둘째니라io sarò primo, e tu sarai secondo.

내가 그 안색을 살피고, 말하기를, 두려워할 때마다 내게 힘을 주시던 그대가 혹여 스스로도 두려워하신다면 내 어찌 가오리까 (지·4·1~18 야마카와)

지금까지 단테가 공포에 사로잡힐 때마다 용기를 주었던 베르길리우스의 안색이 나쁘다. 그 모습을 본 단테가 '당신마저도 두려워한다면, 내가 어떻게 갈 수 있겠습니까'라고 말한다. 그러자 베르길리우스가 단테에게 "이 아래 있는 사람들의 근심이 실로 엄청나 그로 인한 연민으로 내 얼굴빛이 변했던 것을, 단테, 너는 그 모습을 보고 내가 두려워한다 말하는구나. 그런 것이 아니니라". 순순히 인정하지 않고 조금은 억지를 부리는 것 같은 느낌이 들지도 모르지만, 그는 이렇게 말하며 단테를 이끌고 간다. 이러한 얼버무림은 때로는 허영으로도 거짓으로도 보일 수 있으나, 다른 사람을 이끌고 가는 상황에서는 필요할 수도 있을 것이다. 그리고 나서 제1옥 속으로 들어간다.

> 여기에는 영원한 바람을 떨게 하는 한숨뿐 통곡은 없었으니Quivi…non avea pianto mai che di sospiri che l'aura etterna facevan tremare. (지·4·24~27 야마카와)

이곳은 물론 천국이 아니므로 한숨으로 가득 차 있으나 지옥 밑바닥이 아니기 때문에 비통한 통곡이나 심한 통증으로 인한 신음소리는 없다. 야마카와 번역의 원문은 '허공空'이지만 오해를 불러일으킬 수 있어서 '바람風'으로 바꿨는데, 히라카와 번역의 '공기空氣'가 좋을 것 같다.

> 그들은 죄를 범하지 않았고, 가상히 여겨야 할 것은 지녔으되 네가 섬기는 신앙의 한 부분인 세례(밧테스모, battesmo[2])를 받지 못한 탓에 충분치 못하니라
> 또한 그리스도교Cristianesmo 이전 세계에 있어 신을 섬기는 길에 진력할 수

---

2 현대 이탈리아어에서는 battésimo

없었나니, 나 역시 그들과 마찬가지니라 (지·4·34~39 야마카와)

이곳에 있는 사람들, 즉 제1옥에 있는 사람들은 죄를 범한 것은 아니다. 오히려 칭송받아야 할 사람들이지만 세례를 받지 못했기 때문에 구원을 받기에는 아직 부족하여 그곳에 있다. 그리스도가 태어나기 이전 세상에 살아서 신을 우러르는 길을 몰랐으므로 그 길에 진력하지 못한 사람들이다. 베르질리오도 그들 중 한 사람이다. 베르질리오는 그리스도의 탄생을 예언한 시인이라 일컬어지지만, 그리스도 이전에 태어났으므로 그리스도교에 의해 구원받을 수 없었던 것이다.

우리가 구원을 잃은 것은semo perduti 달리 죄가 있기 때문이 아니오non per altro rio, 오로지 결함 때문이니라per tai difetti (지·4·40 야마카와)

'결함difetti'은 있어야 할 것이 결여된 것으로 '세례를 받지 않은 것man-canze di battesimo'을 가리킨다.

40행의 rio는 시어에서만 reità나 colpa, 즉 '죄'를 의미한다. 다시 말해 이는 존재의 결여이며 불완전성을 뜻한다. 스콜라 신학에서는 세례가 결여된 것은 천국으로의 전일성integritas을 가지지 못한 것이다.

우리는 소망 있으나 희망 없는 생명을 이곳에서 한스럽게 여길 뿐che sanza spene vivemo in disio

나 그 말을 들으매 림보에 지극히 존귀하신 사람들이 붙들려 있음을 아노니, 내 마음은 깊은 슬픔에 휩싸이노라(지·4·42~44 야마카와)

림보에 훌륭한 사람들이 머물고 있음을 알게 된 단테는 림보로 내려갈 때 베르질리오의 안색이 퍼렇게 질렸듯이 깊은 슬픔에 잠긴다.

그렇다면 림보에는 구체적으로 어떤 사람들이 있을까.

선하신 스승께서 이르시길, 손에 검을 들고 셋 앞에 선, 마치 왕자와도 같은
저이를 보라 (지·4·85~87 야마카와)

저쪽에서 세 사람이 오는데, 그 앞에 검을 든 왕자와도 같은 훌륭한 사
람이 있다.

그이는 견줄 자 없는 시인 호메로요, 그 뒤에 오는 이는 풍자가 오라치오, 셋
째 분이 오비디오, 맨 끝은 루카노이노라 (지·4·88~90 야마카와)

그 사람은 호메로, 즉 그리스의 대시인 호메로스이다. 그리고 그의 뒤
를 따라 세 사람이 온다. 모두 다 로마의 대시인들로 맨 앞이 호라티우
스, 그리고 오비디우스, 마지막이 루카누스. 이들 네 사람 이름을 모두 이
탈리아어로 칭하고 있는데, 어찌 되었든 이들은 그리스·로마 고전문화에
서 매우 훌륭한 사람들이며 세례를 받지 않았다는 이유로 림보에 있다.
세례를 받지 못한 사람들은 신에 대한 정당한 존숭尊崇이 결여되어 있기
mancanza di debita adorazione di Dio(반델리 주, 29쪽) 때문에 신에게 예배를 올
리기 어려운 경향이 생기고, 그 결과 신에게서 멀어져 신과 함께하기 힘
든 상태에 빠져 버린다.

나는 이렇듯 다른 무리를 능가하는 독수리인 양 하늘을 나는 가성歌聲의, 아
름답고 기품 있는 무리가 모이는 모습을 보았나니
잠시 서로 이야기를 나눈 후, 그들이 나를 향해 인사하니, 나의 스승은 이를

보고 미소를 지었노라(지·4·94~99 야마카와)

그들은 베르질리오와 잠시 대화를 나눈다. 그리고 그 결과, 여기가 꽤 재미난 부분인데, 단테의 양보할 수 없는 사명감에서 비롯된 자신감일 테지만, 베르질리오를 포함해 위에서 든 다섯 명의 대시인들이 단테를 동료로 맞아들여 그를 여섯번째 대시인io fui sesto tra cotanto senno(지·4·102)으로 삼았다는 말이다. '나는 그러한 대지大智로 들어가 여섯번째 자가 되었으니'(야마카와 번역), 여기에서 senno는 sapienza와 마찬가지로 '영지英智'라는 뜻이다. 여섯번째 자sesto는 이탈리아 단테 학회 판 주에서는 loro pari라고 되어 있으며 6위라는 뜻이 아니라, 다른 다섯 사람과 '동등한 수준'을 가진 자로서 여섯번째로 가담했음을 뜻한다. 나아가 이 언급에 성취된 예언profezia avverata이라고 주를 달았다(같은 책, 32쪽). 이에 해당하는 100~102행을 내 번역 방식으로 번역해 보겠다.

그들이 내게 명예를 부여해,
우아한 모임에 맞아들이니, 나는
여섯번째로 지知의 자리에 앉았다. (지·4·100~102 필자 번역)

나는 살며시 눈썹을 올리고, 철인哲人의 무리 속에 앉아 계시는 지자知者의 스승을 바라보았나니
모두가 그를 우러르고 모두가 그를 존경하도다, 나는 또한 이들 무리에 그 누구보다 앞서 그이 가장 가까이에 있는 소크라테스와 플라톤을 보았노라
(지·4·130~135 야마카와)

'철인의 무리에 앉아 계신 지자의 스승'이란 아리스토텔레스를 가리킨

다. 철인들은 모두 그를 우러러 존경한다. 마치 시인 세 사람이 호메로스 곁에 있었듯이 아리스토텔레스 가까이 무리 지은 사람 중에서도 소크라테스와 플라톤이 앞서 나와 있다. 단테가 생각하기로는 철학자 중에서는 아리스토텔레스가 가장 위대한데, 그 이유는 그 당시 최신 철학체계의 저자 토마스 아퀴나스가 그의 주요 저서 『신학대전』과 『이교도에 관한 대전(철학대전)』을 비롯해 여러 책에서 '철학자philosophus'라고 칭하면 늘 '아리스토텔레스'를 가리켰던 데에서 연유한다. 그러한 아리스토텔레스 곁에 소크라테스와 플라톤이 있다. 이들 철학자도 림보에 있다.

이 부분의 원문은 다음과 같이 노래했다. 앞에서 예로 든 운율에 맞춰 대역한 나의 번역을 첨부한다.

Poi che[3] innalzi un poco più le ciglia,	나는 살며시 눈을 들어
vidi il[4] Maestro di color che sanno	철학적인 무리 사이에
seder tra filosofica famiglia.	앉아 계신 지자들의 스승을 보니,
Tutti lo miran, tutti onor gli fanno:	모든 이가 그를 찬양하고 우러른다.
quivi vici' io Socrate e Platone,	그 누구보다 그와 가까이 있는 이는
che 'nnanzi alli altri più presso li stanno;	소크라테스와 플라톤이었다.
(Inf. IV. 130~135)	

여기에서 철학자의 최고 스승이라고 노래하는 것은 중세 스콜라학 전통에 따른 것인데, 고대 그리스의 아리스토텔레스를 말한다. 시인들의 경우 거장 호메로스 곁에 호라티우스, 오비디우스, 루카누스 세 사람이 있

---

3   Poi ch'innalzai(교황청 판)
4   vidi 'l Maestro(위와 같음)

었던 것과 마찬가지로 아리스토텔레스 곁에는 소크라테스와 플라톤이 자리잡고 있다.

이렇게 묘사된 부분을 보면 단테는 이교도들 중에서는 그리스의 시인과 철학자를 상당히 소중히 여겼다는 사실을 알 수 있다. 한편 설명 순서가 반대가 됐지만 구약의 성인들은 그들보다 더 중시되었으며 림보에서 호메로스 일행을 만나기 전에 베르질리오는 단테에게 그리스도가 그들을 하늘로 데리고 갔다는 말을 들려준다.

> 내가 이곳에 내려와 얼마 지나지 않아, 권능 있는 한 분이 승리의 길조를 관으로 쓰고 오시는 모습을 보았나니
> 그는 최초의 아버지의 영혼, 그의 아들 아벨의 영혼, 노아의 영혼, 율법을 세우고도 신에게 순종했던 모세의 영혼
> 족장 아브라함, 왕 다윗, 이스라엘과 그의 아비와 그의 자식들 및 라헬
> (지·4·52~60 야마카와)

위와 같이 연이어 쓰고 있다. 그리스도가 십자가 위에서 죽은 후, 부활할 때까지 사흘간 고성소에 내려갔다는 이야기는 사도신경credo에도 나오는데, 그 후 교회에서 덧붙여 만들어진 전설에서는 그 사흘 동안 위에 나온 것처럼 구약성서의 성인과 의인들을 인도해 지옥에서 구해 냈다고 말한다. 최초의 아버지의 영혼, 즉 인간의 선조인 아담—최초의 죄를 범한 사람—의 영혼도 구원을 받았다는 게 이치에 맞지 않는 느낌도 없지 않지만, 단테의 사고에서는 어쨌든 구원을 받은 것이다. 그리고 그러한 사고는 아마 그리스도교의 모든 종파에 공통되는 이해가 아닐까 생각한다. 그것이 안이한 자기사면이 되어 버리면 곤란하겠지만, 바로 그러한 데에서 신의 은총과 그리스도의 깊은 사랑을 보고 우리의 위안과 격려로 삼

는 동시에 희망의 근원을 찾아내야 할 것이다. 베르질리오는 기원전 19년에 죽었고 그때 지옥으로 보내졌다. 그 후 약 50년이 지나 그리스도가 십자가 위에서 죽음을 맞았고, 부활하기까지 지금 서술한 대로 그러한 사건이 있었다. '내가 이곳에 내려와 얼마 지나지 않아'라는 말은 위에서 말한 50년 가량을 가리키며, '권능 있는 한 분' 즉 un possente(지·4·52)는 예수 그리스도이다. 이 대목에는 오래전부터 "단테는 지옥편에서는 절대로 그리스도의 이름을 입에 올리지 않는다. 그것은 존경 때문이다D. non pronunzia mai nell'Inf. il nome di Cristo, per riverenza."라는 잘 알려진 주가 붙어 있다. 그 한 예로서 대표적인 것은 이탈리아 단테 학회 판의 주석이다(같은 책 30쪽). 성모 마리아도 지옥에서는 그 이름이 불리지 않고, 예를 들면 '존엄하신 한 여인이 하늘에 계시니(Donna è gentil nel ciel)(지·2·94)'라고 표현했다. 그리고 나서 앞에서 서술한 그리스 시인, 그리스 철학자의 순으로 묘사된다. 림보 안에서도 구분된 구조가 있다.

단테의 상상력

한편 단테는 『신곡』 전편에 걸쳐 뛰어난 상상력을 발휘하는데, 지옥편에는 다른 사람은 엄두도 못낼 만큼 무시무시하고 끔찍한 상상력의 비상한 성과가 잘 표현되어 있다. 그중 가장 두드러진 예를 하나 살펴보자.

제28곡 118행, 지옥 안에서도 깊숙한 아래쪽에 있는 감옥이다. 그곳에는 남을 모략하거나 나쁜 말을 하거나 유혹하거나 배신을 해서 본래 가까웠던 사람, 가까워야 할 사람 사이를 멀어지게 만든 사람들이 갇혀 있다.

베르트람 달 보르니오(Bertram dal Bornio, 영국 왕 헨리 2세와 이름이 같은 장남 헨리에게 아버지에 대한 모반을 권했던 프랑스 인 베르트람 드 보른, 알타포르테의 성주―옮긴이)는 영국 왕 헨리 2세의 장남 헨리를 꾀어 부친을 모반케 하고, 사이가 좋았던 부모자식을 멀어지게 만들었다. 자기 스스로가 배신을 하는 경우와 비교할 때 어느 쪽이 더 나쁜가 하는 문제에는 다른 견해가 나올 수 있지만, 남에게 배신을 권하는 것은 지극히 나쁜 일임에 분명하다. 지옥에서는 그런 사람에게 본래 하나였던 사람 사이를 찢어 둘로 만들었다는 뜻에서 몸을 찢는 벌을 내린다. 어떤 사람은 미간부터 얼굴이 둘로 갈라져 있다. 어떤 사람은 손이 찢겨 있다. 어떤 사람은 발이 갈라져 있다. 그러한 상상의 묘사는 모두 다 몹시 소름이 돋는 박진감이 느껴지는데 그중에서도 보르니오의 모습은 유난히 섬뜩하다.

실로 나는 머리 없는 몸뚱이 하나가 슬픈 무리에 섞여 그들이 가듯 걸어가는 것을 보았으니, 나는 아직도 눈앞에 그 모습을 보는 것만 같도다
(지·28·118~120 야마카와)

단테는 머리 없는 몸뚱이 하나가 팔 같은 것이 잘려 나간 다른 자들 무리에 섞여, 그 사람들이 걸어가듯이 걸어가는 모습을 보았다. 그 인상이 너무나도 강렬하여 마치 지금도 그 모습이 눈앞에 보이는 것 같다.

그 자는 잘린 머리의 머리채를 움켜쥐고 제등提燈인 양 제 손에 매달듯 들었나니, 머리가 우리를 보고 아아 하며 탄식하더라 (지·28·121~123 야마카와)

머리 없는 몸뚱이가 생전의 자기 머리칼을 움켜쥔 채, 그 머리를 제등처럼 매달고 무리 속을 걸어가고 있다. 매달린 제등 꼴이 된 머리가 '아, 아(Oh me!)' 하고 탄식한다. 원문 그대로 한다면 '아, 비참한 나를 보시오'

라는 느낌이 있다.

기이한 교육자는 이런 부분을 읽으면 "단테를 읽는 건 금지시켜야 한다. 머리를 자르는 중학생이 생기면 곤란하다"고 주장한다. 그거야말로 참으로 엉뚱한 생각이다. 그렇게 무시무시한 지옥 묘사를 통해 그러한 벌이 있음을 생각하게 하는 동시에, 벌이 상징하는 의미를 자문하게 한다. 또한 인간은 그렇게 무서운 모습을 상상할 수도 있다는 잠재적인 공포를 매개로 자기억제가 필요하다는 것을 배울 수도 있다.

나는 지옥편에서 이 구절은 꼭 채택해 소개하고 싶었다. 맨 처음에 할까, 아니면 맨 마지막에 할까 망설였는데 이제 『신곡』에 조금은 익숙해졌고, 지옥편의 마지막 장 중반에 가까워졌으므로 타의 추종을 불허하는 단테의 상상력을 절실히 느껴야 할 시기라 여겨 지금 소개하게 되었다. 위에서 야마카와 번역으로 살펴본 이 부분의 원문은 다음과 같다. 정말로 생생하게 눈앞에 떠오를 듯이 묘사해 냈다. 아래에 대역으로 내 번역을 실어 본다.

Io vidi certo, ed ancor par ch'io'l veggia,	똑똑히 보았고, 아직도 눈에 선한데,
un busto senza capo andar sì come	머리 없는 한 몸뚱이가, 걸어가는
andavan li altri della trista greggia.	슬픈 망자의 무리에 뒤섞여,
e'l capo tronco tenea per le chiome,	잘린 머리의 머리칼을 움켜쥐고,
pèsol con mano, a guisa di lanterna,	제등처럼 손에 들고 나아갔다.
e quel mirava noi, e dicea:《Oh me!》	그것이 우리를 보며 말하길 '오, 보라.'

(Inf. XXVIII. 118~123)

Oh me!는 '오, 나를(보고 가련히 여기길)'이라는 의미일 것이다. Oh me! 를 O me!라고 한 판도 많다. 이것을 장음을 의식하고 Oh로 한 이유는 119행 끝의 come, 121행 끝의 chiome와 Oh me를 1행 간격 2자 각운으로 맞춘 rima composta라고 이탈리아 단테 학회는 주를 달았다. 이런 예는 반델리도 인정하듯이 이 외에도 여러 군데 보인다. 발음상의 아름다움을 다양하게 궁리하고 있으며 이것도 그런 예의 하나이다.

사람 사이를 벌려 놓는 자는 육체가 찢기고 절단된다. 이런 섬뜩한 표현을 보면, 친한 사람 사이를 갈라놓거나 나쁜 말을 해서 남에게 등을 돌리게 만드는 참언讒言이나 배신이 얼마나 나쁜 일인가를 절실히 깨닫게 된다. 만약 그러한 처사를 당해 고통을 받는 사람은 여기에서 유일한 위안을 찾고, 인간은 그런 자를 이 세상에서는 용서해야 하는 것일까.

해석과 분석의 차이

단테의 시는 의미를 깊이 생각하면서 읽어야 한다. 머리 없는 몸뚱이가 나왔다고 해서 단순하게 무섭다느니 단테가 너무 잔혹한 표현을 했다고 거칠게 읽어 버릴 게 아니라 거기에 담긴 의미를 잘 생각해 봐야 한다.

'해석解釋'은 '문장을 풀어헤쳐 의미를 명확하게 하는 것'이다. 그런데 그걸로 설명이 충분할까. 주의해야 할 것은 해석interpretatio은 분석analysis과는 다르다는 점이다. 말의 의미를 풀어헤쳐 분석적으로 이해하는 것은 '분석'이지 '해석'이 아니다. interpretatio는 '사이로 들어가서 설명하다'가 원래 뜻으로 통역, 번역, 연주의 의미이다. 음악에서 interpretatio는 연주 그 자체를 가리킨다. 악보에 써서 표현한 것을 소리로 통역한다. 마찬가지로 의미를 알 수 없는 외국어를 그 사이에서 알 수 있게 하는 일이 통역이다.

문학 작품에서 interpretatio란 먼저 그 작품의 언어를 '분석'해서 문법적 사전적 의미를 이해한 연후에 그 의미가 '무엇을 지시하고, 또는 가르치는가'를 '번역'하는 것이다. 문자의 의미 그 자체를 아는 것은 '분석'에 지나지 않는다. 외국어 문법의 기초를 배우고 그 나라 사전을 펼치면 그 문자가 무엇을 의미하는지는 알 수 있지만 그것만으로는 작품의 번역이 되지 않는다.

나와 청강자 여러분 대부분에게 모국어인 일본어에서도 마찬가지 경우를 생각할 수 있다. 예를 들면 『햐쿠닌잇슈百人一首』(백 명의 가인이 읊은 와카 한 수씩을 골라 엮은 가집—옮긴이) 중 후지와라노 가네스케藤原兼輔의 작품 「미카 들판을 가르며 흘러가는 이즈미강 언제 만났기에 이리도 그리울꼬(みかの原 わきて流るるいつみ川 いつみきとてか こひしかるらむ 미카노하라 와키테나가루루이즈미가와 이쓰미키토테카 고히시카루라무)」라는 와카에 관해서 생각해 보자. 이 노래를 '분석'적으로 파악해 보면 '미카 들판 한가운데를 가로지르며 흐르는(또는 미카 들판에서 샘솟아 흘러내리는) 아름다운 강이 있다. 언제 처음 그 사람을 만났기에 이리도 그리울꼬' 정도가 된다. 문자의 의미만을 파악한다면 강과 여성을 노래하고 있다는 것, 단지 그것뿐이다.

한편 '해석'의 눈으로 이 노래를 보면 '문자의 의미가 의미하는 점'을 파악하게 된다. 예를 들면 '이즈미 강'이라는 고유명사의 '이즈미泉'와 '언제 만났기에(何時見, 이쓰미)'의 '이쓰미'가 중첩되어 언어의 리듬을 만들고, 언제 처음 만났던가 하며 그리워하겠지, 라는 순서로 노래한다. 이것은 단순히 경치가 아름답다고 노래하는 게 아니라, 여기에는 아름다운 경치, 아름다운 강 물결, 그리고 그에 부응하듯 눈 앞에 떠오르는 청초하고 아름다운 연인이 배치되어 있다. 이렇게 이해해 가면 1단계 해석은 성공한다. 분석으로는 이것이 나올 수 없다. 그러면 '미카 들판'은 무엇일까. '미카 들판'은 기즈가와(木津川, 교토 남부를 가로질러 요도가와淀川로 흘러드는 강―옮긴이) 상류에 있다. 그런데 '미카 들판'이 왜 여기에 나올까. 발음이 아름다우며 기즈가와의 흐름이 아름답기 때문에 그 상류에 있는 '미카 들판'을 썼다. 나아가 좀더 생각해 보면 술을 따를 때 쓰는 잘쏙하고 아가리가 좁은 독을 '미카(술독)'라고 부른다. 바로 이런 점으로 인해 사람들이 '미카 들판'이란 말을 듣고 떠올리는 이미지는 민틋한 어깨를 늘어뜨린 가냘프고 아름다운 미인의 모습이다. 만약 '가메(瓶, 항아리)'라고 썼다면 씨름꾼처럼 떡 벌어진 어깨를 가진 건장한 남자를 표상하겠지만, '미카'는 매끄러운 어깨를 늘어뜨린 가냘프고 젊은 여인의 이미지를 떠오르게 한다.

그리고 가까워지는 계기가 생기는 무렵부터 갖가지 연정은 맑은 샘물에서 시작된 가느다란 실개천이 차차 강으로 불어나듯 점점 깊어진다. 그것은 또한 용솟음치는 사랑스러움과 젖어드는 물의 엔고(緣語, 한 작품 안에서 관련성 있는 표현들을 다양하게 도입하는 기법―옮긴이)를 연상시킬 뿐만 아니라, 이로부터 성교 이미지로 팽창할 가능성까지 있다. 이러한 점을 고려하면 처녀를 처음 만났을 무렵의 청순함과 맑음은 그대로이나 미카 들판의 샘물이 이윽고 기즈가와의 흐름을 이루듯이, 성장하고 깊어가는 사랑의 역사가 떠오른다. 바로 그런 까닭에 대체 언제 처음 보았기에 이리도 그립고 사랑스럽단 말인가, 라고 노래 부르는 것이다. 그리고 이 노래는 31자로 된 단가인데, 그중 아홉 음이 맑고 강한 i이며, 이와 별도로 어두운 u음과 o음이 똑같이 아홉 음을 차지하고 있어서, 회상하는 전망에 떠오르는 명암의 풍경이 사랑의 심경과 하나로 어우러지는 완벽한 구성이다.

그러한 것들까지 다양하게 고려해 보면, 이 노래가 가진 이미지도 깊어져서 '언제 만났기에', 즉 언제 처음 그 사람을 만났기에, 라는 의미도 선명하게 드러난다. 시간적인 깊이도 공간적인 이미지도 상당히 기복이 풍부하고 구조가 복잡한 훌륭한 노래임을 알게 된다. 이것이 단테와 어떤 연관이 있을까.

단테의 시 읽는 법

실은 단테는 자기 시를 이러한 것들을 생각하며 읽어 주기 바란다는 글을 남겼다. 만년의 단테를 위해 유력한 보호를 지속해 준 롬바르디아 베로나의 명문가 영주인 칸그란데 델라 스칼라Cangrande della Scala 1세에게 단테가 『신곡』 천국편의 일부를 올렸을 때 함께 첨부한 편지가 남아 있다. 이에 관해서는 신빙성을 의심하는 경향도 적지 않다. 홈스George Holmes는 회의론자들 대부분이 『신곡』을 교회의 지탄으로부터 지키기 위해 우의의 다의성으로 의미를 명료하지 않게 하려 했다고 생각한다면서, 의혹에는 충분한 근거가 없다고 보았다(조지 홈스, 다카야나기 슌이치高柳俊一. 미쓰모치 이쿠에光用行江 옮김, 『단테』, 교문관教文館, 85쪽). 그리고 그 이유에 대해서는 그다지 밝히지 않고, 어쨌든 그 내용으로 보아 단테적이므로 믿기로 했다고 말한다. 편지의 해당 부분은 다음과 같다.

"이 작품의 의미는 일의적一義的이지 않다는 것을 알아주시기 바랍니다. 오히려 복수의 의미가 있는 다의적 작품이라고 말씀드려야 마땅할 것입니다. 첫째 의미는 문자로 전달되는 의미이지만, 두번째 의미는 문자가 의미하는 것으로써 전달하는 의미입니다."라고 씌어 있다.

간단한 예를 들자면 '비둘기'와 '매'는 '비둘기'가 가지는 평화 이미지,

'매'가 가지는 전투 이미지가 가미되어 평화론자에게는 비둘기파, 싸우는 사람에게는 매파라고 쓴다. 이처럼 문자 상으로는 비둘기나 매라는 구체적인 새지만, 그 동물이 나아가 의미하는 바를 생각해 봐야 한다. 단테가 말하고자 하는 것은 바로 이런 점이다.

"전자는 문자 자체의 의미지만, 후자는 알레고리 또는 신비적 의미라 불립니다. 신곡은 문자 그대로 이해하면 사후 영혼의 상태입니다. ……그렇기는 하나 알레고리로 보면 이 작품의 주제는 자유의지를 행사한 이후의 공죄功罪에 따라 정의의 손에 상벌을 심판받는 인간인 것입니다." 이 작품이 단순히 사후의 영혼 상태의 기술명제로 읽혀서는 곤란하다. 여기에는 생애의 행위의 기술명제에 대한 도덕상의 가치 판단이라는 판단명제가 세워지며, 따라서 그 상벌이란 그 사람에 대한 신의 심판giudizio, 즉 판단으로서의 사상명제(思想命題, sentènza)인 것이다. 중세 스콜라 학의 논리적 성과로서 일찍이 내가 명확하게 구별했던 기술명제, 판단명제, 사상명제의 구별이 바로 단테의 알레고리의 근거였다.

앞에 나온 베르트람 달 보르니오의 "머리 없는 인간이 제등처럼 머리를 들고 걸어간다. 그리고 그 머리가 '아, 나를(보시오)'이라고 말한다"는 모습도 문자 그대로 단순히 잔혹한 묘사라고 볼 것이 아니라, 그것이 무엇을 의미하는가를 생각해 봐야 한다. 절단된 머리는 본래 하나였던 것이 둘로 갈라진 상태이다. 그것은 가깝고 일체를 이뤘던 사랑을 배신한 자의 벌이며, 그것은 스스로의 책임으로 자유의지를 '사랑 즉 신의 은총'을 파괴하는 방향으로 행사한 것에 대한 신의 '판결로서의 사상명제setitentia', 다시 말해 베르트람 달 보르니오에게 내려진 엄격한 신의 판결의 알레고리인 것이다. 알레고리를 이해하지 못한 채 문자 자체에 머물러 버린다면 고대 로마의 시인 베르길리우스가 어떻게 14세기 시인 단테의 손을 잡고 격려해 줄 수 있겠는가. 아니 그것보다도 오늘날까지 어떻게 『신곡』

을 조금씩이라도 읽어 올 수 있었겠는가. 지옥문이 현실 세계에 그러한 형태로 서 있지 않고 그러한 글귀가 적혀 있지 않다는 것은 누구나 아는 일임에도 지옥문의 비명에서 깊은 감명을 받는 이유는 무엇일까. 이렇게 생각해 보면 칸그란데에게 단테가 보냈다고 여겨지는 편지 내용은 단테적이므로 그 편지를 위서僞書라고 볼 필요는 없을 것이며, 또한 알레고리 이해는 편지가 첨부된 천국편만이 아니라, 전편에 걸쳐 필요할 것이다. 게다가 『신곡』 전편의 이해는 대부분 조금만 깊이 생각해 보면 마음속에 자연스럽게 생겨날 수 있게 쓰였다.

우골리노의 비극

시인철학자 단테가 탁월한 사색력과 상상력과 필력을 모두 동원해 스스로 독자에게 그 알레고리의 폭과 깊이를 나타낸 예가 우골리노 백작 이야기이다. 지옥편 마지막의 두 편에 걸친 독립된 담시譚詩라고도 볼 수 있는 우골리노 백작과 네 아이와 손자의 아사餓死에 얽힌 사건을 위에서 살펴본 의미의 다중성의 예로 들어 보자. 우골리노 백작은 피사의 대주교 루지에리의 모략으로 어린 자식들과 함께 새둥지까지 있는 버려진 탑 속에 유폐된다. 대주교 루지에리는 우골리노 백작이 피사를 배신했다는 이유를 들어 그와 네 아이들에게 먹을 것을 주지 않았다. 이 분쟁은 배신자들 간의 다툼이었다. 그래서 32곡에서 이어지는 이 부분은 그리스 신화와 피렌체 주변의 이탈리아 역사가 서로 뒤얽혀서 이해하기 어려운 점도 있지만, 지옥에서는 두 사람 모두 최하층에 떨어졌고 현세에서 아사당한 우골리노가 대주교의 두개골에 매달려 물어뜯는다. 우골리노가 옛이야기를 회상하는 대목은 그야말로 비참 그 자체이다.

희미한 빛줄기 고통의 감옥으로 스머드니 네 얼굴에서 내 모습을 보았노라
내가 슬픔에 못 이겨 두 손을 깨무니, 먹고 싶어 그런 줄 여기고, 그들이 몸
을 벌떡 일으켜
말하기를, 아버지여 차라리 저희를 잡수시지요, 저희에게 고통이 덜하겠나이
다, 이 측은한 살을 우리에게 입혀 주신 분이 아버지이시니 이제 이를 벗겨
주소서 (지·33·55~63 야마카와)

굶주린 아이들의 이 같은 오해와 탄원, 우골리노는 굶주림으로 일그러
진 네 아이의 쇠약한 얼굴을 보고 슬픔을 이기지 못해 무심코 자기 손을
물어뜯었는데, 아직 어린 자식들은 아버지가 배고픔 때문에 자신의 손을
먹으려고 했다고 생각하고,

e disser: "Padre, assai ci fia men doglia,
se tu mangi di noi: tu ne vestisti
queste misere carni, e tu le spoglia!"

말하기를 "아버지여, 저희를 잡수소서!
저희의 고통은 사라질 것입니다. 비참한
이 살을 입히신 분은 당신. 벗겨 주소서!" (지·33·61~63)

우골리노는 더이상 아이들을 슬프게 하지 않으려고 마음을 가라앉히
고, 며칠간이나 서로 말할 기력조차 없이 지냈는데, 나흘째에 갓도라는
아이가 우골리노 발치에 몸을 던지며 마지막으로 '아버지시여, 왜 도와
주지 않으시나요?'dicendo: "Padre mio, chè non m'aiuti?"라고 말하고 그 자리에
서 죽어 버렸다. 그리고 한 사람씩 굶어 죽어 갔다. 이 이야기가 지옥에

있는 우골리노 백작의 원한이 담긴 옛 추억이다. 서사시의 일부분으로 글자 뜻 그대로 줄거리를 더듬어 가다 보면 가련함에 눈물이 절로 나올 것이다. 나는 읽을 때마다 눈물이 어리는 것을 참아내기 어렵다. 그러나 이것은 단테의 『신곡』이므로 환기시키는 의미를 생각해 보지 않을 수 없다. 형벌의 책임을 일족에게까지 묻는 비열함, 인권을 무시한 기아飢餓의 형벌 등 일반적으로 연상할 수 있는 사실 외에도 아버지가 자식에게 아무것도 해 줄 수 없는 운명과도 연관이 있지 않을까. 부모의 결단이 자식의 비운으로 이어지는 일도 생기는 인생에 비일비재한 상황과 들어맞는 게 아닐까. 수많은 아이들이 외치는 "Padre mio, chè non m'aiuti?"("아버지여, 왜 도와주지 않으시나요?")에 대답할 수 없는 부모, 또는 확대해서 오늘날 기아에 허덕이는 발전도상국의 아이들을 생각하면, '비참한 이 살을 입혀준 분은 당신. 벗겨 주소서!(tu ne vestisti queste misere carni, e tu le spoglia!)'라는, 세대 전체에 관련되는, 말하고 싶어도 말할 수 없는 외침도 들려올 것이다. 천고千古의 고전의 위대한 보편성이다.

언어 의미의 중층 구조

그렇다면 단테는 어떤 사상의 영향으로 이러한 언어의 다의성이라는 사고를 가지게 된 것일까. 중세 12세기에 문예론, 수사학, 윤리학 분야에서 활약한 사람으로 위그 드 생 빅토르Hugues de St. Victor가 있다. 보통 '생 빅토르의 후고' 또는 '위그'라 불린다. 그가 다음과 같은 생각을 서술했다. "성서를 읽을 때는 그 말에 네 개의 층이 있음을 알아야 한다. 네 층의 언어 의미 중 어떤 것이 쓰였는지는 알 수 없다. 언어는 다의적이기 때문이다."

예를 들면, 다의적으로 사용된 어휘에 일본에서도 '고라쿠엔後樂園 돔 (도쿄 돔)'으로 익숙해진 '돔dome'이라는 말이 있다. 이 말은 오늘날 세계 적으로 대개 둥근 지붕 모양을 한 커다란 건축물을 가리키는 데에 사용 되며, 외국 여행을 했던 사람들은 '돔'이라고 하면 주교좌主敎座가 있는 크 고 중심적인 대성당이라고 생각할 게 틀림없다. 이 말의 기원은 라틴어 domus이다. 중세인이었던 위그는 당시의 라틴어 도무스domus를 들어 위 의 다의성에 관해 설명했다. domus는 리떼라littera, 즉 글자 뜻 그 자체로 는 '건물'이나 '집'을 의미한다. 이어서 토폴로기아topologia, 즉 수사학적으 로 옮기면 '영혼'의 의미로 쓰인다. 예를 들어 '내 집domus에 악귀가 들지 않기를'이라는 문장은 '내 영혼에 악마의 유혹이 들어오지 않기를'이라는 의미와 같다. 그리고 알레고리아allegoria, 즉 우의적인 용법에서는 '교회'를 가리킨다. 대성당을 돔이라 부르듯이 알레고리아로서는 '교회'를 가리킨 다. 그리고 네번째로 센수스 아나고기쿠스sensus anagogicus, 즉 상승적(상징 적, 신비적) 의미에서는 하늘의 집, 신의 집, 즉 '하늘의 영광'을 나타낸다. 우리는 하나의 어휘가 문맥에서 어떠한 의미로 사용되는가를 이해하며 읽어 나가야 한다. 그러기 위해서는 아펙투스 이마기나리우스affectus imag- inarius, 즉 상상력이 필요하다.(affectus는 '마음의 움직임', imaginarius는 '상상 적인' 즉 한마디로 하자면 '상상력') 위그 드 생 빅토르는 이렇게 말했다.(상세 한 사항은 이마미치 도모노부 편저 『강좌미학』 제1권 중 필자가 쓴 장 '3 중세미 학사'(도쿄대학출판회) 특히 78~79쪽 참조).

말에는 네 가지 의미가 있다. 그 네 가지 의미가 전면적으로 쓰이는 경 우가 있는가 하면, 한 가지로만 쓰이는 경우도 있다. 상상력으로 이를 능 란하게 이해하고 구분해 가는 자세가 필요하다. 그는 이런 주장을 가장 알기 쉬운 '돔'이라는 말로 설명한다. 글자 그대로는 '집'이라는 말이지만, 수사적으로는 '영혼'을 의미하기도 하고, 전용되어 '교회'를 의미하는 경우도 있으며, 더 나아가서는 '하늘' '신의 집'을 의미하기도 한다.

　그러면 그러한 방법론을 이해한 선상에서 다시 한번 이 장 서두에서 읽은 림보의 시를 살펴보자.

vidi il Maestro di color che sanno,

　Maestro di color의 문자 자체의 의미는 '지자知者의 스승'이다. 대문자 정관사를 붙인 대문자 M으로 쓴 방식이라는 점에서 거장 아리스토텔레스를 의미한다. Maestro에는 '아리스토텔레스'라는 뜻은 없지만, '지자의 마에스트로'라고 불리는 사람이라면 아리스토텔레스를 가리킨다고 이해해야 한다. 그 옆에 소크라테스와 플라톤이 있다. 이것으로 단테가 아리스토텔레스를 가장 존경했다는 것을 알 수 있으며, 이는 당시로써는 상당히 새로운 경향이었다. 아리스토텔레스의 사상은 이슬람 문화를 매개로 가톨릭 세계로 들어갔으며, 토마스 아퀴나스도 아라비아 어로 된 아베로에스의 역주에 의지하며 종래와는 다른 연구를 시작했고, 한때 그로 인해 파리 대학에서 강의 정지를 선고받았던 일도 있었을 정도로 혁신적인 것이었다. 그 옆에 있는 소크라테스와 플라톤도 단테가 중요하게 여겼던 철학자였다. 따라서 아리스토텔레스·토마스 아퀴나스 학설에 따른 신학 및 철학, 그와 더불어 소크라테스의 윤리학과 플라톤의 형이상학이 단테에게 매우 중요한 학문이었음을 읽어 낼 수 있다.

　그러나 단지 그것뿐이었을까. 알레고리적인 면에서 상승적인 의미를 찾아보면 어떠할까. 이 세 사람의 철학자가 가장 중시했던 것은 무엇일까. 세 사람은 소크라테스의 두 가지 필리아$\phi\iota\lambda\iota\alpha$ 즉 '우정'이라고도 번역할 수 있는 정신적 사랑으로 이어져 있었다. 하나는 인간의 신분으로는 가질 수 없는 신적 영지英知 소피아$\sigma o\phi\iota\alpha$를 향한 동경(필리아)으로서의 철학phibsophia으로 연결되었고, 거기에는 소크라테스―플라톤―아리스토텔레스로 이어진 사제애로서의 필리아(우정이라는 정신적 사랑)가 있었다. 단테가 『새로운 인생』 이후 철학자가 되고 『신곡』이라는 철학시를 완성할 수 있었던 것은 베아트리체에 대한 변함없는 사랑에서 비롯되었을 테지만 그 사랑은 에로스가 아니라 필리아인 것이다. 그렇다고 한다면 단테는 이 작품에서 우정(필리아)을 일관된 테마로 택했으며, 따라서 베르질리오와 단테의 우정이 베아트리체와 단테의 우정에 신의 아가페(무상無償의 사랑)로 보완되어 가는 장대한 우정의 시극이 전개되는 것이다. 그런 의미에서 『신곡』은 필리아의 찬미가이며 우정에 대한 찬미 θαυμάξειναdmiratio이다. 이것이 바로 단테 사상의 중심 기둥이다. 그와 반대되는 부정적 격정은 우정을 경시하는 것에 대한 분노이다. 그러한 생각이 가장 인상적으로 나와 있는 부분이, 여러 번 반복하는 말이겠으나, 하나는 제28곡의 베르트람 달 보르니오, 즉 손에 들린 잘려 나간 머리로 아이덴티티를 드러내는 모습, 두번째는 제33곡에서 우골리노가 물어뜯는 피사의 대주교 루지에리, 세번째는 '지옥왕rex inferni'이라는 라틴어로 불리는 루치페로Lucifero의 세 얼굴에 달린 입에 물어뜯기며 고통스러워하는 세 명의 배신자, 즉 제34곡에 나오는 그리스도를 배반한 이스카리오테의 유다Giuda Scarïotto, 카이사르를 배신한 브루투스Bruto, 카시우스Cassio가 코치토Cocito, 즉 지옥 밑바닥의 빙권氷圈이라고도 불릴 만한 얼음 연못―그리스 신화의 코치토스, 즉 슬픔과 원한의 눈물이 흘러드는 땅 속의 연못―그곳에서 얼음에 파묻히는 고통에 몸부림치는 세 배신자, 모두 합해 다섯 사람이 이와 같이 인상적인 벌로 고통받으며 괴로워한다. 그런데 이들은 모두 필리아(우정)의 파괴자이며, 반역의 전형, 망은忘恩의 무리이다.

생각해 보면 루치페로, 즉 악마의 왕 Belzebù(「마태오 복음서」 12, 24-27, 「마르코 복음서」 3, 22, 「루카 복음서」 11, 16-19에서 principe del demoni(악마의 수령이라 이름 붙여졌다). 이탈리아 단테 학회 주, 294쪽)는 원래는 빛의 천사로 신이 가장 총애하고 기대했던 천사였으나 신에게 반역한 배신자다. 아우구스티누스는 악이란 신에 대한 배반의 의지라고 말한다. 단테에게는 그것에 대한 격렬한 분노가 있다. 본래 지옥편의 마지막 장인 제34곡은 라틴어 11음절 1행시 '지옥대왕의 깃발이 나아간다Vexilla regis prodeunt inferni'라는 구절로 시작하고, 그것은 여기에서 악마의 정체가 드러난다는 말이기도 할 것이다. 이 구절은 이탈리아 단테 학회의 주(같은 책, 286쪽)에 따르면, 6세기 푸아티에의 주교véscovo di Poitiers Fortunato Venanzio가 지은 성 금요일의 전례가(典禮歌, Vexillia regio prodeunt) 끝부분의 '십자가'가 이어지는 부분에 '지옥'을 대입한 패러디이다. 여기에서 말하는 지옥대왕의 깃발이란 그의 무시무시한 세 얼굴 밑에 각각 두 장씩 달린 날개, 다 합해 루치페로의 여섯 개의 날개le sei ali di Lucifero를 가리킨다.

사람을 죽이는 것 자체가 결국은 타자 존재의 부정이며 존재의 긍정인 신의 창조에 반역하는 짓이므로 죄악이다. 그러나 그 배후의 이유로서 우정(필리아)에 배신을 행한 사람을 자기의 잘린 머리를 들고 걷게 한다거나 얼굴을 물어뜯기는 고통을 당하게 만들거나 끝내는 지옥 바닥의 얼음 연못에 처넣은 단테. 그가 얼마나 필리아의 덕을 소중히 여겼는지를 잘 알 수 있다.

의미 부여와 의미 발견

위와 같이 『신곡』이 필리아(우정) 찬미의 서가 아닐까 하는 점에서 지옥편을 중심으로 해석한 결과 『신곡』을 우정 찬미라는 의미와 결부시키게 했다. 이것은 『신곡』에 대한 하나의 의미 부여라고 할 수 있을까. 그렇지는 않다. 무릇 '해석'은 '의미 부여'와는 다르다. 의미 부여는 자기가 이미 가지고 있는 의미를 작품에 부여하는 것이다. 이를 '해석'이라 칭하는 사람이 많은데, 그것은 오만한 생각이다. 단테와 같이 위대한 사람에게 자기의 의견을 부여하겠다는 태도는 모독도 이만저만이 아니다. 그게 아니라 해석이란 '의미의 발견'이다. 단테가 여기에서 무엇을 말하고 있을까 하는 마음가짐으로 임하는 것이다. 단테에게 배운다는 자세 속에서 진정한 해석이 생겨난다는 것을 깊이 유념해 두어야 한다.

'의미 부여'와 '의미 발견'은 그 차이를 자연과학 실험처럼 확연하게 드러낼 수 없다는 어려움이 있다. 그러나 단테가 '지옥은 정의를 위해 만들어졌다'고 맨 처음에 썼던 말을 마음 깊이 새겨 두면, 우리가 단테의 지옥을 통해 무엇을 발견해야 할 것인가, 무엇을 생각해야 할 것인가 하는 갈피를 잡을 수 있다. 단테의 지옥도 '지옥을 통해 신의 정의를 깨우치라'는 가르침인 것이다.

단테가 묘사한 잔혹한 지옥 모습이 도의상 젊은이들에게 좋지 않다는 의견은 전적으로 '의미 부여'이다. 단테가 무엇을 위해 그렇게 표현했는가를 단테에게서 배우지 않으면 안 된다. 최근 텔레비전이나 영상에서 잔혹한 장면이나 시체를 보여주는 일이 있는데, 그것과는 엄연히 다른 수준임을 깊이 있게 읽으며 이해해 주기 바란다. 우리가 고전을 접할 때 중요한 자세는 '의미 부여'가 아니라 '의미 발견'이라는 점을 잊지 말아야 할 것이다.

질의응답

질문자　　나카가와 히데야스_{中川秀恭}, 기무라 하루미_{木村治美}, 마에노소노 고이치로, 마쓰키 야스오_{松木康夫}, 하시모토 노리코

나카가와　작자 불명의 작품인 경우, 작자 자신의 생각보다는 작품 자체의 텍스트에서 무엇을 읽어 낼 것인가가 문제됩니다. 이에 관해 지적하실 사항이 있습니까? 그리고 1976년에 세상을 뜬 독일 철학자 하이데거는 '해석'에 대해, 그것은 저자가 알아채지 못한 부분, 저자도 생각지 못했던 것을 저자 이상으로 정확하게 끄집어내는 일이라고 말했습니다만, 그것은 어떻게 생각하시는지요.

이마미치　제가 아직 대학원생이었을 무렵, 이케가미 겐조_{池上鎌三} 교수님을 따라갔던 센다이의 어느 학회에서 나카가와 선생님의 아우구스티누스 강연을 들으며 무척이나 감명을 받은 추억이 있습니다. 나카가와 선생님께서 이번 연속강의에 매회 참석해 주시는 데에 먼저 깊은 감사의 마음을 전하고 싶습니다.

그럼, 지금 지적해 주신 점에 대해 말씀드리자면, 작품의 역사적 배경을 이해하는 것과 작품의 해석은 조금 다르지만, 작품을 해석할 때에 역사적 배경을 따져 보는 것도 작품 해석의 하나의 소재임은 분명합니다. 따

라서 『신곡』과 같이 작자가 분명한 경우에는 단테의 생애나 단테가 이 작품을 어떤 시기에 썼는가가 작품을 해석하는 데 도움이 되기도 합니다. 다만 그것만으로 작품의 해석이 성립한다면, 작자를 알 수 없는 작품에 관해서는 아무것도 할 수 없다는 말이 되겠지요. 그러므로 작품 해석은 어디까지나 작품을 해석하는 일이며, 작자 연구는 해석에 도움이 되는 요소에 지나지 않는다고 봐야 할 것입니다. 작품을 작자로부터 떼어낼 수도 있겠지요.

따라서 작품을 해석하면, 작자 자신은 생각지도 않았던 것이나 작자의 의식에 없었던 것이 많이 나와도 좋습니다. 간단한 예로 설명하자면, 호메로스의 작품도 그리스인의 애국심을 함양할 목적으로 만든 민족적 서사시인데 우리는 거기에서 아킬레우스의 우정이나 적의 왕 프리아모스에 대한 배려와 같은, 국경을 초월한 인류 보편의 가치를 많이 발견할 수 있습니다. 한편 여성을 전리품처럼 분배해 아내로 삼는, 여성 인권을 무시하는 아킬레우스와 그리스인들의 모습도 볼 수 있습니다. 이로써 우리는 정복자의 도덕적 불균형의 유래를 찾아볼 수도 있을 테고, 또한 현대 기술문명과 인간의 관계에 관한 암시도 호메로스를 통해 배울 수 있을지 모릅니다. 이처럼 작품 연구로서의 해석은 본래 작가 자신은 생각하지 못했던 의미 발견을 완수해 내는 것입니다.

그런데 어떤 의도를 가지고 작품을 해석하는 일이 '의미 부여'로 빠질 가능성은 없는지에 관해 생각해 봐야 할 것입니다. 그것은 과연 하이데거 자신도 말했듯이 작품을 폭력적으로 대하는 태도일까요? 예를 들어 자신이 관심을 가지는 문제의식으로 작품을 보는 태도는 어떨까요? 자신이 어떠한 점에서 이 작품으로부터 배울까 하는 문제의식을 가지고 작품을 보는 태도는 작품 해석의 방법론으로서 옳다고 봅니다. 예를 들면 『신곡』 전체는 아리스토텔레스의 철학에 입각해 쓰였습니다만, 가령 제가 이 작품을 읽으면서 이 작품에 비非 아리스토텔레스적인 부분은 어디에 있을까, 정말로 아리스토텔레스가 말한 그대로일까, 비 아리스토텔레스적인 부분은 없는 걸까 하는 생각을 가지고 읽는 자세도 작품에서 뭔가를 배울 수 있는 하나의 실마리가 됩니다. 작품 해석이란 작품이 가리키고 있는 이념이나 가치에 이르고자 하는 노력의 행위라고 생각합니다.

나카가와 전에 『'아마에甘え'의 구조』에서 일본인론을 전개하신 도이 다케오土居健郎 선생이 '아마에' 관점에서 『신곡』을 읽으면 어떠한 견해가 생길까에 관해 강연하셨는데, 그거야말로 문제의식을 가지고 작품에 접근하는 하나의 예가 되겠지요.

이마미치 한 관점에 서서 단테에게 배우고, 그때까지 사람들이 발견해 내지 못한 의미를 작품 안에서 발견해 내고자 하는 좋은 예라고 생각합니다. 다만, 제가 보기에 단테에게 그런 아마에가 있는 것 같지는 않습니다.

기무라 그리스도교와는 이질적인, 이를테면 일본적인 종교 배경 속에서 살아가는 우리도 단테의 작품 속에서 인류에게 공통되는 뭔가를 찾아내는 방법으로 읽으면 좋을 거라는 사실을 확인한 느낌입니다.

마에노소노 머리를 제등처럼 든 이미지의 '이면'에 깃든 의미를 듣고 공감이 많이 갔습니다. 그런데 지옥편 제13곡 31행의 유명한 구절에 마른 나뭇가지를 뚝 부러뜨리자 피가 흘러나오고, 나무가 '나에게 그런 고통을 주지 말라'고 소리치는 장면이 있습니다. 그 이미지의 '이면'에 감춰진 한 단계 더 깊은 의미는 어떻게 보면 좋을지 일러 주십시오.

이마미치　'이면'의 의미라고 하면 왠지 나쁜 것을 가리키는 듯한 느낌이 있으니 문장 속에 '깃들어 있는' 의미의 발견이라고 말하는 편이 보다 적절할 것 같습니다.

그 구절은 매우 중요한 부분의 하나인데, 저는 생명론 같은 것이 깃들어 있다고 봅니다. 물론 이 부분은 고전 『아이네이스』 3권에 나오는 나무가 된 폴리도로스에 의거하는데, 『신곡』에서는 자살한 피에르 델라 비냐Pier della Vigna의 말입니다. 인간이 자기 생을 부정하여 죽더라도 인간 안에 잠재된 수많은 생명력은 변이해서 살아가는 것이 있다는 것입니다. 여기에 나무로 변해 죽 늘어선 자들은 자살한 사람들이지만, 이는 윤회전생 사상이 아니라 생명의 다층성에 관한 서술로 보입니다. 다시 말해 자살은 신의 은혜인 지성을 갖춘 인간, 행동할 수 있는 동물의 부정이므로 식물적 생명체가 되기를 바라는 의지로 보는 것입니다. '지금은 나무로 변했으나, 우리는 사람이었나니', '뱀의 영혼일지언정 너의 손은 좀더 자비로워야 했으련만'이라는 구절을 단테 안에 있는 이교적 성격이라고 보는 주도 있습니다만, 그보다는 광범위한 생명체를 생각해 보는 게 좋지 않을까요. 이것이야말로 그리스도교적입니다.

우리 개개인은 탄생에서 죽음까지 하나의 생명체입니다. 동시에 우리 안에는 박테리아나 바이러스 등 갖가지 생명이 들어 있습니다. 우리는 독립한 생명체라고 생각하지만 바이러스에게 나는 하나의 환경입니다. 내가 다른 사람과 대화를 나누는 것은 자기 안에 있는 이러한 미생물을 교환하는 것이라고도 볼 수 있겠지요. 내가 말을 하면 내 안에 있는 미균이 주위에 떠다닙니다. 동시에 자기 자신도 주위 사람들이 내뿜는 숨결 속에 숨어 있는 갖가지 미생물을 들이마십니다.

한 인간의 생명은 자연과학적으로 보면 여러 가지 생명체들의 집합입니다. 죽어서 시체가 되어도 그대로 방치해 두면 구더기가 끓습니다. 요컨대 인간은 죽어서 시체가 되었지만 생명은 있는 것입니다. 그것이 땅에 들어간다는 말은 예전에 인간 속에 있었던 것들이 나무로 들어간다고도 볼 수 있습니다. 다시 말해 아무리 많은 사람이 죽고 벌레가 죽는다 하더라도 그들의 목숨의 총체와 같은 것으로서의 생명은 끊기는 일은 없습니다. 지옥의 나무를 자르자 거기에서 피가 나왔다는 것도 그러한 광범위한 자연철학적 사고방식으로 볼 수 있지 않을까요.

마쓰키   저희 의사들은 뇌가 죽거나 심장이 멈추면 인간 일생의 최후 상태라고 해석하기 때문에 한 사람이 생명을 다했을 때 그 생명은 끝났다는 자연과학적 사고를 가지는 게 일반적입니다.

그런데 지금 들은 바와 같이 신체 속에 갖가지 생명이 깃들어 있다는 이야기는 의사로서도 매우 흥미롭고, 그러한 사고방식이 좋을 것도 같습니다. 인도 의학에서는 인간의 신체를 분자생물학적으로 보면 우주와 같다고 해석하기도 합니다. 그 안에서 여러 가지 것들이 서로 부딪쳐서 인간의 신체가 만들어집니다.

또 한 가지, 생명적으로 보면 60조 개의 세포가 몸속에 있으며 게다가 매일 많은 세포가 죽고, 피부는 대체로 사흘 만에 모두 변해 버립니다. 내장은 1개월 정도에 변합니다. 가장 길다는 뼈조차도 1년이면 변합니다. 결국 1년 전의 인간과 현재의 인간은 과학적으로는 전혀 다른 존재이므로 그러한 요소들이 생명적으로는 흥미로운 부분인 것 같습니다.

이마미치   제가 생물학을 배웠을 때는 뼈 중에서도 대퇴골 같은 것은 14년 정도 계속된다고 들었습니다. 그런데 실제로는 1년뿐이라는 말씀을 들으니, 세계의 가속화와 관계있는 건 물론 아닐 테지만, 연구가 진행되면 새로운 발견이 있음을 생각하게 하는군요. 동시에 물질 구성이 다 변

해도 인간의 자기 동일성은 변하지 않는다는 것은 위대한 신의 불가사의,
인간의 불가사의라는 생각도 듭니다.

하시모토 오늘 소개해 주신 단테의 편지에 '자유의지'라는 말이 나왔
습니다만, 사상사에서 근대적 의미의 자유의지가 존중된 것은 피코 델라
미란돌라 이후라고 보는데, 단테가 '자유의지'라는 말을 쓴 것은 새로운
발견처럼 느껴졌습니다. 단테가 편지에 분명하게 쓸 만큼 '자유의지'가 일
반적인 것이었는지가 첫번째 질문입니다.
그리고 또 하나, 해석과 다의성에 관한 것입니다만, 다의성은 자칫 잘못
하면 '의미 부여'와 연관될 소지가 있습니다. 해석으로부터 생겨 난 '의미
발견'은 뭔가 하나로 수렴해 가는 또는 진정한 것이 보이기 시작하는 것
과 관계되는 것으로 여겨집니다. 따라서 의미를 발견하는 데 필요한 것은
다의성 이외의 것도 있지 않을까 하는 느낌이 듭니다만, 그것에 관한 의
견을 여쭙고 싶습니다.

기무라 역시 그와 관련된 의문인데, 저는 언어 의미의 '다의성'이라는
말을 들었을 때, 다의성만으로 충분할까 하는 의문이 떠올랐습니다. 오히
려 읽는 방법에는 다양한 수준이 있다, 심화 문제가 있다고 말하는 편이
보다 적절하지 않을까 하고 느꼈습니다.

이마미치 단테 편지의 '자유의지'라는 말의 원문은 arbitrium liberum
으로 본래는 '자유선택'을 의미하는 말입니다만, '자유의지'라고 해도 상
관없을 것 같습니다. '자유의지'는 피코 델라 미란돌라부터라는 지적에
관해서입니다만, '자유선택'이나 '자유의지'는 아리스토텔레스 시대부터
있었으며 특히 아우구스티누스, 물론 토마스 아퀴나스도 썼습니다. 피코

델라 미란돌라의 '자유의지'는 매우 근대적인 의미를 가지고 있다기보다는 인류로서 자기의 우주적 자리매김을 개인의 의지로 결정한다는 초현대적인 것이라 보입니다만, 단테는 오히려 전통적인 자유선택의 의미, 즉 토마스의 '자유선택으로서의 자유의지'라는 사고에 입각해 이 말을 썼습니다. 자유의지에서 인간의 원죄 이외의 죄 요컨대 자죄自罪가 나올 가능성도 생겨났습니다.

그리고 의미 발견 및 의미 부여는 독일어로 생각해 보면 Sinnfindung과 Sinngebung, 다시 말해 Sinn(의미)을 '주다gehen'와 Sinn(의미)을 '찾아내다finden'로 Sinn은 본래 기본적으로는 '방향'을 의미합니다. 프랑스어의 '의미'인 '상스'도 마찬가지로 '방향'을 의미하며 상주니크sens unique는 일방통행 길을 말합니다. 요컨대 말의 의미란 말이 어느 방향을 향하고 있는가와 같은 것입니다. '어떤 말이 이러한 의미를 가지고 있다'는 것은 '이러한 방향에 있다'는 것이며 '의미를 안다'는 것은 그 방향을 파악하는 것입니다.

예를 들어 '신곡'이라는 어휘를 보면, 신에 관한 또는 신성한, 신에 관한 희곡 같은 것일 거라는 방향을 파악할 수 있습니다. 그러한 의미에서는 '일의一義'란 '하나의 의미'가 아니라 '하나의 방향'으로 향하면 되는 것입니다. 방향이 틀리지 않으면 됩니다. 의미 발견이란 '어떤 방향'으로 자기 스스로 향해 가는 것입니다. 이렇게 파악해 보면 의미의 깊이라는 것은 방향이 점점 명료해져 가는 것과 연관이 있음을 알 수 있습니다. 의미는 깊으면 깊을수록 신비 쪽으로 향하고 알기 어려워지는 동시에 분명해지는 것입니다.

'다의적'이란 방향의 단계를 가리킵니다. '다의적'이란 이런저런 다른 것들을 말하는 것이 아닙니다. 도무스의 예로 말하자면 '집'과 '영혼'과 '교회'와 '하늘'은 안주하는 장소와 안주하는 주체 둘 다를 가리킵니다. 두 분이 지적하신 대로 언어가 다의적이란 것은 실은 한 방향으로 깊어지는 것을 의미합니다. 제가 이념적 가치로의 상승이라고 말한 것은 그런 의미입니다.

지옥편을 마치는 시점에서 몇 가지 중요한 사항을 덧붙여, 앞으로 읽어나가는 데 흥미를 환기시키고자 합니다.

지옥편의 마지막 장에서 단테는 본래는 탈출 불가능한 지옥의 밑바닥에서 베르질리오의 안내를 받아 연옥으로 옮겨 갑니다. 이 부분을 보면 떠올리는 것만으로도 소름이 돋을 만큼 고통으로 일그러진 표정과 황폐한 풍경밖에 없었던 지옥으로부터 도망쳐 나올 때, 실로 인상적인 아름다운 시구로 끝을 맺습니다. 야마카와의 아름다운 번역을 보면 다음과 같습니다.

> 길잡이와 나는 선명한 세계로 돌아가고자, 은밀한 그 길로 들어섰나니, 잠시
> 쉴 겨를조차 얻지 못하였노라
> 우리가 둥그런 한 구멍으로 하늘이 옮겨 가는 아름다운 것들을 볼 수 있는
> 곳에 이를 때까지, 그가 앞서고 나는 뒤따르니
> 그리하여 그곳을 벗어났노라, 다시금 별들을 보기 위하여 (지·34·133~139)

*

질문에 힘입어 아래에 내 현대어 번역을 대역으로 덧붙인다. 8음 7음으로 조합된 15음절로 11음절(장단음 포함)의 평균치를 표현했다.

Lo duca ed io per quel cammino ascoso   길잡이 스승과 나는 비밀의 길을

intrammo a ritornar nel chiaro mondo;   더듬어 밝은 세상으로 돌아가고자

e, sanza cura aver d'alcun riposo,   휴식 따위는 염두에도 없었고

salimmo su, ei primo e io secondo,   길잡이 스승이 앞서고 내가 뒤따라

tanto ch'i' vidi delle cose belle   올라가니 한 둥근 구멍으로

che porta 'l ciel, per un pertugio tondo;   하늘의 아름다운 것이

    보이기 시작하네

e quindi uscimmo a riveder le stelle.   그곳을 나서, 다시금 우러러보는 별

(Inf. XXXIV. 133~139)

덧붙여 말해 두자면 단테는 별이 없는 것을 지옥의 상징으로 삼았다. 앞에서도 서술했듯이 지옥에서는 별이 보이지 않는다. 지하세계는 하늘이 가로막혀 있기 때문이다. 그곳이 희망이 없는 나라였다는 말은 별이야말로 명확한 희망의 상징임을 의미한다. 그러므로 단테는 '별le stelle'을 중요시해서 지옥편, 연옥편, 천국편 모두 마지막은 별stelle로 끝맺는다. 나중에 보게 되겠지만, 내 번역은 그 점을 의식해서 '우러러보는 별', '지향하는 것은 별', '수많은 별'이라는 식으로 각 편의 말미를 '별'로 맺는다.

지옥편을 읽어 보면 단테가 '3'이라는 숫자에 특별한 관심을 가지고 있다는 것은 누구나 눈치 챌 수 있다. 왜냐하면 시는 모두 3행으로 구성된 연(스탠자, stanza) 단위로 썼고 각각의 행은 11음절이므로 각 연은 모두 33음절이다. 게다가 『신곡』 전체는 지옥편, 연옥편, 천국편으로 구성되었고, 각 편이 신곡 총서인 지옥편의 제1곡을 제외하면 모두 33곡(칸토, canto)으로 구성되어 있다. 앞에서도 설명했듯이 그토록 3에 집착한 이유는 분명 삼위일체trinitas인 신의 본성의 자취를 따르기 때문일 것이다. 지옥편은 방금 말했듯이 제1곡이 proemio generale(총서)이므로 제2곡부터 지옥편의 서(序, proemio dell' inferno)가 시작되고 이를 포함한 33곡으로 끝나므로, 지옥편의 노래(칸토) 수는 34가 되고 지옥편 마지막 노래

는 제34곡이다. 여기에 연옥편과 천국편의 각 33곡을 덧붙이면 34곡과 66곡이므로 정확히 100곡이 되고, 이 100은 완전수라고 일컬어지므로 『신곡』은 성스러운 숫자 3과 완전수 100으로 구성되는 것이다. 수적인 구조성에 대한 단테의 집착은 그 밖에도 여러 가지가 있는데, 1999년에 미르코 만골리니Mirko Mangolini가 저술한 Dante et la quête de l'âme(『단테와 혼의 연구』)라는 연구서에서는 도저히 평범하다고 볼 수 없는 3이라는 숫자의 질서를 발견해 냈다. 『신곡』에서 베아트리체가 단테 앞에 모습을 드러내는 것은 연옥편의 제30곡인데, 그 앞에는 63(63의 구성 6+3=9)곡이 선행하고, 그 후로는 36(36의 구성 3+6=9)곡이 이어진다. 또한 그녀가 단테 앞에서 이름을 밝히는 부분은 제30곡의 73행째인데 그 앞에 72행이 선행하고 그 뒤로 72행이 이어지며, 72라는 숫자의 구성은 '7+2=9'인 것이다(연옥편 제30곡의 행수가 145행이므로 그렇게 구성할 수 있다.)(같은 책, 20쪽). 이처럼 만골리니는 숫자가 감춰진 구성을 그 밖에도 많이 찾아냈다. 철학의 흐름에는 소크라테스의 말의 로고스―인간과의 대화에 의한 인간의 철학―와 피타고라스의 질서의 로고스―우주 침묵의 관조에 의한 우주의 철학―두 가지의 계통이 있다. 전자에서는 물음을 통하여 인간적 의식의 변증법적 전개가 현상을 지배하는 실재의 구조적 형식으로서의 이데아에 다가가려고 하는 데 비해, 후자는 실재 그 자체가 숫자로써 인간이 이해 가능한 차원으로 자기 본질을 개시하는 것을 관조의 침묵에 있어서 투영하는 것이다. 그리고 철학(φιλοσοφία)이라는 고귀한 술어를 누가 이 세상에 가져온 것인가라고 물을 때, 적어도 지금까지 소크라테스 또는 피타고라스 두 사람 외에 지명된 사람은 없다. 단테는 아리스토텔레스·토마스 아퀴나스 계통에 속하는 스콜라 철학을 계승했다고 일컬어지는데(예를 들면 에티엔느 질송의 *Dante Philosophe*), 그에게는 또한 이처럼 피타고라스의 수의 신비주의를 그것과는 다른 형식으로 발전시킨 측면도 있다. 그리고 이런 형식성이 작시 기법의 하나의 근거가 되었다는 점에서는 폴 발레리의 오래전 선구자가 되는 셈이다. 연옥편의 끝부분 즉 제33곡 139행, 4740행(이는 원서의 오류로, 4749행이 맞다—옮긴이)부터 시작하는 연은 아래와 같다.

ma, perchè piene son tutte le carte	두번째 노래에 마련해 둔
ordite a questa cantica seconda,	종이는 다 채웠다. 이보다 앞은
non mi lascia più ir lo fren dell'arte.	예술의 고삐가 당겨 멈춰 세웠다.

이렇게 쓴 이유는 『지옥편』이 4720행이므로 연옥편은 이보다 조금 많은 4755행으로 멈춰, 이어지는 『천국편』 4758행에 미치지 않게 하려는 것으로 밸런스를 중히 여기는 증거이다. 기교arte의 고삐로서 숫자를 활용했다.

8강
단테 『신곡』 연옥편 Ⅰ

베르질리오와 단테
Tuttle le Opere di Dante Alighieri, The Ashendene Press, 1909.

연옥편으로 들어가면서

우리는 서론에서 단테의 『신곡』에 흐르고 있는 호메로스, 베르길리우스의 영향을 공부했다. 호메로스가 묘사한 하데스冥界가 연옥 이미지에 가까운데 그곳에서는 사람들이 잿빛 세계에서 그림자처럼 살아간다. 하데스와 연옥 이미지의 연관이라는 의미에서도 단테와 호메로스의 관계를 재인식해 볼 필요가 있다. 왜냐하면 '연옥'이라고 번역된 purgatorio는 자크 르 고프Jacques Le Goff가 최근 연구에서 밝혔듯이(『연옥의 탄생』 참조―옮긴이) 12세기 무렵 새롭게 제시된 정죄계淨罪界를 가리키는 것으로, 그리스도교 문헌에는 이렇다 할 문학적 전례도 없다. 따라서 단테는 하데스 안에서 어떤 부분을 이용하는 것 말고는 전적으로 자기 스스로 상상해 갈 수밖에 없었기 때문이다. 또한 베르길리우스는 단테가 가장 존경한 로마의 대시인이며 『신곡』에서는 단테를 구하고자 하는 베아트리체의 부탁으로 단테의 지옥·연옥 순례를 이끌어 준다. 또 『신곡』은 사상적으로는 그리스도교 신앙에 바탕을 두고 있으므로, 필요한 최소한의 그리스도교 지식을 주로 성서를 중심으로 언급했다.

이러한 서론을 거쳐 『신곡』으로 들어섰고, 지옥편 제3곡의 지옥 정의의 고찰을 비롯해 지옥에 관해 몇 가지 사항들을 공부했다. 특히 앞 장에서는 연옥으로 들어서는 준비로 지옥에서 가장 가벼운 죄인을 수용하는 변옥 및 지옥 구조 전체를 조망해 보았다. 또한 단테의 시를 읽는 방법과 관련해 베로나의 유력자 앞으로 보낸 편지를 소개하며, 문장을 글자 그대로만 받아들이지 말라는 이야기, 또 의미 부여가 아니라 의미 발견을 해 가며 읽어 나가야 한다는 것에 대해 설명했다. 생 빅토르의 위그는 '도무스domus'라는 어휘를 예로 들어 어휘의 의미의 깊이, 다의성을 네 개의 층으로 이론적으로 정리했다. 그것은 읽는 사람의 이해의 깊이라고 말할 수 있다. 다의성 있는 말이란 수평적 애매성을 말하는 게 아니라, 수직적 구조성을 가지고 있다. 그것을 충분히 자기 것으로 읽어 내는 데는 상상력affectus imaginarius이 필요하다. 그것이 없다면 단테를 이해하는 데 어려움이 따를 것이다. 해석이란 '의미 부여'가 아니라 '의미 발견'이다. 본래 '의미'를 나타내는 라틴어 sensus나 거기에서 유래한 이탈리아어 sènso에는 '방향'의 의미가 있다. 다시 말해 의미가 깊어지는 '방향성'을 파악하는 것이 '의미 발견'이며 '해석'의 본뜻인 것이다.

지옥과 연옥의 차이 — 절망과 희망

단테는 인생길 한가운데에서 깊은 숲속에서 길을 잃고 헤매다 갖가지 유혹을 상징하는 동물들과 마주친다. 그렇게 헤매던 와중에 베르질리오(베르길리우스)를 만난다. 베르질리오는 베아트리체의 부탁을 받고, 신의 특별한 허가를 얻어 지옥에서 이 세상으로 나온다. 그는 '목이 잠긴 낮은 목소리'로 이 세상 사람처럼 말한다. 단테는 베르질리오의 안내를 받아 지옥문에 다다른다. 지옥의 입구는 이 세상에 있다. 그 문을 지나면 출구 없는 지옥세계가 펼쳐진다.

단테의 지옥순례는 하늘을 향한 동경을 북돋우기 위해 지옥을 보여주고 죄의 무서움을 깨닫게 하는 게 좋겠다는 베아트리체의 조치였으므로 단테가 지옥에 떨어진 것은 아니다. 따라서 신의 허가에 따른 특별한 방법으로 베르질리오와 함께 지옥에서 빠져나와 연옥으로 간다.

지옥이든 연옥이든 모두 사후에 가는 장소이므로 살아 있는 사람이 갈 수 있는 곳은 아니다. 이러한 사실을 드러내는 연옥편 제2곡에는 다음과 같은 정경이 나온다.

베르질리오의 안내를 받은 단테는 「이스라엘, 이집트에서 나올 때」라는 시편을 노래하며 강가로 모여드는 연옥 사람들과 처음 만난다. 그들은 베르질리오와 단테를 자기들과 같은 무리, 즉 죽은 사람이라고 여기고 가까이 다가온다. 그러나 단테는 숨을 쉬는 살아 있는 육체를 가지고 있다.

나의 숨결로 아직 내가 살아 있음을 알아 챈 혼들은 소스라치게 놀라 새파랗게 질렸더라 (연·2·67~69 야마카와)

'혼l'anime'이 '새파랗게 질리다diventaro smorte'는 글자 그대로는 '핏기를 잃었다'는 것이며, 경이와 불안을 느꼈다maravigliando는 말이다. 그 이유는 죽은 자들의 혼이 단테가 자기들과 달리 '호흡을 하고 있다per lo spirare'는 것을 근거로 그가 살아 있음을 알아챘기 때문이다.

이 묘사로 연옥은 죽은 자들의 세계임이 명확해진다. 그런 의미에서 죽음은 호흡의 유무(죽음은 폐사肺死)에 달려 있다는 말이 되며, 이는 죽음에 관한 논의의 한 전형이다. 호메로스의 하데스에서도 망령이 움직였던 것처럼, 연옥에 있는 사람은 그가 누구인지 알아볼 수 있게 표현은 되지만, 육체였던 부분이 고체성 없는 윤곽으로 바뀐 그림자와 같다.

지옥편에서는 지옥의 형벌의 무서움을 가르치기 위해 육체의 고통을 느낄 수 있게 묘사했는데, 연옥에서는 육체가 그림자가 되었고 영혼의 정화는 혼에 의해서만 행해지는 것처럼 묘사되어 있다. '연옥의 영혼을 위해 기도한다'는 사고방식도 효과적인 이미지였다.

그렇다면 둘 다 죽은 자가 가는 장소인 지옥inferno과 연옥purgatorio은 그 밖에 어떤 점이 다를까.

먼저 첫번째로 결정적인 차이점은 지옥은 '절망의 장소'인데 반해 연옥에는 '희망'이 있다는 것이다. 연옥편 제1곡은 다음과 같이 노래한다.

그리하여 나 두번째 왕국을 노래하나니, 이곳은 인간의 영혼이 씻기어 하늘로 오르게 하는 곳이더라(연·1·4~6 야마카와)

앞으로는 간혹 내 번역을 덧붙이게 될 것이다. 원문에 곡과 행을 표시하고, 번역문에 출전을 밝히지 않은 것은 내 번역이다.

E canterò di quel secondo regno,
dove l'umano spirito si purga,
e di salire al ciel diventa degno. (Purg. I. 4~6)

나는 노래하리라 두번째 왕국을
여기에서 인간의 영혼이 깨끗이 씻겨,
하늘로 오르기에 마땅해진다.

이것이 바로 연옥의 정의이다.

연옥편에 해당하는 주석만 851쪽에 달하는 대단한 분량의 책을 출판한 싱글톤은 물론 많은 주석자들이 이 구절에 거의 주목하지 않는다. 이탈리아 단테 학회 판도 두번째 왕국에 관해, 그것이 연옥purgatorio, 즉 정죄계인 것은 이탈리아어 purgare가 '깨끗이 하다'라는 동사이므로 당연하지만, '단테가 이를 지하로부터 외기外氣, 즉 열린 공기l'aria aperta로 가져온 것'에 유념해야 한다고 본다(반델리의 앞의 책, 299쪽). 즉 북반구의 지하인 지옥 밑바닥으로부터 비밀의 길을 지나 남반구의 땅속으로 얼마간 이동하고 나면 그곳부터는 저 멀리 별이 보이고, 땅속이라고 해도 바깥 공기, 하늘이 보이는 깊은 구멍의 물 위로 나오는 것이다. 그 바다를 건너 연옥산을 조금씩 올라가면, 마침내 다시 지상의 어딘가로 나가게 되고 지상낙원이라 부르는 연옥산 정상에 이르게 된다. 바로 하늘이 보이는 감옥(獄)이라는 이 점이 예로부터 전해오는 저승과는 다르다는 것이다.

연옥에는 혼이 씻길 수 있다는 희망이 있다. 어쩌면 천국에 갈 수 있을지도 모른다. 이처럼 희망이 있다는 점이 지옥과는 완전히 다르다. 지옥은 원칙적으로 출구 없는 곳이다. 연옥은 그 자체로서는 큰 기쁨이 없는 곳이지만, 아득히 멀리 상공이 보이고 혼을 정화해 하늘에 이를 수 있는 가능성이 열려 있다. 물론 이는 가능성일 뿐이고, 연옥에 있다고 해서 반드시 구원받는다고 할 수는 없지만, 적어도 구원받을 가능성이 있다는 희망이 생긴다.

그리스도교의 가르침에 따르면 그리스도의 십자가 위의 죽음으로써 인간은 원죄로부터 벗어났다. 따라서 구원의 가능성은 그리스도에 의해 주어졌지만, 영혼 스스로도 정화하려는 노력을 해야 한다. 때문에 혼 스스로가 기도를 해야 한다. 동시에 그 영혼을 위해 누군가가 기도하는 것도 의미가 있다. 우리가 만약 연옥의 영혼을 위해 진지하게 기도한다면,

그 기도는 유효하다. 그에 반해 지옥은 영원한 슬픔의 장소etterno dolore로 구원이 없다. 지옥의 영혼을 위해 기도해도 그 기도는 닿지 않는다. 신의 힘이라면 지옥으로부터 구원할 가능성이 있겠지만, 우리의 기도로는 힘이 미치지 못한다. 우리의 기도가 죽은 자들에게 효과적인 것은 연옥의 영혼에 한한다. 이는 중세 말기인 이 시기의 일반적인 교리적 상식이었다.

연옥과 지옥의 근본적인 차이는 '절망'과 '희망'이다. 연옥에는 희망이 있다 그와 관계되는 말이겠으나 연옥과 지옥의 두번째 차이점으로 '별의 유무'가 지적된다.

별의 유무

지옥편의 제3곡에서 단테는 지옥문으로 들어서자마자 한탄의 소리 sospiri가 메아리치며 울리는risonavan 것을 들었다. 그곳은 '별 없는 드넓은 하늘에per l'aere sanza stelle'라고 표현되어 있다. 지옥은 문을 들어선 순간 '별 없는 하늘'이 펼쳐지고 어둠 속으로 '한탄의 소리가 메아리친다'는 것이다. 그런데 연옥에는 별이 보인다. 그리고 이 별은 서양문학 속에서는 적어도 네 가지 의미가 있다. 이 부분에도 서양의 수사학 전통이 살아 있으며, 단테는 『속어론』 같은 논문에서도, 예를 들어 품위 있는 속어를 가리켜 향기 풍기는 동물, 흑표범panthera이라 표현할 정도다(같은 책, 1·16).

별의 의미 중 하나는 '인도'이다. 바다로 항해를 나서면 길잡이가 되는 것은 별뿐이다. 물론 별은 육로에서도 안내 역할을 하지만, 육지에는 산이나 나무 같은 다른 것들도 인간의 목표물이 된다. 그에 반해 바다는 먼 바다로 나가 아무것도 안 보이게 되면 그야말로 '별' 밖에 의지할 게 없다. 그런 까닭으로 라틴어가 공용어였던 중세에는, 성모 마리아는 라틴어

'바다mare'의 발음과도 연관이 있는데, 인생을 이끌어 주는 힘을 '바다의 별stella maris'이라 불렀으며 또한 '아, 바다의 별이여(Ave Maris Stella!)라고 노래했다.

두번째로 '희망의 별'이라는 표현이 있듯이 별은 '희망'의 상징이다. 어떤 그룹 전체의 현재의 영광과 장래의 희망을 한 몸에 지고 있는 사람을 '스타(별)'라고 한다. 세번째는 그로부터 전환되었는데 철학 세계에서는 높은 '이상'을 상징한다. 칸트는 『실천이성비판』에서 '내가 진정으로 존경해 마지않는 것이 두 가지 있다. 그것은 내 위에 있는 하늘의 별의 반짝임과 내 안에 있는 도덕률이다'라고 쓰고 있다. 니체도 이 상징을 답습해 '이윽고 별이 없는 시대가 올 것이다. 그때가 되면 최후의 인간은 이상이란 무엇이냐, 별이란 무엇이냐, 라며 빙그레 웃고는 눈짓을 한다'라고 쓰면서 별을 '이상'의 상징으로 사용한다. 네번째로 별은 플라톤 시기부터 사랑하고 동경하는 사람의 눈동자, 사랑하고 동경하는 사람의 마음의 빛과 연관지어 '사랑'―진실로 맑고 깨끗한 사랑―의 상징으로 여겨졌다. 적어도 이 네 가지가 서양문학과 철학 분야에 나타난 별의 상징성이다.

지옥은 별 없는 하늘이었던 데 반해 연옥에서는 맨 먼저 금성의 빛에 관해 노래한다. '동방 쪽빛 구슬의 감미로운 색채Dolce color d'oriental zaffiro'(연·1·13)란 날이 밝기 시작한 동쪽 하늘이 사파이어 같은 투명한 쪽빛이며, Il cielo sereno e color di zaffiro(이탈리아 단테 학회 판 주, 300쪽)라고 나와 있듯이, 맑고 깨끗하며 보석처럼 투명한 하늘이 보인다는 말이다. '사랑에로 충동하는 아름다운 별Lo bel pianeta che d'amar conforta'(연·1·19)은 바로 샛별, 금성을 가리킨다.

'새벽녘 샛별', '초저녁의 저녁별'이라 불리는 금성은 그 아름다움으로 인해 예로부터 '비너스'라 불렸다. '대상 없는 사랑Liebe ohne Gegenstand'이라는 짐멜의 아름다운 말이 있는데, 철이 들기 시작하는 사춘기 무렵, 이른 아침 혹은 초저녁에 하늘에 반짝이는 별을 보며 목적 없는 사랑, 대상 없는 사랑을 느낀다. 또는 자기가 매우 존경하는 선배나 친구, 경애하는 후배나 친구처럼 육체적인 교섭과 관계없이 여성이 여성에게, 남성이 남성에게 동경을 품을 수도 있다. 그러한 생각을 가지기 시작할 무렵의 마음의 빛은 금성의 반짝임과 같은 것이다. '사랑에로 충동하는 아름다운 별'은 인류 모두와 관련이 있는 말일 것이다. 처음으로 다른 사람을 사랑스럽게 느끼는 마음과 이어진다. 그다지 오래지 않은 옛날에는 도시에서도 새벽녘 금성이 반짝일 때 닭 우는 소리를 들을 수 있었다. 지금은 닭 울음소리는 사라졌지만, 새벽녘 샛별은 여전히 아름답고 또한 해질녘 붉은 석양 뒤에 반짝이는 저녁별은 한결 더 아름다워서 그 별빛이 사람을 다시금 묘한 사랑의 기분으로 유혹하는 일도 있을 것이다.

별은 이상의 네 가지 정신적인 힘—'목표·길잡이', '희망', '이상', '동경·사랑'—의 상징으로 일컬어져 왔다. 그런 것이 전혀 없는 세계가 지옥이다. 그에 반해 연옥에서는 별이 보인다. 별은 있지만 좀처럼 볼 수 없는 대도시의 밤은 연옥으로 다가갔다가 끝내 지옥이 되어 버리는 건 아닐까.

연옥의 장소

여기에서 지상의 하늘과 연옥의 하늘을 다시 한번 비교해 보자. 지옥편 제1곡 17행에서 지상 세계는 '유성의 빛을 휘감은vestite già de' raggi del pianeta'이라고 표현되어 있다. 이 유성은 반델리가 인정하듯이 태양il sole인데(이탈리아 단테 학회 판 주, 4쪽), 어쨌든 별이 있는 한에서는 우리의 대지도 연옥과 같다. 그렇다면 지옥의 입구가 이 세상에 있었듯이, 연옥에서 보는 하늘과 이 지상에서 보는 하늘도 하늘로서는 같은 것이라 말할 수 있다.

르 고프의 『연옥의 탄생La naissance du purgatoire』(1981)에 따르면, 연옥은 12세기 초에 확립된 개념이며 당시 사람들은 진지하게 연옥이 있는 곳을 찾아다녔다고 한다. 불을 뿜는 에트나 산 아래에 있는 게 아닐까, 아니 겨울에는 어두운 밤이 이어지는 아이슬란드나 스칸디나비아 끄트머리에 있는 게 아닐까 하며 연옥 찾기 운동을 일으켰다. 그로부터 짐작할 수 있듯이, 단테의 연옥은 죽은 자가 가는 곳이라고 하지만 호메로스의 하데스와는 달리 별이 보이고 지하세계도 아니다.

지옥은 하계이지만 그 문이 이 세상 황야에 있어서 우리 인간은 지옥으로 곧바로 들어갈 가능성이 있다. 그와 마찬가지로 우리가 지상에서 보는 하늘과 연옥에서 보는 하늘이 같다면 연옥도 이 지상의 어딘가에 있으리라 생각해야 할 것이다.

바다의 상징성

지옥과 연옥의 차이에는 또 한 가지 큰 문제가 있다. 연옥편 제1곡의 115~117행을 보자.

여명이 새벽을 물리쳐 그보다 앞서 달아나게 하니, 나는 아득한 바다의 흔들림을 알아보았노라(연·1·115~117 야마카와)

L'alba vinceva l'ora mattutina

che fuggia innanzi, sì che di lontano

conobbi il tremolar della marina. (Purg. I. 115~117)

새벽은 아침 햇살에 져

그보다 먼저 사라지니 눈길 저 멀리

바다의 일렁임이 흔들려 보였다.

내가 좋아하는 이탈리아어로 설명하면 '아득한 조망lontananza'이 펼쳐
지고, 그 끝으로 '바다의 일렁임il tremolar della marina이 보인다'인데, 이는
지옥에는 없는 광경이다.

지옥은 지하의 닫힌 장소이며 게다가 계층까지 있어 시계가 가로막혔
기 때문에 아득한 조망이나 전망은 없다. 그에 비해 연옥은 저 멀리 내다
보이는 전망이 있다. 그리고 그 전망 끝으로는 광활한 바다의 일렁임이 보
인다고 한다.

'바다'도 다양한 상징성을 가진다. 그중 하나로 바다는 일종의 모험의
가능성을 나타낸다. 셰익스피어의 『베니스의 상인』을 읽어 보면 반드시
'항해'라고 번역해야 하는 단어가 있는데, 원문은 adventure이다. adven-
ture는 원래 라틴어 ad와 venire, 즉 '그곳에 다다르다'라는 두 개의 단어
에서 생긴 어휘로, 그곳에 가기 위해 기다려야 하는 기간을 나타낸다. 바
다를 건너는 것은 대단한 모험이므로 adventure는 '항해'라는 의미가 되
었는데, 본래 '모험'의 의미이다. 그리스도교의 생활에서는 11월 말부터
그리스도 탄생의 밤, 크리스마스를 기다리는 대림절adventus 시기가 있는
데, adventus도 '이제 곧 올 것을 기다린다'를 의미한다. 이처럼 '바다'에는
배로 미지의 세계를 모험한다는 뜻이 포함되어 있다. 연옥은 산 형태이며
혼은 그 산을 올라가 지상낙원에 도달하고 천국의 입구로 다가간다. 연
옥의 도정은 이처럼 자신의 영혼을 정화하면서 험한 길을 매개로 자신을
고양시켜 나가는 모험이다. 이는 뭔가를 탐험하는 모험이 아니라, 행로도
확실치 않은 곳에서 하나의 이상의 장소로 향하는 실마리를 찾아가는

모험이다. 관점을 바꿔 보면 연옥에는 이러한 전망이 있기 때문에 비로소 모험이 가능한 것이다.

우리가 살아가는 이 세상에도 전망은 분명 얼마간 있긴 하다. 창을 열면 창밖으로 풍경이 보인다. 사면이 벽이고 천장이 막혀 출구도 없는 지옥 같은 세계는 아니다. 조금 더 밝은 세계이다. 별도 보인다. 연옥의 별도 하늘 가득한 별이라고는 표현하지 않았으니 지금 우리가 살고 있는 도시에서 보는 밤하늘과 같은 것일지도 모른다. 우리가 사는 세계에도 어떤 이상이 있다. 그러나 그것은 아득히 멀리 있고 그곳으로 향해 가는 노력은 꽤 힘들다. 그것은 마치 '아득한 저 멀리 바다에 물결의 일렁임이 보인다'는 연옥의 묘사와도 같은 것이다.

이렇게 보면 적어도 연옥 제1곡에 묘사된 한에서는 현세에서 우리가 경험하는 것도 연옥과 상당히 비슷한 면이 있다. 다만 연옥은 어디까지나 죽은 자들의 세계라는 차이가 있다.

지옥·연옥·천국의 실재성

그럼 이어서 지옥·연옥·천국의 실재성에 관해 잠시 생각해 보자. 이는 신앙의 유무에 관계없이 던져 봐야 할 물음이며 생각해 봐야 할 물음이다. 지옥이 있다고 생각하는가, 연옥이 있다고 생각하는가, 천국이 있다고 생각하는가?

현대를 사는 대부분의 사람은 일언지하에 '그런 세계는 없다'고 잘라 말하며 이런 물음을 진지하게 받아들이지 않을 것이다. 현세를 기점으로 삼아 지옥·연옥·천국을 지리적·공간적으로 평가하려 하면 그러한 사고 방식이 나온다. 그렇지만 단테는 지옥문이 이 세상에 있다고 생각했다는 사실을 잊어서는 안 된다. 그 문은 현세에 세워져 있고, 모든 희망을 문 앞에 버려두지 않으면 그 문 안으로 들어설 수 없으며, 그 문을 지나면 지옥에 이른다. 문까지 이르는 길은 이 세상에 있다. 지옥은 이 세상에서 곧바로 갈 수 있는 곳이다. 결국 지옥으로 갈 가능성은 이 세상에 있다. 절망에 빠지면 이 세상에 있더라도 지옥에 있다고 말할 수 있을 것이다.

그러한 점에 입각해 조망해 보면, 일상과 지극히 가까운 데서도 지옥을 생각할 수 있다. 지금도 '생지옥'이라는 말이 남아 있다. 고층빌딩의 화재를 그린 '타워링 인페르노(지옥)'라는 제목의 영화가 있었다. 아래쪽 층에는 구조대 사다리가 닿을지도 모른다. 맨 꼭대기 층이면 옥상에서 헬리콥터로 구조해 줄지도 모른다. 그러나 딱 중간 정도에 있는 층은 구조대 사다리도 닿지 않고, 창을 열려고 해도 최근 고층 건축에는 닫혀 있으니 좀처럼 열 수도 없다. 유리창을 깨뜨려도 사다리는 닿지 않는다. 불길은 점점 다가온다. 이젠 죽을 수밖에 없다. 우리가 그러한 상황에 처한다면 과연 어떨까. 실제로 테러리스트가 비행기로 세계 무역센터를 습격한 사건이 일어났다. 이성적인 인간일수록 이런 상황은 절망적이라고 생각할 게 분명하다. 유리창을 깨고 뛰어내려 죽은 사람도 있었다. 테러리즘도 전쟁도 세계의 지옥화地獄化이다.

숨을 쉴 수 없을 정도의 열기에 고통을 당해도 그 참극이 빛 속에 있다는 것은 아직은 일말의 구원 가능성이 있음을 뜻한다. 이보다 훨씬 견디기 힘든 상황은 갱도가 무너져 그 속에 갇히는 사고이다. 최근에는 탄갱 폐쇄가 잇달아 매몰사고가 신문에 실리는 일은 거의 없지만, 예전에 매몰사고 기사를 읽고 숨이 막히는 괴로움을 경험해 본 사람이 있을 것이다. 탄갱 견학을 갔는데 몇십 미터 지하 지점에서 갱도가 붕괴되었다고 상상해 보자. 공간은 점점 좁아진다. 그 공간은 단단한 돌로 뒤덮였고 어두워서 아무것도 볼 수 없는 상황에 간신히 숨만 쉰다. 그런 상황에 처한다면 어떨까. '도와 달라'는 외침은 아무에게도 들리지 않는다. 혀를 깨물고 죽는 것 외에는 생각할 수 없을 만큼 절망적인 상황일 것이다.

혹은 혼자 탄 엘리베이터가 도중에 멈춰 버리거나 맨홀 속에 빠진다거나 쓰레기장 잡동사니 속에서 놀던 아이가 버려진 냉장고 속에 갇힌다면……. 그런 생각을 하면 숨이 점점 가빠온다. 아무것도 보이지 않고 호흡이 힘겨워지는 상황이다.

이러한 일은 아주 가까운 주위에서 얼마든지 일어날 수 있다. 우리에게도 얼마든지 일어날 수 있는 그러한 상황을 떠올려 보면 지옥은 이 세상에도 있다고 생각하지 않을 수 없다. 그리스도교를 믿든 안 믿든 자기 내면을 반성해 본 경험이 있는 사람이라면 절망이라 여겨지는 상황을 느껴본 적이 반드시 있을 것이다. 어릴 때 아버지나 어머니가 돌아가시는 것은 절망에 가까운 기억일 것이다. 그러나 인간은 그러한 고난을 극복해 내고 다시 살아간다. 그렇지만 그것이 불가능해 보이는 실존의 한계 상황도 있을 것이다. 예를 들어 사람을 살해한 후의 돌이킬 수 없는 상황을 생각해 보면, 지옥은 현세에 그 문을 가지고 있는 셈이다. 되돌릴 수조차 없는 악을 저질렀다고 해도 통회痛悔와 진사陳謝의 성의가 있고 갱생의 의지를 가진다면 희미하게나마 희망이 보인다. 그러면 더이상 지옥이 아니다. 이렇게 생각해 보면 신의 손은 지옥에까지 닿을지도 모른다.

그러면 천국은 어떨까. 천국은 전망이 열려 있고 신과 하나가 되는 듯한 상태이다. 그것은 일상적인 수준에서는 남모르게 뭔가 좋은 일을 했을 때의 마음 상태와 동일시해 볼 수 있다. 예를 들면 나에게는 이런 추억이 있다. 제2차세계대전에서 패전하기 1년 전쯤으로, 나이로 치면 대학교 2, 3학년이었지만, 고등학교에서 퇴학 처분을 받고 재수도 했기 때문에 나는 여전히 구제舊制 다이이치第一 고등학교 학생이었다. 당시는 모두 기숙사 제도라서 자치 기숙사에서 생활했는데, 전쟁이 끝나가면서 고등학생의 반군국주의 사상이 점차 강해지고 세간에 학생들의 사상이 많이 퍼지자 규제도 강화되었다. 이로 인해 검거되는 학생들이 속출해도 곤란하고, 학원이 봉쇄되면 교육도 불가능하다는 이유로, 학생들의 행동이 격화되지 않도록 공부시키고 자제시킬 목적으로 선생님들이 학생들과 함께 기숙사에 살았다. 그렇긴 했지만 유난스럽게 사상 감독을 했던 건 아니고, 우리는 밤이 깊도록 선생님과 함께 니체와 괴테, 또한 토마스 힐 그린과 앙드레 지드를 읽으며 즐거운 기숙사 생활을 보내고 있었다. 12월 24일 밤, 나는 평소 신세를 많이 진 다케야마 미치오竹山道雄 선생님과 기무라 다케야스木村健康 선생님을 기쁘게 해 드릴 양으로, 아버지가 피우지 않아서 남은, 당시 어른들에게 배급되던 담배에 '축 크리스마스'라고 써서 내 이름 없이 선생님의 우편함에 한 갑씩 넣어 드렸다. 단지 그것뿐이었다.

선생님 두 분은 겨울방학에 들어가기 전, 집에 돌아가는 사람과 기숙사에 남는 사람을 각각 나누고 방학 동안의 생활지침에 관한 설교를 마치신 후, 기숙사 대표위원 두세 사람만 남은 자리에서 말씀하셨다. "우리 학교는 참 좋은 곳이야. 물자가 부족한 전쟁 시기에도 우리에게 이런 걸 선물하는 사람이 있다니"라며 무척이나 기쁜 표정으로 한 갑뿐인 담배를 꺼내셨다. 다케야마 선생님은 눈물을 글썽이며 기뻐하셨다. "누군지 몰라도 이런 행동을 한 사람이 있군. 감사 인사라도 하고 싶은데 누구 짚이는 사람이 없나?" 나는 그 자리에 있었지만 대표위원이라 매일 성가신 요구만 했기 때문에 선생님은 설마 내가 그런 선물을 했으리라고는 상상도 할 수 없었다. "이마미치 군, 자네는 발이 넓으니 알 거 아닌가?"라고 물으셨다. 나는 "그럴 만한 사람이 있을까요?"라고 대답할 수밖에 없었다. "대체 누구일까?"라며 이야기를 맺었다.

선생님은 평생 동안 그 일을 잊지 않으셨다. 세월이 흐른 뒤, 기무라 선생님이 다른 선생님에게 그 이야기를 하시는 모습을 뵌 적이 있다. 선생님의 말씀을 들은 그 순간, 내가 얼마나 행복했는지는 이루 말로 표현할 수 없다.

신의 행위는 익명의 행위이다. 나는 일본에서는 이데 다카시, 구레 시게이치, 외국에서는 루돌프 베를링거, 루이지 파레이존, 가브리엘 마르셀, 라디스라우 타타르케비치, 에티엔느 수리오, 레이몬드 클리반스키와 같은 훌륭한 친구와 선생님들을 만나 많은 가르침을 받아 더없이 행복한데, 이는 내가 찾아낸 사람이 아니라 신이 만나게 해 준 분들이다. 그렇지만 신은 물론 '내가 소개했네'라고 말하지 않는다. 익명의 행위이다. 익명의 행위는 어떤 의미에서 무상의 행위이며 무상의 행위는 아주 사소한 담배한 갑으로도 이룰 수 있다. 선생님 두 분께서 그렇게 보잘것없는 행위를 언제까지나 잊지 않고 기뻐해 주시는 모습을 보고 그것을 깊이 깨달았다.

이 추억은 내 인생에서도 가장 빛나는 추억이다. 70여 년을 살아오면서 다른 사람에게 그때만큼 좋은 일을 한 적이 없다고 하면 한심한 인생으로 보일 게 분명하다. 그러나 아무런 계산도 없었던 익명의 선행이라고 한다면, 내게는 그러한 사소한 일밖에 없는 것 같다. 단지 그것뿐이었지만, 그때 다른 사람에게 진정한 기쁨을 줄 수 있었다는 추억이 내게 천국의 '방향'을 일깨워 준 것처럼 느껴진다. 천국은 아주 멀리 있지만, 그 방향만큼은 현세에서도 감지할 수 있다. 그런 의미에서 훌륭한 사람은 현세에서도 우리보다 더 가까운 데에서 천국을 찾아낼 수 있을 거라는 생각이 든다.

현세에는 천국이 있는가 하면 지옥도 있다. 그럼 연옥은 어떨까. 연옥은 혼을 깨끗이 할 가능성이 있고 다소 희망도 가질 수 있는 곳이라고 한다. 그렇다면 실은 현세인 이 세상 자체가 그러한 것으로 가득 차 있는 건 아닐까. 예를 들면 칸트가 말했듯이, 별을 보며 잃어버렸던 이상에 대한 동경을 떠올리고 '좀더 훌륭하게 살아가야 한다'고 생각한다. 이는 연옥의 행위와 같다.

이렇게 생각해 보면 이 세상은 우리의 사고방식에 따라 지옥도 될 수 있고, 연옥도 될 수 있고, 천국도 될 수 있다. 그런 시각으로 보면 『신곡』은 실로 논리적으로 만들어져 있으며, 지옥, 연옥, 천국도 공간적으로 별개인 것처럼 보이지만 의미를 파고들면 모두 이 세상의 일처럼 여겨지는 상황으로 가득 차 있다. 단테를 읽으면 지옥이나 천국은 공상일 뿐이고 그런 것은 존재하지 않는다고 간단히 말할 수 없다. 그렇기 때문에 단테는 서양의 많은 고전 중에서도 시대를 초월해 계속 읽히고 있으며, 사람들에게 공감을 주고 끊임없이 문제제기를 하는 것이다. 단테의 『신곡』은 호메로스나 베르길리우스보다도 더 빛을 발하며 늘 살아 있다. 『신곡』은 일본에서도 번역을 가장 많이 한 고전 중 하나이다. 영어 번역도 헤아릴 수 없을 정도로 많다. 그렇게 많이 읽히는 이유가 뭘까. 단순한 옛날이야기 같은 책이라면 그렇게까지 애독하지는 않을 것이다. 그렇게 생각해 보면, 군데군데 골라 읽는 것만으로도 『신곡』 전편이 현세 안에 있는 것들의 상징적인 이야기처럼 보일 것이다.

이와 같이 지옥·연옥·천국의 실재성은 진지하게 생각해 봐야 한다. 적어도 이들은 관념으로서는, 의식의 세계에는 실재한다. 오늘 내일을 사는 데 곤란이 없는 상황에 있더라도 단테가 그린 지옥은 실은 우리의 일상 가까이 있다. 또한 현세는 연옥처럼 혼을 깨끗이 할 가능성도 있다. 우리도 혼을 지적으로 고양시키고 깨끗이 하고자 노력해야 한다. 인간의 마음을 자포자기하게 만들어 버리는 노래도 있긴 하지만, 훌륭한 음악 연주를 듣고 잠깐 동안이라도 혼을 깨끗이 하려는 노력은 할 수 있다. 우리는 이 세상에 살고 있지만, 죽은 자의 영혼이 부단히 노력하는 연옥 상황에 있다고 말할 수 있다.

단테를 통해 현세 속에 지옥·연옥·천국의 세 세계가 내재한다는 사상의 타당성도 깊이 이해할 수 있는 것이다.

연옥의 사람들과 '길'

연옥의 영靈들은 어떤 형태로 살아갈까. 그 한 예가 제2곡 후반부에 나오는 카젤라Casella의 영인데 그는 단테와 교우 관계를 맺었던 가수이다. 서로 끌어안고 인사를 나누려고 했지만 그들은 끌어안을 수가 없었다. 왜냐하면,

Oi ombre vane, fuor che nell'aspetto! (Prug. II. 79)

오, 겉모습뿐인 허망한 그림자여!

라고 노래하듯이, 연옥의 영은 각 개인의 생전 그림자로 그 사람임을 알아볼 수는 있지만 육체는 없기 때문이다. 죽은 지 얼마 안 되는 카젤라는 새로 온 무리에 섞여 서둘러 산을 올라가야 하는데도 단테의 청으로 노래를 불렀다. 그러자 갈대를 정화의 부적으로 권했던 카토(연·1·95)가 예술에 정신이 팔려 자신을 깨끗이 하는 일을 태만히 하는 카젤라 무리를 나무라며, 122행에서 '산으로 치달려 허물을 벗을지어다Correte al monte a spogliarvi lo scoglio'라고 일갈한다. '장해scoglio'는 이탈리아 단테 학회 주(315쪽)에 '또한anche 뱀의 허물scoglia, 피부병의 부스럼 딱지나 조각, 외피나 외관이라는 의미에서는 뱀 가죽nel senso di scaglia, scorza'이라고 나와 있으므로 '연옥산으로 서둘러 올라가 그곳에서 더러움을 씻어내라'라

는 의미이다. 싱글톤은 그의 주(41쪽)에서 드 뤼박(H. de Lubac)의 『초자연*Surnaturel*』(1946)의 378쪽을 인용해, 니사의 그레고리우스나 아우구스티누스를 비롯해 많은 교부敎父들이 나병의 부스럼, 낡은 옷, 뱀의 오래된 가죽 등과 연관 지어 영의 정화를 이야기하는 예를 제시했다. 나는 본래의 원전은 '헌옷(古着, lo spòglio)'이 아니었을까 생각한다.

카토의 일갈 다음 연에 이어지는 내용인데, 단테는 여기에서 멋들어진 자연 묘사를 한다. 연옥의 신입생이라고 할 수 있는 카젤라 일행이 카토의 꾸지람을 듣고 곧바로 산으로 달려가는 모습을 먹이를 찾아 모여든 비둘기들이 소리에 놀라 흩어지는 모습에 비유했다. 이 부분을 야마카와 번역과 내 번역으로 살펴보기로 한다.

새로운 무리가 노래를 버리고, 산 언덕을 향해 올라가나니, 그 모습 가고자 하나 갈 곳을 모르는 사람 같더라 (연·2·130~132 야마카와)

Così vid'io quella masnada fresca
Lasciar lo canto, e gire invèr la costa,
Com'uom che va, nè sa dove rïesca: (Purg. II. 130~132)

새로운 무리는 저 비둘기와 같이
노래를 버리고 서둘러 산 언덕으로 향했다.
갈 곳 모르고 걷는 사람과 비슷하였다.

이 부분을 읽으면, 연옥에는 가야 할 길이 있는 듯하다. 그 점에 대해 생각해 보자.

연옥 안에는 그리스도 이전에 태어난 사람들이 있다. 그들이 아무리

의인이었더라도 그리스도의 길을 모르기 때문에 천국으로 향하는 길을 알지 못한다. 그들은 가야 할 방향을 확실히 몰라 정처 없이 방황한다. 연옥의 빛나는 별은 걸어갈 용기는 주지만, 나아가야 할 방향의 이정표가 되지는 않는다.

한편 연옥에는 '길'은 알았지만 그대로 행하지 않았던, 지옥에 이를 정도로 나쁜 일은 하지 않은 사람도 있다. 따라서 연옥에는 두 부류의 인간이 있다. 하나는 의인이었으되 그리스도 이전에 태어나 그리스도의 가르침을 몰랐으므로 아직 천국에 가지 못하는 사람들, 다른 하나는 그리스도의 길을 알면서도 그 '길'을 그다지 열심히 따르지 않은 사람들이다.

그리스도 이후에 태어난 우리는 그리스도의 길을 알고 있다. 이것은 현세와 연옥의 차이 중 하나다. 현세의 우리는 그리스도가 제시한 '나는 생명이요, 길이요, 진리이다Ego sum vita, via, veritas'를 좇아, '생명'에 있어서 그리스도를 모방imitatio Christi함으로써 그대로 '길'을 걸으며 '진리'의 세계로 인도된다. 예를 들면 그리스도는 이웃 사랑에 관해 '네 이웃을 네 자신과 같이 사랑하라'라고 말한다. 그리스도는 '신이여, 신이여 말하는 사람보다는 그리스도의 가르침을 행하는 사람이 옳다'고 말한다. 그리스도 이후의 시대를 사는 우리는 그 '길'을 따라 걸으면 구원받을 가능성이 있다. 그리스도교에 귀의하는 것은 '길'을 아는 것과 같고, 단테가 그랬듯이 그 '길'을 밟으며 하늘을 향해 끊임없이 기도하며 가야 한다.

그렇게 생각해 보면 어떤 '길'을 가야 하는가는 연옥보다는 현세에 더 명료하게 씌어 있다고 말할 수 있겠다. '길'을 등지면 벌을 받는다. 여기에서 '길'은 늘 법이나 규정과 관련을 맺는다. '길'을 벗어나면 법이나 규정에 의해 벌을 받는다. 그렇지만 법이나 규정에는 갖가지 단체의 약정이 있다. 예를 들면 집단 테러리즘을 조직하기 위한 규정도 있을 수 있고, 신을 부정하고 교회를 부인하는 법률도 있다. 그리스도의 '길에 반하는 법이나 규정도 있는 것이다. 이는 국가 법률과 종교 가르침과의 갈등을 떠올리게 한다. 양자의 사고가 같다면 문제는 적겠지만, 나라의 법과 가르침의 법이 다른 경우 문제는 심각하다. 박해시대의 일본 그리스도교도의 참상이나 전쟁 중에 일본 그리스도교도가 경험한 고통 등을 생각해 보면 금방 알 수 있듯이, 그리스도가 제시한 길을 좇는 것은 현세에서는 큰 고통을 초래하는 일도 있다. 단테는 그러한 현실을 어떻게 생각했을까.

정·교 양극의 문제

좋은 세상을 이룬 로마에는, 세상과 신의 두 갈래 길을 모두 비추는 두 개의 태양이 늘 빛났더라 (연·16·106~108 야마카와)

이 부분은 히라카와의 번역이 명쾌하고 좋다.

로마가 세계를 훌륭하게 통치했을 때에는
늘 두 개의 태양이 빛나고 있었다. 〔황제와 교황은〕
각각 현세의 길과 신의 길을 비추었다. (연·16·106~108 히라카와)

이 부분도 내 번역을 덧붙인다. 원문 첫 행에 '*'로 표시한 부분은 치멘즈 판에는 읽기 쉬운 che'l로 되어 있다.

Soleva Roma, che*il buon mondo feo,
due soli aver, che l'una e l'altra strada
facean vedere, e del mondo e di Deo. (Purg. XVI. 106~108)

좋은 세상을 만들었던 로마는 늘

두 개의 태양을 가졌으니 제각각

세속과 신의 길을 비추었다.

'두 개의 태양'이란 말할 필요도 없이 로마 제국의 황제와 로마 교황을 가리키는 말로 정치권력과 종교권위, 성속 두 개의 중심이 일찍이 로마에 있었다.

그런데,

하나가 다른 하나를 없애니, 검이 지팡이와 매이노라, 그리하여 둘을 하나로 하니 어찌 이를 가하다 할 수 있으리오

이들이 묶이면 서로가 두려워하지 않을 수 없으리니

(연·16·109~112 야마카와)

히라카와 번역은 다음과 같다.

그러나 하나의 빛이 다른 빛을 앗아, 검과 지팡이가

하나로 합쳐지고 말았다. 이 양자가 결합하니

그래서는 도무지 잘되어 갈 도리가 없다. (연·16·109~112 히라카와)

양자가 단 하나가 되어 버리는 것은 좋은 일일까, 아닐까. 쌍방이 하나가 되면 서로 두려워할 게 없어져 버리는 게 아닐까. 종교를 논하는 사람 중에서는 성속이 지나치게 다퉈서는 안 되며, 성속은 하나 되는 게 좋다고 생각하는 사람도 있지만, 그에 대해 단테는 이렇게 서술한다. '이 세상'의 태양과 '종교'의 태양 두 개가 있는 게 좋은 것인가, 아닌가. 이것은 단

테가 늘 갈피를 잡을 수 없었던 문제이다. 신성 로마 제국과 피렌체의 정치를 어떻게 해야 하는가. 교황 측의 사고방식과 자신의 사고방식은 어떻게 되는 걸까. 특히 연옥편은 그 문제에 관한 역사적 이해가 없으면 이해하기 힘든 부분이 여러 군데 있다. 지옥편도 그러한 배경을 두고 보면 이해가 깊어지는 부분이 많이 있지만, 치옥편에서는 일단 죄에 대해 알면 좋다고 해 두자. 연옥편의 경우에는 죄로부터의 정화, 다시 말해 뱀의 허물벗기와 성속의 뒤얽힘이 요점이기 때문에 지나치게 사소한 것에 구애받지 않고, 다음 장에서는 '두 개의 태양'의 관계에 관해 좀더 깊이 생각해 보고자 한다. 서문에서도 밝혔듯이 내 연구는 단테 『신곡』의 미학적 측면과 철학적 신학적 내용을 깊이 고찰하는 것을 주된 목적으로 한다. 가능하면 다른 주석서에 나와 있지 않은 사항 중에 중요한 것에 관해 언급하고 싶다.

천국으로 가는 '길'

이번 장의 요점은 이상이지만, 다음 장으로 이어지는 두 부분을, 순서로 말하자면 연옥편이 끝나 가는 부분이 되는데, 마지막으로 지적해 두고자 한다.

Sopra candido vel cinta d'oliva
donna m'apparve, sotto verde manto,
vestita di color di fiamma viva.

하얀 너울 위에는 감람橄欖을 매고, 초록빛 웃옷 속에는 타오르는 불꽃 빛깔

의 옷을 입은 한 여인이 나타나더라 (연·30·31~33 야마카와)

더할 나위 없이 아름답고 음전한 여인이 하얀 베일 위에 올리브를 두르고, 초록빛 웃옷 안에 타오르는 듯한 불꽃 빛깔의 옷을 입고 나타난다. 이 사람이 바로 베아트리체이다. 새빨간 옷에 초록빛 웃옷, 그리고 하얀 베일. 이는 두말할 필요 없이 세 가지 대신덕을 암시하는 의상이다. 흰색은 신앙, 초록색은 희망, 붉은색은 사랑을 나타낸다. 여기서부터 베아트리체가 단테를 인도한다. 이보다 조금 뒤에서 지금까지 길을 이끌어 준 베르질리오, 베아트리체를 만나게 해 준 베르질리오에게 단테가 감사의 인사를 건네고자 한다.

나는 마치 두렵거나 괴로울 때, 제 어미에게 달려가 매달리는 어린것과 같은 마음으로, 얼른 왼쪽으로 고개를 돌리고
떨리지 않는 피란 단 한 방울도 내 몸에 남아 있지 않나이다. 옛 불꽃의 흔적을 나 지금에야 알겠나이다 하고 베르질리오에게 말하고자 하였으나 (연· 30·43~48 야마카와)

베아트리체를 만나 너무도 기쁜 단테가 예전부터 품었던 뜨거운 열망이 이뤄졌다고 베르질리오에게 감사 인사를 하려고 돌아보았으나,

Ma Virgilio n'avea lasciati scemi
di sè; Virgilio, dolcissimo patre;
Virgilio, a cui per mia salute die'mi;

베르질리오, 사랑스러운 아버지 베르질리오, 구원을 위해 나를 맡겼던 베르

질리오는 우리를 두고 이미 사라졌나니 (연·30·49~51 야마카와)

베르질리오는 자신의 한계인 그곳에 다다르자 사라져 버린다. 그 대신 이제부터는 베아트리체가 안내 역할을 맡는다. 베르질리오의 길 안내는 여기에서 끝난다.

천국에 있는 사람은 연옥으로 내려올 수 있다. 그것은 연옥의 이정표가 천국으로 향해 있다는 것을 뜻한다. 베르질리오는 '이 세상의 지혜'였다. 단테는 '학식 있는 베르질리오'라고 말했는데, '이 세상의 지혜'로 길을 안내한다는 말은 곧 '학문'으로 길을 이끄는 것, '법'으로 이끌어 주는 것이다. 이제부터 앞길은 '신앙'이 길을 이끌어 준다. 베아트리체가 몸에 두른 흰색, 초록색, 빨간색 의상은 믿음, 소망, 사랑이라는 세 가지 대신덕을 나타내며, 그러한 덕을 가진 사람만이 길을 안내할 수 있다. 여기에는 '지상의 법에 우선하는 종교의 덕'이라는 단테의 사상이 드러나 있다. 대역을 시도해 보자. 그리고 그 후에는 다시 텍스트인 야마카와 번역으로 돌아간다.

Io ritornai dalla santissim'onda   지성至聖의 물결로부터 돌아와 보니

rifatto sì, come piante novelle   새싹이 돋아난 어린나무처럼

rinnovellato di novella fronda,   내 모든 것이 새로워졌으니

puro e disposto a salire alle stelle.   순수에 걸맞게 지향하는 것은 별

(Purg. XXXIII. 142~145)

더없이 성스러운 물결로부터 돌아오매, 나는 흡사 새 이파리 돋아 새로워진

어린나무와 같이, 모든 것이 새로워지고

맑아졌나니, 별들에게 이르기에 마땅하더라 (연·33·142~145 야마카와)

베아트리체의 안내를 받아 진정으로 깨끗해지는 법을 배우면 연옥에서 벗어나 별을 향해 다가갈 수 있다. 별은 천국과 연옥을 연결하는 동경의 불꽃이다.

단테는 지옥·연옥·천국 세계를 노래했다. 이 장에서 언급했듯이 현세역시 의식 측면에서 보자면 천국, 지옥, 연옥과 같은 곳에 있다. 그 중에서 천국은 오로지 '길' 그 자체이다. 별은 천국의 '길'의 상징이다.

> 그리고 그대의 길이 신의 길에서 동떨어져 있음이 한결 높고 빠른 하늘이
> 땅과 멀리 있는 것과 같음을 깨우치게 하기 위함이니라
>
> (연·33·88~90 야마카와)

우리는 '길'로써 하늘과 이어진다. 이상, 사랑, 길잡이 등을 상징하는 별은 하늘로 향하는 길을 상징한다. 별의 세계야말로 신의 세계로 향하는 길이다. 그리고 단테에게는 인간의 행위에서 '말'로 표현되는 '관념'의 철학적 신학적 사색이야말로 신의 세계에 이르는 길이라는 사상이 있다. 단테에게 학문적인 추상세계는 신앙세계와 떨어진 곳에 있는 것이 아니라, 추상적인 관념이야말로 신에 이르는 길, 별과 같은 것이었다. 다만, 거기에 신앙이 더해지지 않고서는 길을 잘못 들게 된다. 우리는 인간의 행위인 학문을 통해 사랑은 무엇이며 희망은 무엇인가 하는 관념을 깊이 파고들 수 있다. 그 위에 그러한 지성을 고양시키는 신앙의 은혜가 있어야할 것이다. 단테는 우리에게 주어진 이러한 지성 위의 빛이야말로 별빛과 같다고 생각했던 것이다.

질의응답

질문자　다나카 히데미치, 하시모토 노리코

다나카　일본인의 불교적 종교관에는 육도六道가 있어서 윤회를 되풀이
하며, 지옥에 가거나 이 세상에 다시 돌아오는 일이 반복됩니다. 어떤 의
미에서는 사후세계도 상대주의라고 할 수 있습니다. 그런데 그리스도교
에는 절대적인 선과 악의 양자택일이라는 사고방식이 바탕에 깔려 있어
서 천국이냐 지옥이냐가 결정되어 버립니다. 이런 점이 일본인이 세계적
으로 그리스도교 신자가 가장 적은(그리스도교 신자가 인구의 1퍼센트도 안
된다) 이유가 아닐까 추측해 봅니다.

12~13세기에 연옥의 사고방식이 확립되면서 열심히 노력하면 천국에
갈 수 있는 가능성이 열렸고, 그로 인해 그리스도교의 대중화가 시작되
었습니다. 연옥이 확립되기 전에는 사람이 죽으면 최후의 심판까지 영혼
이 어디에 머무는가가 하나의 고민거리였습니다. 그러나 림보 또는 정죄
계라는 관념으로 지옥이냐 천국이냐를 알 수 없는 사람들이 머물 수 있
는 장을 설정할 수 있게 되었습니다. 연옥은 한숨 돌린다고 해야 할까, 어
중간한 상태를 긍정한다고 해야 할까, 아무튼 그런 의미에서 상당히 중요
한 곳이라고 생각합니다. 모르긴 해도 어쩌면 단테에 의해 비로소 정죄계
가 이만큼 의식적으로 파악된 게 아닐까요. 르 고프도 『연옥의 탄생』 마

지막에서 단테의 세계를 서술했습니다만, 『신곡』의 연옥편은 그러한 사정을 고려하면 상당히 중요한 것 같습니다.

선생님은 가톨릭 신자이신데 이러한 그리스도교적인 죄와 벌, 선악의 이원주의를 어떻게 생각하시는지요. 이렇게 여쭙는 이유는 『신곡』은 지옥·연옥·천국 세 세계를 묘사하고 있지만, 여기에 이르기 이전의 최후의 심판에 관해서는 전혀 언급하지 않기 때문입니다. 이미 영원히 고통 받아야 할 죄인들의 세계가 있고, 이미 결정이 난 후부터 묘사합니다. 일본에서는 『신곡』이 아주 많이 읽히는데, 그것이 과연 우리의 것이 될 수 있는 것인지. 요컨대 동양인에게 『신곡』의 세계, 그리고 그 전에 받는 최후의 심판, 그러한 것들이 동양인인 우리와 완전히 융화될 수 있을 것인지. 그런 점들이 항상 마음에 걸려서 이에 관한 선생님의 생각을 여쭙고 싶습니다.

이마미치 간단하게 대답하기는 어렵지만, 두 가지로 나눠서 코멘트 하겠습니다. 하나는 최후의 심판과 단테의 세계상의 관계, 다른 하나는 선악을 준별하는 사고방식을 그리스도교도로서 어떻게 생각하는가 하는 점입니다.

단테 연구가들 중에도 단테의 말처럼 '지옥은 신의 정의가 만들었'으며 사후의 영이 그곳에 가느냐 안 가느냐는 최후의 심판으로 결정하는 것인데, 단테가 이처럼 지옥 세계상을 정하고 게다가 자기 마음에 들지 않는 사람은 모두 지옥에 집어넣는 것은 대체 무슨 영문이냐고 문제 삼는 사람이 있습니다. 한 가지 해석은 단테가 '최후의 심판이 있다면, 지옥의 상태는 이럴 것이다'라고 상상해 묘사했다는 것이며, 단테도 최후의 심판이 행해지기 전에 실제로 모두 이러한 형태로 지옥에 갔다고 생각했는지는 의문일 거라는 해석입니다.

자신의 길잡이로 베르길리우스를 살려내고 말을 하는 인간으로 설정했지만, 단테도 수미일관하지 못한 곳이 있습니다. 예를 들면, 연옥에 들어가면 숨을 쉬는 것은 단테뿐이라고 했다거나 여러 가지 분명치 않은 부분이 있긴 합니다. 그렇지만 단테는 최후의 심판 후에 지옥에 가는 사람이 있다면 어떤 상태일까에 관해 썼다고 볼 수 있습니다. 최후의 심판에서 지옥행 천국행이 결정되는데, 최후의 심판에서 그렇게 된다면 이러한 상태가 되리라는 것을 묘사한 것입니다. 따라서 그로부터 비롯되는 두번째 해석은 교육적인 이미지가 있다는 것입니다. 그러한 의미에서 본다면, 단테의 엄격함은 어느 정도 이해할 수 있습니다. 그는 최후의 심판이 있다면, 그리고 거기에서 지옥행이 결정되면, 그러한 일을 당하게 될 거라는 묘사를 했습니다. 다양한 인간을 실제로 지옥에 배치한 이유는 죄의 경중을 묻고 그러한 죄인은 구체적으로 이런 곳에 간다는 말을 쓰지 않으면, 단지 악인이 있었다는 데 그칠 뿐 이야기에 현실성이 없기 때문이 아니었을까요.

두번째, 선악을 준별하는 그리스도교의 사고방식에 관한 사항입니다만, 아우구스티누스는 "악마에게도 그 나름의 존재 의의가 있다. 그것은 우리의 도덕생활을 생기 있게 해 주는 존재 의의"라고 말했습니다. 우리가 악마의 유혹도 받지 않고 단지 기계처럼 선한 일만을 행한다면 자유선택, 자유의지를 가진 존재로서는 지루하겠지요. 아우구스티누스가 표현하는 방식으로는 "신이 만든 것은 모두 어떤 의미가 있다. 악마에게도 존재 의의가 있다. 유혹으로 인해 우리의 미음은, 인간의 마음은 시험당한다. 그러므로 악마의 유혹이 없었다면, 그 유혹을 이겨 내고 그대가 신을 위해 진력했다는 사실도 사라져 버리므로, 그러한 의미에서 모든 존재하는 것에는 의의가 있다". 이는 "존재하는 한 사물은 선이다Omne ens est bonum, quatenus est ens"라는 사고방식입니다. 행위 역시 실체적 존재만큼 강하지는 않더라도 존재이므로 나쁜 행위도 그 나름의 의미가 있습니다. 그런 까닭으로 선악을 형이상학적으로 준별할 수 있습니다.

아우구스티누스는 신의 의지를 등지는 것은 악이라고 말했습니다. 그렇기는 하지만, 거역하는 악일지라도 그것이 행위로서 존재하는 한은 그 나름의 의미가 있습니다. 이른바 복된 죄felix culpa 사상입니다. 그 사람이 나중에 부끄러움을 알고 겸손해질 수도 있기 때문입니다. 그러한 아우구스티누스의 사고방식에서 보면 단테와 같은 선악의 준별은 나오기 힘들었을 거라 생각합니다.

그러나 단테의 철학적 기초는 토마스 아퀴나스의 철학에 기인합니다. 토마스와 아우구스티누스는 대조적으로 보는 시각도 많고, 토마스 쪽에서는 '아우구스티누스는 애매하다' '아우구스티누스는 지나치게 친절하다'라고 표현하는 사람도 있으므로, 중세 그리스도교의 대표적인 가르침은 토마스 아퀴나스의 사고이며, 토마스 아퀴나스의 사고에 따른 단테의 이러한 선악관은 13~14세기의 주류적 사고라 말할 수 있습니다. 그러나 그것이 아우구스티누스도 포함한 커다란 그리스도교 사상의 흐름 속에서 과연 유일한 것인지는 철학사적으로 의문입니다.

따라서 단테가 정죄계를 도입한 것은 스콜라적인 이원론에 대해 시인적인 직관에서 좀더 구원의 가능성을 남겨야 한다는 생각이 있었던 건 아닐까요.

그리고 부수적으로 다소 관련이 있는 문제를 말씀드리면, 그리스도교의 대표적 학자들 사이에서는 신의 정의를 위한 지옥이 있을 거라 생각하지만, 과연 지금 지옥에 떨어진 사람이 있을 것인가, 이는 사랑의 신을 생각하면 불가능한 일이 아닐까 하고 공공연히 말하는 신학자들도 있으므로, 단테의 사고를 실제 세계상으로 본다면 그리스도교 사고에 적합하지 않게 될 우려도 있습니다. 다만, 지옥도 연옥도 천국으로 가는 길도 이 세상에 있다고 생각하며 자신을 바로잡는 책으로 읽어 나가면 이것은 매우 의미 깊은 책이라는 점을 다시 한번 강하게 지적해 두고 싶습니다.

하시모토 조금 전 단테의 due soli, 즉 두 개의 태양에 관한 사항입니다만, 현대의 종교 권위의 쇠퇴는 분명해 보입니다. 그런데도 로마 교황의 정치적 권위는 국제분쟁에서 평화조정 역할을 완수해 내는 일도 있습니다. 단테『신곡』연구에서는 다소 벗어난 질문이 될지도 모릅니다만, 성속 권위의 관계에 관한 선생님의 의견을 듣고 싶습니다. 또 아우구스티누스의 영향력은 어느 정도인지요.

이마미치 그 문제는 단테가 평생의 과제로 삼았던 것이므로『신곡』연구에 내포되어 있는 난제라고 생각합니다. 저는 그리스도가 성서에서 한 말이 중요하다고 봅니다.「마르코의 복음서」에 나온 내용이었던 것 같습니다만, 바리새인과 헤로데 당 사람들이 세금문제에 관한 성가신 질문을 던졌을 때, 그리스도는 '데나리온 금화에 있는 초상은 누구의 초상인가?'라고 되물었고, '황제(카이사르)의 초상이다'라는 대답을 얻자마자 곧바로 그 유명한 말을 했습니다. '카이사르의 것은 카이사르에게, 신의 것은 신에게 돌려주어라.(Reddite igitur quae sunt Caesaris, Caesari: et quae sunt Dei, Deo.)' 이처럼 성속, 종교와 정치는 준별되어야 하겠지요. 특히 앞으로의 정치 세계는 국가 테두리를 넘어서는 단위를 축으로 삼을 거라 예견되므로 다양한 단위의 정치적 구조화를 위해서도 준별 사고가 점차 중요해지겠지요. 저의 의견은 정치 책임자도 진정한 그리스도 신자라면 좋을 것 같습니다. 그 이유는 정의와 평화와 진리를 소중히 여기는 정치가가 나올 거라는 생각이 들기 때문입니다. 그렇다고 해서 교황이 세계를 정치적으로 통일하는 건 성서에 반하는 사고일 것이며, 저는 단테는 아니지만 세상 물정에 지나치게 밝은 교황은 지옥행일 것 같습니다. 그렇게 되면 곤란하겠지요. 교황은 성스러운 종교의 행정 수장으로서 평화를 따르게 하는 사람, 중간 역할을 하는 사람, 최고 제사장pontifex maximus으로서 그 한도 내에서는 노력을 다 해야 합니다. 따라서 평화 확보를 위해서는 그런 취지의 발언을 하고 원탁회의 같은 것도 마련해야겠지만, 정치가로서 정치에 나서는 일은 바람직하지 않다고 생각합니다.

두번째 질문하신, 아우구스티누스가 단테에게 미친 영향은 토마스 아퀴나스에 비교하면 그리 크지 않은 것 같습니다. 1960년대에 프랜시스 뉴먼Francis Newman이 아우구스티누스의 『창세기 축자적 주해De genesi ad litteram』에 있는 성 바울로의 천국행이 『신곡』 전체에 큰 영향을 끼쳤다는 꽤 유명한 논문을 발표했습니다. 엘 대학의 블룸Harold Bloom이 최근 Modern Critical views라는 교양서 안에 Dante를 출판했는데 그 안에 수록되어 있습니다. 그러한 연구도 있으니 앞으로도 더 개척될 테지요. 그렇지만 기본적으로는 토마스의 신학이 단테의 중심이라고 봅니다. 저는 아우구스티누스를 좋아하니까 앞으로 시간이 있으면 조금 전에 말씀하신 방향에서 뉴먼과는 다르게 이 문제를 깊이 있게 다뤄 보고 싶습니다.

단테와 토마스 아퀴나스의 저서의 관계는, 각 편이 각 한 권으로 된, 전체 1000쪽이 넘는 싱글톤의 『신곡』 주해가 가장 상세하며 또한 적정하고 이용하기 쉽습니다. 옛 주석에 의지하긴 했지만 그가 새롭게 찾아낸 부분도 많고, 나아가 미국 연구서의 특색인데, 라틴어 원문에는 모두 영어 번역을 붙였습니다.

다만 제 생각에는 단테는 분명 토미즘의 시적 결정이긴 하지만, 그 관점은 단지 토마스 신학뿐만이 아닙니다. 죄의 단계에는 키케로의 『의무론』 사고를 받아들여 우정을 중요한 덕으로 여깁니다. 그리하여 우정을 깨는 기만frandolènza을 부절제incontinènza나 폭력violenza 보다도 나쁜 악덕으로 최하위에 놓습니다. 이는 그리스도교로서는 일종의 새로운 사고입니다. 친구이신 그리스도라는 사고를 중히 여기게 된 현대에는 적합한 생각이 겠지요.

아우구스티누스가 단테에 미친 영향은 『향연』이나 『제정론』에서는 크지만, 신곡에서는 단 두 번(천국편 제10곡과 제32곡) 부수적으로 언급될 뿐인데, 이는 의외로 적은 것입니다. 바울로가 별로 나오지 않는 것과 마찬가지로 희한한 일입니다. 어딘가 다른 형태로 이름 없이 암시되어 있는 건 아닐까요. 앞으로의 과제로 삼아 봅시다.

단테 『신곡』 연옥편 Ⅱ

지옥과 연옥의 차이

Purgatorio는 '죄를 깨끗이 씻어내는 장소'라는 의미가 있어서 '정죄계'라고도 하는데 정신을 단련한다는 의미에서 일반적으로 '연옥'이라 불린다. 불화 변의 '연煉'은 정화의 불을 가리킨다.

앞 장에서 지옥과 연옥의 공통점과 차이점에 대해 서술했다. 양자는 모두 죽은 자의 세계이다. 그리고 정도는 많이 다르지만 양쪽 모두 고통이 있다. 한편 두 곳의 차이 중 가장 중요한 점은 지옥이 '절망의 장소'인데 반해 연옥에는 '희망'이 있다는 것이다. 그곳에서 죄를 뉘우치고 자신을 단련하면 구원을 받을 수도 있다는 희망이 있다. 단테는 이를 다음과 같이 아름답게 표현했다.

앞 장에서 이미 보았듯이 베르질리오와 단테는 새벽녘이 가까워질 무렵 연옥의 산기슭 바닷가에서 잠시 시간을 보내고 있었다. 그때 '하얀 날개'를 가진 뱃사공이 100이 넘는 영혼을 태우고 이쪽 물가로 향해 다가오는 모습이 보였다. 연옥편 제2곡의 28행부터 33행까지를 보면 베르질

리오는

gridò:《Fa', fa' che le ginocchia cali!

ecco l'angel di Dio: piega le mani:

omai vedrai di sì fatti officiali.

Vedi che sdegna li argomenti umani,

si che remo non vuol, nè altro velo

Che l'ali sue, tra liti sì lontani!》(Purg. II. 28~33)

소리쳤다 '자 어서 무릎을 꿇어라,

보라 신의 천사! 두 손을 모으자꾸나,

이제 곧 보게 되리라 이러한 사자使者를.

보라, 그는 인간의 기구를 업신여기니

배의 노도 돛대도, 날개 외에는

쓰지 않으며, 멀고 먼 두 언덕을 잇는다.

지금 여기에서 '인간의 기구'라고 번역한 말의 원문은 li argomenti umani인데, 보통은 '인간적 의론議論'이나 '논증論證'을 가리키며 이탈리아 단테 학회 판 주(210쪽)에는 strumenti '기구·수단'의 의미로 나와 있고, 또 싱글톤 주에서도 human means such as sails or oars '노나 돛과 같은 인간의 도구류'라고 나와 있는 것을 따랐다. 물론 현대 이탈리아어가 아니라 옛날 용법이다.

지옥과는 달리 멀리 펼쳐진 풍경 속에서 뱃머리에 선 천사가 날갯짓을 하며 바다 위의 배를 미끄러지듯 움직인다. 베르질리오는 단테에게 앞으로는 신의 사자officiali로서 이러한 천사들을 만나게 될 거라고 말한다. 또한, 여기에서 천사에게 하얀 날개가 있고 하얀 옷을 입었다는 것은 원문에서 '백白'을 뜻하는 말인 bianco나 bianchi라는 23행과 26행의 번역에서도 상상할 수 있는데, 이는 지옥의 악마가 검은색이었던 것과 대비적이다. 그런데 지옥편에서도 단테 일행이 복수의 여신들에게 가로막혔을 때, 매우 무뚝뚝한 하늘의 사자ciel messo가 나타나 안개를 걷어 내고 여신들의 방해를 막아 도와주는데(지·9·85), 이것은 무사의 주(지옥편, 135쪽)에 따르면 angelo '천사'의 우언법(迂言法, periphrasio)이다. 그런 까닭으로 1954년 레클람 판 그멜린Hermann Gmelin의 독일어 번역에서도 ein Himmelsbote '하늘의 사자 또는 하늘의 신하'(38쪽)로, 연옥편 제2곡 이 부분의 der Engel Gottes '신의 천사'(142쪽)와는 다른 어휘를 쓰고 있다.

앞 장의 세 가지 요점

연옥이 이렇게 하얗게 빛나는 천사가 자주 나타나고 멀리 펼쳐진 전망이 보이고, 밤에는 별도 보이는 곳이라면, 아직 구원받을 가능성이 느껴지고 희망이 있는 장소일 테니 똑같은 죽은 자의 세계라 하더라도 지옥과는 완전히 성격을 달리한다.

또한 '좋은 세상을 만들었던 로마는Soleva Roma, che'l buon mondo feo' '두 개의 태양을 가진다due soli aver'라는 표현이 있었다. 두 개의 태양이란 속세의 힘과 성스러운 교황의 힘을 가리킨다. 단테는 이 두 힘의 분열로 괴로워하다 끝내는 추방당한 신세가 되었기 때문에 왕과 교황이 서로 독립적으로 양립하는 것이 가장 좋다는 사상을 가지고 있었다. 이 점을 자세히 살펴보면, 지옥은 암흑이므로 태양이 없는 세계이고, 이 세상은 두 개의 태양이 다투는 세계이며, 그러한 것은 머나 먼 하계의 빛이므로 천국에서는 문제될 것이 없으니 천국은 신의 빛으로 충만한 세계이다. 빛에 관한 한에서는 연옥의 특수성이 충분히 드러나지 않는다. 이 장에서는 연옥과 지옥의 차이, 연옥과 천국의 차이를 다룬 앞 장에 이어, 연옥 자체를 현세와 대비시켜 명료화할 것이다.

연옥편 후반부, 제30곡에 '어떤 여인이 나타났다donna m'apparve'는 대목이 있다. 그리고 그때까지 안내자였던 베르질리오가 '여기까지는 내가 너를 안내했지만, 이제부터는 다르다'라며 사라져 버린다. '이 세상의 지식'을 대표하는 시인 베르질리오는 연옥에서 천국 쪽으로 가까이 접근하자 그 이상은 나아갈 수 없다. 그곳부터 앞길은 '이 세상의 지식'으로는 미칠 수가 없다. '신앙의 지식'을 가지지 않으면 갈 수 없는 세계이다. 그러한 의미에서 연옥은 천국과 다른 곳이되 끊어진 곳이다.

깨끗해진 상태로 연옥의 산을 조금씩 올라가면 산 정상에서 천국으로 다가간다. 연옥의 마지막은 '순수에 걸맞게 지향하는 것은 별(puro e disposto a salire a le* stelle)' (연·33·145)이라는 이미지로 묘사되어 있다. 구조를 중시하는 교황청 판은 '*'부분을 alle로 쓴다.

요점은 이상 세 가지로 정리할 수 있다. 즉 폐쇄된 암흑세계인 지옥과는 달리 연옥에는 바다가 보이는 열린 전망이 있다. 둘째로 그곳에서 사람들은 천사를 자주 발견하고 구원을 기대할 수 있으며 별이 반짝이는 하늘을 우러러보며 동경할 수 있다. 희망이란 그러한 것이다. 셋째로 연옥은 높은 산인데 산 정상에 오르면 하늘의 별과 이어지는 공간이 열린다. 깊숙한 땅속으로 내려가는 지옥의 이미지와는 정반대이다. 그러나 하늘에 이르기 위해서는 이 세상의 지식인 베르질리오로는 충분치 못하다.

연옥 묘사의 혁신성

위에서 보았듯이 연옥은 그 자체의 정체성이 현세·지옥·천국에 비해 조금 애매하다. 그 이유가 뭘까.

르 고프는 그러한 궁금증을 품고 연옥에 관해 상세히 연구해 1981년 『연옥의 탄생』을 펴냈다. 7년 후에 일본에도 번역본이 출간되었다(와타나베 가네오渡辺香根夫·우치다 히로시內田洋 옮김, 호세대학출판국, 1988). 그 책에는 purgatorium(연옥)이라는 라틴어는 12세기 말까지 명사로 존재하지 않았다고 서술한다. 그 점으로 보아 '연옥은 그때까지 실재하지 않았던 것'이라고 결론짓는다. 그러나 이 표현은 조금 강한 듯싶다. '연옥'이라는 말은 쓰지 않았지만, 그 이전에도 이미 아우구스티누스 등이 사후에 영혼이 지옥과는 다른 곳에서 대기한다는 사고방식을 서술했기 때문이다. 가톨릭교회의 '사도신경'에도 그리스도가 '십자가에 못 박혀 돌아가시고 묻히셨으며 고성소로 내리시어……라고 나와 있듯이, 요즘 말하는 연옥과 변옥(림보)의 합성체 같은 지역을 나타내고 있다. 연옥과 같은 곳이 없다면 천국에 가기에는 조금 부족하지만, 지옥에 갈 정도로 나쁘지 않은 혼은 어디에 위치해야 좋을지 모르게 된다. 그래서 사람들은 최후의 심판이 올 때까지 기다리는 장소로 연옥과 같은 곳을 생각한 것이다. 예수는 고대의 성현을 구원하기 위해 내려가셨다고 여겨진다.

그러나 12세기 말까지 '연옥'이 명사로 일반화되지 않았고 사용되지 않았다는 말이 사실이라면, 14세기의 시인 단테가 그곳을 명료하게 묘사하는 것은 매우 힘든 일이었음에 틀림없다. '연옥'이라는 어휘가 생겨나고 불과 백 년쯤 후에 단테가 이를 묘사한 것이다. 이는 실로 선험적이고 위대한 작업이라 할 수 있다. 그런 점을 생각해 보면 연옥편 제1곡의 첫 행의 의미가 의미심장한 울림을 준다.

그리도 참혹한 바다를 뒤로 하고, 보다 나은 물 위를 치달리고자, 이제 내 재
주의 조각배 돛을 올리나니 (연·1·1~3 야마카와)

Per correr migliori acque alza le vele

omai la navicella del mio ingegno,

che lascia dietro a sè mar sì crudele;

e canterò di quel secondo regno,

dove l'umano spirito si purga,

e di salire al ciel diventa degno. (Purg. I. 1~6)

한결 좋은 바다를 달려가고자
나 이제 시재詩才의 조각배 돛을 올리고
그다지도 참혹했던 바다를 등졌다.
두번째 왕국을 '나는 노래하리'
이곳에서 인간의 영이 씻기어
하늘로 오르기에 마땅해진다.

그다지도 끔찍했던 바다, 즉 지옥의 바다를 뒤로 하고 그보다는 나은
연옥을 여행하자. '이제 내 시재mio ingegno의 조각배 돛을 올리고'—여기
에는 상상력affectus imaginarius이 필요하다. '내 시재'라는 말은 자만하는 의
미가 아니라, 단순히 우리에게 주어진 특유한 재능mio proprio ingegno을 뜻
한다. 사람은 각자 특유의 자질을 부여받았다. 그런 까닭에 '배nave'라는
말을 피하고, 굳이 '조각배navicella'라고 표현한 것이다. 또한 나는 '돛을 올
리고alza le vele'라는 구절을 보고 베르길리우스가 『아이네이스』에서 쓴 명
구 '기뻐 신바람 나 돛을 올리고vela dabant laeti'가 떠올랐다. 단테는 베르

질리오를 따르는 자의 발걸음 하나를 조용히 내딛은 것이다.

단테는 이제 연옥을 말하고자 한다. 그것은 지옥과는 달리 이제껏 한 번도 명료한 형태로 말해진 일이 없다. 연옥을 말하기 위해서는 생 빅토르의 위그가 말한 상상력affectus imaginarius을 구사해 갈 수밖에 없다. 단테의 위의 표현에는 그리스도교 사상에 자신이 새로운 문헌을 올린다는 자부심도 있었을 것이다. 또한 갖가지 전승을 이어받은 게 아니라 '내 재주의 조각배의 돛을 올리고' 갈 수밖에 없다는 자부심뿐만 아니라, 새로운 시대의 그리스도교 시인으로서의 사명감이 들어 있다고 볼 수 있다. 그리고 그것은 4행의 '두번째 왕국, 즉 연옥canterò di quel secondo regno을 나는 노래하리'라는 구절에 잘 표현되어 있다. 이것은 역시 베르길리우스의 『아이네이스』의 첫 행—호메로스와 비교해 보기 위해 2장에서 논의했던 구절인데—'전쟁과 영웅을 나는 노래하리Arma virumque cano'의 cano(노래하다—1인칭 단수)와 공명共鳴한다. 베르길리우스는 호메로스가 뮤즈 여신의 노래를 인간의 언어로 옮기는 번역자로 만족해 '여신이여 노래하소서ἄειδε, θεά'라고 말한 데 반해, 이와는 거리를 두고 '나는 노래하리'라고 자기를 주장하며 그 누구도 쓸 수 없는 자신만의 로마 건국 서사시를 썼다. 이와 마찬가지로 단테 역시 자신이 처음부터 창조해 내지 않으면 연옥의 시는 없을 뿐 아니라 연옥의 신학도 없을 거라는 사색자로서의 책임을 느꼈던 것이다.

거꾸로 된 경사—노력의 효과

그가 나에게. 처음에는 항시 험난하다 할 수 있으나 사람이 위로 오를수록
그 노고가 덜해지는 것이 이 산의 본성이니

그러기에 네가 이를 즐겨, 흡사 배가 물결을 따라 떠내려가듯 오르기 수월해
질 즈음이면
이 오솔길 마지막에 다다르리라 (연·4·88~94 야마카와)

연옥의 길은 처음에는 힘들지만 참고 오르다 보면 배가 물결의 흐름을
따라 거침없이 나아가듯 길이 편안해진다. 즉 그(베르길리우스)가 나(단테)
에게Ed elli a me, '이 산은 이러하므로Questa montagna è tale'(아래쪽이 힘들고
고되므로)라고, 다시 말해 위로 올라갈수록 점차 어려움이 줄어드는 산이
다che sempre al cominciar di sotto è grave라고 가르쳐 준다.
　지옥은 가면 갈수록 깊어지고 원칙적으로 지옥으로부터의 탈출은 불
가능하다. 한편 연옥에서는 산을 오른다. 지옥과는 반대되는 경사이다.
그리고 오를수록 편해진다. 현세에 사는 우리도 열심히 노력하면 할수록
일이 쉬워지는 것을 경험할 때가 있다. 그와 마찬가지로 연옥은 노력하면
그 효과가 나타나는 곳임을 의미한다. 문제는 어느 쪽이 원형이고 어느
쪽이 모형인가에 있다. 그림자가 살아 있던 사람의 모형인 한에서는 현세
가 원형이고 연옥은 모형이다. 그러나 정확성이 원형이라고 한다면, 단계
에 따라 덕이 보상받는 연옥이 원형이고 현세는 실체적이더라도 모형이
다. 구쪼Augusto Guzzo는 예술이 현실의 모방이라는 고전적 사고에 대해,
현대에는 예술이 원형이며 현실은 예술을 모방하게 되었다고 말했다. 단
테의 연옥은 이런 전환의 기점일까.

타자의 기도 효과

그리고 또 한 가지 중요한 점은 기도 효과에 관한 사상이다.

제4곡에 벨라콰Belacqua라는 단테의 지인이 나오는데, 이 사람에 관해 오래전부터 옛 주석에서는 피렌체의 악기 제조 직인이며 단정하지 못하고 게으른 자라고만 언급했다. 싱글톤에 따르면, 산토레 데베네데티Santorre Debenedetti가 1906년 이탈리아 단테 학회보에서 두치오 디 보나비아Duzzio di Bonavia와 동일인물이 아닐까, 라고 말한 정도일 뿐 아무것도 알려지지 않았으나 딱히 악인은 아니었다. 단테는 이 사람을 통해 가톨릭 교리상 중요한 점을 말하고 있다. 이 사람은 나태했으나 악한 일은 하지 않았고, 교회에 나가지 않았고, 고해(죄를 사제에게 고백하고 신의 구원을 받는 의식)도 하지 않았으며, 이윽고 죽을 때가 다가올 때까지 신에게 참회의 기도를 올리지 않았다고 한다. 그로 인해 죽어서 지옥에는 가지 않았지만 연옥 문 앞에 멈춰 서서 현세에서 산 세월만큼 기다려야 했다. 그러나 단테는 신의 은총을 받은 선인이 그를 위해 기도해 주면 그 기간이 다소 줄어들 수 있다고 말한다. 시를 살펴보자. "어찌하여 여기에 앉아 있는가?"라고 단테가 묻자 벨라콰가 말한다.

Ed elli: 《O frate, l'andar su che porta?

chè non mi lascerebbe ire a'martiri

l'angel di Dio che siede in su la porta.

Prima convien che tanto il ciel m'aggiri

di fuor da essa, quanto fece in vita,

perch'io indugiai al fine i buon sospiri,

se orazïone in prima non m'aita,

che surga su di cor che in grazia viva:

l'altra che vai, che 'n ciel non è udita?》 (Purg. IV. 127~135)

형제여 오른다 한들 무슨 소용 있으랴.

문에 있는 신의 천사가 내게

죄의 정죄淨罪를 허락지 않으니.

죽는 날까지 죄를 회개하지 않은 벌.

여기서 기다려야 하는 세월은

살았던 세월과 같도다.

은총 안에 살아가는 사람의 기도가

도와준다면 짧아지겠으나,

다른 기도는 하늘에서 들어주지 않으리.

연옥에서는 '(신의) 은총 안에 살아가는 사람이 진정한 마음으로 올리는 기도'가 우리를 도와준다면 그 영혼은 정해진 시간보다 빨리 하늘에 오를 수 있다고 말한다.

연옥에 있는 영혼을 위해 기도한다는 사고방식은 교리적으로는 이미 존재했지만, 단테가 이처럼 문장으로 명료하게 나타냄으로써 중세 말엽부터 교회의 관습으로 넓게 뿌리내렸다. 현세에 사는 사람이 진정으로 올리는 기도가 있으면 연옥의 영혼은 그만큼 구원에 가까워질 수 있다. 천국에 있는 혼이 신에게 기도를 올리면 효과는 보다 크다. 여기에서 각별히 언급해 두고 싶은 구절은 연옥의 정화 여행의 특색을 잘 표현한 제3곡의 마지막 행, 나폴리 왕 만프레디의 말이다.

chè qui per quei di là molto s'avanza. (Purg. III. 145)

살아 있는 자의 기도로 빨리 나아간다.

이 행은 그 앞의 명사를 받는 대명사가 많아서 1행으로 번역하기 힘들었는데, 직역하면 '여기 있는 사람들은 현세에 사는 사람의 기도로 발걸음을 크게 내딛으므로'가 된다.

그렇다면 기도란 본래 무엇인가. orazïone는 '기도'를 가리키는데 근원이 된 라틴어 oratio와 비슷하며 동시에 이는 '대화'를 의미한다. 신에게 기도를 올리는 것은 신과 '이야기'를 나누는 것이기도 하다.

연옥에서 고통받는 영혼을 위해 신앙이 더 깊은 사람이 기도하면, 그 기도가 신에게 받아들여져 연옥에 있는 영혼이 산을 오르는 일이 그만큼 쉬워진다. 이러한 연유로 연옥에 있는 영혼의 구제를 위해 기도하는 것을 목적으로 하는 '연옥원조자매회煉獄援助姉妹會'라는 수도회도 생겨났다. 그리스도교가 아직까지 세간의 이해를 얻지 못한 일본에서는 명칭이 변경되었지만, 일찍이 종교적인 이름을 가진 수도회가 성립한 것도 신학적인 사상에 기초를 두고 있다. 외국에는 이 명칭을 그대로 활용하는 모임도 있다고 들었다. 12세기 말에 연옥을 의미하는 명사 purgatorium이 생기고 14세기 무렵부터 급격하게 연옥의 영이 중시되었는데 단테가 이에 공헌한 역할은 상당히 크다. 연옥의 수호자라고 해야 할까, 수호il custode del purgatorio 임무를 맡고 있는 사람은 '그 모습이 도타운 존경심을 불러일으키는'(연·1·31) '한 노옹un veglio solo'이었으며, 그는 제1곡에서 '우티카에서 죽은'(연·1·74)이나 '아내 마르치아Marzia'(연·1·79)라는 묘사에서 알 수 있듯이, 다름 아닌 소 카토(Marcus Porcius Cato Uticensis, B.C.95~B.C.46)를 가리킨다. 연옥편에서는 Cato라는 라틴 이름으로도, Catone라는 이탈리아 이름으로도 성명을 밝히지는 않았다. 지옥편의 일곱번째 계곡, 자살한 자들이 모여 있는 부분에서 언급했지만(지·14·15), 베르길리우스의 『아이네이스』(6·434~439, 8·670)에서 그의 자살은 자유를 추구하고 의를 위한 것이었다고 칭찬하고 있으며, 단테도 『향연』 4권 28장 말미 162행에서 고귀하고 우아한 덕nobilità이 카토에게서 극치에 달했다고 찬미했다. 또한 『제왕론』에서도 2권 5장 134행 이하에서 불명예로 살아가기보다는 자유를 위해 죽음을 택한 사람으로서 카토에게 존경을 표했다. 그러므로 현재 상식으로는 쉰 안팎의 그를 옹(翁, veglio)이라 말하기는 어렵지만 그가 위엄을 갖추었기 때문에 그렇게 불렀을 것이다. 그가 자살했지만 자살한 자들이 가는 지옥의 일곱번째 계곡에 떨어지지 않고 연옥의 파수꾼이 된 까닭은 그가 자유를 갈망했기 때문이다. 자기 자신은 연옥의 산을 오를 수는 없지만, 적어도 지옥에 가지는 않았다. 그래서 베르질리오가 카토에게 단테를 지나가게 해 달라고 요청할 때 단테에 대해 '그가 찾아와 자유를 청하나니, 무릇 그 지극한 소중함은 그것을 위해 목숨을 아끼지 않는 자만이 아는도다Libertà va cercando, ch'è sì cara,/come sa chi per lei vita rifiuta'(자유를 추구하는 사람입니다. 그것을/사수했던 분이라면 아시겠지요)(연·1·71~72)라고 한 말은 유명하다. 이렇게 연옥에서는 자유를 추구할 수 있으므로 그곳은 자유 실현을 목적으로 하는 인간적 행위의 장이 된다.

연옥에 관한 선행하는 서술

르 고프는 그의 저서에서 구약성서 「욥기」에 연옥의 선험적 기술이 있는 것 같다고 지적했다. 「욥기」 10장 21~22절에 "잠시 후에 나는 갑니다. 영영 돌아올 길 없는 곳, 캄캄한 어둠만이 덮인 곳으로 갑니다. 그믐밤 같은 어둠이 깔리고 깜깜한 가운데 온통 뒤죽박죽이 된 곳, 칠흑 같은 흑암만이 빛의 구실을 하는 곳으로 갑니다"라는 표현이 있다. 또 구약성서 시편 139장 8절에는 "하늘에 올라가도 거기에 계시고 지하에 가서 자리 깔고 누워도 거기에도 계시며"라는 구절이 있다. 인간은 유대교 시대부터 절대적인 지옥과는 달리 은총을 내리시는 신이 늘 함께 계시는 장소를 사후세계의 하나로 여겨 왔다. 연옥과 지옥의 구별은 그다지 확실치 않았고 명부 맨 밑바닥에 지옥 같은 장소가 있으며 명부 조금 위쪽에 연옥 같은 곳이 있다고 여겼던 시기도 있다. 그러나 단테가 생각하기에 연옥은 북반구 지하에 있는 지옥의 지구 중심부를 통과해 반대편으로 나온 곳에 있으므로 남반구에 있다.

연옥의 의미

그렇다면 연옥과 같은 장소는 왜 생각해 냈을까. 세례를 받지 않았지만 자유를 추구했던 지사志士 카토(제1곡), 게으른 자이긴 했으나 나쁜 의도는 없었던 벨라콰(제4곡) 외에도 지옥에 보내기에는 죄가 가벼운 사람들이 있다.

그 이유 중 한 예를 제5곡에서 노래한다. 단테는 베르질리오를 따라 걷다가 야코포 델 카세로와 본콘테 다 몬테펠트로, 피아 등과 같은, 분쟁의 와중에 죽어 간 사람들의 혼과 마주친다. 지금 우리가 이들에 관해 일일이 알아야 할 필요는 없지만 그들은 이렇게 말한다.

우리는 모두 그 옛날 횡사로 죽은 자들이니, 그리하여 임종에 이를 때까지
죄인이었으나, 그때 하늘의 빛이 우리를 깨우치시어
스스로 뉘우치고 용서하였노라, 신은 즉 그를 뵙고자 하는 소망으로 우리
마음을 격려하시니 그와 화해한 몸으로 세상을 나섰도다
(연·5·52~57 야마카와)

'횡사'란 뜻을 채 이루지 못하고 전쟁에서 죽었거나 첩자나 배신자 때문에 죄 없이 살해당한 것을 뜻한다. 권력자가 제멋대로 법을 휘두르던 시대에는 왕이 명령을 내려 죽이는 일도 흔히 있었다. 정직 결백하고 왕에게 바른 말을 간한 사람이 갑자기 살해당하기도 한다. 그들이 설령 그리스도교 신앙을 가졌다 하더라도 갑작스럽게 살해당하기 때문에 대부분은 죽음에 대한 채비를 제대로 할 수 없다. 따라서 마지막 고해나 기도도 올릴 수 없고, 게다가 상대를 원망한 채로 죽어 갔을지도 모르니 그런 의미에서는 온전한 신앙을 성취했다고 말하기 어렵다. 그렇다면 그런 사람은 지옥에 가야만 하는가. 그리스도교는 이렇게 죽은 사람들을 어떻게 처우해야 할 것인가 하는 문제가 생겼다. 죽은 사람이 훌륭한 사람이었다 해도 죽는 순간 신앙을 가진 자로서 적합한 행동을 하지 못했으면 지옥에 가야만 하는가. 정치적으로 올바른 의견을 말했지만 그로 인해 부정한 자들에게 살해당한 사람이 지옥에 가도 괜찮을까.

이런 문제의식이 바로 13세기 이후 연옥이 급격하게 일반화된 원인이기도 하고, 또한 단테가 시 속에서 그 구조를 분명히 밝히려 한 커다란 동기가 되었다고 볼 수 있다. 이러한 시각으로 본다면 연옥편 제4곡과 제5곡은 단테가 연옥이 필요하다고 느낀 이유를 사례를 들어 명확히 밝히고 있다고 말할 수 있다. 사후세계에는 지옥과 천국 외에 연옥이 있으며, 지옥에 떨어질 만큼 악하지 않고 천국에 갈 만큼은 훌륭하지 않은 사람들, 요컨대 그런 의미에서 mediocrità(중간자, 보통사람)인, 대부분 그러한 무리에 속할 우리에게도 사후에 직면하게 될 장소로 열려 있다는 사실이 단테가 주는 일종의 안도감일 것이다. 그는 세간을 중간자의 세계라고 보았을 것이다.

밤의 평가와 연옥

그런데 일반적으로 '낮은 노동의 시간, 밤은 휴식의 시간'이라는 사고가 있다. 낮에는 여러 가지 것들을 보고 듣는다. 밤은 『만요슈』에 '칠흑같은 밤'이라고 나와 있듯이 매우 어둡다. 캄캄한 밤에는 마음을 가라앉히고 신을 떠올릴 수 있다. 밤에 단순한 자연 상태에서 자신의 주위를 정화하면 주위의 아름다운 사람, 편리한 도구, 예술 작품, 자기가 하고 싶은 일의 소재 같은 가시적 대상은 모두 보이지 않는다. 따라서 자기 마음만 남게 되므로 밤이야말로 기도할 시간이라고 말한다. 수도원에서는 세속을 끊어 내는 그러한 밤 시간을 중시했다.

밤이 신과 만나는 시간이라는 생각은 중세 신앙서 속에서 많이 발견되며, 기도수도회 예를 들면 베네딕트회나 시토회(트라피스트회)에서는 밤에도 시종時鐘에 맞춰 몇 번이고 일어나서 성당으로 향하고 기원을 노래한다. 밤 아홉 시경 그날의 마지막 기도를 올리면 방으로 돌아가 잠자리에 든다. 한밤중인 자정에 일어나 모두 함께 40분 정도 시편을 낭송하는 기도를 행한다. 다시 잠들었다가 새벽 세 시쯤 일어나 기도한다. 카르투지오회는 이를 혼자서 행한다. 밤은 기도의 시간이다.

그러나 밤은 한편으로 다른 사람의 눈도 없고 자신이 해야 하는 일로부터 벗어나 있으므로 나쁜 일을 생각할 가능성도 있다. 검은 옷을 입은 악마는 밤에 슬그머니 찾아온다. 대부분의 죄는 밤에 일어난다. 따라서 밤은 신이 부여해 주신 시간이긴 하나 이를 어떻게 평가할 것이냐는 13세기 신학적 문제의 하나였다.

아직 연옥성에 들어가지 못하고 연옥 들판에 있던 베르질리오와 단테는 성을 향해 가던 도중 우연히 마주친 소르델로Sordello에게 지름길을 묻는다. 그러자 소르델로는 '위로 오르는 일은 밤에는 할 수 없으니(ed

andar su di notte non si puote;)'(연·7·44)라고 말한다. 왜 그럴까. 문답은
이어진다.

> 그것은 어인 연유요, 밤에 오르고자 하는 이는 다른 이에게 방해를 받기 때
> 문이오, 아니면 힘이 미치지 않아 스스로 오르지 못함이오
> 착한 소르델로가 손가락으로 땅을 그으며 이르기를. 보시오, 그대는 해가 진
> 후에는 이 금 하나도 넘기 어려우리
> 허나 오르는 데 장애가 되는 것은 밤의 어둠뿐이니, 그 어둠이 힘을 앗아 의
> 지를 가로막으리 (연·7·49~57 야마카와)

이 세상의 밤은 신에게 다가가는 때이기도 하지만, 동시에 죄로 기우
는 때이기도 하다. 그에 비해 연옥에서는 밤의 어둠이 사람의 힘을 빼앗
아 의지를 약화시킨다. 따라서 연옥에서는 밤에 움직이면 안 된다.
우리는 하루 종일 온갖 일들에 마음을 빼앗겨 신을 생각할 수 없다.
밤에야말로 신을 생각할 수 있게 된다. 밤은 아름다운 상상을 할 수 있
는 시간이므로 밤에야말로 사색의 능력이 커지고 사색의 의지도 강해진
다. 그러한 시간엔 우리의 마음도 천국을 향한 방향으로 조금은 가까워
진다. 그러나 동시에 밤에는 나쁜 마음이 일거나 사악한 마음이 생기기
도 한다. 현세를 사는 우리의 마음에는 양극성이 있다. 그에 비해 연옥의
밤은 부정성 하나로 결정되어 있으며 그것은 죽음의 세계를 떠올리게
한다.
단테의 지옥과 연옥은 모두 현세 자체를 깊게 생각하게 하는 것들로
가득 차 있다. 지옥편에서는 이 세상에서 절망하면 그것이 곧 지옥임을
배웠는데, 밤이 가지는 양면성 중에서 밤의 어둠 속에서 자신의 의지가
약해지고 능력도 빼앗길 때는 살아 있으되 연옥에 있다고 생각할 수 있

을 것이다. 이렇게 읽어 나가면 지옥이나 연옥을 믿지 않는 사람이라도 문학의 의미를 통절하게 느낄 수 있을 것이다. 『신곡』은 현세를 사는 사람들에게 현세와는 다른 세계를 현세의 현실 행위와 관련시켜 생생하게 묘사해 줌으로써 어느새 현세 그 자체의 의미에 대해 깊은 질문을 던지게 하는 책이다. 이는 신앙이 있느냐 없느냐 하는 문제와는 별개로 만인에게 열린 책이라는 것을 의미한다.

종교의 본질에 관하여

자, 그렇게 본다면 여기에서 우리는 단테가 종교를 어떻게 생각했는가를 알 수 있다. 단테는 '종교란 무엇인가'라고 직접적으로 묻지는 않지만, 우리에게 넌지시 일러준다.

일반적으로 말하면 종교에는 세 가지 특색이 있다. 첫째로 종교는 두 개의 세계를 기반으로 한다. 우리가 살고 있는 현세와 그것을 지배하는 초월적인 세계로 나누는 것이다. 초월적 세계에는 부처님이든 하느님이든 초월자가 존재한다.

e vidi uscir dell'alto e scender giùe
due angeli con due spade affocate, (Purg. VIII. 25~26)

보라 천상에서 땅으로 내려선
두 천사는 불의 검을 가졌다

따라서 현세의 살아 있는 하느님이나 산 부처에게 기도하면 성취할 수 있다는 생각은 종교의 본래적인 의미에서 벗어난 것이다. 종교에서 이 두 세계를 이어 주는 존재는 이를테면 천상적 존재, 초월적 존재여야만 한다. 천사는 천상적 존재자의 사자에 불과하지만, 그의 손에 들린 불의 검은 계율을 어기는 자를 벌하거나 추방하기 위한 것이다.

둘째로, 종교는 어떠한 형태로든 사후세계를 생각한다. 그것은 일견 전적으로 형식적으로 보이기도 할 것이다. 예를 들어 장례식을 떠올려 보면 어떤 종교든 고별사가 있어서 돌아가신 분의 은혜를 추모한다. 이렇듯 종교는 죽은 자를 매개로 사후세계와 일종의 연관성을 가진다. 신화의 사후세계는 지하의 저승뿐이지만 종교는 천상과 낙원도 가지고 있다. 단테 생각에 사후는 종교적 도덕 혹은 신에 대한 도덕에 따라 삼분되어 있다. 성스러운 행위를 한 사람은 천국으로, 신을 모독한 악한 자는 지옥으로 가지만, 세상 대부분의 사람은 중간자이므로 사후에는 소 카토가 다음과 같이 말하는 것처럼 정죄를 위한 수련의 장이 마련되는데, 그곳이 바로 연옥이다.

Correte al monte a spogliarvi lo scoglio,
ch'esser non lascia a voi Dio manifesto. (Purg. II. 122~123)

산으로 치달려 허물을 벗으라
그리하지 않으면 신은 나타나지 않으리

셋째로, 종교는 기원을 동반한다. 그것은 병에 걸렸을 때 의사에게 "병을 고쳐 주십시오"라고 부탁하는 것과는 질적으로 다르다. 의사에게는 "좋은 약과 좋은 수술로 낫게 해 주십시오"라고 현실적인 사람의 힘에 소망하는 것이지만, 신이나 부처에게 기도할 때는 다른 마음가짐으로 기도

한다. 평상시 종교를 믿지 않는 사람도 자신이 반드시 도와야 할 사람을 위해서라면 있을 수 없는 일이라는 것을 알면서도 "부디 내 생명을 대신 가져가시고 저 사람을 구해 주십시오"라는 간절한 마음으로 신에게 기원한다. 이는 침묵과 비밀 속에서 자주 행하는 기원이다. 또한 그것은 자기 자신에게도 통절한 기도인 경우도 있다. 종교에는 영속적으로 또는 순간적으로 이런 절대적인 기원을 환기시키는 것이 있다. 그것은 바로 신의 은총을 기다리는 마음이다. 여기에는 인간의 마지막 비원悲願이 담겨 있는 경우가 있다. 그중 한 예는 단테가 알고 지내던 재판관 니노 비스콘티 Nino Visconti가 한 말이다. 이것도 내 번역으로 소개하겠다.

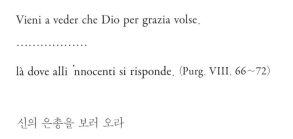

Vieni a veder che Dio per grazia volse.

....

là dove alli 'nnocenti si risponde. (Purg. VIII. 66~72)

신의 은총을 보러 오라

....

죄 없는 자에게는 하늘이 응하시니.

이상 세 가지가 종교의 본질이다. 이를 관통하는 것은 세상은 하나가 아니며 현실에 살아 있는 세계와 이를 초월하는 또 하나의 세계가 있다는 생각이다. 그렇다면 현세에는 지극히 훌륭하게 살았던 사람이지만, 다른 하나의 세계인 초월적 세계를 마음에 두지 않은 사람은 어떻게 될까. 그 문제는 다음과 같이 논의된다.

단테의 종교관

앞에서 서술한 세 가지 특색을 가진 종교는 전체적으로는 어떻게 생각할 수 있을까. 단테의 종교관을 살펴보기로 하자. 강의 텍스트로 늘 야마카와 선생의 번역을 펼쳐 보는데, 이 부분은 내가 경애하던 선배 노가미 소이치 선생의 번역을 먼저 펼쳐 보자.

> 그리하여 내가 제5원으로 빠져나오자,
> 거기에 있던 사람들이 모두 땅에 엎드려
> 울고 있는 모습을 보았다.
> '내 영혼이 속진에 처박혔으니' 그들이 몹시도
> 깊은 한숨을 내쉬며 말하는 소리를 들었으나,
> 그 말의 의미는 거의 알 수 없었다. (연·19·70~75 노가미)

> 제5원에 이르렀을 때, 나는 보았나니 여기에 무리가 있어, 그들이 모두 땅에
> 고개 숙여 엎드려 흐느끼더라
> 내 영혼이 속진에 처박혔으니, 나는 그들이 이같이 말하는 소리를 듣기는 하
> 였으되, 그 말은 거의 이해하기 힘들고 그 탄식은 깊고 깊더라
> (연·19·70~75 야마카와)

연옥의 제5권역으로 나오면 사람들이 여럿 보인다. 그중에는 1276년 교황으로 선출된 하드리아누스 5세Adoriano V도 있다. 그들은 땅 위에 고개를 숙이고 엎드려 울고 있다. '내 영혼이 속진에 처박혔으니'는 불가타판 시편의 라틴어 Adhaesit pavimento anima mea 번역이다.〔번역에 방점을 찍은 것은 그 부분이 이탈리아어가 아니라 교회에서 오랫동안 써 온

라틴어임을 나타내기 위함이다.〕 그들은 극악한 죄를 범한 사람들은 아니지만, '내 영혼이 속진에 처박혔으니' 곧 내 영혼이 땅, 먼지, 지상의 세상사에 집착했었다며 땅위에 엎드려 흐느낀다. 생전에 종교적인 것은 전혀 염두에 두지 않고 현세의 이익에 집착하며 살아 온 사람들이다. 내 번역을 시도해 본다.

Sì come l'occhio nostro non s'aderse

in alto, fisso alle cose terrene,

così giustizia qui a terra il merse. (Purg. XIX. 118~120)

생전에 우리의 눈이 땅에만 박혀

하늘을 우러르지 못한 탓으로, 눈을

정의가 여기에서도 땅으로 내리누른다.

신분은 종교상 최고 자리에 있었더라도 지상의 권위나 정치, 재물에만 눈길을 주며 기본적으로 속세적, 물질적인 삶을 산다면 영혼은 먼지에 처박혀 있는 것과 다름없으며, 그것은 곧 비종교적인 삶이다. 물론 비종교적이지만 윤리적으로는 훌륭하게 사는 사람도 많지만, 신을 믿는 눈으로 보면 그것만으로는 결코 충분치 못하다. 이 세상을 지배하는 것은 초월적인 신이므로 땅에 연연하지 말고 하늘을 우러러야 하며, 우리에게는 사후세계가 있으니 허망하게 쇠해 갈 것에 사로잡혀서는 안 된다. 그리고 기도가 필요하다. 이들 시구에서 종교에 관한 단테의 기본적인 사고방식을 배울 수 있다.

우리는 왜 오늘날에도 때에 따라 전례적인 행사들을 따르는 걸까. 새해가 되면 참배를 하러 간다. 절이나 교회로 말씀을 들으러 가는 사람도 있다. 친척이나 친한 사람이 사망했을 때는 장례식을 치른다. 혹시 그것을 단순한 이 세상의 의무라고만 여기며, '장례식에 가지 않으면 그 사람을 애도하지 않는 것이니 참석하자', '그 단체 회장이 돌아가셨다니 앞으로의 교제를 생각해서 얼굴을 내밀자'라는 마음으로 장례식에 참석한다면, Adhaesit pavimento anima mea와 마찬가지로 종교성과는 동떨어진 사교적인 기회로 전례를 이용하는 데 지나지 않는다. 이는 땅에 엎드려 용서를 구걸하는 사람과 다를 바 없는 모습이다.

그러나 전례의 엄숙한 분위기 속에서 '나 자신의 죽음도 생각해 봐야 한다', '저 사람에게는 정말로 신세를 많이 졌다. 부디 천국에 가길 바란다'라고 한순간만이라도 진지하게 기원한다면 그 사람은 그 순간만큼은 대지로부터 벗어난다. 전례가 가지는 종교적 분위기는 결코 시대에 뒤떨어지는 비합리적인 것이 아니라, 단테가 말하는 '땅에 처박혀' 있는 데에서 인간의 영혼을 조금이라도 벗어나게 하는 일이다.

일본에서 쓰는 '典礼(전례)'의 '礼'는 약자인데, 본래 글자는 '禮'이다. '禮'는 상형문자로 좌측의 '示(시)'는 帀, 책상(丁)이 있고 그 위에 희생된 동물의 사체(-)가 놓여 있으며(丅) 그 사체로부터 피가 방울져 떨어지는 모양(帀)에서 만들어져 '示'가 되었다. 다시 말해 목축이나 사냥에 의해 희생된 헌상물의 상형문자이다. 우측의 '豊(풍)'이라는 글자는 아래는 '豆'('토'라는 제기祭器 받침, 즉 豆. 나무로 만든 삼보三寶 형태의 일본 청동제 공양 제단—옮긴이)의 상형문자이다. 그리고 위는 접시나 주발(ᵕ) 안에 곡물(丰)이 담겨 있는 모양이다. 豊 전체는 위의 설명으로 알 수 있듯이 농산물을 용기에 넣어서 공양제단에 올린 형태로 농업 공양물을 뜻하는 상형문자이다. 따라서 禮 즉 礼의 기원은 수렵과 농작이라는 두 가지 기본 노동으로 얻은 공양물을 하늘에 올린다는 의미를 가진 상형문자이다.

예로부터 사람은 눈에는 보이지 않는 '하늘'에 헌상물을 올리며 엄숙한 의식을 행했다. 정해진 제복祭服을 입고 정해진 말을 모두 함께 읊거나 노래하고, 악기를 연주하기도 하며 기도한다. 그러는 와중에 인간의 마음은 차차 위로 향해 간다. 마음을 위로 올리는 일이 가능하다. 혼을 위로 올리려면 지상의 것이 아닌 것들을 생각한다.

지상에 없는 것을 생각하는 데에는 어떤 의미가 있을까. 예를 들어 자신이 거쳐 온 운명을 되돌아보면 인생은 설계대로 살아진 게 아니라, 전혀 함께할 가능성이 없을 듯한 사람과 연결되거나 천재지변과 전쟁에서도 기적적으로 살아남아 지금 여기에 살고 있는 것이다. 이는 자신의 힘을 훨씬 능가하는 일이다. 그렇게 생각해 보면 은총이나 구원을 생각하지 않을 수 없다. 따라서 지상의 것에 얽매이지 않고, 눈을 높이 들어 위를 바라보는 태도는 누구에게나 필요한 일일 것이다. 전례는 사람에게 그렇게 할 것을 권한다.

단테라는 서양의 시인과 종교에 대해 논하면서 한자 설명부터 시작하는 것은 순서가 반대일지도 모르겠으나, '전례'란 이탈리아어로는 liturgia이고 라틴어도 같으며, 그리스어 λειτουργία leitourgia에서 유래한다. 말뜻은 '봉사service'이다. 전례가 없는 종교는 없으며 종교란 신에게 봉사하는 것이다.

> 우리의 눈 지상의 것에만 기울어, 높이 들어 볼 수 없었던 것과 같이, 정의는
> 여기에서 이를 땅에 잠기게 하노라 (연·19·118~120 야마카와)

눈을 들어 위를 바라보게 할 만한 것은 연옥에는 없다. 전례는 현세에만 있다. 현세에는 땅으로 향하려는 눈을 분위기로써 순간적으로나마 위로 향하게 하는 종교 의식이 있다. 이처럼 생각해 보면 전례는 현세의 보물이 아닐까. 그것은 연옥에도 지옥에도 없다. 설령 그곳에 종교가 있다

고 해도 전례는 두 군데 모두 없다.

불에 의한 정죄淨罪

연옥은 정죄계라고도 불리는, 죄를 깨끗이 씻어내는 장소인데, 세례가 물로써 원죄로부터의 정화를 완수하는 데 반해 연옥은 불로써 자신의 죄를 정화한다. 이를 확인할 수 있는 예를 텍스트에서 찾아보자. 제25곡은 연옥의 제7원으로 육욕의 죄를 범한 사람들의 혼이 불꽃 속에서 씻기는 내용이 기록되어 있다.

《Summae Deus Clementiae》 nel seno
al grande ardore allora udi' cantando,
che di volger mi fe' caler non meno;
e vidi spirti per la fiamma andando;
per ch'io guardava a loro ed a' miei passi,
compartendo la vista a quando a quando.
…………
…………

E questo modo credo che lor basti
per tutto il tempo che'l foco li abbrucia:
con tal cura convien, con cotai pasti
che la piaga dassezzo si ricucia. (Purg. XXV. 121~139)

'지극하신 자비의 신이시여'라고 노래하는

소리 활활 타오르는 불 속에서 들려와

발밑은 물론 소리에도 마음이 쓰여

바라보니 영들이 불길 속을 걸어간다.

내 발밑과 불길 속을 걸어가는 영을

끊임없이 번갈아 바라보았다.

…………

…………

그들이 그렇게 불타는 동안

한결같이 노래를 부르리라 보이니,

그런 요법과 양식으로 인해

죄의 상처도 끝내는 치유되리.

이 시 구절을 읽어 보면 연옥의 정죄는 불에 의한 것임을 잘 알 수 있다. 138행의 '그런 요법tal cura'은 불에 의한 소독이며 '(그런) 양식pasti'은 혼을 격려하는 찬미가(성가)를 가리킨다. 139행의 dassezzo는 지금은 사용하지 않으며 da ultimo나 alla fine(결국, 마침내)와 같고, 지옥편 제7곡의 130행에서는 같은 의미지만 al dassezzo라고 쓰였다. 또한 131행의 맨 처음 세 어휘, Summae Deus Clementiae(지극하신 자비의 신이시여)는 라틴어로 토요일 조과(朝課, mattino, 라틴어로는 matutinum)에서 하는 말인데, 17세기 교황 우르바노 8세의 개정 이후로는 Summae Parens Clementiae라고 되어 있어서 많은 사람들이 단테의 기억이 잘못된 인용이라고 생각하기도 한다. 그러나 반델리와 싱글톤은 단테 시대의 성무일과breviarum에는 실제로 Summae Deus Clementiae로 되어 있다고 밝혔다(반델리, 527쪽, 싱글톤, 연옥편 주해, 620쪽). 이러한 것은 사사로운 사항이긴 하나 단테가 이처럼 문헌에도 정통했다는 사실도 간과하지 않았으면 한다.

천사적 초월과 마성적 초월

연옥의 특색 중 하나로 신의 사자l'angel di Dio, 즉 천사가 자주 나타나 소리 높여 노래를 부르곤 한다. 제27곡 6행도 그러하다. 제30곡 18행의 '영원한 생명vita eterna'의 '대신大臣과 사자들ministri e messaggier'은 신의 사신인 천사를 가리키는 말이며, 17행에 그들의 수가 cento(백)라고 되어 있으므로 그들이 다함께 꽃을 뿌리며 노래하는 모습을 상상해 보면 연옥은 현세보다 천상적인 곳이 아닐까 싶기도 하다. 분명 현세와 천국의 거리보다는 연옥과 천국이 더 가까울지도 모른다. 제26곡이 끝나는 부분에 '이 계단 꼭대기까지al som de l'escalina'라고 되어 있는데, 요컨대 연옥산 정상에 다다르면 지상낙원이라는 점을 생각하면 연옥을 그다지 어두운 곳으로 볼 필요는 없다. 이처럼 천사적 초월을 자주 경험하는 장소에서는 더더욱 주목해야 할 사항이 있다. 볼로냐의 시인 귀도 귀니첼리Guido Guinizelli가 단테에게 '천국에 가거든, 날 위해 그리스도를 향해 주의 기도(파테르노스트로paternostro, 하늘에 계신 우리 아버지―「마태오 복음서」 6장 9절 이하 및 「루카 복음서」 11장 2절 이하, 라틴어 주의 기도는 Pater noster로 시작하므로 모두 중세 이래 라틴어로 '파테르노스테르'라고 부르게 배웠고, 이탈리아어로는 '파드레 노스트로Padre nostro', 독일어로는 '파터운저Vater unser'라고 부르는 관습이 생겼다)를 한 번 외워 주게'라고 부탁하고, 'Quanto bisogna a noi di questo mondo,/dove poter peccar non è più nostro.(다만 연옥에서 필요한 만큼만, 이곳에서는 우리가 죄 지을 수 없으니)'(연·26·131~132)라는 2행을 덧붙였다. 요컨대 주의 기도 마지막에 나오는 '우리를 유혹에 빠지지 않게 하시고 악에서 구하소서'는 연옥에서는 필요하지 않다는 말이다. 영혼만이 죄의 정화를 위해 머물며 천국으로 들어갈 수 있기를 기다리므로 죄를 범할 수 없다는 이 논리는 과연 올바른 생각일까. 귀니첼리의 생각이 지나친 건 아닐까.

제28곡 40행에 나중에 마텔다Matelda로 이름이 밝혀지는 신비로운 한 여인una donna이 노래를 부르며 꽃을 따는 모습으로 등장하는데, 그 모습이 단테를 현혹시키지는 않았을까. 죄를 범하지 않고 유혹도 없다는 것은 연옥의 영에 한한 것이지 단테처럼 살아 있는 자에게는 해당하지 않는다는 반론도 있을 수 있다. 그러나 그렇다 하더라도 64행부터 66행까지 3행에서 볼 수 있듯이 베네레Venere 즉 베누스Venus, 요컨대 비너스의 '반짝이는 사랑의 눈빛'이라고는 쓰지 않았으며, 마텔다가 단테와 강 양쪽에서 나란히 걸으며 상춘常春의 과실에 관해 이야기한 후, 제29곡 첫머리를 시작했듯이

Cantando come donna innamorata,
continuò col fin di sue parole:
《Beati quorum tecta, sunt peccata!》

자기 이야기를 마치는 동시에
사랑에 빠진 여인처럼 노래했다
'복되어라, 거역한 죄 용서받고 죄 허물 벗겨진 자!' (연·29·1~3)

읽는 것만으로도 유혹이 느껴지지 않는가. 이는 일종의 시험이 아닐까. 그것뿐만이 아니다. 갖가지 환영과 상징적인 현상이 단테의 발걸음을 공포에 빠져들게 하는 듯하다. 예를 들어 다음을 보자.

이때 애끓는 마음에서 솟아나는 듯한 소리 하늘에서 나와 울려 퍼지나니.

'오, 나의 조각배여, 그대가 실은 짐이 그 얼마나 악하랴(작은 배는 교회이고 실은 짐은 교회 안에 꿈틀거리는 야심을 가리키는 걸까)

이어 바퀴와 바퀴 사이로 땅이 갈라지는 듯하더니, 또 그 속에서 용 한 마리가 나오는 모습이 보였나니, 그것이 꼬리를 들어 마차를 찌르더라(마차도 교회다)

곧이어 침을 움츠려 넣는 벌처럼 마성의 꼬리를 잡아채 마차 바닥 한쪽을 끌어 흔들어 대다 사라져 가더라(연·32·127~135 야마카와)

이는 단테가 잠에서 깨어나 본 장면이므로 역사적 사건의 상징이나 예표豫表일 것이다. 중세 가톨릭 신자인 단테의 입장에서 본다면, 만약 그것이 과거의 상징이라면 무함마드일 것이고 예표라면 루터가 된다.

연옥도 끝으로 갈수록 수월하게 지날 수 없게 된다. 마성적인 초월적 존재가 길을 위협한다고 볼 수밖에 없다. 용은 「요한 묵시록」(12, 3)에서는 악마인데, 위에서 말한 둘 중 하나일지도 모른다. 초월자의 자격을 가진 것 같은 마물魔物이다. 현세에 있는 자이면서도 현세에 없는 자처럼 행동한다. 절대적 초월자를 거역하는 자는 단테의 여로를 방해하려고 연옥에서도 저항을 그치지 않는다. 마성적 초월은 여기에도 있다.

한편, 연옥에서는 분명 현세보다 자주 천사들이 아름다운 노래를 부른다. 천사는 신의 사자에 불과하고 신의 새라고 씌어 있는 판도 있는데, 영들은 천사를 따르며 미사가 없는 연옥에서도 전례적인 분위기 속에서 신에게 향한다.

우리는 연옥편에서 종교에 관해 깊이 있게 공부했다. 끝으로 지적한 마성은 초월자를 가장한 것에 속으면 안 된다는 가르침을 준다. 그것이 천사 뒤에 나온다는 점에 연옥편의 깊이가 있는 것 같다. 덧붙이자면 제

30곡에서 천사의 아름다움을 다양하게 표현하므로 그 속에서 아름다운 이미지를 다시 생각해 볼 필요가 있을 것이다.

앞 장에서는 연옥과 지옥과의 차이에 주목해 서술했으나, 이 장에서는 현세와의 비교에 중점을 두고 논했다.

질의응답

질문자　나카가와 히데야스, 다나카 히데미치, 구보타 노부히로, 마쓰키 야스오, 스미요시 히로토

나카가와　단테의 연옥의 구조, 지옥의 구조를 보면 단테가 자기 혼자 그러한 세계관을 만들어 낸 게 아니라 중세의 세계관에 뿌리를 두고 있다는 느낌이 듭니다. 저는 보나벤투라의 저작 『신에 이르는 정신의 도정 *Itinerarium mentis ad Deum*』을 학생들과 같이 읽어 본 적이 있습니다만, 그 책에서도 영혼은 몇 단계를 거쳐 신에게 귀일합니다. 그처럼 여러 단계와 관련된 사고는 중세에 꽤 많이 있었고, 단테도 그것을 이어받은 게 아닐까요?

이마미치　그렇게 봐야겠지요. 단테가 계승하는 것은 기본적으로 세 가지입니다. 하나는 그리스도교 이전의 고대 그리스나 로마의 고대세계 일반에 널리 퍼져 있던 명부 사상입니다. 산천이 있고 강에는 나룻배 사공이 있다는 공통된 구조를 단테도 계승하고 있습니다. 둘째로 고대적 전승 외에도 바울로가 보여준 정죄의 불 사고방식이 있습니다. 셋째로, 루시페르와 사탄과 같은, 그리스도교 또는 유대교의 악마 이야기가 있습니다. 악마가 사는 풍경은 예부터 그림도 있었고, 그 이미지는 모두 단테 속

에 들어 있다고 봅니다.

연옥에 관한 한 단테의 독창성이 강하며 단테는 연옥 이미지 개척자의 한 사람이라 말할 수 있을 것입니다. 단테가 전통으로부터 계승한 것들은 연옥보다는 지옥에 많은 것 같습니다. 또한 단계설은 야곱의 사다리 이미지, 바울로의 하늘의 계단 등 이미지로서는 상당히 오래전부터 그리스도교 세계에 보편화되어 있었습니다.

다나카   연옥의 개념은 이슬람교에서 왔다는 설도 있습니다. 『신곡』에서는 이슬람 문화에 관한 서술이 잘 되어 있는 건 아니지만, 그런 점도 있지 않을까요?

또 하나는 지옥에 있는 림보(변옥) 개념인데, 이것 역시 상당히 애매하고, 결국은 세례를 받지 않았지만 훌륭한 사람들이 가는 곳입니다. 연옥은 이것이 확대되어 만들어진 개념인지도 모른다는 느낌도 듭니다.

그리고 '지옥'이나 '정토'라는 말은 불교에도 있고 우리에게도 익숙해서 이미지도 떠오릅니다. 그러나 연옥은 낯선 곳입니다. 연옥을 불교와 비교해서 생각해 볼 수 있을까요? 『왕생요집往生要集』(겐신源信이 편찬한 일본 불교서적―옮긴이)에는 지옥, 아귀, 축생, 아수라, 인간, 천상이라는 육도가 있습니다만 그중 어디에 해당될까요. 연옥의 개념을 동양과의 관계에서 어떻게 이해하면 좋을지 여쭙고 싶습니다.

이마미치   림보 개념이 연옥을 만들었다는 생각은 있습니다. 단, 림보는 어디까지나 지옥이며 절망의 장소지만, 연옥은 그런 의미에서는 다릅니다.

동양 사고와의 대비에 관한 점에서는 전적으로 다른 것이며, 테이야르 드 샤르댕이라는 학자가 떠올랐습니다. 그는 가톨릭 신학자였습니다만, 동양

사상 연구도 많이 한 사람입니다. 그 결과, 그는 동양사상은 아무래도 받아들일 수 없다고 결론짓고, 그런 점에서 동양사상과 불교 사상의 중요성을 강조하는 앙리 드 뤼박이라는 신학자와 대립하게 됩니다. 동양사상을 받아들일 수 없는 이유로 "동양에는 윤회전생 사상이 있다. 그런데 윤회전생 사상은 아무리 생각해도 단테를 비롯한 그리스도교 사후 세계관과는 일치하지 않는 점이 있다"고 말하는 것입니다. 저는 불교 사고방식에는 어둡지만, 축생도의 '도道'는 본질적으로 변화를 바탕으로 하는 길이므로 규범적인 길을 나타내는 그리스도교의 사고와는 다르게 보입니다. 그러나 지옥이나 삼도천三途川처럼 비슷한 부분도 많습니다. 고대 오리엔트의 길가메시 신화에서도 길고 어두운 강을 건너 죽음의 세계에 다다르며, 산천이 있고 별이 없는 어두운 세계라는 이미지가 공통적으로 나타납니다.

한편 연옥에는 별이 있습니다. 단테가 희미하게나마 희망이 있는 연옥 이미지를 만든 것은 죄 깊은 자들에게는 구원처럼 여겨집니다. 죽음을 맞아 캄캄한 관 속에 줄곧 있어야 한다고 생각하면 숨이 막히는데, 저 너머로 바다의 물결이 보이고 별이 보이는 연옥의 전망이 남게 된 것은 단테의 상상력 덕분입니다. 불교에는 그러한 아름다운 전망이 명부에 관한 한 별로 없는 것 같습니다.

구보타　명부에 관한 말씀을 매우 흥미 깊게 들었습니다. 현세 사람이 진정한 마음으로 명부의 영을 위해 기도하면 그 영이 구원의 세계로 갈 수 있다, 불교의 '추선공양追善供養'이 바로 그러한 원리입니다. 일본 헤이안조平安朝 말기 이후, 정토교가 특히 영향을 끼쳤는데, 여기에서 오늘날에 이르는 서민신앙 수준의 갖가지 의례와 습속이 생겨났고 『법화경』과 『정토삼부경』이 많은 영향을 끼쳐 왔습니다. 일본 불교에서는 추선공양에 의해, 극단적으로 말하면 끔찍한 세계로부터 모두가 구원을 받습니다. 단테의 지옥, 연옥 세계 이야기를 듣고 동시에 일본 불교를 떠올려 보면, 예를 들면 일본의 지옥세계는 900년대에 『왕생요집』이 강하게 내세우긴 했는데, 그리스도교에서 말하는 것 같은 지옥, 구원받을 수 없는 무서운 세계는 없는 것 같습니다. 일본 불교가 전승해 온 지옥세계는 굳이 말하자면 연옥적인 뉘앙스에 가깝습니다. 『지고쿠소시地獄草紙』, 『가키소시餓鬼草紙』에 무서운 세계가 묘사되었다고 해도 그곳에서 법화경을 읊으면 구원을 받고 '나무관세음보살'을 읊으면 보살이 도래한다는 식이므로 일본에는 본질적으로 지옥 개념은 없는 것 같습니다. 전란과 재해로 인해 현실세계가 지옥과 같았기 때문에 현실의 이익이라는 개념이 정신세계에서의 지옥의 위치에 대한 생각을 규정하지 않았나 싶습니다.

제가 산악종교 세계를 오랫동안 공부해서 특히 드는 생각이겠지만, 예를 들어 다테야마 신앙(立山信仰. 일본 산악신앙의 주신主神. 다테산은 후지산, 하쿠산과 더불어 일본의 3대 영산으로 꼽힘―옮긴이)의 구조를 떠올려 보면, 제일 먼저 지옥이 강조되어 산 위를 향한 등배登拜 과정의 고통을 이야기하고, 마침내 정상에 이르면 빛의 세계가 나타나 아미타 정토세계가 자연의 장엄함과 함께 묘사됩니다. 이 구조는 지옥, 연옥, 천국의 구조로 파악할 수도 있습니다. 새삼스럽게 이에 관해 떠올리면서 강의를 들었습니다.

이마미치   산악종교에도 하천이 있습니까?

구보타   있습니다. 전형적인 예는 미소기禊인데 강물에 접촉함으로써 지니고 있던 죄와 부정이 사라지는 것입니다. 또한 피안과 차안이 강으로 나뉜다는 구조적인 이유도 있습니다. 하천은 서로 다른 세계 사이에 가로 놓여 있으며 저세상과도 이어진다는 관념이 있어서 강에 등롱燈籠을 띄워 선조를 공양하는 습속도 생겨났습니다.

이마미치 조금 전에 나카가와 선생님께서 보나벤투라의 저작 『신에게 이르는 정신의 도정』에 관해 말씀하셨는데, 거기에서도 뭔가 지적하실 만한 사항이 있는지 여쭙고 싶습니다.

나카가와 세계 구조라고 말할 정도는 아닙니다만, 혼이 신에게 귀일하고자 할 때는 단련의 도정이 있으며 거기에는 여러 단계가 있습니다. 그것에 대응해서, 세계가 계층적인 구조를 가지고 있다는 점을 배울 수 있습니다.

마쓰키 저는 의사라는 신분상 사람의 죽음을 경험하는 일이 간혹 있습니다. 예전에 미국에 있을 때 겪은 신기한 일인데, 미국 병원에서는 검은 옷을 입은 목사를 하루에도 열 명쯤은 봅니다. 그분들이 임종을 맞는 분의 고백을 듣거나 고민을 듣는 일은 지극히 일상적인 일입니다. 만약 일본에서 가사를 입은 스님이 병원을 돌아다니면 불길하다며 많이 놀랄 것 같은데, 이런 점에서는 사상이 매우 다르다는 생각을 한 적이 있습니다. 오늘 말씀을 들으니 단테의 지옥에는 구원이 전혀 없고, 연옥에는 다소 희망이 있다고 하셨습니다. 불교를 연구하신 선생님 말씀에 따르면, 일본의 지옥은 구원의 가능성이 있는 연옥과 유사하다는 느낌입니다. 그렇다면, 저는 솔직히 말해 일본 쪽으로 가고 싶습니다.
제가 사람의 죽음과 마주할 때, 지금 이 분이 돌아가신다, 이 사람이 지옥에 간다 혹은 천국에 간다고 혹시라도 느낄 수 있다면 큰일이겠지만, 돌아가시기 전에 면죄부를 받는다거나 세례를 받는다거나 하는 일로 조금이라도 좋은 쪽으로 갈 가능성이 있는가, 이 점은 저 자신을 위해서도 묻고 싶은 흥미로운 의문입니다만, 과연 어떨까요?

이마미치　저는 신학을 공부하고 있습니다만, 사제는 아니기 때문에 교회를 대표해서 말씀드릴 수는 없습니다. 다만 단테는 매우 엄격하게 지옥을 묘사했지만, 사제의 이야기로는 죽음 전에 고백하고 죄사함을 받으면 지옥에 가지 않는다고 들었습니다. 지옥에 가지 않게 하려고 그리스도는 전 인류를 대신해 속죄하셨습니다. 따라서 나 같은 사람도 어쩌면 간신히 지옥을 면할 수 있을지도 모른다. 그것이 바로 그리스도가 임하신 의미가 아닐까 생각합니다. 단테가 묘사한 것 같은 무서운 지옥이 있고 거기에는 로마 교황도 많다, 그 정도라면 당해 낼 재간이 없다고 생각하고 무조건 그리스도교를 꺼리지 않았으면 합니다. 반대로 교황도 지옥에 떨어질 수 있다는 정의를 높게 평가하면 어떨까요.

그러나 단테가 지옥을 절망의 장소라고 정의한 것은 상당히 의미가 깊으며 만약 우리도 이 세상에서 절망을 경험하면 지옥에 빠진 것과 다름없습니다. 따라서 절망하지 않는 마음가짐을 가져야 합니다. 그러기 위해서는 신을 믿어야 합니다. 그러면 절망하지 않습니다. 발을 헛디뎌 깊은 구멍 속으로 떨어져 아무리 소리쳐도 들리지 않는 캄캄한 어둠 속에 혼자 있다, 그런 절망적인 때라도 머지않아 신을 만나 함께할 수 있다고 기도할 수 있다면 절망도 경감될 것입니다. 그러니 극히 일상적인 수준, 예를 들어 일에 좌절해서 절망에 빠지는 것은 너무 복에 겨운 얘기일지도 모릅니다. 단테의 지옥은 매우 엄격하지만, 거기에서 우리는 절망하지 않고 살아가는 자세의 소중함과 남에게 절망을 주는 언동을 하지 않는 인간이 되어야 한다는 점을 배울 수 있습니다.

스미요시　제30곡에서 베르질리오가 사라지고 베아트리체가 나타납니다. 그 대목에는 여성이 성스러운 존재라는 사상이 있는 것 같습니다. 중세에는 여성의 지위가 그다지 높지 않았던 것으로 압니다만, 중세 시대의 단테가 왜 이런 설정을 했을까요? 또 예를 들면 괴테에도 그러한 설정이 나오는 것 같은데 이에 관련된 서양문학의 전통이 있는지 들려주셨으면 합니다.

이마미치 매우 중요하고 흥미로운 지적입니다. 인상으로 보면 분명 여성이 순결함과 온화함의 의미가 더해서 천국에 가까운 듯한 느낌이 듭니다. 다만, 그 부분에서는 베르질리오는 남성이라 성역에 들어가지 못하고, 베아트리체는 여성이라 들어갈 수 있다는 뜻은 아닙니다. 남성이라도 바울로는 하늘로 들어갑니다. 베르질리오는 어디까지나 '이 세상의 지식인'이므로 제아무리 대학자였다고 해도 하늘에는 들어갈 수 없다, 베아트리체와 같이 신앙 면에서 진정으로 훌륭한 자만이 구원의 도움을 줄 수 있다는 뜻입니다. 지극히 훌륭하고 독실한 신앙을 가진 순수한 여성으로 묘사된 베아트리체이지만, 어느 선에 이르면 안내자가 성 베르나르도라는 남성 성인으로 바뀝니다. 따라서 반드시 성이 관련된 문제는 아닙니다. 그러나 이것은 일종의 공식적인 답변에 불과하므로 지금 지적하신 문제를 다시 한번 깊이 생각해 보고 싶습니다. 여성으로 떠올려야 할 첫번째 대상은 성모 마리아입니다. 인간의 형상 중에서 가장 많은 사람들이 무릎을 꿇고 촛불을 올리는 것이 여성인 성모 마리아입니다. 다만, 이는 마리아에게 기도하는 게 아니라 마리아에게 대도代禱를 청하는 것입니다. 나를 대신하여 마리아가 그리스도나 신에게 기도해 주기를 바란다는 뜻입니다. 이 점에 오해가 없기를 바랍니다.

다나카 저의 전공 분야인 미술사와 관련해서 제11곡의 조토와 치마부에 이야기가 나오는 부분을 지적하고자 합니다. 예술가는 방만한 죄에 붙들려 있습니다. 조토와 치마부에는 단테와 동시대인이며 실제 미술사와도 정확히 대응되는 내용이 묘사되어 있어 단테가 미술계에도 견식을 갖추고 있었음을 잘 알 수 있습니다.

그리고 정죄계는 일곱 가지 대죄—방만, 시기, 분노, 나태, 탐욕, 과식, 사음—로 구성되어 있습니다.

이것들은 모두 우리가 일상에서 매우 가깝게 접하는 것들입니다. 이런 것들을 보면 지옥은 너무 무섭고, 천국에 가기에는 우리가 많이 벗어나 있다고 할 수 있을지 모르지만, 연옥은 우리와 상당히 가까운 느낌이 듭니다.

이마미치　다음 장에서 다루겠지만, 연옥으로 들어가기 위해 천사에게 부탁을 하자 천사가 이마에 일곱 가지 죄를 표시합니다. 그것은 지금 말씀하신 연옥의 일곱 가지 죄를 나타냅니다. 배신과 같은 무거운 죄는 지옥으로 가지만, 우리가 피하기 어려울 듯 보이는 죄들이 모두 연옥에 있다는 사실은 저도 매우 중요한 점이라고 생각합니다.

그리고 조토나 치마부에의 비교는 지적해 주신 대로, 다나카 선생이 인정하신 회화론의 도입부, "아, 인간 능력의 영광은 헛되도다, 쇠퇴하는 시대가 오지 않는다 해도 봉우리의 푸르름은 어찌 그리 오래 머무르지 않는지!(Oh vanagloria dell'umane posse,/Com'poco verde in su la cima dura,/Se non è giunta dall'etati grosse!)"(연·11·91~93)라는 구절은 자주 인용되는 아름다운 시구이므로 덧붙여 두고 싶습니다. 그리고 조금 뒤에 나오는 "무릇 덧없는 세상의 소문은 여기서 부는가 싶으면 이내 저기서 부나니"(연·11·100)는 '바람 한 줄기un fiato di vento'에 지나지 않는 세상 평판의 덧없음을 말하는데, 여기에는 단테의 원망도 다소 깃들어 있다는 말이 있습니다.

10강
단테 『신곡』 연옥편 Ⅲ

연옥에 관한 개략

이 장에서는 지옥문에 대비되는 연옥문 부분을 이탈리아어로 읽으며 원문의 맛을 느껴 보고자 한다.

단테가 베르질리오와 함께 지옥으로 내려간 것은 그리스도교 신자에게는 특별한 일주일인 고난주간 기간의 금요일 밤 해질녘이었다.

부활절을 앞둔 일주일간이 성주간이고, 부활절 전 40일부터를 사순절이라 부른다. 사순절에 들어가 맨 처음 맞는 수요일을 '재의 수요일'이라고 한다. 신자들이 이마에 재를 묻히고 자신이 죄인이며 먼지 속으로 돌아가게 될 것을 떠올리는 의식이 있다. 그 재는 지난해 '종려주일'에 하사받은 초록빛 가지를 태워서 얻은 재를 사용하는 관습이 있다. 단테는 지상에서 그러한 의식을 한 후, 성금요일 어두운 황혼녘에 지옥으로 내려갔다. 그리고 베르질리오와 함께 부활절 밤에 지옥을 나와 연옥산 기슭에 다다른다.

그런데 연옥은 일곱 가지 죄의 층으로 나뉘어 있다. 첫째 권역은 '방만'의 죄로 제10곡부터 제12곡에 묘사된다. 제2원은 '시기'의 죄이다. 여기에는 '선망羨望'질투·시샘'이 포함되며 제13곡에서 제15곡까지이다. 제3원은 '분노'의 죄로 제15곡에서 제17곡까지이다. 제4원은 '나태'의 죄이다. '나태' 죄는 적극적인 죄가 아니므로 나쁜 일이라는 자각이 없는 경우도 있는데, 나태는 방기의 죄이기도 하다. 예를 들어 병으로 입원해 계신 은사를 생각하면서도 '문병은 내일 가자', '오늘은 좀 피곤하니까 문안편지는 나중에 쓰자'라고 게으름을 피우는 사이 그 분은 돌아가시고 만다. 나태는 다른 사람에게 깊은 슬픔을 안겨 준다. 혹은 자신이 의무를 태만히 한 탓으로 타인이 불행에 빠지는 일도 있다. 이처럼 나태는 큰 죄라 할 수 있다. 나태라고 하면 죄처럼 들리지 않는 경우도 많은데, 단테에게는 이것이 '의무의 결여scemo del suo dover'(연·17·85~86)이며 반드시 해야 할 일에 대한 무시나 생략omissióne이다. 이에 관한 내용이 나오는 것이 제17곡을 포함해 제19곡까지이다. 제5원은 '탐욕'의 죄로 제20곡부터 제22곡, 제6원은 '탐식'의 죄로 제23곡부터 제25곡, 제7원은 '사음'의 죄로 제25곡부터 제27곡에 걸쳐 나온다.

이 분류법이 반드시 명확하게 지켜진 것은 아니다. 예를 들면 과식과 색욕이 섞이기도 하는데 지금 나타낸 것을 기준으로 삼아 읽으면 각각의 죄에 관한 개요를 알 수 있다.

그리고 연옥은 지옥문의 정반대에 우뚝 솟아 있는 산이다. 이 대지를 평평하다고 본다면, 지옥문을 지나 지옥을 통과해 수평선상의 반대쪽에 있다. 그러나 단테는 대지를 구체라고 여기고 구형으로 보았으므로 북반구에 있는 지옥문의 정반대 쪽 구면에 연옥이 있다고 생각했다. 어느 쪽이든 상관없다. 요는 지옥에서 빠져나가는 것인데, 단테의『신곡』을 읽는 우리와 반대편인 남반구에 연옥이 있다고 치자. 그리고 연옥산 정상에는 지상낙원il paradisso terrestre, 즉 에덴동산이 있다.

앞 장에서 서술했듯이 라틴어 명사형 purgatorium(연옥)은 12세기에 성립된 말이다. 그때까지 형용사 purgatorius라는 어휘가 쓰이긴 했지만, 형용사를 명사화해서 장소로 고정시킨 것은 12세기의 일이다.

그러나 연옥, 즉 정죄의 불로 태움으로써 정화된다는 개념은 12세기에 갑자기 나온 생각은 아니다. 그 중요한 시초는 아우구스티누스에서 찾아볼 수 있다. 아우구스티누스의 『사자死者를 위한 보살핌에 관하여De cura pro mortuis gerenda』, 『신국론De civitate Dei』에 '죄로 인해 더럽혀진 영혼을 태우는 불'을 긍정하는 문장이 있으며 이것이 후에 연옥이 성립하는 데 큰 역할을 했다. 『신곡』에서도 연옥의 영혼이 깨끗이 씻기기 위해서는 불 위를 지나야 한다.

단테 시의 형식

지금까지 여러 차례에 걸쳐 단테의 이탈리아어에 익숙해질 기회를 가졌다. 질의응답 시간에도 간혹 요청이 있었던 『신곡』의 시 형식에 관해 설명할 때가 온 것 같다. 10장이나 11장에서 하겠다고 약속했으니 이번 10장의 과제 중 하나로 삼고자 한다.

먼저 단테 시의 외적 형식과 운韻에 관해 거론해 보자.

단테 시의 형태는 la terza rima라고 한다. rima란 '운'을 말하는데 1행 구절에 모음이 11개 있는 11음절(endecasillabo ─ endeca는 '11', sillabo는 '음절') 3행으로 만들어진 시절詩節을 가리킨다.

Per me si va nella città dolente,

Per me si va nell'etterno dolore,

Per me si va nella perduta gente.

| 1 | 2 | 3 | 4 | 56 | 7 8 | 9 | 10 | 11 |

1　2　3　4　56　　7 8　9 10 11
페르 메 시 바 넬라 치ᄉ타 돌레ᄂ 테

이와 같이 1행의 시에 모음이 11개 있다. 모음이 12 혹은 13개 있는 경우는 두 개가 이어진 모음을 하나로 발음한다. 모음이 11음절이며 이것이 3행씩 시절로 나뉜 형식을 11음절 3운구법terza rima이라 한다.

이는 오크 어langue d'Oc로 노래한 남프랑스 프로방스에 성행했던 '트루바두르troubadour'라 불리는 궁정 음유시인들이 이미 사용했던 형식이라 일컬어지는데, 확고부동한 시 형식으로서 유럽문학에 큰 영향을 미친 사람은 단테라 할 수 있다.

rima는 각운으로 각 시절의 마지막 모음이 ABA, BCB, CDC, DED, EFE 형태로 운을 밟아 가고, 맨 마지막은 XYX, YZYZ로 4행이 된다. 예를 들면, 연옥문을 묘사하는 부분은 다음과 같다.

Là ne venimmo, e lo scaglion primaio,	A
bianco marmo era sì pulito e terso,	B
ch'io mi specchiai in esso qual il paio.	A

Era il secondo, tinto più che perso,	B
d'una petrina ruvida ed arsiccia,	C
crepata per lo lungo e per traverso.	B

| Lo terzo, che di sopra s'ammassiccia, | C |

profido mi parea sì fiammeggiant_e_,   D

come sangue che fuor di vena spicci_a_.   C

Sovra questo tenea ambo le piant_e_   D

l'angel di Dio, sedendo in su la sogli_a_,   E

che mi sembiava pietra di diamant_e_.   D (Purg. IX. 94~105)

우리가 내딛은 첫 계단 (a)

매끄러운 흰 대리석이 빛을 발하고 (o)

거울처럼 내 몸을 훤히 비추었다 (a)

두번째 돌은 흑자색보다 짙고 (o)

불에 그슬린 듯 거칠거칠한 돌인데 (e)

위아래로도 옆으로도 갈라져 있었고, (o)

그로부터 올라간 세번째 (e)

단단한 반암斑岩이 벌겋게 이글거리니 (i)

핏줄에서 뿜어 나오는 피와 같았네 (e)

그 돌 위에 두 발을 디딘 (i)

신의 일꾼은 금강석으로 (o)

보이는 문지방에 앉아 있었지. (i)

3행시 블록에서 1행, 3행의 끝 모음이 같고, 2행의 모음은 달라도 상관
없다. 2행의 모음이 다른 경우에는 그 모음이 다음 블록의 첫 행과 끝에

오는 모음이 된다. 원문까지 표기해 각운 설명을 한 김에 내 일본어 번역
도 위의 네 블록 12행에 한해 테르차 리마terza rima 법칙에 각 운을 맞춰
번역해 보았다. 알아보기 쉽게 행 끝의 모음을 로마자로 표기했다. 덧붙
여 『신곡』을 구성하는 각 노래 모두 마지막 7행은 XYX, YZYZ로 되어
있는데, 제9곡의 마지막 부분을 보면 다음과 같은 rima로 구성되어 있다.
이 번역도 각운을 맞춰 보았다.

139   Io mi rivolsi attento al primo tuono,

140   e 《Te Deum laudamus》 mi parea

141   udire in voce mista al dolce suono.

142   Tale imagine appunto mi rendea

143   ciò ch'io udiva, qual prender si sole

144   quando a cantar con organi si stea ;

145   ch'or sì or non s'intendon le parole. (Purg. IX. 139~145)

방금 들려온 소리에 뒤돌아보니 (i)

'우리는 하느님을 찬미합니다'라는 노랫말 (a)

감미로운 음악과 어우러져 들려오나니. (i)

바로 그 순간 떠오른 생각 (a)

오르간 소리에 맞춰 노래할 때에 (e)

때로는 들려오는 노래하는 이의 노랫말 (a)

때로는 들리지 않는 것과 같았네 (e)

일본인은 주로 가나(한자의 일부를 빌려 그 음훈音訓을 이용해서 만들어 낸
일본의 표음 문자—옮긴이)로 시를 쓴다. 예를 들면 'な(나)'は(와, 원래는

'하'로 발음하지만 조사로 쓰일 때는 '와'로 발음함―옮긴이)' わ(와)'는 'A'로 끝나므로 똑같은 모음 각운을 밟지만, 각각의 글자는 달라서 운을 의식하지 못하는 경우가 많다. 그러나 일본 시도 운을 밟으며, 로마자로 써 보면 분명히 알 수 있다. 좀더 주의를 기울여서 시의 울림을 들어 보면, 운에도 민감해지고 단테 시의 아름다운 운율도 보다 깊게 이해할 수 있을 것이다.

이어서 와카의 예를 들어 보면 다음과 같다.

難波潟短かき葦の節の間も 逢はでこの世を過してよとや

나니와가타[1] 무성한 갈대 짧은 마디만큼도 만나지 못한 채로 이 세상 살라니요

이 시를 로마자로 표기하면,

Naniwa-Gata

Mijikaki Ashi no

Fushi no Ma mo

Awade kono Yo wo

Sugoshi te yo to ya.

『하쿠닌잇슈』에 포함된 이세伊勢의 이 시는 각운만 살펴봐도 가나 문자에서는 알아차리지 못했던 훌륭한 aoooaABBBA 질서로 구성되어 있음을 알 수 있다. 두운allitterazióne도 aiuau로 어느 정도 효과적이다.

---

1 오사카 부근 바다.

연옥편 제9곡—연옥의 내문內門

자 그럼, 이번 장에서는 연옥편 제9곡Purgatorio, canto nono을 원문과 대조해 가며 천천히 읽어 가자.

실은 지옥편, 천국편 모두 제9곡은 특별한 의미를 가진다. 지옥편 제9곡에는 지옥의 내문內門이 묘사되어 있다. 지옥의 입구인 지옥문을 지나 강을 건너고 림보를 거쳐 제9곡의 내문에 이르면 이윽고 지옥 안으로 들어간다. 천국편에도 제9곡부터 천국 안에서도 한층 더 천국다운 곳이 나온다. 연옥편에서도 제9곡에 연옥문이 있으며 그로부터 진짜 연옥이 시작된다. 먼저 이러한 구성에 주의를 기울이고자 한다.

> 너는 이제야 정화에 다다랐으니, 저 주위를 두루 감싼 바위를 보라, 바위가 벌어진 듯한 곳에 그 입구가 나 있음을 보라 (연·9·49~51 야마카와)

'입구가 나 있음을 보라'는 원문에서는 Vedi l'entrata là라고 표현했다.

속담에 '호랑이 굴에 가야 호랑이 새끼를 잡는다'는 말이 있다. 어느 나라 대학이든 호랑이 새끼 같은 석사학위를 받으려면 호랑이가 사는 굴속으로 들어가야 한다. 바들바들 떨면서 석사학위 구술시험에 나간다. 선생님이 앉아 있는 곳이 '자, 여기가 바로 호랑이 굴이다'라고 말하는 셈이다. 내가 예전에 강사를 하던 시절, 유럽 학생들은 시험 보는 곳으로 향할 때 'Vedi l'entrata là'라는 구절을 자주 사용하곤 했다. 이 구절을 외워 '이윽고 시험 시작이다' '이윽고 중요한 교섭이 시작된다'라고 말할 때, 'Vedi l'entrata là'라고 자기 자신에게 들려주면 마음을 다잡을 수 있을 것이다. 1960년대 세계적 현상이었던 대학분쟁 이후, 대학의 인문적 전통이 사라져 버린 탓에 이러한 인용을 속물 근성이라 여기게 되었고, 그 결과 이런 구절을 주고받는 일이 사라지고 말았다.

연옥문의 일부분은 조금 전 내 번역으로 읽었는데, 이번에는 전체를 텍스트인 야마카와 번역으로 읽어 보자.

> 우리가 그리로 나아가 첫번째 단 아래 이르니, 그 하얀 대리석은 더 없이 맑
> 고 매끄러워 내 모습 그대로 거기에 비쳐 났더라
> 두번째 계단은 페르소perso보다 짙으며, 불에 그슬린 껄끄러운 돌에는 종으
> 로도 횡으로도 금이 가 있었고
> 위에 얹힌 단단한 세번째 계단은 반암斑岩인 양 보이고, 맥脈에서 용솟음치는
> 선혈처럼 붉게 이글거리더라
> 신의 사자 두 발을 그 위에 디디고, 금강석처럼 보이는 문지방 위에 앉아 계
> 시더라 (연·9·94~105 야마카와)

'반암斑岩'은 반점이 있는 돌, '맥脈'은 혈관이다. 혈관에서 용솟음치는 선혈과도 같이 붉게 이글거리는 돌계단에 신의 신하인 연옥의 문지기 천사가 앉아 다음과 같이 말한다.

> 나 이것들을 피에르에게서 맡았나니, 그가 내게 이르기를, 사람들이 내 발치
> 에 엎드리거든 외려 실수로 열어 줄지언정 실수로 잠가 두지 말라 했느니라
> anzi ad aprir, che a tenerla serrata. (연·9·127~129 야마카와)

천사는 피에르, 즉 베드로에게서 연옥의 열쇠를 받았다. 베드로가 천사에게 이르기를, 어찌 된 연유든 지옥을 빠져나온 사람이 '부디 이곳에 들어가게 해 주십시오. 그리고 죄를 깨끗이 씻을 수 있게 해 주십시오'라고 부탁하면 자격이 없는 지옥의 탈주범이 왔다손 치더라도 실수로 들여

보내도 괜찮다. 더구나 나무라야 할 죽은 자가 왔을 때, 실수로 '너는 들어갈 자격이 없다'며 문을 닫지 말고 될 수 있는 한 들여보내 주거라, 라고 말했다.

이상 세 층의 색이 다른 돌계단에 관해서는 반델리가 이탈리아 단테학회 판 주에서 전통적인 라틴어의 고해성사의 3단계와 대응시켰는데, 그것은 마음의 통회contritio cordis, 입을 통한 고백confessio oris, 행위를 통한 수행보속補贖, satisfactio operis 3단계이다(반델리, 378쪽).

싱글톤은 색깔에는 그다지 주의를 기울이지 않고, 토르카(F. Torrca)의 주에 의거하여 두번째 돌은 조약돌의 집괴(集塊, conglomerazióne)로 아직 자기 집중력이 통합되지 않은 상태인 데 반해, 세번째는 단단한 돌로 흔들림 없는 마음을 나타낸다고 보았다. 그리고 그리스도의 속죄의 피를 지나 다이아몬드로 된 문지방에 앉아 있는 천사의 권위는 「마태오 복음서」(16, 18)에 나온 '내가 페트로스(반석) 위에 교회를 세우리니'라고 한 그리스도의 말과 연관이 있다고 말했다(싱글톤, 4권 188쪽).

연옥문의 천사

지옥에서는 잔혹할 만큼 엄격하고 가차 없는 단테였지만, 신의 고귀한 뜻에 따라 만들어진 지옥과 연옥인 이상, 단테는 글을 통해 신의 은총인 인간에 대한 따스함을 암시한다. 이는 단테에게서 그다지 언급되지 않은 사항이지만, 그의 이러한 배려를 지적해 두고자 한다. 죄인이었더라도 죄를 부끄럽게 여기고 겸손해지면 '너는 무거운 죄를 범한 자이니, 연옥에는 들어갈 수 없다'는 말을 듣지는 않는다.

이것은 후에 신학에서도 받아들이는 부분이다. 신의 사랑은 생전에 아무리 나쁜 일을 했어도 겸허하게 뉘우치면 연옥에 들어가 영혼을 정화하는 수행을 하도록 허락해 준다. 그렇기 때문에 살아 있는 자는 연옥의 영혼을 위해 될 수 있는 한 기도를 많이 해야 한다. 그것은 죽은 자의 영혼을 위한 기도, 미사에서 올리는 기도, 베풂 세 가지이다. 이러한 사고는 아우구스티누스의 죽은 자를 위한 배려의 중심 관념이며, 단테가 이를 새로운 연옥 사상으로 되살려 냈다.

> 나는 앞서 세 번 내 가슴을 친 후, 성스러운 발밑에 삼가 엎드려, 자비로써 나를 위해 열어 주기를 그에게 간청하였노라 (연·9·109~111 야마카와)

연옥문의 세 계단을 올라가서 천사 앞에 무릎을 꿇고 '세 번 내 가슴을 친다'. 즉 '내 탓이요, 내 탓이요, 나의 큰 탓이로다Mea culpa, Mea culpa, mea maxima culpa'라고 말하며 세 번 자신의 가슴을 친다. 이것은 가톨릭 미사의 전통 형태이다. '세 번 가슴을 친다'는 말은 '생각cogitatio', '말verbum', '행위opus', 세 가지로 인해 스스로 범한 죄를 부끄럽게 여기고 고백하는 것을 나타낸다고 일컬어진다. 원래는 중세에 전승된 오래전의 수도회 고백confessio에는 그 외에도 태만omissio이 있으며, 제2차 바티칸 공의회 이후 가톨릭교회에서는 '생각과 말과 행위와 태만으로'라고 네 가지를 말하게 되었고, '가슴을 세 번 치는' 것의 해석도 '생각', '행동', '말'로 세 번 치는 것이 아니라 여러 번 죄를 범한 것을 상징한다고 여겼다.

'나는 앞서 세 번 내 가슴을 친 후, ……나를 위해 열어 주기를 그에게 간청하였노라.' 그러자 천사는 '그는 일곱 개의 P를 칼끝으로 내 이마에 그으시고'(연·9·112). P는 라틴어의 '죄peccatum'라는 단어 철자의 맨 첫 글자를 따서 죄를 상징한다. 이것은 깨끗이 씻어 내야 할 일곱 가지 죄의 상징이다. 연옥에 일곱 개 권역으로 나뉜 산에 해당하는 일곱 개의 죄를 분명히 인식시키고자 천사는 칼끝으로 내 이마에 긋고 말하는 것이다. '그대 안으로 들어가거든 이들 상처를 씻어 내라 말씀하시니'(연·9·113~114). 이런 표현을 읽으면 천사도 잔혹한 존재인가 하는 생각을 하는데, 그렇게 씻어 내 죄를 용서받을 수만 있다면 참아 낼 만도 할 것이다. 다만 일반적으로 이곳에 오는 자는 죽은 사람이므로 영혼만 존재한다. 따라서 육체가 없는 그림자이므로 실제로 이마에 상처가 나는 건 아니다. 상징적인 것으로 봐야 할 것이다.

연옥문의 첫번째 계단

그럼 이 부분의 원문을 살펴보자.

Là ne*venimmo, e*lo scaglion primaio,
b*ianco marmo era sì pulito e terso,
ch'io mi specchiai in esso qual*io paio. (Purg. IX. 94~96)

첫 행의 Là ne venimmo, e lo scaglion primaio에서는 Là ne venimmo의 mo와 그 다음 e, 또 scaglion의 lion의 io가 하나가 되게 읽으면, Là ne venimmoelo scaglion primaio가 되므로 11음절이다.

표시를 한 부분은 둘 다 매우 권위 있는 텍스트인 이탈리아 단테 학회가 교정한 텍스트와 옥스퍼드 판 텍스트가 조금씩 다른 부분이다. 이 책에서 채택한 것은 이탈리아 단테 학회 텍스트인데, 옥스퍼드 판에는 첫 행의 Là ne venimmo의 ne가 ve로, e가 allo라고 되어 있다. 또한 둘째 행의 맨 처음 b에도 '*'표시가 붙어 있는데, 이것은 옥스퍼드 판에서는 행

첫머리가 모두 대문자로 시작하고 있음을 나타낸다. 셋째 행의 qual은 quale로 표기되어 있다. 세세한 차이점이긴 하지만 텍스트를 읽을 때는 적어도 두세 개 텍스트를 서로 비교하며 원전에 있는 차이를 조사할 필요가 있다. 그런 실례로서 이 부분을 예로 들었는데, 의미의 차이는 별로 없다.

속설에 나이를 먹으면 기억력이 나빠진다는 말이 있고, 또 아이들이면 몰라도 시 암송은 무리라는 소리도 들었는데, 그것은 잘못된 생각이다. 예를 들면 우편번호 자릿수가 늘어나도 여러 번 쓰다 보면 자기도 모르게 외우게 되고, 노인도 의미 없는 숫자에 불과한 전화번호를 외운다. 양으로 따지면 유치원 아이들보다는 많을 것이다. 의미 깊은 단테의 시가 일상생활과 아무 관련이 없다고 여기고 진지하게 외울 마음을 가지지 않기 때문에 외우지 못하는 것뿐이다. 그것을 나이 탓으로 돌리면 안 된다. 단 한 행이라도 외우고 싶다는 마음으로 읽어 보면 좋다. 고전은 단 한 행을 외우는 것만으로도 인간을 고양시킨다. 전화번호부의 한 행과는 전연 다르다.

Là ne venimmo의 ne는 부정이 아니라 대명사와 함께 사용해 의미를 가지는 어휘로 실은 Là venimmo라고 해도 내용상으로는 똑같이 '그곳으로 우리는 갔다', '첫번째 계단lo scaglion primaio'. 첫번째 계단은 '하얀bianco', '대리석marmo era', '닦여(sì pulito)', '매끈매끈했다e terso'. sì… che는 영어의 so that으로 '그토록 잘 닦여 반들반들했으므로', 다음의 io mi specchiai는 '나는 본다', in esso qual io paio '내가 나타난 듯이 거기에서 나를 본다'. 흰 대리석이 잘 닦여 반들반들하므로 내 얼굴이 거기에 비쳐 내 얼굴 형체가 있는 그대로 잘 보인다.

'내 얼굴이 잘 비친다'란 반성을 통해 자기 자신이 잘 보인다는 뜻이다. 연옥문의 첫번째 계단에서는 자신의 얼굴이 잘 보인다. 그곳에서 제대로 반성을 한 후, 다음 계단으로 향한다. 결코 수월하게 오를 수 있는 계단이 아니다.

연옥문의 두번째 계단

Era il secondo, tinto più che perso,

d'una petrina ruvida ed arsiccia,

crepata per lo lungo e per traverso. (Purg. IX. 97~99)

ruvida ed arsiccia는 ruvidedarsiccia로 이어서 읽는다. 그리고 per lo lungo e는 lunge로 합쳐 읽으면 둘 다 11음절이 된다.

perso는 자주색과 검은색을 섞은 색un colore misto di purpureo e di nero이라고 반델리가 지옥편 제5곡 89행 페르소에 관한 주에서 말했고(이탈리아 단테 학회 판, 40쪽), '짙은 자주색'을 '페르소'라고 그대로 번역했는데 매우 복잡하고 형용하기 어려운 미묘한 색이다. 나는 '자소색紫蘇色'이라고 했다. 그리고 '보다 더(più che)' '강한 색으로tinto'라고 되어 있다. 둘째 계단은 짙은 자주색보다도 더 짙은 색이다. 그리고 '거칠거칠하다ruvida' '바짝 다 타 버린 것처럼arsiccia'. d'una petrina─petrina는 이탈리아 단테 학회 판의 주에 따르면 pietra(돌)를 가리키며, 거칠거칠하고 불에 탄 것 같은 바위로 만들어져 있다. 첫번째 계단은 깨끗하게 잘 닦인 대리석인 데 반해, 두번째 계단은 어둡고 매우 짙은 색에 거칠거칠한 자연석이고 게다가 타서 눌어붙은 것 같은 돌로 되어 있다. 이것은 속죄의 고행을 상징한 색깔이라 일컬어진다.

per lo lungo는 '세로 길이', traverso는 '가로 길이' 다시 말해 종횡으로

'금이 가서 깨져 있다crepata'. 바위는 매우 거칠거칠한 화산암 같은 것으로, 앞의 대리석과는 완전히 다르다. 첫번째 계단에서 거울처럼 닦인 돌에 자기를 비춰 반성하고, 두번째 계단에서는 거칠고 금이 간 돌에 무릎을 꿇고 상처가 나도록 고통스럽고 힘겨운 속죄의 기도를 올린다.

연옥문의 세번째 계단

Lo terzo, che di sopra s'ammassiccia,

profido mi parea sì fiammeggiante,

come sangue che fuor di vena spiccia. (Purg. IX. 100~102)

그리고 '세번째 것(여기에서는 세번째 돌)Lo terzo', '그 위에sopra', '단단히 뭉쳐져 있다s'ammassiccia', 단단하게 뭉쳐진 것 위에, '얼룩이 있는 바위, 반암(斑岩, profido)', '나에게 보인다mi parea', '그렇게sì', '불꽃이 타오른다fiammeggiante', '찢긴 혈관에서 밖으로 용솟음쳐 뿜어내듯fuor di vena spiccia', '피처럼come sangue' 세번째 계단은 불길이 타오르듯 벌겋게 이글거린다. 이것은 분명 사랑으로 고양된 마음의 표현이다. 사랑으로 고양된 마음은 동시에 희망이기도 하다. 희망은 보통 녹색으로 표현되는데, 여기에서는 불길처럼 이글거리는 것이 사랑과 희망을 나타낸다.

Sovra² questo tenea ambo le piante

---

2 옥스퍼드 판에는 sopra로 되어 있다. 둘 다 라틴어 super에서 유래한다.

l'angel di Dio, sedendo in su la³ soglia,

che mi sembiava pietra di diamante. (Purg. IX. 103~105)

'그 위에Sovra questo', '두 발을 올리고 있는tenea ambo le piante', '신의 사자가l'angel di Dio', '그렇게 문지방에 가만히 앉아 있다sedendo in su la soglia'. 이어지는 che mi sembiava pietra di diamante의 sembiava는 옛 형태로 sembrava와 같으니, 의미는 '그리고 그것은 다이아몬드로 만들어진 바위처럼 내게는 보였다'.

불에 타서 빨갛게 빛난다. 그것은 가장 단단하고 귀중한 돌인 다이아몬드로 만들어진 것처럼 보였다. 연옥문으로 들어가 가장 먼저 깊이 반성하고, 고행을 행하고, 정화의 불로 깨끗해지면, 이윽고 천사가 앉아 있는 가장 단단한 돌 위에 오르며, 어떠한 유혹에도 흔들리지 않는 마음이 생겨난다.

이것이 지옥문과 대비되는 연옥의 내문內門이다. 마침내 이곳을 지나 연옥 고유의 장소로 들어서고, 일곱 가지 죄의 문제들을 극복해 간다.

오만의 죄인들

제10곡에 '우리가 문지방 안으로 들어선 후(영혼의 사악한 사랑 굽은 길도 곧게 보이게 하는 탓에 이 문 열리는 일 드물지니) (연·10·1 야마카와)'라고 되어 있다. 여기서부터는 연옥의 죄와 관련된 내용들이 나온다. 제11곡,

---

3 옥스퍼드 판에는 'l'이 하나 더 겹쳐서 sulla로 한 어휘인데 의미는 같다. 이 같은 차이는 발음상의 아름다움을 추구한 데서 비롯된 경우가 많다.

제12곡에는 오만의 죄인들이 나온다.

예를 들면,

나를 보자 누구인지 알아보고는, 그들과 더불어 몸을 깊이 웅크리고 걸어가
는 나에게 힘겹게 눈길을 보내며 나를 부르더라
나 그에게 말하기를. 오, 그대는 구비오의 명예, 파리에서 색채라 불리신 예
술의 자랑 오데리시 아니신지 (연·11·76~81 야마카와)

파리에서 명예를 얻었던 사람이 화가로서의 대단한 명예를 지나치게
자만했던 사람이라고 말하는 내용이며,

그가 이르길. 형제여, 볼로냐 사람 프랑코가 붓질한 눈부심에 비하면 미숙하
며, 그가 이제 모든 영예로 떠오르니, 나의 영예는 한 조각일 뿐
내가 살아 있는 동안 끊임없이 남을 능가하기 바라고, 온통 그것에만 마음
이 쏠린 탓으로, 실로 그리 너그럽지 못했으니 우리 마땅히 여기서 이러한 오
만의 빚을 갚노라(연·11·82~88 야마카와)

여기에는 예술가, 정치가, 트라야누스 황제도 들어와 있으며 자만의 유
형, 교만의 유형이 나온다.

반성의 의미

그런데 연옥문은 무거운 죄인에게도 열린다. 앞에서도 언급했지만 천

사는 말한다.

> 나 이것들을 피에르에게 맡았나니, 그가 내게 이르기를, 사람들이 내 발치에
> 엎드리거든 외려 실수로 열어 줄지언정 실수로 잠가 두지 말라 했느니라.
> (연·9·127~129 야마카와)

신, 성 베드로, 교회는 모두 죄인에게 될 수 있는 한 문을 열어 주어 그
들이 죄를 정화하기를 원한다고 볼 수 있다.

> 그리하여 성스러운 문의 문짝을 밀어젖히고 이르기를. 자 들어가시오, 허나
> 그대들 내 경고를 들을지어다, 뒤돌아보는 자는 모두 밖으로 되돌아가리라.
> (연·9·130~132 야마카와)

뒤를 돌아보는 자는 문 밖으로 다시 쫓겨나고 만다. 절대 뒤를 돌아보
면 안 된다. 이 대목의 원문은 che di fuor torna chi'n dietro si guata(132)
이다. dietro가 '뒤'라는 뜻이고 '뒤를 돌아보는 사람은 밖으로 돌아간다
는 것을 명심하라'는 문장이다.

이것은 매우 중요한 사항이다. 우리는 '반성'이라고 하면 자신이 **했던**
바를 생각한다. 자신이 과거에 무엇을 했는가를 생각한다. 그래서 뒤를
돌아다본다. 그러나 그러한 방식의 반성으로는 '밖으로 되돌아가게 되리
니', 즉 표면적인 반성뿐이어서는 안 된다고 말한다. 그리스도교가 말하
는 반성이란, 첫번째 계단에서 새하얀 대리석 안에 자기를 비추어 보는
것, 즉 '자기 자신'을 비추어 보는 것으로 자기가 했던 일을 단순히 돌이
켜 보는 역사에 대한 집착과는 다르다. 과거에 얽매여 집착하는 자는 과
거로 되돌아갈 뿐이다. 진정으로 새로운 세계를 향해 나아가고자 하는

사람은 과거를 끊어 내야 한다. 종교는 과거로부터 해방되는 미래의 행복, 현재에 대한 미래의 승리인 것이다. 신이 앞길을 보여줄 때는 과거에 얽매어 현혹되지 말아야 한다.

반성의 첫 걸음은 자기 자신이 어떠한 잘못을 저질렀는가를 돌이켜 보는 것이다. 그러나 했던 행위만을 반성하는 것이라면 그것을 메워 줄 방법만 생각해 내면 반성은 그것으로 끝나는 셈이다. 예를 들면 차고에 후진으로 차를 넣다가 차 뒤쪽을 긁었다, 그건 잘못한 일이라고 반성한다. 그것은 앞으로 좀더 잘하면 되는 기술적인 반성이다. 그것도 반성의 하나임은 분명하지만, 그것만으로 반성이 끝난다면 진정한 반성이 될 수 없다.

chi'n dietro si guata라는 표현은 '흔히 있을 수 있는 몸짓으로 뒤를 본다'는 뜻이며 한눈을 팔듯이 뒤를 두리번거리며 돌아볼 때, chi'n dietro si guata라고 쓴다. 일을 끝마친 후 자체 평가나 반성을 하는 시간에는 흔히 기술적인 실수나 말씨와 같은 외면적인 사항들을 끄집어 이야기를 진행시킨다. 물론 그러한 점들도 중요하지만, 그보다 더 우선하는 것은 남을 아프게 하는 말을 하는 미음을 바꾸는 데 있다. 진정한 반성은 단순히 과거를 되돌아보는 것이 아니다.

연옥 안에서는 단순히 자기가 과거에 **무엇을 했던가**를 반성하는 게 아니라, 자기가 **무엇이었던가**를 생각해 봐야 한다. 영어로 말하면, 평범한 반성은 what I did '내가 했던 것'을 돌이켜보는 일이다. 그것은 그에 대한 보완을 하면 끝나 버린다. 만약 남에게 맡았던 소중한 물건을 실수로 잃어버렸더라도 똑같은 물건을 사 주면 그걸로 끝난다는 말이기도 하다. 따라서 what I did와 관련한 의식만으로는 깊은 반성이 될 수 없다.

그게 아니라 what I was '나는 무엇이었는가'를 생각하고, 그리고 who I am '나는 어떠한 인간인가', '나는 과연 어떠한 인간인가, 나는 누구인가'라는 자기 페르소나를 반성하지 않으면 안 된다. 그러한 점을 생각하게 해 준다는 의미에서 이 부분은 연옥 안에서도 가장 중요한 곳이다. 아벨라르는 12세기에 이미 '너 자신을 알라Scito te ipsum'를 사색의 근본으로 삼았다.

연옥의 동행인

연옥과 지옥의 차이 중 하나는 희망의 유무인데, 예를 들면 '우리는 어느덧 천사를 뒤로하고'(연·22·1)라고 표현되었듯이 천사의 존재를 느끼게 한다. 그리고 '이 말들을 들은 스타치오 살며시 미소부터 머금더니'(연·22·25)라고 씌어 있다. 스타치오Stazio는 스타티우스Statius라는 로마의 대시인으로 베르길리우스를 동경했던 사람인데, 이렇듯 다양한 사람들이 나온다. 지옥에서 여러 사람과 만났던 상황과는 다르게 때때로 천사가 함께 가 주기도 하고, 스타티우스는 친구로서 단테, 베르길리우스와 줄곧 함께 걸어간다.

예를 들면 '그러나 네 원껏 마음을 가라앉히기 위해, 보라, 여기에 스타치오가 있나니, 내 그를 불러 그에게 청하니 네 상처를 낫게 하리라.'(연·25·28∼30) 하는 부분이 있다. 베르질리오는 단테를 안심시키기 위해 스타치오를 불렀으며 스타치오가 그의 화상을 낫게 할 거라고 말한다. 그리고 스타치오는 그들과 줄곧 함께 간다. 베르질리오 혼자만이 아니라 스타치오까지 동행해 주는 것은 지옥과 연옥의 큰 차이이다. 연옥은 우정이 성립할 가능성이 있는 세계이다.

제30곡의 유명한 대목, 베아트리체를 만난 단테가 그 기쁨을 베르질리오에게 말하고자 한다. '옛 불꽃의 흔적을 나 이제야 알겠나이다conosco i segni dell'antica fiamma라고 베르질리오에게 말하고자 하였으나'(연·30·48), 베아트리체를 사랑했던 그 사랑의 흔적이 자기에게 있었음을 이제야 비로소 깨닫게 되었다. 자신의 사랑은 순수하게 베아트리체에게 향하고 있었다고 베르질리오에게 말하려는 그 순간,

ma Virgilio n'avea lasciati scemi

di sè; Virgilio, dolcissimo patre;

Virgilio, a cui per mia salute die'mi;

베르질리오, 사랑스러운 아버지 베르질리오, 구원을 위해 나를 맡겼던 베르질리오는 우리를 두고 이미 사라졌나니 (연·30·49~51 야마카와)

베르질리오가 사라져 버렸다. 그가 안내할 수 있는 한계는 그곳까지이며 연옥 제31곡 이후는 베르질리오에게는 더이상 허용되지 않는다. 천국에 매우 가깝게 다가갔다. 베르질리오가 사라지기 직전까지 스타치오도 함께 있었다.

또한 제28곡쯤부터 신비롭고 아름다운 여인 하나가 등장한다. 그녀의 이름은 연옥편의 맨 마지막 장 제33곡 29행에서 처음으로 밝혀지는데 '마텔다'라 부른다. 이 여성에 관해서는 갖가지 수수께끼가 있다. 단테가 베르질리오와 함께 낙원을 걸어가는데 강을 사이에 둔 건너편 강가에서 마텔다가 나타난다. 그녀가 대체 누구인가 하는 문제는 단테 연구가들이 아직도 풀지 못한 수수께끼이다. 지상의 낙원이라 불리는 연옥 맨 꼭대기에서 그러한 신비로운 여인이 등장한다.

어떻게 봐야 할 것인가에 관해서는 다음 장에서 다시 한번 생각해 보자.

질의응답

질문자 스미요시 히로토, 나카가와 히데야스, 하시모토 노리코, 구보타 노부히로

스미요시 운에 관해 여쭙겠습니다. ABA, BCB, CDC라는 압운押韻에 관해 배웠습니다만, 오늘 읽은 제9곡 94~105행에서는 94~96의 각운은 OO이고, 97~99는 OAO, 100~102는 AEA로 되어 있습니다. 맨 처음 OOO와 같이 모음 세 개가 같은 형태라도 괜찮은 것인지요? 그리고 『신곡』이 전곡에 걸쳐서 이 운 규칙으로 정리되고 있는지 알려 주시면 고맙겠습니다.

이마미치 똑같은 모음 세 개로 이어져도 괜찮습니다. 제9곡에서는 121행부터 124행까지 똑같은 a음입니다. 그러나 형식적인 규칙을 깨뜨린 건 아닙니다. 『신곡』 전곡이 이 운 규칙으로 구성되어 있는가, 저도 의문을 가지고 조사해 보았습니다만, 전체가 이 운에 맞게 정리되어 있습니다. 흡사 일본의 5·7조나 7·5조에서 때때로 5·7이 매끄럽게 되지 않을 경우 5·8이 될 수도 있는 것처럼 매끄러운 11음절이 아닌 경우도 있긴 하지만, 그런 부분은 읽는 방법만 궁리하면 11음절이 됩니다. 시의 수학적인 구조는 고전 그리스 시의 전통을 수용하고 있습니다. 일본의 하

이쿠는 5·7·5로 짓는데 외국 사람에게는 그 수학성이 놀라운 것과 마찬가지입니다.

스미요시　현대시도 이렇게 짓는 사람이 있을까요?

이마미치　현대는 산문시 시대이므로 지금은 없지만, 트루바두르에서 비롯되었다고 일컬어지는 이 형태는 단테가 유명하게 만든 후부터 17, 8세기까지 간혹 사용되었습니다. 소네트 형식의 운구법도 이와 비슷합니다. 의도적으로 이 형식에 맞춰 시를 짓는 사람은 늘 있습니다.

나카가와　"뒤돌아보는 자는 모두 밖으로 되돌아가리라"라는 구절과 관련해 떠오른 장면이 있습니다. 구약성서 「창세기」에 죄 깊은 마을 소돔과 고모라가 멸망했을 때, 롯과 그의 아내 둘이서 도망쳐 나오는 부분입니다. 그때 야훼의 신은 "뒤를 돌아보지 마라"고 말했는데 롯의 처가 뒤를 돌아보는 바람에 소금 기둥이 되었습니다. 이것과 어떤 사상적인 연관이 있을까요?

이마미치　모두 그 대목을 인용하는데, 불퇴전不退轉의 신앙이라는 연관이 있습니다. 그러나 구약성서의 그 부분에 관한 해석도 복잡해서 무슨 의미인지 알 수 없는 점도 있습니다. 다만 일반적으로는 죄 짓는 마을에 조금이라도 향수가 남아 뒤를 돌아다보면 미래의 새로운 인생에 대한 동경이 그만큼 약해지고, 이는 호의를 가지고 길을 이끌어 주는 신에 대한 배반이기 때문일 거라 여기고 있습니다. 종교는 앞을 향하는 긍정적인 발걸음, 하늘로 향하는 발걸음, 극복의 길이라고 생각합니다. 단테의 이 대목은 어느 신화에서나 황천세계를 빠져나올 때 "뒤를 돌아보면 안 된다"

고 말하는 점과 상통한다고 여겨집니다. 『고지키』에서도 그렇고, 그리스 신화에도 음악의 신 오르페우스가 도망칠 때 뒤를 돌아보면 안 된다는 이야기가 나옵니다. 신화로서도 깊은 의미가 있을 것 같습니다. 다만, 단테의 시에 대해서는 토마스주의의 시각에서 덧붙인 주가 많으며 그것들을 참고해 보면, '자기 자신이 한 것'이라는 외면적인 의미가 아니라 '자기 자신을 생각한다'는 의미에서 뒤를 돌아보면 안 된다고 썼다고 보는 주석이 우세합니다.

하시모토　현세에는 전례가 있지만 연옥에는 전례가 없다는 말씀을 전에 하셨는데, 제9곡 마지막에 '테 데움 라우다무스'라는 라틴어가 나옵니다. 제9곡 13행에서는 제비가 '아침 일찍 구슬픈 노래를 부른다'고 씌어 있으며, 그리고 마지막 부분에 '테 데움 라우다무스'라는 라틴어 시가 나옵니다. 제16곡 19행에서는 '아뉴스 데이'라는 라틴어가 들어 있습니다. 이들 라틴어는 모두 전례의 노래입니다. 음악에 관한 것이 집중적으로 나오고, 게다가 천사도 나옵니다. 이와 같은 음악적 관점에서 보면 연옥도 꽤 전례적이란 생각이 듭니다. 이러한 점에서 어떤 생각을 할 수 있을까요?

이마미치　〈테 데움 라우다무스〉는 오늘날까지 전해오는 성가로 암브로시우스가 만들었다고 일컬어지며 곡도 남아 있습니다. 〈아뉴스 데이〉는 미사 때 꼭 부르는 노래입니다. 연옥에 있는 영혼의 구원을 위해서는 현세 사람들이 기도와 미사를 올리고 베풂과 같은 선행을 해야 한다고 여겨지는데, 연옥에서는 성체를 상징하는 빵을 먹는 의식이 가능하지 않으므로 교리상 미사가 있을 수 없습니다. 그러나 연옥에 있는 영혼도 기도하고 노래도 부르므로(물론 육성이 나오는 것은 아니다) 넓은 의미에서 보면 전례가 없다고 말할 수는 없습니다. 제가 부주의했습니다. 일반적으로는 사제가 혼자 올리는 미사도 공식적으로 전례라고 합니다만, 제 혼자 기도를 하는 것은 전례라고 보지 않으므로, 연옥에 전례가 없다고 말했는데 '미사가 없다'로 정정하겠습니다. 종교음악은 연옥에도 있습니다. 미사에서 불리는 곡이 연옥의 음악으로 나오는 것은 점점 천국의 음악에 가까워진다는 것이며, 동시에 연옥 안에도 미사로 이어지는 듯한 분위기가 있다는 말이 아닐까요.

하시모토　연옥의 희망과 관련해서 음악 구성에 따른 고조가 보이는 것 같은데 그렇게 봐도 좋을까요?

이마미치　그렇게 봐도 좋을 듯합니다. 제8곡 13행에 Te lucis ante '빛이 다하기 전에'라는, 종과終課를 비롯해 전례에서 부르는 노래가 많이 나옵니다.

'이 몸 손을 모아 올리고, 동쪽으로 눈을 향하나니', 기도는 보통 어느 나라에서나 손을 모으는 형태를 취합니다. 베르길리우스는 시에서 ad sidera palma라고 말했습니다만, 그리스도교 세계의 기도에는 로마인이나 그리스인처럼 손을 하늘로 올리는 형태가 있습니다. sidera는 sidus '성좌', 즉 ad sidera '성좌를 향해', palma '양 손바닥을(올린다)'. 사제가 미사에서 기도할 때 양손을 펼치고 기도서를 읽는 것은 그러한 전통입니다. 한편, 르네상스 시대 레오나르도 다빈치의 그림인 〈성聖 히에로니무스〉에서는 손을 펼친 채 아래로 내리고 기도하는데, 그런데도 손바닥은 하늘로 향합니다. 이처럼 기도를 하거나 찬미가를 많이 부르는 것은 연옥과 지옥의 큰 차이점입니다.

구보타　　제12곡 40행에 '오, 사울이여, 그대 스스로 검에 엎드려 길보아에서 죽은 모습 그대로 여기에서 보도다'라고 말하는 대목이 있습니다. 저는 개인적으로 구약성서의 사울에 관해 관심이 아주 많습니다만, 사울의 자해 모습을 '그대로 여기에서 보도다'라고 시로 표현해 낸 단테의 심정은 어떠했을까요? 구약성서의 그 대목은 사울에게서 신 야훼가 지나가 버렸고, 신이 다윗에게 간다는 의미가 있습니다만, 사울의 자살 그 자체를 '그대로 여기에서 보도다'라고 노래한 단테의 마음을 어떻게 해석하면 좋을까요? 여기에 사울이 등장하는 점이 저에게는 몹시 마음에 걸려 여쭙니다.

이마미치　　여기에 나오는 십여 명 가량의 사람들은 모두 나쁜 일을 했다기보다는 자신의 자존심을 잃은 것을 한탄해 자살 같은 행위를 한 사람입니다. 이는 결국 오만의 죄가 됩니다. 그러나 심하게 나쁜 일을 했다고 볼 수는 없는 사람들입니다. 추방당한 단테는 죽음을 생각했던 적도 있을 거라는 생각이 듭니다만, 여기에 예술가, 정치가, 왕과 같이 고고孤高한 자긍심으로 인해 상처받은 사람을 들고 있는 이유는 자기 자신이 투영된 것 같은 동정을 그들에게서 느꼈던 게 아닐까요. 자살한 사람이 모두 나무로 변해 지옥에 있는 건 아니라는 게 젊은 시절 한때는 저에게 위안이기도 했습니다. 그런데 노쇠한 몸으로 겨우 목숨만 부지하는 말로를 떠올려 보면 오싹할 만큼 무서운 대목이기도 합니다. 더이상 아무 짝에도 쓸모없는 노쇠한 몸이 되어 버리면 자살도 못합니다. 게다가 신까지 저주하게 된다면 어찌해야 좋겠습니까? 그런데 본래 그리스도의 가르침에서 자살은 창조에 대한 반역으로 가장 무거운 죄 중 하나입니다.

구보타　　「사무엘기 상권」에 나오는 사울의 자해는 왕으로서 자존심을 지키며 죽어 가는 전형을 보여주며, 게다가 무기를 들고 죽음 직전까지 싸우면서 신이 자기를 떠나 버린 것을 끊임없이 고민합니다. 그리고 사울 자신은 한편으로는 매우 사랑받은 왕이기도 합니다. 그러한 점과도 연관이 있어서 단테가 여기에 사울을 등장시킨 것 같습니다.

이마미치　　그렇다고 생각합니다. 그 뒤 '시기' 부분에 나오는 사람들도 물론 모범적이지는 않지만, 보다 좋은 것을 동경하고 있다는 점을 생각해 보면 지옥이 아니라 여기에 그 영이 나오는 이유도 알 수 있습니다.

지진과 같은 천재지변으로 연옥의 영혼이 구원받거나 지옥의 영혼이 구원받는 일이 있습니다. 지진은 천지가 흔들리는 것이며 땅이 움직인다는 것은 어떤 의미에서는 신이 감동하는 것과 가까운 듯합니다. 천지가 움직일 정도의 감동, 다시 말해 신이 감동할 만한 일을 한 사람은 세례를 받았든 받지 못했든 지옥에서 나와 연옥으로 들어갈 수 있을 테지요. 니오베의 비극, 사울의 비극을 읽어 보면 그 누구도 니오베를 미워하거나 사울을 미워할 수는 없는 부분이 있으므로 그러한 점과 관계 지을 수 있을지도 모릅니다.

지금 생각이 떠올라서 덧붙이는데, 스미요시 씨에게도, 전에 다나카 씨와 하시모토 씨에게도 제가 단테의 운이 항상 모음에 한한다고 말했습니다만, or도 괜찮습니다. 연옥 제26곡의 맨 마지막은 or과 a입니다.

단테 『신곡』 천국편 I

단테를 이끄는 베아트리체(보티첼리)
La Divina Commedia or the Divine Vision of Dante Alighieri
in Italian and English, The Nonesuch press, 1928.

천국으로 다가가다

이 장부터는 천국편으로 들어가지만, 연옥편에 아직 남은 문제가 많고 그것들이 천국과 관계가 깊으므로 전반부에서는 천국과 관련된 사항을 중심으로 연옥 여행이 계속될 것이다.

이탈리아어로 연옥은 purgatorio인데, 이는 라틴어 purgatorium에서 유래하며 동사 purgare(깨끗하게 하다)에서 생긴 말이므로 '정죄계'라고 번역한 노가미 소이치가 원어에 가장 가깝다. 또 간혹 그리스어에서는 τὸ πῦρ pur가 '불'이므로 purgatorium은 '불로 깨끗이 하다'라는 뜻이기 때문에 라틴어와 그리스어 양쪽 전통이 다 들어 있다고 보는 견해도 있지만, 그것은 언어학적으로는 아무런 근거도 없다.

연옥편에서 천국에 관련된 부분이 나오는 곳은 제27곡 이후이다. 제27곡 시작 부분에서,

우리 가까이 다가갔을 때 그가(표정이 환한 천사 하나) 말하기를. 성스러운 영

혼들이여, 불길에 휩싸이지 않고는 예서 더 나아갈 수 없으리 (연·27·10~12 야마카와)

이 시구는 중요하므로 대역도 덧붙인다.

Poscia 《Più non si va, se pria non morde,	앞으로 나아갈 수 없으리
	불길에 휩싸이지 않고는,
anime sante, il foco; intrate in esso,	성스러운 영혼들,
	이 불 속으로 들어서라.
ed al cantar di là non siate sorde!》	먼 노랫소리에도 귀 기울이라.
(Purg. XXVII. 10~12)	

그리고 40행 뒤의 야마카와 번역을 보면,

내 인자하신 아버지는 내 힘을 북돋우고자, 베아트리체 이야기만 하시며 걸으시니, 나 이미 그분의 눈을 보는 듯하구나, 말씀하시더라 (연·27·52~54)

'내 인자하신 아버지'는 베르길리우스이다. 그곳까지 단테의 아버지처럼 격려하며 이끌어 준 베르질리오는 여기에서 베아트리체에 관한 말만 하며 앞으로 나아간다. 베아트리체를 사랑하는 단테, 베아트리체가 자신을 이끌어 줄 것임을 아는 단테는 베아트리체 이야기를 들으면 용기가 생긴다. '나 이미 그분의 눈을 보는 듯하구나, 말씀하시더라', 여기에서 '나'는 베르질리오이며, '나는 이미 그 사람의 눈을 보는 것처럼 느껴진다'는 그의 말을 듣고, 이제부터 불 속으로 들어가야 한다는 소리에 당혹스러워하던 단테는 용기를 얻는다.

밖은 다만 빠끔히 내다보일 뿐이나, 나는 그 빠끔한 틈으로, 평상시보다 훨씬 선명하고도 큰 별을 보았노라(연·27·88~90 아마카와)

여기는 이대로는 이해하기 어려우니 노가미 번역을 보충해 의미를 명료하게 하고자 한다. 그곳에서 밖은 아주 조금밖에 안 보였지만, 그 빠끔한 틈으로 나는 평상시보다 훨씬 밝고 큰 별을 본 것이다. 연옥은 지옥과 달리 풍경이 있다. 자기 앞을 보니 전망이 조금 열린 사이로 하늘이 엿보였다. 그리고 그 작은 틈으로per quel poco 엿보이는 하늘에서 별들le stelle이 보였다. 그런데 별들은 지금까지 자기가 본 것보다 훨씬 컸다. 이는 새로운 별이 보인 게 아니라, 별들이 평상시보다 크고 밝게 빛난다는 것으로 단테가 하늘에 가까이 갔음을 의미한다. 연옥산이 하늘에 점점 가까워진 것이다. 자기가 있는 곳에서 보면 별들이 훨씬 크게 보인다. 단테는 이와 같은 딱히 독특할 것도 없는 표현 방식으로 대지에 있을 때보다는 훨씬 천국에 가까이 왔음을 표현한다. 천국으로 직행할 수는 없지만, 사후 세계가 현세보다도 천국과 가까이 있다는 것을 그리스도교 교리 안에서는 어떻게 해석해야 좋을지는 모르겠다. 그러나 단테의 관념적 세계상 속에서는 연옥편 제27곡 끝 부분에서 모든 계단la scala tutta을 다 올라가 연옥의 맨 위 계단l grado superno(연·27·125)에 서면 그곳에서 들어갈 수 있는 신의 숲la divina foresta(연·28·2)이 나온다고 한다. 이탈리아 단테 학회 주(반델리, 547쪽)에 따르면, 이곳은 지상낙원paradiso terrestre인데, 싱글톤은, 거기에 이를 때까지 독자에게는 연옥산 정상에 그렇게 우거진 그러나 생동감 넘치는spessa et viva 숲이 있다는 사실이 알려지지 않는다(싱글톤, 연옥편 주해, 666쪽)고 말한다. 이 신의 숲은 『신곡』 첫머리의 어두운 숲selva oscura과 대립한다.

꿈에 나타난 젊은 여인

지상낙원으로 오르기 전까지는 아직 갖가지 일들이 기다리고 있다.
그 중 하나를 노가미 번역으로 읽어 보자. 사랑의 불길로 타오르는 키테
레아Citerea, 즉 새벽녘 샛별이 연옥산에 반짝일 무렵, 단테는 깜빡 잠이
든다.

> 젊고 아름다운 한 여인의 모습을 본 듯
> 하였는데, 그녀는 꽃을 따며
> 들판을 거닐었고, 노래를 부르며 말을 건넸다,
> "내 이름을 알고자 하는 분은 알아 주시길,
> 내 이름은 리아Lia, 나를 위한 아름다운 화관을
> 엮고자 아름다운 손을 움직이며 나는 걸어가지요
> 거울을 바라보며 스스로 기뻐하고자
> 여기서 몸치장을 하네. 내 동생 라헬은
> 그 거울 앞을 벗어나지 못해 온종일 그 앞에 앉아 있다오"
> (연·27·97~101 노가미)

'리아'는 구약성서에 나오는 '레아Leah'의 이탈리아 이름으로, 라반의 딸
이며 그녀의 여동생은 라헬Rachel이다. 단테는 별이 보이는 곳에서 잠시
쉬는 사이 깜빡 잠이 든다. 그때 꿈에 베아트리체가 나올 거라 생각했는
데 베아트리체와는 다른 여인의 꿈을 꾼다. 그녀는 "나는 레아입니다"라
고 말한다. 구약성서에 나오는 여인이 화관을 들고 있는 꿈이므로 단테
가 베아트리체가 아닌 다른 여성을 떠올리고 마음이 흔들린 것은 아니
다. 그렇다 하더라도 베르질리오가 그토록 베아트리체 이야기만 했고, 단

테도 베아트리체와의 만남을 유일한 위안 삼아 그곳까지 왔는데, 지쳐 쓰러져 잠들었을 때 한 번도 본 적 없는 한 여인이 꿈에 나타난다. 이 의미는 대체 무엇일까. 무의식 속에 억압된 성이 꿈으로 승화된다는 프로이트(S. Freud)의 가설도 간과할 수 없을지도 모른다. 그러나 여기에서는 다른 방식의 해석이 있을 수도 있다.

이 점에 관해 생각해 보기 위해 먼저 그 뒤에 나오는 텍스트를 살펴보고자 한다.

> Tratto t'ho qui con ingegno e con arte;
> lo tuo piacere omai prendi per duce:
> fuor se' dell'erte vie, fuor se' dell'arte. (Purg. XXVII. 130~132)

야마카와 번역은 다음과 같다.

> 나는 깨달음과 재주로 너를 예까지 이끌었나니, 이제부터 네 뜻하는 바를 길잡이로 삼으라, 너는 가파른 길에서 벗어났고 좁은 길에서 멀어졌으니
> (연·27·130~132 야마카와)

그때까지 단테를 이끌어 준 베르질리오는 여기에 이르러 이렇게 말한다. 원문 con ingegno e con arte의 ingegno는 '지혜'의 뜻으로 야마카와 번역에서는 '사토리(さとり, 이해, 깨달음)'라고 가나를 썼다. ingegno는 '지식, 학문적 지식', 인문학을 포함한 학문적 지식을 가리킨다. 그리고 130행의 arte는 '재주(技, 기예)'이다. arte에는 '학술'이라는 의미도 있는데 ingegno와 나란히 쓰였으므로 arte는 '예술'이라 생각할 수도 있다. 그러나 132행의 arte는 반델리 주에서는 strette(좁다)라는 형용사와 같다고 한다(같은

책, 546쪽). 싱글톤은 산상수훈의 좁은 문과 연관을 짓는데 그럴 필요까지는 없어 보인다. con은 영어의 with, e는 and에 해당하여 '나는 너를 지혜와 재주로써 여기까지 이끌었다가 된다. 그리고 이제부터는 네 스스로 좋아하는 것을 길잡이duce로 삼아도 좋다고 말한다. 그러고 나서 제27곡 마지막에는 "그리하여 내 너에게 관冠과 모帽를 씌워, 네 스스로 주인 되게 하리라per ch'io te sopra te corono e mitrio"(연·27·142)라고 썼다. 여기에서 '관冠'이라고 번역된 것은 corono이며, 현대 이탈리아어로는 corona이다. '모帽'라고 번역된 것은 mitrio인데 이 말은 라틴어 mitra에서 유래하며, 본래는 서양에서 말하는 동방종교 사람들이 사용하는 터번이나 종교 지도자의 법관法冠이라고 봐야하는 것으로, 오늘날 이탈리아어에서 mitria는 속어이며 mitrio는 쓰이지 않는다. 보통은 mitra라는 라틴어 그대로 쓴다. '왕관' 및 '법관'이라고 번역한 사람은 노가미이다.

베르질리오는 단테에게 말한다. '여기까지는 내가 길잡이였지만, 이제 부터는 네가 앞서 걸어가는 게 좋다.' 요컨대 자기 스스로 길잡이duce가 되는 것이니 이제 관을 씌워 주마, 라고 말한다. 이것은 지극히 상징적이다. 관은 예로부터 승자의 상징이다. 단테에게 '왕관과 법관을 씌워 주마'라고 말하는 것은 연옥 행로를 결정하는 자유와 책임을 그에게 부여한다는 뜻이고, 승리 또는 성공을 예언하는 것이기도 하다. 천국에서는 베아트리체가 길을 이끌어 줄 것이 분명하지만, 앞으로 남은 연옥의 길은 네가 앞서 걸어가라고 베르질리오는 말한다. 연옥에서도 어떤 지점부터는, 즉 천국에 가깝게 다가갈 때에는 남에게만 의지하면 안 된다. 자신의 인격적 책임이 따르는 발걸음을 내딛어야 한다. 그러나 너의 앞길은 이제 아무 걱정 없다고 말하는 것이다. 이렇게 생각해 보면, 단테의 꿈에서 라반의 딸 중 결단과 실행에 뛰어나 야곱의 처가 된 레아가 화관una ghirlanda을 엮고자 손수 손을 움직여 꽃을 따면서 이름을 밝히는 것은 베르질리오의 이 선고宣告의 복선이 되는 예시였다고 볼 수 있을 것이다.

스스로 신앙의 길을 걷다

단테가 연옥산의 돌계단 정상에서 앞서 걸으라는 말을 듣고 그 말에 따른 것은 그리스도교의 견진堅振을 떠올리게 한다. 그리스도교에서는 세례를 받고 신자가 된다. 그리스도교 가정이 적은 일본에서는 어느 정도 성장한 청소년이나 성인들이 지식을 얻거나 자신의 각오를 정한 후 세례를 받는 경우가 많지만, 그리스도교 나라에서는 태어나자마자 세례를 받는다. 따라서 세례 후에 자기 의지의 공적인 확인을 위해 콘피르마티오 confirmatio, 즉 견진례를 받는다. 견진을 받아 신의 은총에 보다 새로운 각오를 다지고, 스스로 책임을 가지고 신앙을 견지해 나가야 한다. 그렇게 하지 않으면 천국에 들어갈 수 없다. 마치 그것에 해당하는 것 같은 대목이 여기에 나온다.

따라서 그리스도교 국가가 아닌 나라에서는, 물론 견진례도 있긴 하지만, 오히려 세례를 받음으로써 신자가 되므로 세례 후에 가르침을 충실히 지키고 진정으로 신을 향해 걸어갈 수 있는지 세례를 받는 날까지 스스로 깊이 생각해 보라는 이야기를 듣는 것과 비슷하다.

'그리하며 내 너에게 왕관과 법관을 씌워, 너 스스로가 주인 되게 하리라'는 단테 스스로가 신앙의 길을 좇아 연옥에서 천국으로 갈 각오를 다져야 한다는 것을 나타낸다. 싱글톤은 여기에서 시민적 정의-정치적 정의justitia civilis만을 생각해야 할 것이며, 신적 성의(成義, justitia infusa)는 베아트리체를 만날 때까지는 고려되지 않는다고(싱글톤, 연옥편 주해, 665쪽) 말한다. 그러므로 '법관'이라고 해도 그것은 완전한 신의 은총을 의미하지 않으며, 세례와 견진의 비유처럼 생각해 두는 편이 좋다. 이러한 점을 보면, 연옥편 제27곡은 매우 중요한 장소임을 알 수 있다. 이윽고 단테는 자기 스스로 연옥을 걸어가지 않으면 안 된다. 함께 왔던 베르질리오와 스타치오 두 사람이 여기서부터는 단테의 뒤를 따른다. 다시 말해 세례를 받은 자가 선두에 서서 화관을 쓴 레아처럼 실천적으로 앞장서지만, 그러나 여전히 신의 은총을 상징하는 베아트리체는 알현하지 못한다고 말하는 부분이다.

꽃의 강변에 나타난 젊은 여인

그러던 와중에 한 여인una donna이 나타난다. 그 부분은 다음과 같다.

> 내 발길 멈추고, 내 눈은 나무마다 흐드러지게 피어난 꽃무리를 보고자 시냇물 저 너머로 향했나니 (연·28·34~36 야마카와)

단테는 에덴의 동산이라 불리는 아름다운 정원 속을 걸어간다. 그곳에는 매우 아름다운 맑은 강이 흐른다. 너무도 아름다워 발길이 절로 멈췄고, 흐드러지게 꽃을 피운 나무가 헤아릴 수 없이 많아 자세히 보기 위해 시냇물 쪽으로 다가간다. 노가미 번역 텍스트를 살펴보자.

> 그러자 불쑥 뭔가가 나타나
> 사람을 놀래키고 다른 생각들은 모조리
> 내팽개치게 만들듯이,
> 홀연히 한 여인이 나타났으니,

그녀는 노래 부르며, 가는 길목마다

곱게 물든 꽃을 따고 있었네. (연·28·37~42 노가미)

내가 처음 이 부분을 읽었을 때는 '마침내 베아트리체가 나타났구나'라고 생각했는데 그게 아니었다. 야마카와 번역은 아름답게 이어진다. 그러나 낯선 여성일 것이다.

나 그에게 이르기를. 오, 아리따운 여인이여, 마음의 증표이기 마련인 자태에 미더움을 둘 수 있다면 사랑의 빛으로 따사로운 분이여

(연·28·43~45 야마카와)

'그'란 낯선 그 미인을 가리킨다. 겉모습을 믿어도 된다면 당신은 정말로 아름다우며 사랑의 빛으로 마음이 따스해지는 듯하다. 노가미 번역은 단테 마음의 약동성을 한껏 살리며 이어 간다.

나는 그녀에게 말했다. '내가 당신의 노랫소리를

들을 수 있게, 원컨대

조금만 더 강가로 다가와 주오.' (연·28·46~48 노가미)

내가 당신의 노랫소리를 좀더 잘 들을 수 있게 강가로 다가와 줄 수는 없는가. 혹시 십 년이나 못 만난 사이 베아트리체가 변신한 것일까, 설마. 야마카와 번역은 그 여인의 우아한 자태를 전달해 준다.

흡사 춤추는 여인, 두 발바닥을 스치듯 바닥에 디뎠다 다시 한데 모아 내딛으매, 한 발을 다른 한 발 앞으로 거의 내놓지 아니하듯

그는 붉고 노란 꽃들을 밟으며 내게 다가오나니, 그 자태 정숙하게 눈을 내리뜬 처녀와 다르지 않더라 (연·28·52~57 야마카와)

그 사람은 몸놀림이 자늑자늑하고 정숙한 아름다운 젊은 여성임을 알 수 있다. 그토록 아름다운 사람이 미소를 머금고 있다.

바로 새벽녘 꿈에 보았던 여인이다. 그 여인이 강을 사이에 두고 걸어가고 있으므로 단테는 여인에게 가까이 다가갈 수 없다. 그런데 여인은 계속해서 걸어간다. 제28곡의 마지막에는 이렇게 씌어 있다.

이어 다시금 그 아름다운 여인에게 눈길을 돌리노라 (연·28·148 야마카와)

단테는 '베아트리체, 베아트리체'라며 간절히 그녀를 만나기를 원하면서, 다른 여성에게도 눈길을 돌리고 있는 것이다. 여기에는 대체 어떤 의미가 있을까.

마텔다 등장의 의미

그중 하나로 거의 무의식 상태에서, 옛날에 베아트리체와 함께 있었던 여성으로 『새로운 인생』에도 나왔던 여인 중 하나가 꿈을 꾸듯 떠올라 쓴 것이 아닐까라는 해석도 가능하며, 실재 여성을 대응시키려는 시도도 많이 있었다. 『단테 백과전서_Encyclopedia Dantesca_』에는 갖가지 설들이 실려 있는데, 싱글톤은 그의 주(823쪽)에서 그와 관련해 거론된 설들을 모두 의심스럽게 본다. 우리 역시 그 여인이 나타난 의미를 그녀의 이름이 처음 나오는 연옥편 제33곡 119행과 연관시켜 생각해 볼 수밖에 없을 것이다. 그럼 텍스트를 보며 마텔다 출현의 상징적 의미를 생각해 보기로 하자.

나는 그때 몸을 돌이켜 두 분의 시인에게 향했나니(연·28·145~146 야마카와)

베르질리오는 '나는 이제 길잡이가 아니니, 네가 앞서 걸어가는 것이 좋겠다'고 말했기 때문에, 단테 뒤에서 함께 가긴 하지만 더이상 길을 이끌어 주지는 않는다. 단테가 앞에 걸어가고 두 명의 대시인 베르질리오와 스타치오는 뒤에 있다.

그러한 상황을 배경에 둔다면 다음과 같은 해석도 가능하지 않을까. 단테는 이제 자기 발걸음에 책임을 져야 한다. 그러자 마치 시험과도 같이 아름다운 여인이 나타난다. 그 젊은 여인은 단테에게 길을 안내해 주는 것도 아니고, 그저 아름다운 꽃을 따면서 노래를 부르며 걸어가는데, 그 모습에 왠지 모르게 마음이 끌리고 만다. 스승이 곁에 있긴 하지만 스승의 안내로부터 벗어나 독립의 걸음을 시작하는 어려움, 스승에게 가르침을 받았을 때처럼 훤히 보이는 길로 걸어가는 게 아니라 자기 스스로 걸어가야 할 길을 정하고 이를 한결같은 마음으로 지속해야 하는 어려움이 표현되어 있는 건 아닐까.

그리고 더 나아가서는 강이 두 개 있다는 사실과 마텔다의 의미도 생각해 봐야 한다. 그녀가 단테에게 다음과 같이 말한다.

이쪽은 레테라 불리고, 저쪽을 에우노에라 하니, 이 두 물을 맛보기 전에는 공덕功德 없으리오 (연·28·130~132 야마카와)

레테Lethe는 예로부터 그리스에 있었던 강 이름으로 그리스어로 '망각'을 의미한다. 에우노에Eunoe의 eu는 '좋다', noe는 '지식'으로 이는 '지혜의 강' 즉 '좋은 것을 아는 강'이다. 에우노에는 단테가 창조해 낸 강이라 일 컬어진다. 불로 죄를 씻어 내고, 이 두 강물의 물을 마시지 않는 한 천국 에는 갈 수 없다. 그것은 무엇을 의미하는가.

다시 말해 천국에 이르기 위해서는 지금까지의 죄를 완전히 망각할 필 요가 있다. 죄에는 그 유혹에 무릎을 꿇을 만큼의 매력이 있으므로, 죄 의 흔적은 기억에도 남기지 않는 게 좋다. 죄를 모두 잊어버린 후, 새로운 지식을 쌓아야 한다. 지금까지 가지고 있던, 죄로 기울 수 있는 지식을 마 음속에 지니고 있으면 인간은 또다시 과오에 빠진다. 일단은 그것을 완전 히 망각한다. 그런 연후에 좋은 지식을 가지는 것이 필요하다. 두 개의 강 은 그러한 것을 일러 준다.

그것과 마텔다를 연관 지어 생각해 보면, 우리 인간은 자기가 지극히 사랑하는 사람이 있어도 아름다운 다른 사람을 보면 마음이 끌릴 때가 있다. 천국에 있는 베아트리체에게 부끄럽지 않은 사랑의 마음을 지니려 면 속세의 육욕적인 구애拘礙는 떨쳐내야만 한다. 적어도 버릴 각오를 하 지 않으면 안 된다. 단테는 그런 생각을 했던 게 아닐까. 내 생각에는 천 국에 대한 동경도 일종의 노스탤지어다. 우리가 통상 그리움에 겨워하는 동경의 노스탤지어는 과거에 대한, 또한 과거에 있었던 장소에 대한 향수 이며, 그것은 때때로 신의 부재에 대한 노스탤지어, 죄에 대한 노스탤지 어가 되지는 않았던가. 마텔다는 그토록 아름답고 매력적인 대상인 것이 다. 치멘즈의 주나 『단테 백과사전The Dante Encyclopedia』의 치오피Caron Cioffi 의 소론을 봐도 대체로 옛 주석들은 마텔다를 관념의 상징으로 보았고, 19세기 후반부터는 역사적 인물 부류로 인정하려 했지만, 이들 모두 성 공했다고 말할 수는 없다.

베르질리오가 사라지다

자, 그런데 연옥편 제30곡에서 베르질리오가 마침내 단테 앞에서 모습을 감춘다. 야마카와 번역은 단테의 애절한 심정을 잘 전해 주는 한 행을 남겼다.

옛 불꽃의 흔적을 나 지금에야 알겠나이다 하고 베르질리오에게 말하고자 하였으나 (연·30·48 야마카와)

원문은 Conosco i segni dell'antica fiamma이다. 이것은 베르질리오의 『아이네이스』 4권 23행에 있는 비련의 여왕 디도의 말, 라틴어 Agnosco veteris vestigia flammae(오래전 불꽃의 흔적을 안다)의 이탈리아어로 옛 시를 본 떠 지은 좋은 예이며 모든 주석서에서 언급하는 게 보통이다. 이 대목은 말할 것도 없이 단테가 어릴 때부터 베아트리체를 향해 품었던 사랑의 불꽃이야말로 진정한 사랑임을 통절하게 깨닫는다는 말이다.

마텔다도 한때의 미혹에 지나지 않는다. 드디어 베아트리체를 만나게 된다. '옛 불꽃의 흔적이 진정한 것임을 이제 알겠습니다. 고맙습니다.' 앞서 걸어가던 단테는 베르질리오에게 감사의 인사를 하려고 돌아다보는데,

베르질리오, 사랑스러운 아버지 베르질리오, 구원을 위해 나를 맡겼던 베르질리오는 우리를 두고 이미 사라졌나니 (연·30·49~51 야마카와)

그는 더이상 그곳에 보이지 않았다.

예를 들면, 자신이 어느 정도 일을 할 수 있게 되어 지금까지 자기를

이끌어 주신 은사에게 연구 성과인 저서를 들고 "이 정도 할 수 있게 되었습니다. 봐 주십시오"라고 말하고자 하면 그분은 이미 안 계신다. 특히 철학적인 학문은 그 결실이 나오기까지 50년 정도 걸리는 경우가 많기 때문에 청년기의 은사님은 대부분 유명을 달리한다. 나 역시 저서를 은사의 영전에 올렸던 추억이 있다. 혹은 걱정만 끼쳐 드린 부모님에 대한 풍수지탄도 이와 매우 흡사한 심정일 것이다. 감사의 인사와 함께 자기의 성공을 전하고 싶을 때 아버지는 이미 이 세상에 안 계시다. 이러한 뜻으로 서양에서는 생활 속에서 이 구절이 자주 인용된다. 『신곡』 줄거리와는 전혀 다른 문맥에서도 누구나 이와 비슷한 체험을 하기 때문일 것이다. 원문 시는 다음과 같다.

Ma Virgilio n'avea lasciati scemi
Di sè; Virgilio, dolcissimo patre;
Virgilio, a cui per mia salute die'mi;

그러나 베르질리오는 이미 없었다
더없이 자애로운 아버지 베르질리오
베르질리오여 내 구원의 지팡이여

여기에서는 '이미 없었다'라고 의역했는데 글자 그대로는 '우리를 두고 떠나갔다'는 뜻이다. 우리noi가 발음상 n'avea가 되어 생략된 형태 n'이 되었는데, 자신(단테)과 스타치오라고 반델리의 주는 명기했다(이탈리아 단테 학회 판, 569쪽). 물론 스타치오는 제32곡에도 제33곡에도 나오므로 그의 주처럼 말해도 되겠지만, 나는 이 noi(우리)에 마텔다도 포함시켜야 하지 않을까 생각한다.

단테가 큰 충격에 휩싸여 슬픔에 겨워할 때,

Dante, perché Virglio se ne vada,
non pianger anco, non piangere ancora!

단테여, 베르질리오가 떠났다 하나 지금은 울지 말지어다 아직은 울지 말지어다 (연·30 ·55~56 야마카와)

이렇게 말하며 베아트리체가 등장한다. 이렇게 해서 드디어 천국편으로 향하게 된다. 『신곡』에서 단테의 이름이 이 대목에 처음 나오는데, 실은 단테 이름은 여기에서 단 한 번 나올 뿐이다. 야마카와 번역은 역시 이 부분에서도 명 번역이긴 하지만, 이러한 한문 투로는 상냥한 베아트리체의 느낌은 배어 나오지 않는다. 그러나 분명 이 대목의 베아트리체의 언동은 단테에게도 '제독提督(quasi ammiraglio)처럼' 보이는 의연한 태도였다.

토마스 아퀴나스

그런데 13세기의 신학자·철학자인 토마스 아퀴나스Thomas Aquinas의 유명한 저서에 『신학대전Summa Theologiae』이 있다. summa는 '대전大全' 혹은 '대계大系'로 '크고 광범위한 정리'를 가리키고, Summa Theologiae는 '신학을 크고 광범위하게 정리한 것'이라는 의미이다. Summa Theologica라고 쓰는 경우가 있는데, 그렇게 되면 '신학적 대전'이 되므로 정확히 말하면 잘못된 것이다. 일본어에서는 보통 '신학대전'이라 불리며 다카타 사부로

高田三郎, 야마다 아키라山田晶, 이나가키 료스케稻垣良典와 같은 학자들의 노력으로 완역이 진행되고 있다.

『신학대전』에 수플레멘툼supplementum summae(대전 보론)이 있다. 토마스가 미처 다 쓰지 못한 내용으로, 내가 가까이 두고 보는 요셉 페치(J. Pecci) 추기경이 엮은 『신학대전』 제5권이 바로 그 책이다. 보론 본문만 463쪽이나 되는 두꺼운 책인데, 그 책의 71문 63항에 '(살아 있는 신자의) 대도(代禱, 죽은 사람을 위해 대신하는 기도)는 연옥에 있는 존재자들(연옥의 영혼 즉 연옥의 죽은 자의 영혼)에게 (구원에) 도움이 되는가Utrum suffragia possint existentibus in purgatorio'라는 물음을 던지고 있다. 그는 이에 대해 '대답하지 않으면 안 되는Respondeo dicendum'이라는 늘 쓰는 허두를 떼며 답변한다. '연옥에 있는 존재자들(영혼들)에게 살아 있는 사람들이 행하는 대도가 유효하다는 것에는 의혹의 여지가 없다(non est dubium quin suffragia per vivos existentibus in prugatorio prosunt.)'는 것이다.

덧붙여 말하자면, 이 물음 직전에 제5항articulus V에서 '지옥의 영혼에 대도가 유효한가utrum suffragia prosint existentibus in inferno'라고 묻고, 많은 고려 끝에 '대도는 지옥에 보내진 자에게는 유효하지 않다suffragia non prosunt damnatis'라고 말하고, 나아가 이어서 '교회는 그들을 위해 기도하지 않는다'고 말한다. 다시 말해 '죽은 자는 신의 크나큰 나라 안에서 살아간다. 살아 있는 인간이 죽은 자의 영혼의 평온을 위해 기도하면 반드시 죽은 자의 영혼에 다다른다. 연옥의 영혼을 위해 기도하면 연옥의 영혼은 그만큼 천국을 향해 나아갈 힘을 얻는다'고 토마스는 생각했다. 토마스는 아우구스티누스를 포괄하고 있다.

토마스는 아리스토텔레스의 사고를 바탕으로 철학을 만들고 신학 체계를 세웠는데, 토마스가 태어나기 직전에 새롭게 성립된 연옥 사고 방식도 상당히 민감하게 문제 삼는 것이다.

천국편 '서문'

연옥의 섬을 발견하고 나서 지상낙원이라 일컬어지는 장소에서 에우노에의 물을 들쓰게 될 때까지 약 사흘 밤낮과 일곱 시간, 즉 79시간 가량 지나 단테는 마침내 베아트리체와 함께 천국 안으로 들어간다. 천국편의 제1곡을 읽어 보자.

La gloria di colui che tutto move,

per l'universo penetra, e risplende

in una parte più, e meno altrove. (Par. I. 1~3)

모든 것을 움직이시는 그분의 영광이

온 우주를 파고들며 찬란히 빛나는데

어느 곳은 다른 곳보다 더욱 빛났다

만물을 움직이시는 분, 즉 신의 영광이 우주를 두루 관통하는데 그 빛은 어떤 곳에는 충만하고 또 어떤 곳에는 덜하였다. 천국은 신의 빛으로 충만하지만, 연옥은 그에 미치지 못하고 지옥은 그 빛이 거의 없었다.

텍스트로 삼은 야마카와 번역을 인용해 설명하면 '나는 성광聖光을 더없이 듬뿍 받는 하늘에 있었나니' 단테는 마침내 성스러운 빛을 가장 많이 받는 천국으로 들어섰으며 '무수한 것들을 보았도다'. '허나 그곳을 떠나 내려온 자', 그렇지만 하늘에서 벗어나 하계로 내려온 자는 '이를 이야기할 방도를 모르니', 빛으로 충만한 상태를 어찌 말해야 할지 도무지 알 길이 없으니 '또한 그리할 수도 없을지니', 또한 그것에 대해 말할 수도 없는 것이다. 그 이유는 무엇일까. 그 뒤는 내 번역으로 읽어 보자.

Perchè appressando sè al suo disire,

nostro intelletto si profonda tanto,

che dietro la memoria non può ire. (Par. I. 7~9)

자신의 소망에 가까워질수록

우리의 지성은 깊은 구렁에 이르니

기억이 그곳까지 미치지 못함이다.

하늘로 들어가 훌륭한 것들을 보고 왔는데 왜 그에 관해 맘껏 이야기 할 수 없는가. 그 이유는 자기 지혜의 소망은 신과 직접 얼굴을 맞대고 싶다는 데까지 깊이 들어갔으나, 직관적으로 본 그 모습을 기억하고 그대 로 쓰려고 해도 도무지 쓸 수 없을 만큼, 그토록 신에게 가까이 다가갔기 때문이다. 그러한 신비적인 내용에는 기억조차 따라갈 수 없으며 제대로 표현해 낼 수도 없다.

Veramente quant'io del regno santo

nella mia mente potei far tesoro,

sarà ora matera del mio canto. (Par. I. 10~12)

그러나 성스러운 나라에 관해

내 마음속에 담을 수 있었던 만큼은

여기 내 노래의 소재가 될 것이다.

그렇기는 하지만 그 왕국, 즉 신의 나라 천국에 관련해 내 기억 속에 남아 있는 것들은 내 노래의 소재가 될 것이다. 이 부분에서 단테의 이탈리아어와 오늘날 이탈리아어의 차이에 관련된 예가 나온다. veramente는 현재는 '분명히', '실제'라는 의미지만, 그 무렵에는 라틴어 verumtamen과 마찬가지로 '그러나'의 의미였으며 현대어 ma나 nondimeno에 해당한다고 이탈리아 단테 학회 판 주(608쪽)에 나와 있다.

아폴로 부르기

그러고 나서 '아, 선하신 아폴로여O buono Apollo'라고 아폴로를 부른다. 지옥편, 연옥편에서도 단테는 호메로스의 전통을 따라 '아, 무사의 여신이여'라고 부르곤 한다. 지옥편 제2곡 7행에서는 '아, 무사여, 드높은 재능이여, 이제 나를 도우소서, 내가 본 바를 새길 기억이여, 그대의 덕이 여기 나타나리라'라고 노래한다. 연옥편에서도 제1곡 5행에서 '아, 성스러운 무사여'라고 노래한다. 그리스의 예술의 여신 무사에게 '내가 노래하게 도와주소서'라고 부탁하며 노래한다. 단테는 호메로스에서 시작해 베르길리우스로 이어진 서사시의 전통을 잇는다. 그러나 이제 천국을 노래하므로 무사 여신의 힘으로는 부족하다. 제1곡 13행에서는 '아폴로여'라고 부른다.

'이 마지막 임무를 위해', 천국을 노래하는 단테의 마지막 임무를 위해 '원컨대 나를 그대 덕의 도구로 삼아', 다시 말해 나를 훌륭한 시재詩才를 지녔던 당신의 도구로 삼아, '그대가 사랑하는 월계관을 받기에 마땅한 자 되게 하소서'. 당신이 사랑하는 월계관을 받기에 적합한 시인이 되게 해 주십시오. 아폴로는 강의 신의 딸인 다프네를 사랑해 쫓아다니며 구애했지만, 어느 날 다프네는 그에게 붙잡힐 것 같은 상황에 처하자 강의 신에게 구원을 요청해 월계수가 되었다. 이것이 바로 아폴로가 이 나무를 사랑하게 된 까닭이다.

'여기까지는 파르나소스의 한 봉우리로 족하였으나', 지금까지는 무사의 여신으로 충분했지만 이제부터는 충분치 않다. 파르나소스 산에는 봉우리가 두 개 있는데, 그중 한 봉우리에는 아홉 기둥의 무사의 여신들이 살고 있으므로 여기까지 오는 데는 이들 여신을 참배하는 것으로 충분했다. 그러나 이제는 예술만으로는 알 수 없는 천국의 시를 짓고자 하니 그것만으로는 부족하다. 그리스 신화에서 신적 예언의 신이며 생사를 결정하는 신인 아폴로에게 도움을 청하지 않을 수 없으니, 지금 그가 사는 한 봉우리로 참배를 가지 않을 수 없다는 말이므로, '이제는 둘 모두 청하고자', 지금 파르나소스 산의 또다른 정상에 살고 계신 아폴로에게도 도움을 청한다. '남겨진 마장馬場으로 들어서야 하는도다', 여기에서 '남겨진 마장l'aringo rimaso'이라 표현한 것은 지옥과 연옥 두 세계를 여행한 후, 뒤에 남겨진 천국을 뜻한다. '마장'은 경마장이나 원형극장을 가리키는 것으로 로마인은 자주 그곳에서 마술馬術을 겨루며 즐기곤 했다. 수많은 사람이 모이는 그런 공식적인 장소로 들어갈 자격을 얻은 기사처럼 천국을 노래할 수 있는 훌륭한 시인이 되게 해 주소서, 라고 아폴로에게 청하는 형태를 취한다.

시 세계에서는 호메로스나 베르길리우스로 인해 무사의 여신을 부르는 전통이 확립되어 있었고, 그리스도교 신자인 단테도 이를 모방했다. 그리스 신화에는 무사들 위에 예언의 신 아폴로가 있다. 무사는 과거의 일을 노래하지만 아폴로는 미래를 예언하는 신이다. 바울로는 천국에 갔었다고 여겨지지만, 그 이외는 아직 그 누구도 갔다 돌아온 적이 없는 곳이므로 예언의 신 아폴로를 부르지 않을 수 없다. 지옥편, 연옥편과는 전혀 다른 내용의 시를 노래하는 단테의 각오가 드러난다. 이는 또한 단테스스로가 독자에게 긴장과 기대를 요구하는 것이기도 하다.

천국편 제1곡 1-3

그러면 지금 살펴본 천국편의 서문에 해당하는 부분을 다시 한번 읽어 보고, 이탈리아어로 설명해 보자. 번역은 앞에 들었던 내 번역이다.

La gloria di colui che tutto move
per l'universo penetra, e risplende
in una parte più, e meno altrove. (Par. I. 1~3)

모든 것을 움직이시는 그분의 영광이
온 우주를 파고들며 찬란히 빛나는데
어느 곳은 다른 곳보다 더욱 빛났다

La gloria는 영어로는 glory '영광', di는 영어의 of와 같으며 colui는 '그 사람, 그분', 즉 La gloria di colui를 영어로 하면 The glory of the one으로 '그분의 영광'이다. 이어서 che는 영어의 who이고, tutto '전체', move '움직이다'. 이 부분을 영어로 고치면 The glory of the one who moves the whole '전체를 움직이시는 그분의 영광은' 즉 '신의 영광은', per l'universo '우주를 통해', penetra '침투하다', e risplende '빛나다'. in una parte '한 장소에서는', più '보다 강하고', e meno '보다 적다', altrove '어딘가 다른 곳에서는', 전체적으로 읽어 보면 '한 장소에는 보다 많고, 그리고 다른 장소에서는 보다 적어진다'. 야마카와 번역에 나와 있듯이 '만물을 움직이시는 분의 영광은 우주를 꿰뚫지만, 그 빛이 미치는 것은 일부는 많고, 일부는 적더라'는 의미이다.

'만물을 움직이는 곳에 있는 자'로 신을 표현하는 것은 아리스토텔레스의 사고이다. 그의 『형이상학Metaphysica』 λ(람다)에 그렇게 씌어 있다. '형이상形而上'은 『주역』에도 나오는 옛 어휘로 형체 있는 물物 위(초월)를 생각하는 것을 뜻한다. metaphysics meta는 '뒤에', '후에'의 의미로 '그것을 넘어서'라는 뜻이다. 그리고 그리스어 physis는 '자연'이며, physica는 '자연에 관해 생각하는 학문'이다. meta-physica는 '자연학을 넘어서', 자연학으로는 생각할 수 없는 것을 생각한다. 자연학은 현실의 자연계를 대상으로 사고하지만, 자연의 초월적 원형인 이데아나 자연의 창조주에 관해 생각할 수는 없다. metaphysica에서는 신을 생각할 수 있다. 아리스토텔레스는 metaphysica는 theologica(신학)이기도 하다고 말한다. 신학은 theologia라고 해도 되지만, 아리스토텔레스는 theologia는 신을 이야기하는 '신화'이며, 자신의 학문은 θεολογική(theologikē) '신학적'이라고 말한다. ἐπιστήμη(epistēmē)가 '학문'이며 자신은 θεολογική(epistēmē theologikē)를 준비한다고 말한다. 그래서 episteme를 생략해 간단히 theologikē라고 말했다. 이것이 라틴어 세계에는 계승되지 않아서, 아리스토텔레스에게는 '신화'를 뜻하는 theologia가 라틴어에서는 '신학'이 되었다. 아리스토텔레스에서는 신학(θεολογική)은 제1철학이며 동시에 형이상학인 것이다.

아리스토텔레스의 『형이상학』은 이데 다카시가 번역하고 이와나미 문고에서 출간한 책이 있다(상하 2권). 이데 선생님은 '단테로 졸업논문을 쓰고 싶다'는 나에게 (오카야마 말투로) '단테는 토마스를 따랐고, 토마스는 아리스토텔레스를 따랐다. 그러니 가장 먼저 아리스토텔레스를 공부해야 한다'며 철학의 기초를 철저히 일깨워 주신 나의 은사님이다. 『형이상학』을 읽는 일이 쉽지는 않지만 비싸지 않으니 사 두면 좋을 것 같다. "철학은 '만물은 물이다'라고 말한 탈레스에서 시작되었다"고 일컬어지는데, 이를 포함해 세계 최초의 철학사, 철학개론 등도 『형이상학』에 다 들어 있다. 아리스토텔레스는 대철학자 플라톤의 제자인데 플라톤을 계승하면서도 한편으로 비판하며 독자적인 철학을 만들어 냈다. '철학은(위대한 것에 대한) 경탄thaumazein으로 시작하고 찬미로 끝난다'와 같은 명문구도 많다. '플라톤의 이데아를 논하는 사람들은 내 친구이지만, 친구라 해도 우정과 진리 중 어느 쪽을 선택하느냐고 한다면 진리를 택해야만 한다'는 유명한 말을 남기기도 했다. 아리스토텔레스의 『형이상학』은 논리적으로 사고를 진행해 가지만 감동적인 책이며, 끝에서 세번째인 람다 권卷에서 아리스토텔레스는 원동자原動者로서의 신을 증명하고, 이를 토마스 아퀴나스가 이어받았다. 천국편 첫머리의 이 3행을 보면 토마스 아퀴나스의 형이상학·신학, 토마스가 공부한 아리스토텔레스의 신학·형이상학의 전통이 단테의 배후에 면면히 흐르고 있음을 알 수 있다.

천국편 제1곡 4-6

Nel ciel che più della sua luce prende,
fu'io, e vidi cose che ridire
nè sa,nè può chi di lassù discende: (Par. I. 4~6)

그 빛으로 충만한 하늘로 나는
갔으며 일체의 것들을 보았으나, 내려오자
그것을 이야기할 방법도 힘도 없었다

Nel '에서', ciel '하늘', che는 관계대명사, più '강하게, 많이', luce '빛', prende '받다, 차지하다, 있다', più della sua luce prende '그 빛이 가장 강한 곳인 하늘에서', fu'io, '나는 있었다'. e vidi '그리고 보았다', cose '사물

을', di lassù '그곳에서 아래로', discende '내려오다', ridire '다시 한번 이야기하는 것', nè sa '(방도를) 모르다', nò può '할 수 없다'. 나는 빛이 가장 강하고 충만한 하늘에 있었으므로 여러 가지 것들을 보았다. 그렇지만 내가 본 광경을 다시 한번 이야기 할 수는 없다. 하계로 내려온 사람은 다시금 그에 대해 이야기할 수 없는 신적인 광경을 보고 온 것이다. 야마카와 번역에 따르면 다음과 같다. "나는 성광聖光을 더없이 듬뿍 받는 하늘에 있었나니 무수한 것들을 보았도다, 허나 그곳을 떠나 내려온 자 이를 이야기할 방도를 모르고 또한 그리할 수도 없을지니".

어떤 언어든 다 아름답지만, 내 견해로는 귀로 듣기에 가장 아름다운 말이 이탈리아어와 러시아어가 아닐까 싶다. 단테의 이탈리아어는 14세기의 이탈리아어 토스카나 방언인데, 주석에 조금 의지하면 현대 이탈리아어 지식으로도 읽을 수 있다.

천국편 제1곡 7-9

perchè, appressando sè al suo disire,

nostro intelletto si profonda tanto,

che dietro la memoria non può ire. (Par. I. 7~9)

자신의 소망에 가까워질수록

우리의 지성은 깊은 구렁에 이르니

기억이 그곳까지 미치지 못함이다.

어째서 하늘에 관해 이야기할 수 없는가. 야마카와 번역에서는 '추사追思

도 이를 따라갈 수 없는 데서 말미암으니'라고 되어 있는데, 이탈리아어로 보면 la memoria non può ire '기억도 따라갈 수가 없다'라고 되어 있다. 이를 '추사追思'라고 번역했는데 memoria를 보면 '기억'이라는 말일 거라고 떠올릴 수 있으므로 이탈리아어로 보는 게 이해하기 쉬운 경우도 있다. 내가 대역으로 표시한 부분은 모쪼록 번역과 원문을 대조해 가면서 될 수 있으면 대비를 즐기며 읽어 주기 바란다.

이와 같이 천국편은 불충분한 기억을 소재로 하기 때문에 과거 역사를 노래하는 무사에게 의지하는 것만으로는 부족하다. 그러므로 예언의 신이라 불린 지혜의 신을 향해 '아 선하신 아폴로여O buono Apollo'라고 부른다invocazióne.

천국편에 임하는 단테의 의지

드디어 단테는 『신곡』 안에서 베아트리체를 쫓아 천국으로 들어갔다. 그러나 자기가 본 천국을 글로 충분히 표현해 낼 수는 없다. 천국은 빛으로 가득하며 아무리 깊이 본다고 해도 기억으로 재현해 낼 수 없기 때문이다. 결국 천국은 인간 언어의 길을 실로 긍정적인 의미에서 끊어낼 뿐 아니라, 인간 지성이 포괄하는 힘과 범위를 넘어 기억에조차 담을 수 없을 정도로 훌륭한 빛으로 넘쳐 난다고 말하는 것이다. 이는 달리 표현하면, 천국에 관한 문헌은 적고, 누구도 모르는 것을 예언적으로 말해야 하기 때문에 이제부터 시작하는 천국편은 매우 이해하기 어려운 점이 있을지도 모른다, 그러나 나는 그것을 각오하고 서술해 가겠다는 의지 표명으로 읽을 수도 있겠다.

베르질리오는 '학문과 예술로는con ingegno e con arte 여기까지다'라고 말하고는 천국을 눈앞에 두고 사라졌다. 그런데 베아트리체는 어떻게 단테를 천국으로 안내할 수 있는가. 그것은 이 세상의 지혜와 이 세상의 재주가 아닌 '신앙과 사랑'에서 연유할 것이다. '진정한 신앙과 참다운 사랑이 없으면 천국은 알 수 없다'라고 연옥에서 천국으로 가기 전에 단테가 우리에게 가르치는 것이다. 그리고 천국을 노래할 때는 '아폴로'라고 불렀다. 지옥·연옥에서는 '무사여'라고 불렀다. 그것은 땅의 사건에 관한 한은 호메로스나 베르질리오 같은 이들의 모범을 따라도 괜찮다는 것을 뜻한다. 그러나 천국편에 들어가며 아폴로를 부르는 것은, 아직 한 번도 보지 못한 세계, 그 누구도 알지 못하는 세계에 자신의 시의 힘으로 이르고자 한다, 이는 베아트리체를 따르는 일이다, 그곳은 신앙과 사랑에 의지하지 않고서는 알 수 없는 곳이다 하고 말하는 것이다. 또한 동시에 이를 시로써 표현하는 것은 역사와 인간을 노래하는 게 아니라, 신비와 신에 관해 최초로 노래하는 시를 쓰는 일이다. 그러므로 지금까지는 존재하지 않았던 작품을 만들어 내야 한다는 각오와 희망을 분명히 밝히는 의도일 것이다.

질의응답

질문자   다나카 히데미치, 나카가와 히데야스

다나카   제가 단테를 읽을 때 늘 근본적인 문제로 생각하는 것은 베아트리체와 마리아가 다른 존재라는 점입니다. 요컨대, 베아트리체는 아홉 살 때 만났던 단테의 연인인데 그녀가 왜 천국에 있으며, 마치 마리아와 같은 위치에서 단테를 이끌어 주는가 하는 것입니다. 이것이 사랑과 신앙이 겹치는 부분이겠으나, 선생님에게 여쭙고 싶은 것은 베아트리체와 같은, 어떤 의미에서는 지극히 개인적인 존재가 어떻게 천국의 주인으로 여기에 등장하는가 하는 점입니다. 베아트리체라는 여성, 사랑의 대상, 개인적인 존재가 어떻게 그런 종교적 존재가 될 수 있는가. 이것은 그리스도교의 근본문제 곧, 그리스도교의 개인화, 그리스도교 자체가 다소 개인주의화되어 가는, 근대적인 존재 방식으로 변질되어 가는 것과 연관이 있는 것 같습니다만, 그 점에 관해 여쭙고 싶습니다.

이마미치   그 문제는 실은 다음에 다룰 큰 주제이므로 상세한 이야기는 그때로 미루고자 합니다.
다만 몇 가지 말씀드리고 싶은 것은 우선 단테가 노래하는 베아트리체는, 예를 들면 조금 앞쪽에 'riguardar nel sóle, aquila sì non li s'affisse

unquanco(독수리 눈빛보다도 더 강렬하게 태양을 응시하다)'라는 상당히 강한 표현도 있으며, 마텔다가 지극히 평범한 부드럽고 상냥한 여성으로 묘사된 데 반해, 베아트리체도 상냥하고 여성적이긴 하지만, 보통 남성이 원하는 여성상과는 다른 느낌이 있습니다. 연옥편부터 천국편 제18곡까지의 베아트리체는 다나카 선생님이 말씀하신 대로 천국의 주인처럼 보이고 성모의 대리자처럼 보이기도 합니다. 그러나 그것은 어떻게 해서든 단테를 구원으로 이끌어 주기 위한 행동이었으며, 그녀와 강력한 지도력은 구원된 영혼에는 미혹이 없다는 표현일 뿐이라고 생각합니다. 한참 뒷부분 노래에서 단테가 베아트리체를 il sól degli occhi mei(내 눈의 태양)이라고 말하는 것은 바로 그러한 표현이며, 구원받은 자의 마음의 힘은 흔들림이 없다는 것입니다. 그러한 것도 여러 주석을 읽고 생각해 볼 수 있었습니다.

그리고 마리아 문제 자체가 그리스도교에서도 교의적으로 나뉜다는 점입니다. 가톨릭에서 마리아는 매우 소중하며 존경하고 사모해야 할 대상이지만, 대부분의 프로테스탄트에서는 그리스도의 어머니로서는 물론 마리아를 소중히 여기지만 그 정도까지는 아닙니다. 프로테스탄트 입장에서 보면 가톨릭은 마리아를 우상으로 숭배하고 있는 게 아닌가 하는 비판이 나올 정도로 마리아를 중시합니다.

괴테의 『파우스트』에서도 너무도 고통스러운 상황에 놓인 그레트헨이 마리아 상 앞에서 "오, 제게 얼굴을 향해 주소서"라고 말합니다. 바로 이 점이 중요한데, 마리아는 기도의 대상이 아니라 소망의 대상인 것입니다. 죄인 자신이 신에게 직접 기도해 봐야 들어주시지 않는다, 그러니 동정녀 마리아에게 소망한다. 여기에서 마리아는 대도자가 되는 것입니다. 베아트리체는 이와는 전혀 다릅니다. 베아트리체는 기도하는 것조차 잊고 마리아에게 대도를 소망하는 것조차 잊은 단테를 마리아 앞에까지 이끌어 주는 사람으로 등장하므로, 그것은 이 세상의 연애나 동경의 대상 역할을 하며 그 점이 어떤 의미에서는 매우 새로운 게 아닐까 생각합니다. 지극히 개인적이고 미숙한 연애에서 비롯된 베아트리체일지 모르나, 연애 감정의 사랑이 종교로 이어지는 것은 어쩌면 순수한 종교와 종교 문학의 차이일지도 모르겠습니다. 천국에서는 사랑을 찬미합니다.

나카가와 소박한 인상만 말씀드리자면, 지혜와 재주가 한계에 다다른 베르질리오는 길잡이 역할로 선두에 설 수 없어 뒤에서 따라갑니다. 그러한 천국은 어떤 세계일까 생각해 보면, 저는 역시 선생님이 조금 전 말씀하셨듯이 사랑의 세계일 것 같습니다.

그런데 그러한 사랑의 세계 속에서 마리아와는 다른 존재인 베아트리체가 상당히 큰 역할을 맡는 것은 단테에게는 필연성이 있었겠지만, 우리에게 베아트리체는 이야기의 대상일 뿐 천국으로 가고자 할 때 베아트리체에게 기원할 것 같진 않습니다. 그렇다면 천국의 베아트리체는 단테에게는 여전히 에로스의 대상으로서의 요소가 남아 있는 건 아닐까, 마리아는 아가페 사랑일 텐데, 다른 사람에게는 특수하고 별반 의미 없는 베아트리체가 단테의 특별한 존재자로 그렇게 큰 역할을 맡은 이유는 어린 시절 에로스의 영향이 완전히 정화되지 않아 아가페와 뒤섞인 듯한 천국은 아닌가, 저는 그런 인상을 받았습니다.

이마미치 다나카 선생님이 신앙의 개인화를 지적하시고, 나카가와 선생님도 베아트리체는 단테에게 특수한 대상이 아닌가 지적하셨습니다만, 둘 다 근본적인 지적입니다. 그것은 말씀하신 그대로인데, 단테는 우리에게 베아트리체에 대한 존경을 요구하는 것은 아니고 현실 생활 속에서도 천국으로 향하는 틈이 있으니, 그것을 찾아보라고 우리에게 가르치는 게 아닐까 생각합니다. 저는 베아트리체가 누구에게나 해당하는 대상이라고 말씀드릴 의도는 조금도 없습니다. 그것은 단테 생활사의 한 장면입니다. 그러나 그에게는 잊지 못할 존재입니다. 경우에 따라서는 우리들의 그 누군가도 에로스 속에서도 천국으로 향하게 해 줄 존재가 있을지 모릅니다. 그렇지만 그 사람은 베아트리체가 아닙니다. 각자의 연인이 아니면 안 됩니다. 그러나 또한 그 연인은 전혀 다른 형태일지라도 전혀 다른 청정한 사랑으로 구원해 주는 대상이어야 합니다. 혹은 제 경우에는 신앙심이 아주 깊으셨던 중학교 때 영어 선생님, 어릴 적 알았던 인품이 훌륭하신 신부님이 저의 흔들리는 신앙의 길잡이가 되어 주셨습니다. 그러므로 특히 소년시절에는 누나나 형, 그를 대신하는 동경의 대상에게 영향을 받으며 이는 개개인 모두가 다릅니다. 제가 이야기를 쓴다면 베아트리체와는 전혀 다른 여성이 나올 것입니다. 개인적인 에로스의 잔재가 남아 있어 마리아가 될 수는 없지만, 마리아 대신에 개인을, 대신 기도해 주시는 마리아에게까지 이끌어 주는 이성異性이 개개인의 빈약한 경험 속에도 있을 것 아니냐, 그 대상을 찾아라, 라고 단테가 우리에게 말하는 게 아닐까요. 그렇게 살펴보면 베아트리체가 우리와는 아무 인연이 없다고는 하지만 왠지 의미 있게 느껴집니다.

개개인의 베아트리체는 누구일까요. 여성 독자에게는 베아트리체 역할을 맡아 줄 남성이 있어도 좋겠지요. 이것 역시 베아트리체와 마리아의 차이점이라고 생각합니다. 남자인 예수, 여자인 마리아는 바뀔 수 없습니다. 그러나 베아트리체는 개인적인 대상입니다. 만약 여성 시인이 천국으로의 여행을 쓰고자 한다면, 거기에 연인으로 훌륭한 남성이 등장하는 건 당연한 일 아닐까요. 남성 신자라도 타인을 위해 기도를 올리는 성모에게 이끌어 줄 수 있습니다. 청소년기의 친구도 소중하겠지요.

아가페, 즉 무조건적인 신의 사랑을 에로스와 연관 짓는 것은 불순한 일이 아닌가 하는 사고방식도 있을 수 있겠으나, 그런데도 단테는 감히 자신은 이렇게 에로스의 자기 순화를 매개로 천국에 갔다고 말하는 것입니다. 여기에는 근대성의 특색도 어렴풋이 보입니다. 다시 말해 중세의 성인 전과는 매우 다른 점들이 있다고 여겨집니다. 두 분의 지적은 매우 중요합니다.

아직 시간이 좀 남은 것 같으니, 지금으로부터 30년도 더 지난 일이지만 루마니아에서 미학회를 할 때 당시 사회주의 국가에서도 단테 연구가 있었다는 점에 대해 잠시 언급하도록 하지요.

종교가 전혀 없다고 간주되는 나라도 분명 있습니다. 그러나 표면적으로는 종교가 없는 나라처럼 취급되던 옛 폴란드도 실제로 가 보니 종교적인 행사가 있었습니다. 다만 교회 입구와 뒤쪽에서 제복을 입은 경관이 일부러 모자도 벗지 않고, 바르샤바 교회 안에서 모자를 쓴 채로 입장객 하나하나를 체크하는 모습을 본 적이 있습니다. 루마니아에서도 부카레스트에서 교회 예배가 행해지고 있었습니다. 그러나 전쟁이 격해지면 그것도 금지당합니다. 공산당원은 그야말로 엘리트로 국민의 10퍼센트가 될까 말까인데 지도층을 모두 장악하고 있습니다. 교회에 출입하는 사람은 절대 아카데미 회원은 될 수 없지만, 대학교수는 될 수 있습니다. 아카데미 연구와 대학 연구가 사회주의 국가에서는 전혀 다른 것이었습니다. 아카데미에서는 단테 연구가 허락되지 않지만, 대학에서는 『신곡』 연구가 행해지는 것이 신기하고도 기쁜 일이었습니다. 연구는 해도 되지만, 대학에서 강의는 할 수 없다고 하는 나라도 있었습니다. 출판은 프랑스나 독일 같은 외국 출판은 상관없습니다. 공산주의 나라는 엄격하다고 들었습니다만, 철저한 측면에서 본다면, 어느 시기의 일본 쪽이 더 엄격했던 게 아닐까 하는 생각을 한 적이 있습니다.

그때 『신곡』에 관해 함께 논의를 주고받았던 루마니아 학자가 파리로 망명한 문예비평가 테르툴리안N. Tertullien입니다. 마텔다가 누구인가에 관해 바티모G. Vattimo와 셋이서 토론을 했습니다. 13세기의 여성 신비주의자이며 시인인 마그데부르크의 메히틸트Mechtild라고 한 19세기의 뵈머E. Böhmer의 주장이 좋겠다고 셋이서 의견 일치를 보았던 일을 기억합니다. 그러나 과연 어떨까요? 시에서 수수께끼인 인물을 실증 세계로 끌어내려서 좋을 건 아무것도 없습니다.

12강
단테『신곡』천국편 Ⅱ

'아. 선하신 아폴로여!'

지옥편, 연옥편, 천국편은 연속되어 있지만, 『신곡』은 각각 다른 세계의 '마음의 사건'을 노래하는 옴니버스 형식의 서사시이다. 지옥편은 단테와 베르질리오와의 만남을 제외하면, 인간의 죄와 신의 벌의 관계를 주마등처럼 보여주는 장면 전환이 죄의 경중에 따라 전개되며, 각각의 죄인의 역사적 과거와 벌을 받는 비참한 상황을 함께 고하는 서사시이다. 연옥편의 영혼들은 지옥에 떨어진 중죄인들과는 전혀 다르며 정죄의 불로써 하늘로 다가갈 희망도 품을 수 있으므로 이들이 단테와 주고받는 대화 내용도 지옥에서처럼 비참한 호소나 절망의 넋두리가 아니다. 교리 이해, 정치론, 천국으로의 접근 상황과 같은 드라마가 순례 서사시 형태를 취한다. 단테는 여기에서 자신의 저서 『제왕론』에 썼던 교리상의 과도함을 정정(25·61~75, 즉 아베로에스의 영혼론을 정정하고 토마스를 따른다)한다. 개종자 스타치오와 베아트리체의 옛 동행자로 보이는 여성 마텔다도 포함해, 비밀스러운 의식처럼 보이는 망각의 강이나 구약의 에제키엘적 환상으로 차근차근 베아트리체의 출현이 준비되고, 그녀가 나타남과 동시에 신자가 아닌 베르질리오가 퇴각하는 것은 과거 미사에서 성체를 받은 신자만 정식 참가가 허락되던 신적 긴장의 고조와 구조상 비슷해 보인다. 그러므로 연옥에서는 순례를 한층 순화한 전례 서사시로의 준비가 마련되고 있다고 볼 수 있다. 따라서 그것은 분명한 정죄구제淨罪救濟의 서사시이고, 천국편은 천국의 지복의 서사시이다. 그러나 이 서사시는 전적으로 미지의 세계를 노래해야 한다. 거기에 과거 경험의 투영은 기대할 수 없다.

지옥 서사시와 연옥 서사시의 가장 명확한 차이는 별의 유무였다. 지옥에는 별이 없고 연옥에는 별이 보인다. 그리고 천국은 별 그 자체로 올라간다. 별은 희망의 상징이며 별처럼 맑은 생각을 품은 이상의 상징이기도 하다. 지옥은 그러한 별이 보이지 않는 절망의 장소이다. 연옥은 별들이 멀리 보이고 전망이 열린다. 자신의 혼을 깨끗이 하며 천국에 들어갈 수 있는 가능성이 열린다. 천국은 별 그 자체 속으로 들어간다. 이상의 세계로 들어가고 희망 속으로 들어서며 그 행복 속에서 살아간다. 현실의 인간세계는 절망과 희망이 뒤섞여 있어서 때로는 이상을 잃어버리기도 하고 때로는 이상이 보일 때도 있다. 그리고 결국 우리에게 완전한 충족은 없다. 단테는 그것이 역사적 서사시의 세계라고 생각했다.

역사적 서사시에는 두 거장 호메로스와 베르길리우스가 있는데, 무사의 여신을 불러 그 힘으로 시를 지었다는 의미에서는 두 사람은 기본적인 차이점이 없다. 굳이 차이점을 말하자면, 호메로스는 무사 여신의 노래를 그대로 인간의 언어로 번역한 데 반해, 베르길리우스는 여신이 시의 큰 줄거리를 그릇됨 없이 상기시켜 주어 이를 자기의 언어로 노래했다는 것이다.

단테는 시인으로서의 자부를 드러낸 베르질리오를 모범으로 삼는다.

그리고 서사시의 전통에 따라 지옥을 노래할 때도 연옥을 노래할 때도 '무사의 여신이여, 나를 도우소서'라고 무사를 부른다. 대시인 베르질리오도 자신의 힘만으로 시를 창조한 게 아니라 무사의 여신에게 의지했다. 형태상으로는 자신도 그렇게 하겠다는 말이다.

그런데 자기가 존경하고 명계의 길안내를 해 준 베르질리오가 연옥이 끝나 갈 즈음부터 앞자리를 단테에게 내주고 뒤로 물러선다. 단테가 베아트리체에게 인도를 받을 시기가 가까워졌기 때문이다. 그리고 단테가 마침내 '나는 베아트리체를 만나 그 옛날 그리운 사랑을 떠올렸으며 이토록 힘든 길도 혼자 걸을 수 있게 되었습니다. 고맙습니다'라고 깊은 감사의 인사를 하려고 돌아보았을 때는 이미 베르질리오는 보이지 않았다. 힘든 여정을 함께하고 격려해 주고 길잡이가 되어 준 베르질리오에게 인사를 하려는 순간, 이미 그는 사라져 버린 것이다.

천국을 노래하는 데는 베르질리오를 쫓아 무사의 여신을 부르는 것만으로는 대처할 수 없다. 천국편에서는 미지의 경험이 시작된다. 별 그 자체로 들어간다. 그것은 이제까지의 서사시와는 사정이 다르다. 이제까지 역사적으로 있었던 일들을 노래한 서사시와는 다르다는 것을 인식하고, 그는 '아, 선하신 아폴로여O buono Apollo'라고 부른다. 무사의 여신이 아니라 미래의 예언의 신 아폴로를 부른다. 그러고 나서 비로소 신비한 세계의 노래에 임한다.

아폴로의 신탁

무사의 여신 특히 칼리오페는 서사시의 신이므로 역사적인 사건을 이야기할 때는 그녀를 부른다. 그러므로 무사는 역사적 사건의 영역인 인간 세계의 사건을 노래할 때는 반드시 불려야 할 신이다. 한편, 미래를 알고 이를 예언하는 신은 아폴로이다. 그리스어로는 '아폴론', 라틴어로는 '아폴로'라 부른다. 따라서 이탈리아어로도 일본어로도 아폴로가 일반적이다.

아폴론은 고대 그리스의 델포이 신전에서 예언을 한다. 정확하게 말하면, 아폴론이 예언을 하지만 직접 전달하지는 않고, 아폴론의 목소리를 듣고 이를 전하는 역할이 따로 있었다. 그것은 델포이 신전의 여사제 퓌티아pythia이다. 퓌티아 무녀가 몇 명 있었고 그녀들이 아폴론 신의 말을 듣고 전달했다.

그렇다면 그 예언은 어떤 내용이었을까. 예를 들면, 어떤 사람이 델포이 신전에 와서 "저는 이렇게 노력을 했습니다만, 좀처럼 잘 되질 않습니다. 어떻게 하면 좋을까요?"라고 신탁을 청한다. 그러면 무녀는 아폴론에게 기도하는 사이 실신했다가 제정신을 차리고 나서 아폴론이 그녀에게 위임한 말, 즉 예언을 들려준다. 그런 예언의 말이 몇 가지 남아 있는데 지극히 짧아서, 예를 들면 '메덴 아간μηδέν ἄγαν'처럼 단 두 단어뿐이다. '메덴'은 '하지 마라'라는 부정을 뜻하는 말이며, '아간'은 '지나치게 노력하는 것'이므로 '너무 지나쳐서는 안 된다'라는 말이다. 사명감으로 가득 차 마음이 춤추는 대로 움직일 때 그런 말을 들으면 뭔가 느껴지는 게 있을 것이다. 아폴론에게 "도를 넘지 말라"는 말을 듣고 자기 자신을 되돌아본다. 동료들의 지나친 기대로 무리한 계획을 세우는 일도 있고, 자신을 지나치게 믿는 경우도 있을 테고, 일 자체가 너무 벅찬 경우도 있을 것이다. 그러한 때에 이 말을 들으면 자기가 나아가야 할 방향을 알게 된다.

또 어떤 사람에게는 '그노티 세아우톤(γνῶθι σαυτόν)'이라고 말한다. 그것은 '너 자신을 알라'라는 말이다. 우리도 자주 경험하지만, 학문에서든 예술에서든 몰두하고 있을 때는 그 일에 마음을 빼앗겨 자기 자신을 잊어버린다. 그러한 때에 인간은 어떻게 해야 좋을지 알 수 없게 되는 경우가 있다. 그때 '너 자신을 알라'라는 말을 들으면 퍼뜩 정신이 든다.

아폴론의 신탁은 아주 짧은 예언이지만 사람들에게 반성을 촉구한다. 아폴론의 말을 듣고 스스로를 되돌아보며 그저 정신없이 이리저리 뛰어다니기만 했던 사람이 차분한 안정을 찾아 자신의 길을 걸어간다. 어떤 사건을 알아맞히는 경우도 있지만, 이처럼 아폴론의 예언은 오히려 사람들에게 도덕적 내적 노력의 방향을 제시하는 것이라 여겨진다.

또 '이 나라의 장래가 어떻게 될까요?'라고 신탁을 청하면, 그 답에 적절한 상징적 표현으로 예언을 한다. 아폴론은 미래를 알고 그것을 말하는 신이라고 그리스 세계에서는 일컬어졌다. 아니, 현대풍으로 생각해 본다면, 아폴론의 말이라 여기고 듣는다면 어떤 말이든 짧을수록 그 만큼 추상적이고 일반적이며 타당한 예언이 될 것이다. '고대인에게 배워라'라는 말을 존경하는 누군가에게 들었다면 단테를 읽는 일도 그에 가까운 행동이다. 중학교 시절에 '고전을 읽어라'라는 말을 듣고 이렇게 따르는 나 같은 사람은 바로 그러한 예일 것이다.

미증유의 시에 대한 결의

단순한 서사시는 지금까지 일어난 일을 이야기한다. 적어도 서사 시인들이 불렀던 무사의 여신은 과거에 일어난 사건을 그릇됨 없이 전달하는 신, 역사의 신이다. 인간은 그 세계를 상상으로 보완할 수도 있다.

그러나 천국편은 바울로와 같은 예외적인 인간, 혹은 플라톤의 책 속에 엘이라는 사람이 하늘에 갔다 왔다는 전설이 있긴 하지만, 그런 지극히 드문 경우를 제외하면 보통 사람은 갈 수 없는 천계에 들어가고 거기에서 생긴 일을 이야기하는 것이니 보통 서사시와는 다를 수밖에 없다. 단테는 그러한 자각을 강화시키기 위해, 또한 독자에게도 앞으로의 시는 지금까지 인류가 가진 시와는 다르다는 것을 분명히 밝히고자 O buono Apollo라고 부르는 것이다. buono는 '선하신'이지만, 동시에 '친절한', '도덕적인', '훌륭한'이라는 의미도 있다. 이탈리아 단테 학회의 반델리의 전통적 주에서는 명예의 월계관la corona d'alloro을 얻고자 하는 단테의 열망 brama에서 비롯된 기원invocazióne임을 강조한다(같은 책, 608쪽). 싱글톤은 아폴론을 부르면서 시작하는 13행부터 36행 끝까지가 지금 서술한 invocazióne라고 말하고, 이 부분에 관해 단테가 직접 칸 그란데에게 보낸 편지(Epist XIII. 86~87)에서 주해를 했다고 보고 이에 해당하는 문장을 밝혔다. 아폴론을 향한 청원이 받아 들여져 단테가 성공한다면, 그 후 보다 위대한 시인이 나타나 아폴론의 기쁨이 이어질 거라는 보답remuneratio을 서술했다(싱글톤, 천국편 주, 10쪽).

여러 주에서 말하는 것은 지당하며 잘못되진 않았으나, 이 기원의 의미는 단테로서는 시의 형식상 고전을 모방해 invocazióne를 서술하고 있을 뿐이며, 본뜻은 그 누구도 노래한 적 없는 천국에 관한 시를 자기가 쓴다는 긍지와 외경, 그리고 앞으로는 이러한 종교문학도 개척되리라는 예측이다.

Entra nel petto mio, e spira túe
sì come quando Marsïa traesti
della vagina delle membra sue. (Par. I. 19~21)

제 가슴 속으로 드시어 숨 쉬소서
일찍이 마르시아를 응징했을 때

그 몸의 칼집에서 뽑아냈듯이.

　이 3행은 주석을 덧붙이지 않으면 이해하기 어려운데, 말하는 품이 참
으로 인상적이다. 첫 행에서는 아폴론, 즉 시와 음악, 학문의 신에게 부디
내 가슴속으로 들어와 '숨 쉬소서' 다시 말해 inspiration을 주소서, 라며
아폴론의 영감을 청한다. 그런데 아폴론은 예전에 프리지아 땅의 사티로
스(산양의 머리, 인간의 손, 하반신은 산양)와 음악 연주 솜씨를 겨루게 되었
다. 그 사정은 다음과 같다.
　원래는 그리스 신화인데 단테는 오비디우스의 『파스티*Fasti*』(VI.
697~708)나 『변신이야기*Metamorphosis*』(VI. 383~391)를 따랐을 거라고(싱
글턴, 천국편 주, 11쪽) 추측된다. 미네르바는 플루트를 불려면 자기의 아름
다운 얼굴을 찡그릴 수밖에 없었기 때문에 그 악기가 싫어져 시골 풀밭
에 버렸다. 그것을 발견한 마르시아는 소리가 나는 것이 신기해 불어 보
다가 곧 연주할 수 있게 되었다. 그러자 산야의 음악인이라는 긍지가 생
겼고, 아폴로(로마 신화에서는 아폴론이 아폴로가 된다)에게 음악으로 도전
하기에 이른다. 아폴로는 리라의 대가이기에 콩쿠르에서 음악 경쟁 상대
를 가차 없이 파괴해 버린다. 여기에서 승리한 쪽은 상대를 어떻게 다뤄
도 좋다는 조건을 주고받았기 때문에 "마르시아는 육신의 털가죽이 벗
겨지고 만다. 몸 전체가 하나의 상처가 된 탓에 온몸에서 피가 흐르고
근육과 힘줄은 다 드러났으며, 혈관을 덮어 주는 가죽도 없으니 맥이 부
들부들 떨며 뛰는 모습이 보였고, 오장육부가 움직이는 것도 헤아릴 수
있을 정도였고 심장 내부의 움직임이 훤히 드러났다". 이 문장은 원래 마
르시아가 아폴로 앞으로 끌려가 벌을 받을 때의 '어찌하며 나를 나로부
터 찢어 놓습니까quid me mihi detrahis'라는 통절한 외침으로 시작하는, 무
자비한 벌에 대한 묘사인데, 내가 아는 한 라틴어로 남은 가장 잔혹한 시

중 하나다. '몸 전체가 하나의 상처……'라고 번역한 부분 이하의 원문은 다음과 같다.

nec auidquam nisi vulnus erat: cruor undique manat,
detectique patent nervi, trepidaeque sine ulla
pelle micant venae; salientia viscera possis
et perlucentes numerare in pectore fibras.

이와 같은 시구는 신경을 날카롭게 자극하는 동시에 벌어지는 참상을 눈앞에 보는 것을 방불케 한다. 이러한 시구가 연이어진 시를 암송하는 것은 최근 살인사건이 방송되는 텔레비전을 보는 것처럼 여겨지고, 아무리 인문주의적 교양의 기초로서 '고전을 기억하는' 훈련이라고 주장하더라도 무조건적으로 인정할 수는 없겠다는 생각도 든다. 고전이라도 플라톤이 『국가』에서 서술했듯이, 어머니와 유모가 잠자리에서 파이스(유아)에게 들려주는 이야기는 전승 전체여서는 안 되고 선택적으로 수용해야 할 것이다. 신들의 간음이나 폭력 사태는 물론 지나치게 잔혹한 처벌 이야기는 성장할 때까지는 들려주거나 읽게 하는 일을 피해야 한다. 단테의 지옥편에도 그러한 장면이 없지는 않지만, 그것은 죄악에 대한 신의 벌로서 종교상, 또 도덕상의 근거가 있다는 점이 그리스 신화나 로마 신화와는 다른 본질적 차이점이다.

여기에서 단테가 이 신화를 빌려 말하고자 하는 것은 아폴로 "당신이 예술의 기예로 마르시아에게 큰 승리를 거두었듯이 내가 이 시를 성공적으로 지을 수 있도록 도와주소서"라는 말이다.

또한 아폴론은 목신牧神 판과도 음악 겨루기를 한다. 고대신화에서 음악 겨루기가 왜 이렇게 큰 의미를 가지는가에 관해 한마디 설명을 덧붙이고자 한다. 플라톤도 음악이 정신을 결정한다고까지 말했고, 그보다 전에 피타고라스 역시 오르페우스교의 본질의 하나로 음악을 중요하게 여겼다. 동양에서도 이미 기원전 5세기에 공자가 음악에서 정신의 초월이 완성된다는 예악사상(興於詩, 立於禮, 成於樂, 시에서 시작하여 예를 거쳐 악에서 완성된다)을 말했다. 왜 그럴까.

예로부터 음악은 전례에서 빠지는 일이 없었고, 각각의 종교에 독특한 음악이 있었으며 그로 인해 인심人心을 통일한다고 생각했다. 전례 음악은 승패의 대상이었으나, 그것은 오늘날 기술을 겨루는 음악 콩쿠르의 승패와는 전혀 다른 의미를 가진다. 아폴로는 도전했던 자에게 가혹한 태도를 취하고, 기예 겨루기에서 진 쪽은 시골에 틀어박히고 만다. 전례 음악의 승패는 종교의 승패나 문화 교체를 의미한다. 오래전 신화 세계가 창생創生할 무렵에는 '문화', '전례', 혹은 '제도'라는 추상명사가 없었기 때문에 음악 솜씨 겨루기로 세상의 변화를 표현한 것이다.

또한 마르시아의 전설을 이야기할 때, 일본어 문장에서 '마르시아스'와 '마르시아' 두 표기법을 다 사용하고, '아폴론'과 '아폴로'를 다 사용해서 헷갈리거나 표기 방법이 철저하지 못하다는 비난을 받을 테지만, 이것은 전자는 그리스어 발음으로 그리스 신화에서 유래했음을 나타내기 위함이며, 후자는 라틴어 형태가 기본이 된 이탈리아어 형이기 때문에, 흡사 '베르길리우스'라는 라틴 이름과 '베르질리오'라는 이탈리아어 형태를 내 글 속에서 병용한 것과 마찬가지이고 양쪽 다 옳다. 덧붙여 말하자면, 말해 둘 필요도 없겠으나, '미네르바'라는 여신은 그리스에서는 '아테나'이다. 이 이름들은 제2곡에도 나오는데 단테에서는 거의 라틴어로 표기된다고 봐도 좋다.

천국편은 베르질리오가 사라져 버린 일로 명확해졌듯이 고전시의 기법이나 관습으로는 쓸 수 없다. "아, 선하신 아폴로여, 이(천국의 지복을 이야

기하고자 하는 『신곡』의) 최후의 작업을 위해 원컨대 나를 그대 덕의 그릇
(즉 나를 신비한 예술의 신인 아폴로의 힘으로 가득한 도구)으로 삼으시고, 그
대가 사랑하는 알로로(월계관의 명예)를 받기에 마땅한 자 되게 하소서"
라는 호소는 으스대는 의미가 아니라, 읽을 사람도 이제부터는 중대한
노래가 불린다는 것을 자각해 주기 바란다는 마음의 표현이다. 원문을
읽어 보자.

O buono Apollo, all' ultimo lavoro
fammi del tuo valor sì fatto vaso,
come dimandi a dar l'amato alloro. (Par. I. 13~15)

아폴로여, 최후의 이 일을 위해
내게 당신의 재능을 쏟아 주소서[1]
좋아하시던 월계관을 쓰게 하소서

단테는 아폴론에게 이처럼 호소하며 새로운 세계로 들어선다. 최후의
일l'ultimo lavoro이란 천국편을 완성해 내는 것이다.

이해를 넘어서는 천국의 신비성

천국 그 자체가 이해를 넘어서는 신비성의 세계임을 의식했기 때문에
천국편 제2곡은 특별한 의미가 있다. 가장 먼저 그 점부터 살펴보자. 이

---

1 글자 그대로 하면 '나를 당신 재능의 도구로 삼아'가 된다.

부분의 일본어 번역은 노가미 번역이다.

O voi che siete in piccioletta barca,

desiderosi d'ascoltar, seguiti

dietro al mio legno che cantando varca,

tornate a riveder li vostri liti:

non vi mettete in pelago; chè forse,

perdendo me, rimarreste smarriti.

L'acqua ch'io prendo, giammai non si corse:

Minerva spira, e conducemi Apollo,

e nove Muse mi dimostran l'Orse.

Voi altri pochi che drizzaste il collo

per tempo al pan delli angeli, del quale

vivesi qui,ma non sen vien satollo,

metter potete ben per l'alto sale

vostro navigio, servando mio solco

dinanzi all'acqua che ritorna equale.

오, 그대들이여, 작은 배에 올라 내 말을
듣고자 하는 마음 간절한 나머지, 노래 부르며 저어 가는 내
배를 뒤따르는 사람들이여.
되돌아가 제군의 물가를 굽어봄이 이로울 것이니,
곧바로 먼 바다로 나서지 말기를, 내 뒤를
따르지 않으면 아마도 미아가 될 터이니.
지금 내가 건너는 물은 그 누구도 건넌 바 없으며,

미네르바가 바람을 보내고, 아폴로가 이끌어 주며,

아홉 무사가 내게 북두를 보여주노라.

현세의 양식으로 생명은 이어 갈 수 있을지언정

만족을 얻을 수는 없으니, 천사의 양식을 향해

진즉부터 목을 길게 빼고 기다린 몇몇 사람들이여,

물결이 다시금 잔잔해지기 전에

내 배가 남긴 자취를 따른다면,

그대들의 배를 먼 바다로 띄울 수 있으리.

(천·2·1~15 노가미)

　연옥에서 천국으로 들어섰는데 왜 작은 배가 나오는 걸까. 얼른 이해가 안 될지도 모른다. 이곳은 예로부터 주가 많이 붙어 있는 부분이다. 이탈리아 단테 학회의 주에는 '인간의 미약한 지혜의 상징'이라고 나와 있고, 역자인 노가미도 이에 따라 주를 붙였다. 야마카와 번역으로 읽어 보면 다음과 같다.

　'오, 듣고자' 단테가 노래하는 것을 들으려고, '작은 배에 올라 노래하며 저어 가는 내 배를 좇아오는 사람들이여'. 노래는 거문고나 피리 소리에 맞춰 그 음을 타며 부른다. 음악은 멜로디가 있어서 파도와도 같다. 시도 음악적으로 들린다. 특히 단테의 시는 매우 음악적이다. 그러한 노래가 듣고 싶어 사람들은 작은 배에 오른다. 천국의 노래를 듣는 데 군함 같은 배는 어울리지 않는다. 또한 자기의 이성으로는 도무지 파악할 길 없는 거대한 천국의 세계로 들어간다는 것의 대비로서 '작은 배'는 효과적이다. 또한 '배'는 '교회'의 다른 명칭이기도 하다. 천국의 노래를 듣고자 미약한 이성에 의지하며 음악에 흔들리는 내 배 뒤를 좇아오는 사람들이여, 라고 단테는 독자를 부른다.

'돌아가 다시금 너희의 물가를 보라', 어중간한 마음가짐으로 오는 거라면 돌아서서 당신의 물가로 다시 돌아가기 바란다. '먼 바다로 배 떠우지 말지어다', 힘들다고 엉거주춤한 태도를 취할 바에는 애당초 먼 바다로 나갈 생각을 접는 것이 좋다. '혹여 너희가 나를 잃으면 헤매게 될 터이니', 열심히 따라오고자 하는 마음가짐이 없으면, 아폴로의 힘에 의지해 가며 힘겹게 노래하는 나를 잃고 당신들은 먼 바다에서 헤매다 어딘가로 사라져 버리게 될 것이다.

단테가 독자를 바보 취급해서 이런 말을 하는 것은 결코 아니다. 자기자신은 가능한 한 모든 노력을 다하겠지만, 천국을 노래하기란 참으로 힘든 일이므로 자신의 표현도 그에 미치지 못해 이해하기 어려울지도 모른다고 다시금 강조하는 것이다.

지옥편이나 연옥편에도 이해하기 어려운 부분이 많이 있지만, 예를 들면 그런 부분은 역사적인 인물 관계를 잘 모르는 데에서 기인하므로 주석을 보면 대부분 금방 이해할 수 있다. 그러나 앞으로 어려운 점들은 그리스도교 신학이나 도덕철학의 문제이다. 평범한 시인과 달리 단테가 철학자나 신학자라고 불리는 이유는 바로 천국편에서 비롯된 것이다.

지옥과 연옥의 별의 유무에 관한 의미 해석을 통해서도 단테의 사상의 깊이를 헤아릴 수 있지만, 사상적 시인 단테라는 입장이 점점 강해지는 것이 천국편이다. 천국편은 읽고 곧바로 이해할 수 없다. 그렇다고 절대로 못 읽을 거라고 절망하지 말기 바란다. "그렇게 힘들면 앞으로 돌아가서 지옥과 연옥 부분을 끝내 주십시오"라고 말하는 것은 오히려 이해하기 어렵더라도 용기를 내서 읽어 나가기 바란다는 말이다.

자 그럼, 이 부분의 원문을 따라 설명해 보면, in piccioletta barca '작디 작은 조각배', O voi che siete in piccioletta barca '작은 조각배에 앉아 있는 그대들이여', desiderosi d'ascoltar '내 노래를 듣고자', cantando varca

는 '노래 부르며 저어가는 배'이다.

맨 앞에서 일곱번째 행의 L'acqua ch'io prendo의 L'acqua는 '물'이며 '내가 건너는 물은', Minerva spira '미네르바가 숨결을 불어 주고'이다.

'미네르바의 올빼미'라는 말이 있듯이 미네르바는 지혜의 신이다. '미네르바 신이 숨결을 불어 주고, 아폴로가 나를 이끈다'. 예언의 신 아폴로가 나를 이끌어 내가 모르는 세계로 안내해 준다. 그곳에 가기 위해서는 미네르바의 지혜가 필요하며, 그리고 또한 아홉 명의 무사, 요컨대 예술의 여신들이 모두 도와준다. 미네르바는 지식·학문, 아폴로는 예언·종교, 그리고 무사가 예술의 신이므로, 이제부터 천국에 관해 공부하는 데는 학문과 종교와 예술, 이 세 가지 지식을 모두 합해 심사숙고해야 한다고 단테는 여기에서 말하는 것이다. 천국에 관한 지식은 이처럼 정신의 완성을 이룬 후에야 빛을 발한다.

제9곡과 천국에 있는 사람들

이어서 제9곡Canto Nono을 보자. 9는 상당히 중요한 숫자다. 3의 제곱이라는 의미에서도 그렇고, 자연수를 떠올려 보면 1에서 9까지는 앞 숫자의 반복이 없는데 10이상은 기존 숫자를 조합한다. 그런 점에서 새로운 숫자의 최후 숫자라는 의미에서도 9는 상당히 중요한 수이다. 『신곡』에서는 지옥편의 제9곡에서 지옥의 내문이 묘사되었고, 연옥편의 제9곡에 연옥의 성문이 있으며 거기에 천사가 앉아 있었다. 천국편도 제9곡부터 지구에서 완전히 벗어난 진정한 천국으로 들어간다.

제9곡 118행 이하 3행은 천국이 성자의 장소임을 나타낸다.

인간 세계에 드리우는 그림자, 뾰족한 끄트머리 이루는 이곳 하늘은, 그리스
도 개선凱旋에 들이는 영혼 중 다른 누구보다 앞서 그를 올렸나니라

(천·9·118~120 야마카와)

'인간 세계'란 지구를 가리키는 것이며, 그 그림자가 '뾰족한 끄트머리
를 이루는' 곳은, 예를 들어 내가 땅 위에 서서 손을 들었다고 할 때 태양
빛에 그림자가 드리운다. 그 그림자에서 가장 높은 손가락 끝이 내 그림
자의 '뾰족한 끄트머리'이다. 내 그림자가 미치는 마지막 지점이다. '대지
가 드리우는 그림자'에서 그림자는 영향을 가리키며, 대지의 흔적이 가까
스로 미치는 지점이다. 따라서 이제부터는 순수한 천국이다. 이곳은 '금
성천'이라 불리는데 금성천에서부터 진정한 천국이 시작되며 그곳에는 대
지의 잡음도 전혀 들리지 않는다. 이곳에서부터 성인이 등장한다. 이보다
앞에는 천국이라도 유녀遊女 라합(Rahb, 이탈리아어로는 Raab) 같은 인물이
나온다.

우리는 천국에 들어가기가 무척 어렵다고 생각하는데, 이 이야기에 따
르면 단 한 번이라도 목숨을 걸고 선한 일을 하면 우리와 별반 다를 것
없는 사람들도 천국에 간다. 그리고 속세에서는 선하다고 보기 어려웠던
왕도 진정으로 회개하고 좋은 사람이 되면 대개는 성 베르나르도와 같이
'성聖'이 붙는 성인이 된다. 그런데 단테도 재미있는 사람이라 자기 조상은
'성'이 안 붙었는데도 이 같은 성자의 장소에 들어가게 했다.

그건 그렇다 치고, 제9곡부터는 지옥의 내문이나 연옥의 성문처럼 천
국 안에서도 한층 더 천국다운 곳이 시작된다. 이제부터가 진정한 천국
이다. 제10곡에는 '나는 도미니코가 이끌어 준'(천·10·94)이라고 씌어 있
는데, 이는 도미니코 수도회를 만든 성자 도미니코이다. '그는 콜로니아의
알베르토요, 나는 아퀴노의 토마스라 하오'(천·10·97~98)에서 가리키는

이는 쾰른의 알베르투스 마그누스와 토마스 아퀴나스이다. 제11곡에서는 '아세시'(천·11·52) 즉 아시시의 성 프란체스코가 나온다. 나아가 '존경할 만한 베르나르도'(천·11·79) 즉 프란체스코의 첫 제자가 되었던 성 베르나르도 같은 사람들이 등장하며 그야말로 천국다워진다.

천국에는 성문이 없으므로 자칫하면 제9곡이 천국의 진짜 입구라는 구조를 상실한 듯 보일 수도 있지만, 이처럼 책 전체를 통해 일사불란한 구조로 구성되어 있음을 주의해서 봐 주기 바란다. 천국의 입구는 성문과 같은 구조물이 아니라 마음의 순수함으로 구분된다. 천국은 이 세상의 공명심 따위가 영향을 미칠 수 있는 곳이 아니다. 천국은 내면이 순수한 세계이다. 그러나 천국이 완벽하게 맑은 세계라면 우리는 도저히 들어갈 수 없겠지만, 다행히 그 이전 장소에는 다소 불손한 사람들도 있다. 맹세를 했지만 맹세를 지키지 못했던 사람도 있다. 이러한 점들을 보면 우리 역시 천국에 갈 수 있다는 희망을 버려서는 안 될 것이다.

아무리 비극적인 일을 당한 불행한 인물이라도 진정한 의미의 회심을 하지 않으면, 지옥으로 가거나 연옥에 있는 정죄의 길에 머무른다. 부정한 사랑으로 타인을 배신하는 사랑을 하면—너무 가엾기는 하나 프란체스카 이야기를 예로 들 수 있겠는데—제아무리 가엾고 불쌍해도 그들은 지옥에 있다. 단테는 그들의 가여움에 너무도 깊이 동정한 나머지 잘 아는 바와 같이 지옥에서 실신한다. 이처럼 단테는 따뜻한 사람이지만, 후회의 유무에 관한 문제에서는 가차 없었다.

매춘을 한 품행이 단정치 못했던 사람이라도 목숨을 걸고 신의를 지키면 천국에 받아들여질 수 있다. 이러한 점이 단테에게서 볼 수 있는 좋은 점이다. 『신곡』을 숙독하고 윤리적으로 정리해 가다 보면, 보다 선한 행위와 악한 행위의 구별을 이해할 수 있다. 추상같다고 일컬어지는 단테는 지옥편으로만 판단한 이미지일 것이다.

덧붙이자면 그리스도교 세계에서도 단테에게도, 악마란 천사가 신을 배신했을 때 생겨난다. 처음부터 악마로 만들어진 게 아니라, 천사가 신을 배신한 경우에 악마가 된다고 생각했다. 인간이 회심을 할 수 있다는 것은 크나큰 은혜라 여겨야 할 것이다.

그리스도교의 근본문제

그런데 천국편 제7곡Canto Settimo에서는 베아트리체가 단테에게 그리스도교의 근본문제에 관해 가르쳐 준다. 그 부분으로 되돌아가 공부해 보자.

> 나는 의혹을 품고, 마음속으로 되뇌길, 말하라, 말하라, 내 여인에게 말하라,
> 그가 달디단 물방울로 내 갈증을 가시게 하리니.
> 허나 다만 '베'와 '이체'만으로도 온통 나를 지배해 버리는 외경 나로 하여금
> 깊은 잠에 빠져 드는 사람처럼 다시 고개를 떨구게 하노라
>
> (천·7·10~15 야마카와)

단테는 베아트리체에게 묻고 싶은 것이 있다. 마음속으로 '말하라, 말하라, 나의 마돈나에게 말하라'라고 하지만 '허나 다만 '베'와 '이체'만으로도', 베아트리체의 이름을 부르고 싶은데 '베'와 '이체'라고만 나올 뿐, '온통 나를 지배해 버리는 외경', '자신을 지배하는 그녀를 존경하는 마음이', '나로 하여금 깊은 잠에 빠져 드는 사람처럼 다시 고개를 떨구게 하노라', 깊은 잠에 막 빠져 들 때 말도 제대로 못하고 이상하게 변하듯이 그녀를 너무 존경한 나머지 말을 머뭇거리게 된다. 이곳은 예전부터 기법

적으로 매우 미숙한 대목으로 지적당하는 부분이다.

의미 내용을 파악하기 쉽다는 점에서 먼저 히라카와의 해설을 읽어 보고자 한다. 요약문 부분에 제7곡의 개요가 요약되어 있다.

제7곡은 수성천의 영혼을 노래한다. 수성천의 영혼은 선함을 위해 선한 일을 한 사람이 아니라, '현세에서 이름을 드높여 명예를 얻고자 선행을 한 사람들'이다. 그래도 나쁜 일을 하는 것보다는 훨씬 낫다. "그들이 날아가 사라진 후, 단테는 인간의 속죄에 관한 의문에 휩싸인다. 단테가 그 말을 입 밖에 내기도 전에 베아트리체가 단테의 마음을 읽고", 자기가 동경하는 여성이 자신보다 더 현명해 무엇을 말하고자 하는지 이미 꿰뚫어 보고, "어찌하여 정의의 복수가 또다시 정의에 의해 보복을 받는가'에 관한 단테의 의문점을 명료하게 풀어 준다. 속죄를 위해 신이 선택하신 수단인 그리스도의 화육化肉에 관한 설명도 있다"(히라카와 번역, 제7곡 요약문).

여기에서 히라카와가 '화육化肉'이라 번역한 말은 incarnatio인데, '수육受肉'이라고 번역하는 사람도 있다. 옛날 가톨릭 번역에는 '어탁신(御託身, 고타쿠신)'이라는 아름다운 번역어도 있었는데, '화육'은 상처 자국에서 새 살이 돋는 느낌이 들고, '수육'은 우리가 먹는 느낌이 들기 때문에 어떻게 번역해야 할 것인지 문제가 되는 술어이다. carnis는 라틴어로 '육肉'의 뜻이다. 그러므로 incarnatio는 '육이 되다'라는 뜻이긴 한데, 신이 인간의 육 안으로 들어온다, 그리스도는 그러한 신임을 표현한다. '육화肉化'라고 말하는 편이 알기 쉬울 것 같다.

'어찌하여 정의의 복수가 또다시 정의에 의해 보복을 받는가'라는 의문에 관해서는 제6곡의 주석을 살펴보자(제6곡 주93). '원초의 죄에 대한 복수란 아담이 범한 고대의 죄가 그리스도의 죽음에 의해 속죄 받은 것을 가리킨다. 고대의 죄의 복수에 대한 복수란 그리스도가 피를 흘리게 만든 도시 예루살렘의 파괴를 가리킨다.' 단테는 '아담의 죄가 그리스도에 의해 속죄를 받았다면 예루살렘 마을을 파괴할 필요는 없지 않은가'라고 의문을 품는다. 신이 지배하는 세계인데도 복수가 거듭 행해지고 있으니 단테는 신의 정의에 대해 의문을 가진다. 그리고 제7곡의 노래가 시작된다.

> '오잔나, 만군의 거룩하신 신이시여,
> 당신의 빛으로 이들 왕국의 복된 불을
> 높은 곳에서 두루 비춰 주시는 분이시여'
> 이같이 노래 부르며 겹겹의 빛을
> 거듭 휘감고 계시던 분이 그 가락에
> 맞춰 춤추는 모습이 내게 보였다.
> 그러자 너 나 할 것 없이 모두 춤추기 시작하니
> 흡사 아주 빠른 불꽃과 같이,
> 순식간에 멀어지며 자취를 감추었다. (천·7·1~9 노가미)

'오잔나'(일본 교회에서는 '호잔나'라고 한다)는 헤브라이어로 찬양하는 말이다. 천국에서는 영혼이 빛과 같은 형태로 자기에게 접근해 온다. 천국에는 길게 경과하는 시간은 없으며 영원과 순간뿐이다.

> 나는 의혹을 품고 마음속으로 말했다, '그녀에게 말하라'
> '그녀에게 말하라' 그리고 그녀는 감미로운 물방울로
> 나의 갈증을 가시게 해 줄 여인을 가리키는 것이었다.
> 그러나 오로지 '베'와 '이체' 만으로도
> 나를 온전히 지배하는 경의敬意가 마치 잠에

진 사람처럼 또다시 내 머리를 떨어뜨렸다.

베아트리체는 한동안 나를 그대로

놔 두었다가, 불구덩이 속에서조차 사람을 행복하게

만드는 미소로 나를 환히 비추며 말했다. (천·7·10~18 노가미)

이제부터 베아트리체가 그리스도교 교의의 기본적인 사항에 관해 이야기하기 시작한다. 다음 장에서는 이에 대해 설명하겠다.

질의응답

질문자   마에노소노 고이치로, 마쓰다 요시유키, 하시모토 노리코

마에노소노 직접적인 질문은 아니지만 선생님의 생각을 듣고 싶습니다. 이탈리아에는 고등학교를 졸업한 학생들이 치르는 '마투리타(maturità)'라는 대학입학 자격시험이 있습니다. 그것은 프랑스 바칼로레아의 철학시험에 해당하는 논술시험입니다. 몇 가지 문제 중에 한 문제를 선택해 6시간 정도에 걸쳐 답안을 작성하는 시험인데, 3년 전쯤 시험문제에서 제가 기억하는 문제 중 하나로 '단테의 천국에 관해서'라는 테마가 있었습니다. "단테는 『신곡』에서 말로는 표현할 수 없는 것들을 말로 표현하고자 무척이나 고심했다. 그 고뇌의 상황을 고등학교를 졸업할 때까지 당신이 배운 지식으로, 단테가 가 본 적도 없고 본 적도 없는 영혼의 세계를 어떠한 형태로 표현했는가에 관해 서술하라". 그 테마를 보면서 문제의 의미조차 이해하기 어려운 문제라고 생각했던 기억이 있습니다. 오늘 선생님의 말씀을 들으면서 천국편은 이방인인 우리가 알아챌 수 없는 중대한 문제제기를 한 책이라고 느꼈습니다.

유럽 사람에게는 물론 가톨릭 국가의 신앙 깊은 사람에게도 천국편은 난해하며 간단히 답할 수 없는 문제가 많이 들어 있는 부분이라고 봐도 좋을까요? 고교생들이 어떤 답안을 썼는지는 알 수 없지만 그런 문제가 나

왔던 게 기억납니다.

이마미치　유럽의 대학입학 시험, 입학 자격을 얻는 시험은 시간이 가장 짧은 나라도 4시간에 걸쳐 답을 써야 하는 문제가 나옵니다. 그동안 화장실에 가도 되고 무엇을 하든 상관없지만, 서로 이야기를 나누면 안 됩니다. 주머니에 숨긴 작은 쪽지로 속여서 쓸 수 있는 문제는 아니라는 전통이 있습니다.

그건 그렇다 해 두고, 지금 지적하신 대로 천국편은 분명 『신곡』 안에서도 조금 다릅니다. 천국편이니 상상만으로 썼을 거라 생각할지도 모르지만, 천국편의 구조는 단순한 상상이 아니라, 당시 아리스토텔레스 철학에 바탕을 둔 천계의 규칙, 구조, 또는 스콜라 철학자들이 생각했던 구조에 따르고 있습니다. 천국편은 구조적으로는 당시 자연과학에 따른 구조입니다. 그리고 내용은 신학과 철학입니다.

지옥편에서는 삼도천과 비슷한 강이 있고 상상의 인물이 나와 배를 건네주기도 하지만, 천국편에서는 그러한 풍경은 전혀 없다는 게 한 가지 특징입니다.

천국편에서는 제7곡에서 보듯이 교의상의 문제를 쓰고 있습니다. 신학자 단테, 철학자 단테가 생각한 것을 베아트리체가 말하고, 신학자가 아닌 베아트리체가 말하기에는 적합하지 않을 것 같은 어려운 문제는 성 베르나르도가 말하는 형식을 취합니다. 두 가지 학문, 즉 자연과학적인 구조에 따른 세계상과 당시의 신학, 주로 토마스 아퀴나스의 신학에 따른 교의가 논해집니다. 그리고 그 밖에 베아트리체와 만나 그와 함께 그 세계를 걷는다는, 단테의 상상력에서 비롯된 묘사가 있습니다. 이는 아폴론적인 것, 즉 종교의 예언과 미네르바의 지식인 과학, 그리고 무사의 예술을 통합한 것, 다시 말해서 정신의 총합을 다시금 신의 계시가 지배한다는 점에서 참으로 대단한 작품이라고 생각합니다.

마쓰다　　세 신과 관련하여 리버럴아트(자유학예)는 어떻게 보면 좋을까요? 천국의 각각의 계층을 올라가기 위해서는 자유학예 7과목을 제대로 연마해야 한다는 것을 표현한 천국편 도해를 본 적이 있는데, 그것이 무엇을 의미한다고 해석하면 좋을까요. 저는 자유학예의 7과목과 천계의 관계는 잘 몰랐습니다만, 세 신 이야기를 듣고 그것이 리버럴아트에 관련된 것인가 하는 생각이 들어서 여쭤봅니다.

이마미치　　일반적인 이야기를 하자면, 아홉 명의 뮤즈가 자유학예 대부분을 담당합니다. 단, 단테의 경우에는 미네르바가 나오므로 논리학이나 변증법은 미네르바의 역할에 넣어도 좋지 않을까 하는 의견이 있습니다. 자유학예는 중세에는 7과목이라 하고, 그중 4과목은 이과 분야로 산술 arithmetica, 기하학geometria, 천문학astronomia, 음악musica, 3과가 문학적 분야로 문법grammatica, 수사학rhetorica, 변증법dialectica입니다. 그런데 자유학예만으로는 충분치 않아 그 위에 철학philosophia과 신학theologia이 필요합니다. 따라서 자유학예 7과는 단테가 소중히 여긴 신학과 철학의 준비 단계(교양 과정)라고 말할 수 있습니다. 뮤즈는 음악과 무용을 관장하고, 이는 수적인 리듬으로 이어지므로 자유학예 7과는 모두 뮤즈의 일이라는 설도 있습니다. 그러나 수학 등은 미네르바의 일로 보는 사람도 있습니다. 그것은 주에 따라 일정하지 않습니다. 단테는 스콜라 체계를 중요시했습니다. 스콜라의 가장 기초적인 학문은 자유 7과입니다. '자유'란 직업적인 일로부터 해방된 순수한 이론을 배운다는 의미입니다.

하시모토　　천국편 제1곡은 '만물을 움직이시는 그분의 영광으로 시작합니다. 이것은 아리스토텔레스의 부동不動의 원동자原動子'에서 비롯된 것으로 보이는데, 이를 배경에 두면 신의 존재를 최초로 가져왔다는 것이 하나의 효과라고 여겨집니다. 그 빛이 '일부에는 많고 일부에는 적더라'라고 써서 그 빛이 점차 전체로 퍼져 가는 이미지로 표현된 점도 천국 이야기를 여는 서두로서 효과적인 것 같습니다. 그리고 제2곡의 '아홉 무제 내게 북두를 보여 주노라'(9)라는 대목에서 '북두'는 별이라 생각하는데, 뮤즈가 관장하는 시 같은 예술에 관계되는 것과 희망과 이상의 상징인 별과의 연관이 여기에 담겨 있다고 봐도 좋을까요?

이마미치　천국편의 맨 처음 시작은 물론 지적하신 대로 아리스토텔레스의 사고방식이 들어 있습니다만, 그것은 결국 태양을 포함해 만물을 움직이는 신이라는 뜻입니다. 그리고 '신의 영광이 널리 땅을 꿰뚫는'데 '그 빛이 미치길 일부는 많고 일부는 적더라'는 받아들이는 측의 덕에 따라 받아들이는 방법이 달라진다는 것입니다. 도식적으로 말하자면 큰 그릇은 많이 받아들일 수 있지만, 작은 그릇은 조금밖에 못 받는 것입니다. 은총을 많이 받는 자와 적게 받는 자가 있습니다. 이는 불공평함에 대해 말하는 게 아니라, 평등하게 많이 펼치려 해도 그릇이 작으면 하는 수 없다는 말이겠지요. 그릇은 스스로의 수련을 통해 크게 만들어 갈 수 있습니다. 빛이 널리 두루 비치지만 어느 곳에는 많고 어느 곳에는 적습니다. 이것은 아우구스티누스의 '인간은 무한자를 받아들이는 유한한 그릇이다Homo capax finitum infiniti.'라는 말과 마찬가지겠지요.

두번째로 아홉 뮤즈의 여신은 각각의 역할을 맡고 있습니다만, 시, 음악, 무용을 담당하는 일이 많습니다. '북두'는 말씀하신 대로 원문의 l'Orse, '큰곰자리'를 의역한 훌륭한 번역입니다. 이것은 마음의 행방을 상징하는 별입니다. 천국에는 별이 많으며, 그러한 별에 조금씩 다가가고자 한다는 것입니다. 예술은 그러한 이상적인 장소로 나아갈 용기도 주고, 희망도 준다고 볼 수 있습니다. 무사가 예술, 아폴로가 종교, 미네르바가 학문이라고 분류해도 괜찮을 것 같습니다. 미네르바는 그리스 신화에서는 아테나 여신입니다. 어느 미술관이나 아테나의 상은 크더군요.

마쓰다　그리스 신화에서 뮤즈의 여신은 기억의 여신 므네모시네의 자식입니다. 지옥과 연옥은 기억의 세계를 거슬러 오르는 일이므로 뮤즈의 여신에게 의지하면 된다, 그러나 천국은 미래의 일이니 기억으로는 헤아릴 수 없다, 그렇게 생각하면, 어머니인 므네모시네(기억)가 당연히 뮤즈의 여신에게 영향을 미칠 거라는 생각이 듭니다만, 그 점은 어떻게 받아들이면 좋을까요.

이마미치　제가 이해하는 한, 단테는 그것을 어떻게 생각했느냐 하면, 결국 서사시의 세계를 노래하고자 할 때는 베르길리우스를 모방해 뮤즈를 부릅니다. 『신곡』 전체는 자기가 천계에 다녀온 역사를 묘사하는 일이므로 큰 의미에서 보면 서사시라고 말할 수 있겠지요. 서사시는 과거의 기억입니다. 단, 천국은 누구도 가 본 적이 없는 곳이며 게다가 베르길리우스도 없습니다. 무슨 수를 쓰든 어떤 새로운 존재에 의존하지 않을 수 없습니다. 베르길리우스가 사라진 것은 기억의 상실이라 할 수 있겠지요. '망각의 강'이 나왔었죠. 베르질리오가 갈 수 없는 천국은 또한 인간의 지知로는 미칠 수 없는 계시의 세계가 전개되는 곳입니다. 그곳은 신의 영원한 현재이며 기억과는 다릅니다. 므네모시네는 기억의 여신이므로 기억의 여신이 가르쳐 줄 수 있는 것은 과거에 일어났던 진실인 과거 역사밖에 없다고 생각합니다.

14세기 학문의 세계는 일종의 전환 시기라 볼 수 있습니다. 성서학도 매우 발전하고 이슬람 공부도 진전되어 확실한 논증에 기반을 둔 역사성이 없으면 학문이 아니라는 사고가 등장했습니다. 역사성이 없다는 점에서 말한다면 신학 중에서도 성서 신학은 성서가 있으니 괜찮겠지만, 교리학은 역사적 사실이라기보다 교리의 윤리적인 구조를 생각하는 것이므로 그것을 비판하는 경향도 있었습니다. 토마스 아퀴나스도 당시 위대한 신학자라 불렸지만, 한편으로는 그를 위험하다고 여기는 사람도 있었습니다. 여기에서 단테는 그에 대해 진정한 교리, 그리스도의 가르침은 문헌적인 지식만으로는 소용없다고 말하려 했다고 보는 사람도 있습니다. 에티엔느 질송은 그러한 생각을 가지고 있습니다.

*Dante Studies*라는 연구 잡지가 있는데 1970년대에 키아렌M. M. Chiarenza이 *"The Imageless Vision and Dante's Paradies"*라는 논문을 발표했습니다. 서사시적 기억이라는 일종의 공통 경험이 없다면 이미지는 솟아나기 어려울 테죠. 따라서 천국편은 될 수 있는 한 현세에 경험하는 이미지로부터 벗어난 이념의 시를 만들고자 했습니다. 앞으로 이어질 천국의 시적 표현과 관련한 비전의 긴박감을 기대해 봅시다.

*

6장에서 프란체스카의 비련에 관해 7장에서 상술한다고 말했는데 이를 완수하지 못했다. 이 장에서 조금 언급했으므로 여기에서 보완하고자 간결하게 서술해 본다.

라벤나의 군주 구이도 다 폴렌타는 말라테스타 가문과 화목을 도모하기 위해 딸 프란체스카를 무인武人으로 평판이 높은 차남 지안치오토와 결혼시키기로 했다. 그는 추남이었기 때문에 미남인 셋째아들 파울로가 대신 폴렌타 가에 인사를 갔고 혼담은 성사되었다. 프란체스카는 말라테스타로 시집을 갔지만 뜻밖의 상황에 놀라 깊은 슬픔에 빠진다. 남편이 없는 사이, 프란체스카는 파울로와 함께 기사 렌슬럿과 아서 왕의 왕후 귀네비어의 연애소설을 읽고 있었다. 소설 속의 두 사람이 입맞춤을 하는 대목에서 파울로는 엉겁결에 프란체스카에게 키스를 했고, 단테는 '그날 우리는 그다음을 읽지 못했고Quel giorno più non vi leggemmo avante'라는 억제된 시구로 전개를 상상하게 한다. 이 사실을 안 지안치오토는 두 사람을 참살한다. 두 사람의 영혼은 비련을 후회하지 않는다. 이것은 배신을 긍정한 셈이 되어 서글프지만 지옥에 갇힌다. 단테가 실신할 만도 하다.

13강
단테 『신곡』 천국편 Ⅲ

단테의 역사 해석 방법

천국의 구조는 제1천이 월광천, 제2천이 수성천, 제3천이 금성천, 제4천이 태양천, 제5천이 화성천으로 구성되어 있다. 제9곡에 '지구의 그림자가 끝나는 최후의 장소'라는 표현이 있는데, 지구의 영향이 조금이나마 미치는 최종 지점은 금성천이다. 그로부터 앞이 진정한 천국이다. 이번 장은 제7곡에 서술된 그리스도교의 근본적 문제를 중심으로 공부한다. 이것은 제5곡 121행에서 '신심 깊은 영혼의 한 사람un di quelli spirti pii'이라 불린 유스티니아누스 황제가 불빛lume으로 나타나, 단테에게 로마 깃발의 문장인 독수리의 진군을 빗대어 로마의 영광을 이야기하는 대목의 일부이다. 제6곡 92~93행에서는 '옛 죄의 복수의 복수'를 완수한 황제 티투스에 관해 서술한다. 이해하기 어려운 이 시부터 시작하자. 이 황제는 단테에게는 불빛lume에 지나지 않으며 진정한 빛(光, luce)에서는 멀리 떨어진 영혼이었다. 지금부터 원문 시는 모두 내 번역으로 읽어 가도록 하겠다. 기억해야 할 명문구는 이탈리아어 원문을 덧붙인다.

Or qui t'ammira in ciò ch'io ti replìco:

poscia con Tito a far vendetta corse

della vendetta del peccato antico. (Par. VI. 91~93)

나의 사관史觀이 놀라울 테죠,

독수리 깃발이 티투스와 달려간 것은,

옛 죄의 복수의 복수를 위한 것.

여기에서 내가 '사관'이라고 의역한 어휘에 관해 설명해 두겠다. replico 라는 동사에는 예로부터 오늘날까지 여러 가지 풀이가 있다. 어휘 뜻으로 는 '회답하다', '반복하다', '반박하다', 세 가지 의미가 있을 것이다. 여기에 서 베아트리체는 단테를 비롯해 사람들이 가지는 의문에 '회답'하는 동시 에, 제6곡 첫머리부터 92행까지 반복해서 어떤 하나의 사실을 주장하며, 세상 일반의 역사관에 대해 반박한다. 그것은 역사란 인간의 자기 결정이 라는 사고에 대한 것인데, 통념에 반론하는 자신의 태도가 베아트리체에 게는 왠지 모르게 겸연쩍었고, 그런 까닭에 자기 생각을 의미의 통합으 로서 위의 3행으로 이야기했다. 그러자 단테는 어떻게 생각해야 할지 갈 피를 못 잡을 수밖에 없다. 이러한 추찰推察이 바로 모든 주에서 t'ammira 가 본래 '찬미하다'라는 뜻인데도 meravigliati '놀라다'라는 뜻으로 풀이 하는 이유일 것이다. '사관'이라 번역한 것은 베아트리체의 생각이 천상적 사관의 한 예시이기 때문이다. 나는 이와 같은 비非 그리스적 역사관이 그리스도교의 신학적 사관이므로 대단히 '찬미되어'야 한다고 생각하지 만, 1962년에 출판되어 최근 1996년에 재간된, 가장 권위 있는 업적의 하 나로 꼽히고 학계의 평판도 높은 치멘즈판도 주에서 아무런 설명 없이 t' ammira : meravigliati라고 같은 뜻으로 표시했다(원전 주, 673쪽). 그리고 설명은 이 번역 전후에 내가 쓴 내용을 반델리가 13행에 걸쳐서 쓴 고주 古註 요약(이탈리아 단테 학회 판, 659쪽)에 의존하고 있다. 원문에서는 '(정벌하러) 가다corse←córrere'의 주어가 독수리 깃발(로마 황제의 깃발 인장)로 명시되어 있지는 않지만, 제6곡의 여기까지의 문맥으로 보아 그것은 분명하다.

제6곡에서는 단테가 '옛 죄가 복수당하고, 또다시 그에 대한 복수가 일어난 것은 무슨 뜻일까'라는 의문을 베아트리체에게 묻고 싶어 하면서도 머뭇거리는 부분부터 그리스도교의 근본 문제가 논해진다. 이 부분의 의미는 다음과 같다.

'옛 죄의 복수를 복수하기 위해'라고 되어 있는데 무슨 뜻일까. 옛 죄의 복수가 복수를 당한다. 옛 죄, 즉 옛날의 죄peccato antico란 아담이 신의 말씀을 어기고 지혜의 과실을 먹은 것을 가리킨다. 아담의 죄는 그리스도가 십자가에 매달림으로써 소멸되었다. 다시 말해 그리스도의 십자가에서 아담의 죄는 복수당한다. 그리스도의 죽음은 우리에게는 구원의 근원이 되었지만, 신의 아들이 우리를 위해 죽어야만 하는 상황은 신에게는 몹시도 고통스러운 일이다. 그리스도의 처형은 유다 왕국에서 행해졌으며 그곳의 수도는 예루살렘이다. 그리고 로마 황제 티투스가 예루살렘을 낙성落城시킨 것은 신의 아들의 죽음을 초래한 자에 대한 복수라는 것이다. 아담의 죄를 극복해 낸 것은 그리스도였지만, 그 그리스도는 유대 민족에게 살해당한다. 그리고 이번에는 그리스도를 죽인 이들을 티투스가 다시 멸망시킨다. 이처럼 복수는 복수를 부른다.

이것은 어떤 역사적 사건, 예를 들면 티투스가 예루살렘을 함락시킨 역사적 사건을 신의 계획, 즉 인간 구원의 논리로 설명하려는 것이다.

역사는 그때까지 거의 편년체, 즉 시간적인 순서에 따라 기술되었고, 과거에 존재하는 이해하기 쉬운 원인으로써 설명되었다. 영어 history의 뿌리가 된 라틴어 historia는 그리스어 히스토리아ίστορία에서 유래하였다. 이것은 '발자취를 따라 대상을 쫓아가다'를 의미하여 사냥 용어로 쓰인 동사 ίστορέω에서 비롯되었다. 즉 '발자취를 보고 동물이 도망친 방향을 안다'는 것이며 그것과 동일선상의 사건으로 설명하는 것이 역사 해석 방법이었다. 어떤 전쟁은 왕들끼리의 증오나 분쟁이 원인으로 설명된다. 운명적인 저주도, 그리스 비극의 전말顚末도 인간 생활과 동일선상에서 설명되어 왔다.

한편, 역사적 사실을 하늘의 신과 연결 짓는 사고방식은 극히 단순히 말하자면 아우구스티누스에서 시작되었다고 한다. 아우구스티누스는 『신국론』에서 전쟁이라는 사실을 신의 백성과 신을 믿지 않는 백성의 다툼으로, 즉 종교적으로 설명하려 했다. 단테는 그에 따라 역사를 종교 교리로 설명하려 시도한 것이다. 단, 티투스에 대한 이러한 해석은 싱글톤에 따르면, 아우구스티누스의 제자 오로시우스Orosius의 『역사Historia』(7·3·8, 7·9·9)에 의한 것이다.(S. III. 2. p.124)

역사를 논리적으로 설명한 것으로 유명한 사람은 헤겔이다. 헤겔은 변증법으로 역사를 설명했다. 이를 사회의 계급제도나 생산수단에 적용시켜 설명한 것이 마르크스의 유물변증법이다. 이처럼 역사를 이론적으로 설명하려는 시도는 다양하게 있지만, 단테가 시도했던 것은 역사를 '하늘 세계'와 연관 지어 설명하고자 하는, 즉 종교의 논리로 역사를 설명하는 입장이다. 베아트리체는 로마 황제 티투스가 예루살렘을 함락시킨 것은 실은 아담으로부터 이어져 온 종교적인 이념에 따른 내력이 깊은 일이었다고 설명한다.

그러한 설명을 통해 신을 원리로 하는 그리스도교적 사관을 배우게 된다. 제7곡의 주제는 그리스도교의 교리를 신학적으로 설명하는 데 있다. 문학, 그것도 시로 신학을 논하는 예는 드문데, 단테가 과감하게 그런 시도를 한 데는 두 가지 이유가 있다. 먼저, 지옥편, 연옥편을 통해 그렸던 죄들은 모두 개인에게 직접적인 책임이 있는 죄악이었다. 그런데 죄는 과연 그것뿐일까. 다시 말해 우리는 여기에서 원죄란 무엇인가를 묻지 않을 수 없다. 그리고 두번째로 그 같은 이중 구조적인 죄로부터 우리를 구해 줄 해방자로서 구세주 예수 그리스도가 존재해야 하는 의미를 말한다. 그렇게 함으로써 단테는 서사시의 전통 속에서 이 세상의 영광을 추구했던 민족 영웅을 대신해, 이 세상의 망명자 단테 자신을 매개로 삼아 이 세상의 사형수 예수, 즉 인류의 구세주에 의해 인류에게 열린 천국에 관한 정보를 전달하려는 것이다.

　제7곡에서는 의미를 이해하기 쉽다는 측면에서 노가미나 히라카와 번역을 인용할 예정이었다. 그런데 베아트리체가 단테를, 노가미 번역에서는 'おん身(온미, 대등한 사이의 호칭인 고어 투로 당신 또는 그대라는 뜻-역주)'라고 부르고, 히라카와 번역에서는 'お前(오마에, 너)'라고 부르므로 이들 어휘의 사용에 관해 재고하지 않을 수 없다. 위의 두 번역만의 문제는 아니며, 또한 좀 더 빨리 언급했으면 좋았을 문제인데, 일반적인 번역의 문제로 2인칭 친애형(tutoyer나 duzen이라는 호칭) 번역에 관해 언급해두고자 한다. 본래 베아트리체와 단테는 투(tu)라는 친애형을 사용하므로 동사도 특별한 형태를 취한다. 그래서 상대를 '당신'이라고 하지 않고 '너'라고 번역하는 방법도 있으며, 실제로 그런 번역도 있다. 따라서 그런 번역에서는 베아트리체가 단테를 부르는 호칭으로 '너'라는 말을 사용한다. 일반적으로 '너'는 아주 친한 사람에게 쓴다고 일컬어지며, 성서 번역도 그리스도가 우리 인간을 친근한 대상으로 여긴다는 생각으로 옛날 번역에서 '내가 진정으로 너희(汝等, 난지라)에게 이르노라'라는 부분을 '너희(おまえたち, 오마에타치)에게 분명히 말해두니'라고 번역한 성서도 있다. 요즘은 그것을 다시 고쳐 '그대들(あなたがた, 아나타가타)'이라고 하는데, 한때는 '너희(おまえたち)에게 고한다'라는 군대식 말투가 있었다. 그런 표현법에 익숙하고 친숙해지면 별개의 문제겠으나, 또 특히 베아트리체가 단테를 '너'라고 부르는 것은 친한 관계를 나타내기 위한 표시라고 생각할 수도 있지만, 나를 포함한 대부분의 일본인에게 '너'는 사람을 내려다보며 말하는 듯한 느낌이 있다. 나 같은 사람은 집에서 키우는 개에게 '너'라고 불러서 그런지는 몰라도 정숙한 여성 베아트리체가 나이도 같은 남성인 단테에게 '너'라고 부르는 것은 적합하지 않은 것 같다. 이것은 차별의식 차원이 아니라, 생활 습관에서 오는 어감의 문제이다. 서양 언어의 2인칭 친애형은 실은 부모 자식 간에는 '부모가 자식에게' '자식이 부모에게'도 쓰며 '신이 인간에게' '인간이 신에게'도 같은 형태로 쓰인다. 그러나 아무리 그렇다 해도 부모에게 '너', 신에게 '너'라고는 말하기 어렵지 않을까. 베아트리체는 친절하고 훌륭한 여성인 동시에 자신의 의견이나 논의도 분명히 밝히지만, 단테에게 '너'라고 부르는 것은 일본어에 걸맞지 않다. 그렇다면 'おん身(온미)'는 어떨까, 이 말은 너무 고전적이라 일부러 라틴어가 아닌 토스카나 지역의 평범한 이탈리아어를 택한 단테 번역에 적합하지 않다. 이 문제는 취향이나 습관과도 관련이 있을 것이며, 최근에는 부부끼리, 연인끼리 '너'라고 주고받는 사람들도 있겠지만, 내 의견도 이해해주었으면 한다. 그래서 큰맘 먹고 여기서부터는 모두 내 번역으로 읽어가기로 했다. 앞에서도 서술했듯이, 이탈리아어 1행을 8음절과 7음절, 즉 전체 15음절로 만든 구어체 운문이다. 본 주제로 돌아가자.

그리스도교의 근본문제로

자, 그런데 제6곡에서 단테는 '옛 죄의 복수가 다시 티투스에게 복수당한다는 것은 무슨 의미일까' 하고 의문을 품고, '왜 정의의 복수가 또다시 정의에 의해 복수를 당하는가. 정의는 여러 가지 형태가 있는 것인가'라고 베아트리체에게 물어보려 했다. 그래서 '베아트리체, 좀 묻고 싶은 말이 있는데'라고 말하려고 했지만, 베아트리체에 대한 외경의 마음이 커서 "베'라고 '이체'라고 말하려 해도 마치 깊은 잠에 빠진 사람처럼 머리가 아래로 떨어져 내리는 것이었다'라고 되어 있다.

Io dubitava, e dicea 《Dille, dille!》
fra me; 《dille》 dicea, 《alla mia donna,
che mi disseta con le dolci stille!》
ma quella reverenza che s'indonna
di tutto me, pur per *Be e per ice*,
mi richinava come l'uom ch'assonna. (Par. VII. 10~15)

주저하면서도 마음속으로는 '말하라',
감로로 내 갈증을 가시게 해 줄
저 사람에게 말하라고 조바심을 냈지만.
그러나 나는 너무도 외경한 나머지
'베'도 '이체' 조차도 입 밖에 내지 못하고
졸린 사람처럼 고개를 떨어뜨렸다.

이 문장은 단테의 시 중에서 가장 미숙한 대목이라고 말하는 사람이 많다. 이탈리아어로 읽으면 울림은 아름답지만, 번역이 잘못된 게 아니라 말하는 내용이 좀 이상하다. 여인에 대한 외경심에 압도되어 이름조차 제대로 말할 수 없었다고 하는데, 그건 그렇다 치더라도, 사랑하고 경외하는 사람을 앞에 두고 '깊이 잠들다'라는 표현도 이상하다. 단테에게도 어설픈 구석은 있기 마련이라고 말하고 싶은 사람이 예로 드는 부분이다. 그러나 명인의 손길을 부정적으로 왈가왈부하기보다는 상대의 이름조차 입 밖에 내지 못해 당혹스러운 나머지 의식도 움직이지 않는 상황을 묘사하는 데 이 밖에 어떤 표현 방법이 있을지 직접 시도해 보는 것이 좋다. 딱히 표현해 낼 방법이 없지 않을까.

그건 그렇고, 단테는 '베'라고도 '이체'라고도 못하고 곤란해 한다. 단테는 "아담의 죄에 대한 복수인 낙원추방(인류가 원죄를 진 상태)이 그리스도의 십자가의 죽음으로 소멸되어 아담의 죄가 사라졌는데 어째서 십자가의 장소인 예루살렘이 티투스에 의해 또다시 멸망해야만 하는가, 그것을 이해할 수 없다. 신의 섭리의 세계도 끊임없이 일어나는 다툼이 그칠 날 없는 세계인가. 대체 어떻게 된 일일까. 그 이유를 물어보자"라고 생각한다. 이는 '눈에는 눈'의 사상이었으며 그리스도가 금한 일이기도 하다. 오늘날 식으로 간디를 모방해 말한다면 '그렇다면 세상이 실명해 장님이 될 뿐'이지 않은가. 신의 섭리인데 그래도 되는 걸까. 그러나 그렇게 심각한 문제를 베아트리체에게 말하면 '그 무슨 불경한 말입니까'라고 말할지도 모른다. 우리도 정말로 사랑하는 사람에게는 '이런 바보 같은 말을 물어봐도 될까'라고 생각하는 경우가 있다. 경우에 따라서는 '당신이 상관할 문제가 아닙니다'라는 말을 들을지도 모른다. '아직까지도 마음가짐이 그렇다면 천국 안내는 이쯤에서 그만두겠어요'라고 말할지도 모른다. 어떻게 해야 할지 몰라 물을까 말까 머뭇거리자, 베아트리체가 그 마음을 꿰뚫어 보고 "당신이 묻고자 하는 건 그런 것일 테죠. 그럼 대답해 드리죠"라며 설명을 시작한다.

Secondo mio infallibile avviso,

come giusta vendetta giustamente

punita fosse, t'ha in pensier miso:

ma io ti solverò tosto la mente;

e tu ascolta, chè le mie parole

di gran sentenza ti faran presente. (Par. VII. 19～24)

나의 틀림없는 예측에 의하면,

당신은 올바른 복수가 어찌하여

벌을 받았는가에 의문을 품었습니다.

답답한 그대의 마음을 곧 풀어 드리죠,

잘 들어 주세요, 대명제를,

내 말의 선물입니다.

첫 행 즉 19행의 번역은 '나의 오류 없는 확실한 판단에 의하면' '나의 잘못됨 없는 판단에 의하면'과 비슷한 것이 많으며 야마카와 번역마저 '내가 헤아린 바(이는 잘못됨이 없으니)에 의하면'이라고 되어 있다. 이것들은 1968년 만델바움Allen Mandelbaum의 번역 According to my never erring judgment, 1947년 마스롱Alexandre Masseron의 D'après mon infaillible jugement(A.M. p.651)과 같은 교황청 최신판의 주 Avviso: giudizio (Vatic. p.475) 등에 집결된 여러 역주의 영향으로 보인다. 그러나 원문은 giudizio(판단)가 아닌 avviso가 쓰였으므로 이는 '판단'보다는 '의견'이나 '예감' 같은 것이며, 이탈리아 단테 학회 주에도 opinione라고 나와 있으므로(S.D.I.G. Vandeli p.664) 위에 표시한 내 번역이 타당하다고 생각한다. 1957년의 유명한 헤르츠Wilhelm G. Herz의 번역은 '견해Ansicht'를 택했고 (W.G.H. p.338), 1969년의 포슬러Karl Vosller는 '나의 오류 없는 예감으로는

Nach meiner unfehlbaren Ahnung'이라 했고(K.V. III. p.35 2001년 특장본 인용),
또한 1997년의 란트만Georg Peter Landmann 번역에서는 '나의 그릇됨 없는
의견으로는Nach meiner untrüglichen meinung'이라고 되어 있다(G.P.L. p.242).
자신의 의견이나 예감을 스스로 '오류가 없다' '올바르다'라고 말하는 것
은 자만하는 태도는 아니다. 전통적인 주에는 infallibile(잘못됨 없는, 틀림
없는)에 관해서 '이미 천국에 있는 자는 의견(예상)에 잘못이 있을 수 없
다. 결국 베아트리체는 단테가 생각하고 있는 것을 신처럼 훤히 읽어 내
는 것이다già in Par. non e possibile errore di opinione(avviso); eppoi B. legge chiaro
in Dio ciò che pensa D.'라고 나와 있다(이탈리아 단테 학회 주, 664쪽).

'잘 들어 주세요, 대명제를, 내 말의 선물입니다'는 자기가 생각하는 것
을 뽐내며 위대한 명제라고 말하는 게 아니라, 자신이 전해 들어서 아는
진리의 가르침이 들어 있는 명제를 들려주겠다는 의미이다. 일반적으로
이것은 선교의 본래 의미이다. 이렇게 해서 베아트리체는 무엇이 그리스
도교의 근본적인 가르침인가에 대해 말하기 시작한다. 이 부분에는 그리
스도교의 중요한 사항들이 많이 있는데, 그중에서도 가장 중요하다고 여
겨지는 다섯 가지 점을 지적해 두고자 한다.

원죄原罪와 자죄自罪

Per non soffrire alla virtù che vuole
freno a suo prode, quell'uom che non nacque
dannando sé, dannò tutta sua prole; (Par. VII. 25~27)

태어난 적 없는 저 남성은

몸을 지키는 의지의 재갈을 견디지 못해,

자신과 자손을 죄 속에 빠뜨렸다.

이것은 그리스도교의 가르침을 모르면 대단히 이해하기 어려운데, '저 태어난 적 없는 남성quell'uom che non nacque'이란 아담을 가리킨다. 아담은 인간의 부모로부터 태어난 게 아니라 신으로부터 창조되었으므로, '태어난 적 없는 남성'이 된다. '몸을 지키는 의지의 재갈을 견디지 못해'는 신이 내린 유일한 금지령, 다시 말해 지혜의 열매를 먹지 말라는 그 명조차 지키지 못하고 금단의 열매를 먹었던 일을 뜻한다. 아담에게 신의 금지를 지켜 낼 의지가 굳었다면, 이브가 유혹했을 때 그 의지로 물리쳤다면 낙원에 머물 수 있었지만 이를 이겨내지 못했다. 그로 인하여 아담은 '자신과 자손을 죄 속에 빠뜨렸다'. 이는 아담의 죄에서 비롯되어 원죄가 생겨난 것을 나타낸다. 그리스도교 가르침에서는 갓 태어난 아기도 태어나면서부터 죄를 가지고 있다고 본다. 태어나는 순간부터 죄인이므로 아기에게도 가능한 한 빨리 세례를 받게 해야 한다.

그것은 대체 무슨 뜻일까. 아주 간단히 말하면, 신이 아담을 창조했을 때에는 신이 창조한 자연의 인간이 있었고 신은 그에게 초자연의 은총 gratia을 부여했다. 그 은총이란 영원히 죽지 않고 신과 함께 에덴 동산에서 사는 것이다. 그러한 은총을 받았음에도 아담이 신의 금지령에 반하는 짓을 저질렀기 때문에 신은 아담의 자연의 힘을 쇠하게 만들기보다는 아담에게 부여했던 초자연적 은총을 거두는 벌을 내렸다. 따라서 그에 이어 벌어진 낙원으로부터의 추방은 자연 상태 그대로 추방당해 대지로 내몰리는 일이었다. 갓 태어난 아이도 결국 자연 그대로 이 세상에 나온다. 초자연의 은총을 거두어 버린 자연 상태 그대로는 특별한 은총이 없는 것이므로 아무래도 마음이 이리저리 흔들려 갈피를 못 잡거나 의지가 약해질 수밖에 없다. 그로 인해 점점 더 결여되는 점들이 생긴다. 본디 신이 창조했을 때는 자연은 물론 그 위에 초자연의 은총까지 입었으나, 인간이 신의 은총을 빼앗기고 자연만으로 남게 된 것은 아담의 책임이다. 아담의 죄로 인해 아무리 어린 갓난아기라도 신의 초자연적 은총을 앗긴 상태로 태어나는 것이다. 즉 태어나면서부터 은총이 결여된 상태, 불완전한 상태, 원죄를 갖고 태어난다. 자신의 의지에 따른 죄는 자죄이지만, 태어나면서부터 타고난 결여, 은총이 없는 상태를 가리켜 원죄라고 한다. 원죄를 가진 자는 자연적 존재로서 자연적 욕망의 습격을 받기 때문에 악에 대한 경향성을 가지며 자죄의 위기에 방치된다.

원죄의 현상 형태

우리는 진정으로 원죄를 이해할 수 있을까. 파스칼은 이를 알지 못하면 인간의 진실이 보이지 않는다고 말했다. 그렇다면 어떻게든 이를 이해하기 위해서라도 원죄의 현상 형태에 관해 생각해 볼 필요가 있다. 원죄는 어떤 형태로 현상할까.

우리는 애당초 완전한 신의 은총을 받지 못한 상태에 있기 때문에 거기에 있다라는 사실만으로 자기도 모르게 남에게 폐를 끼치는 일이 있을 수 있다. 예를 들면 남에게 나쁜 일을 할 마음으로 뭔가를 먹는 것은 아니지만, 내가 먹지 않으면 그 음식을 기아에 허덕이는 사람이 먹을 수도 있을 것이다. 그렇다면 우리가 의식하든 그렇지 못하든 우리 존재가 누군가에게 영향을 미치게 되는 것이다. 그러한 의미에서 보면 인간의 현상 상태 속에 그림자와 같이 타자에게 어둠을 줄 가능성이 있는 것이다. 그것을 원죄의 현상 형태라고 파악할 수도 있다. 그것은 차지해 두고라도,

분명한 사실은 인간의 내면을 떠올려 보면 죄와 가까운 것들이 상당히 많음을 알 수 있다는 것이다.

연옥편에서도 서술했듯이 그리스도교에서 죄는 크게 네 가지로 나뉜다. 구체적으로는 다양한 형태로 표출되지만, 기본은 '생각cogitatio', '말verbum', '행위actio', '태만omissio'에서 비롯된다. 평범하게 성실한 삶을 살아간다면 '행위' 면에서는 나쁜 일을 저지르지 않는 경우가 많을 수도 있다. 그러나 예를 들어 '저런 자식은 실컷 패 주고 싶다'라고 생각했다면, 이는 '생각'의 차원에서 볼 때 그리스도교 가르침의 죄에 해당한다. '말'은 육체적으로 남에게 상처를 주는 건 아니지만, 겉치레 말은 상대방을 오만의 죄에 빠지게 할 수도 있으며, 더욱이 남을 슬프게 하거나 남에게 절망감을 느끼게 하는 말을 하는 것은 타인에게 상처를 주는 죄이다. 더 나아가 그리 적극적인 죄라고 보이진 않더라도 '태만' 역시 죄가 된다. 아무것도 안 하고 가만히 있으면 나쁜 일도 안하는 것이므로 죄가 없다고 하겠지만 절대 그렇지 않다. 반드시 해야 할 일을 하지 않는 태만은 죄가 된다.

이상 네 가지 카테고리로 나눠 반성해 보면 인간은 정말로 죄가 깊다는 것을 알 수 있다. 이와 같은 인간의 본래 구조는 원죄의 가능성을 가진, 원죄의 현상 형태라고 나는 생각한다. 인간은 이 네 가지 중 어느 것인가에는 반드시 연관을 맺을 수밖에 없는 삶의 방식을 가지며, 그러한 상태가 원죄이다. 여기에서 더 나아가, 자신의 결단으로 잘못된 일을 하는 경우도 이들 네 가지 죄 중 어딘가에는 해당하며 그런 경우는 자신의 죄, 자죄가 된다. 자죄도 이 네 가지로 분류되며 이것이 고해의 기준이 된다.

자신의 죄를 깊이 후회하고 신 앞에 참회한다면, 물론 종파에 따라 신 앞에서 하는 죄의 고백 방법은 다양하겠으나, 아주 단순히 말해 자신이 신 앞에서 진정으로 통회하면 자죄는 사면된다. 가톨릭교회에서는 보통 고해성사—교회에서 사제에게 자신의 죄를 고백해 신의 사함을 받는 다—로 용서받는다. 한편 원죄는 신에게 은총을 앗긴 상태이므로, 이를 회복하기 위해 세례를 받아 신의 은총을 얻음으로써 원죄의 더러움으로부터 구원될 가능성이 생겨난다.

지금 인용한 천국편 제7곡의 27~29행 3행에서 원죄와 자죄를 설명했다. '인류는 모두 죄인이다'라는 말은 '원죄를 가지고 있다'는 의미는 물론 인간은 누구나 위의 네 가지 관점 어딘가에 해당하는 죄를 매일 범한다는 의미 두 가지 모두를 가리킨다. 이런 점 때문에 그리스도 교를 어두운 종교라고 생각하는 사람도 많은데, 죄는 신에게 사함을 받기 때문에 결코 어두운 종교가 아니다. 오히려 밝은 희망의 종교가 아닐까. 우선 이것이 그리스도교의 근본 사상으로서 첫번째로 중요한 문제이다.

십자가에 의한 역사 설명

죄 있는 인간을 구제하기 위한 그리스도의 십자가가 있다. 원죄를 가진 전 인류를 대표해 누군가가 신 앞에서 사죄해야만 한다. 만약 인류 전체를 대표하는 그분의 사죄가 신에게 받아들여지면, 모든 인류는 죄 사함을 받고 구원될 가능성이 생긴다. 그렇지만 인류 전체를 대표해 속죄하는 것은 인간에게는 도무지 불가능한 일이다. '신이 신에게 속죄하는' 방법이라면 가능할지도 모른다. 따라서 신이 인류의 대표가 될 수 있다면, 그 어려운 일을 완수해 낼 가능성이 열린다. 그러기 위해서는 신의 아들이 인간의 모습으로 나타나, 아니, 인간이 되어 인간의 대표가 되면 된다. 그 내용이 다음에 나와 있다.

La pena dunque che la croce porse,

s'alla natura assunta si misura,

nulla già mai sì giustamente morse;

e così nulla fu di tanta ingiura,

guardando alla persona che sofferse,

in che era contratta tal natura. (Par. VII. 40~45)

십자가 위의 죽음이라는 벌은

주가 타고나신 인성에

비춰 본다면 참으로 정당한 벌이요,

그러나 그분에게 맺어진

신의 페르소나가 당하신 무례는

참으로 부당한 형벌이리라.

그리스도가 띠고 있던 인성人性에 비춰 본다면 그리스도가 전 인류를 대표해 십자가에서 죽임을 당하는 것은 정당한 벌이다. 한편 그리스도는 신의 아들이며 신이기도 한 점을 생각하면, 신의 인격, 페르소나가 입은 불경함은 일찍이 없었던 부당한 벌이라 할 수 있다. 십자가의 속죄를 이렇게 설명하고 있다.

Però d'un atto uscìr cose diverse;

ch'a Dio ed[1] a' Giudei piacque una morte;

---

1 예를 들면 앞에 나온 만델바움의 대역본(1984년) 텍스트처럼 e로 쓰고 발음상 ed를 취해 이탈리아 단테 학회 판과 다르게 쓴 판도 많다.

per lei tremò la terra e'l^2 ciel s'aperse. (Par. VII. 46~48)

하나로부터 많은 것이 나온다. 같은 죽음을 신,
유대인이 함께 기뻐하고, 같은
그 죽음으로 땅이 흔들리고 하늘이 열렸다.

여기에서 '하나'라고 번역한 un atto(한 가지 것)는, 앞에 제시한 1965년
의 교황청 판 텍스트에서 조반니 마네티Giovanni Manetti가 주에서 간결하
게 '하나의 사실로부터 즉 십자가 위의 책형으로부터da un solo fatto, dalla
crocifissione'라고 설명했다(Vatic, p.476).

자신이 창조하고 그리고 자신이 사랑했던 인류가 구원되므로 신은 기
뻐한다. 한편, 유대 종교로부터 나왔는데도 유대인만의 특권을 인정하지
않고, 게다가 유대인의 왕이라 일컬어진 그리스도가 죽임을 당해 유대인
도 기뻐했다.

정의에서 비롯된 복수가 또다시
정의의 재판에 의해 복수 당한다,
그것도 이로써 아시겠지요. (천·7·49~51)

그리고 더 나아가 이번에는 티투스(로마 황제)에 의해 신의 죽음을 기
뻐했던 사람들(유대인들)의 도시(예루살렘)가 또다시 절멸되는 보복을 당
하는데, 이러한 정의의 복수에 그다지 당황할 필요는 없다고 말한다. 여

---

2 이 부분은 e il로 나온 판도 많다. 만델바움은 여기에서는 e'l을 택한다. 이러한 사항과 관
련된 텍스트 비평은 아직 충분히 행해지지 않았다.

기에는 십자가의 구원과 그 구원을 중심으로 생각해 낸 인간의 은혜와 복수와 관련된 세계사 해석이 나온다.

예루살렘 낙성은 역사 해석 사례로 선택되었다. 여기에서 서술하는 것은 그리스도교가 인류 역사를 해석하는 원리가 된다는 사고방식이다. 일반적으로 그리스도교 교리의 역사는 '교리사', 그리스도교의 교회 역사는 '교회사'라고 하는데, 교리 논리와 교회 역사는 결부된다는 사고방식이 교회에 있었으며 단테도 그 사고방식을 택했다. 여기에서 단테의 역사철학의 기초를 볼 수 있다.

인간 영혼의 직접 창조

Ciò che da lei[3]sanza mezzo distilla,

non ha poi fine; perchè non si move

la sua imprenta, quand'ella sigilla. (Par. VII. 67~69)

신의 선의로부터 타자를 거치지 않고

방울져 떨어지는 것은 끝이 없으며

선의가 새긴 자국은 사라지지 않으리.

'신의 선의la divina bontà'란 신의 마음속에 타오르는 선의, 친절, 호의, 은총이다. 그 은총으로부터 타자의 매개를 거치지 않고 떨어지는 것, 다시 말해 창조된 것은 무릇 소진되는 일이 없으며 불멸한다. 신의 진정한

3　이 대명사는 64행의 La divina bontà(신의 선의)를 받는다.

선의, 친절, 은총으로부터 '타자의 매개를 거치지 않고 떨어지는 것'이라고 되어 있는데, 우리의 신체는 부모를 매개로 태어난다. 그리스도교 가르침에 따르면 육체가 만들어져 세상에 태어날 때, 영혼은 신이 그 순간 직접 창조해 부여한다고 한다. 우리 인간은 자식에게 심신의 부모는 될 수 있을지 몰라도 영혼 그 자체는 신이 직접 창조한다. 그러므로 '선의로부터 타자의 매개를 거치지 않고 떨어지는 것'이란 '영혼'을 가리킨다. 영혼에는 '끝fine이 없다'. 즉 영혼은 불멸이다. 마음과 육체에는 끝이 있으나 영혼은 불멸이다. '타자의 매개를 거치지 않고sanza mezzo'라는 말은 항상 그런 의미이다.

『신곡』 역시 신이 존재를 허락했기 때문에 여기에 있다고 말할 수도 있지만, 적어도 단테를 매개로 해서 장인의 손을 거쳐, 혹은 번역자의 손을 거쳐 여기에 있는 것이다. 이 책은 어디까지나 '타자의 매개를 거쳐서 만들어진 것'이다. 내 목숨도, 내 존재도, 부모를 거쳤다. 그러나 신은 모든 개개인의 영혼을 직접 창조한다.

신이 영혼을 직접 창조한다는 것은 그리스도교에서는 매우 중요한 가르침이다. 신으로부터 직접 받은 것이므로 영혼은 불멸이라고 말할 수 있다. '영혼 불멸의 근거를 대라'라고 한다면, 신을 믿지 않는 사람에게는 통하지 않겠지만, 신을 믿는 사람은 '영혼은 신이 직접 창조하시어 우리에게 부여하신 것이기 때문이다'라고 대답한다. 심신은 영혼의 거처에 지나지 않는다.

'마음'과 '영혼'과 '영靈'의 차이는 어디에 있는 것일까. '이것이 마음이다' '이것이 영혼이다'라고 직접 손에 들고 설명할 수 없는 노릇이니 이해하기 힘들겠지만, 개념상의 차이가 있다. 아니마anima는 폭 넓게 말하면 '영혼'이며 '생명'의 의미도 있다. 그에 대하여 스피리투스spiritus는 '영'이다. '아니마'는 그리스어로는 '프시케(φυχή)'이고, '스피리투스'에 해당하는 말은

'프네우마(πνεῦμα)'라 한다. 프시케, 즉 아니마는 동물에게도 있다고 보아 anima는 animal로 통한다. 생명적인 것, 아니마를 가지고 있는 것은 형용사로 animalis라고 한다. 그리고 중성형용사가 animale이며 그로부터 영어 '애니멀animal'이 나왔다. '애니멀'은 '아니마를 가지고 있는 것'이다. 아리스토텔레스에서 유래하는 그리스어의 철학적 어휘로 말하면 식물에도 아니마는 있다. 식물적 영혼이 있다는 것이다.

인간도 움직일 수 없어 호스로 영양을 취하는 상태를 식물적 상태라고 말한다. 일어서거나 운동할 수 있게 되면 동물적 상태가 된다. 그것은 공간 운동이 가능해진 상태이다.

그렇다면 인간 영혼의 특색은 지금 서술한 '불멸' 외에 동물과 비교할 때 무엇이 있을까.

> 신의 선의로부터 타자를 거치지 않고
> 흘러내리는 것은 자유롭다.
> 삼라만상의 힘에 압도되지 않으니. (천·7·70~72)

'삼라만상'이라 번역한 원어는 cose nove '새로운 사상(事象, 복수)'이며, 주석에서는 창조주에 비교해 새로운 존재로서의 피조물이라는 점에서 일치하며, 이것을 제2원인인 하늘cieli이라고 보는 치멘즈(680쪽)와 자연nature이라고 보는 싱글톤(6권, 140쪽) 두 파로 나뉜다. 그러나 삼라만상은 자연 내지는 우주의 상징이다. 인간은 다른 동물과 달리 자연의 종種적 규정에서 자유롭다. '흘러내리는'은 piove를 써서 '떨어지는'과 구별했다.

부활의 기쁨

더 나아가 그리스도교의 근본문제로 부활의 문제를 들 수 있다.

ma vostra vita sanza mezzo spira

la somma beninanza, e la innamora

di sè sì, che poi sempre la disira.

E quinci puoi argomentare ancora

vostra resurrezion, se tu ripensi

come l'umana carne féssi allora,

che li primi parenti intrambo fensi. (Par. VII. 142~148)

그러나 최고선은 그대들에게

직접 영혼을 불어넣어 주시니

당신을 그리워하게 하셨다.

이로부터 헤아리면 그대들에게도

부활이 있으리라 논할 수 있으리,

만약 최초 부모의 육신이

어떻게 창조되었는지 떠올려 본다면.

여기에서는 신에게서 영혼을 직접 부여받았다는 근거만 가지고 부활을 논하고 있는데, 부활은 그리스도교의 중요한 가르침이다.

바울로가 아테네에서 선교할 때 다른 설명은 모두 다 납득했지만, 죽은 자의 부활을 이야기하자 어떤 사람은 조소하며 자리를 박차고 일어섰다는 이야기가 바울로의 선교 역사 속에 기술되어 있다(사도행전 17, 32).

부활은 매우 난해하지만, 그리스도교에서는 매우 중요한 근본교리 중 하나이다. 부활관에 관해서는 이후에 다시 논하기로 하겠다.

이상, 아담의 원죄와 자죄의 문제, 십자가에 의한 역사 설명, 신이 직접 창조한 영혼과 부활의 의의 세 가지 사항은 그리스도교의 근본문제로 여겨 주기 바란다.

인간의 품위와 이성

이에 덧붙여 중요한 사항 두 가지를 더 지적하고자 한다. 하나는 인간의 고귀함은 어디에 있는가 하는 문제이다.

> 신과 닮은 것을 신께서 기뻐하시니
> 만물 위에 고루 비치는 불꽃은
> 신과 비슷한 것 속에서 빛난다.
> 불사·자유·신의 모습[4], 인간이
> 누리므로, 이들 중 하나라도 결여되면
> 인간은 고귀함을 잃게 되리라.
> 자유를 잃고 최고선과 어긋남은
> 스스로 범한 죄 때문이다.
> 그로 말미암아 빛도 약해졌다.
> 부정한 쾌락을 정의로 벌하고
> 죄에서 비롯된 공허를 채우지 않는 한

인간은 품격을 되찾을 수 없으리. (천·7·73~84)

인간의 품격에 관해서 그리스 이래 철학이 생각해 온 문제는 이성에 관한 것이다. 이성을 잃으면 인간의 품격은 손상된다. 오늘날에도 철학자는 이성이 인간 품격의 문제라고 말한다. 그러나 이성은 악을 초래한다. 예를 들면 인간의 이성은 1년이나 2년에 걸쳐서 주도면밀하게 준비해 완전범죄에 가까운 죄악을 범할 수도 있다. 동물에게는 이와 같은 이성이 없다. 범죄는 인간 이성이 일으키는 죄이다. 따라서 그리스도교에서는 인간의 품격은 가능한 한 신과 비슷한 상태, 즉 죄가 없는 상태, 죄를 범했다면 잘못을 빌고 사죄를 구하거나 죄를 부끄러워하는 상태에 두고자 한다. 죄로부터 완전하게 해방될 수는 없으므로 죄를 부끄러이 여기는 상태, 그러한 빛이 있다면 인간은 성덕聖德에 가깝다고 가르친다. 인간의 품격을 단순히 지성만으로 한정하지 않는 점은 플라톤과 아리스토텔레스 이래의 전통과는 다른 그리스도교의 가르침이다. 자기 자신의 죄를 묻는 자세에 단순한 지성주의와는 다른 그리스도교의 태도가 있다.

인간이 안다는 것

그리고 또다른 한 가지는 '인간이 안다'고 하는 것의 본질에 관해서이다.

---

4 직역하면 '인간은 모두 이러한 은총을 누리고 있으나'가 되지만, 그것들은 이 책 474~477쪽에서 말한 불사·자유·신과 유사한 모습이다.

> 그대의 생각은 '물도 불도 보이고,
>
> 공기, 흙과 그들 합성물도
>
> 보이는데 이들 모두 부패해 간다.
>
> 그러나 이것들 또한 신이 만들었다.
>
> 지금 들은 말들이 참되다면,
>
> 이러한 것들도 멸망치 않아야 마땅하다.' (천·7·124~129)

신이 직접 창조한 것은 부패하지 않는다, 멸망하지 않는다고 들었다.
물과 불, 흙도 모두 신이 창조한 것이라면 이들 역시 부패하지 않아야 마
땅하다는 단테의 생각에 대해 베아트리체는 다음과 같이 일러 준다.

> 아니, 들어주소서, 천사와 올바른
>
> 천국은 지금 있는 그대로
>
> 완전한 존재로 창조되었다오.
>
> 그러나 지금 그대가 들었던 원소나
>
> 그것들의 합성물은 창조된
>
> 힘의 가호로 형성되었지요.
>
> 그것들이 만들어진 질료 및
>
> 그들 주위를 도는 별들의
>
> 형성력 역시 창조된 것. (천·7·130~139)

인간이 감각적으로 지각하는 것은 흙이나 물인데 이들은 모두 소멸한
다. 인간은 그러한 원소밖에 볼 수 없다. 인간은 그러한 물질만 지각할 수
있다. 그러나 신이 처음 그 원질료(재료)를 창조했다. 그러한 질료로부터
갖가지 힘에 의해 물物이 형성되었다. 따라서 일체는 신에 의해 창조된 것

과 신에 의해 창조된 힘으로부터 형성된 것이다. 여기에 창조와 형성의 기본적인 구별이 행해진다. 다시 말해 '밖에 드러나는 현상'과 '그 배후에 있는 것' 두 가지가 있다는 사고방식이 여기에 드러난다. 그러므로 질료 materia와 형상forma은 신에 의해 창조된 것이다.

흙도 하나의 원소이다. 그것은 신이 무에서 창조한 원질료에, 흙이 될 가능성 주위를 운행하는 별에 신이 내재해 둔 형상이 결합하여 형성된다. 이 의미는 요컨대, 원소인 흙은 신이 직접 창조한 것이 아닌, 형성된 존재라는 말이며, 그 점에서 불멸의 영혼과는 다르다.

플라톤 이론 중에 유명한 '선분의 비유'가 있다. 선분 AB를, AC 대 CB 의 비율과 CE 대 EB, AD 대 DC가 같도록 나눈다(AC : CB = CE : EB = AD : DC).

C 시점에서 오른쪽은 감각적으로 보이는 것, 플라톤적인 어휘로 말하면 '가시적인 것'이다. 또한 가시적인 것 중에서 원형은 CE에 해당하고, EB는 그림자이다. 그리고 우리는 보이는 것 중에서도 일반적으로는 그림자밖에 못 본다고 플라톤은 말한다.

예를 들어 테니스공을 떠올려 보면, 텔레비전에서 중계하는 시합을 관전할 때 공에 털이 있다는 것, 색은 노란색이나 녹색이며, 공에 선이 나 있다는 것까지는 보통 사람의 눈으로는 파악할 수 없다. 그림자만 본다고 말할 수 있다. 진짜 공을 손에 들고 찬찬히 살펴보면 이런 거였구나 하고 놀라게 된다. 야구시합을 보면서 공이 움직이는 그림자를 좇을 뿐, 실제 공은 한 번도 못 본 사람도 있다. 이처럼 우리는 원형은 보지 않고, 대체로 그림자를 보며 생활한다. 실물과 그림자의 관계는 그림자가 공을 지배하는 게 아니라, 공이 날아가는 모양이 그림자가 되어 보이는 관계이다. 우리는 원형을 볼 기회가 적기 때문에 실물은 모른다. 그 작은 쪽이 커다란 그림자 쪽을 지배한다.

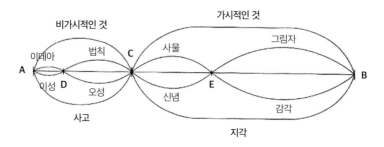

플라톤의 '선분의 비유'

점 C의 왼쪽 부분은 법칙의 세계이다. 보이지 않는 비가시적 세계이다. 예를 들면 낙하의 법칙은 눈으로는 볼 수 없다. 그러나 낙하의 법칙이 있기 때문에 공은 떨어진다. 야구 외야수는 그 법칙에 따라 추측하여 달려가 멋지게 공을 잡아낸다. 그러므로 불가시적인 것이 가시적인 것을 지배한다. 공을 지배하는 것은 보이지 않는다. 보이지 않는 것 중에서 DC가 인간이 로고스(λόγος ─ 오성)로 획득할 수 있는 에이도스(εἶδος ─ 개념·법칙)의 범위, 계산 등으로 알 수 있는 범위이며, 그것을 지배하는 것이 누스(νοῦς ─ 이성)로 보는 이데아(ἰδέα ─ 이념)의 세계이다(AD). 그리스도교에서 말하자면 이것이 신의 사유에 해당한다. 플라톤은 '보이지 않는 것이 보이는 것을 지배한다'는 도식을 모르면 진정한 학문은 불가능하다고 말한다. 그리고 이 이데아 영역까지가 우시아(οὐσία ─ 존재)이며, 이 '존재 위에 ἐπέκεινα τῆς οὐσίαςepekeina tes ousias' 신이 있다. 신은 위 도표에서는 A보다 더 왼편에 있다.

학문을 논하는 것은 아니지만, 그리스도교에서는 일반적으로 가시적인 흙이나 물도 결국은 보이지 않는 신의 형상력에 의해 만들어졌다고 생각한다. 가시적 현상에 집착해 현상이야말로 진실이라고 생각하는 것은 그리스도교의 가르침에 어긋나는 것이다. 물론 현상이 바로 실재라고 하는 종교나 철학도 있으므로 이 사고가 올바른지 어떤지는 논리적으로 생각해봐야 하겠지만, 적어도 그리스도교는 플라톤의 '보이지 않는 것이 보이는 것을 지배한다'는 사고방식과 비슷하다. 아리스토텔레스도 플라톤을 계승했지만, 단테는 그 아리스토텔레스의 철학을 그리스도교화한 토마스 아퀴나스의 신학과 철학을 기초로 삼는다. 이 구절의 배경에는 이러한 사상이 있다.

천국의 구조

이 장에서 들었던 그리스도교의 다섯 가지 근본문제 중, 처음 세 가지는 전적으로 종교 문제이지만 뒤의 두 가지는 철학과도 관련 있는 그리스도교 문제이다. 철학이 생각하는 인간의 품위는 이성인데, 그리스도교의 품위는 '죄를 부끄러워하는 마음'에서 비롯된다. 그리스도교는 '죄가 없는 것이 인간의 품위'라고 말하지는 않는다. 평범한 인간에게 죄 없는 상태는 생각할 수조차 없다. 이를 상징하기라도 하듯, 천국의 제1천인 월광천에는 어딘가 땅의 더러움을 지닌 사람들이 있다. 피카르다Piccarda는 서원誓願을 세우고 키아라회의 수녀가 되었으나, 그녀의 형제들이 폭력적으로 수도원에서 끌고 나와 결혼 생활을 강요당했다. 코스탄차Costanza도 수녀가 되고자 했지만 뜻을 이룰 수 없었던 사람이다. 선한 의지를 가지고 살지만, 결국은 이 세상 힘에 지고 만 사람이라도 천국에 있다. 서원은 일단 세우고 나면 신과의 약속이므로 그것을 달성할 때까지는 깨뜨리면 안 된다. 신과의 맹세를 깨는 일은 큰 죄인데, 수녀로 살아가려던 맹세를 깬 사람도 천국에 들어와 있다(천·3·49). 라합Raab은 예리고에서 유녀로 살았던 사람이지만, 신의 사도라 할 수 있는 사람, 즉 예언자 여호수아

Joshua가 보낸 사자 두 사람을 숨겨 주고 격려하며 도와줬다는 이유로 천국에 있다(천·9·116). 이처럼 죄가 있어도 천국에 가는 사람도 있다.

코스탄차는 지금으로부터 800여 년 전, 1198년에 죽은 실재한 인물이다. 하인리히 6세의 왕비로 훌륭한 생애를 보낸 여성이다. 피카르다도 실제 존재했고 단테도 알았던 사람이다.

제2천은 화성천인데 자유의지volanta la libertate의 중요성을 알린다. 베아트리체는 그리스도교에서 가장 중요한 것이 인간을 신과 닮게 하는 자유의지라고 말하고, '죄로 인해 그것을 잃어버리면 인간을 신과 닮지 않은 존재로 만들어 버린다'(천·7·75~77)며, 자유선택과 자유의지가 그리스도교에서 지극히 중요하다고 가르치고, 제4곡, 제5곡의 교리론에 대비한다.

제3천은 금성천, 제4천은 태양천이다. 금성천을 지나 태양천, 즉 이 세상 그림자가 닿지 않는 진정한 하늘이라 할 수 있는 제4천에 오르면 훌륭한 철학자나 수도회를 창립한 인물들이 나온다. 철학자로는 토마스 아퀴나스가 등장해 이야기한다. 그의 말은 제10곡과 제11곡에 걸쳐 총 178행에 이른다. 단테가 토마스의 철학과 신학을 얼마나 중요하게 여겼는지를 알 수 있다.

자유의지는 신이 인간에게 내리신 최대의 선물이다(Lo maggio don che dio…Fu della volontà la libertate,…)(Par. V. 19~22). 이는 제5곡의 중심 테마일 뿐만 아니라, 천국의 맑고 화사한 공기의 근원이다. 그런데 자유의지는 지성이 있는 존재에게만 부여된다. 천사도 지성이 있는 존재이므로 천사에게도 자유의지가 있다.

천국의 행복

Non però qui si pente, ma si ride,

non della colpa, ch'a mente non torna,

ma del valor ch'ordinò e provide. (Par. IX. 103~105)

여기에서는 누구도 뉘우치지 않고 웃는다,

허물을 잊어버렸기 때문이 아니라

질서와 섭리의 신덕神德 때문이니.

천국에서는 그 누구도 후회하지 않고 웃는다(non…pente, ma si ride). 천국에서는 죄를 범했던 사람이라도 그 죄를 떠올리고 고민하는 일은 없다. 그곳은 빛으로 충만하며 웃음이 있다. 춤도 있다. 단테는 이곳이 즐거운 곳임을 묘사한다.

연옥에서 마텔다가 등장하는 부분, 마텔다는 단테를 유혹해 망각의 강 레테의 물속으로 들어가게 했다(연·28·127 이하). 망각의 강을 건너 천국으로 들어간다는 것은 세례로 죄가 사해지는 것과 비슷하다. 레테 강에 씻음으로써 모든 더러움을 완전히 망각해 버린다. 그리고 천국에서는 그야말로 티 없이 웃는다. 나쁘게 말하면, 자기 일생의 역사를 잊어버리는 게 아니냐고 해석하고픈 심정도 들긴 하지만, 어쨌거나 천국은 행복한 곳임을 묘사하고 있으며, 과거 죄에 대한 심적 트라우마, 상처로 고통당하는 일은 없다. 신의 빛이 찬란한 곳이므로 마음의 어둠이 사라진다. 그 원인은 '덕 또는 용기del valor'인데, 이 의미는 이탈리아 단테 학회 주에서 명쾌하게 '신덕으로(della divina virtù)'라고 풀이하고 있다(같은 책, 688쪽).

우리 역시 엄청난 실패 후에나 나쁜 일을 저질러 너무나 괴로운 때에 정말로 훌륭한 종교인 앞에 서면, "거기 앉으시오"라는 말 한마디로도 구원받은 기분이 들어 울먹이던 마음이 미소로 바뀌는 일이 있다. 그분 앞에 있는 동안은 진심에서 우러나는 미소를 지으며 이야기할 수 있다. 나는 그런 분을 두세 분 알고 있다. 예수회 소속이며 조치 대학 학장도 역임하신 호이벨스Heuvels 신부님과 도미니코회 수도원장이었던 타르트Tarte 신부님이 바로 그런 분들이었다. 일본 선교에 큰 영향을 끼친 분들이며 사제로서는 최고의 인물이라 생각한다. 그분들 앞에 가면 정말로 마음이 평안해지고 고통도 잊어버릴 수 있었다. 망각은 어떤 의미에서는 살아가는 힘이기도 하다. 뭔가 나쁜 일을 했더라도 후회하고 죄 사함을 받는 일에 힘 쏟으며 그 죄에 지나치게 얽매이지 않는 게 좋다. 그 죄로 인한 피해자가 있다면 그 사람에게 사죄의 성의를 표현해야 되겠지만, 자기 자신을 지나치게 책망하고 침울해하는 것은 창조주가 이 세상에 보내 주신 의도에 반하는 것이다. 천국에는 다양한 사람들이 모여 있다. 전생에는 갖가지 일들이 있었지만, 그곳에서는 '그러나 이렇게 미소 짓는다ma si ride'—진심으로 웃고 있다. 이 세 어휘로 쓴 문장이 품고 있는 속뜻을 소중히 여겨야 할 것이다.

이어서 다음 대목에 주목해 보자.

Guardando nel suo Figlio con l'Amore
che l'uno e l'altro etternalmente spira,
lo primo ed ineffabile Valore, (Par. X. 1~3)

말로 다할 수 없는 원초의 덕은
아드님을, 서로의 영원한 숨결
크나크신 사랑으로 그윽이 바라보시니

'말로 다할 수 없는 원초의 덕'이란 말로 표현하기 어려운 최고의 힘, 아버지이신 신을 가리키며, '아드님을' 즉 예수 그리스도를, '서로의 영원한 숨결'이란 아버지와 아들의 친숙한 대화의 숨결spirato이며 성령을 가리키므로, 위의 시 3행은 '창조주가 성령의 사랑으로 구세주를 바라보시며' 뭔가를 하고 있는 것에 대한 서문이다. 무엇을 하고 있을까. 다음을 읽어 보면 신은 정신을per mente 둘러싼gira 것과 공간을per loco을 둘러싼 것을, 즉 비가시적 세계와 가시적 세계를, 이리도 좋은 질서로con tant'ordine 창조해 내셨다(fe'—원과거 fece의 축약). 곧 우리의 현실계는 그리스도를 매개로 천국과 이어진다. 단테는 제10곡에서 바울로·아우구스티누스 이래의 사고를 확연한 형태로 서술한다.

이상과 같이, 제7곡 이하는 그리스도교의 전통적인 교의나 성자의 위덕威德을 시 형태로 묘사한다. 그것을 베아트리체의 입을 통해 이야기하고, 때로는 토마스 아퀴나스가 이야기하는 형식으로 가르치는 내용이다. 제5천부터는 다음 장에서 상세히 서술하겠다.

질의응답

질문자　나카가와 히데야스, 다나카 히데미치, 마에노소노 고이치로, 하시모토 노리코, 다시로 유지田代雄二

나카가와　오늘 말씀해 주신 내용을 텍스트에서 읽어 내는 게 얼마나 어려운 일인지 절실히 깨달았습니다. 텍스트에서 매우 중요한 사항을 전개하셨다는 것이 솔직한 감상입니다.

단테는 마치 객관적인 세계인 것처럼 지옥·연옥·천국에 역사적 인물들을 배치했습니다만, 이것을 미지 세계의 '편력'이라는 콘텍스트로 전환해 보면, 좀더 가깝게 느껴지지 않을까요. 『신곡』을 우리의 '내적 편력'으로 읽으면, 역사적으로 한정된 단테의 사실이 남의 일 같지 않게 측은하게 느껴지지 않을까요.

이마미치　『신곡』에 내적인 순례 서사시 경향이 있다고 말씀드린 적이 있는데 그것이 바로 저의 생각입니다. 그리고 제가 나카가와 선생님께 여쭙고 싶은 게 있습니다만, 지금 말씀하신 '내적인 편력'은 종교인에게 매우 소중한 사고방식이라 여겨지는데 천국에 관해서도 그런 말을 할 수 있을까요. 연옥까지는 어떻게든 할 수 있을 것 같습니다만, '내적 편력'이라는 형태로 천국을 경험할 수 있을까요? 그래서 천국편은 작가 단테의 탈자적脫自的 경험 세계라고 생각합니다.

나카가와　제가 보기에는 천국의 내적 편력은 불가능합니다. 연옥은 살아 있는 동안의 일을 보여 주니 그것이 가능하겠으나, 죽은 후에는 신에게 모든 걸 맡기기 때문입니다.

다나카　저는 요즘 동양의 영향 측면에서 서양미술을 본다는 주제를 세우고 서양미술을 연구하고 있습니다만, 조토만이 아니라 마사초 시대에도 그림자 후광 속에 아라비아 도안이 그려 있습니다. 그런 시각에서 베아트리체를 생각하며 여러 책들을 읽다 보니, 아라비아의 이븐 아라비 등에 이미 이러한 여성 숭배, 사랑을 바치는 여성의 예가 있었다는 내용이 팔라시오스의 『단테와 이슬람』에 서술되어 있다는 것을 최근에 알았습니다.
단테는 『새로운 인생』에서 "『신곡』처럼 세계를 묘사하는 것은 나에게 있어서도 처음이며, 서양문학, 그리스도교 세계에 있어서도 처음이다"라고 말했습니다. 그 말의 의미 중 하나는 베아트리체와 같은 개인적인 연인이 천국에서 마치 성모 마리아가 안내하듯 단계를 거쳐 이끌어 간다는 구성 그 자체라고 생각합니다만, 그 원형이 이븐 아라비나 이븐 하즘에서 보이는 아라비아의 연애지상적 사고방식에서 기인한다는 것입니다.
그리스도교 사회는 이슬람 문화와 매우 가깝고, 당시 이슬람 문화의 영향을 흡수할 수 있었습니다. 이븐 아라비는 단테보다 백 년쯤 앞서지만, 시리아나 스페인을 통해 들어온 것은 명백하므로, 이러한 점을 생각해 보면, 단테의 세계는 아랍 세계와 상당히 가까운 세계였다고 볼 수 있을 것 같습니다. 저는 동양의 영향 속에 이러한 사항을 집어넣을 생각입니다만, 미술에서도 그렇고 문학에서도 그런 것 같습니다. 이처럼 이슬람 문화에 많은 영향을 받고 있다는 것을 어떻게 생각하시는지 꼭 의견을 듣고 싶습니다.

이마미치 솔직히 말씀드리면 저는 당시 이슬람 문화가 매우 중요하다고 생각합니다만, 너무 방대해서 손을 댈 수가 없고 게다가 아라비아어도 페르시아어도 전혀 읽을 수가 없어서 이즈쓰 도시히코井筒俊彦 교수님이나 코르뱅Alain Corbin 교수를 비롯해 여러 분들의 기술이나 연구를 읽고 그런 거로구나, 라고 생각한 정도입니다. 지금 시점에서 제가 말씀드릴 수 있는 것은 철학에서는, 예를 들면 토마스가 때때로 아리비아어 관사 li를 썼으므로, 스콜라 학에 수준 높은 아라비아 문화가 반영된 것은 분명한 사실인 듯하다는 것입니다. 토마스는 (그때까지의) 아리스토텔레스의 번역에 만족하지 않고, 기욤 드 뫼르베케라는, 그리스어를 잘하는 친구에게 부탁해 그리스어를 직접 번역하게 했습니다. 그리고 아라비아어 번역을 참고로 해서 주석을 완성했습니다. 아라비아 문화는 참으로 찬란한 문화이며, 특히 스페인에 사라센 문화가 꽃피었으므로 거기에서 들어온 이슬람 문화의 훌륭함은 문학에도 당연히 영향을 끼쳤으리라 예상합니다. 그러나 단테의 어느 부분이 아라비아의 영향을 받았다고 인정할 정도의 학식이 제게는 아직 없습니다. 또한 그 분야는 최근 연구가 진행되고는 있습니다만, 유명한 주석서에는 아직 충분히 들어 있지 않으므로 앞으로 시간을 가지고 보충해 나갈 생각입니다.

그와 관련해 두 가지 점을 지적한다면, 라틴적 중세에는 문학이 소홀히 여겨졌으며 아리스토텔레스의 『시학』은 아라비아어 번역에 영향을 받아 아라비아에서 들어왔습니다. 14, 15세기에 로볼텔로Rovoltello라는 학자는 아라비아의 영향으로 들어온 서적에 주목했습니다. 문학에는 분명 사라센의 영향이 강합니다. 구로다 히사오黑田寿郎, 마쓰모토 아키오松本耿男 씨

등 이즈쓰 문하에 계신 분들의 연구가 있습니다.

또 한 가지는, 당시 어느 정도였는지는 알 수 없지만, 아라비아 의학이 매우 발전해서 로마 교회는 이에 뒤지지 않기 위해 공부했다고 합니다. 단테 안에 그러한 형태로 아라비아 문학이나 과학이 영향을 미친 부분도 찾아보면 몇 군데 지적할 수 있을 것 같습니다. 예전에 제 연구실에서 공부했던 이가라시 히토시五十嵐一가 이즈쓰 도시히코 씨 연구소에서 원전으로 이슬람 문화를 연구해 아라비아 의학에도 정통했습니다만, 살만 루시디 『악마의 시』를 일본어로 번역한 일이 원인인 것 같은데 애석하게도 살해당해 매우 유감스럽습니다. 사라센 과학 일반에 관해서는 이토 슌타로伊東俊太郎 씨의 연구도 훌륭합니다.

다나카 저는 레오나르도 다빈치를 연구하고 있습니다만, 최근 연구에서 알하젠(Alhazen, 965~1038)이 광학이론을 세워 원근법 이론을 강하게 주장했고, 레오나르도도 이를 참조했을 거라고 보고 있습니다. 지금까지 르네상스 하면 고대의 부흥, 고대의 이론이 다시 한번 라틴어로 부활했다는 시각으로 보았습니다만, 의외로 이슬람을 통해 이슬람이 이미 가지고 있던 것을 유럽에서 뛰어난 표현력으로 다시 한번 부활시킨 측면이 있지 않을까요? 저는 동양인이 서양문화를 볼 때, 조금은 다른 시점에서 볼 수 있다는 느낌을 최근 가지게 되었습니다. 알하젠의 광학이론은 매우 정교하고 치밀하며, 어떤 의미에서는 에우클레이데스보다 영향력이 강했던 게 아닌가 하는 느낌도 듭니다. 팔라시오스의 책에는 베아트리체 역할을 니삼이라는 젊은 여성이 맡는다고 서술되어 있습니다. 우리 동양인도 이러한 점들에 주목해야 한다는 마음가짐으로 공부하고 있습니다.

이마미치 12세기의 상당히 독특했던 논리학자 아벨라르가 이슬람인과의 대화를 생각하고 있었으므로, 그 무렵부터 분명 이슬람 문화의 높은 수준은 다양한 형태로 드러나 있었겠지요. 우리 일본인은 이슬람 문화권 가까이 있으면서도 이슬람에 대해 너무 무지한데, 이 점에서는 특히 단테에게 배울 내용이 적겠지요. 그러나 단테의 태도는 이슬람 문화에는 열려 있습니다.

나카가와 조금 전 천국에 관한 내적 편력이 가능할까, 라는 질문과 관련해 퍼뜩 떠오른 생각인데 '지복至福의 순간'이라 일컬어지는 말이 있습니다. 이는 은총으로 부여받는 것이라고 합니다만, 그러한 순간에 순수한 빛의 세계, 천국을 순간적으로나마 보는 것 같은 체험을 하는 사람이 있지 않을까요. 그러나 인간이 거기에 안주하는 것은 도저히 불가능하다, 그러한 점이 있지 않을까요.

이마미치 본격적인 신비체험이 그렇겠지요. 그저 범인凡人에 지나지 않는 저도 아까 말씀드린 호이벨스 신부님 같은 훌륭한 분 앞에 선 순간, 나쁜 일을 한 후에도 죄사함을 받은 듯한 기분, 지복과 유사한 감정을 극히 짧은 2, 3초라도 느낄 수 있었으니 분명 선생님이 말씀하신 것 같은 일이 있겠지요.

마에노소노 플라톤의 선분의 비유 이야기를 들었습니다만, 플라톤의 경우, 태양이 매우 큰 역할을 하는 것으로 저는 이해하고 있습니다. 선생님의 비유에 따른다면, 그리스도교를 모르는 사람은 태양을 어떻게 받아들이면 이치에 맞을까요.

이마미치 이데아 영역에서 좋음의 이데아가 최고의 이데아로 되어 있고, 이는 마치 태양이 모든 것을 소생시키듯이 좋음의 이데아가 모든 것을 소생시킨다고 나와 있습니다. 이 부분이 선생님의 질문에 대한 답변이 될 것 같습니다.

또한 플라톤에서 알 수 없는 것으로 '그것을 넘어선', '참된 실재를 넘어선 저편에(epekeina tes ousias, 존재를 넘어서)'라는 표현도 있습니다. 그리스도교에 관계된 사람이나 레비나스 같은 유대교 관련 연구자들은 이를 매우 소중히 여겨 '존재 저편에 있는 신'이라거나 '실존의 저편'이라는 말을 사용합니다. 그것이 어떠한지는 잘 모르겠지만, 저 역시 모든 실재를 초월한 것으로서의 무無 저 너머에 신이나 절대자가 있다고 생각합니다. 태양이 멸한 후에도, 다 타 버린 후에도 신은 있다고 생각해야 합니다.

하시모토　제5곡 19행에 다음과 같이 씌어 있습니다.

> 이는 신이 너그러운 은혜로 만들어 베풀어 주신 것으로 그 덕에 가장 부합
> 하고 또한 가장 중히 여기시며 내려 주신 더없이 큰 선물이
> 곧 의지의 자유였나니, 지혜 있는 피조물은 모두, 또한 그들에 한해, 예전에
> 이를 받았고 지금도 이를 받노라(야마카와 번역)

자유의지의 경우 르네상스 사람 피코 델라 미란돌라의 '인간의 존엄' 개념, 곧 인간은 자유의지를 가지고 있다는 게 지금 상당히 각광을 받고 있습니다. 단테가 말하는 자유의지와 피코가 생각한 자유의지가 저에게는 비슷하게 보입니다만, 피코의 자유의지론이 주목받는 것과 단테를 연관지어 보면 어떨지 여쭙고 싶습니다.

이마미치　피코가 자유의지를 매우 중요시했던 것은 분명하지만, 단테

가 그것과 어느 정도 관련이 있는지는 저는 잘 모릅니다. 그러나 단테가 말한 자유의지는 아리스토텔레스가 내놓은 자유의지 사고방식으로 그것을 아우구스티누스가 이어받았고 토마스가 이를 다시 받아들였습니다. 곧 토마스의 자유의지와 같은 의미이므로 여기에도 '지성과 함께'라고 강조되어 있습니다. 그런데 피코 델라 미란돌라는 '자유에 의거해 생각해 간다'는 흐름으로, 단순한 자유의지라기보다는 자유에 의거해 상상하고 자유에 의거해 생각한다는 좀더 강한 느낌이 듭니다.

지금 하신 질문을 들으면서 '신의 최대의 선물'에서 떠오른 생각이 있습니다. '신이 인간에게 내려 주신 최대의 선물은 자유의지이다'라고 단테도 말하고 있습니다만, 언젠가 가브리엘 마르셀도 그런 말을 했습니다. 마르셀은 저에게 "그런데 인간이 다른 인간에게 선사할 수 있는 최대의 선물이 있지. 그게 뭔지 알려나?"라고 물었습니다. 그 무렵, 저는 서른네다섯 살로 아직 젊었고, 게다가 어려 보이는 편이라 가브리엘 마르셀도 꽤 짓궂은 말투로 '알려나'라고 물었는데, 이런저런 생각을 하고 있자, "잘 듣게, 인간이 인간에게 선사할 수 있는 최대의 선물은 좋은 추억이야"라고 말씀하셨습니다. "수많은 것들이 사라져 버린다. 인간이 인간에게 주는 모든 물건들은 사라져 버린다. 그러나 아름다운 추억은 사라지지 않는다"고 말씀하셨습니다. 제가 작별을 고하러 갔을 때 들려주신 말씀인데, 그 자체가 저에게는 정말로 좋은 추억이 되었습니다.

신이 인간에게 부여한 최대의 선물은 분명 자유의지라고 생각합니다. 그러나 '인간이 인간에게 줄 수 있는 최대의 선물은 아름다운 추억'이라는 말도 훌륭하지요. 덧붙여 말씀드립니다.

다시로　　인류 역사를 해석하고, 역사철학의 기초를 만들었다는 측면에서는 아우구스티누스, 그리고 후에 헤겔이 등장합니다만, 역사철학이라는 말로 일반적으로 불리는 경우에, 그리스도교 안에서 역사를 해석하는 것이 그 후 세속화됩니다. 후대의 철학자가 말하는 역사철학과의 경계에 관해 조금 여쭙고 싶습니다.

이마미치　단테가 근대 역사철학의 기초를 만든 것이 아니라, 베아트리체가 하는 말, 즉 단테가 하는 말로써, 하나의 사고가 드러나는 것입니다. 그것은 역사가 십자가를 중심으로, 즉 종교를 중심으로 설명된다는 것으로, 그것을 일반화하면 종교적인 역사 해석이 가능하다는 말입니다. 일본에도 불교에서 말하는 역사 해석, 말세 사상이 있습니다. 그리스에서도 황금시대로부터 청동시대로의 미토스적인 역사를 이야기 했습니다. 유형을 찾아보면 다양하게 있을 겁니다. 다만 그것을 종교 일반의 사고방식으로 끝내는 것이 아니라, 다시 말해 초월과 세계라는 추상성에 그치지 않고, 십자가라고 하는, 신과 인간이 하나가 된 것의 존재를 통해 설명하는 구제救濟의 역사와 구제와 관계없는 인간의 보통의 정치 사건적인 역사를 연결 짓는 사고방식이 단테에게 있습니다. 그의 역사철학에 대한 평가, 일반적 역사철학과 그러한 그리스도교의 역사철학의 접점이 어디에 있는가에 관해서는 즉시 답할 수 없으므로 조금 더 생각해 보고 싶습니다.

*

그때 답변을 못 했는데, 나중에 이런저런 생각과 조사를 통해 얻은, 아래와 같은 세 가지 사항을 뒤늦게나마 여기에 적어 두고자 한다. 하나는 섭리providentia와 역사historia의 관계인데, 현실의 전개 전체는 섭리이며 신의 계획의 큰 틀이지만, 그것의 인간적 이해가 역사이다. 다음으로 섭리는 인간 구제와 연관되지만, 이와 무관한 사태의 전개에 대한 탐구는, 본래 이야기로서의 탐구가 히스토리아이므로, 종교와 관계없는 역사가 된다. 예를 들면 단테 연구의 역사와 같은 것이다. 근대 이후의 역사철학은 후자의 형상으로써 전자를 보고자 한다. 인류의 역사라고 하는 경우는 후자의 견해만으로는 부족하다고 여겨진다. 비코는 그렇게 생각했을 것이다. 이와 같이 두 개의 역사가 있다고 논하는 것이 본래의 역사철학이 아닐는지.

또한 단테와 이슬람 문화에 관해서는, 이 교정을 읽기 시작한 2002년 봄, 쉴드겐Brenda Deen Schildgen의 *Dante and the Orient*가 일리노이대학출판사에서 간행되었다. 그 책의 2장은 'The East in the Latin World'이며 그 속에 'Islam and the Commedia'라는 절도 있다. 지금 여기에서 상세히 논할 여유는 없지만, 아래 세 가지 점을 보완하고 싶다. (1) 쉴드겐도 단테가 지옥편 제28곡 31~36행에서 무함마드가 그리스도교의 이단자(Maometto는 scisma(분파)다)라고 말하는 한에서는 당시 서구 지식인의 견해와 같지만, (2) 십자군을 조직해 이슬람과 싸울 생각은 없었고, 토마스 아퀴나스의 이른바 『철학대전』에 의거해 무함마드가 야만인들 사이에 있어 무자비할 뿐이라고 생각했다고 본다. (3) 팔라시오스가 1927년에 낸 *Dante y el Islam*에서 지적한 베아트리체에 대한 아라비아 연애지상주의의 영향은 이 책에서는 크게 문제되지 않는다. 단테에게 베아트리체가 어떤 의의가 있는지에 관해서는, 리세Jacqueine Risset도 *Dante—une vie*(1995)에서 연애와는 다른, 길잡이로서의 성스러운 관계가 중요하다고 보고 있으며, 여기에서는 연애와는 이질적인 기사도의 승화를 볼 수 있는 게 아닌가, 라고 생각한다. 치우친 생각일지도 모르지만, 베아트리체는 가톨릭적 여성관의 새로운 전형을 성모 마리아와 남성의 중간자로서 세운 존재일 것이다. 지적으로 신학을 설명하는 여성의 모습은 12세기에는 아벨라르의 상대였던 엘로이즈, 빙엔의 힐데가르트라는 철학자, 17세기의 대성大聖

테레지아 등 역사상 없는 건 아니지만, 20세기 후반이 될 때까지 가톨릭 교회에서는 드물었다. 그런 점에서 단테의 태도는 신선하긴 하지만, 유대교나 이슬람교에 대한 견해는 다른 종교와의 대화를 필요로 하는 현대에서 본다면 편견도 많이 느껴진다. 이는 어쩔 수 없는 일일 것이다.

14강
단테 『신곡』 천국편 Ⅳ

복습―그리스도교의 근본문제

천국편 제7곡에서 베아트리체는 단테에게 그리스도교의 근본문제에 관해 이야기한다. 그중 하나는 인간의 원죄와 자죄의 문제이다. 베아트리체는 아담을 '일찍이 태어나지 않았던 사람(남성)'이라고 부른다. 이 말은 아담이 아버지와 어머니로부터 태어나지 않은, 육체까지 신에 의해 직접적으로 창조된 사람임을 나타낸다. 최초의 인간은 신에 의해 창조되었다. 그러한 아담의 죄로 말미암아 원죄가 생겨났고, 인간은 신의 은총으로부터 버림받았으며, 영혼의 힘도 자연 본능에 쉽사리 지배되어 결과적으로는 인간의 의지로 저지르는 자죄가 많이 행해지기에 이르렀다. 그런 비참한 상태에 처한 인간을 구하기 위해 예수 그리스도의 십자가 구원이 이루어졌으니, 즉 신의 아들이 사람의 모습으로 나타나 사람을 대표해 속죄함으로써 인간은 원죄로부터 구원받았다. 인류를 위해 십자가에 매달린 예수 그리스도의 자기희생적 속죄 행위가 두번째로 중요한 사항이라 언급했다.

그리고 세번째로 중요한 문제는 인간의 영혼은 신에게서 직접 부여받는다는 가르침이다. 일본어로는 '영혼'이라고 하지만, 영과 혼을 나눈다면 라틴어에서는 영=스피리투스spiritus, 혼=아니마anima가 된다. 일반적으로는 동물에게는 혼(아니마)밖에 없다. 한편, 신은 물론 천사와 인간도 영적 존재ens spirituale이다. 인간의 육체는 부모로부터 태어난다. 그러나 인간의 영혼은 신에게 직접 부여받는다. 그런 의미에서 우리의 영은 신과 직접 이어져 있다. 그리고 이것이 인간에게 부활의 기쁨으로 이어진다.

이상, 원죄 문제, 십자가 희생에 의한 구원, 영은 직접 신으로부터 받으므로 부활이 가능하다는 세 가지 사항이 가장 중요한 그리스도교의 가르침으로 베아트리체의 입을 통해 언급된다.

사려깊음prudentia에 관해

이 장에서는 『신곡』이 제시하는 그리스도교의 중요한 문제로, 의지나 행위의 결과에 관계되는 사려깊음(라틴어 prudentia에서 유래하는 이탈리아어 prudenza, 영어 prudence)에 관해 생각해 본다. 이것은 우리가 자기 자신을 반성하는 데에도 또한 타인을 판단하기 위해서도 소중한 덕목이므로 이에 대해 배워 보기로 한다. 앞으로도 앞 장과 같이 내 번역으로 읽어 가도록 하겠다.

텍스트는 제13곡 130~142행, 천국의 제4천, 태양천이라 불리는 곳이다. 아래의 말들은 가톨릭 신학의 대표적 존재인 성 토마스 아퀴나스가 아리스토텔레스의 『니코마코스 윤리학』에서 전개된 실천적 지혜 φρόνησις(phronesis, 프로네시스)에서 배워서 그리스도교적으로 전개시킨 덕목 prudentia에 관해 단테에게 들려주는 윤리신학적 훈계이다. 단테의

『신곡』은 중세철학 연구의 태두泰斗 질송Etienne Gilson에 따르면, 토마스 신학의 시적 결정이라 일컬어진다. 따라서 단테가 104행에서 '비길 바 없어 보이는 왕의 사려깊음(regal prudenza è quel vedere impari)'이라고 토마스의 입을 빌려 말했는데도 이제까지의 주는 물론 최근 이탈리아 단테 학회 판에서 반델리, 치멘즈도 46행의 솔로몬 왕의 지혜만 거론할 뿐, 아리스토텔레스의 프로네시스를 간과한 것은 애석한 일이다. 이것이 바로 내가 상세하게 논하는 까닭이다.

> 너무나 쉽사리 단정 지어
> 들판의 이삭이 채 여물기도 전에
> 어림으로 값을 매기는 사람이 되지 마라.
> 겨울에는 염려스럽기 그지없는 가시나무가,
> 후에 그 앙상한 가지에 장미꽃을
> 피운 모습을 본 적이 있다.
> 드넓은 창해를 쏜살같이 치달려
> 머나먼 뱃길을 건너간 배가
> 항으로 들어서자마자 가라앉는 모습을 보았다.
> 한 사람이 훔치는 것을 다른 이가 봉헌하는 것을
> 보았다 하여 세인世人*이여 신의 심판이
> 끝났다 여기지 마라, 있을 수 있는 일은
> 전자의 갱생 후자의 타락. (천·13·130~142)

이것은 모두 심판을 서두르면 안 된다는 격률의 예이며, 처음 두 개는 자연 관찰의 예에서 온 것, 뒤의 두 개는 사회사상의 관찰 예라고 할 수 있겠는데, 모두 다 토마스의 사려깊음prudentia이 아리스토텔레스 이래의 실천적 지혜이며 개별적인 것들에 관련됨을 보이는 예이다. 그리고 '*'을 붙여 '세인'이라고 번역한 부분의 원문은 인명 두 개가 나와 있는 Non creda donna Berta e ser Martino인데, 직역하면 '돈나 베르타도 세르 마르티노도 ……라 여기지 마라'이며, 이는 '하나코 씨도 타로 씨도 ……라 여기지 마라'라고 말하듯 흔한 이름을 열거해 '평범한 여자도 평범한 남자도……라 여기지 마라'라는 뜻이다. 사람을 그 순간의 좋고 나쁨으로 판단하지 말고, 긴 안목으로 봐야 한다, 그렇지 않으면 그 당시 도둑이 갱생하여 훌륭해지고, 그 당시 큰돈을 교회와 빈민에게 기부했던 사람이 명성에 자만하여 건방져져 범죄자가 될 수도 있다는 의미일 거라 생각했다. 그런데 싱글톤은 그의 주에서, 옛 주가 Tizio와 Caio라고 한 이름을 미국풍으로 고쳐 Berta and Martino were equivalent to our Tom, Dick, and Harry(S. p.239)라고 말하며, 남성만을 가리켰다. 그래서 donna Berta라는 여성을 들고 있는 게 이상해 원전을 다시 읽어 보니, 이는 반드시 남녀의 구별을 뜻한다기보다는 예컨대 여기에서는, 다른 사람의 소문 따위에 열중해 제정신을 잃는 형편없는 사내들은 누군가 도둑질을 하는 모습을 보면 그것만으로 나쁜 사람이라 단정 짓고, 교회에 기부나 헌금을 조금하는 모습을 보면 사회의 은인이니 천국행이 확실하다며 극구 칭찬을 하는데, 그러한 것은 긴 안목으로 봐야 한다는 이야기이다. 지금까지의 주에서도, 예를 들면 이탈리아 단테 학회 판의 주는 'Ogni femminuccia ed ogni omiciattolo' (S.D. p.729)라고 기록했으며, 이는 우리가 위에서 한 해석과는 달리 다소 경멸적이며, '사내답지 못한 남자'와 '빈약한 남자'를 의미하는데 치멘즈는 그것은 명확한 우롱적 언사dileggio라고 서술했다(앞의 책, 744쪽). 결국 여기에서는 남성 사회 속에서 어떤 책임을 지고 일해야 할 남자가 너무 단견으로 타인을 가볍게 판단하므로 끝까지 잘 살펴보자는 말이다. 그러므로 여기에서 옛 주에서든 새로운 주에서든

donna Berta를 '울보 남성'을 의미하는 femminuccia(약한 여자)로 보는 것은 성별에 관계없이 '어떤 사람이든'의 뜻으로 해석하는 게 좋을 것이다. 그러니 만큼 단테가 이 같은 '남성 사회' 속에서 천국으로 향하는 최고의 길잡이로 성모 마리아만이 아니라 베아트리체를 내세웠던 점은 주목할 만한 가치가 충분히 있다.

'한 사람이 훔치고 한 사람이 기부금을 올리는 모습을 보고'(140행), 한 사람이 도둑질을 하니 이는 나쁜 사람으로 보이고, 다른 한 사람은 신에게 헌상물을 올리는 좋은 사람이라 보여도, '신의 심판이 그들 두 사람에게 보이는 그대로 좋다, 나쁘다 내려진다 생각지 말지어다'(141행), 일시적인 그 일만으로 일생을 판단해서는 안 된다. 야마카와 번역은 직역해서 '저이가 일어서고 이이가 쓰러지는 일도 있을지로다'(142행)라고 했는데, 나는 어조를 고려하여 '전자의 갱생, 후자의 타락'이라고 했다. 즉 훔친 쪽이 윤리적으로 회복되고 봉헌한 쪽이 윤리적으로 쓰러져 버리는 일도 있을 것이다. 다시 말해 매사를 너무 안이하게 판단해서는 안 된다. 자기 자신도 일이 잘 풀린다 해서 방심해서는 안 되며, 타인을 판단할 때에도 '저 녀석은 도둑질을 한 자다'라는 생각이 마음속에 있더라도 그것은 어쩌면 젊은 날의 가난 때문에 생긴 우발적 충동일 뿐 그가 나중에 훌륭한 사람이 될 수도 있음을 기억해야 한다. 사려깊음은 이렇게 그 자체 속에 도덕적 판단의 원리를 가지는 개별적인 것에 관한 판단과 관련된다. 또한 동시에, 그러한 판단을 가지고 있으면 자기 자신의 행위에서도 힘들 때 실패만 한다고 기죽을 필요도 없고, 일이 순조롭게 진행될 때 우쭐해져 방심하는 일도 없어진다.

이 부분은 프루던스를 판단자와 행위자의 양 측면에서 긴 시간에 걸쳐 적용시키자는 말을 아름다운 언어로 가르치는 것으로 여겨져 오래 전부터 중요하게 여긴 대목이다. 원문은 다음과 같다.

Non sien le genti ancor troppo sicure

a giudicar, sì come quei che stima

le biade in campo pria che sien mature;

ch'i' ho veduto tutto il verno prima

lo prun mostrarsi rigido e feroce,

poscia portar la rosa in su la cima;

e legno vidi già dritto e veloce

correr lo mar per tutto suo cammino,

perire al fine all'intrar della foce.

Non creda donna Berta e ser Martino

per vedere un furare, altro offerere,

vederli dentro al consiglio divino;

chè quel può surgere, e quel può cadere. (Par. XIII. 130~142)

그러면 단테의 특색이 잘 표출된 첫 3행과 마지막 1행을 좀더 상세하게 살펴보자.

Non sien le genti ancor troppo sicure

a giudicar, sì come quei che stima

le biade in campo pria che sien mature; (Par. XIII. 130~132)

Non sien '그러한 자가 되지 마라', le genti '사람들', 다음과 같은 사람이 되어서는 곤란하다. ancor '또한', troppo sicure '너무도 안심하여', a giudicar '판정하다'. 너무나 안심하고, 판단하는 사람이 되어서는 곤란하다. sì come '다음과 같은', quei '사람들', che stima '평가하는 듯한', le biade '밀 이삭', in campo '들판에 있는', pria che sien mature '그것이 채여물기도 전에', 너구리 굴 보고 가죽 값 계산하는 사람이 되어서는 곤란하다. 뽐내듯 만개한 벚꽃이 내일도 괜찮을 줄 알지만, 한밤에 태풍이 휘몰아칠 줄 그 누가 알겠느냐는 시가 있듯이, 설령 내 밭에서 이삭이 무르익는다 해도 올 가을은 괜찮을 테지 하고 쉽사리 생각해서는 안 된다. 인생을 일련의 계획에 따라 작동하는 기계처럼 계산할 수 없다는 사고가, 플라톤과 달리 아리스토텔레스가 학문적 인식(에피스테메)과 구별해 실천적 지혜(프로네시스), 즉 라틴어로는 프루덴티아prudentia, 요컨대 프루던스를 분립시킨 이유였다. 이렇게 해서 개체에 대한 판단으로서의 프루덴티아는 필연과 우연 사이에 위치하는 개연성의 영역을 대상으로 하고 있으며, 개체의 역사적 진전을 고려한 관점을 필요로 한다.

그리고 맨 마지막 행, chè quel può surgere, e quel può cadere(142행) '한쪽이 일어설 수도 있고, 한쪽이 쓰러질 수도 있으리'. 한 사람은 furare '도둑질'을 하고, 한 사람은 offerere '헌상물'을 올린다. 그렇지만 consiglio divino '신의 재판'이 그것으로 결정된다고 생각해서는 안 된다. 한편이 surgere '일어서고', 한편이 cadere '떨어지다'. 일본어 번역은 이 대목을 대부분 '쓰러지다'로 번역했는데, 그것은 짐작건대 만델바움이 fall, 마스롱이 tomber, 랜트먼이 fallen으로 번역한 영향도 있을 테지만, 오히려 '떨어지다'라는 뜻이다. 이탈리아 단테 학회 주에서는 può cadere in peccato mortale et essere anche dannato '대죄에 떨어져 다시 지옥에 가라는 선고를 받을 수 있다'(S.D. p.730)고 되어 있다. 따라서 surgere '일어서다'에 관해서도 그 주에서는 salvarsi(구원되다)라는 의미를 택한다.

예를 들어 다른 사람과의 경쟁에서 밀릴 때, 아직 승부는 끝나지 않았다고 스스로에게 들려주고 격려하는 의미가 있으며, 자신이 이기고 있을 때라도 방심하지 않도록 훈계하는 의미가 있다. 또는 자신이 인간의 올바른 길에서 벗어났다는 생각이 들 때, '언젠가 구원받을 때도 있을 것이다(chè quel può surgere)'라고 스스로를 종교적으로 격려하고, 반대로 자기가 순조로울 때에는 '죄로 떨어지면 지옥행도 있을 수 있다(e quel può cadere)'고 생각하며 종교적으로 경계한다. 이 마지막 1행은 반델리의 주에 나온 종교성을 포함해 우리 각자가 자기 자신에 대한 격려와 훈계의 말로서 명심해야 할 것이다.

천국의 자유―언론의 자유

여기서 잠깐 제4천(태양천) 이후의 천국 구조를 확인해 보면, 제5천인 화성천에서는 붉은 선혈 빛의 별에 걸맞게 순교자의 영혼이 나온다. 화성천에는 단테의 고조부에 해당하는 카차구이다Cacciaguida가 나와 자신의 순교 사실과 피렌체의 역사에 관해 이야기하고(제16곡), 그러고 나서 제17곡에서 단테의 미래를 이야기한다. 제6천은 목성천(제18~20곡)으로 독수리가 주로 등장한다. 독수리는 어떤 상징으로 나온다. 이곳의 테마는 정의이다. 이에 관해서는 다음 장에서 상세하게 다루겠다. 제7천은 토성천(제21~22곡)이며, 여기에는 11세기의 신학자 성 피에트로 다미아노 Pietro Damiano가 주된 화자가 되어 관조의 생활vita contemplativa을 서술한다. 제8천은 항성천(제23~27곡)으로, 성 베드로Pietro, 성 야고보Jacob[1], 성 요한Giovanni을 중심으로 신학적 인덕 곧 믿음·소망·사랑의 문제가 테마로 다뤄진다. 제9천은 원동천(제28~30곡)인데 원동천이란 움직이는 하늘로, 베아트리체가 다시금 등장하고 천사가 주제가 된다. 그리고 제10천이 최고천이다. 최고천에 관해서는 다음 장에서 상세히 다루겠다.

제4천(태양천)에서 또 하나 지적하고 싶은 것은 천국의 자유를 어떻게 볼 것인가 하는 점이다. 앞 장에서 보았듯이, 단테는 자주 '질문을 해도 괜찮을까' 하고 머뭇거린다. 그럴 때마다 베아트리체는 '말하세요, 말하세요. 뭐든 솔직히 말하세요. 상대가 마치 신인 것처럼, 믿고 말하세요Di', di sicuramente, e credi come a dii.'라고 말한다. 그 앞뒤를 함께 번역하면 이렇다. "사랑의 영들이 말한다, '이리도 드넓은 하늘의 광명에/우리는 불타오르오. 이 밝음을/맘껏 받으시오, 소망하신다면./겸허한 영 하나가 말했을/때 베아트리체 내게 말하세요/말해요, 신들처럼 믿고'"(천·5·118~123). 여기에는 천국의 '언론의 자유'가 표현되었다. '뭐든 말하세요.' 다시 말해 그리스어로는 παρρησίαparresia하라고 말하는 것이다. parresia는 두 개의 어휘가 합쳐진 것이다. 바로 panresia인데 pan은 '모두', resia는 '말하는 것'으로 이 둘을 합해서 '모두 말하는 것'이다.

상대를 진실로 믿으면 모든 것을 털어놓을 수 있다. 뭔가를 숨기거나 이 말을 하면 화낼지도 모른다고 걱정하는 것은, 헤아리는 마음이라 보면 아름답겠지만, 일종의 마음의 벽이 되지 않을까. 진정한 영과 영의 합일에는 감출 것이 없다.

---

1 이것은 제25곡 17행의 il barone(남작)의 의역이다. 이러한 점이 바로 『신곡』 원문 독해의 어려움 중 한 예이므로 여기에 주를 붙이고자 한다. 앞의 제24곡 115행에 이와 흡사한 quel baron(발음상 e가 생략된 것)이 나오는데, 옛 주석에서부터 치멘즈에 이르기까지 이는 피에트로(성 베드로)라고 말한다. 그 이유는 39행의 per lo mare andavi(바다 위를 걸었다)라는 구절이 「마태오 복음서」 14장 29절의 '예수께서 "오너라." 하시자 베드로는 배에서 내려 물 위를 밟고 그에게로 걸어갔다……'라는 문장으로 성 베드로를 가리킨다고 특정할 수 있기 때문이다. 그런데 이 제25곡 17행의 il barone는 베드로가 아니라, 치멘즈에 따르면, l'apostolo san Giacomo o Jacopo(p.851)이다. 그 이유는 다음 행인 18행에 per cui là giù si vista Galizia(그를 위해 하계는 갈라치아 순례)라고 되어 있는데, 갈라치아는 스페인 북서 지방의 갈라치아 순례(원문 그대로 번역하면 '그를 위해 하계에서 사람들은 지금도 갈라치아를 방문하고 있다'가 된다)라고 되어 있다. 그러므로 순례의 명소 Santiago di Compostella가 있는 곳을 말한다는 것을 알 수 있고, 이것은 전설에 따라 주의 형제 성 야고보라는 말이 된다. 때때로 아무리 주석을 들여다봐도 도무지 확연하지 않을 때가 있다. 그러나 조사하면 할수록 깊은 맛이 나는 것이 『신곡』을 비롯한 고전의 특징이다. 이런 일은 누군가가 할 테니 신경 쓰지 말고 읽어 나가자.

이 parresia라는 덕을 매우 소중히 여긴 사람으로는 니사의 그레고리우스(Nyssa의 Gregorios), 그의 선배인 오리게네스Origenes가 있다. 진정한 자유는 '무엇이든 주저하지 않고 서로 이야기할 수 있는 사이'이다. 그것은 물론 방자함, 다시 말해 자의恣意와는 다르다. 자유는 목숨을 걸고라도 지켜 내야 한다. 자의는 무슨 수를 써서든 억제시켜야 한다. 자유로우면서 질서가 있고, 질서가 있으면서 자유롭다. 그러한 예로는 예술과 전례를 들 수 있을 것이다. 천국의 분위기는 그러한 것들로 충만하다.

'베아트리체 이르기를. 말하라, 말하라 두려워 말지어다, 저들을 신들과 같이 믿으라Di di sicuramente, e credi come a dii'(천·5·122~123), 이런 대목은 문어체인 야마카와 번역이 어울린다. '무슨 말이든 괜찮으니 안심하고 말하시오.' 자유의 가장 기본이 되는 것은 자기가 믿는 바를 말할 수 있는 것, 다시 말해 사상과 언론의 자유라고 말해도 좋을 것이다. 잘못되었을 경우 수정해 줄 학자들은 얼마든지 있다. 그런 말이 여기에 씌어 있다. 그렇다면 그렇게 자유로운 곳의 분위기가 어떨까.

제12곡 22행부터 24행에서 제4천 즉 태양천의 모습을 노래하고 있다.

Poi che'l tripudio e l'altra festa grande,

sì del cantare e sì del fiammeggiarsi

luce con luce gaudïose e blande,

무도舞踏[2]와 성대한 잔치 후,

---

2 '무도舞踏'라고 번역한 것은 tripudio로 현대 이탈리아어로는 '환희'인데, 단테 무렵 인문주의자의 말로서는 라틴어 tripudium(삼보 댄스)의 본래 의미에 바탕을 둔 전승 축하연 무도회다. 갖가지 유혹에 내적 승리를 거둔 영의 기쁨의 무도회이다. 싱글톤도 주에서 tripudio는 latinism(라틴풍)이라고 말했다(S. III. b. p.207).

모두 노래 부르며 서로를 찬란히 비추니

빛과 빛은 즐겁고 온화해진다.

여기에서 중요한 것은 말을 자유롭게 주고받을 때의 도상적 형태가 '빛과 빛이 즐겁고 온화해진다Luce con luce gaudïose e blande'라고 표현되어 있는 것이다. 대화는 영의 지적인 빛이 사랑의 분위기 속에서 교류하는 것이어야 한다. 천국의 빛이 아무 비밀 없이 가볍게 춤을 추는 듯한 마음 상태, 감춰진 어둠 없이 빛으로 충만한 상태이다. 천국은 순수한 지의 관조contemplatio의 장이라 일컬어져 왔기 때문에 그곳의 대화가 이론적이고 어려운 내용뿐일 거라는 생각이 들지도 모르지만 그렇지 않다. 부디 단테의 이러한 시 구절을 음미해 주기 바란다. 정갈하고 바른 장소만이 수행 장소는 아니다. 그것만이라면 중압의 고통이 남을 것이다. 정갈함에 더해지는 즐거움이 없다면 천국이 아니다.

제5천(화성천)

단테는 빛으로 충만한 태양천에서 토마스 일행의 이야기를 들은 후, 은하에서 십자가의 빛을 보고 찬미 음악을 들으면서 이윽고 아름다운 베아트리체와 함께 제5천(화성천)으로 올라간다. 화성천은 붉은 빛이다. 실제로 화성이 얼마간 붉은 색이라는 사실과 순교 성인의 기념미사 제복이 붉다는 것과 상응해 순교자가 흘린 핏빛과 관련짓고 있는 것이다. 화성천에는 그리스도교를 위해 순교한 종교적 영웅들의 영이 모여 있다. 그 같은 성자들의 윤무인 둥근 빛, 즉 '성령의 참다운 불꽃vero sfavillar del Santo Spiro!3'의 반짝임에 단테는 일시적으로 눈앞이 아찔해진다. 그러나 '베아

트리체의 아름다운 자태와 부드러운 미소Beatrice sì bella e ridente'로 다시금
눈을 뜨고 볼 수 있게 된다.

> 내 눈은 그 아름다움에 힘을 얻어
> 위를 우러르고 알았다, 여인과 함께
> 내가 보다 높은 구원으로 옮겨 왔음을.
> 내가 점차 더 높은 곳에 다다랐음을
> 알 수 있었던 것은 평상시보다 붉게
> 타오르며 미소 짓는 저 별이 보임이니. (천·14·82~87)

자신이 높은 곳에 올라갔다는 육체적 감각에서가 아니라, 붉은 별(화
성)이 타오르는 듯한 미소로 빛을 발하는 권역으로 들어서서 에우독소
스 이래의 천문학 지식 전통에 의거해 자기가 한 단계 더 높은 곳에 다
다랐음을 알게 되었다는 말이다. 단테는 『향연』에서 '화성이 사물을 말
려 다 태운다고 하는 것도 그 열이 불의 열기와 같기 때문이다Esso Marte
dissecca e arde le cose perchè lo suo calore è simile a quello del fuoco'(Conv. II. 13. 21)
라고 썼다.

제14곡의 시작 부분에서 단테는 아직 태양천에 있으며 차차 화성천으
로 이동한다. 천계는 연옥, 천국이라는 식으로 영역적으로 준별되는 게
아니므로 단테는 하나의 노래(칸토) 안에서 태양천에서 화성천으로 점차
이동해 간다. 천국은 전체가 하나의 체계로 되어 있으며, 성인들이 천국
사이를 오가는 듯 형상화되어 있다.

단테는 그곳까지 '자, 다시 일어나 이기시오Resurgi e Vinci'(천·14·125)

---

3 Spiro는 아어雅語로 spirito와 마찬가지로 숨결과 영을 나타낸다.

라는 노랫말의 아름다운 음악과 함께 도달했다. 이 가사는 단테가 천국의 천사와 성인들의 노랫소리에서 들은 말이었다. 그렇기 때문에 라틴어인 것이다. 단테 시대는 말할 것도 없고, 1962년부터 1965년까지 열린 제2차 바티칸 공의회의 결정까지는 전 세계 가톨릭교회의 정식 전례 용어는 라틴어였다. 그것이 바로 단테가 천국의 찬미가를 라틴어로 쓰게 된 까닭이다. 이탈리아어로 하면 Risorgi e vinci가 된다.

이것은 완전한 라틴어 문장으로 쓰면 Resurgi et vinci이며 접속사는 et를 사용해야 한다. 때문에 이탈리아 단테 학회 판 텍스트는 처음에는 대부분 'Resurgi' e 'vinci'라고 두 개의 라틴어를 작은따옴표(") 표시로 묶고 이탈리아어로 쓴 e와 구별했다. 치멘즈의 신판에서는 Risorgi로 읽는데 그것은 라틴어가 무너진 형태이며 이탈리아어로는 아어에 해당한다. 단테는 천국의 색채, 음, 질서에 미사성제의 전례학적 상징론을 응용한 실천 미학적 사고방식으로 시를 창작했다. 'Resurgi' e 'Vinci' '다시 일어나 이기라'는 후렴이 순교자가 있는 화성천에서도 그에게는 들려온다. 고통을 당하더라도 순교자들처럼 힘차게 일어나 고통을 무릅쓰고 자신이 옳다고 믿는 바를 행할 때, 혹은 남에게 격려의 말을 건넬 때, Resurgi e Vinci '다시 일어나라, 그리고 이겨내라'라고 말한다. 내 생각에는 이것이 화성천의 영혼, 즉 순교로써 승리를 거둔 사람들을 가장 간단하게 표현하는 말인 것 같다. 그리고 이 말은 이 세상에서 신앙으로 말미암아 큰 타격을 입었을 때에도 끝까지 희망을 버리지 않고 재기해 이겨 내는 데 다른 무엇보다 격려가 될 것이다. Resurgi는 단순한 surgi보다도 '다시 일어서서'의 의미가 강하기 때문에 당연히 부활(resurexio 이탈리아어로는 resurrezione)이 함축되어 있다. 부활은 갱생의 소망이기도 하다.

카차구이다의 등장

그리고 제15곡으로 들어가면, 화성천에서 잠시 시간이 흐르자 음악이 멈추고 빛나는 성좌로부터 하나의 별un astro della costellazion che lì resplende 이 유성처럼 흘러내려와 말을 건넨다. 그 영혼은 나중에 이름을 밝히는데, 단테의 선조의 한 사람인 카차구이다가 등장한 것이다. 단테는 처음에는 그가 누구인지 몰라보는데, 가까이 다가온 그 영은 단테에게 반가운 듯 라틴어로 말을 건넨다. 이 부분은 번역에서도 아어를 쓰기로 한다.

O sanguis meus, o superinfusa

gratïa Dei; sicut tini cui

bis unquam cœli janüa reclusa? (Par. XV. 28~30)

오, 나의 혈육이여 신의 은총이여

너 이외에 그 누구를 위해

하늘의 문이 두 번씩이나 열렸으랴.

단테를 부르는 이 말에서 천국에 있는 카차구이다는 단테가 자기 자손임을 알기에 먼저 '피血'라는 의미에서 '자손', '혈육'이라 부르며 환영의 뜻을 드러내는 동시에, 자기의 자손 단테가 은총을 입은 운명이라며 기뻐하는 모습을 보인다. '너 이외에 그 누구를 위해 천국의 문이 두 번씩이나 열릴 것인가'라는 말은 단테는 지금 살아 있는 몸으로 천국에 들어와 있지만, 사후에도 역시 천국에 오게 될 것이라는 예언이다. 그가 마지막에 '너희의 오래된 영세 성당에서 신자의 이름을 얻은 카차구이다이니라'(천·15·133~134)라고 이름을 밝힘으로써 단테는 그가 자신의 선조임을 알게 된다. 그는 자신의 생애를 서술하는데, 그가 화성천에 있는 역사적 근거를 나타내는 말은 139행의 seguitai lo 'mperador Currado(쿠르라도 3세를 따라)인데, 제26차 십자군에 종군하였고 1147년에 다마스쿠스 점령 전후 전투에서 전사해 순교자màrtire 무리에 들게 되었다.

단테를 부르는 위의 3행이 라틴어로 쓰인 데에는 두 가지 의미가 있다. 하나는 베르질리오, 즉 베르길리우스가 모습을 감춘 후에도 단테는 자신이 그곳에 있는 것이 베르길리우스의 덕분임을 다시금 떠올리며, 누군지 알 수 없는 노인이 와서 말을 건네는 것을 베르길리우스의 『아이네이스』에서 주인공 아이네이스에게 그의 아버지 안키세스의 영이 달려와 부르는 것을 모방한다. 단테에게 선조가 달려오게끔 함으로써 『신곡』이 베르길리우스가 창작한 시를 모범으로 삼고 있음을 내용적으로 명시하는 동시에 언어 역시 베르길리우스가 사용한 라틴어를 쓴 것이다. 요컨대 베르길리우스에 대한 찬양과 감사를 표시하고 있다는 것이 하나의 의미이다.

그리고 다른 하나는 단테 시대에는 토스카나 방언 같은 이탈리아어로 중요한 말을 하게끔 시대가 변화해 단테 스스로도 이탈리아어로 새로운 문화를 발흥시켰으나, 단테의 선조 시대에는 중요한 말을 할 때는 늘 라틴어를 썼기 때문에 존경하는 옛 노인이 나온 부분을 라틴어로 표현했다는 것이다.

그렇기는 하지만, 이러한 내 생각도 신빙성이 없을지 모른다. 내가 가장 신뢰하는 이탈리아 단테 학회 주에서는 라틴어 3행이 나온 데 관해서 그 이유는 '명백하지 않다. 주석가들은 여러 가지 이유를 생각해 냈지만, 모두 다 설득력은 없다non è chiaro : le varie ragioni escogitate dai commentatori, non sono persuasive'고 쓰고 있다(S[4].D. p.741).

---

4   이하, 이탈리아 단테 학회를 가리킨다.

그리고 여기에서 bis '두 번', '두 번이나 하늘의 문이 열린 적이 있으랴'라고 말한 데 대해서 주석가들은 그 유명한 바울로가 생전과 사후 두 번 천국에 갔던 예를 끌어다 이것저것 문제를 삼는데, 여기에서는 결국, 그의 선조가 하늘에 두 번 오는 사람은 좀처럼 있을 수 없다며 단테가 천국에 온 것을 몹시 기뻐하고 있다는 정도로 이해하면 좋을 듯하다. 제15곡 49~54행에 따르면, 카차구이다는 천국에서 신의 전지全知를 통해 단테가 살아 있는 몸으로 오게 될 것임을 미리 알고 애타게 기다렸다는 이야기가 된다. 단테의 '두번째 하늘'이란 사후에도 천국에 받아들여질 수 있다는 말이다(S.D. p.742. S. III. b. p.254~255).

천계의 상호관계

이렇게 해서 단테는 제15곡 안에서 태양천에서 화성천으로 완전히 옮겨 간다. 천계의 상호관계는 결코 지옥·연옥과 같은 영역적 차이가 아니다. 위로 오르면 오를수록 아름다움이 더해 간다. 베아트리체도 더더욱 아름다워지지만(VIII. 13~15), 세상도 점점 더 아름다워진다(XVIII. 61~63 etc.). 아름다워진다는 것은 구체적으로 빛이 늘어나 충만해진다는 것이다(XII. 24, V. 133~134, etc.).

상승 이미지로서의 빛의 충일充溢 못지않게 중요한 사실은 차츰 운동 궤도가 넓어짐에 따라 색채의 차이가 생겨난다는 것이다. 청백색에서 흰 태양의 세계, 붉은 화성의 세계, 더 나아가 하얀 목성의 세계로 색이 변해 간다. 위로 오를수록 아름다움이 더해 가는 것은 아름다운 것이 늘어나는 게 아니라, 그곳에 가면 모두가 보다 아름다워짐을 의미한다. 미가 일종의 분위기로 다뤄진다. 그러한 미는 '빛'으로 표현된다. '아름답다'란

'눈부시게 빛난다'는 것이다. 그 무렵 라틴어 속담에 '아름다움은 빛나기 마련Pulchrum splendor est'이라는 말이 있다.

동시에 운동 궤도가 넓어진다는 말은 어떤 의미에서는 자유의 확대, 닫히지 않은 자유의 확대를 뜻한다. 우주는 무한한 넓이를 가진다. 우리는 지구가 넓다고 말하지만 지구는 닫힌 생활의 장이다. 지구 안에서도 한 나라에 갇혀 있으며, 또한 하나의 집단에 갇혀 있는 게 현실이다. 그에 비해 천계는 위로 오르면 오를수록 넓어진다. 물리적으로도 선회운동은 점차 넓어진다고 한다. 그것은 마음의 확대, 관용화의 이미지이기도 하다.

똑같이 공중을 날아간다 하더라도, 중국의 장주莊周의 사색에서 하늘로 오르는 것은 차츰 좁아지는 이미지이다. 선회운동을 하면서 좁아져서 하늘의 한 점으로 수렴한다. 『장자』의 경우는 곤鯤이라는 대어大魚가 있는 광대広大한 북쪽 깊은 바다에서 물고기가 붕새로 변한다. 붕새는 선회하면서 천지天池로 날아간다. 바다에 비하면 천지는 한 점과도 같다고 일컬어지며, 빛으로 충만하긴 하나 그 빛나는 하늘은 점점 작아지며 수렴해 간다(졸저 『동양의 미학』 제4장). 그에 비해 단테의 상승은 날아가면서 궤도가 무한히 넓어진다.

따라서 태양천보다는 화성천의 움직임이 커지고, 화성천보다도 토성천이 커진다. 넓으면서도 빛으로 가득 차 있다. 마음의 움직임도 넓어지고 행복해진다. 이것이 하늘로 올라가는 이미지이다. 따라서 아래에 있는 것들을 점차 포섭해 가는 듯한 관계이다. 위로 오를수록 넓어진다.

천국의 각 천계 간의 경계 차이에 대해 반복해 언급하지만, 이는 지옥, 연옥, 천국과 같은 경계의 차이가 아니다. 하나의 노래 속에서 화성천에서 목성천으로 이동하거나, 태양천에서 화성천으로 이동하기도 한다. 천계 상호 간의 관계는 연속적이다. 되풀이해 말하지만 위로 오를수록 아름다워지고, 빛이 충만하며, 그리고 넓어져서 자유로워지는 이미지로 묘사되어 있다.

이와 같은 우주상, 우주관은 우리 마음을 넓혀 준다. 닫힌 좁은 마음에서 차츰 커진다. 이것은 상당히 훌륭한 우주상인 것 같다. 닫히고 비좁은 지옥에서 별이 보이는 연옥에 이르고, 별의 세계인 천국으로 들어가자 점차 넓어지며 또한 높아지고 커진다. 그리고 눈부시게 빛난다. 죽음 자체는 슬프고 두렵지만, 단테가 그린 이 이미지 덕분에 우리 영혼에게도 죽음 후에는 빛으로 충만한 드넓은 세계가 있으며, 또한 그곳은 무질서하지 않으며, 우리는 자유롭고 밝은 거대한 회전 질서가 있는 세계로 들어갈 수 있다고 생각할 수 있다.

제16곡은 카차구이다 개인의 역사를 자기 가문의 역사와 함께 이야기하므로 이 책에서는 생략하고자 한다. 단테 스스로가 그 서두에서 카차구이다로 하여금 '아, 혈통으로는 얻을 수 없는 고귀함이여O poca nostra nobilità di sangue' (Par. XVI. 1)라는 말을 하게 했는데, 이는 르네상스 시기의 시민의식의 발로라고 보아도 좋을 것이다. 가문의 이름보다는 자신의 힘에 의지해야 한다는 것이다.

단테는 카차구이다에게 다음과 같은 말을 듣는다. 단테의 미래는 매우 고통스럽다, 피렌체를 떠나야 할 것이며(천·17·48) 친구라 여겼던 자에게 배신을 당할 것이다(천·17·61~66). 그렇지만 그의 생명(시의 힘)은 미래에 살아남을 것이다(천·17·98).

유형流刑과 방랑의 고통과 관련해 자주 인용되는 유명한 3행이 있으므로 기록해 두겠다.

Tu proverai sì come sa di sale

lo pane altrui, e com'è duro calle

lo scendere e 'l salir per l'altrui scale. (par. XVII. 58~60)

너는 스스로 경험하리라

남의 빵이 얼마나 쓴지,

남의 집 계단을 오르내리는 고통도.

여기에서 미래가 무엇인가에 대해 단테와 관련지어 생각해 봐야 할 것이다.

일반적으로 동물과 인간의 차이라면, 토마스 아퀴나스가 주장했듯이 지성의 유무를 들 수 있다. 생물은 모두 세대교체를 하는데, 인간 이외의 동물은 세대교체만 할 뿐 옛날부터 가졌던 종種의 규정성 그대로 살아간다. 세대교체 중에 다소 형태의 변이는 있을 수 있지만 종으로서 생활을 이어 간다. 오천 년 전의 소나 오늘날의 소나 사는 방식에 변화는 없다.

인간 역시 세대교체를 계속해 가는데 그와 동시에 역사를 형성한다. 과거는 역사 기술의 대상이지만, 미래는 역사 형성의 장이다. 요컨대 오천 년 전의 인간과 오늘날의 인간은 좋고 나쁨은 차치해 두고 전혀 다른 생활 형태에 놓여 있다. 오늘날 우리는 모두 옷을 입고 신발을 신고 에어컨디셔너가 있는 곳에서 생활하며 늘 일할 수 있다. 에어컨디셔너가 없다면 우리 단테 공부 모임도 쾌적하지 않을 것이다. 자그마한 연구모임 공간의 공기 조건이라는 것만 살펴봐도 역사가 다르다. 첫째로, 오천 년 전에는 대부분의 민족이 문자를 몰랐기 때문에 도쿄 근방에서 문자를 이용해 무얼 연구하는 일도 없었다. 이처럼 인간은 분명 역사를 형성해 오고 있다.

역사를 형성하는 가능성의 근거는 무엇인가. 역사는 왜 인간에게 생겨난 것일까. 자연적인 형태 변화가 아니라, 삶의 방식의 변화로서의 역사가 인간에게만 있다고 한다면, 역사 성립의 이유는 인간에게만 있는 이성에서 비롯되는 게 아닐까.

단테는 카차구이다의 타이름과 깨우침의 말을 들은 후, 자신의 각오를 밝히며 노인에게 충고를 더 해달라고 요청한다.

아버지여,[5] 시세時勢는 저에게 달려들어
박차를 가하며 쓰러뜨리려 합니다,
기개를 상실하면 더더욱 덤벼들 테지요.
그렇다면 선견先見으로 나를 무장시켜,
설령 고향을 빼앗긴다 할지언정
내 시가 머물 곳은 확보하겠습니다.
가없는 고난의 세상으로 내려와,
여인이 가리킨 봉우리를 향해
아름다운 산을 두루 돌아 오르고,
빛[6] 빛을 지나 오르고 또 올라
깨우친 바를 거듭 밝힌다면
신맛이 난다고 사람들은 말하겠지요.
그러나 만약 내가 진리 앞에
비겁해진다면 지금을 옛날이라
부르는 세대에게는 부정당할 것입니다. (천·17·106~120)

위의 시는 단테가 카차구이다에게 밝힌 각오의 진술이다. 그것은 그가 천국에서 하계로 돌아가서 미래에 무엇을 할 생각인가를 서술한 내용이다. 『신곡』을 이해하려면 작품에서 단테의 이상주의적인 미래 지향이 베

---

5 카차구이다는 단테의 '고조부'(천·15·94)인데, 일반적으로 한 가문의 노옹에게 '아버지 padre'라 부르는 습관이 있었다.
6 별들을 가리킴.

아트리체라는 여성을 향한 순결한 경앙적敬仰的 사랑에 바탕을 두고 전개된다는 점을 알아야 할 필요가 있다. 그러나 나의 견지로는 여기에 단테의 역사철학 원리가 잠재되어 있으며, 그것이야말로 『신곡』 해석을 매개로 하여 비로소 명확해지는, 말하자면 반反중세적인 동적 인위적 차원으로서의 가치론적 역사관이 성립하는 근거인 것이다. 그것은 어떻게 설명할 수 있을까. 예를 들자면 매서운 바람이 휘몰아치는 밤, 인간 이외의 동물은 바람을 피해 동굴로 들어가 몸을 웅크리고 추위에 순응한다. 인간은 어떨까. 똑같이 동굴로 피하더라도 입구로 새어 드는 바람을 막기 위해 돌로 일시적으로나마 구멍을 막고, 안에서 불을 피우기도 할 것이다. 주변 세계 속에서 결여된 것이 무엇인가를 파악하고 그 결여를 무엇으로든 채워 나간다. 위와 같은 경우는 구멍을 돌로 막아 결여된 상태의 문을 좀더 충실하게 만들거나 모닥불을 피워 결여된 열을 채운다. 그것은 철학적으로 보면, 자기 주변 세계의 결여, 즉 현상적 무를 보완하여, 그 결여에 관한 한 존재가 한 단계 충실해진 보다 나은 상태로 향상시키는 것이다. 베아트리체가 가리키는 보다 높은 곳으로의 상황 초월은 별이라는 이상을 동경하며 차츰 실현된다. 역사란 주어진 사태에서 현상적 무를 발견하고 보완하여 보다 충실하게 빛나는 상태로 향해 가는 상승 궤적이다. 이는 진리라고 하는 존재 충실로서의 신에게 조금이라도 가까이 다가가고자 하는 시대 전체의 초월적 궤적이어야 할 것이다(졸저 『동일성의 자기 소성塑性』 제1부 2편 제11장).

제7천(토성천)

그 뒤에 나오는 제6천 목성천에서는 색이 빨강에서 흰색으로 바뀌고 독수리가 등장한다. 이 독수리는 로마 황제 깃발의 문장이기도 하고, 그리스도의 상징으로 보는 사람도 있는가 하면, 정의의 상징이라 보는 사람도 있는데, 여기에서는 전체적으로 정의 문제가 다뤄진다. 목성천에 있는 독수리의 의미는 나중에 최고천에서 더욱 생생해지므로 이는 다음 장으로 미루기로 하고, 이번 장에서는 그다음 제7천인 토성천을 살펴보겠다.

제7천은 제21곡부터 제22곡까지이며 주로 관조적 삶이 테마로 다뤄진다. 여기에는 상당히 불가사의한 점이 있다. 제6천인 목성천 언저리에는 신비로운 음악이 들릴 때는 크고 아름다우며, 그리고 적어도 늘 낮은 저음이 계속해서 들린다. 반면, 제7천 토성천에서는 천상의 음악sinfonia di paradiso이 사라진다. 제21곡을 살펴보자. 단테가 묻고 피에트로 다미아노가 대답한다.

> '다른 성천星天에서는 감미롭게 울려 퍼지던
> 천국의 음악이 어찌하여 이 하늘에서는
> 침묵하는지 말씀해 주소서.'
> '그대의 눈을 위해 베아트리체가
> 웃지 않는 것과 마찬가지로 그대의 귀는
> 죽어야 할 것이기에 여기 노래가 없노라' (천·21·58~63)

먼저 베아트리체가 단테의 눈을 위해 웃지 않는다는 말은 무슨 뜻일까. 제21곡의 맨 처음 3행에 단테가 동경에 휩싸여 베아트리체의 얼굴을 주시하는 모습이 나온다. 제4행에는 '그러나 그녀는 웃지 않았다E quella non ridea'라고 되어 있으며, 의아하게 여기는 단테에게 그녀가 미소 짓지 않는 이유를 5행 이하에서 설명한다. 그에 따르면, 천국에서는 위로 오르면 오를수록 영원한 빛을 풍족하게 받아 아름다움을 더해 가기 때문에 베아트리체가 미소까지 짓는다면 언젠가 죽어야 할 역량밖에 가지지 못한 단테의 시력은 익숙해지기도 전에 쇠해 버릴지도 모르니 미소를 짓지 않는 것이다. 이처럼 단테의 '마땅히 죽게 될 인간의 청각'udir mortal'도 그 '시각il viso'과 마찬가지로 나약하므로, 나중에는 어찌되든 토성천에서는 한결 더 아름다운 천상의 음악을 들려주지 않게 된 것이라고 말한다.

칸트는 "예술은 감각 없이는 이해할 수 없다. 동물처럼 단지 생활에 밀착된 지각밖에 없는 존재, 천사처럼 감각이 없는 존재에게는 예술이 없다. 예술은 인간을 위한 은총Gnade이다"라고 말했는데, 지상의 예술에 관한 거라면 그 말이 합당하다. 그러나 천국에 음악이 없다면 천국의 기쁨은 대체 무엇인가, 천국의 천사들은 음악을 연주한다고 들었는데 그 말은 무엇일까, 하는 의문을 품는다면 생각이 부족한 게 된다. 이 부분만을 들어 천국에 음악이 없다고 생각해서는 안 된다. 나중에는 음악이 들리기 때문이다. 단테가 눈부신 빛에 일시적으로 실명하지만 나중에 빛이 돌아왔듯이 음악도 다시 돌아온다. 여기에서 음악이 들리지 않는다거나 보이지 않게 된다는 것은 어떤 의미에서는 한층 더 고차원의 것을 이해하게 될 때까지 겪게 되는 일시적인 어둠 상황이라고 생각해야 한다.

또한 음악이란 정말로 울리는 것인지 어떤지를 진지하게 생각해 봐야 한다. 20세기 중반에 활약한 쿠빌리에Cuvilié라는 프랑스 음악미학자는 "우주에 정말로 음악이 흐를까. 누군가가 곡을 만들고 그것을 악기로 연주할 때, 소리가 흐르는 것일까. 그렇지 않다. 우주는 침묵한다"고 말했다. 우주에는 오직 공기의 진동파가 있을 뿐이다. 그러나 그것은 본래 음파는 아니다. 단순한 파동l'ondulation, 즉 진동(振動, la vibration)이다. 사람의 고막이 그 파동에 흔들려서 대뇌가 그것을 소리로 변환시켜 간다. 쿠빌리에 생각으로는 '우주는 침묵 속에서 흔들린다'는 것이다. 우리는 그 흔들림을 고막으로 파악하고 소리로 변환시킨다. 그러므로 귀가 없는 존재에는 소리도 없다. 연못의 잉어는 먹이를 주는 사람의 발소리를 듣는 게 아니다. 사람의 발이 땅을 밟을 때 생기는 공기의 진동을 피부로 느낀다.

어류는 피부로 물결의 움직임을 감지한다. 그런 것을 생각해 보면, 괜한 말인지도 모르겠지만, 제6천까지는 아직 인간의 입장에서 말하고 묘사하는 데 비해 제6천을 지나 제7천부터는 진정한 영으로서 천국에 있는 존재의 모습이 어떠한가 하는 묘사로 이동한다. '눈이 안 보이게 되었다'라고 쓴 것은 결국 지금까지는 지상 인간 상태를 바탕으로 해서 썼지만, 제7천 중간부터는 정말로 하늘에 있는 존재 상태로 쓰고자 하는 뜻이라 볼 수 있지 않을까.

그러므로 여기에 관조의 성자 피에트로 다미아노도 등장하고, 제22곡에서는 성인 중의 성인이라 불리는 사람들, 베니딕트 수도회를 만든 성 베네딕투스Benedictus도 나온다. 피에트로 다미아노의 이야기가 끝난 후, 큰 소리로 지르는 외침(천·21·140)에 놀라는 단테에게 베아트리체가 격려의 말을 건네며 더욱 위대한 베네딕토의 가르침을 듣게 한다. 다시 말해 단테는 위로 오를 때마다 새로운 경이를 경험하는데, 아직은 완전하게 대상을 파악할 수 없으므로 '당신의 귀한 얼굴을 환하게 볼 수 있는/은혜가 내게 있는지요(s'i' posso prender tanta grazia, ch'io/ti veggia con imagine scoperta.)'라고 말한다. 베네딕토는 '형제여, 그대의 드높은 소망은 최고천l'ultima spera에서 이루어지리라……그곳에서는 모든 원망(願望, ciascuna disianza)이 무르익어 완결되나니perfetta, matura ed intera'라고 말하며 최고천에 대한 동경을 불러일으킨다(천·22·59~65). 성자란 위로 오르려는 마음가짐을 타인의 마음속에 자발적으로 생겨나게 해 주는 사람을 가리킨다.

제8천(항성천)

제8천은 항성천이다. 제22곡부터 제27곡에서 노래한다.

항성천에 다다르면 평범한 사람의 감각 같은 것은 절멸의 원인이 된다. 태양을 똑바로 응시할 수 있을 만큼 지성의 빛을 가지고 있어야만 한다. 그리고 여기에서는 마침내 제1대 교황, 주의 수제자 성 베드로도 만날 수 있게 된다.

> 태양의 아버지 이페리오네여
> 내 눈은 햇살을 이겨내고 마이아[7]와
> 디오네[8]가 그를 에워싸는 모습도 보았다 (천·22·142~144)

단테는 순식간에 회오리바람과 같은 상승기류를 타고 베아트리체와 함께 쌍둥이자리로 들어섰다. '이페리오네'는 독일어로는 그리스어 그대로 '히페리온Hyperion'이라고 불리며, 횔덜린Hölderlin이 이 제목으로 시적인 문학작품을 남겼다. 그것은 하늘(우라노스)과 대지(가이아)의 아들이며 태양의 아버지이다. 그러므로 단테는 '이페리오네여'라고 부름으로써 '태양의 아버지 이페리오네여!'라고 말하는 것이다. 베아트리체의 격려—'당신의 두 눈을 밝고 강하게 가지소서aver le luci tue chiare ed acute'(천·22·126)라는 말을 듣고 눈빛을 예리하게 가다듬으며, '궁극의 구원all'ultima salute'(124)에 가까이 다가왔으므로 발아래 세상을 두루 내려다보는데, 지구globo의 '볼품없는 모습suo vil sembiante'(133~134)에서 시선을 돌려 '그림자

---

7 수성의 어머니인데 여기에서는 그 아들 수성을 가리킨다.
8 금성의 어머니인데 여기에서는 그 아들 금성을 가리킨다.

없이 맹렬히 타오르는 라토나의 딸, 달'로부터 나아가 '태양을 응시하고, 마이아의 아들 수성, 디오네의 아들 금성도 태양 주위를 회전하는 모습을 볼 수 있었다'고 단테는 말한다. 위의 내용에서 단테는 제8천 항성천으로 들어가 육체의 눈이 단련되어 태양을 직시할 수 있다는 표현을 통해, 실은 천국에 들어와 정신의 눈이 수련됨에 따라 태양, 달, 수성, 목성, 금성 등의 움직임을 명확하게 직관할 수 있었다는 것, 지성이 빛을 더해 정확도를 높였다는 것을 의미한다. 결국 단테의 지식이 지상의 지식수준을 넘어섰다는 것이다. 이처럼 인간의 지혜가 최고에 다다랐을 때, 그 사람은 인간의 지혜 이상의 것을 얻느냐, 혹은 인간의 지혜의 극치에 안주해 거만한 마음을 갖느냐 하는 기로에 서게 된다. 단테에게는 다행스럽게도 천국에서 수호천사보다 따뜻한 사랑으로 길을 이끌어 주는 베아트리체가 곁에 있다.

이야기를 계속해 나가기 전에 '*'표를 붙였던 마이아와 디오네에 관해 한마디 덧붙여 둘 사항이 있다. 옛 주석에 의거할 필요도 없지만, 마이아와 디오네는 그리스 신화에 등장하는 여신의 이름이다. 이탈리아 단테 학회 판 주에서 마이아를 아틀라스의 딸이며 머큐리(메르쿠리우스), 즉 신들의 사자의 어머니madre di Mercurio로 보았고, 금성 베누스의 경우도, 궁시弓矢 베누스, 즉 일본에서는 '비너스'로 알려진 사랑의 여신이 천국편 제8곡의 맨 처음 부분에서 거론될 때, 여덟째 행 디오네를 그녀의 어머니로 노래 부른다. 여기에서는 수성의 경우와 마찬가지로 어머니 신의 이름으로 금성을 암시한다.

이렇게 강해진 시력―정신의 힘 상징―으로 제23곡으로 들어가자, 단테는 악마에게 승리한 '그리스도의 개선의 행렬le schiere del triunfo di Cristo' (천·23·19~20)을 보던 중 너무도 강한 빛에 눈이 부셔 또다시 실명하고 정신을 잃는다. 그러나 베아트리체의 격려의 목소리 '눈을 뜨세요, 보세요, 나를/당신은 많은 것들을 보았으니/내 미소를 감당 할 수 있으리라'(천·23·46~48)라는 말을 듣고, 그 후로는 천국에서 두려움을 품지 않게 되었다. 그러나 그리스도의 승천은 아득히 멀리서 바라볼 수 있을 뿐, 단테는 성인들 무리가 빛을 발하며 성모 마리아의 대관戴冠을 축하하는 라틴어 성모찬가 〈Regina coeli(하늘의 여왕이시여)〉를 부르며 하늘로 오르는 모습을 지켜보았다.

이렇게 제24곡의 성 피에트로(Pietro, '베드로'의 이탈리아 이름) —그러나 여기에서는 이 이름으로 등장하지 않고, 20행에 '지극히 행복한 하나의 불꽃(un foco sì felice)'이라고 씌어 있다—를 성 베드로로 이해하는 것은 옛 주석의 전통이 없다면 아무리 콘텍스트를 고민해도 실제로는 불가능한 일이다. 그보다 앞서 제23곡 마지막 행인 139행에 '그러한 영광의 열쇠를 가지신 분colui che tien le chiavi di tal gloria'이라고 암시되어 있고, 제24곡에서는 이 20행보다 15행 뒤, 35행에서 '우리의 주께서 열쇠를 건네신 분(a cui Nostro Signor lasciò le chiavi)'이라고 나와 있으므로 이들을 종합해 읽어 보면 결국은 성 베드로라고 인정할 수 있는 것이다.

그런데 제8천(항성천)까지 올라가자 베아트리체는 단테의 정신력도 최고가 되었다고 여기고, 성 피에트로 즉 그리스도의 수제자, 초대 교황 성 베드로 앞으로 이끌고 가서 신학적 시험을 경험하게 한다.

베드로는 단테에게 '믿음이란 무엇인가Fede che è?'라고 묻는다. 이곳은 매우 중요한 대목이다. 텍스트는 아래와 같다. "베드로는 단테에게 엄숙하게 묻는다. '착실한 그리스도 신자여, 신조를 말하라./믿음이란 무엇인가'그리 물으시는 빛을 향해/나는 얼굴을 들었다." 원문은 아래와 같다.

《Dì', buon cristiano, fàtti manifesto:

fede che è?》 Ond'io levai la fronte

in quella luce onde spirava questo; (Par. XXIV. 52~54)

이에 대한 단테의 대답은 아래와 같이 훌륭하기 이를 데 없다. "믿음은 바라는 것의 실체/아직 오지 않은 것의 확증입니다,/이것이 신앙의 본질 이겠지요." 원문은 다음과 같다.

fede è sustanza di cose sperate,
ed argomento delle non parventi;
e questa pare a me sua quiditate. (Par. XXIV. 64~66)

여기에서 '본질'에 그 무렵에는 아직 새로웠던 아리스토텔레스의 『형이상학』에 관한 연구로부터 만들어진 새로운 라틴어 quiditas에서 유래한 새로운 이탈리아 철학용어 quiditate를 쓰고 있다는 점에서도 토마스 철학, 토마스 신학에 대한 단테의 깊은 조예가 드러난다. 그러나 이 대답 자체를 단테가 생각해 냈다고 말할 수는 없을 것이다. 신약성서 「히브리서」 11장 1절에 Est autem fides sperandarum substantia rerum, argumentum non aparentium '신앙이란 바라는 것의 실체, 보이지 않는 것의 증거이니' (불가타 판 번역)라고 되어 있으며, 성 토마스 아퀴나스의 『신학대전』의 II. 11. 4. 1은 예로부터 주에서 많이 언급하는 부분이다. 그리고 거기에는 "신앙이란 바라야 할 것들의 실체이다fides esse substantia sperandarum rerum" 라는 문장이 들어 있다(반델리, 830쪽).

신앙이란 결국 바라는 것의 기본적 실체이며, 아직 나타나지 않은 것, 다시 말해 아직 보이지 않는 것의 증거이다. 불확정한 미래 속에 뭔가를 창조해 나가고자 할 때에는 보이지 않는 것을 염두에 두고, 그것을 바라는 것이라 여기며 나아가야만 한다. 어떤 소망이 없다면 창조는 불가능하다. 앞의 지옥문 부분에서, '이곳으로 들어오는 자는 모든 희망을 그곳에 남겨 두어라. 그렇지 않으면 지옥 안으로 들어갈 수 없다'고 나왔으며, 이는 반대로 말하면 '절망은 지옥'이라는 의미라고 되풀이해 설명했는데, 천국에 와서 그는 처음으로 믿음이란 무엇이냐는 물음을 받고 '믿음이란 소망의 실체이다. 그리고 그것은 아직 오지 않은 것, 요컨대 보이지 않는 것의 증거'라고 명확하게 답변한다. 이 부분은 지옥문에서 말한 내용이 그대로 살아 있으면서, 천국 안에서 청명한 형태로 다시금 언급된다는 점에 주목해 주기 바란다. fede è sustanza di cose sperate 구절은 우리 모두 꼭 외워야 하지 않을까.

바울로에 따르면, 천국에서는 소망이 필요치 않다고 하지만, 단테의 신학은 그와는 달리 천국에서도 이 세상이 더욱 좋아질 수 있기를 소망한다. 단테가 천국에서 '믿음이란 무엇인가'라는 물음을 받고 믿음이란 소망과 관계된 것이라고 대답한 것은 매우 중요하다. 또한 카차구이다로 하여금 단테의 미래가 고난에 빠질 것임을 예견하게 했는데, 자신의 인생이 앞으로도 고달프리라는 것을 알면서도 『신곡』을 쓰며 여전히 희망을 이야기하는 자세에서 인간으로서의 단테의 위대함도 알 수 있을 것이다.

제25곡에서는 단테가 피렌체로 돌아가 월계관을 받는 날을 몽상하기도 하고, 갈리치아Galizia 즉 산티아고 데 콤포스텔라로의 순례가 그 무렵 이미 성행했다는 것도 배울 수 있는데, 중요한 점은 이번에는 새로운 사도 성 야고보가 단테에게 소망이 무엇이냐고 묻는다는 것과 그에 대한 단테의 답변이다.

《Spene》 diss'io, è uno attender certo

della gloria futura, il qual produce

grazia divina e precedente merto. (Par. XXV. 67~69)

소망은 미래의 영광을
확고한 마음으로 기대하는 것
은총과 공덕이 낳은 것입니다.

이것도 실은 페트루스 롬바르두스의 『명제론』 3·26·1에 '희망은 미래의 정복淨福의 확고한 기대이며, 신의 은총과 앞서가는 공덕에서 유래한다Est enim spes certa expectatio futurae beatitudinis, veniens ex Dei gratia et meritis praecedentibus'라고 되어 있는 데에서 기인한다.(S. III. b. p.405) '영광'이 '정복淨福'으로 되어 있는 점만 다르다. 이것을 보아도 단테의 스콜라학 교양의 깊이는 보통 수준을 넘는다. 이어서 단테는 성 야고보에게 시편 9장 10절을 인용하면서 자신에게 최초로 소망을 불어넣어 준 인물로 시편의 작자라 일컬어지는 다윗에 대해 이야기한다. 그 후 단테는 베아트리체의 말에 따라 주께서 가장 사랑하신 제자라 일컬어지는 성 요한을 보고자 하는데 그 빛에 또다시 실명해 낭패감을 맛본다. 그러나 요한은 제26곡에서 단테를 위로하고, 눈이 나을 때까지 대화를 나누자면서 이번에는 사랑에 관해 묻는다.

Chè 'l bene, in quanto ben, come s'intende,
così accende amore, e tanto maggio,
quanto più bontate in sè comprende, (Par. XXVI. 28~30)

선이 선으로 이해되면
이내 사랑에 불을 붙입니다.
선이 클수록 사랑도 큽니다.

아리스토텔레스 풍의 사고방식으로 대답을 잘해서 그에 대한 포상이라도 되는 듯 단테의 실명이 치유된다. 이렇게 단테는 세 가지 대신덕, 믿음·소망·사랑에 관한 의견을 서술한 후, 제27곡에는 제8천에서의 마지막 경험 세 가지를 쓴다. 하나는 성 베드로가 지상의 현상에 만족하지 않으며, 특히 교황당과 황제당의 분립을 포함해 로마 교황의 권위 실추에 대해 격노하며 말하는 것, 둘째는 베아트리체, 단테와 함께 항성천에 있었던 영들, 개선凱旋의 수증기가 눈송이처럼 제9천(최고천)을 향해 춤추듯 올라가는 모습을 보고, 이제까지의 여정을 돌이켜 보라는 베아트리체의 권유에 단테가 잠시 하계를 내려다보는 것, 그리고 셋째는 이제부터 올라갈 최고천 모험에 관해 베아트리체가 들려주는 말이다. 하계는 문란했는데 예를 들면 '말을 더듬거릴 무렵에는 어머니에게 고분고분하던/아이도 말을 떼자마자 어머니의 유해를/보고자 소망하는구나(천·27·133~135)라는 식이다. 그런데 그 원인에 대해서 베아트리체는 '생각해 보니 지상에는 다스리는 자가 없습니다pensa ch'e'n terra non è chi governi'(천·27·140)라고 탄식을 하면서도 제27곡을 다음과 같이 끝맺는다.

che la fortuna che tanto s'aspetta,
le poppe volgerà u' son le prore,
sì che la classe correrà diretta;
e vero frutto, verrà dopo 'l fiore. (Par. XXVII. 145~148)

기다리고 기다리던 폭풍우 일어,
고물을 뱃머리 쪽으로 돌리고
곧이어 선단船團이 직항하면
꽃이 핀 뒤에는 열매가 맺히겠지요.

천국에서의 출항의 기쁨! 천국은 그 얼마나 폭넓은 자유가 펼쳐지는 곳인가.

베아트리체는 천국에 있지만, 그곳에 있으면서도 앞으로 정말로 행복해지기 위해서는 하계가 어떻게 변해야 할지에 대해 생각한다. 그리고 베아트리체가 희망하는 것은 하계의 대혁명이다. 행운을 부르는 거대한 폭풍우la fortuna가 일기를 바라는 내용인 이 대목은 언뜻 보기에는 천국에 있는 상냥한 미녀의 입에서 나온 말이라고는 믿기지 않는다. '기다리고 기다리던 폭풍우를 일으켜 배의 방향을 거꾸로 돌려 거대한 선단을 똑바로 내달리게 합시다. 그렇게 해야만 꽃이 핀 뒤에 진정한 열매를 볼 수 있겠지요'라고 말하는데, 여기에서 '선단la classe'이란 라틴어 chssis에서 온 말로 첫 회 강의에서 설명한 큰 배의 집단la flotta이며 141행의 l'umana famiglia, 즉 인류를 가리키므로 전 인류의 방향 전회를 희망하는 장대한 기개와 도량이며, 훌륭한 모험 정신, 창조 정신이다. 천국에 다다르면 그곳에서 소망이 다 채워져 그걸로 끝나 버리는 게 아니다. 베아트리체의 이러한 적극적인 희망이 단테에게 침투해 간다.

천국편은 진정한 핵심은 좀처럼 이해할 수 없다고 생각하는데, 이 같은 말이 서술되어 있는 부분에는 반드시 주의를 기울여 주기 바란다.

che la fortuna che tanto s'aspetta '그렇게도 바라던 이 fortuna', fortuna는 '행운'인데, 뜻밖의 행운처럼 어디선가 저절로 뚝 떨어진 행운이 아니다. 사태의 변화를 나타내는 옛 어휘이며 자주 tempèsta(폭풍)의 뜻으로 쓰인다. 기다리고 기다리던 폭풍이 불어오고 그 폭풍이 le poppe volgerà u' son le prore '뱃머리와 고물을 거꾸로 바꾸어', che la classe correrà diretta '선단이 곧고 빠르게 나아가게 된다'. la classe는 선단이나 함대를 가리킨다. 첫 강의에서 고전이 클래식이라고 불리게 된 어원적 바탕에는 나라가 멸망의 위기에 처했을 때 나라를 지키는 강력한 함대(클라시스)를 기부하는 사람이라는 뜻이 있다고 서술했는데, 그 클라시스와 같다.

다시 말해 단테는 천사와 천국에 있는 모든 혼을 포함해, 이제까지의 세상의 움직임과는 다른 움직임으로 세계와 인류를 구제해 나갈 수 있는 새로운 움직임이 여기에서 일어나야 한다고 말한다. 천국을 이렇게 묘사하는 한, 정쟁에 패했지만 단테는 아직 혁명정신을 품고 있으며 땅을 이롭게 하고자 하는 마음을 가지고 있다고 미루어 헤아려야 할 것이다. 베아트리체가 말한 제27곡의 마지막 연에 대해 단테는 제28곡 첫머리에서 '내 마음을 지복에 이르게 한다'mparadisa la mia mente'며 기뻐한다.

어느 정도 성공하면 그쯤에서 만족하는 태도가 인간의 겸허한 자세라고도 일컬어지는데, 그러나 그래서는 그 사람이나 그 그룹의 장래는 없다고 말할 수 있을지도 모른다. che la fortuna che tanto s'aspetta —언젠가 폭풍우가 불어 닥치지 않을까, 내가 언젠가는 배의 방향을 거꾸로 돌려서라도 앞으로 헤쳐 나가겠다는 정신이 필요하다. 폭풍을 fortuna라고 하는 것은 아무리 두려운 일이 닥치더라도 신의 힘으로써 신을 믿음으로써 그 상황을 긍정적인 움직임으로 전환시킨다는 것과도 관련된다. 우리는 『신곡』을 읽으며 지옥의 고통도 읽었지만, 천국인 이곳에 다다르면 단테처럼 우리도 역시 베아트리체의 말을 듣고 내면에서 뭔가가 용솟음치는 듯한 격려를 느낄 수 있다. 자기 자신이 천국에 있더라도 지상의 움직임을 조금이라도 신의 방향으로 이끌어 나가야 하며, 바로 거기에 천국의 소망이 있는 것이다. 어떤 일이 닥치더라도 이것은 fortuna다, '이것을 기다리고 있었다'라는 마음가짐으로 살아가야 한다. 그것이 바로 단테의 천국 경험의 하나이다.

질의응답

질문자   스즈키 하루오, 구보타 노부히로, 하시모토 노리코

스즈키   훌륭하신 말씀을 듣고 매우 감동했습니다. 그리스도교에서는 믿음·소망·사랑이라는 말을 자주 합니다. 그것은 지상에서 끝난다. 사람이 반드시 신비 체험을 하는 건 아니다. 그리스도를 볼 수는 없다. 그러나 천국에서는 신을 face to face로 볼 수 있다. 그래서 '믿음'은 지상의 인간에게는 매우 중요하지만, 천국에서는 지상과는 달리 신을 직접 만날 수 있는 게 확실합니다. 그리고 '소망'은 '믿음'과 매우 관계가 깊고, 자기는 가능한 한 신앙을 소중히 여겨 사후에 천국에 가고 싶다는 기대로, '희망'이라고 말합니다.

그러나 오늘 들려주신 말씀에서 천국에도 다른 의미의 '믿음'이 있다는 걸 배웠습니다. 사랑은 지상에서나 천국에서나 변함없는 중요한 의미가 있습니다. 예를 들면 베아트리체가 단테에게 'di di'라고 말하는 것도 천국에서의 사랑의 발로라고 생각합니다. 또한 선조가 단테를 격려했는데 '사랑'의 개념은 지상에서도 천국에서도 서로 상통하는 것임을 느꼈습니다.

이마미치   바울로가 말하기를, 평범하게 생각하면 희망이란 구원을 받

는 희망이기 때문에 천국에 가면 희망을 가질 필요는 없다. 신을 믿는 것은 당연히 신이 보이지 않기 때문에 믿는 것인데, 천국에 가면 신이 이미 그곳에 계시므로 믿을 필요도 없다. 그러나 사랑만은 천국에서 완성되더라도 어떻게든 남는다. 보통은 이렇게 말합니다. 이것은 「고린도전서」 13장 사랑의 찬가의 개인주의적 과장誇張이겠지요.

그러나 천국의 베아트리체는 단테가 구원받기를 희망했습니다. 그래서 단테는 감히 바울로의 설說에 다소 저촉되더라도 '소망'의 새로운 의미를 생각해 내지 않을 수 없었다고 봅니다.

그리스도교 교회 안에서도 다양한 생각이 있습니다만, 개인의 구제에 관한 한은 바울로가 말한 그대로입니다. 그러나 가령 자신이 구원받아 천국에 가면 이 지상을 내버려 둔 채 돌보지 않느냐 하면 그렇지는 않습니다. 그리스도든 신이든 지상이 보다 나은 상태가 되기를 소망하는 게 아닐까요. 종말이 왔다면 모르지만, 종말이 오기 전까지는 천국에 있는 사람은 역시 소망을 가져야 하지 않을까요. 개인의 구원과는 달리, 전 인류에게 종교 문제를 널리 펼칠 때에는 단테의 사고방식이 좋지 않을까, 하고 말하기도 합니다. 'sì che la classe correrà diretta(전 인류—선단이 곧바로 치달릴 수 있도록!)' '시 케 라클라세 콜레 라 디레타'라는 단테의 이탈리아어도 외워 둡시다.

이는 신학상으로는 여러 문제가 생기는 것이지만, 단테 해석으로서는 지금과 같은 이해로 괜찮을 거라 생각합니다.

구보타　특히 마지막 이야기가 저에게는 상당히 무겁게 울립니다. 같은 천국이라도 이슬람교나 불교의 정토와 비교하면, 가령 이슬람교는 천국이 좀더 편안한 느낌이고 주변에 풍족한 샘과 녹음이 우거진 나무 그늘이 있으며, 아름다운 처녀들이 이런저런 시중을 들어 주는 것을 묘사한 구절이 코란에 있습니다. 불교의 정토나 극락을 파악하는 방법에서는 결국 인간의 내면세계 문제로 늘 되돌아오며, 공간적인 거리가 있는 정토나 극락이 막바지에 다다르는 장소가 아니라 원환 운동에 의해 인간의 내면세계로 되돌아올 가능성이 있습니다. 지옥으로부터 부처님의 세계에 이르는 인간의 열 단계에 달하는 삶의 방식, 이것은 불교 특유의 자율적인 정신의 사다리에 해당하며, 천국이나 극락이나 정토의 세계에 걸쳐 언급됩니다. 오늘 말씀을 듣고 『신곡』에 나오는 천국 세계는 천국이라는 세계에 있으면서도 자신의 적극적인 생활 태도가 끊임없이 촉구되는 세계라는 것을 배웠습니다. 불교가 시사하는 깨달음 이후의 수행, 일관되고 자율적인 인간의 삶의 방식이 요구되는 속에서의 정토나 극락이라는 개념을 생각할 때, 여기에는 상당히 중첩되는 문제가 나온다는 것을 배웠습니다.

이마미치 물론 여기에서 우리가 주의해야 할 점은 단테는 죽어서 천국에 받아들여진 게 아니라 육체를 가진 인간으로서 천국에 갔다는 허구입니다. 천국에 일시적으로 잠깐 들어가긴 했으나 곧바로 다시 돌아와야 하는 객인의 입장에서 바라본 천국이라는 사실은 명확하게 의식해야 합니다. 따라서 선생님께서 지적하신 천국 그 자체의 비유가 그대로 적용될지 어떨지는 모르겠습니다. 다만, 불교의 극락이나 이슬람의 천국을 떠올려 보면 육감적인 즐거움이 전면에 나와 있는 듯 느껴지는데 그것과는 조금 다른 것은 분명합니다.

구보타 『신곡』에서는 천계가 열 단계로 나뉘어 있습니다만, 불교에는 구카이空海가 지은 『십주심론十住心論』, 산악종교에는 지옥으로부터 여래에 이르기까지의 십계十界 수행 등, 인간의 정신세계를 열 개로 총괄해서 파악하는 일이 많습니다. 열 단계로 파악하는 것은 여러 종교에 공통적 바탕이 되는 어떤 개념이 있기 때문인지요.

이마미치 10이 완전수라는 사상은 상당히 보편적이므로 천계에 관계된 종교상의 공통점이 있을지도 모릅니다. 다만, 단테의 연구자들이 거듭 밝히는 주장은 단테의 천계 구조가 프톨레마이오스 이후의 자연과학적인 사고방식에 바탕을 두고 쓰였으며, 여기에 나오는 천계 구조는 물론 단테가 이를 상당히 신학적, 종교적으로 재구성하고 있습니다만, 아리스토텔레스 이래, 또한 프톨레마이오스가 만든 천구 구조론에 충실하다는 것입니다. 그 당시의 과학적 사고방식이 들어 있다는 점이 단테가 만든 천계의 특징이라고 합니다.

하시모토 제24곡에서 단테가 '믿음은 바라는 것의 실체, 아직 오지 않은 것의 확증이니'라고 말한 후에 '반짝이고 둥그런'(천·24·87)이라고 씌어 있고, 그 뒤에 '이때, 저기 빛나는 찬란한 빛 속에서 나오는 소리가 말하기를. 모든 덕의 주춧돌이 되는 이 귀중한 구슬은'(천·24·88~90)이라고 나와 있습니다. 그리고 제25곡에 '그리스도가 그 대리자의 만물로 남긴 자가 나왔던 둘레로부터, 이때 하나의 빛이 이쪽으로 다가오니'(천·25·13~15), 제28곡에 '예리하게 빛을 발하는 한 점을 보니'(천·28·16)라고 씌어 있는 바와 같이, '하나' '둥글다' '어떤 광원이다' '그로부터 뭔가가 나오다'와 같은 표현이 있습니다. 천계는 드넓은 곳에서 좁은 곳으로 향하는 게 아니라, 나선형으로 올라간다는 이미지와 이러한 표현과는 어떤 관계가 있는지 여쭙고 싶습니다.

이마미치 여기에 나오는 빛 하나하나는, 성인의 영이 자주 그와 같은 형태로 등장합니다. '반짝이고 둥그런'은, 주에도 나와 있듯이 빛으로 반짝이며 완전한 것에 '둥글다'라는 표현법을 씁니다. '구슬'은 주에는 '신앙'이라고 나와 있습니다. 「마태오 복음서」에서 그리스도는 진주를 성물聖物과 같은 신앙이라 말하기보다는 종교의 상징으로 삼습니다. 나선형의 상승은 위로 올라갈수록 자유가 커지는 상징으로 보입니다.

하시모토　니체의 '한낮'에 나오는 '빛나는 구슬'이라는 표현과의 연관도 떠오릅니다만……

이마미치　완전한 진리의 상징은 구球로, 옛날 파르메니데스 때부터 그렇습니다. 니체의 '한낮'은 '위대한 정오' 즉 차라투스트라의 세계 완성을 가리키지요. 단테와는 연관이 없다고 생각합니다만, 종교사상 전체를 생각해 보면, 하시모토 씨 생각도 구보타 선생님의 질문과 같으며, 나는 공통 표상으로 보는 게 흥미로우리라 생각합니다. 다만, 옛 주석의 전통은, 하시모토 씨는 낙담할지 모르겠으나, 둥글게 빛나는 것은 moneta(금화)인 metafora라는 것입니다. 이상하죠. 이는 전통적인 설입니다만, 저는 택하지 않습니다. 종교의 경우 묵주나 염주는 아름다운 구슬로 만들고, 가톨릭교의 콘타츠(로사리오 기도에서 사용하는 묵주)도 불교의 염주도 아름다운 반투명 구슬로 만듭니다. 갖가지 이유를 붙이는 사람이 있습니다만, 포환 같은 불투명 구체가 아닌 빛을 머금은 주옥은 신의 상징이기도 합니다.

스즈키　저는 오늘 들려주신 말씀을 듣고 단테의 『신곡』이 상당히 독특하다고 느꼈습니다. 보통 천국은 단순히 낙원이라는 이미지가 있습니다만, 오늘 말씀으로는 매우 역동적이고 우주론적인 개념이 있으며, 게다가 거기에는 진보 개념도 있습니다. 일반적으로 문학가들은 『신곡』은 지옥편이 가장 흥미롭다고 평가하는 사람이 많은데, 그것은 문학가 특유의 교만이라고 생각합니다. 천국편은 아주 매력적이며 또한 가장 훌륭한 게 아닐까요. 오늘 강의를 들은 저의 개인적인 감격과 인상입니다.

이마미치　많은 사람들이 지옥편을 칭송합니다. 그렇지만 저는 단테가 지옥 때문에 이 작품을 쓴 건 아니라고 보기 때문에 천국편이야말로 특색이 있다고 생각합니다. 희망을 잃었을 때 천국편의 몇몇 구절을 읽으면 하나하나 가르침을 듣는 듯한 기분이 듭니다. 저도 젊었을 때는 읽는 데 시간이 많이 걸려서 지옥편만 읽었는데, 실패를 거듭하며 성장해 가면서 천국편의 의미도 조금은 알 것 같은 느낌이 듭니다. 천국은 교리를 상상으로 확대시켰다기보다 교리를 기둥으로 삼아 자유로운 상상을 펼친 것입니다. 뭐든 단 한 가지라도 진심으로 옳은 일을 행한 사람은 그리스도의 성스러운 뜻에 따라 천국에 갈 수 있다는 것도 이루 말할 수 없는 안도감을 줍니다. 천국을 성자들만의 장이라 한정시키면 안 됩니다. 우리도 그리스도의 십자가 위의 죽음에 힘입어 요컨대 신의 사랑에 힘입어 갈 수 있는 곳입니다. 그것이 종교의 힘입니다.

혹여 오해가 있을까 염려되어 말씀드리면, 단테가 베아트리체로 하여금 말하게 한 생각, 즉 '폭풍우를 기대하는 천국'이 바로 훌륭한 사상입니다. 천국에서 볼 때 하계의 대전환은 절대적으로 필요하다는 것, 그러나 그 폭풍은 모든 인류가 한 방향으로 전환하는 것이라고 말하는 그 4행은 정말로 소중한 목표를 제시합니다. 단테의 천국은 베아트리체를 보더라도 부활 전에도 멋지고 즐거운 일이 많이 있는 곳입니다. '편안하게 쉬면서 먹고 마시는 것'이라는 말과 어떤 연관이 있는지는 잘 모르겠습니다. 죽음으로써 지상에서의 인생은 끝이 나고, 그 후에는 고통 없이 영면한다는 사고도 쓰디쓴 고통이 많은 현세 생활을 되돌아보면 분명 우선 안심이 되는 생각이긴 합니다. 그러나 단테가 보고 왔다는 천국은 빛으로 신과 하나 된 속에서 세상을 아름답게 해 나가고자 하는 곳이겠지요. 세계가 전쟁터로 변함으로써 살해로 더럽혀져 버린 세계의 미화, 행복 속에서 세계 미화를 위해 기도를 올리는 것이 천국의 일이라고 썼습니다. 쓰라린 과거는 마텔다가 거닐던 연옥의 강에서 모두 잊어버린다고 합니다. 그렇다면 사후에 이 세상에서 곧바로 천국으로 가는 사람은 어떨까요. 단테를 추궁하는 것이 아니라, 단테를 읽으며 단테에게서 배워야 할 질문은 많이 남아 있습니다. 이러한 물음들이 남는 것도 고전이 가진 깊이를 보여주는 것이겠지요.

15강
단테 『신곡』 천국편 V

단테의 천국

단테가 그려낸 천국은 그저 고요히 잠든 듯한 곳이 아니고 희망이 솟아나는 곳이다. 그리고 올바른 길을 벗어난 하계에 대해서는 '폭풍우여 불어라'라는 마음으로 내려다보고 있으며, 뱃머리와 고물이 뒤바뀔 만큼, 함대가 방향을 뒤바꿀 만큼 거대한 폭풍이 오면 그거야말로 좋은 기회라고 여긴다는 게 천국편에서 언급된 이야기이다. fortuna를 옛 의미를 고려하지 않고 '순풍'으로 보는 해석도 있다. 나는 '폭풍우'라 생각한다.

물론 천국은 행복하고 즐거운 곳이지만, 맛 좋은 술이나 호사스러운 음식이 넘쳐 나는 풍족한 향락의 이미지는 아니다. 그곳에는 그런 것들에 반응할 육체도 없으며 그곳은 정화의 세계이다. 예를 들면 제10곡에서 노래한 제4천, 즉 태양천에는 많은 신학자와 철학자들이 있으며, 단테의 의식에서 베아트리체의 존재가 자주 망각 속으로 사라질eclissò nell'oblio 정도로 토마스 아퀴나스를 비롯해 교회를 대표하는 대학자들이 신의 위대함을 가르쳐 준다. 그러므로 단테가 '나의 모든 사랑을 신에게 쏟았다

tutto 'l mio amore in lui si mise'(Par. X. 58~59)고 말할 정도로 지적 활동도 있다. 이처럼 천국에서는 사람들이 직관지直觀知의 명증성을 논리화할 수도 있는 것이다. 그곳에서는 그 밖에도 보나벤투라, 알베르투스 마그누스, 베다, 피에트로 다미아노와 같은 성인들에게서 각각의 교설을 들을 수도 있고, 베아트리체 역시 이론을 논한다. 학교 형식의 공부는 아니지만, 문답을 통한 지적 대화가 이루어진다. 이 수준 높고 지적인 '환희는 영원한 gioir s'insempra'(천·10·148) 것이다.

그리고 천국에 있는 사람들은 단순히 자기 자신만의 정복淨福을 얻어 자기만족을 하는 데 그치지 않고, 이 세상, 연옥, 지옥의 영혼을 위해 사랑을 쏟는다. 그곳은 사랑이 작용하며, 하계 사람들의 구령救靈을 소망하는 장소이다. 적어도 단테의 천국 이미지는 만연漫然한, 태만한, 또는 무료한 천국은 아니다.

천국이 가지는 학문적 의의

이 장에서는 천국을 개관하겠는데, 먼저 지난 장에서 다루지 않았던 제6천부터 읽어 나가겠다. 그 전에 『신곡』 전체와 특히 천국Paradiso 전체 구조를 조금 상세하게 살펴 두자.

지옥은 전통적 지옥상에 단테의 발군의 상상력을 보태어 묘사했다. 단테가 자기도 모르는 사이 정신을 잃고 쓰러지는 장면에서 프란체스카와 파울로가 부유浮遊하는 모습은 매우 유명하고, 가장 무서운 상상력의 예의 하나로 제등처럼 자기 머리를 들고 걸어가는 베르트람 달 보르니오의 이미지도 있었다. 단테는 자기가 복수해야 할 상대를 자의적으로 지옥에 배치하기도 하는데 그중에는 로마 교황도 몇 명 들어 있다. 이런 부분을 비롯해, 단테의 지옥상이 교의신학적으로 인정을 받은 건 아니다. 단 교황에 대해서도 이처럼 자유롭게 판정을 내린다는 데에 윤리학의 기본이 있긴 하지만, 이를 제하면 지옥상은 고전문학의 명계와의 비교, 자타의 도덕교육적 경고 이미지, 종교 교리의 심상 풍경 등 여하튼 어느 종교에나 있는 풍경이었다.

연옥은 12세기에 확립된 새로운 개념으로 단테는 당시의 새로운 지식을 이용해 이곳을 독자적인 상상력으로 묘사해 낸다. 연옥에서는 별이 보이고, 연옥 입구에서 천사가 일을 하고 있다거나 사자들이 노력하는 모습이 인상적이었다. 그러나 연옥 역시 단순한 상상의 세계일 것이다. 학문과는 그리 관련이 없는 곳이라고 말할 수 있다.

그에 비해 천국의 열 단계의 하늘 구조는 오늘날 시각으로 본다면 여러 가지 문제가 있겠지만, 프톨레마이오스가 학문적으로 구성한 천구도를 그대로 받아들였다는 점, 신플라톤주의에 바탕을 둔 그리스도교의 학문적 천국 구조를 가졌다는 점, 그리고 천국에서 사상의 기본 선은 가톨릭이 '가르치는 신학theologia docens'에 바탕을 둔다는 점 등에서 천국편이야말로 단테 시대의 자연과학, 천문학, 철학, 신학의 학문적 지식이 응축된 장이라고 말할 수 있을 것이다. 만델바움은 앞에서 소개한 『신곡』 번역서 제3권 Paradiso의 서문 첫머리에서 '천국편은 스펙터클한 시이다' (*The Divine Comedy of Dante Alighieri: vol 3: paradiso, 1984, p.viii*)라고 말했고, 슈납Jeffrey Schnapp은 '천국편은 단테의 이계異界 행각에 관한 문학적 허구로서도 시적 창작으로서도 최고봉을 제시한다'(*The Dante Encyclopedia*, 2000, p.674)고 쓰고 있듯이, 그것은 첫째로 시학의 광대한 대상이다. 이곳은 시학적 해석학의 역량이 추궁당하는 장이며, 넓은 의미의 미학Kalonology의 고전적 대상으로서 으뜸에 속한다. 그러나 내 생각에는 그것을 넘어서, 이곳에야말로 구제救濟신학과 종교철학의 시대를 넘어서는 중대한 문제가 잠재되어 있다. 천국편은 최고의 묵상meditationes의 서적이다. 그러므로 시학을 활용한 천국의 해석은 다양한 신학적 사색을 자극한다.

그러한 천국편이 의외로 깊이 있게 읽히지는 않았다. 어느 주석이나 지옥편, 연옥편에 비해 약간 힘겨워하는 듯 보이며, 과거 출전과의 연관에 비교하자면 내용적인 추궁이 적다. 특히 천국편은 철학과 신학의 보다 충실한 주가 오히려 현대신학과 현대철학과의 내적 연관과 장래 과제 전개를 위해서도 필요하다. 천국편이야말로 가장 단테다운 텍스트로 읽어야 할 부분임을 다시 한번 유념해 두고자 한다. 옛 주석의 전통을 지킨다는 점에서는 이탈리아 단테 학회 판의 주와 함께, 이 부분에서는 특히 싱글톤과 치멘즈의 주석이 유익하다.

천계의 구조 제1천─제5천

천국편은 아폴론을 부르며 시작했다. 그리스의 Ἀπόλλων은 이탈리아어로는 Apollo다.

O buono Apollo, all'ultimo lavoro

fammi del tuo valor sì fatto vaso,

come dimandi a dar l'amato alloro.

아폴로여 최후의 이 일에

나를 당신의 그릇으로 삼으시어

월계관을 받기에 마땅하게 하소서 (Par. I. 13~15)

지옥편에서도 연옥편에서도 고전적 서사시의 전통에 따라 '무사여'라고 뮤즈의 여신에게 호소한 데 반해 천국편에서는 '아폴로여'라고 부른다. 이것이야말로 지금까지의 서사시와는 전혀 다른 글을 쓰겠다는 단테의 선언이다. 천국은 평범한 사람이 살아서 오를 수 있는 역사적 세계의 장이 아니다. 그곳에서는 인간의 역사를 노래한 서사시의 여신 무사가 아니라, 예언의 신 아폴론을 부른다. 비극시대에는 아직 죽음의 신의 그림자를 드리우지만, 고전시대의 아폴론은 이제 지혜의 신이며 남성이라 아홉 기둥의 여신인 뮤즈들(무사이)의 우두머리에 해당한다. 단테는 바로 그 신에게 "그대의 월계관을 받기에 마땅한 자로 만드소서"라고 기도한다. 이 말은 '계관시인이 되고 싶다'는, 명예에 대한 희망이라기보다 그런 미지의 세계를 노래하는 사람이라면 '그대가 사랑하는 월계수를 받기에 마땅한 자가 아니면 안 된다'는 당위의 인지이며, 일종의 메타모르포제(변신)의 자율적 요청의 표명인 것이다. 읽는 우리도 이 점을 명백히 인식해야 한다. 그것은 고전적 서사시와의 결별을 의미하며, 처음으로 그리스도교적 서사시를 구성하는 데 대한 자랑스러운 선언이다. 그와 동시에, 이것은 위의 사실만큼 명백한 것은 아니지만, 이미 데프라다Jean Defrada가 논했듯이 철학의 아버지인 소크라테스가 최후의 『변명』에서 ὁ θεός(그 신)라고 단수로 가리킨 대상은 의심의 여지없이 아폴론이었으며, 철학적 정신의 시를 쓰고자 한다면 무사가 아니라 아폴론에 의지하는 것은 신학적 서두로서는 이치에 합당할 것이다.

또한 각 편의 시의 길이는 지옥편 4720행, 연옥편 4755행, 천국편 4758행으로 거의 비슷한 분량으로 구성되어 있다는 점도 다시금 덧붙여 둔다.

천국편의 제1천은 월천, 즉 달의 하늘이다. 월천은 제2곡부터 제5곡까지 주로 노래하며 제3곡에 피카르다Piccarda가 등장한다. 여기에서 언급되는 내용은 달의 자연학과 자유의지 문제이다. 피카르다는 수도녀의 서원을 깨고 환속해서 살아간 사람이다. 신과 주고받은 약속을 깬 사람인데도 천국에 있다. 이는 중세 중기까지 이어지던 서원의 절대성이 조금씩 흔들리기 시작한 14~15세기의 사고방식을 단테가 이미 수용하고 있는 것으로 해석된다. 그러나 그러한 사상사적인 파악보다는, 서약을 깬 죄가 있더라도 그 후의 마음가짐이나 태도 여하에 따라 신이 천국에 받아들이기도 한다는 점을 주목하고 싶다. 그렇지 않다면, 다시 말해 모든 일에 뉘우침이 별 의미를 가지지 않는다면 우리는 단테를 읽고 그저 두려울 뿐이겠지만, 인간 정신의 활력과 천국에 관한 신의 섭리의 너그러운 관용은 그런 것이 아니다. 신의 사랑은 폭넓고 다양한 구조를 가지고 있음을 알 수 있다.

제2천은 수성천으로 유스티니아누스Justinianus가 등장한다. 여기에서는 주로 로마 제국의 상황을 그리스도교 신앙과 연관 지어 노래한다. 단테에게도 법전이 소중한 것이었음을 알 수 있다. 천국에서도 문제가 되는 로마 제국의 깃발인 독수리 깃발이 나온다. 이 독수리를 '신의 새l'uccel di Dio'(천·6·4)라고 부르는 단테에게, 로마와 교회의 올바른 일치는 늘 이상적인 목표였다.

제3천은 금성천으로 헝가리 왕이며 단테와 사이가 좋았던 카를로 마르텔로Carlo Martello가 있다. 여기에서는 별의 자연학이 언급되는 동시에, 시민 폴코가 금화의 힘에 교황까지도 타락해 버린 피렌체의 역사, 또는 피렌체의 금화(피오리노)와 금화에 새겨진 꽃(피오레)이 서로 비슷하다는 데 착안해 부에 의해 타락한 고급 성직자들이 꽃에 미혹되었다고 노래한다.

제4천은 태양천이다. 금성천에서는 아직은 어딘가에 지구와의 연관이 남아 있지만, 태양천에 이르면 지구에서 완전히 벗어난다. 보나벤투라, 토마스 아퀴나스가 이곳에 등장한다. 이는 단테가 신학적인 지식을 충분히 숙지하고 있었음을 드러내 준다. 오늘날에도 중세의 대표적인 신학자로는 보나벤투라와 토마스 아퀴나스 두 사람이 손꼽힌다. 단테의 신학 관점에서는 토마스 아퀴나스의 자격이 위이고, 역사를 통해 교회의 대표적 학자를 한 사람 손꼽으라고 하면 토마스 아퀴나스가 될 것이다. 그리고 이러한 평가는 오늘날에도 흔들리기 어려울 것으로 보인다.

이 두 사람은 학자로서도 훌륭할 뿐더러 여기에서 단테가 특히 소중히 여기는 것은 그들 두 사람이 각각 속했던 도미니코회와 프란시스코회라는 두 수도회이다. 토마스(도미니코회 수도사)가 프란시스코회를 창립한 아시시의 프란체스코를 칭송한다. 한편, 보나벤투라(프란시스코회 수도사)는 비슷한 무렵 도미니코회를 창립한 도미니코를 찬양한다. 두 수도회 모두 광대한 토지를 감싼 울타리 안에서 자급자족을 표방하던 종래의 수도원과는 달리 마을을 돌며 희사喜捨만으로 생활하는 탁발 수도회이다. 이러한 새로운 운동을 일으킨 것을 단테는 청빈과 겸손의 덕으로 소중히 여겼다. 제4천에서는 신의 창조와 영지英智에 관한 문제가 언급된다. 창조가 인간에게 가지는 의미를 우리에게 묻는다.

제5천은 화성천인데 신앙을 위해 싸우다 죽은 순교자의 혼들이 십자가 형태로 등장한다. 이곳에는 카차구이다라는 단테의 조상이 있으며 그가 단테의 장래를 이야기한다. 천계에서 위로 오를 때는 선과 미의 사다리를 올라가는데 그때 단테는 베아트리체에게 이끌려 둘이 함께 날아오른다. 그 얼마나 행복한 일이겠는가.

제6천(목성천) — 독수리 형상의 영들

천계에 머무는 영은 천계 사이를 자유로이 떠다니고, 천국편에서는 자주 한 노래 안에 두 개의 천계 영역이 동시에 나오기도 한다. 제6천은 제18곡 중반부터 묘사된다.

이곳에서는 혼이 새처럼 날아다니고 날아가면서 공중에 어떤 형태를 그린다. 우리도 철새 떼가 T자 형을 만들거나 십자가 형태를 만들거나 그리스 문자 Γ자 형태를 만들면서 날아가는 모습을 볼 수 있다. 단테는 이들을 새와 구별할 의도가 있었던 모양인지 '수많은 성자가 빛 속을/날아가며 노래 부르고 흩었다 모이기를 반복하니/D I L 형상이 만들어졌다(천·18·76~78)라고 쓰고 있다. 이 세 글자는 곧이어 나오는 91~93행 문장 각각의 맨 처음 어휘의 대문자 세 글자이다. 철새는 해질녘 서쪽으로 날아가므로 황혼 빛이 드리운 하늘에 검은 글자가 떠오른다. 신기하게도 소문자 형태가 아니라 대문자 형태로 날아간다. 철새 떼가 날아가는 모습처럼 혼들이 빛을 내며 날아간다. 그 모습을 유심히 지켜보고 있자니, 즉 '그 글자들이/나타나는 순서를 눈여겨 바라보니'(천·18·89~90) 부분 다음은 이렇게 이어진다.

DILIGITE IUSTITIAM(정의를 사랑하라) 이것이 주문主文의 명사와 동사였고, 끝맺는 문장은 QUI IUDICATIS TERRAM(그대 땅을 심판하는 자여)(천·18·91~93)이었다.

[야마카와가 번역한 이와나미문고, 노가미가 번역한 프랭클린 라이브러리 판에서는 D를 제외한 나머지 34개 문자는 소문자로 썼지만, 이 부분은 전체 35개 문자를 모두 대문자로 써야 한다. 가와데서방신사에서 출간한 히라카와 번역은 올바르게 대문자로 썼다. 내용상으로 보아 역자에게서 이런 부주의가 비롯되었다고 보기 어려워 원전을 조사해 보니, 전통적 텍스트 대부분은 대문자인데 무어의 옥스퍼드 판은 첫 글자 외에는 소문자로 되어 있었다. 그렇다면 m이라는

글자는 당당하게 앉아 있는 거대한 독수리 형상이 될 수 없다. 이것도 실수일 것이다.]

DILIGITE는 '사랑하라' IUSTITIAM '정의를', DILIGITE IUSTITIAM '정의를 사랑하라'. 모든 문장은 글자 형태를 만들며 날아가는 혼들의 모습이다. 다음의 QUI는 관계대명사, IUDICATIS '심판하여 정의를 행하다', TERRAM '대지', 즉 '정의를 사랑하라, 땅을 심판하는 자'라는 뜻이다. 하늘을 나는 혼들이 무리를 지어 맨 처음 D 형태를 만들면서 날고, 다음에는 날아가면서 I 형태를 만든다. 그리고 다시 L 형태가 된다. '뭔가를 전하려는 걸까'라고 생각한 단테는 그 모습을 유심히 지켜본다, 이 대목은 그런 상황이다. 처음에는 DILIGITE IUSTITIAM이라 읽힌다. 이번에는 Q 형태가 되고, U가 되고, I가 된다. 한 글자 한 글자 변화하는 모습이 자연적인 움직임으로 묘사된 점을 보면, 어쩌면 단테는 실제로 철새가 이동하는 모습을 관찰하고 이에 기초하여 멋진 생각을 해낸 게 아닐까 하는 생각도 든다. 그리고 마지막에 이르자, QUI IUDICATIS TERRAM이라는 문장이 만들어진다. 우리는 아주 빨리 한 행으로 끝내 버렸지만 철새가 날아가면서 글자 형태를 바꿔 가는 시간이 필요하다는 점을 인식해야 한다.

빛이 다섯번째 어미 M로
정지해 있으니 목성천은
금빛 문자 M을 아로새긴 은빛 바탕 (천·18·94~96)

QUI TERRAM의 맨 마지막 글자 M 형태로 정지해 있다. 고개 숙인 독수리 형상(𝕄)으로 보이는 M이다. 모든 영들은 황금처럼 반짝이고, 목성은 은처럼 빛나니 형체를 도드라지게 해 주는 바탕처럼 보인다.

> M의 꼭대기로 다른 빛들(여러 영들)도,
> 순식간에 내려와 찬양하며 노래했다
> 그들을 이끄는 최고의 선을(천·18·97~99)

M의 꼭대기 부분으로 다른 혼들의 무리가 내려와 멈추자, M은 독수리가 날개를 펼치고 앉아 있는 모습(ꟿ)이 되었다.

독수리aquila는 왕가의 문장紋章으로 자주 사용된다. '백수百獸의 왕'이 사자라면 '백조百鳥의 왕'은 독수리일 것이다. 독수리는 왕의 풍채와 품격을 상징한다. 왕이 하는 일은 통치이다. 즉 정의의 영이 독수리의 모습으로 나타나, 지상에서 행해져야 마땅할 정의를 상징하는 것이다. 그리고 통치자는 아리스토텔레스의 『형이상학』 λ(람다)권의 신(키눈 아키네톤, 부동의 원동자)을 본떠, 적어도 땅 위를 이리저리 배회하지 않고 태연무심하게 정지해 타자로 하여금 자기를 우러르게 하는 점이 있어야 한다.

정의의 덕

철새 떼처럼 글자 형태를 만드는 영들은 맨 처음 D, 그러고 나서 I, L, I, G 형태를 만들며 아름답게 공중을 난다. 이어서 그 의미에 관해 생각해 보자.

우리가 중학교 시절에 읽은 난바라 시게루南原繁의 「학이 날다」라는 수필에 학이 가고시마 쪽으로 이동할 때 내는 소리가 따로따로 흩어져 들리는 게 아니라 그야말로 통일된 소리로 울린다는 이야기가 씌어 있었던 것 같은데, 철새는 서로를 부르기 때문인지 울 때에 그 소리가 매우 통일되어 있다. 그 이미지가 여기에도 살아 있다. 이하 6행은 상상·자연·공예·종교·시의 예술적 일치로서 독특한 장면이다. 이탈리아어 울림 속에서 새들의 움직임, 루비의 광채, 태양빛의 찬란함이 우러나는 느낌을 즐겨 보고자 한다. 일단 로마자를 읽을 생각인데, 음의 기복은 짐작이 갈 것이다.

Parea dinanzi a me con l'ali aperte

la bella image, che, nel dolce frui,

liete facevan l'anime conserte. (Par. XIX. 1~3)

내 앞에 날개를 활짝 펼치고

감미로운 즐거움에 기뻐하는

아름다운 상像을 한 영들이 왔다*

반짝이는 혼들이 만드는 '아름다운 상像'이란 혼들이 문자 형태로 날아가다가 마지막 독수리 형태로 멈춘, 이 일련의 움직임을 표현한 말이다. image는 현대 이탈리아어는 아니지만, 운의 형편상 사용된 것으로 imago가 변형된 형태 immagine(dell'Aquila), 즉 '(독수리의) 상'이다. '*'를 붙인 '왔다'의 원문은 parea로 뜻은 이탈리아 단테 학회 판에서도 교황청 판 주에서도 '나타났다appariva'이다.

parea ciascuna rubinetto in cui

raggio di sole ardesse sì acceso,

che ne' miei occhi rifrangesse lui. (Par. XIX. 4~6)

그들은 저마다 루비 알이

타오르는 태양에 반짝이며 빛을 발하니

내 눈동자에 반사하는 듯하네.

모두 다 조그맣고 붉은 루비 보석이 불타오르는 태양 볕을 받아 반짝이는 듯 보였다. 그리고 날개를 펼친 독수리 형태를 흐트러뜨리지 않고 고정되어 있다.

단테는 이어지는 7행부터 9행에서 이제부터 자신이 서술하려는 것은 지금껏 인간이 목소리로 전한 일도 없으며 문자로 전한 적도 없다, 상상으로도 이러한 것을 짐작해 본 일이 없을 거라고 노래한다.

ch'io vidi, e anche udi' parlar lo rostro,

e sonar nella voce e "io" e "mio"

quand'era nel concetto "noi" "nostro" (Par. XIX. 10~12)

어떤 번역이든 비판적인 주문을 다는 일은 쉽다. 때문에 이를 되도록 피할 생각이었으나, 여기에서는 단수 복수의 차이가 주요한 문제가 아니라, 그것이 1인칭에서 가지는 특별한 의미가 중요하다. 이 문제를 거론한 번역도 주석도 안팎으로 눈에 띄지 않는다.

독수리 부리가 하는 이야기를 들으니

'나' '나의'는 '우리' 그리고

'우리의' 의미를 내포했다.

이렇게 하면 concetto의 의미도 살아나는 것 같다. '나(わたし, 와타시)'의 복수는 '우리(わたしら, 와타시라)' 또는 '우리(わたしども, 와타시도모)'이며 '와타시타치わたしたち'의 '타치たち'는 본래 경어이므로 일본어로서는 잘못된 표현이다. 상대에게는 '당신들 혹은 그대들(御身たち, 온미타치)'이라고 하고, 자기 쪽은 '우리(身ども, 미도모)'라고 말하는 복수접미어의 뉘앙스 차이를 터득해야 한다.

독수리 형상은 반짝이는 수많은 혼들이 모여 만든 것이다. 그 부리가 말을 한다면 '우리noi' '우리의nostro'라고 말해야 할 터인데, '나io' '나의 mio'라고 말한다. 요컨대 모든 개체가 완전히 전체와 일치하고 있는데, 그것은 1인칭 주격과 소유격, 즉 그 의미가 결단과 소유일 경우뿐이다.

그렇다면 천국의 혼들에게는 개성이 없는가, 무엇이든 일치해 하나로 결정하고, 물物은 공유하는가가 문제된다. 지상에서 정의로웠던 사람들의 혼은 천국에서는 '나(io)'가 사라진다. 정말로 그렇다면 이것은 어떻게 받아들여야 할까. 사람의 영혼은 개별적이며 자유로워야 할 것이다.

여기에서는 위의 문제를 생각해 보기 위해 결단과 소유의 장인 사회생활에서 중시되는 정의의 덕에 관해 살펴봐야 한다. 아리스토텔레스 이후, 중요하고 긴요한 덕목으로서 네 가지 덕을 든다. 즉 정의justitia, 사려깊음prudentia, 용기fortitudo, 절제temperantia이다.

이 네 가지 덕 중에 가장 중요한 것은 정의이다. 그것은 다음과 같은 이유에서 비롯한다. 사려깊음prudentia은 사람에 따라 각각 다르며 개성에 따라 결정된다. 예를 들면 대식가에게는 사려깊음이 절식인데 비해 거식증이 있는 사람에게는 잘 먹는 것이다. 사려깊음은 이처럼 사람에 따라 정반대가 되기도 한다. 용기fortitudo는 무엇에 대한 용기인가가 경우에 따라 다르다. 예를 들면 병사에게는 전장에 나가 싸우는 것이 용기인 데 반해, 정치가는 전쟁을 하면 안 된다고 강하게 주장하는 것이 용기인 경우도 있다. 절제temperantia도 무엇을 어떻게 절제하는가에 따라 모두 다르다.

담배를 너무 많이 피우는 사람은 담배를 끊어야겠지만, 본래 담배를 피우지 않는 사람에게는 해당하지 않으니 자기 생활을 되돌아보고 무엇을 절제할 것인가를 찾아내면 된다. 대부분의 현대인에게 공통되는 절제의 대상은 에너지일 테지만 이것 역시 개인차가 있을 것이다.

그런데 정의와 불의가 무엇인지는 본래 개인을 넘어 신에 의해 결정되어 있다. 예를 들면 도둑질은 누구에게나 불의이다. 요컨대 정의는 다른 세 가지 덕과 비교하면 개인의 특별한 상황에 따라 달라질 일이 없는 영역이다. 그렇기 때문에 '정의를 위해 일어선 것이다, 이것이 우리의 정의다'라는 사회적 결집으로서의 '연대solidarietà'를 낳기도 한다. 이것은 비교적 새로운 근대적 어휘로 단테는 이 말을 몰랐지만, 정의는 자주 일치단결의 중심점이 된다. 정의는 이처럼 다른 개성들이 각자의 독자성을 통해서 '결단과 소유'에 관련한 연대 실현으로 일치할 수 있는가 없는가를 묻는 덕인 것이다.

제6천에서는 정의의 정신으로 불린 사람들이 마치 전체주의자처럼 개체가 말살되고 통일된 형태로 움직이는 것처럼 보일 수도 있다. 우리가 가는 길, 우리가 이루는 일은 각각 달라도 괜찮다. 그러나 우리는 신을 아버지로 우러르고 혹은 주를 우러른다는 목적 아래서는 하나이다. 그리고 정의의 덕을 실현하기 위해서는 단결하지 않으면 안 된다. 또한 단결을 위해서는 정의가 없으면 안 된다. 여기에 개인의 덕과 단결(사회)의 덕의 구별과 상호보완 관계가 언급된 게 아닐까. 바꿔 말하자면, 천국의 이름으로 말할 때는 '나' '나의'라는 1인칭으로도 구성원들은 만족한다는 뜻이다. 이는 '교회는'이라고 말하는 경우와 비슷하다. 그것은 혼이 독수리로 상징되는 한에서의 일이며 제19곡, 제6천까지이다. 정의는 인간의 고찰 범위에서는 최고의 덕이지만 천국에서는 어떨까. 천국이 언제까지나 그 상태로 머물러서야 되겠는가.

제19곡에서는 정의를 둘러싼 세례의 특권에 관련된 중대 문제도 논해진다. 올바른 영혼들의 아름다운 전체인 독수리가 단테가 남몰래 품고 있던 의문을 언어화시켜 말한다. "그대가 묻는 바는 한 사람이/인도의 강변에 태어났기에/그리스도에 대해 얘기하고, 읽고, 쓰고자/하는 사람도 없으나 의지도 행위도/인간 이성의 한에서는 선하고/삶의 방식에서나 말에 죄가 없는데도/세례를 못 받고 믿음이 없다 하여/죽어 벌을 받아야 한다는 정의 같은 게/어디에 있단 말인가. 허물이 없을 터인데"(천·19· 70~78). 이것은 특히 그리스도 탄생 이전의 의인에 연관된 구원보다는 동시대 사람의 구령救靈 가능성에 연관된 질문으로, 제2차 바티칸 공의회 이후 중대한 현대적 문제가 된 질문을 앞서 던진 것이다. 여러 종교의 대화라고 말하는 신학자도 있지만, 종교끼리 대화할 리도 없으며, 대화는 사람 사이, 인격(페르소나) 사이 문제이다. 단테의 대답은 독수리가 춤추며 노래한 말이다.

Roteando cantava, e dicea: 《Quali
son le mie note a te, che non le 'ntendi,
tal è il giudicio etterno a voi mortali.》 (Par. XIX. 97~99)

독수리가 춤추며 노래하니 '내 노래의 가락조차
알지 못하는 그대들 죽어야 할 몸으로는
영겁의 심판을 알 도리 없으리.'

천상의 정의는 죽어야 할 운명을 지닌 인간으로 존재하는 동안은 이해의 저 너머에 있으므로 지금 우리의 지혜로는 제대로 이해할 수 없다. 그러나 죽어야 할 존재를 넘어서서 영으로서 죽지 않고 살아갈 때는 알 수 있는 희망이 있을지도 모른다. 그러한 실마리가 제20곡의 예시이다.

정의의 영은 제6천에 있으므로 이어서 나오는 관조하는 삶과 신학적 덕보다는 하계에 위치한다. 천국에 들어간 이후 덕에 관련된 문제로서 자유의지, 금화의 유혹에 지지 않을 것, 청빈에 만족할 것, 용기와 순교 등이 서술되었고, 인간의 일반적인 윤리 덕목으로서는 최고인 '정의'가 여기에 나왔지만, 천국에는 보다 높은 차원의 덕이 있다.

최고천의 복선伏線

Chi crederebbe giù nei mondo errante,

che Rifeo Troiano in questo tondo

fosse la quinta delle luci sante? (Par. XX. 67~69)

잘못을 범하는 세상에서도 그 누가 믿겠는가?

트로이아의 리페오가 성스러운 빛

둘레에서 다섯번째 위치를 차지했다고.

제20곡에서 단테가 문제로 삼은 것은 제19곡에서 제기한 바 그리스도 이전 사람들의 구령에 관한 질문의 연속이며, 여기에서 사회 통일의 정의의 덕과 연관된 왕이 등장한다.

제6천, 즉 목성천 안에는 맨 처음 눈에 띄는 둥근 빛의 바퀴가 있는데, 거기에 영광에 빛나는 여섯 왕들이 있다. 독수리 부리에 가까운 쪽부터 설명하면 먼저 다윗, 이어서 가련한 과부의 호소에 응해 준 황제 트라야누스(연·10·76~93), 신에게 연명延命을 청했던 히즈키야(「열왕기 하권」

20장), 그리스도교를 보호한 콘스탄티누스, 12세기에 규범적 정치를 했던 시칠리아의 왕 구일리엘모, 그리고 트로이아인 리페우스(Ripheus, 이탈리아어로는 Rifeo)이다. 이들 중 유명한 행위나 선행으로 알려진 왕이나 다윗, 히즈키야와 같은 구약의 성자는 그리스도 이전 사람이지만, 어쨌든 신앙으로 보나 그 행위로 보나 목성천에 있는 게 이해가 된다. 그러나 리페우스가 여섯 사람 중에 다섯번째la quinta persóna로 제6천에 있는 것은 도무지 그 까닭을 알 수 없다.

트로이아인 리페오는 우리가 텍스트로 삼은 야마카와 번역 주석에 '트로이아 함락 때 그리스 군과 싸우다 죽은 용사의 이름'이라고 되어 있듯이 베르길리우스의 시 속에 나오는 용기 있는 한 인물인데 딱히 눈에 띄는 용장은 아니다. 그런데 어째서 트로이아인 리페오가 성스러운 천국의 한 인물로 손꼽히는 걸까. "잘못을 범하는 세상에서도 그 누가 믿겠는가"에서 '잘못'이라는 말이 아이러니컬하게 들리듯이 리페오가 천국에 있다는 것은 하계의 그 누구도 믿지 않을 것이다.

첫째로 리페오는 트로이아 시대, 그리스도가 태어나기 이전 사람이며, 게다가 구약성서에서 신과 연관이 있었던 사람도 아니므로 구원을 받을리가 없다. 그런 사람이 천국에 있는 것은 어떻게 받아들여야 할까. 단테는 트라야누스와 리페오 두 사람에 대해 두 사람 모두 그리스도의 십자가 위의 죽음(고통스러운 발로 상징된다)의 의미를 믿었다고 말한다.

De' corpi suoi non uscìr, come credi,

gentil, ma cristiani, in ferma fede,

quel de' passuri, e quel de' passi piedi. (Par. XX. 103~105)

두 사람은 그리스도교 신자로서 죽었다,

고통당할 발은 리페오가 믿었고,

트라야노, 고통당한 발을 믿었다.

원문 그대로 말하면,

'그들은 육체를 내놓을 때 그대가 생각하는 바와 같은 이교도가 아니라, 기
독교도였으며, 저이는 고통당할 발, 이이는 고통당한 발을 굳게 믿었노라'
(천·20·103~105 야마카와)

'그들은'이란 올바른 영혼의 무리인 독수리의 부리와 가장 가까운 빛
의 첫번째 둘레(트라야노)와 다섯번째 둘레(리페오)를 가리킨다. 두 사람
은 단테가 생각하는 것처럼 이교도의 마음을 가진 게 아니라고 올바른
영혼의 무리인 독수리가 말한다. '저이'는 리페오이고, '이이'는 황제 트라
야노를 가리킨다. '고통당할 발'이란 십자가에 묶이게 될 그리스도의 발
을 가리키므로 그것을 믿었다는 말은 그리스도의 수난을 미리 예상하고
믿었다는 뜻이다. 어느 주석을 보나 "리페오는 베르길리우스의 『아이네이
스』 2권 426에 나오는 Ripheus로 그리스인과 싸운 트로이아 영웅의 한
사람으로만 알려져 있다"라고만 나와 있다. 단테는 여기에서 리페우스가
그리스도의 강탄降誕 이전에 살았고 구세주의 고통이 있으리라 믿었다고
하는데 그런 이야기는 어디에도 없다. 단테가 여기에서 그렇게 말한 이유
는 이 세상 사람은 모르지만 신은 알고 있는 것이 있으며, 그렇기 때문에
천국으로 보내는 일도 있다, 뜻밖의 인물이 천국에 있는 것을 우리 지식
으로 판단해서는 안 된다는 말을 하고자 한 것이다. 트라야노, 즉 트라야
누스 황제는 경우가 좀 달라서, 교회 전승에 대성大聖 그레고리우스가 트
라야노를 되살렸다는 전설이 있고, 성 토마스 아퀴나스도 그 주요 저서

에서 '복자福者 그레고리우스의 기도로 생명을 되찾았던 일은 아마 트라야누스의 사실로서 평가할 수 있지 않을까(quod precibus B. Gregorii ad vitam fuerit revocatus de facto Traiani hoc modo potest probabiliter aestimari)' (*Summa Theol. III.* Suppl. q.71. a.5. ad 5 『신학대전 III』 보론, 문제 71의 5항, 이론 異論 5에 대한 답)라고 명기하고 있다. 여기에는 이러한 문헌의 탐색에서부터 단테가 얼마나 토마스 저서의 내용과 밀접한 사색 속에 살았던가를 인정하지 않을 수 없다. 놀랄 만한 것이 천국에 있는 상황의 복선이 된다.

조금 앞으로 돌아가는 내용이지만, 카차구이다가 단테의 미래에 관해 이야기하는 부분에서 매우 자주 인용되는 문구로, 단테가 추방의 쓰라림을 알았기 때문에 비로소 가능한 표현이라 일컬어지는 문장이 있다. 그것 역시 최고천의 복선이 된다. 그것은 제17곡의 55~63행인데 앞에서도 인용했던 56~60행을 포함해서 읽어 보겠다.

Tu lascerai ogni cosa diletta

più caramente; e questo è quello strale

che l'arco dello essilio pria saetta.

Tu proverai sì come sa di sale

lo pane altrui, e com'è duro calle

lo scendere e 'l salir per l'altrui scale.

E quel che più ti graverà le spalle,

sarà la compagnia malvagia e scempia

con la qual tu cadrai in questa valle; (Par. XVII. 55~63)

너는 사랑하는 모든 것을

버리게 될 것이다. 그 아픔이야말로

추방의 활이 쏘는 첫번째 화살.

너는 스스로 경험하리라

남의 빵이 얼마나 쓴지,

남의 집 계단을 오르내리는 고통도.

네 어깨에는 짐이 부려지리라,

그것은 함께 골짜기로 떨어질

사악하고 어리석고 비열한[1] 동지.

제7천(토성천)

제21곡부터 제22곡은 제7천(토성천)이다.

피에트로 다미아노가 들려준 열의가 담긴 신의 인내라는 중대한 설교,
그리고 그에 뒤따르는 불꽃들의 회전과 천둥소리와도 같은 큰 소리에 창
백해져 겁을 내는 단테에게 베아트리체가 상냥하게 말한다.

mi disse：《Non sai tu che tu se'in cielo?

e non sai tu che 'l cielo è tutto santo,

e ciò che ci si fa, vien da buon zelo?》 (Par. XXII. 7~9)

내게 말했다 '잊으셨나요,

하늘에 있다는 것을. 하늘에서는 모든 것이

---

1 여기에 원작 시에는 없는 '비열한'이라는 형용사를 덧붙인 것은 다음 행인 64행에 tutta
ingrata(참으로 배은망덕한)이라는 말이 쓰여 있어서 이를 앞으로 가져온 것이며, 배은망덕은
흔히 비열함과 같으므로 그렇게 썼다.

성스러우며 선의로부터 흘러나온다는 것을.'

"천국에서도 뜻밖의 일이나 고통스럽게 느껴지는 일이 일어날지도 모르지만, 안심하세요, 모든 것은 선의가 담긴 뜨거운 사랑에서 비롯됩니다"라고 깨우쳐 주는데, 거꾸로 말하면, 이 세상에서도 이처럼 모든 것이 사랑으로부터 비롯된다고 여길 수 있으면 이미 천국에 가깝다는 말도 될 수 있을 것이다. 이 세상에 절망이라는 형태로 지옥이 있듯이, 모든 일을 신의 선의로 수용할 수 있다면 이 세상에 천국의 복사본이 있는 것이다. 그것이 단테의 사상이다.

그런데 제7천인 토성천부터는 한층 더 특별한 하늘이 된다. 제6천까지는 어떤 의미에서 보면 인간 사회에서 뛰어난 업적을 이뤄낸 사람들이 있었다. 그곳에서 최고의 덕은 정의였다. 제7천부터는 확연히 구분되는 하늘이 나타난다. "여기에서는 모든 것이 성스러우며, 여기에서 하시는 여하한 일은 모두, 선량하고 뜨거운 사랑으로 말미암는다는 것을 잊으셨습니까". 즉 그곳부터는 정말로 사랑이 가장 중요한 덕이 된다. 천국은 올바른 열정buon zelo의 나라이다.

그리고 그곳의 전망은 매우 아름답다. 아름답고 동적인 경치 묘사로 유명한 제22곡의 23~24행 두 행을 각각의 번역자들이 다양하게 고심한 번역으로 비교해 읽어 보자.

e vidi cento sperule, che 'nseme

più s'abbellivan co' mutui rai.

백여 개의 작은 빛구슬이 무리지어,

서로를 비춰 아름다움이 더하는 것이 보였다(필자 번역)

백 개의 작은 구슬이 무리지어 그 빛을 주고받으니 한결 더 아름다워짐을 보
았노라(야마카와 번역)

황황히 서로를 비추며, 다 함께 아름다움을 더하는
백여 개의 광명이 내 눈에 비쳤다(히라카와 번역)

백 개의 작은 구슬이 무리지어 서로가 서로를
비추어 점점 더 아름다워지는 것을 보았다(노가미 번역)

〔영〕 a hundred little suns: as these together cast light, each made the other
lovelier. (A. Mandelbaum, Par. 1984, p.192)
〔불〕 et je vis cent petites sphères, qui de leurs rayons s'embellissaient les
unes les autres. (A. Masseron, 1947, 1995, p.770)
〔독〕 Und hundert Sternlein sah ich gegenseitig sich schmücken mit der
Schönheit ihrer Strahlen. (K. Vossler, Par. 1969, 2001, p.111)

붉게 빛나며 날아가는 화성천의 혼들도 멋지지만, '아름답다'고 표현하
지는 않았다. 그러나 여기에서 단테는 제7천의 혼의 빛들이 '한결 더 아
름다워지는 모습을 보았다(vidi…s'abbellivan)'고 말하며, 혼들이 천국의 사
랑의 빛을 받음으로써 참된 아름다움을 얻게 된다고 노래한다. '정의' 위
에 있는 덕이 무엇인가를 생각해 보는 것이 제6천을 끝낸 우리의 과제였
는데, 시인은 정의 위에 사랑과 '아름다움'이 있다고 지적한다.

Col viso ritornai per tutte quante
le sette spere, e vidi questo globo

tal, ch'io sorrisi del suo vil sembiante: (Par. XXII. 133~135)

일곱 천구를 두루 돌아다본 뒤
우리 지구를 찬찬히 살펴보니
그 보잘것없음에 쓴웃음이 나왔다.

단테는 여기까지는 올라오는 데 온 힘을 다해야 했다. 그리고 이제 하늘의 하늘이라 불리는 제7천에 다다라 베아트리체의 권유로 지금까지 얼마나 올라왔는지 뒤를 돌아본다. 하늘에서 이미 여섯 천구를 올라온 데다 지구까지 넣으니 일곱 개의 별을 거친 셈이다. 뒤를 돌아다보니 지구의 뒤처지는 초라한 모습에 쓴웃음이 배어 나오기도 했고, 하늘에 있는 행복을 절실히 깨닫게 되어 그로 인한 미소도 떠올랐다.

제7천은 '하늘의 하늘'의 입구이다. 그리스도교에서는 자주 coeli coelorum '모든 하늘의 하늘'이라고 말하며 하늘 안에도 여러 구별이 있다. 제7천부터는 그리스도교가 아니면 세간으로부터 버림받았을지도 모르는 사람이 등장한다. 그것은 가치의 높고 낮음의 정도 차이가 아닌 가치의 전도轉到 문제를 함유한다.

예를 들면 베네딕투스Benedictus는 매우 훌륭한 귀족이었으나, 신앙의 영광과 동시에 자신이 다스려야 할 영지의 백성에 대한 책임도 내팽개치고 집을 떠났고, 부모에게 물려받은 가업에서 벗어나 재산도 전부 수도원에 보내고 독신생활을 했다. 무엇 하나 부족할 것 없던 사람이 지상적 행위에 대한 책임을 저버리고 자급자족하는 청빈과 노동 생활을 하며 감히 집안의 대를 끊는 일을 한 것은 그리스도교인으로서 신과 닮은 수행을 한 것이므로 훌륭한 행위로 인정받는다. 제7천(토성천)에 등장하는 베네딕투스와 피에트로 다미아노Pietro Damiano, 제8천(항성천)의 소박한 어부

성 베드로Pietro, 성 요한Giovanni, 성 야고보Jacobo와 같은 사람은 모두 그들이 행했던 일을 소상하게 더듬어 보면 그리스도교가 아니었으면 하늘에 들어갈 수 없을 듯한 사람들이다. 여기부터가 '진정한 하늘'이라고 하는 것은 바로 그러한 의미이다.

제8천(항성천)에서 제10천(최고천)으로

제8천에서는 신학적 덕이 언급된다. 신학적 덕은 믿음fides, 소망spes, 사랑caritas, 세 가지이다. '믿음'이란 신앙, 즉 창조주이신 하느님 및 구세주 그리스도를 믿는 신앙이다. '소망'은 어떠한 고통에 처하더라도 신이 구원해 주기를 희망하는 것이다. 그리고 단테의 천국편에 나오는 '소망'은 자기 자신의 구원에 대한 소망으로부터 타인의 영혼의 구원, 사회 전체의 구원의 소망으로 점차 그 폭이 넓어진다. 그것이 언제까지나 역동적인 단테의 하늘 상태로 이어진다. 어떤 의미에서 보면 개인적 혼이 구원받기를 소망하는 덕이 단테로 인해 사회화되었다고 말할 수도 있을 것이다. 그것은 20세기 중반 무렵에 이르러서야 드 뤼박Henri de Lubac, 다니엘루Jean Daniélou와 같은 새로운 신학자들의 선구적 저술에서 묻기 시작한 문제이다.

신학적 덕이 제8천에서 묘사된 후, 제9천(원동천)에서는 베아트리체가 천사에 관해 이야기한다. 원동천이란 모든 것을 움직이는 하늘로 아리스토텔레스가 말한 부동의 원동자κίνουν ἀκίνητον인 신이 위치하는 것 같은 장소이며, 이를테면 자연적 운동의 기점이 되는 곳이다.

제30곡에서는 단테와 베아트리체가 제9천에서 위로 올라가 제10천, 즉 최고천으로 들어선다. 그곳은 빛과 불꽃과 꽃으로 어우러진 아름다운 세계이다. 불꽃 같은 빛은 천사, 꽃은 축복받은 인간 영혼의 생기 있는 모습, 꺼지지 않고 흔들리는 촛불의 불꽃은 이제 막 구원받아 들어온 인간 영혼의 모습이다.

이들이 거대한 장미꽃처럼 앉아 있는 이미지가 전개된다. 그 꽃의 중심은 언제나 봄을 이루는 태양이라고 씌어 있고 암수 꽃술은 황금빛인데, 이는 영원한 생명의 원천인 신을 상징한다. 따라서 이 장미는 구원을 받아 흰 옷을 입은 사람들이 신을 관조하는 광대한 anfiteatro(계단교실 혹은 원형극장)을 이루고, 제9천은 일단은 그러한 지정석의 장이다. 그 위에 자유롭고 창조성으로 가득한 제10천이 있으며 이는 무한하다. 제30곡은 매우 시적이라 원문을 가져다 번역하고 싶지만, 지면이 부족하니 이 문장으로 끝을 맺는다.

그리고 제10천에서 아리스토텔레스의 신을 완전히 넘어서는 최고천을 생각할 수 있다. 여기가 진정한 초자연의 세계, 신의 자유와 은총의 장이다. 그것이야말로 참다운 영원이다.

유한한 시간으로부터 영원 속으로 들어가 방연자실해진 단테는 천국 최고의 상계上界인 엠피레오의 눈부신 아름다움에 도무지 마음을 가라앉힐 수 없었다. 그래서 단테는 빨리 안정을 되찾고, 또한 참다운 지복 직관을 소망하며 다시금 베아트리체에게 의지하고자 한다.

e volgeami con voglia rïaccesa

per domandar la mia donna di cose

di che la mente mia era sospesa.

Uno intendea, e altro mi rispose:

credea veder Beatrice, e vidi un sene

vestito con le genti glorïose. (Par. XXXI. 55∼60)

그리하여 새로운 소망에 불타올라

마음에 떠오른 불안한 일을

여인에게 묻고자 돌아보았으나,

나의 기대와 대답은 다르니

보리라 여겼던 베아트리체

대신 나타난 이는 백의白衣의 노옹

천국에 관해 좀더 묻고 싶은 게 있어서 베아트리체에게 물어보려고 뒤를 돌아다보았는데, 그녀의 그림자는 보이지 않고 노사부 한 사람이 있었다. 이 말은 베아트리체조차도 그 이상의 최고천은 안내할 수 없다는 뜻이다. 그는 베아트리체가 앞으로 보게 될 최고천의 가장 높은 곳까지 단테를 안내해 달라고 부탁한 성 베르나르도이다. 단테는 이 노인에게 un sene라는 평소 사용하지 않는 라틴어 투latinism 어휘를 쓰며 특별한 존경을 보인다. 여기서부터는 베아트리체도 안내할 수 없다.

그 노인은 베아트리체 대신 친절하게 최고천을 안내해 주는데, 단테가 베아트리체를 그리워하며 '그분은 어디에(Ov'è ella?)'(천·31·64)라고 묻는 모습을 가엾이 여겨 그녀는 그 '공덕suoi merti에 맞게 분배받은 옥좌trono에 있다'(천·31·69)고 정중하게 대답하며 그녀의 모습이 보이는 장소를 가르쳐 준다. 단테가 그 방향을 바라보니 꽤 멀긴 했으나 잘 보였으므로 아득한 그곳을 향해 그녀에게 감사의 말을 외친다. 그 내용은 다음과 같은 아름다운 말이다.

《O donna in cui la mia speranza vige,

e che soffristi per la mia salute

in inferno lasciar le tue vestige,

di tante cose, quant'i' ho vedute,

dal tuo podere e dalla tua bontate

riconosco la grazia e la virtute.

Tu m'hai di servo tratto a libertate

per tutte quelle vie, per tutt'i modi,

che di ciò fare avei la potestate.

La tua magnificenza in me custodi,

sì che l'anima mia, che fatt'hai sana,

piacente a te dal corpo si disnodi》 (Par. XXXI. 79〜90)

'그대 덕분에 희망은 타오릅니다.

나의 구원을 위해 지옥에

발자취를 남기신 분.

그대의 힘과 친절에 힘입어

볼 수 있었던 모든 것들을

은총과 덕으로 받아들입니다.

그대는 노예의 몸인 나를

온갖 방법과 길을 만드시어

자유의 경지로 구해 냈습니다.

그대가 치유한 이 영혼이

그대의 화려한 힘으로 말미암아 언젠가는

육신의 굴레에서 벗어날 수 있기를'

'지옥에 발자취를 남긴'이라는 말은 지옥편 제2곡에서 베아트리체가 변옥(림보)에 있는 베르길리우스를 찾아와 단테의 구령을 위해 안내해 달라고 직접 부탁한 일을 뜻한다. 그때 그녀는 '돌아가야 할 곳으로부터 왔습니다(vegno del loco ove tonar disio ─ 즉 최고천에서 내려왔다)'(지·2·71)라고 말한다. '발자취'라고 번역한 말은 발자국이나 흔적을 의미하는 vestige이다. 이에 대한 그녀의 대응은 다음 연에 나와 있다(천·31·91~93).

Così orai; e quella, sì lontana
come parea, sorrise e riguardommi;
posi si tornò all'eterna fontana. (Par. XXXI. 91~93)

내가 그렇게 고하자 그녀는 저 먼
곳에서 미소 지으며, 나를 굽어보더니
이윽고 영원한 샘으로 향했다.

베아트리체는 저 먼 세번째 둘레에서 나를 보며 미소 짓더니 그 후 조용히 영원한 샘으로 돌아갔다. 그것은 생명의 샘fons vitae이며, 생명의 원천origo vitae, 즉 창조주 하느님의 상징이다. 그녀는 단테에 대한 자신의 사명을 마치고 그에게서 몸을 돌이켜 조용히 신이 계신 쪽을 우러르는 것이다. 이 정경은 이루 표현할 수 없을 만큼 아름답지만, 또한 비할 길 없을 만큼 슬프기도 하다. 베아트리체는 단테에게서 멀어져 신에게로 향한다. 그러나 찬가와도 같은 단테의 찬사를 저 멀리서 듣고 그리운 듯 뒤를 돌아다본 후의 일이다. 그리고 단테는 그 후 마치 디도를 버렸던 아이네아스와 같이, 그녀를 쫓지 않고 성 베르나르도와 함께 한층 더 높은 곳으로 임하고자 한다. 여기에는 연애시에서는 찾아볼 수 없는 순례 서사시만의 비창悲愴한 운명이 배어 있는 걸까. 그 후 빛에서 행복을 발견하지 못한다면, 사라져 간 베아트리체의 뜻에도 어긋난다. 여기에 종교의 존엄성이 있음을 납득하기 위해서는 계속해서 『신곡』을 읽어 나가야만 한다. 다만 절대 잊어서는 안 되는 것은 천국에 있는 베아트리체의 사랑이 없었다면 단테의 사상은 결실을 맺을 수 없었다는 것이다. 이 부분을 『신곡』의 사실상의 결말이라고 보는 사람도 많다. 싱글톤은 단테의 찬가는 베아트리체를 찬미하는 이 부분에서 끝났다고 보는데, 단테는 그것을 넘어 그 누구에게도 찬가를 부르지 않는다고 말한다(싱글톤, 천국편 주 524). 천국 안에 같이 있지만, 베아트리체와 단테는 최고천 깊은 곳까지는 함께 갈 수 없다. 그곳은 성 베르나르도가 아니면 안내해 줄 수 없다. 천국에서 조차 이렇게 장애물이 있는 것은 현대에서는 신기하게 보일지도 모른다. 그러나 덕의 차이가 나는 것은 부득이한 인간의 현실이다. 모든 것을 평준화해서 평등을 꿈꾸는 게 좋을까. 그래서는 성스러운 체득이라는 고매한 의미는 사라지게 될 것이다.

베르나르도는 자신이 누구인가를 단테에게 알린 후, 아래 세계에 너무 얽매이지 말고 하늘의 여왕 마리아를 바라보라고 권한다. 단테가 그 방향으로 눈길을 돌리자, 황금 불꽃 깃발이 보인 것이다. 황금 불꽃 깃발 oriafiamma은 라틴어 aurea flamma '황금 불꽃'에서 유래하는데 황금빛 바탕 한가운데 붉은 불꽃이 그려진 깃발로 대천사 가브리엘이 옛날 프랑스 국왕에게 불패의 휘장으로 건넸다고 전해진다. 여기에서는 평화와 하늘의 여왕 마리아의 상징으로 존경받는다. 최고천에서는 그것이 마리아의 깃발이다. 대역으로 덧붙인다.

così quella pacifica oriafiamma	저 평화의 깃발 황금 불꽃 깃발은
nel mezzo s'avvivava, e d'ogni parte	불꽃이 이글이글 한가운데 타오르고
per igual modo allentava la fiamma.	그 주변으로는 빛깔이 사그라졌다.
E a quel mezzo, con le penne sparte,	그 한복판에 천여 천사가

vid'io più di mille angeli festanti,　　빛과 재주를 각각 달리하며

ciascun distinto e di fulgore e d'arte.　날개를 펼치는 기쁨의 춤.

Vidi a' lor giochi quivi ed a' lor canti　그들의 춤과 노래가 한창일 때 보인

ridere una bellezza, che letizia　　　모든 성자가 즐거워하며 우러르는

era negli occhi a tutti gli altri santi.　미소 짓는 아름다우신 한 분.

(Par. XXXI. 127~135)

　그곳에서는 빛나는 모습도 각기 다르고 재주도 다른 천여 명의 천사, 수많은 천사들이 춤을 춘다. 천사는 각각 개체이면서도 아름다운 한 분의 성모 마리아를 중심으로 하나의 아름다움을 만들어 낸다. 신의 아름다움을 모방하는 천사들의 아름다움은 개별적으로는 각각 다르지만, 그것이 마리아를 중심으로 하나로 통일되어 있다. 인간의 영들이 모인 독수리의 통일과는 또다른 차원이 여기에서 묘사된다. 그것은 어쩌면 전에도 말했던 연대solidarity 미의 전형일 것이다. 구성 요소는 개개의 천사라는 독립독비獨立獨飛, 독립독보獨立獨步이지만 그 차이성의 동적 결합이 연대의 승리인 것이다. 천사들의 연대의식의 핵심이 되는 존재가 미의 상징인 성모 마리아이며, 그 수직선상에 그리스도가 있다고 하는 구조이다. 또한 천사에 관해서는 베아트리체가 제29곡 55~57행에서 천사가 오만superbir으로 말미암아 타락해 악마가 되었다고 가르쳐 주었다. 그러나 또한, 착한 천사는 신을 직관하는 기쁨으로 충만하므로 기억도 새로운 정보도 필요치 않으며 영원한 현재에 집중한다(천·29·76~81)고 말한다. 나는 이 부분은 찬성하기 어렵지만, 천사에 관한 철학의 한 측면을 서술했다는 재미는 있으므로 순서가 뒤바뀌었지만 보충해 둔다.

마리아 곁에 앉은 자

황금 불꽃 깃발 이미지에서 본 성모 마리아와 천사들의 천상축제는 환상적인 것일까. 아니면 하늘의 현실적 미일까. 하늘의 현실이라면 베르나르도에게 청해 방문하지 않을 수 없다. 31곡의 마지막 행은 '내 눈은 더욱더 보고픈 열망으로 불타올랐다Che i miei di rimirar fe' più ardenti'(천·31·142)이다. 마리아가 계신 곳으로 가고 싶어 견딜 수가 없다. 기도를 마친 베르나르도는 마리아 아래 늘어선 사람들을 가리키며 설명해 준다. 그러자 이브 아래 세번째 계단의 열 가운데에 라헬과 나란히 있는 그리운 베아트리체의 모습도 보였다(천·32·1~9).

제32곡에 마리아 가까이 앉아 있는 사람이 나온다. 성모의 양옆에 두 남성이 앉아 있으니(천·32·121~123), 베르나르도가 말한다.

colui che da sinistra le s'aggiusta,

è il padre per lo cui ardito gusto

l'umana specie tanto amaro gusta; (Par. XXXII. 121~123)

그 왼편에 앉아 계신 분은

대담무쌍하게 열매를 맛보아

그토록 인류를 고통스럽게 한 아버지

천국의 가장 위에서 마리아 왼쪽에 앉은 사람은 누구인가. '대담무쌍하게'라고 번역한 이탈리아어는 ardito로 '자긍심'과도 관계있는 말인데, 먹어서는 안 되는 지혜의 열매를 이브의 권유에 따라 감히 맛본 탓에 인류에게 원죄의 고통을 맛보게 만든 아버지, 즉 아담이다. 아담이 마리아의 왼편에 있다.

'설마 그 자가'라는 느낌이 든다. 지옥편에서 사람을 계략에 빠뜨리거나 배신하는 일이 가장 나쁘다고 했다. 신과의 약속을 깨고 금단의 열매를 먹고, 풀숲에 숨어서 불러도 나오지 않았다는 아담의 행위는 가장 큰 배신이 아닐는지. 신에게 최고의 사랑과 은혜를 받았으면서도 그런 짓을 저질렀다. 그렇다면 지옥에서도 가장 깊은 곳에 있어야 하지 않을까. 그런 아담이 천국에 있는 것이다.

dal destro vedi quel padre vetusto

di Santa Chiesa a cui Cristo le chiavi

raccomandò di questo fior venusto. (Par. XXXII. 124~126)

그 오른편은 성스러운 교회의

옛 아버지이며 두 개의 꽃의

열쇠를 그리스도께서 그분께 맡기셨다.

두 개의 꽃의 열쇠란 연옥의 열쇠와 천국의 열쇠일 것이다. 불가타 성서 「마태오 복음서」 16장 19절에서 그리스도가 '내가 너에게 천국의 열쇠(복수)를 주리니Tibi dabo claves regni coelorum'라고 한 것은 베드로에게 한 말이다. 따라서 마리아의 오른쪽에 앉아 있는 이는 베드로이다. 이렇게 성모 마리아의 좌우 자리를 베드로와 아담이 부여받았다. 여기에 하늘의 중대한 비밀이 있다. 인간의 지혜로는 생각할 수 없는 일이 이와 같이 천국편 안에 나와 있다. 이것은 어떻게 받아들여야 할까. 단테는 이렇게 말한다.

Non perchè più ch'un semplice sembiante

fosse nel vivo lume ch'io mirava,

che tal è sempre qual s'era davante;

ma per la vista che s'avvalorava

in me guardando, una sola parvenza,

mutandom'io, a me si travagliava. (Par. XXXIII. 109~114)

내가 바라보던 살아 있는 빛에

여러 모습이 있는 것은 아니다.

그렇다면 옛날에도 지금도 변치 않으니.

내 시력이 볼수록 강해져

유일한 모습이 다양하게 보였다.

내 변화에 따라 달리 보였다.

내가 보았던 하늘의 생생한 빛(영원한 진리)은 여러 가지 모습이 있는 게 아니다. 이 빛은 늘 예전과 같다. 다만 그 빛을 보는 내 눈의 시력이 강해짐에 따라 단 하나의 영원한 모습이 나의 깊이 혹은 고양에 따라 불변의 영원 속에서 어떤 때는 보다 깊게, 또 어떤 때는 보다 높게 다양하게 보인다.

단테는 아담이 왜 그곳에 있는지에 대한 해답을 주지 않는다. 그것은 우리가 생각하는 것에 따라 다를 것이며, 개개인의 위치나 상태의 차이가 반영되어 차츰 이해하게 될 것이다. 천국에 가더라도 인간 이성을 초월하는 것은 산더미처럼 쌓여 있다. 그것을 이해할 수 있으려면 스스로를 보다 깊게 또한 보다 맑게 수양해야 한다는 말일 것이다.

천국이야말로 진정한 수행 연마의 장이라고 말하듯이 천국을 경험한 그는 우리에게 여러 가지 문제를 제시한다. 제6천(목성천), 인간으로서의 최후의 장소에서 정의의 영들이 통일되어 있는 것은 무슨 의미인가 하는 문제가 나왔다. 그리고 천사는 천국에서 각각의 개별 존재이면서도 하나의 빛을 우러른다고 묘사되었다. 마지막 최고천에서는 베아트리체도 곁에 없으니 평범한 인간에게 물어볼 수조차 없다. 그저 그대가 보는 빛을 즐기라는 베르나르도의 충고에 따라 바라본 현실에는 신의 최초 배신자, 원죄의 조상 아담이 더없이 거룩한 사람들과 함께 있다는 것이다. 그 의미는 대체 무엇일까.

아담은 분명 원죄의 근원이지만, 아담이 있었기 때문에 비로소 우리가 그리스도에 의해 구원을 받을 수 있게 되었다고 생각할 수 있을지도 모른다. 어쩌면 아담은 본래 우리의 구원을 위한 존재가 아니었을까. 그렇기 때문에 교회의 대표자인 베드로와 아담이 천국에서 마리아 곁에 앉아 있는 게 아닐까. 이것은 단테가 준 메시지를 바탕으로 해 본 생각이므로 과연 맞는지 틀리는지는 알 수 없다. 그러나 우리 역시 천국에 있다고 가정하고 이 메시지의 의미를 깊이 숙고해 봐야 할 것이다. 천국은 관조적 삶vita contemplativa, 즉 기도하며 사고하는 장소라는 것을 단테에게 배우는 것이다. 그리고 그가 우리에게 주는 가르침 중에서 분명히 알 수 있는 것은, 물론 알 수 없는 것들도 많지만, 인간의 희망과 의지도 태양과 별들을 움직이는 우주적인 신의 사랑에서 기인한다는 것이다(천·33·142~145).

『신곡』의 마지막은 단테가 줄곧 동경했던 신의 광명으로 둘러싸인 곳을 노래하는 7행인데, 그 상황에는 자기 정신의 비상력으로는 도저히 미칠 수 없고, 따라서 그곳은 지성으로 추리하는 것도 직관하는 것도 불가능하다. 그러한데도 광명으로 포근히 감싸 안은 사랑 속에 있다는 느낌은 또렷하다. 풍부한 환상의 힘도 없이 그러한 상태를 그대로 받아들일 뿐이지만, 그 속에서 자신의 희망과 의지가 우주를 움직이는 신의 사랑에 의해 움직인다는 자각으로 고양되는 것은 분명하다. 단테는 그러한 심정을 이 시를 짓는 힘이 닿는 한에서 다음과 같이 노래했다.

Ma non eran da ciò le proprie penne:
se non che la mia mente fu percossa
da un fulgore in che sua voglia venne.
All'alta fantasia qui mancò possa;
ma già volgeva il mio disio e il velle,
sì come rota ch'igualmente è mossa,
l'amor che move il sole e l'altre stelle. (Par. XXXIII. 139~145)

그것에는 나의 날개로는 닿을 수 없으니,
대신 마음속으로 줄곧 동경해 온
빛이 마음에 번뜩인 덕에, 오긴 하였으나,
환상도 그리 높이는 이를 수 없네,
그러나 나의 희망과 의지를
양쪽 바퀴와 같이 움직이시는 사랑이
돌리고 있는, 태양과 수많은 별.

여기에서 '나의 날개penne'라고 한 것은 반델리가 '나의 지력le mie forze intellettuali'이라고 썼듯이(V. p.924) 지적 차원을 초월적으로 비상하는 추리나 지적 직관을 의미하는 게 분명하지만, 나는 여기에 그 외의 상상력 immaginazione을 덧붙여도 좋다고 본다. 여기에는 시적 상상력과 종교적 상상력이라는 두 종류의 상상력이 있다고 보여지는데, 그 어느 쪽을 발휘한다 해도 절대자의 광명을 마주하는 감동적인 상황을 그대로 표현할 수 없다고 말하는 것이다. 이미지화할 수도 없고 문자화할 수도 없는 이 체험은 결국 절대자 쪽에서, 빛이 있는 쪽에서 내 쪽으로 빛을 발하며 다가오는 것이다. 줄곧 동경해 온 데 대한 보답과도 같이 저쪽으로부터 와서 안아 올리는 것이다. 그러나 그 빛은 환상fantasia, 고도의 판타지로도 그대로 수용해 낼 수 없다. 여기에서 la alta fantasia의 alta(높은)에 profonda(심원한)이라는 주석을 단 반델리의 의견에 찬성하지만, 그러나 그 이상으로 '심원한 환영'이란, 우리가 지상 생활에서 경험하는 상像을 바탕으로 형성할 수 있는 상상력immaginatione, 요컨대 그다지 깊지도 그다지 아득하지도 않은 상을 창조하거나 형성하는 상상력과는 다른, 신께서 보여준 상을 상으로 받아들이는 능력을 말한다. 환영처럼 이 지상에 물物로서 존재할 수 없는 곳의 광경이나 상을 신이 보여주었을 때, 그것을 그대로 받아들이는 능력을 가리킨다. 싱글톤도 그렇게 철저하게 구별하지는 않았지만, 기본적으로 환상fantasia은 형성력이 아니라 수용력이라고 본다(S. PII-6V. 568).

종교란 신인합일로 향해 가는 길이다. 신을 멀리하고 배반하는 인간 존재는 신의 창조를 무의미하게 만든다. 그러므로 인간은 구원받아야만 한다. 이를 위해 신은 예수 그리스도, 즉 아들인 신을 인간의 육체에 불어넣는 형식을 택해 신인합일의 한 형상을 완성하고, 그렇게 함으로써 인류의 대표자가 될 수 있게 하였고, 그가 십자가 위에서 죽음으로써 인류의 속죄가 성취되었으며 인류에게 구원의 가능성이 열렸다.

그런데 구원은 정말로 실현될 수 있을까. 신이 품에 안을 수 없는 인간의 상태는 구원의 십자가를 무의미하게 만들어 버린다. 그러므로 인간은 광명의 행복 속으로 들어가야만 한다. 여기에 신인합일의 제2의 형태, 즉 천국에서 신의 광명이 펼친 손길에 안기기 위한 다가섬이 있으며, 그에 응해 인간의 영혼이 신의 광명 속으로 하나하나 들어가는 것이다. 그러한 모습은 환상으로도 그려지지 않지만, 그러하다는 자각적 확신이 사랑의 가르침 속에서 생겨났던 것이다. 신인합일에 수육(受肉, incarnatio)과 입광(入光, inlucanatio)이 있다.

희망과 빛의 나라인 하늘은 절망과 어둠의 나라인 지옥의 대극(對極)이며, 그곳은 사랑이라는 타자에로의 관계가 고양되는 곳이다. 지금 이 세상에 있는 우리 한 사람 한 사람은 신과 어떻게 관계 맺고 있을까.

신만이 존재했던 때에 신은 창조를 했다. 그것은 사랑이신 신이 넘쳐나는 사랑을 나눠 줄 대상을 스스로 원했기 때문이 아닐까. 나는 30년 전, 내 주요 저서의 하나인 『동일성의 자기 소성(塑性)』에서 그렇게 쓴 적이 있다. 그것은 계속 읽고 있던 단테에게서 무의식중에 배운 것인지도 모른다(같은 책, 제35장).

인간은 신의 무한한 사랑을 담는 그릇으로 창조되었다. 이 점을 잊지 말고 살아가자.

질의응답

질문자　스즈키 하루오, 나카가와 히데야스, 다나카 히데미치, 이시자카 야스히코石坂泰彦

스즈키　참으로 감동적인 강의였습니다. 지금까지는 지극히 단순하게 천국을 아담과 이브가 죄를 범하기 이전의 낙원 이미지로 생각했습니다. 그런데 그게 아니라, 천국은 매우 역동적인 데다 사람의 노력 또한 가치가 있다는 것, 긍정적인 의미에서 복잡한 세계라는 걸 알게 되었습니다. 4, 5년 전에 유럽의 유명한 우주물리학자와 사이토 신로쿠齋藤進六 선생의 대화를 들을 기회가 있었는데, "아무튼 우리는 인류와 지구는 좁다고 보는데, 무한히 넓은 우주에는 지구보다도 훨씬 뛰어난 생물이 생존하며, 순수한 우주물리학 연구 성과로서, 최고천 같은 것이 있다는 건 거의 확실하다"는 이야기를 들었습니다. 그 후로 그 말이 줄곧 마음속에 남아 있었는데, 단테의 최고천은 정말이지 무척이나 빨리 예언했다는 느낌이 드는군요. 그러한 훌륭한 천체, 그것은 화성이나 토성처럼 우리가 이미 알고 있는 천체가 아니고 이름도 없지만 우주 어딘가에 반드시 존재하며 단수가 아니라 복수일 수도 있는 천체라고 합니다. 저는 그때 "우리는 우주선으로 화성에도 가고 달에도 가는데 최고천에 사는 훌륭한 사람은 왜 지구에 오지 않을까"라는 우문을 던졌습니다. 그러자 두 분은 저의 질문과 동시에 웃음을 터뜨리며 "지구처럼 시시한 곳에 올 마음이 없을 테죠"라고 말했습니다. 단테의 다양한 하늘 이야기를 들으며 최근 우주물리학이 도달한 결론을 함께 떠올려 보고 흥미롭게 느껴져 말씀드려 봅니다.

이마미치 스즈키 씨가 예전에 쓰신 책을 지난번 강의에서 받았습니다만, 그중 맨 처음 쓰신 책이 단테입니다. 단테를 그 무렵부터 읽으신 분이 오랜 시간 강의를 들어주셔서 저로서는 대단히 기뻤습니다. 『신곡』의 경우, 대부분의 사람들은 좀처럼 천국편까지 읽어 나가지 못합니다. 하나하나 의미를 다 알 수는 없더라도, 어쨌든 조금씩 읽으며 천국편까지 가 보려는 마음을 가지면 좋을 것 같습니다. 이상적인 방법을 말씀드리면 두 가지 번역으로 읽어 나가는 게 좋습니다. 주석은 이와나미문고 책이 매우 훌륭하니 특별히 학문적으로 연구하지 않는 한에는 그 주석의 도움만으로도 괜찮습니다. 부디 읽어 주셨으면 합니다.

스즈키 저는 이와나미문고 세 권과 제가 로마에서 산 단테 원문을 가지고 왔습니다. 이탈리아어는 잘 모르지만, 그래도 원문이 매우 음악적이고 이름답다는 건 알 것 같습니다. 단테는 굉장한 사람이었을 거라는 생각이 듭니다.
그리고 저는 최근에 성서 일본어 번역에 영어 번역, 독일어 번역, 프랑스어 번역 등을 곁들여 참고하면 이해가 매우 잘 된다는 걸 느꼈습니다. 단테 역시 영어 번역 같은 것을 대조해서 읽으면 매우 유익하지 않을까요?

이마미치 물론 읽을 능력만 있다면 같은 계통 언어이니 일본어로 읽는 것보다는 원문에 훨씬 가깝겠지요. 최근 10년간 외국에서 새로운 번역이 많이 나왔습니다. 세계적으로 보면 몇십 권이 될지 모릅니다.

나카가와 최고 수준의 강의를 듣게 되어 인생의 즐거움이 늘었습니다. 천국편을 이해하기 위해서는 상당한 학식이 필요하고, 주를 읽거나 혹은 다른 책도 읽어야 하는 걸림돌이 있습니다. 그러니 보통 사람이 그것을 돌파해 내고 오늘 선생님께서 말씀하신 수준까지 도달하기는 매우 힘들 듯합니다.

저는 불교의 극락은 너무 무료한 곳이라는 인상을 가지고 있습니다. 연화대에 앉아 부처님의 얼굴을 보면서 불경을 읊는 모습은 너무 단순하고, 생기가 넘칠 거라는 기대는 하기 힘듭니다. 오늘 말씀을 들으니, 천국은 지적인 활동으로 가득 차 있고 역동적이며, 그것이 빛을 받아 투명해집니다. 개체와 다수가 있는 듯도 없는 듯도 한 곳으로 개체가 다수를 반영하고 다수가 개체를 반영합니다. 천국은 그렇게 매우 역동적으로 활동하는 느낌을 주는 세계로 연화대에 앉아 불경 읊는 세계와는 꽤 다르게 느껴집니다.

저의 인상으로는 이렇습니다. 지옥은 형상 없는 질료 같은 것으로 빛이 들지 않는다. 그곳에 있는 사람들은 그림자가 없는 투명체이므로 그림자가 있는 단테를 곧바로 간파한다. 그런데 연옥을 통과해 천국으로 가면, 순수 형상과 같은 것으로 중량이 없고 매우 활발하게 움직인다. 천국에 가면 빛으로 가득한 영들이 개체이면서 다수이다. 그러나 개성도 있고 이름도 있으니 개체가 다 사라진 건 아니겠으나, 그런데도 그것이 사랑의 힘으로 움직이는 듯한 그런 운동으로 저의 인상에 떠오릅니다. 선생님의 강의를 기회로 앞으로는 단테를 한층 더 즐길 수 있을 것 같습니다.

이마미치 어느덧 40여 년 전 일입니다만, 제가 미숙하기 이를 데 없는 대학원 1학년 학생이었을 무렵, 도호쿠 대학에서 일본 철학대회가 열렸을 때 이케가미 선생님이 야마모토 신山本信 군과 저를 그 모임에 데려가 주셨습니다. 이데 선생님과 이케가미 선생님은 저를 학자로 키울 생각을 하셨겠지요. 그 덕택에 나카가와 선생님 같은 모범을 뵐 수 있었습니다. 그때 나카가와 선생님이 하셨던 아우구스티누스의 시간론에 관한 종교 철학적 발표를 듣고 너무나 감동받았던 일을 저는 아직도 잊지 않고 있습니다. 그런 선생님께서 저의 강의를 들어주시니, 저는 그야말로 살얼음판을 걷는 심정으로, 그렇지만 덕분에 열심히 준비해서 임할 수 있었습니다. 선생님께 진심으로 감사의 말씀을 올립니다.

다나카　　단테의 훌륭함은 소리를 내며 읽어야 비로소 알 수 있습니다. 선생님이 때때로 원문을 읽어 주셔서 아주 좋았습니다. 강의 중에 운에 관해 언급하셨습니다만, 예외 없이 ABA, BCB, CDC로 이어지며 그 운이 일본의 단카 전통, 언어의 리듬을 느끼면서 읽어 가는 전통과 매우 흡사합니다. 제가 로마에서 공부했을 때도 개인적으로 가르쳐 주시던 선생님께서 참으로 낭랑하게 단테의 시를 읽으셨는데, 그 리듬이 일본 와카와 같다는 느낌이 들었습니다.

단테의 천국, 지옥, 연옥은 현세 저편의 세계이지만, 이탈리아인은 자신의 고향 이야기, 어떤 의미에서는 지상의 피비린내 나는 이야기, 혹은 세속적 이야기가 나오는 부분에서 상당한 공감을 느끼겠지요. 피렌체나 로마 같은 지명이 많이 나오는데, 이것은 우리로 보면 도쿄, 에도, 교토, 센다이 같은 지명이 나오는 것과 같습니다. 그러한 점이 자신들의 이야기라는 느낌으로 글을 읽어 가게 하는 것 같습니다.

한 가지 질문을 드리고 싶은 것은 마지막 제33곡의 112행, '내 시력이 볼수록 강해져……'에서 선생님이 말씀하신 '유일한 모습'이란 아담을 가리키는지요?

이마미치 아닙니다. 그것은 최후의 일자—光입니다. 천주를 뜻합니다.

다나카 아니었군요. 거기에서는 신이로군요. 그렇다면 안심입니다.
마지막에는 베르나르도가 길을 안내합니다. 성 베르나르도가 성 조반니(요한), 성 피에트로(베드로), 베아트리체보다 상위에 있습니다. 성 베르나르도는 두말할 나위 없는 성자이긴 합니다만, 그가 마지막 최고천에 오는 이유는 무엇인지요. 그는 분명 마리아 신앙과 직결되는데, 그렇다면 그리스도는 어떻게 되는 것입니까? '나타난 세 개의 원이 있으니, 그 색 세 가지 하나인 양 크기가 같더라(천·33·116~117)라고 씌어 있으며, 이는 삼위일체의 세 가지 색으로 나타나는 것으로 아버지와 아들과 성령, 삼위일체가 나온다는 말인데, 마지막까지 그리스도 자신은 나타나지 않습니다. 그리스도가 지옥, 연옥, 천국에 사람들을 나누었기에, 요컨대 그가 최후의 심판을 내렸기 때문에 그러한 세계가 만들어졌을 터인데, 그러한 그리스도는 어느 위치에 있는가 하는 점을 어떻게 생각해야 할지 듣고 싶습니다.
그리고 단테와 이슬람 관계에 관한 문제로, 이슬람의 천국은 다소 단정치 못한 면이 있다는 이야기도 있습니다만, 10천의 구조도 이슬람의 우주관에서 온 것이라고 팔라시오스의 책에 서술되어 있습니다. 이 부분 또한 단테와 이슬람의 관계가 있는 부분이 아닐까요.
우리는 심판에 따라 지옥, 연옥, 천국 어딘가로 가게 되는데, 죄인으로 일단 지옥으로 들어가면 지옥 속에서 영원히 신음한다는 서양적 관계의 절대성이 있습니다. 그에 비해 동양은 윤회, 개심하면 다시 이 세상으로 돌아올 수 있고 또 천국에도 갈 수 있다는, 어떤 의미에서는 상대주의적인 사고방식이 있습니다. 전에도 여쭈었습니다만, 그러한 이원론 혹은 절대주의와 상대주의를 어떻게 보십니까?

이마미치 다나카 선생님은 최근에 세간에서 운케이(運慶, 가마쿠라 시대의 조각가—옮긴이) 작품이라 여겼던 것 중 하나가 사실과 다르다는 것을 실증한 도전적인 미술사 책을 내셨습니다. 도전적인 이론은 상당히 재미있고 신선한 느낌도 듭니다. 선생님은 서양미술사 전문이신데, 일본의 예술에 관해서도 여러 가지 새로운 연구를 발표하고 계십니다. 그러한 선생님께서 때때로 예리한 질문을 던지셔서 저에게도 상당히 큰 공부가 됩니다.

가장 먼저 그리스도의 위치인데, 그것부터 말하자면 성령의 위치 또한 알 수 없습니다. 이것이 첫번째 질문인데 중요한 사항이니 마지막으로 제33곡을 조금 더 서술하고 삼위일체가 이미지화된 부분을 설명하면서 답변을 드리겠습니다. 다만 우리가 이해하는 한에서는 그리스도의 의미도 성령의 의미도 결국 이 세상에서 고통 받는 사람을 위한 것이므로, 하나의 신은 결국 천국에서는, 물론 여러 가지로 나뉘는 일도 있겠습니다만, 신으로 보면 그걸로 좋다는 생각이 단테에게는 강했겠지요. 그리고 천국을 생각해 봐도, 물론 삼위일체의 신이 각각 나뉘어 나오는 일도 있을 수 있지만, 인간 세계를 어떻게 완성시켜 나갈 것인가를 고려해 보면 그리스도의 십자가 희생이 필요하며, 성령이 교회를 이끌어 나가야 한다는 것이 확실합니다. 그러나 완성된 천국 안에서 그것이 어떻게 나타나는가, 모든 자연을 포함해 우주가 어떻게 될 것인가, 결국 세계의 끝의 끝이 어떠한가는 교리적으로도 나오지 않으며 상상으로도 나오지 않는다고 봅니다. 그러면 이 문제는 잠시 남겨 두고, 두번째 이슬람 문제를 말씀드리겠습니다.

이 문제는 최근 연구가 나날이 발전하면서 서양에 미친 이슬람의 영향이 상당히 크다고 일컬어지고 있습니다. 여기에서 단테와 이슬람에 대해 한 마디만 살라디노Saladino와 관련해 말씀드리겠습니다. 천국편이 아니고 지옥편입니다만, 제4곡 129행에 '홀로 있는 살라디노를 보았다e solo, in parte vidi 'l Saladino'라고 노래했습니다. 이 사람은 보통 '살라딘'이라 불리는 12세기 이슬람의 장군으로 1187년에 십자군을 무찔렀는데, 그때 폭넓은 관용으로 그리스도교도에게 인간애 넘치는 대우를 했던 사람입니다. 단테는 그 점을 평가해 그 사람을 소크라테스, 플라톤과 함께 변옥에 머무르게 합니다. 아비센나와 아베로에스도 그곳에 있습니다. 따라서 이슬람 문화나 이슬람교도의 훌륭한 행동은 고전기 그리스인과 같은 수준으로 다루고 있습니다. 이는 12세기 아벨라르 이래의 가톨릭의 열린 사고방식이었습니다. 나중에는 존경하지 않게 되지만, 아무튼 그 무렵으로서는 단테가 공정한 편이었겠지요. 이것은 지난번 질문에 대한 답이기도 합니다. 다만, 10천 그 자체만을 생각하면 그것은 플라톤 이래의 프톨레마이오스 체계 안에도 있으므로, 특별히 이슬람의 영향이라고 말할 문제는 아니라고 생각합니다. 단테 무렵의 이슬람 천국이 어떠한 것이었나에 관해서는 좀더 조사해 보고 싶습니다.

그러면 이어서 절대주의와 상대주의에 관한 제 생각을 말씀드리지요. 제대로 표현할 수 있을지 어떨지는 모르겠습니다. 양해해 주시기 바랍니다. 윤회사상은 동양만의 사상이라고 할 수는 없습니다. 그리스인에게도 있었고, 그 유명한 피타고라스가 개를 채찍질하는 사람에게 그 개는 전생에 자기 친구였던 사람의 영혼이 다시 태어난 거라고 말하며 채찍질을 멈추게 했다는 이야기도 있고, 그리스나 로마 신화의 여러 변신이야기(메타모르포시스)에도 윤회가 있습니다. 질문하신 그리스도교적 우주관, 특히 지옥의 엄격함이나 일신론의 절대 초월성에 비하면 동양의 사상은 보다 관대하고 상대적인데, 이에 대해 어떻게 생각하느냐는 질문은 대답하기 어려운 난제입니다.

제 생각에는 윤리는 얼마간 사랑이나 인仁, 자비에 입각하긴 하지만 선을 그어 구분하기는 어려울 것 같습니다. 그것이 없으면 정의가 지켜지지 않고 교육도 할 수 없겠지요. 공자도 깜빡 잠이 든 제자에게 '썩어 문드러진 토담에는 흙손질을 할 수 없느니라'라고 말하며 내치는 듯한 표현을 썼으며, 아난다가 성에 관련된 수행 윤리에 관해 '여성에게 어떤 태도를 취해야 하는가'라고 묻자, 석가는 '봐서는 안 된다'고 말했고, '보지 않을 수 없을 때는'이라고 추궁하자 '말을 해서는 안 된다' '말을 하지 않을 수 없을 때는' '생각을 억누르라'고 말하며 이성과의 일체의 교섭을 금지시켰습니다. 그리스도교의 윤리 역시 엄격하며, 타자를 배신하면 지옥에서는 목이 잘릴 정도입니다. 그러나 종교에는 본래 용서하는 부분이 있으며, 빠져나갈 길을 만들어 놓는 게 아닐까요. 앞에서 말씀드리지 않았지만, 지옥편 제34곡 끝 부분에 작은 강이 흐르는 지하도가 나오고 베르질리오는 그곳을 통해 단테를 데리고 탈출합니다. 아담조차도 천국에 들어가는 것을 허락받았습니다. 저는 종교는 절대세계라고 생각합니다. 타협이 없는 곳이겠지요. 그러나 그곳에는 신의 용서가 있으며, 용서는 절대 속의 상대라고 여겨집니다. 그것은 신이 열어 주시는 상대성입니다. 저는 신학에도 상대적 원리가 있다고 생각합니다. 인간이 그것을 조종하려 들면 반드시 벌을 받는다, 그런 식으로 생각하고 있습니다. 셀 수 없을 정도로 수많은 예외 조치, 상대성으로서의 용서에 신도 피곤하실 테죠. 그렇다고 해서 절대성을 기본적으로 완화시키면, 긴장이 풀어진 전체적 상대성으로 무너져 내립니다. 저는 단테가 자기 뜻대로 만든 지옥을 인정하지는 않지만 절망의 장소로서의 지옥은 믿으며, 우리로 인해 누군가가 지옥에 가는 일은 저질러서는 안 된다고 생각합니다. 그러나 단테가 묘사한 천국은 자유롭고 무한하며 빛과 사랑으로 가득 차 있어서 거의 그대로 받아들일 정도입니다. '빈자리가 얼마 없다'는 말은 종말론적 사상이므로 그대로 받아들일 수 없고, 토마스주의라는 것도 어떨까 싶지만, 단테를 공부한 것은 대단히, 적어도 저에게는 대단히 좋은 일이었습니다.

세 가지 질문 중, 맨 처음 질문을 맨 마지막에 답변 드립니다.

제33곡 110행에 일자—者가 마지막 빛으로 보입니다만, 단테의 시력이 강해짐에 따라, 요컨대 그의 사고가 깊어짐에 따라 하나의 밝은 실체가, 실은 같은 크기의 세 개의 원인데, 하나로 보였다고 썼습니다. 그에 관해 10행쯤 썼는데 그것은 삼위일체를 뜻합니다. 전통적인 반델리도 새로운 싱글톤도 이 점에서는 의견을 같이합니다. 둘째 원, 즉 아들이신 그리스도 안에 인간의 형상이 어른거리는 이유를 알 수 없다고 말했는데, 천국에 있다면 하나의 신인 일신교가 인류에게 진정으로 정착하기 위해서는 일신이면서도 부·자·성령이라는 세 인격으로 나뉘는 삼위일체의 신으로 보일 수도 있다는 말이 아닐까요.

그것은 그렇지만 그리스도가 안 보인다는 다나카 선생님의 질문은 일단 말씀하신 그대로입니다. 교과서로 삼은 야마카와 선생님의 번역에서 가장 이해하기 어려운 번역 중 하나입니다만, 제33곡 118행을 봐 주십시오. '그 하나는 이리 속의 이리와 같이 다른 하나의 빛을 받아 반사하는 듯 보이고, 셋째는 둘에게서 골고루 내뿜어지는 불과 같으니'라고 되어 있습니다. 그 주를 참조해 보면, '이리'는 '이리스Iris', 그리스 신화의 여신 무지개를 말하며, '이중의 무지개 속, 하나가 다른 것을 반영하듯이'라고 설명했습니다. 히라카와 선생님의 번역에는 "무지개의 두 둘레와 같이, 첫째 둘레는 둘째 둘레로/반사되어 보이고, 셋째 둘레는 그 두 둘레에서 똑같이/발하는 불처럼 보였다"라고 상당히 알기 쉽게 나와 있습니다. 그리고 주석은 일본어의 경우, 노가미 선생님 책의 요점이 분명한데, 그 앞에 있는 "숭고한 빛이 심오하고 선명하게 비치는 속에, 나타난 세 개의 원이 있으니, 그 색 세 가지 하나인 양 크기가 같더라"라는 야마카와 번역 115~117행을 자신의 번역 주에서 "아버지와 아들과 성령. 색이 다른 것은 현현顯現이 다르기 때문이며, 크기가 같은 것은 모두 다 완전무결하기 때문이다"라고 썼고, 무지개가 반영된 부분에는 '성령의 빛은 아버지와 아들 양쪽에서 나온다(천·10·1~3)'고 나와 있습니다. 이것을 교리신학적으로 좀더 명확히 해 보면, 세 개의 원은 위의 세 분께서 말씀하신 대로 성 삼위일체sancta Trinitas를 가리킵니다. 아버지와 아들의 관계는 아버지로부터는 빛이 직접적으로 나오므로 산출generatio이며, 아버지와 아들 양쪽에서 발하는 사랑의 숨결이 성령이므로, 따라서 세번째 인격과 아버지 및 아들의 관계는 호흡 내지는 숨결spiratio입니다. 그것은 명료합니다만, 두번째 둘레, 즉 그리스도에 대해서는 '같은 색으로, 그 안에, 사람의 형상을 그려 내는 듯 보였기에, 내 보는 힘을 모두 거기에 쏟았도다'(천·33·130~132), 즉 아들이신 그리스도를 보고 있자니 거기에 인간의 형상이 보였다고 말하는 것입니다. 그것은 바로 저 새로운 나타남quella vista nova이었으며, 그것이 어떻게 그리스도와 합치되는가('저 상像이 어떻게 원과 합치되는지……간절히 알고 싶었으나, 내 날개 그에 미치기에 적합지 않았으니…… 하나의 빛이 내 마음을 비추어 그 소망을 채워주어'(천·33·136~141)), 즉 인간이 그리스도와 일치하는 이유를 알 수 없었고 내 지성의 날개도 미치지 못했지만, 어떤 신비한 빛으로 알게 되었다고 말하는 것입니다. 다나카 선생님의 질문은 그야말로 이 핵심에 해당하는 것이겠지요. 여기에 그리스도가 있는 것입니다. 그러나 신으로 존재하는 그리스도라는 빛나는 원 속에 인간이 어떻게 일치할 수 있을까, 거꾸로 말하면 그리스도가 사람이 되신 것, 신의 화육化肉이라는 깊은 뜻을 지적으로 어떻게 파악할 것인가, 그것을 알 길이 없었는데 지금 하나의 빛, 사랑으로 직관할 수 있게 되었다고 매듭짓고 있습니다. generatio, 즉 아버지로부터 강생하신 아들은 성모 마리아라는 인간을 매개로 해서만 가능했으나, 성모의 무염시태無染始胎, 즉 원죄 없는 잉태의 현의玄義가 교리로 규정되는 것은 19세기였고, 몽소승천蒙召昇天은 20세기에 인정받았습니다. 그리스도에 관해서도 성모에 관해서도 뉴먼Jonh Henry Newman이 말한 대로 그의 사후에도 교리 전개는 있었으며, 앞으로도 있을 테지요. 단테 무렵에는 잘 모르는 것이 많았을 겁니다. 그리고 지금은 또다른 새로운 과제로 인해 알 수 없는 것들이 많이 생겼을 겁니다. 최근에 조사한 바에 따르면 일본에 있는 가장 오래된 주석서—이것은 엔젤 재단이 보물로 소유하고 있는 책입니다만—인, 15세기 1491년에 베네치아에서 출판된 베르나르디노 베날리Bernardino Benali와 나티스 다 파르마Natthis da Parma 판의, 크리스토포로 란디노Christophoro Landino 주석에서 이 부분을 인용해 봅시다. 두툼한 종이 291쪽에 la imagine del humanita al cerchio secondo della divinita & come fu facta tal conjunctione, 인간의 형상이 신의 두번째 둘레(그리스도)에 어떻게 해서 그처럼 결합될 수 있었을까, 그것을 단테(Danthe라고 이 책은 h를 넣습니다)의 in quella vista nova, 새로운 시력으로, 요컨대 신비적 직관으로 알게 되었다고 말하고, 전문의 마무리로 제33곡 142~145 4행을 인용하며 책을 끝냈습니다. 태양과 별을 움직이는 넓고 큰 사랑이 단테의 마음을 움직이고 있다는 것, 그것은 단테를 포함해 우리 인간 개개인이 신의 사랑의 대상이라는 말입니다. 신으로부터 사랑받는 존재라는 사실을 믿읍시다. 그리고 '어떻게 나 같은 사람이'라는 말은 그만둡시다. 그것은 바로 그리스도의 덕택인 듯하다는 것을 단테에게 배운 것입니다. 자, 이것으로 시간도 다 되었습니다. 오랫동안 감사했습니다.

이시자카   끝으로 한마디만 감사의 말씀을 올리고 싶습니다. 출석할 때마다 많은 공부가 되었습니다. 저는 천국과는 인연이 없다고 생각했는데 아담도 그곳에 있다는 것을 알고 나니 무척이나 안심이 됩니다. 유럽에 단테나 괴테와 같은 대단히 훌륭한 사람이 있고, 일본이라는 극동에서 그 문화를 음미하고 배울 수 있다는 게 참으로 멋진 일이라 여기며 새삼스럽게 감격했습니다. 깊은 감사의 인사를 올립니다.

강의기록

제1회 1997년 3월 29일(토)

제2회 1997년 4월 26일(토)

제3회 1997년 5월 24일(토)

제4회 1997년 6월 28일(토)

제5회 1997년 7월 26일(토)

제6회 1997년 10월 25일(토)

제7회 1997년 11월 22일(토)

제8회 1997년 12월 23일(토)

제9회 1998년 1월 24일(토)

제10회 1998년 2월 28일(토)

제11회 1998년 3월 28일(토)

제12회 1998년 4월 25일(토)

제13회 1998년 5월 23일(토)

제14회 1998년 6월 27일(토)

제15회 1998년 7월 25일(토)

질의응답에 참여한 사람들(존칭 생략)

이시자카 야스히코石坂泰彦 | 경제동우클럽 이사장

기무라 하루미木村治美 | 교리쓰共立 여자대학 교수

구보타 노부히로久保田展弘 | 아시아 종교·문화연구소 대표

사토 준이치佐藤純一 | 국제 메타테크니카테크놀로지 연구센터 소장

스즈키 하루오鈴木治雄 | 쇼와昭和 전공 주식회사 최고 고문

스미요시 히로토住吉弘人 | 코스모 석유 주식회사 상담역

다시로 유지田代雄二 | 슌다이駿台 전자정보 전문학교 전임강사

다나카 히데미치田中英道 | 도호쿠東北 대학 교수

나카가와 히데야스中川秀恭 | 오쓰마大妻 여자대학 이사장·학장

하시모토 노리코橋本典子 | 아오야마가쿠인青山學院 여자단기대학 교수

마에노소노 고이치로前之園幸一郎 | 아오야마가쿠인 여자단기대학 교수

마쓰키 야스오松木康夫 | 신아카사카新赤坂 클리닉 원장

마쓰다 요시유키松田義幸 | 짓센實踐 여자대학 교수

메구리 요코廻洋子 | (주)지중해클럽 고문·슈쿠토쿠淑德 대학 객원 교수

(50음도 순)

저자 후기

　나의 단테 연구가 이러한 형태로 출판되리라곤 꿈에도 생각지 못했다. 그러니만큼 이렇게까지 애써 주신 분들에게 깊은 감사를 드리는 것이 '후기'의 주요 과제이다. 그런데 이 일이 또한 쉽지 않은 까닭은 가장 큰 원동력이 되어 주신 엔젤 재단과, 출판에 응해 주신 미스즈서방, 후지제록스 종합교육연구소, 이상 세 문화단체와 관계자 분들 외에도 나머지 분들을 어떻게 써야 할지 난감할 정도로 많은 분들에게 신세를 졌기 때문이며, 분명하게 누구라고 특정할 수 없는 경우도 있으니 이 또한 어떻게 해야 좋을지 난감하다. 그런 연유로 이 책이 완성된 경위를 간략하게 밝힘으로써 관계하신 분들에게 감사의 마음을 전할 수밖에 없겠다. 긴 후기가 되는 점, 미리 양해를 구하고자 한다.

　이 책은 엔젤 재단이 문화사업 중 하나로 개최한 '단테포럼'의 일환인 나의 '단테『신곡』강의' 15회 연속강의를 바탕으로 해서 만든 것이다. 강의는 매월 넷째 토요일 오후에 도쿄 메지로다이目白台에 있는 와케이주쿠和敬塾에서 했는데, 매회 70명가량의 분들―그곳에서 처음 알게 된 분들이 많은데, 그중에 내 동료, 일본 아스펜 연구소 관계자, 젊은 학생이 눈

에 뜨인 것도 기쁜 일이었다―이 출석해서 지탱해 주신 독서모임이라고
도 할 수 있는 연속강의였다.

나는 늘 이탈리아어 원전과 두꺼운 주석서를 한 권씩 지참하고, 원전
에 바탕을 둔 이야기를 진행하고자 했으나, 아무래도 참가자 전원이 공통
으로 볼 텍스트가 필요했으므로 누구나 손쉽게 구할 수 있는 이와나미
문고의 단테 『신곡』(야마카와 헤이자부로 번역, 상중하 3권)을 각자 지참하기
로 했으며, 강의 2시간, 질의응답 30분 정도로 공부를 해 나갔다. 야마카
와 번역은 일본어 완역으로는 가장 먼저 나온 책인데, 초심자에게 도움
이 되는 풍부한 주석과 이탈리아어에 충실한 번역으로, 『신곡』을 이탈리
아어로 읽은 다나카 히데미치 교수도 이 결정이 옳다고 말씀해 주셨다.
한편 매회 연구 시간이 끝난 후, 나카무라 유카리 씨의 바이올린 연주(피
아노 반주, 기시 요코岸洋子 씨)와 마무리로 다과회가 열려서 단테와 관련 있
는 이탈리아 포도주도 마신 뒤 다섯 시경 헤어지는, 도쿄에서는 보기 드
문 문화 모임이었다.

강의 및 질의응답은 엔젤 재단 이사 마쓰다 요시유키 교수의 훌륭한
사회로 진행되었으며, 청중석으로부터 받은 진지한 질문을 통해 나는 실
로 많은 것을 배우고 또 생각할 수 있는 기회를 얻었다. 그분들 중에서
나보다 연장인 분들의 성함을 말씀드리면, 학계의 나카가와 히데야스 교
수, 재계의 스즈키 하루오 쇼와 전공 주식회사 최고고문 같은 저명한 분
들도 꼽을 수 있다. 강의와 질의응답은 모두 녹음되었는데, 비디오 촬영
과 강의 녹음을 위해 전문가를 동원해 주셨던 듯하고, 이 일은 후지제록
스 종합연구소가 담당해 주셨다. 이에 관해서는 후지제록스의 고바야시
요타로小林陽太郎 회장 및 스즈키 노부나리鈴木信成 사장에게 저자로서 깊은
감사를 드리지 않을 수 없다. 텍스트 외에는 간단한 메모뿐이었던 내 강
의가 사라지지 않고, 이렇게 책 형태로 만들어질 수 있었던 것은 전적으

로 녹음해 주신 덕분이기 때문이다. 녹음 내용을 문장으로 바꾸는 작업, 이 또한 머리 아프고 고된 일인데 엔젤 재단 주임연구원 스가 유키코須賀由紀子 씨가 맡아 주셨다. 거기에 강의 메모와 내 연구 노트로 보필 정정을 덧붙여 완성한 것이 이 책이다.

당시 엔젤 재단 이사장 마쓰자키 아키오松﨑昭雄 씨 부부는 강의 때마다 참가자 속에 조용히 앉아 눈에 띄지 않게 세심한 배려를 해 주셨다. 또한 재단은 강의 내용 출판도 기획해 주셨고, 현 이사장 모리나가 고타森永剛太 씨도 이를 이어받아 늘 아낌없는 격려를 해 주신 덕분에 평소 망설임이 많은 나도 뜻을 굳히고 출판하게 되었다. 직접 나서서 중임을 맡아 주신 분은 마쓰다 교수와 엔젤 재단 와카야마 슈이치若山聚一 씨라고 들었는데, 그분들의 노력은 물론 문화에 대한 의기로 출판을 맡아 주신 미스즈서방 사장 아라이 다카시荒井喬 씨, 음으로 양으로 내가 일을 빨리 마칠 수 있도록 권고하고 격려해 주신, 엔젤 재단 연구고문이시며 국립서양미술과장 가바야마 고이치樺山紘一 교수를 비롯해 관계자 모든 분들께 감사드린다. 특히 질의응답 내용을 게재하고 싶다는 나의 의지를 흔쾌히 받아 주신 출판사에 경의를 표하는 바이다. 이 부분은 어떤 의미에서는 20세기말 단테를 전공하지 않은 일본인의 일반교양 수준에 대한 시대적 증언이 되는 동시에, 답변을 읽어 보시면 알겠지만 이러한 대회를 통해 강의하는 사람이 얼마나 많은 계발 기회를 가질 수 있는가 하는 좋은 예증이 되기 때문이다. 여러 박식하신 분들을 포함한 질의응답 발언자를 비롯해, 2년 가까이 행한 연속강의 참석자 분들 모두에게도 이 책을 내는 자리를 빌려 각별한 감개로 사의를 표하는 바이다.

그런데 이 책의 출간 경위에 관해 고백하지 않으면 안 될 내용이 있다. 실은 나는 미학과 윤리학을 포함하는 넓은 의미에서의 철학도이긴 하나 단테 연구자로 인정받은 학자는 아니다. 지금까지 내가 발표한 단테 관련

논문은 두 편뿐이고, 그것도 1990년 이후, 엔젤 재단과 관계를 가진 것들에 불과하다. 나는 중학교 2학년 무렵 이쿠타 초코의 번역으로 『신곡』을 읽고 그 장대한 구상에 놀라는 동시에 지옥문의 비명에서 희망이 덕목임을 배웠으며, 베아트리체를 향한 단테의 순수한 동경에 감동받았다. 그런 생각을 품고, 살아 있는 사람이 천국을 어떻게 생각했는지 배우고 싶은 마음에 난해한 이 책의 포로가 되었다. 그 후에는 다케토모 소후의 지옥편 번역에 자극을 받아 나 스스로도 번역을 시도해 보면서 영어 번역, 프랑스어 번역, 독일어 번역과 비교해 보기도 했다. 고등학교 시절에 고전어와 함께 이탈리아어도 배웠고, 대학 철학과에 입학한 후 한때는 졸업논문 과제로 단테를 택할 생각을 했던 적도 있다. 나의 훌륭한 지도교수였던 이데 다카시 선생님은 학문적으로는 매우 엄격해서서 "철학을 공부할 생각이면 먼저 아리스토텔레스부터 공부하게"라고 하시며 전쟁 중에는 손에 넣을 수 없었던 로스W. D. Ross의 교주본校註本을 비롯해 많은 연구 자료를 빌려 주셨다. "이걸로 논문 완성하고 나서 자네가 좋아하는 단테든 헤라클레이토스든 맘대로 하게나"라고 말씀하시며, 제출한 리포트에 실로 자상하고 친절한 지적을 아끼지 않으셨다. 그것은 물론 철학자로서의 내 본분을 위한 일이었음은 두말할 나위도 없지만, 단테를 읽을 여유는 완전히 사라지고 말았다.

그러나 『신곡』에 대한 나의 집착은 가시질 않아 궁리 끝에 매주 토요일 밤 세 시간은 『신곡』 원전을 두세 개 주석서와 함께 읽어 나가기로 마음먹고 노트를 쌓아 가는 남모르는 습관을 붙이기 시작했다. 대학 시절 전쟁이나 외국 출장 등으로 지키지 못한 적도 있지만, 토요일의 비밀만은 어쨌거나 50년 넘게 이어졌고 노트도 제법 쌓여 갔다. 그런데 워낙 정리를 못하는 사람이라 외국 생활 중에 노트 몇 권은 행방을 알 수 없게 된 일도 자주 있었다. 만족스러운 성과를 올렸다고 말하기는 어렵지만, 아무튼 체계적인 사색을 해 나가는 강의 중에 기억이 되살아나는 경우도 있었다. 현대 형이상학이나 미학 강의에서도 단테를 자주 인용했다. 그러나 나는 이 비밀스러운 학문적 습관에 대해서는 아무에게도 말하지 않았다.

그런데 어찌 된 영문인지 엔젤 재단에서 당신은 오랜 동안 단테를 연구했다고 하는데 강의를 한 번 해 보지 않겠느냐는 요청이 왔다. 대체 어떻게 알았는지 약간은 이상한 기분이 들기도 했지만, 그보다는 기쁜 마음이 앞서 '시인철학자 단테―교육철학적 고찰'이라는 제목으로 난생 처음 『신곡』을 테마로 한 강의를 하게 되었다. 그것은 너무도 기쁜 일이라 실로 활기 넘치는 강의를 했고, 부끄러운 줄도 모르고 이탈리아어를 암송하기도 했다. 그것이 인연이 되어 15회 연속강의 기획이 세워지게 된 것이다.

누군가 비밀 연구를 정찰하고 엔젤 재단에 밀고한 것이다. 보통은 그러한 정찰이나 밀고는 불쾌 천만한 일이다. 그러나 이번 경우에는 특정할 수 없는 그 누군가에게도 각별한 감사의 뜻을 전하지 않을 수 없다. 나이를 생각하면 그다지 멀지 않을 내 죽음과 함께 잊혀버릴 운명이었던 고독한 단테 『신곡』 연구의 일면이 이렇게 햇빛을 보게 된 것은 여든을 바라보는 늙은이에게는 부끄러운 일이지만 동시에 큰 기쁨이기도 했다. 그 까닭은 그동안 15회 강의를 기꺼이 들어 주신 분들이 계시기에 이렇게 단테에 관한 책을 낼 수 있었고, 그로 인해 세간에 조금이나마 공헌도 할 수 있지 않을까 하는 생각이 들어서이다.

그러나 이것은 나에게 철학의 체계적 사색을 내 방식대로 완성시킨 토요일 밤 공부의 집적에 지나지 않는다. 그러므로 학자인 체할 자격도 없지만, 출판을 해 주신 데 대한 예의로 최소한 읽기 쉽게 하려는 마음가짐으로 필요 불가결한 소수의 주석도 본문 안에 녹여서 넌지시 이해할 수 있게 써 봤다. 그러나 학자의 저서로서 세상에 내놓은 이상, 이 책의 모든 학문적 책임은 내게 있음은 두말할 나위도 없는 일이다.

그리고 또 한 분, 나로서는 각별한 감사의 뜻을 표해야 할 학자가 있다. 그 사람은 바로 엔젤 재단 설립 시기부터 연구고문으로 일했고, 단테포럼 프로젝트를 구상한 분들 중 한 사람인 규슈 대학 명예교수 이나가키 료스케稻垣良典 씨이다. 이분은 엔젤 재단과 아무런 인연이 없었던 나를 앞에서 말한 단테포럼 강사로 추천해 주었고, 앞에서 소개한 마쓰다 교수와 함께 결국 이렇게 출판에 이르게 한 원동력이 되어 주었다고 한다. 나는 이 사실을 '후기' 원고 초교를 쓸 때 처음으로 미스즈 서방을 통해 마쓰다 교수의 말을 듣고 알았다. 어쩌면 조금 전에 언급한 밀고자는 이 교수일지도 모르겠다.

이나가키 교수는 도쿄 대학 학생시절 영재였던 내 후배이며, 토마스 아퀴나스 연구자로 국내외에 이름이 오르내리는 철학교수이다. 본래는 선배가 후배를 위해 뭔가를 해 줘야 할 터인데 아무런 힘도 되어 주지 못한 나를 위해 이런 기회를 얻게 해 준 우정에 뭐라 감사의 말을 표현해야 할지 모르겠다. 이 사람에게도 진심에서 우러나는 감사의 말을 되풀이할 따름이다.

책을 쓰는 데 대단히 큰 힘이 되어 주신 엔젤 재단 주임연구원 스가 유키코 씨, 미스즈서방 편집부의 모리타 쇼고守田省吾 부장, 정성을 다해 실무를 담당해 준 나리아이 마사코成相雅子 씨, 번거로운 악센트를 정확하게 인쇄해 주신 인쇄소, 교정본을 원고와 대조해 가며 읽어 주신 아오야마가쿠인 여자단기대학 교수 하시모토 노리코 씨, 오사카 음악대학 비상근 강사 미무라 리에三村利惠 씨, 단테의 새로운 연구서 입수를 도와주신 로마 대학의 마르코 올리베티 교수와 후쿠모토楅本서원, 기타자와北沢 서점, 희귀본인 교황청 판 단테『신곡』을 비롯한 단테 연구서 및 현대신학서적이 풍부한 에이치 대학 도서관, 이런 분들과 단체에게도 이루 말할 수 없는 큰 도움을 받았다. 고인을 말씀드리자면, 옛날 1950년대에 서양 고전학 분야의 구레 시게이치 선생님에게 지우知遇를 입었고, 이탈리아어 지식에 관해 많은 가르침을 주신 피렌체 대학의 데보트Giacomo Devot 교수, 그리고 이 책의 출판을 기다리셨으나 끝내 유명을 달리하신 동양사 분야의 야마모토 다쓰로山本達郎 선생, 원자력 분야 무카이보 다카시向坊隆 선생, 그리고 도쿄 문학부 교수 시절 절친했던 두 동료, 아니 동료라기보다는 친구, 한 사람은 이미 꽤 오래전 사별했으나 잊을 수 없는 명민한 철학자 구로다 와타루黑田亘, 또 한 사람은 불과 한 달 전에 서거한, 프랑스 문학자이자 훌륭한 르네상스 연구자였던 니노미야 게이二宮敬, 그리운 네 사람의 모습이 떠오른다. 완성된 한 권의 책으로 세상을 떠난 분들의 은혜를 기리는 슬픔은 이루 표현하기 힘들 만큼 가슴 아픈 일이다.

문장에 관해서는, 이야기 투의 야무지지 못한 강의 어조를 불식시키지 못해 후회가 남는 면도 있지만, 언제까지 붙들고 있을 수만은 없는 일이라 적어도 최근 몇 개월은 '토요 단테'의 자계自戒를 깨고, 가능한 한 이 일에 시간을 나누는 생활을 하고자 했다.

일본의 『신곡』 소개는 오래전 오가이와 소세키와도 관련이 있고, 따라서 번역의 역사도 길다. 완역 시도는 1910년부터 시작되었고 그 수는 이미 열 손가락에 헤아릴 정도이다. 번역자로는 앞서 말한 야마카와 헤이자부로 선생, 노가미 소이치 선생, 히라카와 스케히로 선생, 주가쿠 분쇼 선생, 다케토모 소후 씨, 이쿠타 초코 씨 등에게 각각의 연대에 많은 가르침을 얻을 수 있었던 것을 고맙게 여긴다. 그중 학문적으로는 처음 세 분의 주석에서 많은 신세를 졌다.

이 책을 완성하기까지 옛 주를 참조할 기회도 얻었다. 엔젤 재단이 소장한 희귀본 중에는 15세기 판본도 있어서 그것들을 보는 것만으로도 유럽의 도서관에서 공부하는 듯한 기분이 들었다. 희귀본에는 20세기 호화 장정본도 있었다. 이러한 행복을 경험하는 저자는 흔치 않을 것이다.

자, 그럼 나도 마지막에 아름다운 빛과 크나큰 사랑을 찬미하며 『신곡』을 마무리 지은 단테를 좇아, 내용이 어떠한가는 별개로 해 두고 적어도 서적으로서는 빛이 날 만큼 아름다운 책에 관해 말하고자 한다. 이렇게 아름다운 책을 내 이름으로 낸다는 사실은 몇 번을 들어도 믿기지 않을 정도였다. 세계적인 장정가 티니 미우라 여사의 손을 수고롭게 하는 명예를 입은 것을 더없이 기쁘게 생각하며 깊은 감사를 표하는 한편, 모든 과정에서 이 책의 기둥이 되어 주신 엔젤 재단과 미스즈서방의 학문에 대한 사랑을 칭송하는 바이다.

2002년 9월
이마미치 도모노부

연구문헌

여기에 많은 페이지가 필요할 것이라 각오했는데, 다행스럽게도 2000년에 *The Dante Ency-clopedia*가 출판되었다. 영어 문헌에 편중된 경향은 있으나 A4판 1006쪽에 달하는 큰 책으로, 큰 항목, 중간 항목에 관해서는 충분한 도서목록이 첨부되어 있다. 거기에는 1999년에 발표된 논문도 포함되어 있어 『신곡』과 관련된 중요한 연구 문헌은 그것에 의해 적확하게 알려졌다고 생각하므로 여기에서는 내가 실제로 사용한 텍스트, 주석, 평석評釋, 나아가 위의 책에 포함되지 않은 일본어 문헌을 넣는 정도에서 그치겠다. 요즘은 인터넷으로 문헌 검색이 가능한 시대이기 때문이다. 문헌들은 내가 평가하는 것에 한정해 간단히 정리하고자 한다.

텍스트 및 주석

La Divina Commedia, Bernardinus Benalius & Matteo Capcasa, Venice, 1491.

Tutte le opere di Dante Alighieri, Edward Moore, Oxford University Press, London, 1894, 1925.

La Divina Commedia, R. Fornaciari(riveduti P. Scazzoso), Edizione minuscola, Ulrico Hoepli, 1911, 1986.

La Divina Commedia di Dante Alighieri, Raffaello Fornaciari, Riveducti Piero Scazzaso(edizione Minuscula), Editore Ulrico Hoepli, Firenze, 1911, 1986.

La Divina Commedia di Dante Alighieri, nuovamente commentata da Francesco Torraca, 4a ed. riveduta e corretta, Albrighi, Segati, Milano-Roma-Napoli, 1920.

The Vision of Dante Divine Comedy, Translated by Henry Francis Cary, Humphery Milford, Oxford University Press, 1921.

La Divina Commedia or the Divine Vision of Dante Alighieri in Italian & English, The Nonesuch Press, London, 1928.

La Divina Commedia, Col Commento Scartazziuiàno Rifatto da Giuseppe Vandelli, Scartazzini G. A. and G. Vandelli, Ulrico Hoepli, Milano, 1928, 1979(제29판).

Dante La divine commedie, Traduction et notes d'Alexandre Masseron, Préface de Michel Cazenave, Paris, Albin Michel, 1947, 1995.

La Divino Comédie, Traduction, introduction et notes de A. Masseron., Albin Michel, Paris, 1949.

The Divine Comedy of Dante Alighieri, The Prose Translation by Charles Eliot Norton, with Illustrations from Designs by Botticelli, Bruce Rogers and The Press of A. Colish, New York, 1955.

La Divina Commedia, commentata da Carlo Grabher, Bari, Laterza, 1964.

La Divina Commedia, a cura di Siro A. Chimenz, U. T. E. T, Torino, 1962, 1996(제2판).

Le Opere di Dante Alighieri, a cura del Dr. E. Moore; Nuovamente rivedute nel testo dal Dr. Paget Toynbee, 4ed, Oxford, 1963.

Die Göttliche Komödie, Ins Deutsche übertragen von Ida und Walther von Wartburg, kommentiert von Walther von Wartburg, 48 Illustrationen nach Holzschnitten von Gustave Doré. Manesse-Verlag, Zürich, 1963, 2000.

Dante Alighieri La Divina Commedia, a cura di G. Cantamessa, Citta' del Vaticano, Biblioteca apostolica vaticana, 1965(교황청 판 희귀본, 에이치 대학 소장).

Saggi di filosofia dantesca, Bruno Nardi, La Nuova Italia, Firenze, 1967(제2판).

The Divine Comedy, Translated, with a Commentary by Charles S. Singleton, Princeton University Press, Princeton, 1970, 1973, 1975(각 편 2권 전6권, 1977년 재판)

The Divine Comedy of Dante Alighieri, A New Verse Translation with Introduction and Commentary by Allen Mandelbaum, University of California Press, Berkeley and Los Angeles, London, 1980, 1982, 1984(각 편 1권).

Dante: Die Göttliche Komödie, übertragung von Stefan George(1912~1917), KlettCotta, Stuttgart, 1988.

DANTE: The Critical Heritage 1314(?)~1870, Edited by Michael Caesar, Routledge, New York, 1989.

Dante Alighieri Die Göttliche Komödie, Aus dem Italienischen übertragen von Wilhelm G. Hertz, Artemis & Winkler Verlags GmbH, München, 1994.

Dante Alighieri's Divine Comedy Inferno, vol 1. Commentary, Italian Text and Verse Translation by Mark Musa, Indiana University Press, Bloomington and Indianapolis, 1996.

Dante Alighieri's Divine Comedy Inferno, vol 2, Commentary by Mark Musa, Indiana University Press, Bloomington and Indianapolis, 1996.

Die Göttliche Komödie, Deutsch von Karl Vossler, mit farbigen Illustrationen von Monika Beisner, Faber & Faber, Leipzig, 1999.(각 편 1권 전3권)

Dante Alighieri *Inferno*, A New Verse Translation by Michael Palma, W. W. Norton & Company, New York and London, 2002.

『신곡』완역본

野上素一

ダンテ『神曲物語』, 教養文庫, 社會思想社, 1968.

ダンテ『神曲·新生』, 筑摩世界文學全集第11卷, 筑摩書房, 1973.

ダンテ『神曲』, フランクリン·ライブラリー, 1984.

平川祐弘

ダンテ『神曲』, 河出世界文學全集, 河出書房新社, 1989.

ダンテ『神曲』, 河出書房新社新版, 1992.

『ボッティチェルリ『神曲』素描―ベルリン美術館·ヴァティカン美術館所蔵の原畵による』, ケネス·クラーク解説, 鈴木杜幾子との共譯, 講談社, 1979.

山川丙三郎

ダンテ『神曲』全3卷, 警醒社書店, 1914~1922.

ダンテ『神曲』全3卷, 岩波文庫, 岩波書店, 1952~1958.

ダンテ『神曲』全3冊, 大空社, 1993. (警醒社, 大正3年―11年刊の復刻)

生田長江

ダンテ『神曲』全2冊, 新潮社, 1929.

寿岳文章

ダンテ『神曲』全3冊, 集英社, 1974~1976.

ダンテ『神曲』新版 全3冊, 集英社, 1987.

竹友藻風

ダンテ『神曲』世界文學全集學生版, 河出書房, 1952.

ダンテ『神曲』地獄界, 創元社, 1949.

ダンテ『神曲』浄罪界, 創元社, 1948.

中山昌樹

ダンテ『神曲』全3卷, 風間書房, 1951.

ダンテ『神曲』全3冊, ダンテ全集 1~3. 日本圖書センター, 1995. (新生堂, 1924年刊の復刻)

三浦逸雄

ダンテ『神曲』, 角川書店, 1970~1972.

西澤邦輔

ダンテ『神曲』, 日本圖書刊行會, 1987~1988, 近代文芸社, 1997.

粟津則雄

ダンテ『神曲』, 筑摩書房, 1988.

岡戸久吉

『讀ませるダンテの『神曲』』, デジタルパブリッシングサービス, 2001.

연구서

DANTE and His Circle: With the Italian Poets Preceding Him(1100-1200-1300), A collection of lyrics translated in the original metres, by Dante Gabriel Rossetti, Ellis, London, 1908.

Dante le théologien, P. Maudonnet, Desclée de Brouwer, Paris, 1935.

Dante et la philosophie, E. Gilson, J. Vrin, Paris, 1939.

DANTE, Louis Gillet, Fayard, Paris, 1965.

DANTE et la rigueur italienne, Jacques Madaule, Editions Complexe, Bruxelles, 1982.

L'eterno piacer: Aesthetic Ideas in Dante, John. F. Took, Clarendon Press, Oxford, 1984.

Perception and passion in Dante's Comedy, Patrick Boyde, Cambirdge University Press, Cambirdge, 1993.

Dante Alighieri: Abhandlung über das Wasser und die Erde: Philosophische Werke Band 2, Übersetzt, eingeleitet und kommentiert von Dominik Perler, Felix Meiner Verlag, Hamburg, 1994.

DANTE une vie, Jacqueline Risset, Flammarion, Paris, 1995.

Dante, la philosophie et les laïcs, Ruedi Imbach, Editions du Cerf, Paris, 1996.

Dante and Governance, edited by J. Woodhouse, Clarendon Press, Oxford, 1997.

DANTE'S DIVINE COMEDY Paradise: Journey to Joy, Kathryn Lindskoog, Mercer University Press, Georgia, 1998.

DANTE et la quête de l'âme, Mirko Mangolini, Lanore, Paris, 1999.

A New Life of DANTE, Stephen Bemrose, University of Exeter Press, Exeter, 2000.

Dante and the Orient, Brenda Deen Schildgen, University of Illinois Press, Chicago, 2002.

J・A・シモンズ 『ダンテ』橘忠衛訳, 櫻井書店, 1944.

G・ホ__ムズ 『ダンテ』高柳俊一・光用行江訳 1995.

M・マリエッティ『ダンテ』(文庫クセジュ) 藤谷道夫訳, 白水社, 1998.

M・マリエッティ『ダンテ』(文庫クセジュ) 藤谷道夫訳, 白水社, 1998.

『丘の書』大澤章, 岩波書店, 1941.

『ダンテ神曲解説』里見安吉訳, 山本書店, 1972.

『ダンテ』(世界を創った人々8) 森田鉄郎訳, 平凡社, 1979.

『ダンテ』(人と思想65) 野上素一, 清水書院, 1981.

「ダンテを主題とする或る詩への序論」『書物の哲学』ポール・クロ__デル, 三嶋睦子訳, 法政大学出版局, 1983.

『ダンテ俗語詩論』(東海大学古典叢書) 岩倉具忠著注, 東海大学出版会, 1984.

『ダンテ神曲』(土曜学校講座 5-7) 矢内原忠雄, みすず書房, 1998.

『詩聖ダンテの研究』吉田東州, 古今評論社, 1988.

『ダンテ研究』岩倉具忠, 創文社, 1988.

『世俗詩人ダンテ』E・アウエルバッハ, 小竹澄栄, みすず書房, 1993.

『ダンテ研究 I Vita Nuova 構造と引用』浦一章, 東信堂, 1993.

『ダンテとヨ__ロッパ中世』R・ボルヒャルト, 小竹澄榮訳, みすず書房, 1995.

총론서

Enciclopedia dantesca, Umberto Bosco, 6v, Istituto della Enciclopedia italiana, Rome, 1970~1978.

Concordanza della Commdia di Dante Alighieri, Luciano Lovera, Rosanna Bettarini, Anna Mazzarello & Francesco Mazzoni, 3v, Guilio Einaudi editore, Torino, 1975.

Dante Alighieri *Die Divina Commedia*, In deutsche Prosa übersetzt und erläutert von Georg Peter Landmann, Verlag Königshausen & Neumann GmbH. Würzburg, 1998.

The Dante Encyclopedia, edited by Richard Lansing, Garlaud Publishing Inc, New York & London, 2000.

전자 정보

American Dante Bibliography (http://www.brandeis.edu/library/dante/)
The Princeton Dante Project (http://www.princeton.edu/~dante/index.html)

정기간행 정보

Studi danteschi, edited by Francesco Manzzoni, issued by the società Dantesca Italiana.

Dante Studies, edited by Christopher Kleinhenz and issued from University Press of Fordam press.

엔젤 재단 소장 희귀본 리스트

1. *La Divina Commedia* with commentary & Life by Cristoforo Landino. Edited by Piero da Figino. Venice : Bernardinus Benalius & Natthis da Parma, 3. March, 1491. The first Venetian illustrated edition.

2. *The Vision of Hell by Dante Alighieri*. Translated by Rev. Henry Francis Cary, M. A. and illustrated with the designs of M. Gustave Doré. London : Cassell, Petter, and Galpin, 1868.

3. *L'Enfer de Dante Alighieri. Avec les Dessins de Gustave Doré*. Paris, Librairie de Hachette et Cie, 1884.

4. *Inferno di Dante, Purgatorio di Dante, Paradiso di Dante*. Chelsea : The Ashendene Press, 1902, 1904, 1905. 3vols.

5. *Tutte le Opere di Dante Alighieri* edited by Dr. Edward Moore with woodcut illustrations cut by W. Hooper after Charles Gere. Initial letters and chapter openings designed by Grally Hewitt. Chelsea : The Ashendene Press, 1909.

6. *La Divina Commedia, Die göttliche Komödie*. Color Plates by Franz von Bayros. Wien : Amalthea-Berlag, 1921.

7. *La Divina Commedia or the Divine Vision of Dante Alighieri in Italian and English*, the Italian text edited by Mario Casella and English version of H. F. Cary with illustrations by Sandro Botticelli, London : The Nonesuch Press, 1928.

8. *The Divine Comedy of Dante Alighieri*. The prose translation by Charles Eliot Norton with illustrations from designs by Botticelli. New York : Bruce Rogers & The Press of A. Colish, 1955.

역자후기

　『신곡』은 고전이다. 세간의 표현대로 '읽어야 한다는 소문은 무성하지만 정작 끝까지 읽은 사람은 별로 없는 책'이라는 의미에서의 고전이다. 『신곡』 앞에 선 우리는 제1곡에 나오는, 어두운 숲 속에서 헤매는 단테와 마찬가지일 것이다. 그런데 천국을 향해가는 단테에게 베르길리우스가 있었다면, 『신곡』을 향해가는 우리에게는 『단테 「신곡」 강의』가 그 역할을 대신할 수 있을 것이다. 저자 이마미치 도모노부 교수는 라틴어가 지배적이던 시대에 이탈리아어로 신곡을 써낸 단테의 취지에 걸맞게 난해한 서사시라는 선입견에 휩싸인 작품을 일반인들이 쉽게 이해하고 그 세계로 들어갈 수 있도록 풀어냈다. 이는 『신곡』에 관한 일본의 연구 성과가 뒷받침되었기에 가능한 일이기도 했다. 일본에는 완역본이 10여 종이 넘고 나아가 관련 서적들도 많다. 바로 이러한 토대에서 반세기 넘도록 『신곡』을 읽고 연구해온 성과물인 이 책이 세상에 나올 수 있었을 것이다.

　『신곡』으로 가는 디딤돌을 놓아주는 이 책은 이상하게도 처음부터 『신곡』 속으로 곧바로 들어가지 않는다. 오히려 서양문화의 두 원류라 할 수 있는 그리스로마 고전문화와 그리스도교에 대한 개략적 고찰에서 시작한다. 이를 통해서 우리는 고전, 즉 '클래식'의 의미와 역할, 호메로스와 베르길리우스의 고전적 서사시들과 『신곡』과의 관계, 특히 단테의 길잡이 노릇을 하는 베르길리우스의 문학적 계보를 뚜렷이 알 수 있다. 이어서 지옥편, 연옥편, 천국편이라는 구조에서도 확연히 드러나듯이 단테에게 큰 영향을 끼친 또 하나의 사상 축인 그리스도교의 문학적 측면을 이해할 수 있다. 한마디로 뿌리를 더듬은 다음 가지를 지나 마침내 천국이라는 꽃망울을 터뜨리는 과정을 차근차근 설명하되 그것들의 전체적인 연관을 잘 보여주고 있는 것이다.

저자가 서사시를 읽어가는 과정은 꼼꼼함과 박식함, 그리고 실존적 침잠으로 집약해서 말할 수 있다. 저자는 저본으로 삼은 이탈리아 단테 학회 판과 다양한 일본어 번역본은 물론 각국의 텍스트, 주석, 연구서 등을 두루 참조하면서 의미를 발견하는 철학적 방식으로 읽고 있다. 그렇다고 하여 철학적 고찰이라는 추상적이고 학문적인 탐구만 있는 것은 아니다. 모든 희망을 버린 후에야 들어서는 지옥, 원죄와 자죄를 속죄하면서 끊임없이 자기를 연마하는 공간인 연옥, 그리고 마침내 찬란한 신의 빛으로 가득한 천국의 세계를 순례하는 단테와 그것을 설명하는 저자를 따라가면서 우리는 미묘하고 신성한 감동에 빠지기도 하는 것이다. 이러한 과정에서 우리는 현세와는 다른 세계 속에서 신기한 현실성을 감지하며 그로 인해 우리가 처한 현실에 대한 의미 깊은 질문들을 던지게 된다.

저자는 『신곡』이 베아트리체, 인류문화, 신에 대한 필리아, 즉 사랑으로 완성된 한 권의 책이며, 따라서 만인에게 열린 고전이라고 말한다. 또한 『신곡』은 천국편을 위해 쓰인 저작이라고 평하는데, 단테가 그린 천국은 지옥과 연옥의 지난한 과정이 암시하듯 철학적 신학적 지식과 통찰 없이는 텍스트를 이해하기 어렵다고 한다. 저자가 평가하는 단테의 천국은 인류의 보다 나은 삶을 위해 태풍이 일어나기를 고대하는 곳으로, 이는 기존의 정적이고 조금은 지루한 천국의 이미지에 변화와 역동성을 불어넣은 독특한 해석을 보여주는 것이다. 그런데 『신곡』이 인류 최고의 고전으로 남을 수 있었던 이유도 바로 이 '천국편'에 있다. 단테는 천국편에서 각 개인의 소우주에는 절대 내재할 수 없는 초월자 창조주의 사랑과 섭리를 묘사함으로써 개인의 욕망과 현상적 세계를 응시하는 데 그치는 수많은 작품들과 확실한 변별성을 확보했다는 것이다.

이 책은 15회에 걸친 강의기록을 엮어낸 것으로, 그 특성이 고스란히 반영되어 있다. 다른 책에서는 볼 수 없는 질의응답을 통해 강사와 청중 간의 교류 및 심층적인 대화를 엿볼 수 있는 것이다. 또한 호메로스 서사시의 그리스어, 『신곡』의 이탈리아어, 라틴어 등의 원문이 충실하게 소개되어 원문을 통해서만 맛볼 수 있는 시적 감흥을 경험할 수도 있다.

강의를 들은 어떤 이는 『신곡』을 '인생의 불안정을 경험해야만 비로소 깊이 이해할 수 있는 작품'이라 말했다. 우리의 인생이 불안정할 때에는 손에 고전을 잡을 수 없을 것이다. 그러나 고난이 잠시 비켜 갔을 때, 가끔 다가오는 행복한 시기에 고전을 읽어둠으로써 고난을 이겨낼 힘을 간직할 수는 있다. 고전은 고난의 삶을 살아갔던 저자들이 자신들의 고난을 정면으로 응시하고 관조한 기록이며, 동시에 그 고난을 넘어선 인간의 보편적 파토스를 보여주는 저작들이다. 우리는 고전을 읽음으로써 이러한 보편적 파토스에 참여할 수 있을 것이다.

끝으로 역자에게 큰 용기와 조언을 아끼지 않은 강유원 선생님과 스가와 마사아키須川眞明 씨에게 깊이 감사드린다.

2008년 1월
이영미 적음

지은이 이마미치 도모노부 今道 友信

1922년 도쿄에서 태어났다. 도쿄 대학 문학부 철학과 졸업. 파리 대학, 뷔르츠부르크 대학 강사, 도쿄 대학 교수를 거쳐, 도쿄 대학 명예교수. 에이치 대학 교수, 철학미학비교연구 국제센터 소장, 국제 형이상학회 회장, 국제미학회 종신위원, 에코에티카 국제학회 회장, 1996년부터 1999년까지 철학국제연구소(IIP, 파리) 소장 등을 엮임했다. 2012년 타계. 저서 『동일성의 자기소성』(도쿄대학출판회, 1971) 『미의 위상과 예술』(도쿄대학출판회, 1971) 『동서의 철학』(TBS 브리태니커, 1988) 『에코에티카』(고단샤 학술문고, 1990) 『지知의 빛을 찾아서』(중앙공론신사, 2000) 『사랑에 관하여』(중공中公문고, 2001) 편저로는 『강좌·미학』전5권(도쿄대학출판회, 1984-85) 등이 있다.
이 책은 제25회 마르코폴로상을 수상했다.

옮긴이 이영미

아주대학교 국어국문과를 졸업하고, 일본 와세다대학교 대학원 문학연구과 석사과정을 수료했다. 2009년 요시다 슈이치의 『악인』과 『캐러멜 팝콘』으로 일본국제교류기금이 주관하는 보라나비 저작·번역상의 첫 번역상을 수상했다.
옮긴 책으로는 『불타버린 지도』 『용의자의 야간열차』 『매끄러운 세계와 그 적들』 『솔로몬의 위증』 『결괴』 『공중그네』 『기적의 사과』 『약속된 장소에서』 『마리아비틀』 『무라카미 하루키 잡문집』 『화차』 『고구레 사진관』 『나란 무엇인가』 등이 있다.

단테 『신곡』 강의

1판 1쇄 2022년 7월 21일
1판 3쇄 2022년 8월 26일

지은이 이마미치 도모노부
옮긴이 이영미

편집 김윤하 신정민 **디자인** 이보람 **마케팅** 김선진 배희주
저작권 박지영 형소진 이영은 김하림
브랜딩 함유지 함근아 김희숙 안나연 박민재 박진희 정승민
제작 강신은 김동욱 임현식 **제작처** 상지사

펴낸곳 (주)교유당 **펴낸이** 신정민
출판등록 2019년 5월 24일 제406-2019-000052호

주소 10881 경기도 파주시 회동길 210
전화 031-955-8891(마케팅) 031-955-2680(편집) 031-955-8855(팩스)
전자우편 gyoyudang@munhak.com

인스타그램 @gyoyu_books **트위터** @gyoyu_books **페이스북** @gyoyubooks

ISBN 979-11-92247-25-0 03800